शहज़ादा दाराशिकोह : दहशत का दंश

शहज़ादा दाराशिकोह

दहशत का दंश

शत्रुघ्न प्रसाद

वाणी प्रकाशन

वाणी प्रकाशन
4695, 21-ए, दरियागंज, नयी दिल्ली 110 002

शाखा
अशोक राजपथ, पटना 800 004

फ़ोन: +91 11 23273167 फ़ैक्स: +91 11 23275710

www.vaniprakashan.in
vaniprakashan@gmail.com
sales@vaniprakashan.in

SHAHZADA DARASHIKOH : DAHASHAT KA DANSH
by Shatrughna Prasad

ISBN : 978-93-5000-599-6

Novel

प्रथम संस्करण

मूल्य : ₹225

रजोरिया प्रिंटर्स, दिल्ली-110 093 में मुद्रित

वाणी प्रकाशन का लोगो मक़बूल फ़िदा हुसेन की कूची से

1

दिल्ली के चाँदनी चौक के पास एक गली के मोड़ पर एक पक्का मकान-चन्द्रभवन है। सड़क की ओर एक खिड़की खुली है। दूसरी खिड़की बन्द है। आसपास के सभी मकानों की खिड़कियाँ तो खुली हैं, पर उनके दरवाजे बन्द हैं। सड़क की दोनों तरफ की दूकानें नाम के लिए खुली दिख रही हैं। दूकानदार अपनी दूकानों के बाहर खड़े हैं। ग्राहक नहीं के बराबर हैं। सबके चेहरे पर उदासी है। होठों पर पीड़ा में डूबे शब्द आ जाते हैं। आँखों में विषाद झलक उठता है। सबकी नजर लम्बी फैली हुई सड़क की ओर है।

उस चन्द्रभवन के भीतर के कमरे में सूफी फकीर सईद सरमद, मुल्ला शाह बदख्शी और पंडितराज जगन्नाथ बैठे हैं। सेठ देवीचन्द के पुत्र अमीचन्द ने शर्बत के लिए अनुरोध किया। फकीर सरमद ने इशारे से मना कर दिया। उसने दूसरी खिड़की को खोल देना चाहा। मुल्ला शाह बदख्शी ने सर हिला दिया। दूसरी खिड़की भी खुल गयी। उसने देखा कि चौक पर भीड़ बढ़ती जा रही है। उसका हृदय धड़क उठा। उसकी दृष्टि सब पर गयी। पंडितराज जगन्नाथ ने पास आकर बैठने का संकेत किया। अमीचन्द आकर बैठ गया। दो क्षण के बाद उसने सामने की खिड़की से बाहर देखा। फिर उसने सबके चेहरों पर दृष्टि डाली। उसे लगा कि जो बेचैनी सड़क पर है, वही बेचैनी इन तीनों की आँखों में गहरा रही है। उसकी नजर जमीन की ओर झुक गयी। कालीन की बुनावट पर नजर टिक गयी। बुनावट में हाथी दिखाई पड़ा। हाथी की पीठ पर हौदा कसा हुआ था। उसके ऊपर सुनहला छत्र था। फूल बरस रहे थे।...हौदे पर कौन हैं?...शाहजहाँ...? दारा शिकोह...? ...नहीं...औरंगजेब! उसने आँखें बन्द कर लीं। पर बन्द आँखों में भी औरंगजेब का रोबीला चेहरा चमकने लगा। उसने चाहा कि नजारा बदल जाये।

'यह क्या हो गया?' सूफी फकीर की दर्दीली आवाज आयी।

'बदकिस्मती...और क्या कहूँ!...मलिक जीवन शैतान बन गया। और धोखे से एक इनसान कैद में...!' मुल्ला शाह बदख्शी का गला रुँध गया।

'कभी-कभी लगता है कि यह संसार इनसान के लायक नहीं रह गया है। इतने लोग दुःखी हैं, पर इसका असर क्या हुआ? हम बन्द कमरे में आँसू पी रहे

हैं।' पंडितराज जगन्नाथ ने कहा।

उसी समय सेठ देवीचन्द ने कमरे में कदम रखा। पीछे-पीछे एक नौकर चाँदी की तश्तरी में शर्बत के प्याले सजाये आ रहा था। देवीचन्द के संकेत पर नौकर ने तश्तरी को रख दिया।

'आपने यह तकलीफ क्यों की? इस वक्त तो हम सभी आँसुओं से होठों को भिगो रहे हैं।' मुल्ला शाह बदख्शी ने कहा।

'मौसम गर्म है, मुल्ला साहब! इस समय मेरे घर पर इतना तो कबूल करना है।...बेटे अमीचन्द। पेश करो।' देवीचन्द ने आग्रह किया।

'सेठ देवीचन्द! इस समय साँस लेना कठिन हो रहा है। काल बड़ा कठोर है। अभी कुछ भी अच्छा नहीं लग रहा है।' पंडितराज बोल उठे।

'सेठ देवीचन्द जी अभी हमें माफ कर दें। नये शहंशाह की सियासत ने हमारे सपनों का खून कर डाला है।...अमीचन्द! शर्बत फिर कभी...।' ये फकीर सरमद के शब्द थे।

सेठ देवीचन्द ने स्थिति की गम्भीरता को समझकर नौकर को इशारा कर दिया। नौकर तश्तरी को उठा ले गया।

'सियासत का यही लक्षण है, सरमद साहब! कभी गले में गजरा और सर पर ताज...और कभी लोहे की जंजीर।' देवीचन्द ने राय दी।

'जब शैतानी सियासत अपनी जंजीर को फैलाना शुरू कर देती है तो कोई बच नहीं पाता, सेठ देवीचन्द।' मुल्ला ने होशियार किया।

'जी, यह तो सच है।'

सड़क की ओर से आवाज आयी। सबने धड़कते दिलों को सँभालकर झाँका। भीड़ काफी हो गयी थी।...दूर से आवाज आ रही थी।...अब झाँकने की हिम्मत नहीं हुई। कुछ क्षणों के लिए कमरे में सन्नाटा छा गया। जब-तब आँखें खिड़की के पार सड़क पर पहुँच जाती थीं।

फकीर सरमद बोल उठे—'मजहब तो खुदा तक पहुँचने का रास्ता बताता है। इस दुनिया मे जीने का सही ढंग भी समझाता है। लेकिन मजहबी सियासत तो तख्तोताज का गलत रास्ता बता देती है।'

'और तब इनसानियत के चेहरे पर मुर्दनी छा जाती है।' ये मुल्ला शाह बदख्शी के शब्द थे।

'सच यही है कि धर्म आदमी को इनसान बनाता है। राजाओं और शाहों को मानव कल्याण की याद दिलाता है। पर यहाँ तो मजहब सियासत है और सियासत ही मजहब।' पंडित जगन्नाथ ने अपनी बात रखी।

'तुर्कों और मुगलों ने यही तो किया है।' सूफी फकीर ने बताया।

देवीचन्द और अमीचन्द सर हिला रहे थे। दो क्षण के बाद मुल्ला शाह बदख्शी

बोल उठे—'मजहब के नाम पर औरंगजेब ने फौज को भड़काया। मेरे शागिर्द दारा को काफिर करार दिया। और आज...!'

'दारा मेरा मुरीद रहा। उसने तसब्बुफ और वेदान्त को समझने की कोशिश की।...अगर यह कुफ्र है तो इनसानियत क्या है?' सूफी सरमद ने सवाल कर दिया।

'मैंने शाहजादा दारा को संस्कृत भाषा का ज्ञान कराया था। संस्कृत को पढ़कर उपनिषदों को समझने की कोशिश पाप तो नहीं है! पर इस दीनदार औरंगजेब ने गुनाह मान लिया!!...इतिहास माफ नहीं करेगा।' पंडितराज के ये शब्द थे।

'अगर शाहजादा दारा सिंहासन पर आ जाते तो एक नया हिन्दुस्तान बनता। ...पर...!' अमीचन्द बोल उठा।

सबके सर हिले और आखों में अन्तर की वेदना झलक उठी। उसी समय बाहर से आवाजें आने लगीं। सड़क पर खड़े लोग आह भर रहे थे। साधु-फकीर ईश-अल्लाह का नाम ले रहे थे।

लाहौरी दरवाजे से होता हुआ जुलूस आ रहा था। आगे-आगे हथियार बन्द सिपाहियों के साथ कुछ दरबारी थे। एक हथिनी पर एक पुराना हौदा बँधा हुआ था। उसी हौदे में मैले कपड़ों में दाराशिकोह को बैठा दिया गया था। हाथों में हथकड़ी थी। जंग में हारे हुए दारा का सर झुका हुआ था। साथ में छोटा लड़का सिपर शिकोह भी था। उसके चेहरे पर खौफ छाया हुआ था। आँखों से आँसू आ जाते और फिर सूख जाते थे।...दोनों के पीछे एक गुलाम नंगी तलवार लिए बैठा था। ऐसा लग रहा था कि डूबते हुए सूरज पर स्याही फैल रही है। बगल में अपने घोड़े पर सवार मलिक जीवन था, जिसने दारा को औरंगजेब के हाथों धोखा से सौंप दिया था। दूसरी तरफ सरदार बहादुर खाँ था। पीछे-पीछे नमकहलाल दरबारियों की जमात थी जो बादशाह औरंगजेब जिन्दाबाद के नारे लगा रही थी।

सेठ देवीचन्द के मकान के पास खड़ा एक व्यक्ति बोल उठा—'तो यह दाराशिकोह की हार और औरंगजेब की जीत का ऐलान है!'

दूसरा बुदबुदाया—'इसके लिए बाप को कैद करना और बड़े भाई को बेइज्जत करना जरूरी है!'

बहादुरखाँ और मलिक जीवन चाँदनी चौक की भीड़ को देखकर घबरा गये। दोनों रास्ते में देखते आये थे कि रिआया दारा के लिए हाय-हाय कर रही है। यहाँ तो इतनी भीड़ है! अगर कुछ हथियारबन्द हमला कर दें तो क्या होगा? लेने के देने पड़ जायेंगे। रिआया दहशत में नहीं है। यहाँ तो नाराज लग रही है।...इधर तो बगावत की बू आ रही है।

अचानक एक फकीर हथिनी के पास पहुँच गया। वह बोल उठा—'शाहजादा दाराशिकोह! मैं हमेशा आपके दौलतखाने पर खैरात पाता रहा हूँ। आज भी आपके

पास आ गया हूँ।...आज आपके लिए मेरी दुआएँ हैं। खुदा खैर करें।'

यह सुनकर मलिक जीवन मुस्करा उठा। दाराशिकोह का झुका हुआ सर ऊपर उठा। फकीर की आँखों में अपने लिए दुआएँ देखीं। अपने शरीर से फटे हुए कश्मीरी शाल को लेकर फ़कीर के हाथों पर फेंक दिया। फकीर ने दारा का जयघोष कर दिया।

मलिक जीवन ने गुस्से में फकीर को अपने पैरों से ठोकर मारकर गिरा दिया। भीड़ ने इस दृश्य को देखा। भीड़ काबू से बाहर हो गयी। मलिक जीवन पर ढेले बरसने लगे। यह देखकर बहादुर खाँ घबरा गया। अचानक उसके कानों में आवाज आयी—'मगर कुछ हथियारबन्द आ जाते तो दाराशिकोह को बचा लिया जाता और फिर नक्शा बदल जाता।'

बहादुर खाँ ने जुलूस को आगे बढ़ाया। रुकना नहीं है।...नहीं तो नक्शा बदल सकता है।

सेठ देवीचन्द के मकान से सूफी फकीर सरमद, मुल्लाशाह बदख्शी और पंडितराज जगन्नाथ इस दृश्य को देख रहे थे। मुल्ला की आवाज गूँज उठी—'दारा को छुड़ाया जा सकता है।...लेकिन कैसे...?'

'प्रजा तो दारा के साथ है। अगर कोई सरदार आगे आ जाये तो...।' पंडित राज जगन्नाथ ने कहा।

'वे तो डर गये हैं या खरीद लिए गये हैं।' सरमद ने बताया।

'राजा जयसिंह और जसवन्त सिंह तो हार के बाद अपने-अपने राज्य लौट गये हैं।' अमीचन्द बोल उठा।

'दीवारों के कान होते हैं, अमीचन्द!...चुप बैठो या खिड़कियों को बन्द करो।' देवीचन्द ने पुत्र को डाँटा।

सबने देखा कि बहादुर खाँ और जीवन हथिनी को लिए तेजी से जा रहे हैं। लोग गालियाँ दे रहे हैं। धूल उड़ रही है।

मुल्ला शाह बदख्शी बुदबुदाये—'आह!...दारा...एक इनसान...एक फरिश्ता... इस हालत में! हम मजबूर हैं!!'

2

लालकिले के खिल्वतगाह में 'अबुल मुजफ्फर मुहीउद्दीन मुहम्मद औरंगजेब बहादुर आलमगीर बादशाह-ए-गाजी के साथ रोशनआरा, दानिशमन्द खाँ, शायस्ता खाँ, खलीलुल्लाह खाँ और तकर्रुब खाँ ईरानी बैठे थे। सबके चेहरों पर परेशानी झलक रही थी।

कल तक बादशाह औरंगजेब बहुत खुश थे कि उनका औवल दुश्मन दाराशिकोह

मलिक जीवन की मदद से पकड़ में आ गया। दिल्ली में उसका रोबदाब था। जुलूस उसके रोबदाब को खाक में मिला देगा। उसे जलील करने और रिआया में दहशत पैदा करने के लिए जुलूस निकाला गया। लेकिन जुलूस ने तो बगावत की जमीन तैयार कर दी। दारा की हालत देखकर रिआया नाराज हो गयी। सरदारों और सिपाहियों पर ईंट-पत्थर और गालियाँ...। यह तो खौफनाक वारदात है।...इस खौफ को मिटाना होगा...मुराद कैद है। कुछ दिनों का मेहमान है। उसकी ओर से कोई फिक्र नहीं है। मीर जुमला शुजा का पीछा कर रहा है। उसे खत्म हो जाना है।...दारा का क्या किया जाये?...मुल्ला-मौलवी तो दारा के साथ नहीं हैं। सिर्फ मुल्ला शाह बदख्शी और सूफी फकीर सरमद साथ दे रहे हैं। ये दोनों बागी हैं। सरमद तो फकीरी का फायदा उठा रहा है।...राजा जयसिंह और जसवन्त सिंह देहली में नहीं हैं।...क्या ये छिपकर दारा की मदद कर रहे हैं? अगर ऐसा है तो बर्दाश्त नहीं किया जायेगा।...बादशाह-ए-गाजी की हुकूमत में इन काफिर राजाओं को झुकना पड़ेगा।

अभी तो दाराशिकोह के बारे में तै करना है। हारे हुए दुश्मन को छोड़ना नहीं है। नहीं तो, देहली में अमन चैन नहीं रह सकेगा।...उधर आगरा में अब्बाजान की हरकतें होती रहती हैं। वहाँ भी बगावत की चिनगारी फूट सकती है।...देहली में दारा की वजह से बगावत की हालत पैदा हो गयी है। रिआया दारा के साथ है। ...ओह!

रोशनआरा बेगम ने आहिस्ता से पूछा—'बादशाह-ए-गाजी इतने बेचैन क्यों हैं? सारे दुश्मन तो कब्जे में हैं!'

'बेचैनी कल के जुलूस की वजह से पैदा हो गयी है।...दारा के साथ रिआया और रिआया के साथ दारा...ऊपर से सूफी फकीरों की जमात।' बादशाह औरंगजेब ने कहा।

'तो इसीलिए दारुल सल्तनत का जश्न कल से बन्द है!...बादशाह-ए-गाजी नहीं घबराते, बेचैन नहीं होते। दिल में दीनोईमान और हाथ में शमशीर...फिर तो सारा हिन्दुस्तान आपके कदमों में...।' रोशनआरा ने समझाया।

'रोशनआरा बेगम सही फरमा रही हैं, जहाँपनाह! सारे सरदार और सिपहसालार आपके साथ हैं। फिक्र क्यों?' शाइस्ता खाँ ने भरोसा दिलाया।

'मैं घबरा नहीं रहा हूँ, मामूजान! जिन्दगी में कभी नहीं घबराया। मुझे हमेशा अपने ऊपर यकीन रहा है। आँखों में शानदार मुगल सल्तनत का ख्वाब रहा है। ...मजहब मेरी रुहानी ताकत है और शमशीर जिस्मानी। सिर्फ इन्हीं दोनों पर भरोसा है। कल की वारदात से थोड़ी बेचैनी हो गयी है। इसीलिए तो आप लोगों को बुलाया है जिससे हम कुछ तै कर सकें।' बादशाह औरंगजेब ने कहा।

'आपका हुक्म सर-आँखों पर...।' खलीलुल्लाह खाँ ने ताईद की।

'खिजराबाद के महल में कैद दारा का क्या किया जाये? आप सब मिलकर कुछ तजवीज करें।' औरंगजेब ने अपनी उलझन रख दी।

चन्द लमहों के लिए वहाँ सन्नाटा छा गया। अचानक दरीचे से परिन्दों की चहचहाहट सुनाई पड़ गयी। सन्नाटा टूट गया और फिर यमुना के तट की ओर से हाथियों की चिग्घाड़ सुनाई पड़ी। सबके कान खड़े हो गये। सबने महसूस किया कि बादशाह-ए-गाजी थोड़ा बेचैन हैं।...शाहजहाँ, दाराशिकोह, मुराद, शुजा—सभी कहीं-न-कहीं मौजूद हैं। चुनांचे आलमगीर की बेचैनी बेबुनियाद नहीं है।

'मेरा ख़याल है कि दाराशिकोह को ग्वालियर के किले में कैद रखा जाये। वहाँ कैद रखने से बगावत का अन्देशा नहीं रहेगा। ग्वालियर के किले में परिन्दे भी नहीं पहुँच सकते।...आहिस्ता-आहिस्ता रिआया भूल जायेगी।' दानिशमन्द खाँ ने अपनी सलाह दे दी।

'अगर ग्वालियर की रिआया दारा की तरफदारी करने लगे तो सरदर्द पैदा हो जायेगा।' रोशनआरा ने अपना ख़याल रखा।

'हुजूर! आदमी की याददाश्त कमजोर होती है। और वह किला बहुत मजबूत है। सिर्फ मुखालिफ को देहली से हटा दिया जाये फिर तो दारुल सल्तनत में बगावत का अन्देशा नहीं रह जायेगा।' दानिशमन्द खाँ ने समझाया।

'यह सच है कि खौफ के जरिये ही हुकूमत की जाती है। लेकिन दाराशिकोह खौफ को मिटाने में कामयाब हो सकते हैं। कल चाँदनी चौक ने इस ओर इशारा कर दिया है।...मेरे बड़े भाई हैं। उनके लिए इज्जत है। लेकिन वे काफिरों के साथ उठ-बैठ कर दीनदार-ईमानदार नहीं रह गये हैं। उन्हें तो काफिरों की किताबों पर एतबार होने लगा था। फारसी में कुछ लिखा भी है।...तख्त के लिए वे दुश्मन ही रहे। दुश्मन पर यकीन नहीं किया जाता। रहम नहीं किया जाता।' रोशनआरा ने जोर देकर कहा।

'मेरे ख़याल से ऐसे दुश्मन के लिए सजा-ए-मौत चाहिए। हमेशा के लिए सरदर्द खत्म हो जाये। ग्वालियर के किले में रखना बेमानी है।' शाइस्ता खाँ ने अपनी राय दे दी।

'मैं तो शहंशाह के बड़े भाई पर रहम करने की दरख्वास्त करूँगा।' दानिशमन्द खाँ ने एक और कोशिश की।

'हम सियासत के एक नुक्ते पर गौर करें। अगर मलिक जीवन दारा शिकोह की मदद कर देता और ठट्ठा का मीर बाबा पस्त हो जाता तो दारा काबुल पहुँचकर एक ताकत बन जाते। फिर तो महावत खाँ की मदद और हुजूर शाहजहाँ का नाम लेकर देहली पर धावा बोल देते...और तब नक्शा क्या होता? बादशाह-ए-गाजी कहाँ होते? हुकूमते इलाहिया का ख्वाब टकराकर चूर हो जाता।...आप सभी गौर करें।' शाइस्ता खाँ ने एक अहम सवाल रख दिया।

'दारा शिकोह की हुकूमत में कुफ्र का बोलबाला होता। मज़हबों की मिल्लत और इनसानियत के नाम पर अल्लाह के साथ राम का नाम लेना पड़ता। 'राम-रहीम' और किशन-करीम की रट खुदा की इबादत पर हावी हो जाती। मुगलसरदारों को राजाओं के इशारे पर हँसना-गाना पड़ता। हमें यह कबूल नहीं है।' ये खलीलुल्लाह खाँ के लफ्ज थे।

'हुजूर! दाराशिकोह हुकूमते इलाहिया के बदले काफिरों का राज कायम कर देते। यह सबसे बड़ा गुनाह है। इस गुनाह की सजा एक ही है—मौत। मुगल सल्तनत की सलामती इसी में है कि फौरन सजा-ए-मौत दी जाये।' तकर्रुब खाँ ईरानी ने सर झुकाकर अपनी राय दे दी।

शाइस्ता खाँ और खलीलुल्लाह खाँ ने सर हिलाकर इस सजा की ताईद की।

औरंगजेब ने आपा रोशनआरा की ओर देखा। रोशनआरा ने अपना सर हिला दिया।

बादशाह-ए-गाजी ने एलान किया—आप सबका फैसला सही है।...दाराशिकोह को सजा-ए-मौत...! दानिशमन्द खाँ! दारा के मददगारों पर निगाह रखें।...सजा की तारीख बाद में...।'

बैठक खत्म हो गयी। सभी सर झुकाकर खड़े हो गये। बादशाह बहन रोशनआरा के साथ शाही महल की ओर चल पड़े।

खिल्वतगाह से निकलते ही शेख निजाम और शेख इस्लाम दो मुल्लाओं से मुलाकात हो गयी। दोनों ने बादशाह के फैसले की तारीफ की। बादशाह मुस्कराये।

'शहंशाह! दुश्मन पर एतबार नहीं किया जाता। रिआया—उसमें भी गैर मुस्लिम रिआया पर तो कतई यकीन नहीं। सिर्फ अपने दीनोईमान और तेग-तलवार पर यकीन! फिर तो मददगार परवरदिगार हैं; हमारे रसूल हैं।' शेख इस्लाम ने कहा।

'सियासत का यही उसूल है कि किसी पर एतबार मत करो। अपने दिमाग और अपने बाजुओं पर भरोसा करो और अल्लाह के फजल से आगे बढ़ते जाओ।' आलमगीर औरंगजेब ने बुलन्द आवाज में अपनी बात कह दी।

'शहंशाहे हिन्द! बिल्कुल सही फरमाया आपने। सियासत का यही अकेला रास्ता है।' शेख निजाम ने मुहर लगा दी।

'आपकी गुफ्तगू और अपने तजुरुबे से सही बात सामने आ गयी।' औरंगजेब ने बताया।

'हमें आपकी बातों से ताकत मिल गयी है।' रोशनआरा ने कहा।

शेखइस्लाम और शेख निजाम बहुत खुश हुए।

सभी चलते रहे। शाही महल आ गया। सबने बादशाह से रुख्सत ले ली।

औरंगजेब ने रोशनआरा से पूछा—'आपा! उदयपुरी बेगम की क्या हालत है?'

'अभी तो गुस्से में है। फुफकार उठती है। लेकिन फिक्र की बात नहीं है।

पिंजरे का परिन्दा कहाँ जायेगा? कल रात में उसने शराब की ख्वाहिश की। उसकी ख्वाहिश पूरी की गयी।' रोशनआरा ने जवाब दिया।

'उसकी हर ख्वाहिश पूरी हो, आपा! मैं तो चाहता था कि उसके साथ बैठकर दारा की फजीहत का तमाशा देखा जाये। पर वह रूठी रही।'

'शुरू-शुरू में ऐसा तो होगा ही। आहिस्ता-आहिस्ता वह आपकी खिदमत में आ जायेगी।'

'और हाँ, दारा की दुख्तर आलमआरा की देखभाल जरा ठीक से हो।'

'आप इत्मीनान रखें।'

'रोशनआरा आपा से यही उम्मीद है।'

'हम दोनों ने मुगल सल्तनत की नयी शान-आन के लिए कसम खायी है।' रोशन आरा ने कहा।

'मुझे याद है, आपा!'

3

खिजराबाद के महल में दाराशिकोह अपने छोटे बेटे सिपरशिकोह के साथ नमाज पढ़ रहे थे। फजर (सुबह) की नमाज थी। बरसात के मौसम की ठण्डी हवा चल रही थी। रुई के समान बादलों के टुकड़े हवा में उड़ते जा रहे थे। फिज़ा में फूलों की खुशबू फैल रही थी। दोनों पश्चिम की ओर सर झुकाकर नमाज अदा कर रहे थे। थोड़ी दूर पर दारोगा वलीजान और ख्वाजासरा मकबूल खड़े थे। वे दाराशिकोह को देखते और मुस्करा उठते थे। कभी आपस में बातचीत करने लगते थे।

नमाज पूरी हुई। दारा पूर्व की तरफ मुँह करके बैठ गये। सिपरशिकोह ने भी वैसा ही किया। दारा ने आँखें बन्द कीं। उन्होंने संस्कृत में किसी मन्त्र को मन्द स्वर में पाठ कर ध्यान लगाने की कोशिश की।

वलीजान और मकबूल ने देखा। दोनों गुर्राते बोले—'इस हालत में भी अपने दीनोईमान का कुछ भी ध्यान नहीं है! सर पर शैतान सवार है!!'

सिपरशिकोह ने आहिस्ते से कहा—'अब्बाहुजूर! ये दोनों कुछ बोल रहे हैं।'

कुछ क्षणों के बाद दारा ने कहा—'इन्हें बोलने दो।...खयाल मत करो।'

'हमारी जिन्दगी तो इनके हाथों में है।'

'नहीं, जिन्दगी उसके हाथों में है जिसने जिन्दगी सौंपी है।...वह सब जगह है। उपनिषद् ने बताया है कि वह हर बशर और बुत में मौजूद है।...'

दरूं हर बुते जां इस्त पिन्हां
ब जेरे कुफ्र ईमानिस्त पिन्हां

हर बुत या मूरत में जिन्दगी है और हर कुफ्र यानी अविश्वास में विश्वास यानी ईमान छिपा हुआ है।

‘आपके खयालात इतने ऊँचे हैं! आप इतने अच्छे हैं!! उस पर आपकी यह हालत!!! अल्लाह क्यों नाराज हैं?’ सिपर ने दर्द के साथ पूछा।

‘बेटे! वजह जरूर है या तो मेरी गलती है या गलत लोगों की साजिश है। ...अगर खलीनुल्लाह धोखा नहीं देता; उसकी सलाह पर मैं हाथी से उतर घोड़े पर नहीं आता तो जंग में मेरी जीत होती। उसने गलत सलाह दी। मैंने एतबार कर लिया। वह औरंगजेब से मिल गया था। मेरे सिपाही मुझे हाथी पर देख नहीं सके और उसकी जीत हो गयी। अगर मलिक जीवन धोखा देकर मुझे कैद नहीं करता तो मैं काबुल पहुँच गया होता। तुम्हारी अम्मीजान ने मना किया था कि मलिक पर भरोसा नहीं करें। लेकिन मैंने उसकी मदद की थी। उससे फरेब की उम्मीद कैसे करता?...उसकी मदद से मैं काबुल पहुँचना चाह रहा था। काबुल के सूबेदार महावत खाँ से मदद पाकर औरंगजेब को ललकारता। लेकिन मेरी बदकिस्मती, बेटे! दो-दो बार धोखा हुआ। अब जिन्दगी के दिन गिन रहा हूँ।’

‘नहीं, अब्बाहुजूर! ऐसी बात न बोलें। मेरा दिल रोने लगता है।’ यह कहकर सिपर गले से लग गया। सिसकने लगा।

‘नहीं, बेटे! रोना नहीं। मैं साथ हूँ। और हमारे साथ खुदा हैं।’

‘आप कहते हैं कि खुदा सब जगह है। ईश सब जगह हे। क्या वह हमें नहीं देख रहा है?’

‘सिपर! लगता है कि मैंने पिछले जन्म में कुछ गलतियाँ की हैं। उसी की सजा पा रहा हूँ। किये हुए कर्म का फल भोगना पड़ता है।’

‘ये तो हिन्दुओं के खयालात हैं; विश्वास हैं।’

‘हाँ, बेटे! उनकी किताबों को पढ़ा है। तभी तो कह रहा हूँ।...इस्लाम भी अच्छे-बुरे कर्मों के फल भोगने की बात कहता है। कयामत के रोज अच्छे-बुरे का ही फैसला होता है। इसलिए दोनों उसूलों में ज्यादा फर्क तो नहीं है।’

‘आपने किताबें भी लिखी हैं। लेकिन उनकी क्या कीमत है?...सियासत और ताकत के आगे ये किताबें धरी रह गयीं।’

‘नहीं, बेटे! खुदगर्ज की सियासत के जुल्मोसितम से इल्म और ग्यान खत्म नहीं होते। तुर्कों के हमले से इस मुल्क का बहुत नुकसान हुआ है। बड़े-बड़े विद्यालय और मन्दिर मटियामेट हो गये। बहुत-सी किताबें बरबाद हो गयीं लेकिन हिन्दुओं का ग्यान खत्म नहीं हुआ। मैंने थोड़ा-सा हासिल किया है। उपनिषदों का फारसी में तरजुमा किया है।’

‘आपने दोनों धर्मों की मिल्लत पर कोई किताब लिखी है!’

‘हाँ, सिपर! मैंने कबीरदास के काम को आगे बढ़ाया है। एक नयी इनसानियत का ख्वाब देखा है।’

'वह ख्वाब आँखों से ओझल होने जा रहा है, अब्बाहुजूर! यह महल कैदखाना बन गया है। आपके नमक खाये इन चाकरों के लबों पर जहरीली मुस्कान है।... बर्दाश्त नहीं होता।'

'नहीं, बेटे! बर्दाश्त करना होगा। आखिरी दम तक लड़ना होगा। भागना नहीं होगा। किशन जी ने गीता में बताया है।'

'आपकी इन्हीं बातों से चाचा आपको काफिर कहते हैं।'

'जानते हो, बेटे! कबीर भी मुसलमान थे। हिन्दी मुसलमान थे। उन्होंने काफिर का नया मायने बताया था—

कबीरा सोई पीर है जो जाने परपीर।
जो परपीर न जानई, सो काफिर बेपीर ॥

'लेकिन मुसलमानों ने कबीर को नहीं माना। नहीं अपनाया!...आपकी भी वही हालत हो रही है।'

'मेरी हालत ज्यादा बदतर है। लेकिन तुम्ही सोचो। हिन्दुस्तान में रहकर हिन्दुस्तान की कुदरत, तहजीब, फलसफा और अदब को नहीं जानें, नहीं समझें, फिर इस मुल्क में बसने का क्या मतलब हुआ ?'

'लेकिन आप सियासत को नजरअन्दाज करके तालिबेइल्म बन गये।...धोखा खाते रहे।'

'अगर सियासत मुल्क और रिआया की बेहतरी के लिए है तो तंगदिल नहीं हो; ओछा दिमाग नहीं हो। बुलन्दखयाल हो।'

'तो इसीलिए आपने पढ़ना-लिखना शुरू कर दिया!'

'हाँ, सिपर! कुरानशरीफ को पढ़ने-समझने के साथ उपनिषदों को भी पढ़ा-समझा है। मैंने गुनाह नहीं किया है। यह तो इनसान की खासियत है कि वह ग्यान की तलाश में रुकता नहीं है।'

'अब्बाहुजूर! आज वह ग्यान मदद नहीं कर पा रहा है।'

'ग्यान तो पूरी जिन्दगी के लिए है। वह जिन्दगी की हर जंग में मददगार है।'

'आप जंग हार चुके हैं, अब्बाजान! अब तो स्याहबादल मड़रा रहे हैं।'

सिपर ने काँपती आवाज में कहा।

दारा ने सिपर को अपनी छाती में छिपा लिया। उसी समय बादल गरजने लगे। सिपरशिकोह ने आसमान की ओर देखा। वह काँप उठा। दारा ने कमरे में बिछे तख्त पर उसे लिटा दिया। सिपर सिसकने लगा।

दारा ने कहा—'शायद तुम्हारी अम्मी इसी बदकिस्मती से बचने के लिए अल्लाह के पास चली गयीं।...वे बीमार पड़ीं। मलिक ने इलाज के लिए कुछ नहीं किया और वे चल बसीं।

सिपर का सिसकना बढ़ गया। दारा ने सँभालने की कोशिश की, पर आँखों

से आसूँ बह चले।...बेगम नादिरा बानू की मौत आँखों के सामने झलक उठी।... फिर अब्बाजान की कैद...उदयपुरी बेगम और बेटी आलमआरा की गिरफ्तारी...।

दारा ने अपनी हथेलियों में अपने चेहरे को छिपा लिया। लेकिन आँखों के सामने मौत और कैद के मंजर सामने आते रहे। औरंगजेब के कहकहे सुनाई पड़ते रहे।...बरसात की ठण्डी हवा में दारा का रोआँ-रोआँ जल रहा था।

वलीजान ने नजदीक आकर पूछा—'दारा साहब! आप दोनों के खाने का इन्तजाम हो?'

'नहीं, वलीजान, नहीं...!'

'आप दोनों रोज़ा करेंगे?'

'हम अपना खाना खुद बनायेंगे।'

'हम जहर नहीं दे देंगे।...एतबार कीजिए।'

'औरंगजेब तो किसी पर एतबार नहीं करता। मैं तो सब पर करता रहा हूँ।'

'आपका ईमान डोल गया है।'

'इसीलिए तो अब्बाहुजूर आगरे के किले में कैद हैं?'

'आप चाहते क्या हैं?'

'आटा-दाल भेज दो और सूखी लकड़ियाँ...।'

कुछ देर के बाद खाना बनाने का सामान आ गया। दारा और सिपर पत्थर के टुकड़ों से चूल्हा बनाकर लकड़ियाँ जलाने लगे। धुआँ फैलने लगा। सिपर ने आँखें बन्द कर लीं। दारा खाँसने लगा। धुआँती लकड़ियाँ जल उठीं।

दूर खड़े वलीजान और मकबूल मुस्कराते रहे। दारा ने चूल्हे पर दाल को पकाने के लिए पतीली चढ़ा दी। सिपर शिकोह छुरी से सब्जी के टुकड़े करने लगा। अचानक उँगली कट गयी। खून बहने लगा। दारा ने देखा। सिपर की उँगली को अपनी उँगलियों से दाबा। बादलों के कारण आसमान में अँधेरा छाने लगा। दारा ने सोचा कि उधर अब्बाहुजूर कैद हैं उनका क्या होता होगा? बहन जहानारा साथ में तो है। सहारा है। यहाँ रोशनआरा की फितरत...! यह कैसी दुनिया है!!...साथ ही छुरी भी दगा दे गयी।

उसी वक्त गुलाम नजीरखाँ अपने चार साथियों के साथ आ गया। दारा ने देख लिया। नजीर को पहचान लिया। उसके कदमों की चाल का अन्दाज किया। वह बोल उठा—'बेटे सिपर! देखो, मेरे कातिल आ गये। अब खून नहीं रुकेगा। खून बहता जायेगा। खून का सैलाब...।'

दारा ने उसी छुरी को उठा लिया। सिपर की आँखें खुली रह गयीं नजीर खाँ के इशारे में पर एक कातिल ने सिपर को दबोच लिया। सिपर चीख उठा। दारा छुरी लिए नजीर पर झपट पड़ा। नजीर बगल में हट गया। उसके दूसरे साथी को छुरी लग गयी। अब तीनों ने दारा को पकड़ने की कोशिश की। दारा तीनों से जूझते

रहे। सिपर चीखता रहा। बादल गरजता रहा। उसी क्षण महल के दूसरे कोने पर एक बाज ने पंछी पर झपट्टा मारा। पंछी की चीख आसमान में घुल गयी। सिपर बेहोश हो गया था।

4

नौबत और नगाड़े की आवाज पर दीवाने खास में औरंगजेब आलमगीर बादशाह-ए-गाजी की अगवानी हुई। वजीर, सरदार और मनसबदार हाथ बाँधकर और सर झुकाकर खड़े थे। बादशाह तख्त पर बैठे। उनके इशारे पर सभी बैठ गये। शेखनिजाम ने कुरान शरीफ की आयत का पाठ किया। शेख इस्लाम ने बादशाह-ए-गाजी के रुतबे और शान में फारसी का शेर सुनाया। दुआएँ दीं।

औरंगजेब ने सभी पर एक नजर डाली। अन्दाज कर लिया कि दारा के कत्ल से कोई गमगीन नहीं है; कोई गुस्से में नहीं है। उन्होंने इशारे से दानिशमन्द खाँ को बुलाया। दानिशमन्द खाँ तख्त की चारों तरफ लगे चाँदी के कठघरे के पास आया। अगलबगल नंगी तलवार लिए खास पहरेदार थे। पीछे चँवर डुलानेवाली थी।

बादशाह ने आहिस्ते से कहा—'बुजुर्गवार हुमायूँ के मकबरे में दारा को दफनाने का हुक्म दे दिया गया था।'

'जी, हाँ, जहाँपनाह!'

'आप देहली के सूबेदार हैं, दानिशमन्द खाँ! दिल्ली ही दारुल सल्तनत है। हर लमहा चौकन्ना रहना है। कोई फसाद नहीं हो।...मैं होशियार कर रहा हूँ।'

'इन्तजाम चौकस है। आप बेफिक्र रहें।'

'बादशाहत और बेफिक्री में कोई तालमेल नहीं है।...मैं हमेशा जंगे मैदान में शमशीर लिए खड़ा हूँ। हमारे वजीर और सरदार आराम कर सकते हैं मैं नहीं...।' यह कहकर औरंगजेब ने दीवाने खास के बाहर देखा। फौवारे का पानी ऊपर उठकर चारों तरफ फैलता हुआ गिर रहा था। खुशगवार नजारा आँखों के आगे नाचने लगा।

अचानक ऐसा लगा कि पानी का रंग बदल रहा है। खून का सुर्ख रंग झलकने लगा। फौवारे का ऊपरी सिरा दारा के खून से लथपथ सर ऐसा लगा।...ऐरा क्यों?...कुछ देर पहले नजीर खाँ सर लेकर आया था। खून से लथपथ सर को पानी से धुलवाया था। दर्दङ्गेज सूरत को देखकर उनकी आँखें बन्द हो गयी थीं। उसी वक्त दफन करने का हुक्म दे दिया था।

बादशाह-ए-गाजी ने फौवारे से नजर हटाकर सरदारों की ओर निगाह डाली। मलिक जीवन का चेहरा दिखाई पड़ा। दिल को राहत मिली। उसे बुलाया गया था। वह हाजिर हो गया था। बादशाह ने एलान किया—'बादशाह-ए-गाजी की

सल्तनत का दुश्मन खत्म हुआ। आज लालकिला की दीवारों, नेहराबों, फौवारों और बुर्जों पर रौनक छायी हुई है। चुनांचे हम मलिक जीवन को इनाम बख़्शना चाहेंगे।'

वजीर फाजिल खाँ के इशारे पर मलिक जीवन फर्शी सताम कर बादशाह के नजदीक आ खड़ा हुआ। बादशाह ने अपने हाथों से इनाम-इकराम दिया। हुकूमत की ओर से सनद भी बख़्शी।

'आपकी इनायत' कहकर मलिक जीवन तीन बार झुका। शहनाई का संगीत गूँज उठा।

वजीर फाजिल खाँ ने खड़ा होकर अर्ज किया—'इस खलक-ए-खुदा में यह मुल्क हिन्दुस्तान बादशाह-ए-गाजी का है। सारे सरदार आलमपनाह की खिदमत में हैं। रिआया पूरी वफादारी से आपकी बादशाहत को कबूल कर रही है।...और वह अपने शहंशाह से खिराज, लगान और महसूल में थोड़ी माफी चाहती है। आज इस तख़्त से माफी का एलान हो तो सबकी खुशी जश्न में शामिल हो जायेगी।'

बादशाह के चेहरे पर संजीदगी छा गयी। लगा कि गौर कर रहे हैं। दरबार में सन्नाटा छा गया।...रिआया पर अस्सी किस्म के खिराज लगे हैं। सल्तनत को बहुत बड़ी आमदनी है। सरदारों और हकीमों को फायदा है।...आज सियासत की माँग है। वक्त का तकाजा है कि कुछ माफी दी जाये। इस उथलपुथल में रिआया को खुश करना है।

सबकी नजर बादशाह पर लगी है।...सबने देखा कि बादशाह का दाहिना हाथ उठा। उन्होंने दस खिराजों को माफ करने का एलान किया।

सबके मुस्कराते लबों पर 'बादशाह-ए-गाजी जिन्दाबाद' का नारा गूँज उठा।

बादशाह ने दूसरा एलान किया—'आज की रात जश्न की रात होगी। वैसे ताजपोशी का जश्न हो चुका है। लेकिन आज हम उसे पूरा करेंगे। रोशनआरा बेगम साहिबा की यही ख्वाहिश है।...रिआया को मालूम होना चाहिए कि बादशाह ने उसे माफी दी है। चुनांचे उसे इस जश्न में शामिल होना है।'

दरबार खत्म हुआ। नगाड़ा बजने लगा। नौबत की आवाज गूँजने लगी। बादशाह तख़्त से उठे। सभी दरबारी उठकर खड़े हो गये। बादशाह के कदम शाही महल की ओर बढ़ गये। सभी सरदार बादशाह को देखते रहे। उनकी बेमिसाल शख्सियत और शान को देखते रहे।...एकाध के दिलों में खयाल उभर आया—अपने वालिद को कैद करना...अपने बड़े भाई को सजा-ए-मौत देना सियासत की संगदिली है या इस शख्सियत की खासियत?...इतना बेखौफ और इतना बेरहम! ...यह मजहबी और सियासी दोनों है। वैसे भी अरब में पैगम्बर साहब के जमाने में ही मजहबी सियासत की शुरुआत हो गयी थी। आलमगीर औरंगजेब बुलन्द इकबाल और खौफनाक दोनों हैं।...सबको सर झुकाकर चलना पड़ेगा। चूँ करने पर खैरियत नहीं है।

शाम की नमाज के बाद किले के अन्दर चिराग का नजारा दिखाई पड़ने लगा। चारों तरफ चिराग जलने लगे। हर महल में शमादान रोशन होने लगे। साज और आवाज का समा छाने लगा। घुँघरू की आवाज भी सुनाई पड़ी।

रोशनआरा बेगम के हुक्म पर कंचनियों का नाच शुरू हुआ। सारी बेगमें और उनकी बाँदियाँ आ गयीं। औरंगजेब बहादुर आलमगीर भी शामिल हुए। दूर-दूर ख्वाजासरा मौजूद थे। अरब और तातार की हथियारबन्द औरतें पहरे पर थीं। एक खूबसूरत कंचनी नाच की रफ्तार के साथ गाने लगी। दूसरी कंचनियाँ ढोलक और सितार बजा रही थीं। फारसी और खड़ी हिन्दी की मिली-जुली जुबान में प्रेमगीत सुना रही थीं। लैला मजनू की प्रेमकथा का दर्द उमड़ा आ रहा था। भाव था—

इश्क के कुछ लमहों की कीमत यह अश्क की ढरकन है।
हुस्न से जो कुछ पाया, आँसुओं ने अदा कर दिया॥

बादशाह ने इस गीत को पसन्द किया। मुस्कराकर अपनी पसन्दगी को जाहिर कर दिया। देखा कि सारी बेगमें नगमा के दर्द की मिठास में मदहोश हो रही हैं। रोशनआरा आपा सर हिला रही हैं।

दूसरी कंचनी ने ब्रजभाषा में राधा कृष्ण का प्रेमगीत सुनाना शुरू किया। ऐसा लगा कि ब्रजभाषा की शीरी जुबान में प्रेम की मिठास उमड़ने लगी है। औरंगजेब ने इस नगमे को भी पसन्द किया। फिर उनकी नजर चारों ओर घूम आयी। बेगमों में उदयपुरी बेगम नहीं हैं। दुख्तर जेबुन्निसा भी नहीं है।...थोड़ी बेचैनी हुई।

तीसरी कंचनी उठी। उसने राजस्थानी में गाना शुरू किया। इस गीत में भी राधा और कृष्ण के नाम आ रहे थे। राधा उलाहना दे रही थी। किशन शरमा रहे थे।...बाँसुरी की आवाज गूँज रही थी।

औरंगजेब बेसाख्ता बोल उठे—'मुगल हरमसरा में बुतपरस्ती का नगमा बन्द करो।...इन कंचनियों को दीनोईमान और अल्लाह से क्या वास्ता।'

सभी चौंक गयीं। डर गयीं। बाँसुरी का स्वर सहम गया। सितार के तार चुप हो गये। ढोलक की थाप ठिठक गयी। चिरागों की लौ काँपने लगी।

औरंगजेब दो बाँदियों के साथ उदयपुरी बेगम के महल की ओर चल पड़े। उधर तो हल्का-हल्का अँधेरा था। अन्दर एक शमादान जल रहा था। उदयपुरी की बाँदी ने बादशाह का इस्तकबाल किया वे अन्दर गये। देखा कि उदयपुरी बेगम स्याह कपड़े में बैठी है। वे नजदीक आ गये। लेकिन वह कुछ बोल नहीं सकी। बाँदी ने बैठने का इसरार किया। वे सोच रहे थे—बाहर चिरागा की रोशनी और यहाँ अँधेरा! दारा की दिलरुबा अँधेरे में रहना चाहती है?...अब तो यह बादशाह-ए-गाजी के हरम में है। अँधेरा नहीं चाहिए।

वे बोल उठे—'उदयपुरी! अब आप बादशाह-ए-गाजी के शाही महल में हैं।

यहाँ अँधेरा क्यों? जश्न की रात में आया हूँ। और आप स्याह लिबास में...! यह मुनासिब नहीं है।'

'औरंगजेब! आज मेरे लिए मातम की रात है। मरसिया का वक्त है।...आप के लिए जश्न की रात है। दोनों में इतना फासला है।' उदयपुरी ने दूसरी तरफ देखती हुई जवाब दिया।

'फासला नजदीकी में तब्दील हो रहा है, उदयपुरी!'

'तख्त के सामने जो सर नहीं झुकायेंगे, उनके सर धड़ से जुदा कर दिये जायेंगे। और फिर उनके खून से चिरागा का तमाशा...।'

'उदयपुरी! मैं आपको चाहता हूँ। यहाँ खून नहीं, इसरार और इकरार की बात हो।'

'आलमगीर! पहले अपने हाथों को धोकर पाक हो जाइए।'

'इन्हें क्या हुआ है?'

'इसमें बड़े भाई का खून लगा है। खूनी हाथ से मुझे हासिल नहीं...।'

'उदयपुरी! आपने शराब पीना चाहा। मैंने नहीं रोका। मैंने कोई जोर-जबरदस्ती नहीं की है।'

'अपने खूनी हाथों से मुझे कैद करना जोर जबरदस्ती नहीं है? मुझे मालूम है कि मात खाये बादशाह की जायेदाद, महल और बेगमों पर कब्जा करना फतहयाब का दस्तूर है।'

'मैं आपको कैसे समझाऊँ?'

'तख्तनशीन दूसरे के जज्बात को नहीं समझता।'

'उदयपुरी शराब के नशे में है।'

'आप तख्तोताज के नशे में हैं।'

यह सुनकर औरंगजेब झल्ला उठे। पर अपने को दबाया। वे उठकर बाहर आ गये। लगा कि उनके पैर डगमगा रहे हैं। चिरागों की रोशनी मद्धिम हो रही है।

उसी वक्त जासूस से खबर मिली कि दाराशिकोह को दफनाने के वक्त बागी आ गये। फसाद हो गया। कई लोग जख्मी हैं। तुबर्रुक खाँ ईरानी बुरी तरह जख्मी है।...'दारा का खून रंग लायेगा।' की आवाज आती रही।

औरंगजेब ने गुस्से में पूछा—'बागी कत्ल हुए या कैद?'

'कुछ कैद हुए हैं। उनमें कुछ फकीर हैं, कुछ सरदार और कुछ काफिर।' जासूस ने बताया।

'इस फसाद के पीछे कौन है?'

'अन्दाज है कि इसमें मुल्ला शाह बदख्शी का हाथ है।'

'उसे जिन्दा या मुर्दा हाजिर किया जाये।' औरंगजेब ने सख्त आवाज में हुक्म दिया।

5

औरंगजेब की दुख्तर जेबुन्निसा अपने कमरे में शमादान की रोशनी में फारसी कविता पढ़ रही थी। बार-बार पढ़ती और उसके भाव को समझने की कोशिश करती। जब-तब वह मुस्कराकर सर हिलाने लगती। एक कोने में पिंजरा रखा हुआ था जिसमें प्यारा-सा तोता आराम कर रहा था। कभी-कभी उसकी ओर मुखातिब होकर कोई शेर सुना देती, तोता फुदकने लगता।

बाहर से कंचनी के गीत का धीमा स्वर आ जाता। कभी वह ढोलक की थाप पर कुढ़ जाती और कभी गीत की कड़ी पर थम जाती। उसे अहसास हुआ कि कंचनी के गीत में कशिश है। शीरी जुबान में इनसानी जज्बात की पेशकश है।...उसने बाहर झाँका। रोशनी का मेला है। ढोलक और सितार के साथ घुँघरू की मौज है।...जश्न मनाया जा रहा है। अब्बाहुजूर का हुक्म है। क्योंकि बड़े चाचा...ओह! यह सियासत इनसानियत के साथ क्यों नहीं चल पाती? इसकी हर पहल खौफनाक क्यों हो जाती है? कामयाबी पर खून के चिराग क्यों?

अचानक कंचनी का गीत रुक गया। ढोलक और सितार की आवाज स्याह आसमान में घुलने लगी। नगमा अधूरा रह गया। क्या हुआ? गीत पूरा नहीं हुआ?

उसे लगा कि अब्बाहुजूर फूफीजान के साथ इधर ही आ रहे हैं। वह सँभल कर बैठ गयी। वह अपनी किताब को देखने लगी।...कंचनी के गीत का रुक जाना और अब्बा का इधर आना—सवाल बनकर कौंधते रहे।...उनकी आवाज सुनाई पड़ी।

'दारा के हमदर्दों को खोज-खोजकर कैदखाने में पहुँचा देना है। कोई मेहरबानी नहीं... ।' ये रोशनआरा के लफ्ज थे।

'सियासत में मुखालिफ के लिए मेहरबानी की कोई जगह नहीं है। जैसे मजहब में बेदीन और बेईमान यानी काफिर के लिए कोई रियासत नहीं है।' औरंगजेब ने कहा।

'दारा का बड़ा लड़का सुलेमान शिकोह कश्मीर में है। उसे जल्द ढूँढ़कर कैद किया जाये।'

'यह तो बहुत जरूरी है।...राजा जयसिंह और राजा जसवन्त सिंह को शाही तख्त के सामने हाजिर होकर अपनी दोस्ती का इजहार करना है। इन्हें छोड़ना नहीं है।'

'आपने सही सोचा है। उन्हें इज्जत दें। दोस्ती की बात करें। उनकी वफादारी को पा लें। अगर ये कौल कर लेते हैं तो उनकी वफादारी और जॉनिसारी में फर्क नहीं आयेगा। लेकिन उनके इशारे पर मुगल सल्तनत को नहीं चलना है।'

'हाँ, आपा! सियासत की इस राह पर बड़ी होशियारी से चलना है।...अब चुप

रहो। जेबु सामने है।'

जेबुन्निसा का सर झन्ना रहा था। वह दो लम्हों तक तै नहीं कर सकी कि अपनी किताब में मशगूल रहे या उठकर अगवानी करे।...ये दोनों दिन-रात सियासत ही खाते हैं, सियासत ही सोते हैं। दुश्मन को पटको और खुद को दुनिया का शहंशाह साबित कर दो।...बेटी के सामने भी चुप रहो क्योंकि सियासत में किसी पर एतबार नहीं...। शेरोशायरी में मशगूल रहने वाली जेबुन्निसा से गुफ्तगू नहीं करो।

उनके कदम बहुत करीब आ गये। वह अपने को रोक नहीं सकी। वह उठ कर खड़ी हो गयी। दरवाजे को खोल दिया।

औरंगजेब ने देखा कि शमा जल रही है। किताब खुली हुई है और जेबुन्निसा सर झुका कर खड़ी है। उन्होंने रोशनआरा की ओर देखा। फिर बड़े प्यार से पूछा—'जेबु! बाहर चिरागा देखने नहीं आयी? कंचनियों के नाच में भी नहीं आ सकीं? उनके नगमों पर तुम खुश हो जाती।'

'जी, अब्बाहुजूर! यहीं से गीत सुन रही थी। बहुत अच्छा लग रहा था। मगर गीत अधूरा रह गया। लगा कि दरिया की मौज कहीं गुम हो गयी। नखलिस्तान रेगिस्तान में तब्दील हो गया।'

'तुमने तो शायरी कर दी जेबु! स्याह आसमान में चिरागों का मेला भी शायरी ही है। इसे भी देख लो।'

'आप शायरी पसन्द करते हैं, अब्बाहुजूर?...ये चिराग तो आहिस्ता-आहिस्ता बुझ रहे हैं। आसमान की स्याही बढ़ रही है।...किसी का रोना-बिसूरना बड़ा तकलीफदेह लगता है, अब्बाहुजूर!'

'ये रोशनचिराग किसी को रोने के लिए कहते हैं?...इस शाही हरम में कौन रोयेगा?'

'मगर कोई अपने दर्द में चिराग को भी बेजार होकर रोना समझ ले तो...।'

'जेबुन्निसा हिन्दुस्तान के बादशाह की दुख्तर है। उसे बेजार तो नहीं होना है।' रोशनआरा बोल उठी।

'फूफीजान! किले की दीवारें पत्थर की जरूर हैं। लेकिन ये मजलूम के दर्द को कुचल नहीं पातीं मैं कुछ देर पहले आलमआरा को समझाकर आयी हूँ।'

'सही काम किया। तुम्हीं उसे समझा सकोगी। उसके दर्द को हल्का कर सकोगी। हम यही कहने आये हैं।' रोशनआरा ने समझाया।

'मैं कोशिश कर रही हूँ।'

अचानक बगल से सिसकने की आवाज आने लगी। औरंगजेब ने महसूस किया कि आसपास के चिराग हवा के झोंके से बुझ गये हैं। वे ताकते रह गये। जेबुन्निसा से नजरें टकराकर हट गयीं।

रोशनआरा ने धीरे से इसरार किया—'जेबु! जाओ। उससे मिल लो। हम चलते हैं।'

'मैं एक बार मिलना चाहता हूँ।' औरंगजेब ने कहा।

रोशनआरा ने रोकना चाहा। लेकिन वे जेब के इशारे पर चल पड़े। रोशनआरा खीझ उठी। मजबूरी में वह भी पीछे-पीछे आयी।

आलमआरा अपने कमरे के दरवाजे बन्द कर और चिराग बुझाकर बैठी थी। घुटनों में चेहरा छिपा हुआ था। सिसकियाँ जारी थीं। दरवाजे के बाहर एक बाँदी शमादान लिए खड़ी थी। उसने सबको देखा। वह घबरा उठी। सलाम किया। दरवाजे पर दस्तक दी। भीतर से दरवाजा नहीं खुला। बाँदी दस्तक देती रही। रोशनआरा कुढ़ती रही।...दरवाजा खुला, बाँदी शमादान लेकर आगे बढ़ी। आलमआरा ने शमादान की रोशनी में जेबुन्निसा, औरंगजेब और रोशनआरा को देखा। वह चीख उठी। उसने घुटनों में चेहरा छिपा लिया।

औरंगजेब के कदम रुक गये। रोशनआरा के पाँव पीछे हट गये। जेबुन्निसा की हिम्मत टूट गयी। बाँदी शमादान लिए खड़ी थी। सिसकने की आवाज सबको घेर रही थी। सभी घिर गये थे। सबकी बोलती बन्द थी। कुछ देर तक सभी ठिठके रहे।

रोशनआरा ने हिम्मत की—'आलमआरा! हम तुमसे मिलने आये हैं, बेटी। इतना रोना-बिसूरना अच्छा नहीं। तेरे चाचाजान तेरी तकलीफ देखकर तेरे नजदीक आ गये हैं।'

रोशनआरा के कदम बढ़े। आलमआरा ने महसूस किया कि किसी के कदम उसके नजदीक आ रहे हैं। ये कदम जेबु के नहीं हैं। उसने चेहरा उठाया। उसने रोशनआरा की आँखों को देखा। उसे लगा कि उन आँखों में खून का अक्स है। पीछे खड़े चाचाजान औरंगजेब के चेहरे पर खून के छींटे हैं। वह चीख उठी—'मेरे अब्बा को कहाँ दफना दिया? मैं उनके पास जाऊँगी। मुझे इस कैदखाने से रिहा करो।'

इस सवाल का जवाब कोई दे नहीं सका। रोशन और औरंगजेब एक-दूसरे को देखने लगे। जेबुन्निसा की आँखें भींग गयी थीं। आलमआरा ने महसूस किया कि वह इन दो खौफनाक चेहरों से घिर गयी है। वह चीखती हुई कमरे के बाहर निकल आयी। उदयपुरी बेगम के महल की तरफ दौड़ पड़ी।

सभी परेशान हो उठे। औरंगजेब को लगा कि जश्न के नगमे बन्द हो गये। चिराग की लौ मद्धिम हो गयी।...और वह चीख फैलती जा रही है।...दारा का खून से लथपथ सर जब-तब झलक उठता है।...दफन हो जाने के बाद भी तंग कर रहा है।...किले के भीतर यह चीख...किले के बाहर बगावत की बू यह तो बादशाह-ए-गाजी की शान पर चोट है।...वे क्या करें?...लाचार तो नहीं हैं! लेकिन

आलमआरा की चीख को ताकत से कैसे दबा दें? इसके दर्द को कैसे कुचल दें?

रोशनआरा ने लौट चलने के लिए कहा। औरंगजेब के कदम मुड़ गये। सभी लौट पड़े। औरंगजेब ने महसूस किया कि रोशनचिराग सुबह के चिराग बन रहे हैं। आसमान की स्याही बढ़ रही है। आलमआरा की चीख चारों ओर फैल रही है। ...और खून से लथपथ सर पीछा नहीं छोड़ रहा है।...वह तो कब्र में सो गया है। खाक में मिल चुका है।

जेबुन्निसा इजाजत लेकर अपने कमरे में चली गयी।

रोशनआरा ने कहा—'इन चिरागों को रातभर जलना है। ये हमेशा रोशन रहें जैसे तख्ते ताऊस पर बादशाह-ए-गाजी!'

औरंगजेब ने सर हिलाया। उनके ओठों पर मुस्कान आ गयी। वे बोल उठे—'हाँ, आपा! इन चिरागों को रातभर जलना है। चिरागों की रोशनी में किले का हर बुर्ज सरदारों और रिआया को जश्नेजीत की याद दिलाता रहे।'

'किले के बाहर भी सारा शहर जगमगा रहा होगा।'

'हाँ, आपा!'

'चिराग रोशन रहें। कंचनियों का नाच होता रहे।'

औरंगजेब चीख और बगावत को भूलने लगे।

6

लाल किले से कुछ दूर यमुना के किनारे एक पक्के मकान में पंडितराज जगन्नाथ का निवास है। आसपास कुछ और ब्राह्मणों और मुगल दरबार से जुड़े राजपूत मनसबदारों के भी घर हैं।

शाम हो गयी। अँधेरा बढ़ने लगा। लालकिले में चिरागा देखकर कुछ घरों पर चिराग जलने लगे। परन्तु पंडितराज का घर अँधेरे में डूबा रहा। वे अँधेरे में ही मुल्लाशाह बदख्शी की प्रतीक्षा करने लगे। उन्होंने विचारविमर्श के लिए बुलाया है। पत्नी लवंगी साथ बैठी है। दोनों उदास हैं। पुत्र भवनाथ द्वार पर बार-बार जाकर देख लेता है। वह छत पर चला गया। दूर से लाल किला चिरागों की रोशनी में दिखाई पड़ा। उसे अच्छा नहीं लगा...उधर दाराशिकोह के शव पर सफेद कफन ...इधर चिरागों के बेरहम कहकहे!...चिरागों के बीच अँधेरे में आलमआरा सिसक रही होगी।...औरंगजेब कितने कठोर सख्त हैं! जीत और कहकहे—ये ही शौक हैं!! हर वक्त मजहबी मुद्दे और आँखों में आग...क्या तलवार की नोंक से मजहब बढ़ेगा, सियासत के साथ मजहब मुस्करायेगा? मजहब सियासत का सहारा बनेगा? ...कामयाबी तो मिल गयी है। ये चिराग बता रहे हैं।

मुल्लाशाह बदख्शी आ गये। भवनाथ ने देख लिया। वह छत से नीचे उतर

आया। उसने द्वार को खोला। पैर छूकर प्रणाम किया। शाह ने पीठ पर हाथ रखकर आशीर्वाद दिया। भवनाथ के साथ घर के भीतर आये। पंडितराज ने उठकर अगवानी की। लवंगी ने सलाम किया और वह भीतर चली गयी। पंडितराज और मुल्ला शाह बदख्शी साथ बैठे। भवनाथ थोड़ा हटकर एक ओर बैठ गया। एक दीया जल रहा था।

पंडितराज को लगा कि मुल्ला शाह की आँखों के आँसू सूख गये हैं। लेकिन अन्दर का जीव तो रो रहा है। वे खुद दिन भर हाय-हाय कर रहे थे। लवंगी ने कई बार समझाया है। अपने आँचल से आँसुओं को पोंछा है। पर ये आँसू नहीं मानते।

दीया की लौ ऊपर उठ रही है। दोनों की दृष्टि उस लौ पर है। यह लौ मानव जीवन के समान है। कोई उसे बुझा न दे। पर इसे बुझा दिया जाता है।

भवनाथ ने अपनी माँ लवंगी से दूध के दो गिलास लेकर सामने रखा और कहा—'पिताजी। आप दोनों दूध पी लें। भोजन नहीं करेंगे तो दूध तो पीलें।'

'आज कुछ भी नहीं...एक विद्वान् मुगल राजकुमार...इनसानियत की मूर्ति... नये भारत का स्वप्नद्रष्टा कब्र में दफन हो गया! क्या यही ईश्वर का न्याय है?'

'ऐसा न कहें, पंडितराज! हमें क्या पता है कि खुदा क्या चाहता है? आप हिन्दुस्तान के मशहूर पंडित हैं। शायर हैं। आप ऐसा न कहें।' ये शब्द मुल्ला शाह बदख्शी के थे।

'शाह साहब! आप मुल्ला हैं। आपके सैकड़ों शिष्य हैं। आप दारा शिकोह के गुरु रहे हैं...इस कत्ल में कौन-सा न्याय है?'

'यह जुल्म है। एक खूंखार ने खौफ से खून पी लिया है और बचे हुए खून से चिराग जला रहा है।'

'हम तो अँधेरे में रहेंगे क्योंकि चारों तरफ अँधेरा ही अँधेरा है। रिआया भी अँधेरे में हाय-हाय कर रही है।...मौत के माहौल में चिरागा नहीं...खाना-पीना भी नहीं।'

'ठीक है कि हिन्दू घर में मौत होने पर खाना नहीं खाते। लेकिन दूध तो लें।'

'कुछ भी अच्छा नहीं लग रहा है।...दिल्ली छोड़ देने की इच्छा हो गयी है शाहसाहब!'

'वक्त आ गया है या तो इस जुल्म से जूझना पड़ेगा या यहाँ से हट जाना होगा।...मैं तो टकराऊँगा। मेरे शागिर्द तैयार हैं। दफन के वक्त खबर कर दी गयी है।'

'आप आग से खेल रहे हैं, शाह साहब!'

'शहंशाह मेरी आग में जले या मैं खून के सैलाब में डूब जाऊँ!'

'निस्सन्देह मानवता की हत्या हुई है। दाराशिकोह ने सूफीमत, ईसाईमत और वेदान्त दर्शन का अध्ययन किया था। वैसा ही आचरण करने की चेष्टा की।'

'जी, हाँ! दारा ने धर्मों की मिल्लत के लिए 'मज्मुअ-उल-बहरेन' नामक

किताब लिखी। लेकिन औरंगजेब ने सब उलट दिया।'

'योगवाशिष्ठ और भगवत्गीता का भी अनुवाद कराया था। मैंने सहयोग दिया था।'

'शाहजादा ने आपका घर भी बसाया था। उधर मुल्ला मौलवी नाराज हुए, इधर पंडित समाज। लेकिन आपने लवंगी को चाहा। शाहजहाँ और दारा–दोनों ने मान लिया। गंगोजमुन का संगम हो गया।'

'हाँ, शाहसाहब! मैं कैसे भूल सकूँगा!'

'आप दोनों दूध पी लें। बस, इतना ही!' लवंगी ने निकट आकर अनुरोध किया।

दोनों ने दूध पीये।

भवनाथ ने खाली गिलास को हटाते हुए कहा–'हजरत सरमद साहब से भेंट नहीं हो सकी।'

'वे तो औलिया हैं। फक्कड़ हैं। ध्यान में होंगे या अमीचन्द से बाँसुरी सुन रहे होंगे।' शाहसाहब ने बताया।

'सोचता हूँ कि उनसे मिलकर मथुरा की ओर चला जाऊँ। अब यहाँ मन नहीं लग रहा है।' पंडितराज जगन्नाथ ने कहा।

'सरमद साहब तो आपको जाने नहीं देंगे।' शाह साहब बोल उठे।

'आप दोनों को देखकर भरोसा हो जाता है।...भवनाथ भी दिल्ली से जाना नहीं चाहता। यह भी एक समस्या है।'

'भवनाथ यहीं पैदा हुआ है। दाराशिकोह के महल में हँसता-खेलता रहा है। आलमआरा के साथ बचपन बिताया है।...और आलमआरा किले में कैद-सी है।'

'शायद आप ठीक कह रहे हैं। पर दिल्ली में रहना और लाल किले की तरफ झाँकना काँटों भरी राह पर चलना है।'

'आप सरमद साहब से मिल लें। मैंने तो टकराव को कबूल कर लिया है। ...अब आप कुछ सुना दें।'

'इच्छा ही नहीं जगती, शाहसाहब! लेकिन आपकी सेवा में एक छोटी-सी रचना है–

नीरक्षीरविवेके हंसालस्यन्त्वमेव तनुषे चेत्।
विश्वस्मिन्नधुनाऽन्यः कुलव्रतं पालयिष्यति कः॥

...ऐ हंस! अगर तू ही पानी और दूध को अलग-अलग करने में आलसी बन जाते हो तो दूसरा कौन इस नियम-कायदे को बचायेगा?

'बहुत अच्छा! आपने हंस के बहाने खुदा को, पीर-औलिया और बादशाह को उलाहना दिया है जिससे बेइन्साफी न हो सके।...आपका दर्द समझा रहा हूँ। आप बेइन्साफी से बेचैन होकर कह रहे हैं।...मगर मैं कुछ करना भी चाहता हूँ।'

'आप आग से खेलना चाहते हैं।'

'पंडितराज! आप तो कवि भी हैं। आप अहसास कर रहे हैं कि यह बादशाह-ए-गाजी सबकी जिन्दगी में जहर घोल रहा है। अपने बाबा के बाबा की तरह गैरमुल्की हमलावर-सा सलूक कर रहा है।'

'यह तो सच है, शाहसाहब! मुगल गैरमुल्क से आये हैं। हमलावर के रूप में आये हैं। लेकिन सवा सौ वर्ष हो गये। मगर एक सदी के बाद भी ये इस देश की मिट्टी, इसकी सभ्यता-संस्कृति और इसके बेटों को प्यार नहीं दे सके तो बेचैनी और तनाव की हालत तो रहेगी।'

'जी, हाँ! यह सच है। जब शाहजादा दारा ने इस मिट्टी को, इसकी तहजीब और इसके बेटों को प्यार करना शुरू कर दिया तो औरंगजेब ने अपने मजहब को गंगोजमुन के किनारे पस्त होने का खौफ दिखाकर जेहादी जनून जगा दिया।... अब वह तख्तनशीन है।'

'इसलिए आठों याम भय और आतंक...।'

'इस खौफ और दहशत को दूर करना होगा। इसके लिए सबसे मिलना जुलना है। अब आप रुख्सत दें।'

'इस समय कहाँ जायेंगे? बाहर खतरा है।'

'नहीं, पंडितराज! जाने दें।' यह कहकर मुल्लाशाह बदख्शी उठकर खड़े हुए।

पंडितराज जगन्नाथ और भवनाथ ने द्वार तक पहुँचा कर आदर के साथ विदा किया। शाहसाहब अँधेरे में गुम हो गये।

भवनाथ अँधेरे में देखता रहा। फिर वह छत पर चला गया। अँधेरे में लालकिले की रोशनी...रोशनी के बीच आलमआरा का सिसकना...यह उसकी कल्पना है या अनुभूति? यह सच्चाई है तभी तो अनुभूति है। और फिर कल्पना भी।

उसने बरसों आलमआरा के साथ हँसा-खेला है। क्या वह उसकी पीड़ा की अनुभूति नहीं कर सकता? यह अनुभूति ही जीवन है।...वह दिल्ली छोड़कर नहीं जायेगा।...पिता जी बेचैन हैं। इस बेचैनी और घुटन में उनका लेखन नहीं हो पा रहा है। दारा शिकोह की यादों में खोये रहते हैं।...अपनी पुस्तक के पन्ने पलटते हैं। और वे उनमें दाराशिकोह की झलक पाने लगते हैं।...फिर आँसू थम नहीं पाते।

इधर दो-चार घरों पर दीये जल रहे हैं। शहर में तो चिरागा नहीं, अँधेरे का राज्य है। पता नहीं, लोग इस अँधेरे में दाराशिकोह की लाश को देखकर डर जाते हैं या औरंगजेब के चेहरे को।...जामा मस्जिद के आसपास चिराग जल रहे हैं। सरमद साहब को देखकर वे भी धुआँ रहे होंगे।...सरमद साहब के दिल की क्या हालत होगी—यह अनुमान करना कठिन है।

7

सादुल्ला खाँ बाजार की मस्जिद में मुल्ला शाह बदख्शी नमाज के बाद बोल रहे थे—खुदा बन्दापरवर हैं। वे सबको प्यार करते हैं। उनसे प्यार पाकर हम आदमी से इनसान बनते हैं। हम इश्क हकीकी के जरिये उनके करीब पहुँचने की कोशिश करते हैं। वे बन्दानिवाज हैं। हम उनके बन्दे हैं। दोनों में सिर्फ प्यार-इश्क का रिश्ता है।...लेकिन हमारा नया, बादशाह खुदगर्जी और सियासत का रिश्ता मानता है। चुनांचे बुजुर्ग शाहजहाँ आगरा के किले में कैद हैं। बड़े भाई दाराशिकोह का कत्ल हो चुका है। एक और भाई मुराद अंजाम की रात का इन्तजार कर रहा है। शुजा को भागना पड़ रहा है। औरंगजेब को खून की प्यास है।...रिआया तो गुलाम है। गुलाम को बेइन्साफी और बेरहमी के खिलाफ बोलना नहीं है। इस नये बादशाह ने अपने गुनाह को छिपाने के लिए रिआया को मुसलमान और काफिर में बाँटने की कोशिश शुरू कर दी है।

हम रिआया हैं। गुलाम नहीं हैं। हम गुनाहों को भूल न्हीं सकेंगे। हम अपने बुजुर्ग बादशाह शाहजहाँ को भूल नहीं सकते। अपने शाहजादा दाराशिकोह के कत्ल को भूल जाना मुश्किल है।

मुल्ला शाह बदख्शी ने तकरीर खत्म कर नमाजियों पर नजर डाली। कुछ लोग सर हिला रहे थे। कुछ लोग चुप थे। दो चार लोग आपस में बातचीत करने लगे। एक ने धीरे से कहा—'नये बादशाह ने खिराजों में माफी दी है। रिआया का भला चाहा है।'

दूसरा कहने लगा—'अपने वालिद को कैद करना गलत है। शाहजादा दारा का कत्ल बेरहमी है। हुकूमत के लिए यह सब...रिआया क्या करे?' तीसरा बोल उठा—'शहंशाह औरंगजेब सच्चे मुसलमान हैं। दारा शिकोह तो काफिरों के धरम की ओर झुक रहे थे।'

चौथे ने कहा—'क्या सच्चा मुसलमान अपने वालिद को कैद करके तकलीफ दे सकता है?...यह तो जुल्म की शुरुआत है।'

पाँचवें ने बताया—'हाँ, जुल्म की शुरुआत है। खिराजों की माफी तो रिआया को फुसलाने के लिए है। बगावत को दबाने के लिए है।'

शाही जासूस मुल्लाशाह बदख्शी का पीछा कर रहा था। उसने छिपकर उनकी तकरीर सुन ली। उसे बगावत की बू मिली। उसने किले की ओर खबर भेज दी। कुछ ही देर के बाद बहादुर खाँ सिपाहियों के साथ आ पहुँचा। शाह साहब अपने शागिर्दों के साथ मस्जिद से बाहर आ रहे थे। पीछे-पीछे नमाजियों की भीड़ थी। सिपाहियों को देखकर कुछ लोग अपने घरों की ओर बढ़ चुके थे। कुछ लोग इधर उधर खिसकने लगे। बहादुर खाँ ने इशारा किया। सिपाही आगे बढ़े। शागिर्दों ने

शाह साहब की हिफाजत के लिए घेरा बना लिया। सिपाहियों के कदम बढ़ नहीं सके। नमाजी शाहसाहब के लिए रुक गये। बहादुर खाँ ने गुस्से में डण्डे चलाने का हुक्म दे दिया, सिपाहियों ने डण्डा चलाना शुरू कर दिया। कुछ लोग सिपाहियों पर पत्थर फेंकने लगे। कुछ शागिर्द भी डण्डे लेकर आ गये। बहादुर खाँ घबराया। उसे बादशाह के हुक्म का खयाल आया। उसने म्यान से तलवार निकाल ली। सिपाही भी तलवार निकालकर आगे बढ़े। शाहसाहब के शागिर्द तलवारों के वार को डण्डों से रोकने लगे। 'बादशाह-ए-गाजी जिन्दाबाद' और 'मुर्दाबाद' के नारे लगने लगे।

आसपास के घरों के दरवाजे बन्द हो गये। दूकानदार घबराहट में अपने को सँभाल नहीं सके। किरानों के बोरे उलट गये। बजाजों के कपड़ों के थान बिखर गये। गोश्त-रोटी की दूकानों में भगदड़ मच गयी। धूल की लहर उठी। मटमैला परदा-सा छा गया। धूल के झीने परदे में डण्डों और तलवारों में टकराव होने लगा। सड़क खून के छींटों से रँगने लगीं।

एक शागिर्द ने धीरे से कहा कि 'शाहसाहब यहाँ से हट जायें। दुश्मन के सामने रहना खतरे से खाली नहीं है। शागिर्द बहादुर खाँ से निपट लेंगे। वे उसे मनमानी नहीं करने देंगे।...बहादुर खाँ उन्हीं को कैद करने आ धमका है। औरंगजेब का हुक्म हो चुका है। आप ही निशाना हैं।'

शाहसाहब ने कुछ सोचा। सर हिलाया। फिर वे मस्जिद के अन्दर चले गये। कोई देख नहीं सका।

बहादुर खाँ डण्डों के वार को तलवार से रोकता हुआ शागिर्दों को घेर लेने की कोशिश कर रहा था। सिपाहियों के सर से खून बह रहा था। कुछ बेहोश हो चुके थे। कुछ मैदान से हट रहे थे। बहादुर खाँ सिपाहियों की दूसरी टोली का इन्तजार करने लगा। साथ ही वह अपने सिपाहियों को ललकारने लगा। शाहसाहब पर नजर भी रख रहा था।...वह चाहता था कि मुल्ला शाह बदख्शी को कैद कर बादशाह से इनाम पा ले। बादशाह को खुश कर जिन्दगी में आगे बढ़ने के कदम बढ़ाये। यह एक अच्छा मौका है।...बादशाह-ए-गाजी बागियों के खून के प्यासे हैं। उनकी प्यास मिटे और इधर अपनी जिन्दगी की रफ्तार बढ़े।...अब इस बादशाह-ए-गाजी को कौन रोक सकेगा! दारा शिकोह और शुजा के ख्वाब चकनाचूर हो गये। आलमगीर औरंगजेब तो कोहेआतिश हैं। इनसे टकराना खेल नहीं है। जो नजदीक आयेगा वह झुलस जायेगा।

बहादुर खाँ की नजर शाहसाहब को खोजने लगी। मुल्ला शाह के दिखाई नहीं पड़ने पर घबराया। उसी लम्हा उसके सर पर डंडा लगा। उसकी आँखों के आगे अँधेरा छाने लगा। उसी वक्त सिपाहियों की दूसरी टोली आ गयी। संघर्ष तेज हो गया।

कुछ ही देर के बाद लगा कि शाहसाहब के शागिर्द पीछे हट रहे हैं। उनकी लाशें सड़क पर दिखाई पड़ने लगीं। कुछ भाग चले। कुछ मस्जिद की ओर दौड़ पड़े। बहादुर खाँ सँभल गया। वह सर सहलाता आगे बढ़ा। सिपाहियों को हर मकान और दूकान की तलाशी का हुक्म दे दिया। पीछे की गली को घेर लेने का इशारा भी कर दिया और वह खुद मस्जिद की सीढ़ियों पर खड़ा हो गया। मस्जिद का दरवाजा बन्द था। वह अन्दर नहीं जा सका। उसने इमाम से इल्तिजा की कि वे बागियों को सौंप दें। लेकिन दरवाजा नहीं खुला।

बहादुर खाँ ने सोचा कि मुल्ला मस्जिद में छिपा हुआ है या पीछे की गली में निकल गया।...क्या मौका हाथ से निकल गया? मुल्ला बहुत होशियार है! अब वह किधर खोजे? गिरफ्तार करना बहुत जरूरी है। ऐसा न हो कि बागी फिर इकट्ठे हो जायें और वह खुद बादशाह के गुस्से का शिकार बन जाये। ये किसी पर मेहरबानी नहीं करते। हर हालत में मुल्ला को कैद करना है।

वह चीख उठा—'बागी मुल्ला शाह बदख्शी को गिरफ्तार करानेवाले को बादशाह से इनाम मिलेगा। मैं वादा करता हूँ।...मुल्ला बागी है। काफिरों का तरफदार है। उसे पनाह नहीं मिले। नहीं तो उसे पनाह नहीं मिल सकेगी।'

वह चारों ओर देखता रहा। फिर सिपाहियों को मस्जिद के दरवाजे के पास खड़ा कर गली की ओर मुड़ गया।...वह सातवें आसमान से मुल्ला को पकड़ लायेगा। बादशाह-ए-गाजी का हुक्म है।...देखा कि गली में भगदड़ मची हुई है। सिपाही हर मकान की तलाशी ले रहे हैं। लोग हाय-हाय कर रहे हैं।

इमाम ने शाह साहब को पनाह दी थी। शाह साहब मस्जिद से निकल जाना चाह रहे थे। पर वे निकल नहीं सके। अब तो सिपाही चारों ओर फैल गये थे। बहादुर खाँ की आवाज सुनाई पड़ रही थी।

इमाम के कानों ने इनाम का एलान सुना। उसके अन्दर वह एलान गूँजने लगा। ...उसने मस्जिद की दीवाल पर नजर डाली। उसे लगा कि बादशाह औरंगजेब उस पर नाखुश हैं।...कह रहे हैं कि इमाम साहब ने एक बागी को छिपा रखा है। मजहब और हुकूमत दोनों को नुकसान पहुँचा रहे हैं।...क्या इनाम नहीं चाहिए? क्या मजहब और सल्तनत की सलामती पसन्द नहीं है?

इमाम ने आँखें बन्द कर लीं।...सोचा कि शाहसाहब सच्चे हैं। ईमानदार है। यह सही है कि शाहजादा दारा के तरफदार रहे हैं। लेकिन वे काफिर तो नहीं हैं। इनको गिरफ्तार कराना मुनासिब नहीं है। लेकिन बादशाह-ए-गाजी की नजर में शाहसाहब गुनहगार हैं।...वह बागी का साथ दे या बादशाह का?...इधर शाहसाहब क्यों आ गये? यह कैसा चक्कर है? मस्जिद सिपाहियों के घेरे में है। इनाम का एलान हो रहा है।...बादशाह की ओर से इनाम...एक बड़ी बात है।

इमाम के कदम दरवाजे की ओर बढ़े। मजहब और सल्तनत की खिदमत...

मजहब और सल्तनत की खिदमत...लेकिन शाहसाहब ईमानदार हैं। दाराशिकोह के मुर्शिद रहे हैं। मगर अब बागियों के सरदार हैं और बादशाह का हुक्म है। ...शहंशाह से बगावत नहीं हो। नहीं तो खून के सैलाब में डूब जाना होगा। बादशाह बेरहम है। औह!

इमाम के हाथों ने दरवाजे को खोल दिया। सिपाहियों ने बहादुर खाँ को खबर कर दी। बहादुर खाँ दौड़ा हुआ आया। इमाम के इशारे पर वह अपने दर्द को भूल गया। वह नंगी तलवार लिए अन्दर घुसा और उसने मुल्ला शाह बादख्शी को गिरफ्तार करने की कोशिश की। साथ के शागिर्दों ने बहादुर खाँ पर हमला कर दिया। आध घंटे की जंग के बाद सभी पकड़ में आ गये। बहादुर खाँ जख्मी होकर भी मुस्करा रहा था। मुल्लाशाह बदख्शी लोहे की जंजीर में जकड़ दिये गये थे। इमाम छिप गया था।

मस्जिद के बाहर सन्नाटे का आलम था। उस सन्नाटे में शाहसाहब के हाथों की जंजीर झनझना उठी।

8

लाल किले की लाल दीवारों के बीच लोहे का दरवाजा है। दीवारों के ऊपर थोड़े-थोड़े फासलों पर बुर्ज बने हैं। बुर्जों पर हथियारबन्द पहरेदार हैं। किले का फाटक घुड़सवार सिपाहियों के रोबदार चेहरों से शानदार लगता है। फाटक के आगे नहर है। नहर के पुल को पार कर ही किले के दरवाजे के नजदीक जायो जा सकता है। पुल के इस पार घुड़सवार सिपाहियों के खेमे लगे हुए हैं। उसके आगे शाही चौक है। शाही चौक से होकर दिल्ली शहर की सड़क गुजरती है। चौक के दोनों तरफ बड़े-बड़े बाजार हैं।

शाही चौक के पास पेड़ों की छाँव में जहाँ-तहाँ ज्योतिषी और नजूमी दरी बिछा कर बैठे हैं। ज्योतिषी के पास संस्कृत की पुस्तक और ग्रहों की तस्वीरें हैं। वे अपने आगे ग्रहों की तस्वीरें सजाकर शाही चौक से आने-जानेवालों पर दृष्टि रख रहे हैं। अपना भविष्य जानने के लिए पथिकों को वे संकेत से आमन्त्रित भी करते हैं। नजूमी के सामने फारसी की किताब है और है रमल फेंकने का पासा। नजूमी की नजर भी राहगीरों पर है। अचानक उसने देखा कि उसके पास बादशाह के दो सरदार मलिक जीवन और बहादुर खाँ आकर खड़े हो गये हैं। नजूमी घबरा गया। मगर सँभलकर बाअदब बातचीत करने लगा। फिर उसकी नजर ज्योतिषी की ओर गयी। जहाँ बुरके में कुछ औरतें पहुँच रही थीं। वह मन ही मन बुदबुदाया।

मलिक जीवन ने पूछा—'नजूमी! मैं बादशाह-ए-गाजी से इनाम-इकराम पाकर अपने इलाके की ओर लौटना चाहता हूँ। आपके सितारे क्या कह रहे हैं?'

बहादुर खाँ बोल उठा—'ये ही सरदार मलिक जीवन हैं। बादशाह-ए-गाजी मेहरबान हैं। सितारों को भी मेहरबान होना है।...मुँहमाँगा इनाम मिलेगा।'

नजूमी ने जवाब दिया—'हुजूर को मैं पहचानता हूँ। आपने शहंशाह को बहुत बड़ी मदद की है। तवारीख में आपका नाम...।'

'तो फिर इधर-उधर नजरें मत दौड़ाइए। सितारों का हाल बताकर हमें मदद कीजिए।' बहादुर खाँ ने मुस्कराते हुए कहा।

'हम तो आपकी खिदमत के लिए बैठे हैं। आप खबर कर देते, मैं आ जाता।' नजूमी कह उठा।

दोनों खुश हो गये। नजूमी ने मलिक जीवन के चेहरे को देखा। दाहिने हाथ की हथेली को समझने की कोशिश की और फिर किसी फूल का नाम पूछा। मलिक जीवन की आँखें बहादुर खाँ की ओर मुड़ीं। बहादुर खाँ ने सर हिलाया। मलिक ने नरगिस का नाम बताया। नजूमी मुस्कराकर बुदबुदाने लगा। फिर उसने रमल के पाँसे को फेंका। हिसाब लगाने लगा।...दो लमहों के बाद संजीदगी के साथ कहा—'सरदार! आपके सितारें बुलन्द हैं। बादशाह आप पर खुश हैं। आपका कोई बाल बाँका नहीं कर सकता। आपकी तो तरक्की की राह खुल गयी है।... आप बेफिक्र होकर अपने इलाके की ओर जायें।'

यह सुनकर मलिक जीवन बाग-बाग हो गया। उसने चाँदी का एक सिक्का नजूमी के सामने पेश कर दिया। नजूमी ने सिक्के को देखा। उसकी नजर ज्योतिषी की ओर गयी। उधर कुछ औरतें थीं। वह फिर बुदबुदाया।

बहादुर खाँ ने अपनी हथेली फैला दी। नजूमी ने हथेली की लकीरों पर नजर गड़ा दी। वह इन लकीरों पर अपनी उँगली घुमाने लगा। फिर किताब के पन्ने को पलटा। बहादुर खाँ की आँखें नजूमी के चेहरे को पढ़ रही थीं। नजूमी ने अपनी आँखें बन्द कर लीं। बहादुर खाँ के दिल की धड़कने बढ़ने लगीं।

नजूमी बोलने लगा था—'आप देहली में रहेंगे। बादशाह के पास रहेंगे। आपका इकबालबुलन्द है।...मगर होशियारी के साथ बादशाह से पेश आना है।...वे किसी पर एतबार नहीं करते।...आपको एतबार पैदा करना है। उनके इशारे पर इस शहर को सँभालना है।'

बहादुर साँस रोककर सुन रहा था। उसी वक्त एक पर्दानशीन औरत पास आते-आते रुक गयी। नजूमी मुखातिब हुआ। बहादुर खाँ ने जेब से कुछ सिक्के निकालकर दरी पर रख दिये। दोनों सरदार वहाँ से मुड़े। पर्दानशोन औरत पास आ गयी।

नजूमी ने अदब-कायदे के साथ बैठाया। उसकी परेशानी को समझा। फिर रमल से हिसाब लगाकर बताया—'बानो! मुश्किलें हैं। मगर उपाय भी हैं। आप खानकाह जायें। फकीर आपकी परेशानी को दूर करेंगे। खाविन्द आपके कब्जे में होगा।'

'घर से निकलना मुश्किल है। खानकाह जाना बहुत ही मुश्किल है। वे बाहर गये हैं इसलिए आ गयी हूँ।' औरत ने बताया।

'बस इसी तरह मौका मिल जायेगा। औलिया और फकीरों से दुआएँ पाने के लिए खानकाह जाना गलत नहीं है।'

यह सुनकर वह सोचती रही और फिर साथ ही औरतों के साथ लौटने लगी। नजूमी देखता रहा।...उसकी निगाह अरबी घोड़े पर गयी। अरबी घोड़े पर कोई सरदार आ रहा था। वह इस मुल्क का नहीं लगा। वह अरब मुल्क का लगा। मालूम हुआ कि मक्का शरीफ का एलची आया है। वह बादशाह से मिलने जा रहा है। नजूमी उठकर खड़ा हो गया। भीड़ बढ़ने लगी। वह भी पैगम्बर साहब की सरजमीन से आये सरदार के दीदार के लिए बेचैन हो उठा।

शाही चौक से किले के बड़े फाटक तक पहरेदार अदब-कायदे के साथ खड़े हो गये। रास्ता साफ हो गया। अन्दर से इजाजत भी आ गयी। अरबी घोड़ों का काफिला आहिस्ता-आहिस्ता किले की ओर बढ़ता रहा। रिआया इस काफिले को देखती रही।

बड़ा फाटक खुल गया। पहरेदारों के सर झुके अरब के एलची की पगड़ी चमक उठी। वह अन्दर दाखिल हुआ। मुगल सल्तनत की शानौशौकत का नजारा मिलने लगा।...उसने सोचा कि इतना बड़ा यह मुल्क...काफिरों का मुल्क...मुगलों की हुकूमत...मगर हुकूमत की नींव तो अरबों ने डाली थी। मुहम्मद-बिन-कासिम ने सिन्ध को जीतकर बुनियाद दे दी थी। लेकिन यह मुल्क सैकड़ों सालों तक अरबों और तुर्कों से लड़ता रहा। बड़ी मुश्किल से कब्जे में आया। पिछले पाँच सौ सालों से तुर्कों और मुगलों की हुकूमत रही है।...औरंगजेब बादशाह-ए-गाजी कहलाते हैं। यह बिल्कुल सही है। ये काफिरों के इस मुल्क पर बाजुओं की ताकत से हुकूमत कर रहे हैं। इन्हें अरब की पाक जमीन की दुआएँ चाहिए।...नबी की सरजमीन की ओर से एक नायाब सौगात को देना है जिससे बादशाह को गैबी ताकत हासिल हो सके।

दरबारे खास में सारे वजीर और अमीर मौजूद थे। शेख इस्लाम और शेख निजाम भी हाजिर थे। मुल्ला शाह बदख्शी की गिरफ्तारी पर सभी खुश थे। अब सजा का फैसला हो जाना है।...'उसके हजारों मुरीद हैं। लेकिन वह बागी है। बागी के साथ रिआयत नहीं हो।' शेख इस्लाम ने राय दी।

'बागी पर रहम नहीं किया जाये।' शेख निजाम ने कहा।

'उमरकैद की सजा दी जाये।' दानिशमन्द खाँ ने सलाह दी।

बादशाह इन सलाहों पर गौर करने लगे।...कुछ ही देर के बाद सजा-ए-मौत का फैसला हो गया। सब के सर हिल गये।...और फिर बादशाह ने वजीर के सूबों के बारे में पूछा। वजीर ने बताया कि खलीलुल्लाह खाँ लाहौर जा चुका है। शाइस्ता

खाँ दक्कन के सूबेदार की हैसियत से पहुँच चुके हैं। मीर जुमला आसाम पर हमला कर चुके हैं।

औरंगजेब ने सोचा–पहाड़ की बुलन्दी से लेकर दक्कन के समन्दर की मौज तक ...काफिरों का यह मुल्क...बादशाह-ए-गाजी की शमशीर के सामने झुक जाना है।

मक्का शरीफ के एलची की अगवानी हुई। वजीरों और अमीरों ने इस्तकबाल किया। बादशाह ने बाअदब खुशी जाहिर की। एलची ने सलाम कर अपने बादशाह का कागज पेश किया। औरंगजेब ने कबूल किया। एलची पर दरबारे खास की शानोशौकत का जादू-सा हो रहा था। उसे खयाल हो आया कि वह तो मक्काशरीफ से आया है जहाँ की सरजमीन पर सबके सर झुकते हैं। यह शहंशाह तो दीनदार है। इसे भी झुकना है।

उसने कहा–'हम आपके हुजूर में अरबी घोड़ों की सौगात दे रहे हैं। आप कबूल करें।...और काबा से आपके लिए खासतौर से एक झाड़ू लेकर आया हूँ। यह मक्का शरीफ की दुआ है।'

बादशाह ने जवाब दिया–'यह हमारी खुशकिस्मती है कि मेरे वास्ते काबे की झाड़ू आयी है।'

एलची ने मुस्कराते हुए चाँदी की तश्तरी में झाड़ू को पेश किया। फाजिल खाँ इसे लेकर बादशाह के पास गया। बादशाह ने हाथ से छूकर कबूल किया।

वजीर फाजिल खाँ ने याद दिलायी–'पंजाब के हिन्दुओं के गुरु हरिराय दाराशिकोह के मददगार रहे हैं। इसलिए नानक पन्थ के सातवें गुरु से होशियार रहना है।'

'ठीक याद दिलायी। हरिराय को इत्तिला दी जाये कि वे देहली आकर बादशाह-ए-गाजी से मिलें। दारा शिकोह का जमाना गुजर चुका।' औरंगजेब ने कहा।

'जल्द ही इत्तिला कर दी जायेगी।'

'दफ्तरों और महकमों का काम वक्त पर होना चाहिए।'

'जी, हाँ, जहाँपनाह! सबको ताकीद कर दी गयी है। आप इत्मीनान रखें। फाजिल ने एतबार दिलाया।'

9

लालकिले से दूर यमुना के तट पर अमीचन्द बैठा था। सामने यमुना बह रही थी। साँवली लहरों के कलकल स्वर में दूर से आती जलतरंग की मधुर ध्वनि प्रतीत होती थी। ऊपर आकाश में सूर्य बादलों से आँख मिचौली खेल रहा था। जब तब वह इस जलतरंग के संगीत को सुनने के लिए मानो ठहर जाता था। ठण्डी हवा

बह रही थी। अमीचन्द ने बाँसुरी को बजाना आरम्भ कर दिया। तन्मयता में पलकें उठना-गिरना भूल-सी गयीं। अन्तर का स्वर होठों से होकर बाँसुरी को झंकृत कर रहा था। उँगुलियाँ स्वर साधने में लगी थीं। अब बाँसुरी का संगीत लहरों की अंजलि में समर्पित होने लगा। साँवली सलोनी लहरों ने इस समर्पण को स्वीकार कर लिया था। और फिर बाँसुरी के समर्पित संगीत को अपनी जलतरंग के साथ नीलमाधव को सौंपना शुरू कर दिया।

सूफी दरवेश मुहम्मद सईद सरमद झूमते हुए इधर ही आ रहे थे। ऐसा लगता था कि बाँसुरी के संगीत ने उन्हें अपनी ओर खींच लिया है। वे खिंचे हुए अपने आप आने लगे। लम्बा इकहरा शरीर दप्-दप् करता गौर वर्ण। कन्धों पर लटके काले केश। कमर से नीले सफेद लुंगी। हल्के गेरु रंग की चादर से ढँका शरीर। पैरों की गति में मादकता। अधमूँदी पलकों में बेसुधी और आकुलता। इसी बेसुधी और आकुलता में चल रहे थे पर उनकी कोशिश थी कि पैरों की आवाज से बाँसुरी वादक की तन्मयता टूट नहीं जाये। यह साधना है।

सरमद साहब अमीचन्द के पास आ गये। पैर रुक गये। होठों पर कोई शब्द नहीं...मानो होंठ सिले हुए हों। कानों से संगीत का स्वर अन्तर में घुल रहा था। पलकें बन्द हो चुकी थीं। अब वे बेखुदी की स्थिति में आ रहे थे। हाल की स्थिति में वे सामान्य अनुभूति से ऊपर उठ रहे थे। पहले यमुना की लहरों के द्वारा यह संगीत ऊपर जा रहा था। अब यह संगीत सरमद साहब के साथ ऊपर पहुँच रहा था। संगीत ने सीमा को नकार दिया। असीम होने की प्रक्रिया चल रही थी। उसी समय लालकिले के पिछवाड़े से चिंघाड़ आयी। उधर थोड़ी दूर श्मशानघाट पर कुछ लोग शवदाह का प्रबन्ध कर रहे थे। परन्तु यमुना की लहरें, सूफी फकीर सरमद और ऊपर बादल पवनरथी सिर्फ बाँसुरी का संगीत सुन रहे थे।

अमीचन्द की बाँसुरी बज रही थी। सरमद साहब चुपचाप खड़े थे। उनकी पलकें बन्द थीं। कोई व्यवधान नहीं, न स्वरभंग और न बेखुदी की टूटन। चिंघाड़ के बीच वह संगीतस्वर और स्वर में समाता अन्तर। दोनों स्वरशरीर रह गये।

बाँसुरी का स्वर रुका। पर बाँसुरी होठों से लगी रही। पलकें भी बन्द रहीं। पास खड़े सरमद साहब स्वर में लीन हो चुके थे। स्वर बन्द होने की स्थिति का भान नहीं रहा। कुछ क्षण बीत गये। यमुना की जलतरंग मुखर हो उठी। पंछी के कलरव सुनाई पड़े। अमीचन्द की पलकें खुल गयीं। बाँसुरी उँगलियों में ही रही। धीरे-धीरे वह भी दाहिने हाथ में आ गयी। आँखों ने पास में सरमद साहब को देखा अमीचन्द के होठों से मन्द स्वर में शब्द आये—'सरमद साहब! आप...कब आ गये?'

सरमद साहब सुन नहीं सके। बेखुदी बनी रही। अमीचन्द ने फिर पूछा—'सरमद साहब! आप कब आये?'

सरमद साहब की बेसुधी टूटने लगी। बेखुदी हटने लगी। अमीचन्द के शब्द गूँज उठे। उनकी आँखें खुल गयीं। वे अमीचन्द को देखते रह गये। कुछ बोल नहीं सके।

अमीचन्द ने फिर पूछा।

सूफी फकीर के होंठ बोल उठे—'मैं...कुछ सुन रहा था। अब मैं कुछ देख रहा हूँ।...किशन का जलवा...किशन का सरगम...खुदा का नूर...।'

दो क्षण के बाद अमीचन्द ने कहा--'सरमद साहब! मैं अमीचन्द हूँ।'

'मालूम है। पर नजर-नजर का फर्क है। मैं कुछ देखने लगता हूँ। मैं कुछ सुनने लगता हूँ।...यह मेरी लाचारी है।'

'पिताजी बाँसुरी बजाने से रोकते हैं। मैं बाँसुरी बजाने से अपने को रोक नहीं पाता। यह मेरी लाचारी है।'

'यह लाचारी बनी रहे। मैं इसे इश्क हकीकी के इजहार की लाचारी समझता हूँ।'

'आप मेरे रहबर हैं, सरमद साहब! आपने यह राह बतायी है।'

'मुझे मालूम है, अमीचन्द! हिन्दुस्तान की पाकजमीन ने संगीत को इबादत का जरिया ही नहीं बनाया है इसे इबादत से आगे भी पहुँचाया है। यह राधाकिशन के प्रेम की बेसुधी को जमना की लहरों के साथ आकाशगंगा तक पहुँचा चुका है। ...यह इश्क हकीकी का इजहार है। यह परम आनन्द है क्योंकि यह संगीत खुदाई स्वर बन गया है।'

'आनन्द की बेसुधी का अहसास तो होता है।...मैं कहाँ चला जाता हूँ, समझ नहीं पाता।'

'बेखुदी के आसमान में अमीचन्द!...सब जगह छा जाते हो।...सब जगह छा जाना...सीमा से असीम की ओर बढ़ जाना है। रूह बन्धनों से छुटकारा पा जाती है।'

'बादशाह और उनके सरदार सब जगह छा जाने, सब पर हावी हो जाने की कोशिश करते हैं।'

'ये तेग-तलवार से ज़र और ज़मीन पर कब्जा करते हैं।...मगर रूह का सब जगह छा जाना एक दूसरी बात है, अमीचन्द!'

'उसी तेग से मुल्ला शाह बदख्शी भी कैद हो गये हैं। वे बच नहीं सकेंगे। हम तो लाचार हैं।'

'हाँ, अमीचन्द! हम लाचार हैं। रूह बेचैन है।...औरंगजेब अपनी सल्तनत की सरपरस्ती के लिए सिर्फ दहशत फैला रहा है। मगर दाराशिकोह का खून रंग लायेगा।...वह लाचार हो जायेगा।'

'औरंगजेब की नजर में आप भी बागी हैं।'

'ठीक कह रहे हो मैं अल्लाह और ब्रह्म में कोई फर्क नहीं मानता। राम-रहीम और किशन-करीम में कोई फर्क नहीं समझता।...हिन्दुस्तान की जमीन पाक है। मैं इसकी कद्र करता हूँ। अगर यह बगावत है तो मैं बागी हूँ।'

'आप इस्लाम और हिन्दू धर्म को एक साथ लेकर चलना चाहते हैं, यह बादशाह की नजर में गलत है, कुफ्र है। इसलिए आप बागी हैं।'

'मैंने समझा है और अहसास किया है कि इस हिन्दुस्तान का दर्शन, धर्म और आचार बड़ी ऊँचाई पर हैं।...कबीरदास के मुताबिक तो यह आलमगीर औरंगजेब ही काफिर है।'

'आप बगावत का एलान कर रहे हैं। वे बर्दाश्त नहीं करेंगे।'

'अगर वह बर्दाश्त नहीं करेगा तो हिन्दुस्तान की माटी भी बर्दाश्त नहीं करेगी।'

'आप क्या कह रहे हैं?'

'कुछ नहीं...!' पंडितराज के घर चलना है न!'

'जी हाँ!'

दोनों यमुनातट से चल पड़े। ऊपर की ओर आये। बस्ती की ओर मुड़ गये। सँकरी सड़क पर दोनों चलने लगे। शाम हो रही थी। बढ़ते अँधेरे में बस्ती के मकान अपना आकार खो रहे थे। लालकिला का आकार भयावना लगने लगा। दोनों मौन भाव से बढ़े जा रहे थे।...सरमद साहब सोच रहे थे कि इस खल्क के सारे शब्द एक स्वर में लीन हो रहे हैं। सिफ वही स्वर शेष है। वह स्वर ही ब्रह्म है। यह इस हिन्दुस्तान का ज्ञान है।

अमीचन्द सोच रहा था कि उधर हाथियों की चिंघाड़ है जो सल्तनत की शान है। हम डर जाते हैं। इधर बाँसुरी का स्वर है जिसमें हम बेसुध हो जाते हैं।...उधर चिता की आग है।...जिन्दगी के ये तीन रूप हैं।

अमीचन्द ने सूफी फकीर की ओर देखा। उनके चेहरे पर आत्मविश्वास, स्वाभिमान और निर्भीकता की आभा है। उसका हृदय श्रद्धा से भर उठा।

सरमद साहब सोच रहे थे कि स्वर साधते समय अमीचन्द के चेहरे पर खुदा का नूर बरसता है।...यह कुदरत का करिश्मा है या पाकरूह की जोत!

दोनों पंडितराज जगन्नाथ के घर आ पहुँचे। अमीचन्द ने आवाज दी। भवनाथ ने द्वार खोला। वह दोनों को देख प्रसन्न हो उठा। घर के भीतर ले गया। लवंगी मिट्टी के दीये की बत्ती को जला रही थी। पंडितराज जगन्नाथ ने बड़े आदर से सरमद साहब और अमीचन्द को बैठाया।

सरमद साहब ने कहा—'पंडितराज! अमीचन्द का संगीत सीमा से आगे बढ़ चुका है। और आपकी शायरी भी आगे बढ़ रही है।'

पंडितराज जगन्नाथ ने उत्तर दिया—'अलमस्त फकीर तो सीमा से आगे बढ़ जाते हैं। हम तो घर-संसारी हैं, सरमद साहब! इस भय और तनाव में साधना कैसे होगी?...शब्द क्या कर लेंगे?'

'शब्द में बला की ताकत है, पंडितराज!'

'शाह बदख्शी के शब्द बगावत पर उतर आये थे क्योंकि दारा की रूह ने उन्हें

बेचैन कर दिया था। वे कैदखाने में दिन गिन रहे हैं। अब तो आपसे आज्ञा लेकर दूर चला जाना चाहता हूँ।'

'पंडितराज! लगता तो है कि सल्तनत के सामने साधक के शब्द कमजोर पड़ रहे हैं। मगर कमजोर नहीं पड़ेंगे।'

'मेरा घर भी तनाव से घिर गया है। भवनाथ दिल्ली छोड़कर जाना नहीं चाहता, इसे क्या हो गया है?'

'मैं कुछ-कुछ जानता हूँ।' अमीचन्द ने धीरे से कहा।

'तो बता दो।'

'पंडितराज शाहजादा दारा के परिवार से जुड़े हुए थे। भवनाथ शाहजादा की पुत्री आलमआरा के साथ पढ़ता-खेलता रहा है।...आलमआरा लालकिले में कैद-सी है। इसीलिए भवनाथ...।' अमीचन्द ने बताया।

सरमद साहब भवनाथ की झुकी पलकों को देखने लगे। पंडितराज ने पत्नी लवंगी पर दृष्टि डाली। लवंगी ने सर हिलाया। दो क्षण के बाद सरमद साहब बोल उठे—'पंडितराज! सूफी शायर पद्मिनी और मालती में खुदा को देखता है। मैं खुद बाँसुरी के सुर में ब्रह्मनाद को सुनता हूँ।...भवनाथ का भाव तो बचपन के रिश्ते से पैदा हुआ है। यह पाक है। इसलिए यह लालकिले को देखकर बेचैन रहता है। इसीलिए यहाँ रुकना चाहता है।'

'शाहजादा दारा की निर्मम हत्या हुई। अब शाहसाहब की बारी है। क्या यही देखने के लिए ठहरूँ?' पंडितराज की वाणी में पीड़ा थी।

'मेरी बारी भी आ सकती है। मैं भी बागी हूँ। मैं राम और रहीम को एक मानता हूँ। मैं हिन्दुस्तान को अपना वतन मानने लगा हूँ।...यह कुफ्र है। यह बगावत है।'

'ऐसा न कहें।...मैं भी तो शहंशाह शाहजहाँ और शाहजादा दारा से जुड़ा रहा हूँ।' पंडितराज ने कहा।

सबकी दृष्टि सूफी फकीर पर लग गयी। सबने देखा कि दीये की लौ में सूफी फकीर के मुखड़े पर मन्द-मन्द मुस्कान छा रही है।

10

लाल किले के शाही महल के चारों तरफ बाँदियाँ खंजर लिए पहरे पर थीं। हरम के एक-एक दरवाजे पर पहरा दे रही थीं। जेबुन्निसा के महल के एक कमरे में दाराशिकोह की दुख्तर आलमआरा लेटी हुई थी। उसकी आँखें बन्द थीं। चन्द लमहों के बाद उसकी पलकें खुलीं। वह नक्काशीदार छत को देखती रह गयी।...मुगल सल्तनत की शाही शानोशौकत हरमसरा के एक-एक कमरे मे मौजूद थी।...उसने सोचा कि अब्बाहुजूर बादशाह होने वाले थे।...वे बेरहम सियासत के

शिकार हो गये।...यह बदनसीबी है या चचाजान की साजिश या खूनी सियासत की दरिन्दगी?...बदनसीबी नहीं रही! साजिश के सबब जंग में हार हुई। और फिर जालिम सियासत का खूनी चेहरा सामने आ गया। इसीलिए शाही महल इतना खौफनाक लगने लगा है।...क्या इससे डरकर साजिश का शिकार हो जाना है?

वह उठ बैठी। दरवाजे पर हथियारबन्द तातारी औरत दिखाई पड़ी। तो वह कैद है! वह इस कैद में नहीं जी सकती। बस, एक सहारा है–जेबुन्निसा। वह शायरा है। चचाजान और फूफी की फितरत से जुदा है। तपिश में बारिश की एक बूँद है। लेकिन वह कब तक सहारा दे सकेगी? उसकी शायरी से वह कबतक अपने को फुसला सकेगी।...कल शाम को सुना रही थी कि आदमी ग़म से लड़-भिड़ ले और कभी समझौता कर ले।...लेकिन वह न तो लड़ सकती है और न समझौता करने को तैयार है।

वह अपने कमरे में चक्कर काटने लगी। मगर वह सोचती रही...मुल्लाशाह बदख्शी...अब्बाहुजूर के मुर्शिद कत्ल होनेवाले हैं। वे बगावत कर रहे थे? हाँ, वे बेखौफ बादशाह को जालिम करार कर बगावत ही कर रहे थे।...सूफी फकीर सरमद बच रहे हैं। कब तक बचेंगे? उनका फक्कड़पन चिढ़ा देगा।...पंडित राज जगन्नाथ कहाँ होंगे?...बचपन का साथी याद आ रहा है। वह उसे...भवनाथ को भूल नहीं सकी है, भूल नहीं सकेगी। वह भले ही भूल जाये। क्या वह याद कर रहा होगा? क्या वह मिलना चाह रहा होगा? शायद जरूर! लेकिन वह कैसे मिल सकेगा? लाल किले का दरवाजा खौफनाक है।...मगर वह मिल जाये तो वह उसके साथ बाबा के पास आगरा चली जाये।...मगर यह नहीं हो सकेगा। पत्थरों का खौफनाक किला रास्ता रोक देगा।

वह फिर बिस्तर पर लेट गयी। लेकिन मखमली बिस्तर का अहसास नहीं रहा। वह बचपन में पहुँच गयी थी। आँखें बन्द कर देख रही थी...फौवारे के पास वे दोनों खड़े होकर नजारा देखते थे। जब-तब वे एकाध फूल फौवारे पर फेक देते थे। फूल फौवारे की धारा के साथ नीचे आ जाता था।...फिर बहते हुए सोते में कागज की किश्तियाँ...दोनों की अलग-अलग किश्तियाँ एक साथ तैरने लगती थीं। कभी कभी टकरा जाती थीं। नहीं, मिलकर मुस्करा उठती थीं।...एक बार अम्मी जान के साथ दोनों जमुना में सैर करने गये थे। किश्ती पर साथ-साथ बैठे थे।...आगरा भी जमुना के किनारे है। वह किश्ती से बाबा के पास जा सकती है। लेकिन कैसे? भवनाथ साथ रहे तो वह जा सकती है। इस किले की कैद से अच्छी है आगरे के किले की कैद! वह भी बाबा की खिदमत में रहेगी। फिर वह दर्द ओ गम से समझौता कर लेगी।

उसने खिड़की से बाहर झाँका। फूफी रोशनआरा का चेहरा दीख पड़ा। उसने अपने को छिपा लिया। रोशनआरा उदयपुरी बेगम की ओर बढ़ गयी थी।

उदयपुरी ने रोशनआरा का खयाल नहीं किया। उसने बैठने को भी नहीं कहा। मगर रोशनआरा खुद ही बैठकर बोलने लगी—'आज शाही नजूमी आया था। वह बहुत कुछ बतला गया।...कुछ सुनना चाहोगी?'

'रोशनआरा! नजूमी क्या कहेगा? जिन्दगी अपना तमाशा दिखा रही है।...और तुम तो तमाशा करती रही हो।...जाम भर दूँ।' उदयपुरी ने जवाब दिया।

'सिर्फ तुम्हें जाम भरने की इजाजत मिली है, उदयपुरी! जिन्दगी के जाम भी भर लो।' रोशनआरा ने कहा।

'अपनी जिन्दगी के जाम की फिक्र करो, रोशन!...और बादशाह-ए-गाजी भी जाम को प्यार करते रहे हैं। दक्कन के सूबेदार के रूप में इन्होंने शाइस्ताखाँ की रक्कासा हीराबाई के हाथों जाम को कबूल किया था। याद कर लो।'

'अब वे सिर्फ तुम्हें याद करते हैं।'

'तुम दोनों सियासत के अलावे भी खयाल करते हो?...रोशन! तुम पर तो बुढ़ापा आ रहा है। और जाम खाली है।'

'जहरीले तीर मत मारो, उदयपुरी!...रंजोगम को भूल जाओ। जिन्दगी से समझौता कर लो। वक्त को पहचानो।'

'और तुम्हारे नजूमी ने क्या बताया है?'

'अगर उदयपुरी बेगम बादशाह का साथ दे तो सारे हिन्दोस्तान पर फतह... और फिर ऐशोइशरत की मुस्कराती जिन्दगी...।'

'तो नजूमी ने सितमगर को सबकुछ बख्श दिया! मगर ऐसा नहीं हो सकेगा, रोशनआरा!'

खिड़की के पास किसी का साया मड़रा रहा था। उसे देखकर रोशनआरा बोल उठी—'देखो, बादशाह तेरे लिए कितने बेकरार हैं!'

'बादशाह-ए-गाजी बेकरार नहीं होता। वह तो तेग़-तलवार से बातें करता है। देहली का जर्रा-जर्रा गवाह है। हाँ, रोशनआरा जरूर बेकरार होती रही है। हम उस पर परदा डालते रहे हैं। यह हरमसरा गवाह है।' उदयपुरी ने चोट कर दी।

'उदयपुरी! औरत और मर्द—सबमें एक दूसरे के लिए बेकरारी होती है। यह तो भूख है। गुनाह नहीं है। तुम खुद कुछ रोजों के बाद महसूस करोगी।'

'बेकरार को महबूब बनना पड़ता है, बादशाह-ए-गाजी नहीं। तुम दोनों सियासी समन्दर हो और मैं तूफान-ज़दा सफीना हूँ...साहिल से दूर हो चुकी हूँ।' यह कहकर उदयपुरी ने हथेलियों में अपना चेहरा छिपा लिया।

बादशाह औरंगजेब आ गये। कुछ लम्हें देखते रहे। फिर बोल उठे—'उदयपुरी बेगम! अब साहिल के नजदीक हो। तेरे रू-ब-रू मैं बादशाह-ए-गाजी नहीं हूँ।'

उदयपुरी चुप रही। सन्नाटा छा गया। रोशनआरा उसके चेहरे को समझती

रही। औरंगजेब के चेहरे पर रंग बदलते रहे। लगा कि सब्र खत्म हो जायेगा। मगर औरंगजेब ने सँभाला। उदयपुरी ने दर्दीली आवाज में कहा—'मुझे मालूम है कि जंग में हार के बाद बेगम को कैदखाने में जाना होता है या ऐशगाह में। औरत की जिन्दगी मानो गुलाम की जिन्दगी।...अच्छा है कि हिन्दू रानियाँ अस्मत बचाने के लिए जौहर कर लेती हैं।'

औरंगजेब ने जवाब नहीं दिया। रोशनआरा का सर झुक गया। सन्नाटा काटने लगा। दोनों बेचैनी महसूस करने लगे। दोनों धीरे-धीरे वहाँ से निकल आये। कदमों की आहटें दूर जाती रहीं। उदयपुरी बेगम अपने में खोयी हुई थी।

खिल्वतगाह के पास वजीर फाजिल खाँ बादशाह का इन्तजार कर रहा था। बादशाह आ पहुँचे। वजीर ने फर्शी सलाम कर कहा—'आगरा से अब्बाहुजूर का खत आया है।'

बादशाह औरंगजेब ने आपा रोशनआरा की ओर देखा। वे खिल्वतगाह में आकर मखमली कुर्सी पर बैठ गये। रोशनआरा भी पास में बैठी। फाजिल खाँ ने खत बढ़ाया।

आगरा के किले से शाहजहाँ ने लिखा था—'बादशाह औरंगजेब! आलमआरा को जल्द मेरे पास भेज देने की मेहरबानी करें। मुसीबतजदा बच्ची को देखना चाहता हूँ। मेरी इतनी-सी बात मान लेने पर मेरा दिल दुआएँ देगा। उम्मीद है कि बूढ़े वालिद की छोटी-सी ख्वाहिश को पूरा हो जाने दोगे। एक बदनसीब की एक खुशनसीब से इल्तिजा है।'

बादशाह ने खत को रोशनआरा की ओर बढ़ा दिया। वे खुद खयालों में डूब गये। चन्द लमहों के बाद वे मुस्करा उठे। अचानक उनके चेहरे पर संजीदगी छा गयी। वजीर को हुक्म दिया—'इस खत का जवाब देना है। मजमून समझ लीजिए।...अगर अब्बाहुजूर को आलमआरा से सुकून मिलनेवाला है तो वे हीरे-जवाहरात किसलिए छिपाये रखे हैं? हीरों-जवाहरातों की वजह से वे सो नहीं पाते होंगे। जवाहरात की जगह सरकारी खजाना है। वे जल्द भेज दें जिससे हिफाजत हो सके।...आलमआरा उनके पास भेज दी जायेगी।'

रोशनआरा बोल उठी—'एक हाथ से लें, दूसरे हाथ से दें।'

उसी वक्त जासूस ने खबर की कि मलिक जीवन वापस जाने के रास्ते में मारा गया। अभी तक कातिल का पता नहीं चल सका है। कोशिश जारी है।

औरंगजेब गुस्से में उबल उठे। उन्होंने कहा—'कातिलों को कैद करना है। कोई लापरवाही नहीं।...शाह बदख्शी को सजा देने में अब देर नहीं हो! कदमरसूल मस्जिद के सामने बागियों के साथ शाह को सज़ा मिले।'

फाजिल खाँ ने हुक्म को सर आँखों पर लिया।

11

जामा मस्जिद के चबूतरे पर बैठकर सूफी फकीर सरमद मीनारों पर बैठे हुए और उड़ते हुए कबूतरों को देख रहे थे। उसी वक्त अमीचन्द आ गया। बाँसुरी लिए आया था। सरमद साहब ने पैरों की आहट को पहचान लिया। अनीचन्द ने सलाम किया। वे मुस्कराते हुए आशीष देने लगे। उसी क्षण मस्जिद का शाही इमाम आता दिखाई पड़ा। सरमद साहब अमीचन्द के साथ आसमान में उड़ते कबूतरों को देखने लगे। पंखों की फड़फड़ाहट सुनाई पड़ रही थी। और फिर केवल उनकी ऊँची उड़ान नजर आने लगी। लगा कि आसमान में सिर्फ परिन्दों की उड़ान है।...कुछ देर के बाद क़बूतर नीचे उतरने लगे। सूफी फक़ीर सरमद ने कहा—'अमीचन्द!...और ऊँचे जाना इनसान की खासियत है। परिन्दे इससे आगे नहीं जा सकते।' अमीचन्द ने सर हिलाया। और फिर अपनी बाँसुरी को होठों के पास लाने की कोशिश की।

'यहाँ बाँसुरी नहीं बजाना। सातवें आसमान की ओर झाँकतीं मीनारें सिर्फ अजान ही सुन पाती हैं। बाँसुरी के सुर से इन्हें तकलीफ हो सकती है।' सरमद साहब ने हाथ के संकेत से मना भी किया।

शाही इमाम नजदीक आकर खड़ा हो गया। अमीचन्द कभी सूफी फकीर को देखता और कभी शाही इमाम को। सरमद साहब कभी बाँसुरी को देखते और कभी शाही श्याम के चेहरे को। शाही इमाम ने बड़े भोलेपन से कहा—'आप कदमरसूल मस्जिद की ओर नहीं गये? बादशाह-ए-गाजी की ओर से बुलावा हैं।'

'इमाम साहब! मैं न दरबारी सरदार हूँ और न शाही इमाम! आप जायेंगे तो शहंशाह खुश होंगे, मेहरबान होंगे।'

'अब बागियों की खैर नहीं है, सईद सरमद!' चिढ़कर इमाम बोल उठा।

'मुझे मालूम है कि हर इन्साफपसन्द और खुदापरस्त की खैरियत नहीं है।... खुदापरस्त अपने अन्दर की रूह पर खयाल रखता है और शाहों के शाह की इनायत चाहता है।'

'शहंशाह औरंगजेब आलमगीर इन्साफपसन्द हैं, सरमद साहब!'

'इमाम साहब! इसके बाबत तो आगरा जाकर शाहजहाँ से पूछना पड़ेगा।... ठीक है न?'

'आपकी बातों से बगावत की बू आती है, सूफी दरवेश!'

'बगावत की बू न मिले, इसीलिए तो बाँसुरी बजाना मना कर दिया है। मैं तो कबूतरों की गुटरगूँ को रोक देना चाहता हूँ।' यह कहकर सरमद साहब कबूतरों को देखने लगे।

शाही इमाम गुस्से में पैर पटक कर झटके से लौट गया। सरमद साहब के होठों पर मुस्कान आयी...फिर बुझ गयी। आँखों में उदासी झलक उठी। अमीचन्द को स्मरण हुआ कि वह सरमद साहब के साथ मुल्लाशाह बदख्शी से मिलने के लिए जानेवाला है।...शायद यह आखिरी भेंट है। सजा का एलान हो चुका है। उसने सरमद साहब से जल्द चलने के लिए अनुरोध किया। सरमद साहब कदमरसूल मस्जिद की ओर चल पड़े। लेकिन अमीचन्द को साथ नहीं लिया। उसे रोक दिया। वे खुद अकेले चलते गये। कुछ मुरीद साथ हो ही गये। अमीचन्द को मन मारकर लौट जाना पड़ा।

कदमरसूल मस्जिद के सामने मैदान में मुल्लाशाह बदख्शी अपने शागिर्दों के साथ जंजीरों में बँधे खड़े हैं। कुछ दूरी पर सहमे-सहमे लोग हैं। सबकी आँखों में दर्द उभर रहा है। और वे देख रहे हैं कि चारों तरफ मुगल सिपाही नेजे की नोंक चमकाते गुर्रा रहे हैं। बहादुर खाँ नंगी तलवार लिए लोगों को धमका रहा है।

डंके की आवाज गरज उठी। सबके दिल की धड़कनें बढ़ गयीं। बादशाह की सवारी आती दिखाई पड़ी। मुगल सिपाही होशियार हो गये।...बादशाह की नजर मुल्लाशाह बदख्शी से मिली। शाह साहब की नजर झुक नहीं सकी। जंजीर भी सर को झुकाने में नाकामयाब रही। बादशाह ने देखा कि मुल्ला की आँखों में आग है। उन्होंने अपनी नजर हटा ली। वे काजी की ओर मुखातिब हुए। काजी ने सजा का एलान कर दिया। सिपाहियों के नेजे चमकने लगे।

इसी वक्त सरमद साहब आ गये। उनके साथ उनके मुरीद भी थे। वे मस्जिद के चबूतरे पर खड़े होकर बोल उठे–'पाक-शफ्फाफ इनसान के कत्ल का गुनाह नहीं हो। अल्लाह से खौफ खाओ।...खून के सैलाब में गर्क होने के लिए बावले क्यों हो?'

औरंगजेब की आँखें लहकने लगीं। उन्होंने सूफी सरमद को पहचाना। आँखें मुड़ गयीं। अपने अन्दर घबड़ाहट का एहसास किया।...फिर सोचा कि मुल्ला के साथ सूफी को भी...नहीं अभी नहीं।

औरंगजेब ने इशारा किया। शाही सवारी चल पड़ी। सरमद साहब लौट रही शाही सवारी को देखते रहे।...अचानक जल्लाद की ओर नजर चली गयी। उसके हाथ बढ़ रहे हैं। वे चबूतरे से उतरे। वे जल्लाद की ओर बढ़े। दो लम्हों ने जमीन को खून से रँग दिया। सरमद साहब की आह उभर आयी।...वे सिपाहियों के घेरे को तोड़कर लाश के पास जा पहुँचे। फफक-फफक कर रोने लगे।...ऐसा लगा कि आसमान सिसकने लगा है। परिन्दे मस्जिद की मीनारों से उड़कर चले गये। लोगों की आँखें भींग गयीं।...बादशाह-ए-गाजी के लिए बददुआएँ उभरने लगीं।

औरंगजेब शाही महल में पहुँचकर बिस्तर पर लेट गये। आँखों को बन्द कर

लिया। मगर मुल्ला शाह बदख्शी की आँखों की लपट बढ़ती हुई दिखाई पड़ी। दूसरी तरफ सूफी फकीर की आँखों की आग लहकती दीख पड़ी।...औरंगजेब ने अपनी हथेलियों से आँखों को बचाने की कोशिश की। और तब लगा कि दारा शिकोह का सर आसपास मड़रा रहा है। उससे खून टपक रहा है। इस खून में भी आतश की लपट है।

बादशाह पसीन-पसीने होने लगे। बेगमें पास में आ गयीं। शर्बत पीने के लिए अर्ज करने लगीं। उन्हें लगा कि उनका बचाव हो गया। वे उठ बैठे। बेगमों की खूबसूरत आँखों में इसरार देखा। वे शर्बत पीने लगे। बेचैनी कम हो गयी।

कुछ ही देर बाद खबर मिली कि वजीर फाजिल खाँ और देहली के सूबेदार दानिशमन्द खाँ मिलने आये हैं। अन्दर से आवाज आयी कि कुछ वक्त तो आराम करो। सियासत के लिए जिन्दगी की खुशियों की कुरबानी मत दो।...सिर्फ तनाव नहीं तफरीह भी जरूरी है।...जेहन ने बताया कि सल्तनत को चलाने के लिए हर लम्हा चौकस रहना होगा।

बेगमों ने कुछ देर रुकने के लिए मिन्नतें कीं। वे रुक गये। दो लम्हों के बाद वे उठकर खिल्वतगाह में पहुँच गये। बेगमें देखती रह गयीं।

खिल्वतगाह में वजीर ने बताया कि सूबेदार और सिपहसालार मीर जुमला साहब ने शुजा को अराकान की तरफ खदेड़ दिया है। चटगाँव से समन्दर की राह भागना पड़ा है। सिपहसालार आसाम की ओर बढ़ गये हैं।

यह खुशखबरी सुनकर बादशाह मुस्करा उठे। उन्होंने महसूस किया कि अब वे घबड़ाहट से छुटकारा पा चुके हैं। अल्लाह की मेहरबानी है।...वे बोल उठे—'हर काँटा कुचला जा रहा है।'

'आप बुलन्दइकबाल हैं, बादशाह-ए-गाजी! आपके ताज के साये में मुगल सल्तनत एक मिसाल बनेगी।'

'मेरी यही कोशिश है। मैं ऐश के लिए हुकूमत नहीं...हुकूमते इलाहिया के लिए तख्तनशीन हुआ हूँ।'

'सभी मुगल सरदार इस हकीकत को समझ चुके हैं। वे आपकी खिदमत में आ गये हैं।'

यह सुनकर बादशाह की गरदन ऊपर उठी। चेहरे पर गरूर झलक उठा। आँखों ने देखा—लाल किले के सबसे ऊँचे बुर्ज पर फहरता सब्ज परचम...इस परचम के साये में सारा हिन्दोस्तान। लेकिन दक्कन में बीजापुर और गोलकुंडा के शिया हुक्मरान खुद-मुख्तार हैं। मराठों की हरकतें बढ़ रही हैं। इधर पंजाब में काफिरों के नानक पन्थ के गुरु गद्दीनशीन होते हैं। इनकी आजाद हैसियत बन रही है। बुन्देलखंड में भी कोई साधु घूम रहा है।...सबको काबू में लाना होगा।

अभी तो क्रिस्तान नाजनीन उदयपुरी ही काबू में नहीं आ सकी है। लाल किला उसकी नाजोअदा को बर्दाश्त कर रहा है। उसे मेरे पहलू में आना है, नहीं तो दारा पर मेरी जीत अधूरी है।

दानिशमन्द खाँ ने आहिस्ते से कहा–'राजा जयसिंह और जसवन्तसिंह आ गये हैं। और पंजाब से गुरु हरिराय ने अपने बड़े लड़के रामराय को भेजा है।'

'हम दोनों राजाओं को इज्जत बख्शेंगे। उनकी सख्त जरूरत है। नानकपन्थी हिन्दुओं के गुरु भी मान चुके हैं कि दारा का जमाना खत्म हो चुका है।'

'हाँ जहाँपनाह! इन दोनों राजाओं की जरूरत है।...रामराय को मिलाकर पंजाब की रिआया पर मुगल तख्त का असर डालना है।'

'दानिशमन्द खाँ! एक बात याद रखो। ये काफिर राजे आपस में मिल नहीं सकते। अगर ये एक जुट हो जाते तो हम मुगल न जंग में जीत सकते थे और न इतने सालों तक हुकूमत कर सकते थे।...कुछ को मिला लो और बाकी को कुचल दो–यही सियासत है।'

'आलमपनाह! ये हिन्दू काफिर अपने को बड़ा आलिम-ओ-इल्मी समझते हैं। गुलाम होने के बाद भी अपने को पाक-साफ मानते हैं। लेकिन पाँच सौ साल से तुर्कों, अफगानों और मुगलों की हुकूमत का बोझा ढो रहे हैं।...हमने इन्हें कोल्हू का बैल बना दिया है।' फाजिल खाँ ने बड़े गरूर से कहा।

बादशाह हँस पड़े। फाज़िल खाँ मुस्करा उठा। दो लम्हों के बाद दानिशमन्द खाँ ने बताया–'लेकिन इस बड़े मुल्क के किसी न किसी इलाके में बगावत होती रहती है। मुगल बादशाह हमेशा परेशान रहे हैं।'

औरंगजेब ने जवाब दिया–'मैं इनकी बगावत को कुचल दूँगा। मेरे हाथ में रहमोकरम नहीं, तेगोतलवार है।'

सबने सर हिलाये। मगर दानिशमन्द खाँ याद कर रहा था–अगर औरंगजेब ने इस्लाम का नाम नहीं लिया होता तो मुगल सिपाही दाराशिकोह से नहीं टूटते। कामयाबी इन्हें हासिल हो गयी। दाराशिकोह कब्र में और ये तख्तेताऊस पर...। हम तो मुगल सल्तनत के ताबेदार हैं।

बादशाह उठ खड़े हुए। ये दोनों भी खड़े हो गये। बादशाह ने फाजिल खाँ को इशारे से बुलाया। कानों में कुछ कहा।

दानिशमन्द खाँ को हुक्म दिया कि देहली के बड़े जौहरी को शाहीमहल में भेजना है। बेगमों के लिए जेवर खरीदना है।

दानिशमन्द खाँ ने कहा–'जो, इरशाद।'

बादशाह चमकते जेवर, जेवरों से सजी रोशनरुख उदयपुरी और फिर अपनी मुकम्मलजीत का खयाल करते हुए चले गये।

12

सेठ देवीचन्द जौहरी चन्दन और चाँदी की पेटिकाओं में आभूषणों को रख रहे थे। शाही हरम में बादशाह ने बुलाया था। अमीचन्द के साथ जाना था। अमीचन्द बाँसुरी लेकर बाहर जाने के लिए निकलना चाह रहा था। वह दिखाई पड़ गया। सेठ जी ने रूखे स्वर में कहा—'अमीचन्द! आज मेरे साथ लालकिला चलना है।'

'क्या बात है, पिताजी! बादशाह की ओर से बुलावा है? मैं तो सरमद साहब के पास जा रहा हूँ।' अमीचन्द ने उत्तर दिया।

'सूफी फकीर के साथ उठते-बैठते भूल रहे हो कि तुम्हारा धराना दिल्ली का नामी जौहरी घराना है।...शाही हरम के लिए जेवरों की खरीद होने वाली है। इसलिए किले में चलना है। तुम्हें अपना व्यापार सीखना है। बाँसुरी कब तक सीखते रहोगे?'

'पिताजी! बादशाह-ए-गाजी भले लोगों को सजा-ए-मौत देकर जश्न मनाता है। शाहजादा दाराशिकोह और मुल्लाशाह बदख्शी की शहादत कितनी दर्दनाक है!'

'पुत्तर! वह तलवार की ताकत से बादशाह बन चुका है। हम व्यापारी उसकी सियासत में दखल नहीं दे सकते। यह हमारी लाचारी है। वह गाजी कहलाता है मानो वह मजहबी लड़ाई में जीत चुका है। वह किसी पर दया नहीं करता।'

'हेमू भी व्यापारी था। उसने तो सियासत में दखल दी थी। उसने इन मुगलों को पानी पिला दिया था।'

'और वह हार जाने पर कत्ल कर दिया गया। सही है न!...अमी! तुम संगीत सीखो। योग सीखो। साधु की संगति में रहो। पर अपने व्यापार को भूल मत जाओ।' देवीचन्द ने समझाने का प्रयत्न किया।

'पिताजी! सूफी फकीर कह रहे थे कि सारे हिन्दुस्तान को बेरहम माहौल में जीना पड़ेगा।...यह बादशाह अपनी ग़रज से धर्म-ईमान, तहजीब-तमद्दुन, फन ओ इल्म और हुकूमत को चलायेगा। इस खुदगर्जी में इसका मजहब भी शामिल है।'

'भविष्यवाणी मत करो। मेरे साथ चलो। दोनों पेटिकाओं में जेवर सजा चुका हूँ।' सेठ देवीचन्द ने इशारा किया।

'अमीचन्द ने क्षण भर सोचा। भीतर कुछ कौंध गया। उसने निश्चय कर लिया। और फिर अनुरोध किया—'मेरे साथ पंडितराज जगन्नाथ का पुत्र भवनाथ भी चलेगा। हम दोनों पेटिकाओं को सँभाल लेंगे। यदि आज्ञा हो तो बुला लूँ।'

सेठ देवीचन्द ने अपने बेटे की ओर देखा। कुछ सोचा। फिर भवनाथ को बुलाने के लिए आज्ञा दे दी। अमीचन्द उत्साह में भवनाथ को लाने चल पड़ा।

समय बीत रहा था। सेठ जी का मन घबरा रहा था। पर आँखों के सामने

बाँसुरी थी। इसलिए विश्वास बना रहा। दोनों आ गये। तीनों लालकिले की ओर चल पड़े।

बाजार और शाही चौक से होते हुए तीनों लाल किले के द्वार पर आ पहुँचे। अन्दर जाने की इजाजत मिली। भवनाथ किले की दीवारों को पार कर दीवाने आम और दीवाने खास को देखता हुआ आगे बढ़ा। वे तीनों हथियारबन्द सिपाही के साथ शाही हरम के दरवाजे पर पहुँचे। उन्हें रुकना पड़ा। ख्वाजासरा ने बही पर उसके नाम लिखे। अब वे हथियारबन्द तातारी बाँदियों की देखरेख में सर नीचा किये शाही महल के बाहरी दीवानखाने में आये।

सेठ देवीचन्द दीवानखाने की सजावट को देख रहे थे। अमीचन्द मुगलों की शानोशौकत को समझ रहा था। भवनाथ बचपन की यादों में खो रहा था। शाही महल के सामने का हराभरा मैदान, फूलों की क्यारियाँ...बीच में वह फौवारा... फौवारे के पास की मुस्कानें...बहते हुए चश्मे में कागज की किश्तियाँ...गुलाबों की क्यारियों के पास बैठकर बातें करना...उँगली में काँटे का गड़ जाना...वे दिन...क्या आलमआरा से भेंट हो सकेगी?...वह तो दुख-दर्द से बेहाल होगी।...कैसे भेंट हो? अमीचन्द ने मौका तो निकाल लिया है।

जेबुन्निसा ने खिड़की से देखा। भवनाथ को पहचाना। शक हुआ फिर देखा। आलमआरा के बचपन के साथी को पहचान लिया। यह जौहरी के साथ आया है।...और वह आलमआरा के कमरे में पहुँच गयी। उसने पास आकर कहा—'बचपन का साथी आया है। तुम पहचान सकती हो। मुलाकात हो सकती है।'

'भवनाथ! यहाँ कैसे...?' आलमआरा ने अचकचा कर पूछा।

'भवनाथ सेठ देवीचन्द जौहरी के साथ आया है। हम सबको जेवर खरीदना है। चुनांचे उसके नजदीक जाना है।'

'मैं तो जमना की लहरों पर तैरती हुई बाबा के पास जाना चाहती हूँ। भवनाथ साथ चलेगा! बचपन का साथी है!!' आलमआरा की गमगीन आँखों में एक चमक उभर आयी।

'तो चलो, आलमआरा! आगरा जाने के पहले कुछ लम्हे मेरे साथ...कुछ बचपन के साथी के पास।'

'ज़ेबु! तुमसे दूर नहीं हो सकूँगी। जमना की मौज हो या ठण्डी हवा का झोंका या किसी नगमे की कड़ी...मैं तेरी शेरोशायरी सुनती रहूँगी।'

वे दोनों जौहरी के पास परदे की आड़ में आ गयीं। आलम आरा ने बचपन के साथी को देखा। बार-बार देखा।...देखती रह गयी। लबों पर लफ्ज आते-आते ठहर गये।

जेबुन्निसा अपने अन्दर बुदबुदाती रही—

जुदा हो मुझसे यार यह खुदा न करे,
खुदा किसी के तईं दोस्त से जुदा न करे।

सेठ देवीचन्द के शब्द सुनाई पड़े—शाहजादी साहिबा! नयी-नयी किस्मों के जड़ाऊ गहनों को लेकर आया हूँ।...अमीचन्द! जेवर पेश करो।'

'जी, हाँ!...' फिर धीरे से कहा—'भवनाथ! सन्दूकची लेकर शाहजादियों के पास जाओ। सभी तुझे पहचानती हैं।' अमीचन्द ने इशारा किया।

'शाहीमहल के कायदे के मुताबिक सन्दूकची खोलकर आगे कर दो; अमीचन्द!' सेठ देवीचन्द ने समझाया।

'जौहरी जी! भवनाथ को सन्दूकची दे दें। शाहीमल के लिए वह बेगाना नहीं है।' जेबुन्निसा ने हुक्म दे दिया।

सेठ जी को अजीब लगा। भवनाथ सन्दूकची लेकर सहमता हुआ शाहजादियों के सामने आ गया। उसका हृदय धड़क रहा था। उसकी आँखें ऊपर उठतीं, फिर नीचे गिर जा:तीं।

'भवनाथ! बैठ जाओ। ज़ेवर दिखाओ।' जेबु ने सहारा दिया।

भवनाथ बैठ गया। जेवरों को मखमल के एक टुकड़े पर रखा, फिर साहस कर धीरे से कहा—'शाहजादी आलमआरा!...हमेशा उदास...दर्द के घेरे में...हमेशा बिसूरना ...मुझे अहसास है।'

जेबुन्निसा जेवर पसन्द करने लगी।

आलमआरा की जुबान खुली—'भवनाथ! बदनसीबी ने सबसे जुदा कर दिया। आँखों के अश्क साथी बन गये हैं।...बचपन का साथी तो दूर हो गया था।'

'मुलाकात की कहाँ उम्मीद थी?'

'मैं किले की दीवारों को देखकर आपकी कल्पना कर रहा था। आपकी हालत महसूस करता रहा हूँ।'

'पंडितराज कैसे हैं?'

'वे दिल्ली से ऊब चुके हैं। दहशत का साया पीछा कर रहा है। दूर चले जाने के लिए सोच चुके हैं।...अमीचन्द ने मुलाकात करा दी।...आप यहीं रहेंगी या... ।'

'आगरा से बाबा ने बुलाया है। अब बाबा की खिदमत में... ।' यह कहकर आलमआरा ने सर छुपा लिया।

जेबुन्निसा जेवर पसन्द कर चुकी थी। बेगमों के पैरों की आहट आने लगी। जेबु के इशारे पर भवनाथ सन्दूकची लेकर परदे के पार चला आया। अमीचन्द खुश था।

उधर रोशनआरा उदयपुरी से शीरी जुबान में कह रही थी—'भाभी जान! जौहरी आया है। आपके लिए ही बुलाया गया है। आपके साथ मुझे भी एकाध जड़ाऊँ जेवर लेने को मौका मिल जायेगा।'

उदयपुरी ने जवाब दिया—'आगरा से जवाहरात की सन्दूकची आ गयी है क्या? क्या उसी में हिस्सा लगने वाला है?'

'मुगल सल्तनत का खजाना दारुल सल्तनत में जमा होगा। जौहरी का खजाना आपके लिए है। आपको चलना है।' यह कहकर उदयपुरी बेगम के हाथ को रोशनआरा ने अपने हाथ में ले लिया।

उदयपुरी अपने को रोक नहीं सकी। ज़ेवर, इत्र, रेशमी लिबास और शराब के लिए कमजोरी थी। वह रोशनआरा के साथ दीवानखाने में आ गयी।...दो लम्हों के लिए सहम गयी। उसे लगा कि औरंगजेब का साया मड़रा रहा है। मगर रोशनआरा ने उदयपुरी को साथ में बैठा लिया। सेठ देवीचन्द को आवाज दी।...नयी-नयी किस्मों के जड़ाऊँ जेवर सामने आ गये। आँखों में चमकने लगे। रोशनआरा उदयपुरी से पूछ-पूछ कर ज़ेवर पसन्द करने लगी। उसे पहनाने लगी। उदयपुरी बेगम ज़ेवरों की चमक में अपने गुस्से को भूल गयी। रोशनआरा ने मुस्कानों के जरिये इस खुशजमाल की तारीफ की।

सेठ देवीचन्द खाली पेटिकाओं और कागज पर लिखे हुए हिसाब के साथ हरमसरा से बाहर आये। मीरबख्शी के दफ्तर में पहुँचे।

उधर रोशनआरा ने उदयपुरी से अर्ज किया कि रेशमी लिबास के साथ इन जेवरों की चमक से दमकते अपने हुस्न से सारी बेगमों को शरमा दें। शाही महल को रौशन कर दें।

उदयपुरी ने शाहीमहल को देखा। यहीं तो उसका राज रहा है। उसके हुस्न के सामने बेगमें खुदा का नाम लेती रही हैं।...वह हुस्न इन जेवरों से सजकर चाँद को शरमाता रहा है। सचमुच वह हुस्न की मलिका है।...वह एक अबूझ खिंचाव में रोशनआरा के साथ चल रही थी। बाँदियाँ झुककर इस्तकबाल करने लगीं। उदयपुरी बेगम को अच्छा लगने लगा।

अपने कमरे में औरंगजेब ने अपने से कहा—'लगता है कि दाराशिकोह पर मेरी जीत मुकम्मिल हो जायेगी।...अल्लाह मेहरबान हों।'

13

दीवाने खास में दरबार लगा था। नौबतखाने से नौबत की आवाज आ रही थी। बादशाह-ए-गाजी तख्ते ताऊस पर आ गये थे। अमीर और मनसबदार मौजूद थे। वजीरों के साथ देहली का सूबेदार दानिशमन्द खाँ हाजिर था। बादशाह के खास सलाहकार शेख इस्लाम और शेख निजाम भी बैठे हुए थे।

बादशाह का इशारा हुआ। नौबत का बजना बन्द हो गया। शेख इस्लाम ने कुरानशरीफ की आयत का पाठ किया। शेख निजाम ने दुआएँ कीं।

आमेर के राजा जयसिंह और मारवाड़ के राजा जसवन्त सिंह आते दिखाई

पड़े। ओरंगजेब ने सोचा—दाराशिकोह के हरम की एक रंगीन अदा शाही हरम में दाखिल हो गयी। अब ये दोनों मददगार भी आ गये। इनके भी सर झुकेंगे।... सबको झुकना है।...वालिद ने मुझे दूर दक्कन में भेज दिया था। दारा को अपने पास रखा था। जहाँनारा आपा साथ दे रही थी। सिर्फ रोशनआरा आपा मेरा खयाल रख रही थी। मैंने अपने पर भरोसा किया। अपने दीनोईमान पर एतबार किया। इस्लाम के नाम पर मुगल फौज के एक हिस्से को मिला लिया और मेरी शमशीर ने तख्ते ताऊस को हासिल कर लिया।

उसकी ख्वाहिश हुई कि वह खुलकर हँसे। अपनी कामयाबी पर कहकहे लगाये। मगर यह शाही दरबार है। शाही हरम में उदयपुरी को अपने आगोश में लेकर कहकहे लगाना है जिससे जमना की मौज में हलचल हो जाये। सब्ज परचम आसमान को खबर कर दे।

वजीर फाजिल खाँ ने बताया कि आगरा से जवाहिरात आ गये हैं। साथ में अब्बाहुजूर का खत भी है।

औरंगजेब का चेहरा मुस्कानों से खिल उठा। दरबारे खास पर नजर गयी। सभी मुस्करा रहे थे।

दानिशमन्द खाँ ने जयसिंह और जसवन्त सिंह का दीवाने खास के दरवाजे पर इस्तकबाल किया। सभी दरबार के अन्दर आये। तख्तनशीन बादशाह के गोरे लम्बोतरे और दाढ़ी से दमकते चेहरे पर ताज चमक रहा था। तख्तेताऊस से कभी कहकशाँ की रोशनी फैल जाती थी और कभी उसका सतरंगी नजारा आँखों को चौंधिया देता था।

जयसिंह और जसवन्त सिंह इस दीवाने खास में ओहदा पा चुके हैं। वे औरंगजेब से जंग कर चुके हैं। सोचा कि यह जवाँमर्द है, पर धूर्त्त भी है। खुशनसीबी से जीतकर तख्तनशीन हो चुका है। अब यह बादशाह-ए-गाजी है। ...यह मुगलतख्त के साथ दोस्ती की अदायगी है या अपनी कमजोरी?...उन्हें आना पड़ा है। उन्होंने बाकायदा सलाम किया। बादशाह-ए-गाजी ने बाअदब कबूल किया। खास अमीरों के साथ बैठने का इसरार किया।

औरंगजेब दोनों राजाओं की ताकत को अच्छी तरह से जानते थे। वे समझ गये थे कि दोनों से दोस्ती मुगल सल्तनत के लिए जरूरी है। अगर ये नाराज रहेंगे तो परेशानी हो सकती है। इसलिए औरंगजेब की आँखें दोनों के रुख को समझने की कोशिश कर रही थी।

दोनों राजाओं की ओर से चाँदी की तश्तरियों में सोने की अशर्फियों के साथ जड़ाऊँ खंजर बादशाह के सामने पेश किये गये। बादशाह औरंगजेब ने खुश होकर कबूल किया। राजा जयसिंह ने उठकर कहा—'हम दिल्ली के तख्तनशीन मुगल बादशाह को शहंशाहे हिन्दुस्तान मानते रहे हैं। बादशाह हमें दोस्त समझते रहे हैं।

जमाने से चल रहे इस सिलसिले को कायम रखने के लिए हम आ गये हैं। उम्मीद है कि हमारी दोस्ती कबूल की जायेगी।'

औरंगजेब बोल उठे—'हम तहेदिल से कबूल करते हैं। आप दोनों से यही उम्मीद रही है। हम पिछली बातों को भूल जायें। जैसे पहले आप मुगल सल्तनत को मदद करते रहे हैं, आप दोनों करते रहेंगे। मेरी हूकूमत वही इज्जत बख्शेगी।' दोनों राजा सन्तुष्ट हुए।

औरंगजेब ने बताया—'शाइस्ता खाँ दक्कन को सँभालने गये हैं। मराठे परेशान कर रहे हैं। गुजरात के सूबेदार की हैसियत से राजा जसवन्त सिंह उधर जाने की तकलीफ करें। शाइस्ता खाँ को मदद मिलती रहेगी। इधर बुन्देलखण्ड में थोड़ी हलचल है। पंजाब और कश्मीर को काबू में लाना है। इसलिए राजा जयसिंह देहली में ही रहेंगे।'

जसवन्त सिंह ने सोचा कि गुजरात पर हुकूमत करनी है। अच्छा है, जयसिंह ने विचार किया कि देहली में रहकर बादशाह को सलाह देते रहेंगे। बादशाह को उनकी सलाह के मुताबिक चलना है। औरंगजेब का खयाल था कि दोनों को अलग-अलग करके अपने मुताबिक चलाना है। इन्हें काबू में रखना है।

दरबार का काम पूरा हुआ। बादशाह तख्ते ताऊस से उठे। सभी उठ खड़े हुए। बादशाह शाहीमहल की ओर मुड़ गये। दानिशमन्द खाँ ने सातवें गुरु के बड़े पुत्र रामराय को खिल्वतगाह में अदब के साथ बैठाया था। इसलिए बादशाह खिल्वतगाह में आ गये और उन्होंने अपनी खुशी जाहिर की। फिर कोशिश की रामराय पर मुगल शादशाह का रोबोजलाल हावी हो जाये।

गुरुपुत्र श्री रामराय ने विनम्र स्वर में बताया—'नानक पन्थी सन्त इनसान-इनसान के बीच बराबरी और प्यार का रिश्ता कायम कर रहे हैं।...इन्सान और भगवान के बीच भक्ति का भाव पैदा कर रहे हैं। इसलिए बादशाह को परेशान नहीं होना चाहिए।'

औरंगजेब ने कहा—'यह तो ठीक है। लेकिन मजहब और सल्तनत के खिलाफ कोई हरकत नहीं होनी चाहिए।'

'हमारे भजन-कीर्तन और गुरु ग्रन्थ साहब में ऐसी बात नहीं है।...ईश्वर एक है। उसकी औलाद हम सब एक हैं। वह इन्साफ पसन्द है। हम इन्साफ की राह पर चलना चाहते हैं।'

'अब दाराशिकोह की हूकूमत नहीं है। यह याद रहे। किसी तरह की शिकायत नहीं आनी चाहिए।'

'हम टकराव नहीं चाहते। सूबेदार-हाकिमों को गलतफहमी हो जाती है।'

'काफिरों के गुरु हद से ज्यादा नहीं बढ़ें।'

'सिर्फ वह ईश..रब बेहद है। हम सभी हद के अन्दर ही रह पाते हैं। सिर्फ साधु-सन्त हद से बढ़कर उस बेहद असीम को पाने की कोशिश करते हैं।'

'आप देहली में ठहरें। मुगल बादशाहत को समझें।' यह कहकर औरंगजेब उठ गये। सोचा कि रामराय को अपनी हद का अन्दाज मिल रहा है। बादशाह की ताकत का असर होना चाहिए। रामराय कुछ सोचते हुए लाल किले से बाहर निकल आये। शाम घिर आयी। आसमान स्याह होने लगा।

शाही महल झाड़फानूस की रोशनी से जगमगा उठा। दीवार और छज्जे पर चिराग जलने लगे। शाहीमहल के सामने कंचनी का गीत-संगीत शुरू हो गया। महल के भीतर बावर्ची आज की रात के लिए खास खाना तैयार कर रहा था। उसकी खुशबू फैल रही थी। चारों तरफ जगमग रोशनी, चिकन और रेशमी लिबास पर जड़ाऊँ जेवरात की चकाचौंध और हसीन हँसी से चहकता महल जशन मना रहा था। उदयपुरी की अगवानी का जशन था।

उदयपुरी बेगम का कमरा रौनके-महफिल का नजारा बन चुका था। मोती, पोखराज, हीरा और मानिक से जड़े जेवरों से सजी-धजी उदयपुरी ऐसी लग रही थी मानो शीशमहल में शमा जल रही है। जलती हुई शमा परवाने की मुंतजिर है। इत्रदान से खुशबू की एक तरंग उठती है और रातरानी-सी चारों तरफ मदहोशी फैला जाती है। संगीत की नशीली लहर उदयपुरी के सुर्ख रूप की चारों तरफ मड़राने लगती है।

उदयपुरी ने आँखें उठायीं। गौर किया...वही तो कमरा है। शीशे में अपने को देखा। वही हसीन चेहरा है। सामने शराब पर नजर गयी। जाम में भरा। जाम में सूरत झलक उठी। जेवरों ने सजा दिया है। कौंध पैदा कर दी है। लेकिन वह पहले वाला नूर कहाँ! आँखों में शबाब के लाल डोरे नहीं हैं। शराब के लाल डोरे हैं। लबों पर तबस्सुम अपने आप खिल नहीं पा रहा है। ऐशगाह में आ गयी है। खौफ से आयी है? जड़ाऊँ जेवरों और शराब ने पहुँचा दिया है? वह जिन्दगी के लुत्फ को छोड़ना नहीं चाहती...वह अपने अन्दर टटोलने लगी।

वह क्यों आ गयी? आलमआरा ने तो लुत्फ की फिक्र नहीं की। वह आगरा जायेगी। अपने बाबा के पास जायेगी। बाबा ने उसकी खोजखबर ली है। लेकिन उसकी खोज खबर कौन ले? ये वीर बहादुर राजा भी लालकिले के दरवाजे पर आ गये। औरंगजेब की आन ओ शान बढ़ रही है। आज जशन की रात है। यह जशन तो औरंगजेब की ऐश के लिए है। वह तो जीत की सौगात है

उदयपुरी बेचैन हो गयी। उसने जाम को होठों से लगा लिया। बादशाह के कदमों की आहट हुई। वह शराब पीती रही।

औरंगजेब पास आकर बैठ गये। उदयपुरी ने जाम बढ़ाया वे देखते रह गये। दाराशिकोह की हसीन बेगम उनके आगोश में...। यह चौदहवीं का चाँद है जिससे आबेहयात छलक रहा है। इसे तो छक कर पीना है।

औरंगज़ेब ने जाम को उठा लिया। वे तो तौबा कर चुके हैं। लेकिन जाम

लबों के पास आ गया। उदयपुरी मुस्करा उठी। उसे लगा कि बादशाह उसके पहलू में आ गये हैं। वह रोशनआरा की चाल को जवाब देती रही है। अब वह फिर से जवाब देगी। मुगल शाहजादी शादी नहीं कर पाती। तड़पती रहती है। कभी-कभी अँधेरे में ऐश में डूब जाती है। वह तो बादशाह को तड़पाती रहेगी।

औरंगजेब शीरी जुबान में कहने लगे–'उदयपुरी बेगम! तू इस महल की महजबीन हो। तुमको पाकर मैंने सब पा लिया।'

'हाँ, जहाँपनाह! बेगमों की तादाद बढ़ गयी। महल की रौनक बढ़ गयी।' यह कहकर उसने जाम में शराब को ढाला।

'उदयपुरी! मैने जैनाबादी को प्यार किया था। वह चली गयी। जेब की अम्मीजान दिलरसबानू भी कुछ साल पहले चली गयी। अब मैं तुमसे प्यार चाहता हूँ। यह जशन हम दोनों के लिए है।'

'मैं आपकी कामयाबी पर जशन मना रही हूँ, शहंशाह!'

उदयपुरी यह कहकर गावतकिये पर ढुलक पड़ी। औरंगजेब उसे बाँहों में लेकर भी परेशान थे।

14

दूसरे रोज बादशाह खिल्वतगाह में आगरा से आये खत को पढ़ना चाह रहे थे। बगल में जवाहिरात की सन्दूकची थी। उन्होंने सन्दूकची को खोलकर बेशकीमती जवाहिरात को देखा। यह तो मुगल सल्तनत का नायाब खजाना है। सत्ताइस लाख के ये जवाहिरात हैं। चन्द लम्हें तक वे देखते रहे। उँगलियों से उठाकर देखते रहे। लगाकि खिल्वतगाह में कभी बिजली की कौंध और कभी पूनम की चाँदनी फैल गयी है, अब ये आगरा के लालकिले में नहीं, देहली के लालकिले में...अपनी अक्ल से!...वे उनमें खो गये।

रोशनआरा के पैरों की आहट आयी। उन्होंने सन्दूकची पर तुर्रा लगी टोपी रख दी। और वे खत पढ़ने लगे–'औरंगजेब! तुझे फरजन्द कहने की हिम्मत नहीं हो रही है। मैने दर्द ओ गम में डूबी आलमआरा को भेजने के लिए अर्ज किया था। बादशाह ने सौदागर की मानिन्द सौदेबाजी कर दी। सियासी खेल शुरू कर दिया। जवाहिरात की सन्दूकची माँग ली। उस पर तुम्हारी नजर थी। बहाना ढूँढ़ रहे थे। वक्त को ठीक पहचाना।...मैं रखकर क्या करता? कैदखाने में क्या जरूरत थी? मुझे मालूम है कि तुम्हारी सियासत को यह सन्दूकची चाहिए थी। मुझसे ले लेना था। ले लो और आलमआरा को भेज दो। हम एक साथ इन दीवारों के बीच छिपकर रो लेंगे। जिन्दगी के चन्द रोज गुजार लेंगे। यह कैसा ईमान है! यह कैसी तहजीब है!!'

रोशनआरा आकर पास में बैठ गयी थी। उसे भी खत पढ़ने को मिला उसने पढ़कर औरंगजेब की ओर देखा।...और फिर सन्दूकची को खोजने लगी। औरंगजेब के चेहरे पर संजीदगी छायी हुई थी।

रोशनआरा की नजर टोपी पर गयी। टोपी के नीचे सन्दूकची थी। वह बाग-बाग हो उठी। औरंगजेब को सन्दूकची खोलनी पड़ी। रोशन एक-एक बेशकीमती पत्थर को अपनी हथेली पर रखकर देखना शुरू कर दिया। औरंगजेब का दिल धड़क रहा था। कुछ देर के बाद बोल उठे- 'इसे अब तोशखाने में भेज देना है। सल्तनत का खजाना है।'

'हाँ, इसे तोशखाने में भेज दें।...हमारी चाल बेकार नहीं गयी। एक ही चाल में वे मात खा गये।' रोशनआरा ने जवाब दिया।

'सौदेबाजी घाटे की नहीं रही, रोशनआरा आपा!!'

'आप सियासत की बाजी हमेशा जीतते रहे हैं।' रोशनआरा मुस्करा उठी।

औरंगजेब की हँसी फूट पड़ी। रोशनआरा ने सन्दूकची को बन्द कर दिया। लेकिन उसने दो नगों को अपनी उँगलियों में छिपा लिया। औरंगजेब ने इत्मीनान से कहा-'अब तो आलमआरा को भेज ही देना है।'

'हमेशा के लिए इसे आगरा में नहीं रहने देना है, नहीं तो सरदर्द बन सकती है।' रोशनआरा ने सलाह दी।

'मैं समझ रहा हूँ। दारा की औलाद की खुदसर हैसियत नहीं...थोड़ा इन्तजार करना है।' औरंगजेब ने जवाब दिया।

वजीर फाजिलखाँ के आने की इत्तिला मिली। इजाजत पाकर वह आ गया। फर्शी सलाम कर वह बोल उठा—'जहाँपनाह! राजा जसवन्त सिंह अहमदाबाद के लिए रवाना हो गये। और मिर्जा राजा जयसिंह का कुनबा आमेर से आ गया है।..दोनों राजा खुश लग रहे हैं।'

'बहुत ठीक! अब आलमआरा को आगरा भेजने का इन्तजाम हो।'

'बहादुर खाँ इन्तजाम में लग गया है।'

उधर जेबुन्निसा आलमआरा से मिलने आयी। आलमआरा गले-गले मिली। जेबु कहने लगी—'बहन! तेरे लिए दोनों किले कैदखाने हैं। लेकिन वहाँ बाबा हैं। फूफी हैं।...दर्द को सहला देंगे।'

'बस, इसलिए तो जाना चाह रही हूँ।...इस लालकिले के अन्दर एक आप ही इनसानी जजबातों की दिलखुश पुतली हैं।'

'आलमआरा! मजहब का जनून हो या सियासत का...इनसानियत खौफ से काँपने लगती है।...यह शेरोशायरी मेरे लिए राहेगुजर है।...आगरा में बाबा के साथ खुश रहो—मेरी दुआ है।'

‘अब तो दुआओं के सहारे जीना है, जेबु!...अम्मीजान चली गयीं। अब्बा हूज़ूर खून से लबरेज ताबूत में बन्द कर दिये गये।...अब बाबा और फूफी का प्यार और बहन जेबुन्निसा की मुहब्बत...जी लूँगी।...यह भी बादशाह-ए-गाजी की मर्जी पर मुनहसर है।’

‘मैं शर्मिन्दा हूँ, आलमआरा!’

‘कुछ देर साथ रहो, जेबु! मेरे साथ उदयपुरी अम्मी से मिलने चलो। उन्होंने बुलाया है।...उनकी मजबूरी...ओह!’

दोनों उदयपुरी बेगम के पास आ गयीं। उदयपुरी राह देख रही थी। दोनों को पास में बैठाया। आलमआरा की आँखों में अश्क झलमला उठे। उदयपुरी ने गले से लगा लिया और कहा—‘बेटी! तुझे अपने खुद्दार के साथ जीना है। वहाँ बाबा और फूफी जान की खिदमत में लग जाना—यही सवाब है।...मुझे भूल जाना।’

तीनों की आँखें नम हो उठीं। तीनों के दिल में दर्द उभर आया। हरमसरा के दरवाजे पर बहादुर खाँ की देखरेख में आगरा भेजने की तैयारी पूरी हो चुकी थी। लालकिले के द्वार पर दानिशमन्द खाँ और फाजिल खाँ मौजूद थे।

रोशनआरा और जेबुन्निसा के साथ आलमआरा बुर्के में हरमसरा के दरवाजे पर आयी। ख्वाजसरा ने बही में नाम दर्ज किया। आलम पालकी में सवार हुई। हथियार बन्द सिपाहियों और तातारी बाँदियों के साथ पालकी किले के दरवाजे पर पहुँची। बहादुर खाँ ने सिपाहियों को खबरदार किया। पालकी फाटक से बाहर आयी।

बाहर घुड़सवारों के बीच शाही इक्का था। घोड़े हिनहिना रहे थे। आलमआरा पालकी से शाही इक्के में आ गयी। इक्का काले परदे से ढका था।...इसी परदे में वह देहली से आगरा जा रही है। भवनाथ को जानकारी मिल गयी होगी। अगर वह आ जाता एक बार दीदार कर लेती।...वह आगरा आ जाये। शायर का बेटा है। वह भी शायरी करता होगा। कभी-कभी शायरी से दिल बहला लेती।

शाही चौक पर भवनाथ मौजूद था। नजूमी के पास खड़ा था। कभी नजूमी की बातों को सुनता और कभी किले की ओर देख लेता। शाही इक्का शाही चौक की ओर आ रहा था। शाही इक्का के ऊपर का हिस्सा पालकी के समान था। स्याह मखमली पर्दे के बीच जाली लगी हुई थी। शाही चौक के पास उस जाली से भवनाथ दिखाई पड़ा।...वह उसे देखकर मुस्करा उठी। फिर उसने सोचा उसे लौट जाना है। साथ-साथ नहीं चलना है। वह इधर नहीं आये। ये सिपाही उसे नहीं बख्शेंगे।

भवनाथ ने सिपाहियों से घिरे शाही इक्के को देखा। उसके कदम बढ़े। पर वह रूक गया। मन में भय उभर आया।...उसने भय को दबाया। वह शाही इक्के के पास पहुँच गया। परदे में जाली दिखाई पड़ी। उसने कहना चाहा—‘मैं आगरा आऊँगा।’

बहादुर खाँ के इशारे पर सिपाहियों ने भवनाथ को धक्का देकर हटा दिया। वह सड़क के किनारे गिर पड़ा। काफिला आगे बढ़ गया। आलमआरा जाली से देखती रही। आहें भरती रही। मगर काफिला आगे बढ़ता गया। बहादुर खाँ मुस्कराता रहा।

राहगीरों की भीड़ लग गयी। एकाध ने पहचाना। भवनाथ को चोट लग गयी थी। आँखों के आगे अँधेरा-सा लगने लगा था। एक ने आँखों पर पानी छिड़का। अँधेरा हटा। वह उठकर खड़ा हुआ। पर सर दर्द कर रहा था। खून की बूँदें टपक आयी थीं। उसने दूर जाते शाही इक्के को देखा। वह इक्का उसे छोड़कर दूर जा रहा था। वह देखता रहा। लोगों ने सर पर खून की बूँदों को देखकर घर चलने के लिए कहा। एक ने सहारा दिया। दूसरे ने उसकी हथेली अपने हाथ में ले ली। उसके कदम बढ़ गये। इक्का आँखों से ओझल हो गया। पर ऊपर आसमान में पंछी उड़ रहा था। उसे लगा कि वह इस पंछी के साथ चल रहा है।...वह पंछी भी दूर चला गया।...सोचा...क्या बहेलिए के डर से?

घर पर माँ लवंगी इन्तजार कर रही थी। उसका मन घबरा रहा था। पंडितराज जगन्नाथ छत पर चक्कर काट रहे थे। अब यह शहर पराया लगने लगा था। सूफी फकीर के कारण रहना पड़ रहा था। पर यह भवनाथ परेशान कर रहा है। कहता हूँ कि घर में बैठकर 'जगदाभरण' की दूसरी प्रति तैयार करो।...कुछ करता है और फिर छत पर चक्कर काटने लगता है।...यह छत पर क्या देखता है—आकाश या यमुना जी का श्याम तरल रूप या लालकिला की पाषाण भित्ति?

भवनाथ द्वार पर आ गया। लोगों ने पंडितराज को बुलाया। माँ लवंगी दौड़ी हुई आयी। पंडितराज आ पहुँचे। दोनों फटेचिथड़े कपड़े में अपने पुत्र को देख सहम गये। खून की बूँदों को देखकर लवंगी हाय-हाय करने लगी। माँ ने दोनों हाथों से थाम लिया। राहगीर भी साथ-साथ भीतर आ गये। पंडितराज ने सबको बैठाया और माथे की चोट पर औषधि लगाने के लिए औषधि खोजने लगे। माँ लवंगी की आँखों से आँसू बहने लगे।

भवनाथ खाट पर लेटकर कहने लगा—'माँ! कुछ तो नहीं हुआ है। आँखों में आँसू क्यों?'

'जरूर तू किले की ओर गया था।' यह कहकर पंडितराज ने चोट पर औषधि लगायी और फिर साथ में आये राहगीरों की ओर देखा। एक राहगीर ने शाही घुड़सवार से धक्का लगने की बता दी। पंडितराज ने राहगीरों के प्रति आभार प्रकट किया। सबने मंगलकामना प्रकट की और वे विदा हुए।

पंडितराज ने थोड़ा रोष में कहा—'पत्थर की दीवार से टकराने पर सर फूटेगा। ...पंडित नहीं बनेगा।'

'यह दर्द से दुःखी है और आप डाट रहे हैं!...गर्म दूध लाइए। यह दूध पी ले।

थोड़ा आराम मिलेगा। मै सर में तेल लगा रही हूँ।' लवंगी ने हलकी डॉट सुना दी।

पंडितराज दो क्षण तक माँ-बेटे को देखते रहे। फिर रसोई घर से दूध लाकर दे दिया। लवंगी प्रसन्न हो गयी। पर भवनाथ आँखें छिपा रहा था। पंडितराज वहाँ से हटकर अपने अध्ययन कक्ष में चले आये। माँ लवंगी बेटे को दूध पिलाने लगी।

15

सूफी फकीर सईद सरमद जामा मस्जिद के चबूतरे पर बैठे थे। बगल में अमीचन्द था। फकीर की आँखें बन्द थीं। वे कलमा पढ़ रहे थे—'ला इलाह इल्लिल्लाह, मुहम्मद या रसूलिल्लाह। ला इलाह...।'

पचासों लोग उनके सामने बैठे थे। सभी साथ-साथ पाठ कर रहे थे। कुछ देर के बाद सबने सुना कि- ला इलाह इल्लिल्लाह।' बाद का हिस्सा बन्द हो गया था। सभी उसी तरह पाठ करने लगे।

शाही इमाम जामा मस्जिद के बड़े दरवाजे पर खड़ा था। वह देखता रहा... सुनता रहा। बाद में उसे लगा कि कलमा का पाठ पूरा-पूरा...फिर आधा-अधूरा... क्या मतलब है? साथ में अमीचन्द है। सामने बैठे मुरीदों में हिन्दू भी हैं।...कलमा पढ़ने-पढ़ाने का मायने तो एक खुदा और एक ही रसूल-मुहम्मद साहब पर ईमान लाना है। इस्लाम को कबूल करना है। लेकिन यहाँ क्या हो रहा है? आधा क्यों? यह भी बगावत है—इस्लाम से। शाही इमाम के रू-ब-रू बगावत! कलमा का पाठ हो गया। सरमद साहब ने सब पर नजर डाली। मन ही मन खुश हुए और फिर अमीचन्द से कहा- 'बाँसुरी से मीरा का भजन सुना दो।'

अमीचन्द ने शाही इमाम की ओर इशारा किया। सरमद साहब ने बेफिक्री से बाँसुरी बजाने को कहा। अमीचन्द ने देखा कि सामने बैठे गुरु भाइयों की आँखों में अनुरोध है। कुछ के सर भी हिल रहे हैं। उसने सरमद साहब की ओर देखा। सूफी फकीर मुस्करा उठे। उसने अपनी बाँसुरी के स्वर में मीरा का भजन सुनाना आरम्भ किया। फकीर की पलकें बन्द हो गयीं। हिन्दू-मुसलमान—सभी स्वर की लहर पर झूमने लगे। सूफी फकीर ने देखा...अमीचन्द के चेहरे पर खुदा का नूर बरस रहा है। यह जोत उसी बाँसुरी वाले की है।... उनकी पलकें भी बन्द हो गयीं। बाँसुरी का स्वर धीरे-धीरे सम पर शान्त हुआ। सबकी बेसुधी आहिस्ता-आहिस्ता खत्म हुई। सबने बेखुदी में डूबे सरमद साहब को देखा। सबके सर झुक गये। हाथ जुड़ गये। कुछ उनके पैरों के पास झुक आये।

शाही इमाम गुस्से में आ धमका। उसने तीखी आवाज में पूछा—

'यह खुदा का घर है या बुतखाना?'

'यह खाना-ए-खुदा है, इमाम साहब!' फकीर ने संजीदगी के साथ जवाब दिया।

'अमीचन्द की बाँसुरी तो मीरा का नाम ले रही थी।!'

'क्या आप मीरा को खुदापरस्त नहीं मानते?...मीरा और किशन में कोई फासला नहीं रह गया था।...जमना की लहर जमना में मिल गयी थी।'

'मीरा बुतपरस्त थी, खुदापरस्त नहीं।'

'यह तंग दिमाग की समझ है इमाम! हम सभी बुत हैं। वह हम सभी में मौजूद है। सबको प्यार करना बुतपरस्ती ही है।...मीरा के दिलोदिमाग तक पहुँचना बहुत मुश्किल है।'

'आपका ईमान डिग गया है, सरमद साहब! आप औलिया होकर कुफ्र की बात कर रहे हैं।'

'मैं इल्मे इलाही की बात कर रहा हूँ। मैं लकीर का फकीर नहीं हूँ।...याद रखें, हिन्दुस्तान में भी पैगम्बर और पीर हुए हैं। ऋषि-मुनि और अवतार हुए हैं। जमाने से होते आये हैं। बहुत जमाने से खुदा को समझने की कोशिश हुई है। किस्म-किस्म के ढंग से भक्ति और रूहानी बुलन्दी की राहें बतायी गयी हैं। यहाँ की तहजीब बहुत पुरानी है।'

'होगी!...हमें क्या मतलब है?'

'इस मुल्क में आकर और इतने सालों से रहकर भी इसकी तहजीब-तमद्दुन को नहीं समझना गलत है। गैर मुनासिब है।'

'हम हुकूमत और तब्लीगे मजहब के लिए आये हैं।'

'शाही इमाम! आप खाना-ए-खुदा के इन्तजामकार हैं। आप हुक्मरान नहीं हैं।'

'आप फकीरी के नाम पर क्या कर रहे हैं?'

'मैं फकीर हूँ...तभी तो खुदा की बात कर रहा हूँ। सबको एक मान रहा हूँ। रिमाया नहीं, इनसान मान रहा हूँ। मुसलमान और हिन्दू नहीं...सिर्फ इनसान समझ रहा हूँ।...चलो भाई! इमाम साहब को समझने का मौका दो।' यह कहकर सरमद चबूतरे से उठ गये। वे सबके साथ चल पड़े। अमीचन्द अपनी बाँसुरी लिए साथ-साथ चल रहा था। सरमद साहब गुनगुना रहे थे—

मस्ती में उस हसीं को खुदा कह गया हूँ मैं।
फिर भी जो कह गया हूँ बजा कह गया हूँ मैं॥

सूफी फकीर सरमद मुल्लाशाह बदख्शी के घर पहुँच गये। घरवालों के आँसुओं को पोंछा। दर्द को सहलाया। भरोसा दिया। परन्तु लग रहा था कि सारा इलाका आँसुओं में डूबा हुआ है।...पड़ोस के बीमार बूढ़े को देखा। दुआएँ दीं। हकीम को दवा देने के लिए कह दिया। बगल के गरीब के घर में खाने को कुछ नहीं था। बच्चे बिलख रहे थे। उनके लिए अनाज के इन्तजाम के लिए शार्गिदों को इशारा

कर दिया।...थोड़ी देर में अनाज का इन्तजाम हो गया।

शाही इमाम ने बादशाह-ए-गाजी को खबर कर दी कि सूफी सरमद अधूरा कलमा पढ़ता है। काफिरों के साथ बैठकर भजन गाता है। यह तो बगावत है। इस बगावत को काबू में करना जरूरी है।

बादशाह-ए-गाजी शेख इस्लाम और शेख निजाम के साथ जामा मस्जिद की ओर चल पड़े। बहादुर खाँ पचीस घुड़सवारों के साथ चल रहा था। शाही चौक पर नजूमी और ज्योतिषी बैठे थे। सभी उठकर खड़े हो गये। आगे बढ़ने पर शराबखाने के करीब शराबी दिखाई पड़े। कुछ ने बादशाह को सलामी दी, कुछ ने नहीं। एक तो बुदबुदा उठा—'भाई के कातिल के कदम बढ़ रहे हैं, होशियार!' बादशाह को शराबियों की बदतमीजी का थोड़ा अहसास हुआ, मगर उनकी नजर सूफी फकीर को खोज रही थी। शाही सवारी आगे बढ़ रही थी। लोग बाकायदा सलाम कर रहे थे।

शाही सवारी जामा मस्जिद की तरफ मुड़ गयी। मीनारों की झलक मिलने लगी। उधर सरमद साहब अपने मुरीदों के साथ उधर ही पहुँच रहे थे। इस बार वे मस्जिद के चबूतरे से अलग आसन लगाकर बैठ गये। उनके मुरीद भी बैठ गये। ...शाही इमाम ने देखा। उसने सोचा कि इस सूफी को सबक मिलना चाहिए।

शाही सवारी आ पहुँची। बादशाह-ए-गाजी तामझाम में थे। आगे-आगे बहादुर खाँ था। घुड़सवारों की टापों से इलाका गूँज रहा था। दहशत फैल रही थी। शाही इमाम बादशाह-ए-गाजी के इस्तकबाल के लिए आगे बढ़ा। बादशाह औरंगजेब तामझाम से उतरकर आये। सईद सरमद को देखा। दोनों की नजरें मिलीं। बादशाह को लगा कि फकीर की आँखों में अजीब-सा तेज है। नूर-ए-खुदा है... वह मुस्करा रहा है! बादशाह-ए-गाजी के लिए अदब नहीं!!

बादशाह रूखी आवाज में बोल उठे—'सूफी! अधूरा कलमा पढ़ने की शिकायत आयी है। यह गलत है। गुनाह है।'

'खुदा के घर में बैठकर खुदा को याद करना गुनाह नहीं हैं। खुदा के बन्दों को सलाम करना गलत नहीं है।...हुकूमत रिआया की हिफाजत करती है। इल्मे इलाहीयात और इनमें तसब्बुफ पर बहस तो शेख और सैयद करें। मैं तैयार हूँ।' सरमद साहब ने संजीदगी के साथ जवाब दिया।

'सूफी! यह इस्लामी हुकूमत है। खुदा और रसूल पर बहस क्यों? काफिर अमीचन्द के साथ इबादत के नाम पर बुतपरस्ती क्यों?'

'मैं इस काफिर में खुदा का नूर देखता हूँ। इसकी बाँसुरी में अल्लाह की आवाज सुनता हूँ।'

'अधूरा कलमा पढ़ना और अमीचन्द की बाँसुरी में अल्लाह की आवाज सुनना बिल्कुल गलत है। गुनाह है।'

'अल्लाह की हूकूमत सबसे बड़ी है, बादशाह-ए-गार्जा! उसकी हूकूमत फिरकापरस्ती और बेरहमी बर्दाश्त नहीं कर सकेगी।'

'बादशाह-ए-गाजी को धमकी! फकीरी का नाजायेज फायदा!! इस मुल्क को मेरे ईमान और मेरे इशारे पर चलना होगा।'

'बादशाह-ए-गाजी! गौर करो। कहीं कबीर की खजरी बज रही है। कहीं तुलसी की राम कथा चल रही है। नारनौल में सत् नाम का जोर है। पंजाब में अकालपुरुष की भक्ति हो रही है। गुजरात से एक फकीर प्राणनाथ किशन का नाम लेकर चल पड़ा है। इलाहाबाद में मलूकदास राम का नाम ले रहा है। रामदास राम का नाम लेकर मराठों को जगा रहा है।...इन सबमें हिन्दुस्तान की तहजीब और तमद्दुन की नयी आग है।...बादशाह अकबर की राह पर चलें, तभी खैरियत है।'

'धमकी मत दो, सूफी फकीर! मेरी हूकूमत में मेरे मुताबिक चलना होगा।'

'बादशाह! हम ऊपर वाले के मुताबिक चलते हैं और अपने अन्दर की आवाज सुनते हैं।' यह कहकर सरमद साहब ने ऊपर देखा।

औरंगजेब का गुस्सा उबलने लगा। शेख इस्लाम और शेख निजाम ने शाही इमाम के साथ बातचीत कर बादशाह को अपनी सलाह दे दी। बादशाह-ए-गाजी ने सजा-ए-मौत का हुक्म दे दिया।

सरमद राम-रहीम का नाम लेने लगे। उधर सजा-ए-मौत की खबर फैल गयी। लोग इकट्ठे होने लगे। भीड़ बढ़ती गयी। बहादुर खाँ ने सबको भगाने की कोशिश की। भीड़ पीछे हटती और फिर चली आती। सूफी फकीर जिन्दाबाद के नारे लगने लगे। फकीर के मुरीद दौड़े आये। अमीचन्द बाँसुरी लिए चल पड़ा। वह आ गया। उसकी बाँसुरी बजने लगी। सरमद बेखुदी में डूब गये। सबकी आँखें बन्द हो गयीं।

दो लम्हों के बाद सबने देखा कि सरमद साहब का मुस्कराता सर जमीन पर खून से लथपथ पड़ा है। बाँसुरी के स्वर में दर्द लहरा रहा है। बादलों में सूरज छिप गया है।...मुरीदों का हाहाकार सुनकर आसमान हाय-हाय कर रहा है।

16

बादशाह औरंगजेब तन्हाई में पड़े हुए थे। किसी बेगम को पास आने की हिम्मत नहीं हुई। बादशाह रातभर सो नहीं सके थे। वे बहुत पहले शराब से तौबा कर चुके थे। उदयपुरी के सामने उन्होंने दिखावा किया था। चुनांचे वे शराब नहीं पी सकते थे।...मगर रातभर सूफी सरमद की मुस्कान, शाह बदख्शी की बगावत और दाराशिकोह का सर—तीनों बेचैन करते रहे।...दीवार पर घुड़सवार की तस्वीर

दिखाई पड़ी। वे आँखें गड़ाकर देखने लगे।...बुजुर्गवार बाबर का चेहरा झलक उठा। उनकी सारी जिन्दगी घोड़े पर गुजर गयी। उन्होंने अपनी हिम्मत और ताकत से हिन्दुस्तान को जीता। मुगल हुकूमत का पहला पत्थर तामीर किया। बादशाह अकबर ने दूसरा पत्थर रखा।...सूफी फकीर बोल रहा था कि बाबा अकबर की तरह अपनी हूकूमत को ढालो।... क्यों? जयसिंह और जसवन्त सिंह से दोस्ती कर ली है। लेकिन उनके इशारे पर यह हूकूमत नहीं चलेगी।...मैंने शमशीर से इस तख्ते ताउस को हासिल किया है। किसी हिन्दू राजा ने साथ नहीं दिया है। सभी ने दारा के साथ दिया था। मैंने फिक्र नहीं की।...मैं तेग-तलवार से अपने वजूद को कायम करूँगा।...इस्लाम पर ईमान है। शमशीर पर भरोसा है।...लेकिन दारा से पीछा नहीं छूट रहा है। मुल्ला की बगावत उसी से जुड़ी हुई थी। सूफी फकीर भी दारा का ही तरफदार था। फकीर की अलमस्ती गवारा नहीं हो सकती थी। वह जल्लाद को देखकर भी नहीं डरा!

बादशाह ने हथेलियों में अपने चेहरे को छिपा लिया। लेकिन सरमद की मुस्कान से पीछा नहीं छूटा।...क्या मै गलत हूँ? गुमराह हूँ?...मेरी राह सही है। मैं अपने अकीदा के साथ इसी राह पर चलूँगा। फिर दीवार पर देखा।...बाबर अपने घोड़े पर बढ़े जा रहे थे।...औरंगजेब उठकर खड़े हो गये।

उसी वक्त किले के पिछवाड़े से हाथियों की चिंघाड़ सुनाई पड़ी। वे दरीचे के पास खड़े हो गये। दरीचे की जाली से उधर देखने लगे। लगा कि हाथी सूड़ उठा कर उन्हें सलामी दे रहा है। वे मुस्करा उठे। दाढ़ी पर हाथ फेरा। अल्लाह का नाम लिया। दरवाजे को खोला बेगमें इन्तजार कर ही थीं। वे तन्हाई से बाहर आये। बेगमों के चेहरों पर खुशी झलक उठी। वे उनके साथ बैठे। रात की परेशानी से छुटकारा मिला।

थोड़ी देर के बाद बादशाह खिल्वतगाह में आये। शेख इस्लाम और शेख निजाम पहले से मौजूद थे। वजीर फाजिल खाँ हाजिर था। रोशनआरा आपा भी आ गयी। चन्द लम्हों तक सन्नाटा छाया रहा। सभी बादशाह के चेहरे को पढ़ते रहे। अचानक बादशाह ने पूछा—'यह बगावत की सुगबुगाहट कब बन्द होगी?' वजीर ने जवाब दिया—'आलमआरा! बन्द हो चुकी है।'

'मगर मेरी हुकूमत में शराब की इतनी छूट क्यों हैं? ये शराबी सड़कों पर खुले आम बदतमीजी करते रहते हैं?'

फाजिल खाँ ने सर झुकाकर बताया- 'अब्बाहुजूर शहंशाह शाहजहाँ के वक्त से इतनी छूट है। तिजारत करने वाले फिरंगी भी शराब पसन्द करते हैं। इसलिए थोड़ी लाचारी है।'

'यह मेरी हुकूमत है। याद रहे। मैं लाचारी नहीं जानता।'

'शराब ईमान में खलल डालती है।' शेख इस्लाम ने कहा।

'हुजूर! काफिर भी शराब को बुरा मानते हैं। इस पर पाबन्दी लगाने में कोई दिक्कत नहीं होगी।' शेख निजाम ने बताया।

'लेकिन सल्तनत की आमदनी कम हो सकती है।' वजीर ने अर्ज किया।

'मैं इसकी फिक्र नहीं करता। शराबबन्दी होनी चाहिए।' बादशाह ने अपना फैसला सुना दिया।

'फिरंगियों का क्या होगा? वे सल्तनत के मुताबिक तिजारत कर रहे हैं। उन्हें कुछ रियायतें मिली हुई हैं।' फाजिल खाँ ने एक सवाल खड़ा कर दिया।

'वे शहर से बाहर पोशीदा तौर पर पी लिया करेंगे।' रोशनआरा ने अपनी राय दे दी।

बादशाह ने इस सुझाव को मान लिया। रोशनआरा को खुशी हुई। शेख इस्लाम ने गुजारिश की—'लालकिले के अन्दर मस्जिद का न होना अजीब लगता है। मस्जिद की तामीर होनी चाहिए।'

शेख निजाम ने जोशखरोश के साथ इसकी ताईद की। रोशनआरा ने कहा-'लालकिले के अन्दर मोती की आब के मानिन्द मस्जिद बने।'

बादशाह ने मुस्कराकर तय किया कि मोती मस्जिद की तामीर जरूर होगी।

दानिशमन्द खाँ जासूसों के साथ आया। राजा जयसिंह भी आ गये। पर सबकी नजरें जासूस पर टिक गयीं। जासूस ने बताया—'आराकान के राजा ने शुजा की साजिश को नाकाम करके सारे कुनबे को मार डाला।...इधर सिपहसालार मीर जुमला साहब को आसाम की जंग में कामयाबी मिल रही है। वे राजा की दुख्तर का डोला देहली भेज रहे हैं।...बादशाह-ए-गाजी इस तोहफे को कबूल करेंगे।'

बादशाह अपनी खुशी को छिपा नहीं सके। मुस्करा उठे। रोशनआरा ने जासूस को इनाम देने की राय दी। बादशाह ने सोने की पाँच मुहरें देने का एलान कर दिया। शेख इस्लाम ने फारसी का एक शेर सुनाकर बधाई दे दी।'

वाह-वाह की आवाज गूँज उठी।

अचानक लगा कि खिल्वतगाह में फतह का जश्न मनाया जा रहा है। ऐसा लगा कि मौसमे बहार का मंजर नुमायाँ हो गया है। गुलशन में कलियाँ खिलने लगी हैं। सबके होठों पर मुस्कानों के फूल खिल उठे हैं।

बादशाह-ए-गाजी तसव्वुर में बुजुर्ग बाबर के घोड़े की टापों को सुनने लगे। फिर उनके अपने घोड़े की टापों की आवाज गूँजने लगी। इस आवाज के बीच जख्मी दुश्मनों की चीख खो जाती थी।...उन्हें लगा कि घोड़ों की टापों में एक तरन्नुम है।...डंके की आवाज पर...घोड़ो की टापें...टापों के तरन्नुम पर तलवारों की चमक...दारा, मुल्ला, सरमद, शुजा सबका बारी-बारी से खाक में मिल जाना... तवारीख के धुँधले हरफ हैं। ताज में जड़े कोहिनूर की कौंध उसका उन्वान है।

औरंगजेब बोल उठे—'सिपहसालार मीरजुमला साहब को इस जीत की खुशी में 'अमीरुल उमरा' का खिताब बख्शा जाता है।' सबने 'बादशाह-ए-गाजी : जिन्दाबाद' कहकर अपनी खुशी का इजहार किया।

दूसरे जासूस ने कुछ और बताने की इजाजत चाही। इशारा पाते ही कहा कि दक्कन में शाइस्ता खाँ मराठों के सरदार शिवाजी को घेर रहे हैं। उन्हें मदद चाहिए क्योंकि शिवाजी पहाड़ों में छिप-छिप कर वार करता है।

दानिशमन्द खाँ ने बताया कि पंजाब में खलील्लुलाह खाँ की कोशिश जारी है कि सुलेमान शिकोह पकड़ में आ जाये। अभी तक कामयाबी नहीं मिली है।

'यह तो परेशानी की बात है। अभी तक यह काँटा गड़ रहा है।' बादशाह बोल उठे। उनकी आँखें दहकने लगीं।

'सुलेमान खौफ से छिपा हुआ है। आपके एक इशारे पर वह बेड़ियों में जकड़ जायेगा। उस नाचीज के लिए आप इतने परेशान क्यों?' रोशनआरा ने गुस्से को ठंडा करने की कोशिश की।

'क्या यह परेशानी की बात नहीं है?...मुझे खुद लाहौर जाना पड़ेगा। लाहौर का हाकिम नौजवान है। सूबेदार खलील्लुलाह शराबी है। दारा शिकोह का यह सरदार ऐन वक्त पर मेरे साथ आ गया था। इसे अपनाना पड़ा। मगर यह भरोसे के लायक नहीं है।...दक्कन में राजा जसवन्त सिंह शाइस्ताखाँ की मदद करेंगे' बादशाह ने अपनी बात रख दी।

'तो ठीक है। एक बार आप लाहौर से हो आइए। मुझे भी जरूरी लग रहा है। मैं यहाँ सँभाल लूँगी।' रोशन आरा ने कहा।

'वह तो आपको सँभालना है, आपा! आप पर पूरा यकीन है। सूफी फकीर के मुरीद अमीचन्द पर नजर रखनी होगी। अगर वह खुराफात करे तो उसके लिए कैदखाने का फाटक खुल जाये।... रामराय पर दबाव रहे जिससे पंजाब के पीर मीर न बन जायें! सबने सर हिलाकर बादशाह की ताईद की। साथ ही उनके हुक्म को कबूल किया।

बादशाह ने कहा- 'राजा जयसिंह! दारुल सल्तनत की हिफाजत की जिम्मेवारी आप पर है। रोशनआरा आपा को आपकी मदद चाहिए।'

'आप इत्मीनान रखें। आप बेफिक्र होकर लाहौर जायें और बाखुशी लौटें।' जयसिंह ने भरोसा दे दिया।

17

औरंगजेब उदयपुरी बेगम के कमरे के दरवाजे पर आये। उन्होंने दस्तक दी। उदयपुरी खयालों में डूबी हुई थी—शराबबन्दी का एलान हो गया। शायद मेरे लिए

रोक नहीं लगेगी।...मैं उदयपुरी बेगम जो हूँ। मुझ पर खास मेहरबानी!... ये अमीर, सरदार और बादशाह औरत को शराब या साकी ही समझते हैं या जीत की सौगात।...जब तक शराब उनकी मस्ती में मददगार हो, सही है। जब उनकी ओर उँगली उठे, गलत है।... हुक्मरान सिर्फ खुदगर्जी के चश्मे से हो देखता है।

दस्तक सुनकर चिहुँक उठी। दरवाजे को खोला। औरंगजेब का दीदार हुआ। वे उदयपुरी की आँखों को पढ़ते हुए दाखिल हुए। उन्होंने मुस्कराते हुए साथ बैठने का इसरार किया। वह साथ बैठ गयी। और उसने धीरे से कहा- 'सल्तनत में शराब बन्दी हो गयी। मैं भी आहिस्ता-आहिस्ता इससे तौबा कर लूँगी।'

'तेरे लिए यह कानून नहीं है।'

'कानून जुदा-जुदा क्यों?'

'रिआया की बदतमीजी को रोकना और बात है और उदयपुरी की आँखों में शराब की सुर्खी को देखना दीगर बात है।'

'शराब की सुर्खी में ही महबूबा दिखाई पड़ती है!' यह कहकर उदयपुरी ने बाँहों से हटने की कोशिश की।

दो लम्हों के बाद वे बोल उठे—'शराब की सुर्खी में हुस्न की आब बढ़ जाती है। ठीक है न? माशूका के हुस्न की आब को देखते रहना गलत तो नहीं है!'

'मगर शराब तो तौबा की चीज है ही।'

'बेगम! छोड़ो, इन बातों को। तुम्हें मेरे साथ लाहौर चलना है।'

'और बेगमें तो जायेंगी! मैं यहीं रहना चाहती हूँ।'

'जेबुन्निसा भी चलेगी। जब-तब उसे तन्हाई में अपनी माँ की याद आ जाती है। चुनांचे तुम्हें साथ रहना चाहिए। उधर घूमना भी हो जायेगा।'

'मैं रोशनआरा बेगम के साथ रह लूँगी। सल्तनत के कामों से थककर वे किसी का साथ चाह सकती हैं। मैं उनके साथ बैठ लूँगी।...और फिर इस दरीचे से जमना दरिया को देखना अच्छा लगता है। मुझे दौड़धूप बर्दाश्त नहीं होती। मुझे माफ कर दें।'

'लेकिन मैं उतनी दूर...अकेला...!'

'आप दूर कहाँ रहेंगे? आप तो लालकिले में हमेशा मौजूद हैं और लालकिला आपके दिल में बसा है। आप हमेशा तख्तेताऊस पर अपने को महसूस करेंगे।'

'तुम्हारी जैसी ख्वाहिश हो।' औरंगजेब जोर नहीं दे सके। लेकिन वे उदयपुरी के साथ कमरे से बाहर निकले। उसी वक्त रोशनआरा आ गयी। उसने बताया- 'आसाम के राजा की बेटी का डोला आ रहा है। किले का फाटक खुल चुका है। ...बादशाह-ए-गाजी जिन्दाबाद! कदम-कदम आपकी फतह!!' वह मुस्करा उठी।

औरंगजेब की आँखों में चमक उभर आयी। उन्होंने इस खुशखबरी के लिए रोशनआरा आपा को बधाई दी। और फिर उदयपुरी की ओर देखा। लेकिन उदयपुरी

की आँखों में खुशी नहीं झलक नहीं सकी। लबों पर कोई लफ्ज नहीं...।

औरंगजेब ने फिक्र नहीं की। वे बोल उठे- 'आपा! लाहौर के सफर के वक्त यह खबर सगुन है! अल्लाह का फजल है!!'

'बादशाह-ए-गाजी पर अल्लाह का फजल हमेशा बना रहेगा।... हिन्दुस्तान के राजे-रजवाड़े आपके कदमों में झुकते रहेंगे। डोला किले में दाखिल होता रहेगा।... और में कहती रहूँगी—बादशाह-ए-गाजी : जिन्दाबाद।'

'तुम्हारी दुआओं से ये कामयाबियाँ मिल रही हैं, आपा!'

'बादशाह-ओ-विरादर! हम दोनों मुगल सल्तनत की बेहतरी में लगे हुए हैं। मैं हमेशा मुगलों की शान के लिए दुआएँ करती रहूँगी।'

'बिल्कुल सही...आपा!'

'तो एक गुजारिश है। आज आप ठहर जायें। आसाम की राजकुमारी से निकाह की रस्म हो जाये। शहनाई बज जाये, और तब आप लाहौर जायें।' रोशनआरा ने इसरार किया।

औरंगजेब ने खिड़की से देखा कि डोला हरमसरा में आ रहा है। उसी वक्त पिछवाड़े से हाथियों की चिंघाड़ सुनाई पड़ी।...फिर तुरही की आवाज गूँज उठी।

बादशाह-ए-गाजी के अन्दर कुछ कुलबुलाया-हरमसरा में डोला...उधर कश्मीर में छिपा हुआ सुलेमान शिकोह...सल्तनत गुलज़ार नहीं, खारजार है। खार-काँटे को नेस्तनाबूद करना होगा।

बादशाह की नजर उदयपुरी पर गयी। वह खिड़की से डोला को देख रही है। लेकिन आपा रोशनआरा के चेहरे पर खुशी की चमक है।...अचानक उन्होंने सुना-चिंघाड़ के बन्द होने पर बाँसुरी की धीमी आवाज। जमुना की ओर से बाँसुरी की दर्दीली आवाज। उदयपुरी बेगम ने भी सुना—किले के पिछवाड़े से बाँसुरी का पुरग़म सरग़म...फिर हाथियों की चिंघाड़...बाँसुरी का सुर...जख्म की कसक के अहसास की मानिन्द!

बादशाह बोल उठे—'चिंघाड़ के बीच-बीच में बाँसुरी की आवाज कहाँ से आ रही? बेवक्त की शहनाई की तरह कौन शाही महल के सामने सिसक रहा है?'

'ऐसा तो नहीं कि सूफी सरमद का मुरीद अमीचन्द हो।' रोशनआरा ने अपना शक जाहिर किया।

'तो उसे कैद किया जाये। वह आजाद क्यों है? फकीर की मौत पर मर्सिया गा रहा है? शाही महल के सामने मर्सिया! नहीं!! यहाँ सिर्फ नौबत और शहनाई की धुन पर फतह के तराने...डंका और नगाड़ा की धुन पर सब्ज परचम—आसमान की बुलन्दी तक।'

'आप सही कह रहे हैं।' रोशनआरा ने जवाब दिया।

उधर उदयपुरी का दिल धड़क रहा था।...चिंघाड़...डोला और बाँसुरी की

दर्दीली आवाज में तुक नहीं है। जंग में जीत...जीत की सौगात किसी की बेटी... उसका दर्द...इसमें तो तुक है!

'रोशनआरा! मैंने तै कर लिया है कि पहले लाहौर जाना है। अगर मुगल सल्तनत को हिमालय से लेकर समन्दर तक कायम करना है तो दिल को कमजोर नहीं करना है।...लाहौर से वापसी पर निकाह की रस्म...। हाथियों की चिंघाड़ और डंके की चोट पर मेरा काफिला आगे बढ़ेगा।...खुदाहाफिज!'

बाँसुरी की आवाज सुनाई पड़ी। वे बोल पड़े—'पहले यह मर्सिया रोको। सफ़र के वक्त इसे सुनना नहीं चाहता।'

अमीचन्द सरमद साहब के मजार से होता हुआ जमुना के किनारे आ गया था। वह जल की धारा देखता रहा। फिर उसने मुड़कर किले की चहारदिवारी को देखा।...हाथियों की चिंघाड़ को सुना।...उसने सोच लिया कि वह अपनी बाँसुरी के सुर से चिंघाड़ को शान्त कर देगा। पत्थर के महल को बेचैन कर देगा।...इस महल के हुक्म ने दारा शिकोह, मुल्लाशाह बदख्शी और सूफी फकीर सरमद साहब को मौत दे दी है। इस संगदिल शाही महल को अपनी क्रूरता का अहसास होना है। इस महल को सूफी फकीर की मौत का गम नहीं है। जमुना जी का जल तो अपनी पीड़ा को प्रकट कर रहा है। इस कठोर किले में दर्द को जगाना होगा।

उसने बाँसुरी को बजाना शुरू कर दिया। बाँसुरी के स्वर से दर्द लहराने लगा। उसे लगा कि जमुना जी के जल में दर्द ही लहर बन गया है।...उसकी आँखों से आँसू बह चले।...पर हाथियों की चिंघाड़ बन्द नहीं हो रही। तुरही भी बजने लगी।...बाँसुरी की आवाज कमजोर पड़ने लगी। क्या वह शून्य में फूँक मार रहा है? उसका हृदय बैठने लगा।...तो क्या हाथियों की चिंघाड़ और शाही महल की अटारी दर्द ओ गम से बिल्कुल बेखबर हैं? बेदर्द...बेरहम!...बाँसुरी के दर्द भरे सरगम से चिंघाड़ अधिक ताकतवर! पीड़ा का स्वर हरे झंडे को समझा नहीं पाता।..यह क्या! वह चिंघाड़ और तुरही बाँसुरी के सप्तस्वर पर हावी हो रही हैं।...बाँसुरी का बजना बन्द हो गया। वह केवल होठों से लगी रही। उसने देखा—हाथी हौदों से सजकर बढ़े जा रहे हैं। तुरही बज रही है। डंके की आवाज कान के पर्दे पर चोट कर रही है।...परन्तु बाँसुरी के मधुर स्वर से सरमद साहब बेखुदी की हालत में आ जाते थे। इन पर असर नहीं पड़ रहा है!...वे कहा करते थे—बॉसुरी के स्वर में तन्मय होकर अनन्त तक फैल जाना है।

वह बाँसुरी को हृदय से लगाकर हाथियों की चिंघाड़ से दूर जाने लगा। तेज कदमों से दूर जाने लगा। भवनाथ दिखाई पड़ा। वह लपककर पास आया। वह बोल उठा—'अमीचन्द! पिताजी याद कर रहे हैं। मैं तो बाँसुरी के स्वर में खो गया था। स्वर में कितनी पीड़ा है!'

'तो तुम्हें पीड़ा की अनुभूति हो रही थी, भवनाथ!'

'हाँ अमीचन्द!'

अमीचन्द ने महसूस किया कि बाँसुरी का स्वर व्यर्थ नहीं गया। किसी ने तो दर्द की अनुभूति की है।

दोनों के कदम एक साथ चल पड़े।

उधर शहंशाह औरंगजेब अपने बेटे आजम, बेटी जेबुन्निसा और दो बेगमों के साथ लाहौर की ओर बढ़ गये थे।

18

सूरज डूब गया। चाँद नहीं उगा। स्याह आसमान में सिर्फ तारे झलमला उठे। नीचे शहर की हर बस्ती में मिट्टी के दीये या पीतल के दीप या काँच के शमादान में जलती शमा की झिलमिल रोशनी खिड़कियों से बाहर झलक उठी। लगा कि ऊपर जो तारों भरा आसमान है, उसी का विस्तार शहर देहली है। लेकिन कुछ ही देर में नीचे का आसमान धुएँ से भरने लगा। घर-घर से उठता धुआँ दम घोटता मालूम पड़ा। बहादुर खाँ की देखरेख में मुगल सिपाही गश्त लगाने लगे थे। सरमद साहब के मजार पर सिजदा करनेवाले पहुँच रहे थे। न वे सिपाहियों से खौफज़दा थे और न शाही इमाम की परवाह कर रहे थे। वे बेखौफ हो मजार पर फूल चढ़ाते, अगरबत्ती जलाते और इबादत में झुक आते थे।...मुसलमान और हिन्दू सभी मजार के सामने झुककर आँसू बहा लेते थे।

उधर पंडितराज जगन्नाथ के घर में बड़ी बेचैनी दिखाई पड़ी। लवंगी भवनाथ के साथ दिल्ली छोड़ने की तैयारी कर रही थी। सामान बाँधा जा रहा था। पंडितराज अमीचन्द के साथ बैठे थे। वे कह रहे थे—'अमीचन्द! तुम्हें क्या हो गया है? तुम बाँसुरी बजाकर कठोर बादशाह के क्रोध की आग को क्यों जगा रहे हो?'

'मेरी बाँसुरी खून की प्यास नहीं जगाती, पंडितराज! यह तो आत्मा का संगीत है। बेखुदी का सरगम है।' अमीचन्द ने बाँसुरी को हृदय से लगाकर उत्तर दिया।

'औरंगजेब की दृष्टि में यह बगावत का सुर है।'

'यह तो स्वर की तन्मयता की स्थिति ला देती है। सरमद साहब तो समाधि की अवस्था में आ जाते थे।...अब यह अन्तर की पीड़ा को व्यक्त कर रही है।'

'पर पीड़ा का स्वर बादशाह की दृष्टि में विद्रोह है, अमीचन्द! दारा शिकोह से जुड़ा हर व्यक्ति विद्रोही है।'

'मैंने तो किले को पिछवाड़े बासुरी बजाकर बता दिया कि शहर का जर्रा-जर्रा दर्द में डूबा हुआ है।...बादशाह को भी इस दर्द का अहसास होना चाहिए।'

'अमीचन्द! ऐसी मूर्खता मत करो। वे दर्द का अहसास नहीं करते। वे क्रोध

में उबलते हैं या चिन्ता में इबादत करते हैं।...तुम्हारी जान बच गयी—सौभाग्य की बात है। अब आगे की बात सोचो। मैं तो दिल्ली छोड़ने की तैयारी कर चुका हूँ।'

'मैंने तो नहीं सोचा है।'

'मैं रात के तीसरे प्रहर में दिल्ली को छोड़ दूँगा। अब यहाँ रहना कठिन है। ...अमीचन्द! तुमको मेरे साथ चलना चाहिए।'

'सरमद साहब की शहादत की याद में मजार पर बाँसुरी कौन बजायेगा?'

'जहाँ रहना, वहाँ उनकी समृति में बाँसुरी बजा लेना। सूफी साधक को कोई भूल नहीं सकता। यहाँ तो तुम्हारे प्राण संकट में हैं।'

यह सुनकर अमीचन्द ताकता रह गया।

उसी समय बाहर से घोड़ों की टापों की आवाज आयी। बहादुर खाँ आ पहुँचा। दरवाजे पर दस्तक पड़ी। घर के भीतर सभी सहम गये। लवंगी भवनाथ को हृदय से लगाकर बैठ गयी। अमीचन्द कभी अपनी बाँसुरी को देख रहा था और कभी भवनाथ की माँ की घबराहट को। पंडितराज ने अमीचन्द को एक कमरे में छिपा दिया और फिर उन्होंने दरवाजे को खोला। मशाल की रोशनी में बहादुर खाँ दिखाई पड़ा। बहादुर खाँ बोल उठा—'पंडत जगरनाथ! अमीचन्द इधर ही आया है।'

'इधर तो नहीं आया!'

'जरूर आया होगा। वह किले के पिछवाड़े बाँसुरी बजा रहा था। बादशाह के सफर के वक्त बदशगुन के तौर पर बाँसुरी फूँक रहा था। उसे इस बदख्वाही की सजा मिलेगी।'

'आप चाहें तो तलाशी ले सकते हैं।'

'आप होशियार हो जायें। दाराशिकोह का तरफदार बादशाह-ए-गाजी की नजर से बच नहीं सकेगा।' यह कहकर बहादुर खाँ चला गया। घोड़ों की टापों के साथ मशाल की रोशनी दूर होती गयी। सारी बस्ती सिहर रही थी।

पंडितराज ने 'शिव...गंगाधर' का नाम लिया। बाहरी दरवाजे को बन्द कर दिया। लवंगी पास आयी तो बताया कि संकट टल गया है। अब यहाँ रहना यमराज को निमन्त्रण देना है। मुँह अँधेरे निकल जाना है। लवंगी ने सर हिलाया। भवनाथ अमीचन्द से साथ चलने का अनुरोध करने लगा।

लाल किला में रोशनआरा ने मीर बख्शी को बुलाया। मीर बख्शी सलाम कर खड़ा हो गया। रोशनआरा ने पूछा—'जेवरों का दाम दे दिया गया?'

'जी, हाँ, बेगमसाहिबा!'

'और मेरा हिस्सा...?'

'वह तो नहीं ले सका। सेठ देवीचन्द ने इनकार कर दिया था। बादशाह को खबर देने की बात कह दी थी।'

'पहले ही क्यों नहीं बात कर लिया?'

'मीर मुंशी शामलाल ऐसा नहीं कर सके थे।'

'तो कुछ साठगाँठ है! देवीचन्द का ही बेटा अमीचन्द है न! इसीकी गिरफ्तारी के लिए बहादुर खाँ गये हैं?'

'वही है, हुजूर!'

'समझ लूँगी। आप जा सकते हैं।'

मीर बख्शी चला गया। फिरंगी सौदागर विलियम मिलने के लिए आया था। उसे इजाजत मिली। परदे की ओट में रोशनआरा ने विलियम को बुलाया। विलियम ने आकर तीन बार झुककर सलाम किया। सिर हाथ बाँधकर खड़ा रहा। चमड़े की एक सुन्दर थैली को नीचे रख दिया।

'कैसे आये, विलियम!'

'हुजूर, बेगमसाहिबा! बोटल पर पावन्दी...हम कैसे जी सकते हैं? आप कोई रास्ता निकालें।'

'कोशिश करूँगी। सब्र से काम लो, फिरंगी सौदागर!'

'वाइन...शराब के लिए सबर रखना मुश्किल है। आपकी खिदमत में हम हाजिर हैं।'

'क्या है?'

'विलायत की गोल्डेनपेन...एक डायरी और दो बेशकीमती बोटल...।' विलियम ने थैली से निकालकर दिखाया।

'ठीक है, फिरंगी! तुमलोग शहर से बाहर पोशीदा तौर पर पी सकते हो। कोई शोरशराबा नहीं हो।'

'जो हुक्म!...एक और अर्ज है।...अगर आप वीभर यानी बुनकरों को बहाल कर सिल्क और मलमल को बुनवाना चाहें तो आपके वर्कशॉप से हम खरीद लेंगे। मुनाफा आपको मिलेगा। ये काफिर सौदागर बड़े चालाक हैं। उनसे बचना चाहिए।' विलियम ने निजी कारखाने और तिजारत की ओर इशारा कर दिया।

रोशनआरा की आँखें चमक उठीं। वह फिरंगी की ओर देखने लगी।...गौर करने लगी—कपड़े बुनने का कारखाना...फिरंगियों से तिजारत...मुनाफा...मुनाफा अपने हाथ में!

वह बोल उठी—'विलियम! तुम्हारी सलाह पर गौर करूँगी। बादशाह लाहौर जा चुके हैं। उनसे भी मशविरा जरूरी है। फिर आ जाना।'

'हुक्म सरआँखों पर!' यह कहकर विलियम चला गया।

रोशनआरा विलियम को जाते देख रही थी। जब वह नजरों से दूर चला गया तब उसकी निगाह पास में रखी थैली पर गयी।...थैली में शराब की बोतल... बिलायत की शराब...उदयपुरी खुश हो जायेगी।...वह डोला देखकर खुश नहीं थी। एक और आ गयी।...ऐश में हिस्सेदारी नहीं चाहिए। उधर, जेबुन्निसा है। लगता

है कि उस पर शबाब ही नहीं आ सका है। सिर्फ शायरी और शायरी और परिन्दों से गुफ्तगूँ!...सियासत से फासला...मेरे रास्ते में नहीं आती। अच्छा है!

मैं खुद शबाब आने पर ख्वाब देखती रही। दिल में हसरतें पालती रही। मुगल शाहजादी के लिए तो शादी मुश्किल बात है।...कहाँ हो? किससे हो? मुगलतख्त पर खतरे का अन्देशा! ओह!! ख्वाब बिखरने लगे। हसरतें छटपटाने लगीं। शबे माह शबे वस्ल और शबे फ़िराक में झूलती रही। अँधेरी रात में ऐश गपचुप... बाँदियों के मुँह बन्द करना पड़ता...साथ ही जेवर-जवाहिरात-ज़र को बटोरना। सियासत में दखल! अच्छा लगने लगा...दोशीजा के ख्वाबों को खोकर और शबाब के दर्द को दबाकर ऐश और हुकूमत...।

जहाँनारा दाराशिकोह का साथ दे रही थी। मैंने औरंगजेब का साथ दिया। मैंने बाजी जीत ली है। शतरंज के मोहरे और सोने की मुहरें—दोनों हाथ लग गयी हैं। औरंगजेब मेरी मुट्ठी में है। दारुल सल्तनत पर मेरा भी दबदबा है।...जहाँनारा आगरा के किले में बन्द है। और मैं लाल किले में तख्ते ताऊस के पास हूँ।... जहाँनारा गुर्राती होगी। अब्बाहुजूर से मेरी शिकायत करती होगी। यहाँ उदयपुरी को मेरे मुताबिक चलना पड़ रहा है। लेकिन वह जब तब ताना मारती है लफ्जों की चोट करती है। मैं मुस्करा कर टाल देती हूँ।

19

दूसरे दिन रोशनआरा थैली लिए उदयपुरी बेगम के पास पहुँच गयी। दरवाजे पर दस्तक दी। उदयपुरी ने दरवाजा खोला। रोशनआरा को देखकर मुस्कराने की कोशिश की। रोशनआरा अन्दर आयी। उदयपुरी ने बाअदब बैठाया। पीछे की खिड़की खुली हुई थी। खिड़की पर मकड़ी का जाला लग गया था। जाले के बीच गुलाब की लहर में कली खिलना चाह रही थी। मगर मकड़ी का जाल खिलने से रोक रहा था।

कमरे के अन्दर मेज पर ताजे फूलों का गुलदस्ता सजा हुआ था। अतरदान से खुशबू फैल रही थी। रोशन ने कमरे को देखा। ऐशोइशरत के माहौल का अहसास किया।...वह बोल उठी—'भाभीजान! आपके लिए एक निहायत उम्दा सौगात लेकर आयी हूँ।'

'मुझ पर इतनी मेहरबानी!...शुक्रगुजार हूँ।' उदयपुरी ने जवाब दिया।

'बादशाह-ए-गाजी की प्यारी बेगम के पास सौगात के साथ आना कायदे की बात है।'

'मैं तो खुद सौगात हूँ! फतह की सौगात!!'

'मैं नहीं मानती। आप जहाँ हैं, वहीं हैं। सौगात तो अब आ रही है।'

'यही तो मैं देख रही थी—गुलाब की कली और मकड़े की पकड़।' उदयपुरी ने दरीचे की ओर इशारा करते हुए कहा।

रोशनआरा ने दरीचे में मकड़ी का जाल और जाले में बेचैन कली को देखा। उसके अन्दर जरा-सी हलचल हुई। पर अपने को सँभालकर जवाब दिया—'आप मुगल बादशाह की बेगम हैं।...यह शाही हरम गोया गुलाबबाग है, निगारिस्तान है। काफिर राजा के महल से डोला आना तो सल्तनत की शान है।'

'रोशनआरा बेगम! ताकतवर मर्द कमजोर औरतों को इकट्ठा करने में अपनी शान समझता है। लेकिन औरत इस खेल में साथ दे?...मर्द के ऐशगाह के कहकहे से आपको क्या मिला?' यह सुनकर रोशनआरा की जुबान बन्द हो गयी। आँखें झुक आयीं। चेहरे पर स्याही झलकने लगी।...उसने आँखों को ऊपर उठाया। वह मकड़े की पकड़ में गुलाबकली का दर्दनाक मंजर देखने लगी।

उदयपुरी ने समझ लिया कि चोट निशाने पर है।...अब सहलाना चाहिए उसने शीरी जुबान में कहा—'थैली में सौगात को बन्द कर रखा है। मुझे ललचा रही हो।'

रोशनआरा की नजर मुड़ी। मुस्कराती उदयपुरी को देखा। उसने थैली से एक बोतल को निकाला। उदयपुरी ने खुशी के साथ कबूल किया। विलायती बोतल को देख बाग-बाग हो गयी। और फिर वह उमगती हुई पूछने लगी—'शराबबन्दी के हुक्म के बाद यह बोतल...!'

'मैं पहले भी कह चुकी हूँ कि आप पर बादशाह की मेहरबानी है।... अब तो मान जाओ।'

'आपको मान गयी।'

'तो मेरे साथ चलो उसके पास जो कल बहुत दूर से आयी है।'

'मैं तो कहूँगी कि उसे अपने नसीब पर छोड़ दें। और हम दोनों शतरंज पर बैठ जायें।'

'शतरंज के लिए तैयार हूँ। मगर पहले मेरे साथ चलना है।'

'तो ठीक है। आपके साथ चलती हूँ।' कुछ सोचकर उदयपुरी ने जवाब दिया।...अपने अन्दर बुदबुदायी—शायद अपनी खोखली जिन्दगी से गाफिल हो सल्तनत की शान के लिए दिमागपच्ची करती रहती है।...पता नहीं, सियासी खेल से अपना दिल बहलाती है या अपनी बहन जहाँनारा से रश्क की वजह से औरंगजेब का साथ देती रहती है!'

रोशनआरा उदयपुरी के साथ राजकुमारी जया के पास आ गयी। असम के राजा की पुत्री जया बाँदियों से घिरकर पलँग पर पड़ी हुई थी। कपोलों पर आँसू सूख चुके थे। चेहरे पर मुर्दनी छायी हुई थी।...रोशनआरा बेगम और उदयपुरी बेगम को देखकर बाँदियों ने झुककर सलाम किया। और वे हटकर दूर खड़ी हो

गयीं। रोशनआरा का गरूर जगा। लेकिन उसने देखा कि काफिर राजा की दुख्तर अदब से पेश नहीं आ रही है। उठकर सलाम नहीं कर रही है। उसमें गुस्सा उभरने लगा। जया ने तो करवट लेकर अपने चेहरे को छिपा लिया। रोशनआरा का गुस्सा बढ़ गया। वह एक बाँदी से बोल उठी—'इसे बताओ की मैं कौन हूँ! इसे कैसे पेश आना चाहिए!'

बाँदी ने करीब आकर समझाया—'आप रोशनआरा बेगम हैं। बादशाह-ए-गाजी की बड़ी बहन हैं। बगल में खड़ी मलिका उदयपुरी बेगम हैं।...आप उठकर बाकायदा सलाम करें।'

जया ने उसी स्थिति में कहा—'इन्हें सादर बैठाओ। तुम दासी होकर इनका अनादर कर रही हो!'

बाँदी देखती रह गयी। कुछ सुनती रह गयी।

रोशन ने तीखी जुबान में कहा—'यह आसाम का जंगल नहीं है। यह मुगल बादशाह का लालकिला है।...तुम मुगल हरम में आयी हो। यहाँ का कायदा सीखना पड़ेगा।'

'आप अपने राजमहल में क्यों कष्ट उठा रही हैं? बैठ जायें।' जया ने मन्द स्वर में अनुरोध किया।

'हम मिलने आये हैं, राजकुमारी! अगर कुछ तकलीफ हो तो बताओ।' उदयपुरी अपनी मीठी जुबान में बोल उठी।

'माँ की गोद से छीनी-झपटी हुई बेटी की पीड़ा को आप समझ सकेंगी?' जया ने उठकर सिसकते स्वर में पूछा।

दोनों कुर्सियों पर बैठ गयी थीं। उदयपुरी ने जया के दर्द का अहसास किया। लेकिन रोशनआरा ने रोबदाब के स्वर में कहा—'शाहजादी! याद रखो। जीत की सौगात के रूप में तुम आयी हो। शहंशाहे हिन्द के शाही महल में आयी हो। अब उनके रहमोकरम पर तुम्हारी जिन्दगी है।'

यह सुनकर जया कुछ देर चुप रही। और फिर उसने मन्द स्वर में कहा—'आपने बड़ी कृपा की कि मुझे अपना भविष्य बता दिया।'

'तो क्या तुझे मालूम नहीं था?'

'मैं तो समझ रही थी कि ब्रह्मपुत्र की बेटी यमुना जी के तट पर जा रही है। ...यहाँ आकर मैंने यमुना जी को देखा। वंशी की तान सुनी।...और सारी बातें भूल गयी।'

'अब तो तुम शबोरोज जमना की मौज देख सकती हो। अब लौटना नहीं है।'

'आपके चाहने पर अपनी माँ की गोद में लौट सकती हूँ। आप राजकुमारी होकर दूसरी राजकुमारी को क्यों तकलीफ देंगी ?'

उदयपुरी जया को देख रही थी। उसके अलफाज पर गौर कर रही थी। उसने

रोशनआरा की ओर देखने की कोशिश की। रोशनआरा चुप थी। उसे जवाब नहीं सूझ रहा था।

जया फिर बोल उठी—'आप बादशाह की बड़ी बहन हैं। आप अपने पिता शाहजहाँ के साथ नहीं रहतीं?...अपने पति के साथ रहती होंगी?'

'बदतमीज शाहजादी! जुबान पर लगाम लगाओ!!' रोशनआरा ने तल्ख आवाज में डाँटा।

'आपके मन को कष्ट पहुँच गया। तो आपके पास भी दिल है!...मुझे क्षमा कर दें।' जया ने हाथ जोड़कर अनुरोध किया।

रोशनआरा उठकर खड़ी हो गयी। उदयपुरी को इशारा किया। बाँदियों ने सलाम किया। दोनों लौटने लगीं। रोशन आँखें चुरा रही थी। उदयपुरी ने महसूस कर लिया कि जया के जवाब से रोशन तिलमिला उठी है।...जया को सहारा मिलना चाहिए।...बेचारी! जीत की सौगात!!...ओह !!!

रोशनआरा बेचैन हो रही थी। इस बेअदब शाहजादी को अदब सिखाना होगा। उदयपुरी के साथ ले जाना मुनासिब नहीं हुआ।...खबर मिली कि वजीर फाजिल खाँ बहादुर खाँ के साथ खिल्वतगाह में आये हैं। किसी मसले पर सलाह चाहते हैं। दिल को सुकून मिला रोशनआरा खिल्वतगाह में आ गयी। दोनों ने खड़े होकर सलाम किया। बहादुर खाँ ने बताया—'बेगम साहिबा! अमीचन्द नहीं मिला। उसके घर की तलाशी भी ले ली है।'

'सेठ देवीचन्द बागी का वालिद है। उसने ही अपने बागी बेटे को छिपा रखा होगा।...उसे कैद किया जाये। उसकी जायेदाद को जब्त किया जाये। हुक्मनामा पर मैं दस्तखत करूँगी।'

'जो हुक्म!...क्या मिर्जा राजा से भी मशविरा...?' वजीर ने पूछा।

'बागियों के बाबत उनसे क्यों मशविरा.? उनके मुताबिक हुकूमत...?'

'तो हुक्मनामा बनाकर भेज रहा हूँ।'

'सारे शहर में सख्ती के साथ गश्त हो जिससे कोई बागी बच नहीं सके।' रोशनआरा ने हुक्म दिया।

'गश्त जारी है। आप इत्मीनान रखें...बादशाह-ए-गाजी की वापसी तक दारुल सल्तनत के इन्तजाम में कोई ढिलाई नहीं होगी।' वजीर फाजिल खाँ ने जवाब दिया।

'एक और जरूरी काम है। दो-तीन अच्छे जुलाहों को बुलाया जाये।'

फाजिल खाँ ने सर झुका हुक्म को कबूल किया। मगर वह सोचता रहा कि जुलाहों से क्या काम है? उन्हीं से कपड़ों की खरीद होगी? अच्छे बुनकरों को खोजना होगा। पता नहीं, ये क्या-क्या हुक्म देती रहेंगी?...शराबबन्दी हो गयी, मगर तवायफों के उस मुहल्ले में छिपकर शराब चल रही है।...अमीर, उमरा, सरदार और हाकिम—सभी उधर ही पहुँच रहे हैं।...वहाँ कैसे रुके? रात की रौनक तो उधर ही है!

20

पंडितराज जगन्नाथ रात के तीसरे प्रहर में दिल्ली से मथुरा की ओर चल पड़े। बहादुर खाँ की नजरों से बचकर शहर से बाहर आ गये। ठण्डी हवा बहने लगी थी। रात का अँधेरा कम हो रहा था। घोंसलों में पंछी जाग उठे। उजाला झलकने लगा। पंछी अपने गीतों से उजाला की अगवानी करने लगे। झींगुरों का स्वर थम रहा था।

पंडित जगन्नाथ पत्नी लवंगी, पुत्र भवनाथ और अमीचन्द के साथ पास के गाँव में आ गये। गाँव के किसान चौधरी रामसरन से जान पहचान थी। दिल्ली में जब-तब भेंट हो जाये करती थी। उसी के द्वार पर आ पहुँचे। चौधरी रामसरन गाय और भैंसों को चारा दे रहा था। वह पंडित को देखकर प्रसन्न हो उठा। उसने देखा कि पंडित जी तो दिल्ली छोड़कर आ रहे हैं। उनके मुख पर चिन्ता झलक रही है। वह कुछ पूछ नहीं सका। थोड़ा अनुमान हो गया। उसने उनके लिए तुरन्त विश्राम का प्रबन्ध किया। भवनाथ और अमीचन्द ने पुस्तकों को सँभाल रखा था। वे पुस्तकों को छोड़ नहीं सकते थे। यही उनका अर्जित धन है।

पंडितराज खाट पर बैठकर सोचने लगे जिस दिल्ली ने उन्हें आदर दिया था, आज उसने अनादर किया है। उन्होंने शहंशाह शाहजहाँ को...दिल्लीश्वर को जगदीश्वर के समान कहा था—'दिल्लीश्वरो वा जगदीश्वरो वा मनोरथान् पूरयितुं समर्थः '...सभी मनोरथों को पूरा करने वाले दो ही हैं—दिल्लीश्वर अथवा जगदीश्वर! ...आज का दिल्लीश्वर सभी मनोरथों को कुचल रहा है। मजहब का उन्माद, तख्ते ताऊस का मद और खड्ग की शक्ति ने आलमगीर औरंगजेब को उन्मत्त हाथी बना दिया है। मुल्ला और शेख उसके उन्माद को बढ़ा रहे हैं। धर्म के प्रतिनिधि निरंकुश राजा को संयमित-नियन्त्रित करते हैं।...पर यहाँ इनके परामर्श पर दिल्ली धरा वल्लभ दाराशिकोह, मुल्लाशाह बदख्शी, सूफी फकीर सरमद के शीश रक्त के गर्त में...और बृद्ध शाहजहाँ कारागृह में दिन गिन रहे हैं। आतंक-भय से काँपती लेखनी से वाक्देवी की उपासना सम्भव नहीं है।

दिल्ली यमुना के तट पर है, पर वहाँ मोरमुकुट नहीं, कोहेनूर जड़ित ताज है और कठोर राजदण्ड। सम्मान के लिए दिल्ली पहुँच गया था। अब मथुरा में ही शरण मिल सकती है।... 'बहते हुए मद से अन्धे विशाल गजों के कपोलों पर गुनगुनाते हुए भ्रमरों से मुखरित राजद्वार को विदा कहकर आ गया। अब तो फल-फूल से समृद्ध यमुना जी के तट पर प्रशस्य मुनि-वृत्ति अपनाकर जीवन बीते।'

अमीचन्द और भवनाथ दोनों अलग-अलग खाट पर लेट गये थे। अमीचन्द के

मन में आया कि इस वेला में बाँसुरी बजायी जाये। बाँसुरी के स्वर से सूफी फकीर की बेसुधी प्रकट हो जाये। परन्तु पंडितराज ने संकेत से रोक दिया। बाँसुरी हाथ की उँगलियों में अटकी रह गयी। आँखों में झलकने लगा–यमुनातट...बाँसुरी वादन–सरमद साहब की बेख़ुदी और लालकिला...हाथियों की चिंघाड़...पिता जी ने बाँसुरी बजाने से मना किया था। उन्हें छोड़कर आना पड़ा। माँ और पिताजी की क्या दशा होगी? वे छटपटा रहे होंगे। वह यहाँ छटपटा रहा है।

भवनाथ सोच रहा था मथुरा से आगरा बहुत दूर नहीं है। आगरा का किला...किले के अन्दर आलमआरा...थोड़ी दूर पर यमुना जी का तट...वह वहाँ जा सकेगा। किले के द्वार पर जा सकेगा। बुजुर्ग शाहजहाँ से भेंट हो सकेगी।... आलमआरा से मिलना हो सकेगा।...वह यमुना जी की लहरों को देख नहीं पाती होगी। उसकी आँखों से गंगा-यमुना बह रही होगी।...आँसुओं में भवनाथ झलकता होगा?...वह भूल तो नहीं सकी है!

लवंगी थककर लेट गयी थी। पलकें बन्द हो गयी थीं। पर वह देख रही थी–पंडितराज की बेचैनी, पुत्र भवनाथ की बेकली और अमीचन्द की परेशानी...। वह भी बेचैन है। कहाँ-कहाँ भटकना है! कहाँ वालिद आसफ खाँ का महल...हिन्दू माँ–कहीं से पकड़कर लायी गयी थी...आँसुओं के साथ निकाह...उसका जन्म... लाल किले में आना-जाना...पंडित की शायरी...उसका खिंचाव...बादशाह की मेहरबानी ...बहुतों की मुखालिफत...तबभी पंडितराज ने अपना लिया...मगर पंडितों ने बहिष्कार कर दिया...पंडितराज ने आदर, धन, नाम सब पाया। आज कुछ नहीं।...पुत्र भवनाथ है...वह आलमआरा की चिन्ता में...वह क्या करे?...थक गयी है। क्या वह जिन्दगी से थक गयी है? आगे क्या होगा? अँधेरा दिखाई पड़ रहा है। ...अँधेरे में घूरती लाल-लाल आँखें। ये किसकी आँखें हैं? सर पर ताज...नीचे दाढ़ी...तो ये बादशाह-ए-गाजी हैं! उन घूरती आँखों के खौफ से भागना पड़ा है।

चौधरी रामसरन ने सबके लिए कलेवा (जलपान) की व्यवस्था की। सबसे अनुरोध किया। सबने हाथ-मुँह धोया। रोटी और माखन को देख सभी प्रसन्न हुए। पास के मन्दिर से सूरदास का भजन सुनाई पड़ रहा था। कुछ देर के लिए सभी दिल्ली का त्रास भूल गये। चौधरी अपने बच्चे को लेकर पास आया और कहा–'पंडितराज! यह मेरा धरमदास है। यह सूरदासजी के पद को गुनगुनाने की कोशिश करता है। इसे आशीष दें।'

पंडितराज ने छः वर्ष के धर्मदास को अपनी बाँहों में ले लिया। बड़े प्यार से आशीर्वाद दिया। चौधरी गद्‌गद् हो उठा। उसने हाथ जोड़कर निवेदन किया कि वे आज विश्राम करें। सुबह साथ-साथ मथुरा चलना है।

पंडितराज ने लवंगी की ओर देखा। लवंगी ने सर हिलाया। सभी ठहर गये।

दूसरे दिन प्रातः काल भैंसा गाड़ी में सभी सवार हो चौधरी रामसरन के साथ

मथुरा के लिए चल पड़े। हरे-भरे वृक्षों और आकाश में उड़ान भरते पंछी के गीतों के साथ भैंसा गाड़ी चलती रही। चौधरी की कहानी चलती रही...चौधरी ने अमीचन्द की ओर देखते हुए कहा—'मथुरा में दिन-रात 'वंशीवाले की जय' सुनाई पड़ेगी। ...तुम भी तो वंशीवाले हो वंशी की तान सुना देना।'

यह सुनकर उदास मुखड़ों पर मुस्कान खिल उठी। दो क्षण के बद अमीचन्द ने उत्तर दिया—'चौधरी जी! मैं तो दिल्ली का वंशीवाला हूँ, मथुरा-वृन्दावन का नहीं।...मैं सूफी फकीर सरमद के मजार और अपने घर-द्वार को छोड़कर उस वंशीवाले की शरण में आ गया हूँ।'

सबके चेहरों पर विषाद घिर आया। चौधरी रामसरन स्थिति की गम्भीरता को समझ गया। उसने मन्द स्वर में बताया—'समय का फेरा है। मथुरा में भी चैन नहीं है। वहाँ भी फौजदार का दबदबा है। भय है।'

'तो लोग दबकर 'वंशीवाले की जय' बोलते होंगे?'

'पता नहीं, लोग भीतर की भक्तिभावना से जयकार करते हैं या खौफ में सहारा पाने के लिए?'

'चौधरी! मनुष्य दुर्बल है। सबल का सहारा चाहता है। पर सल्तनत का सबल तो दबाता है। इस स्थिति में मनुष्य सोचने लगता है कि श्रीकृष्ण का आश्रय या श्रीराम की शरण ही एक मात्र आधार है।...भीतर की भक्तिभावना तो प्रधान है। वह चाहिए। मैंने लिखा है—

मृद्विका रसिता सिता समशिता स्फीतं निपीतं पयः
स्वर्यातेन सुधाप्यधायि कतिधा रम्भाधरः खण्डितः।
सत्यं ब्रूहि मदीय जीव भवता भूयो भवे भ्राम्यता
कृष्णेत्यक्षरयोरयं मधुरिमोद्गारः क्वचिल्लक्षितः

अर्थात् ओ मेरे जीवात्मा! तुमने द्राक्षा का स्वाद लिया, मिश्री भी चखी, शुद्ध दूध का पान किया, स्वर्ग जाने पर अमृत का आस्वाद पाया और रम्भा के अधर का भी रसपान किया। पर सच-सच कहना, बारम्बार संसार में भटकते हुए क्या तुमने इन पदार्थों में कहीं भी 'कृष्ण' इन दो अक्षरों के माधुर्य का अनुभव किया?

'आप ठीक कह रहे हैं।' चौधरी ने हाथ जोड़कर कहा।

दो क्षण के बाद वह फिर बोल उठा—'पंडितराज! सही है कि मुगल राज्य में बादशाह, शाहजादा, सूबेदार और जागीरदार प्रजा को दबाकर हास विलास की जिन्दगी बिता रहे हैं। हिन्दू राजा भी मुगल सिंहासन को सलामी देकर अपने छोटे-छोटे राज्यों में विलास कर रहे हैं। बड़े सेठ भी मस्ती में हैं।...मेहनत कर किसान मालगुजारी देते हैं। बनिये भी चुंगी-खिराज देते हैं। कारीगर तो गरीब हैं ही।...उधर दिल्ली और इन गाँवों में कितना फर्क है!'

'हाँ, चौधरी! यह सच है। यह सच मेरी आँखों से ओझल रहा है।'

'इसीलिए तुलसीदास ने लिखा है—'पराधीन सपनेहुँ सुख नाही।' पर हम 'वंशीवाले की जय' बोलकर दुःखों को भूल जाते हैं। लगता है कि वह सबसे बड़ा है।' चौधरी ने बताया।

सबने सर हिलाकर समर्थन किया।

भैंसा-गाड़ी मथुरा में प्रवेश कर रही थी। चौधरी के हाथ जुड़ गये। सबके शीश झुक गये। जमुना जी के किनारे एक मन्दिर के पास गाड़ी रुकी। चौधरी ने अपने सम्बन्धी चौधरी भगतराम से परिचय कराया। सबके विश्राम का प्रबन्ध हुआ।

पं. जगन्नाथ मन्द स्वर में कह रहे थे—'हे हृदय! धरातले धावम्-धावम् किं सन्तापम् कलयसि? मम शिरसि सतम् परमः प्रभुः नन्दकुमारः अस्ति!...रे मन तू धरती पर दौड़-रौड़कर व्यर्थ कष्ट उठाता है। मेरे शीश पर सर्वदा प्रभु श्रीकृष्ण का वास है।...वे कल्याण करेंगे।'

21

दूसरे दिन प्रातः जमुना जी के तट से 'जय जमुना मैया की', 'जय वंशीवाले की'—का घोष सुनाई पड़ने लगा। अमीचन्द की नींद टूट गयी। उसने भवनाथ को उठाया। फिर खिड़की से देखा—जमुना जी के तट पर स्नान करनेवालों की भीड़।..मन्दिर से आती मृदंग और वंशी की मधुर ध्वनि।...यह दिल्ली में कहाँ! वहाँ तो बादशाहत की शानोशौकत है। जमुना जी की लहरें हाथियों की चिंघाड़ और बादशाह के हुक्मनामे से सहमी-सहमी रहती हैं।...उसकी बाँसुरी भी सिहर उठी। उसे भागना पड़ा। पर पिताजी—माँ जी को छोड़कर। उनकी क्या गति होगी? वहीं रहना चाहिए था। पंडित जी के स्नेह और बादशाह के क्रोध के कारण भाग चला ...वहाँ क्या हो रहा होगा?

भवनाथ उठकर बैठा। उसने खिड़की से बाहर झाँका। मृदंग और बाँसुरी की ध्वनि सुनी। सोचा कि अब तो आगरा निकट है। जमुना जी के तट से कुछ ही दूरी पर आगरा का किला...बुजुर्ग शाहजहाँ और आपा जहाँनारा...उन्हीं के साथ आलमआरा...शायद वह भी जमुना जी की ओर देख रही हो।...लाल किले के शाही महल से दोनों ने जमुना जी को देखा था। आज वे दोनों अलग-अलग हैं।

भवनाथ ने अमीचन्द की ओर देखकर कहा—'बाँसुरी बज रही है। तुम्हारी बाँसुरी भी बज सकेगी न!'

'मेरी बाँसुरी तो बन्द है, भवनाथ! मैं सूफी फकीर की साधना में बाँसुरी बजा कर स्वर साधक बनता रहा। अब तो यहाँ वंशीधर की बाँसुरी सुनने आ गया हूँ। अब इसे सुनकर अपनी पीड़ा को भूलने का प्रयत्न करूँगा।' अमीचन्द ने दुःखी स्वर में उत्तर दिया।

'तुम्हारे संगीत से सूफी फकीर बेखुदी की हालत में आ जाते थे और शाहजादा दारा उनकी बेखुदी पर बेसुध हो जाते थे।...दोनों उपनिषद के ब्रह्म पर विचार करते थे।...दोनों की आत्माएँ बेचैन होंगी।'

'हाँ, भवनाथ! उनकी आत्माएँ बेचैन होंगी। उनके लिए बजाऊँगा। इस वंशीवाले के सामने भी अपनी वंशी बजाऊँगा। यह कहकर अमीचन्द ने बाँसुरी को हृदय से लगाया। फिर होठों पर बाँसुरी आ गयी। पलकें बन्द हो गयीं। स्वर गूँज उठा। बाहर स्नानार्थी चौधरी भगतराम के घर की ओर देखने लगे।

पास के कमरे में लवंगी ने पंडितराज को इशारा किया। पं. जगन्नाथ ने आकर कहा–'अमीचन्द! वंशीवाले के पास आ गये हो। उनकी वंशी सुनो। अपनी वंशी बन्द रखो। बादशाह अमीचन्द को खोज रहे हैं। मुझ पर भी नजर है।'

अमीचन्द की बाँसुरी रुक गयी। मन्दिर से संकीर्तन के स्वर आते रहे। भवनाथ आँखें चुरा रहा था। चुप्पी छा गयी। अमीचन्द सोचने लगा कि उसे छिपकर रहना है। वहाँ माँ-पिताजी बेचैन होंगे। यह कैसा जीवन है!

चौधरी रामसरन ने आकर पूछा–'पंडित जी! आप यहीं ठहरेंगे या किसी चौबे जी के यहाँ या किसी धर्मशाला में?'

पंडितराज जगन्नाथ ने मन्द स्वर में कहा–'चौबे जी मुझे स्वीकार नहीं करेंगे क्योंकि मैं लवंगी का पति हूँ।'

'बादशाह औरंगजेब नाराज हैं क्योंकि आप शाहजहाँ और दाराशिकोह के साथ थे। यहाँ चौबे जी आपसे असन्तुष्ट हैं क्योंकि...ओह!' चौधरी रामसरन ने अपना दुःख प्रकट किया।

'हाँ, चौधरी! गोदावरी तट का तैलंग ब्राह्मण यमुना तट पर आया। यवनपुत्री से विवाह किया। बादशाह शाहजहाँ और शाहजादा दारा से स्नेह और आदर पाया। अब अनादर मिल रहा है। भय की स्थिति है।...चौधरी भगत राम चाहें तो अपने यहाँ रहने दें।' पं. जगन्नाथ ने बताया।

'आप यहाँ निश्चिन्त होकर रहें। यहाँ कौन आने का साहस करेगा? अमीचन्द के पास बाँसुरी है तो चौधरी के पास डण्डे और भाले।' चौधरी भगतराम ने पूरे विश्वास के साथ कहा।

'ठीक कहते हो, चौधरी! बाँसुरी के साथ गदा-चक्र भी। दोनों भुजाओं के साथ जीना...दोनों पाँवों पर चलना।' पंडित जगन्नाथ ने ऊँची साँस लेकर समर्थन किया।

'अच्छा, आज आप विश्राम करें। हम दोनों स्नान के लिए जा रहे हैं।'

भगतराम ने अनुरोध किया।

अमीचन्द और भवनाथ खिड़की से बाहर यमुना तट की ओर देखते रहे। लवंगी पुस्तकों और वस्त्रों को सहेजने लगी। वह सोचने लगी। पंडितराज कितनी

दूर से आये। अपनी बिद्या-बुद्धि से बादशाह के दिलोदिमाग पर छा गये।...वालिद आसफ खाँ ने माँ को पकड़कर लाया। रख लिया। उपपत्नी ही थी। उसका जन्म हुआ। माँ उसे पालती...रोती...कुछ समझाती...वह उनकी पूजा देखती।...वह हिन्दू और इस्लामी—दोनों संस्कारों में पल कर बड़ी हुई।...पंडित जी का पंडित रूप बड़ा प्यारा...सुहाना लगा। वह उनसे संस्कृत की कविता सुनने लगी। फिर उसका अर्थ भी समझती। वह करीब आने लगी। कभी श्रृंगार, कभी भक्ति और कभी नीति के छन्द सुनकर बेसुध होती रही।

एक रोज चन्दन घिसते हुए गुनगुना रहे थे। वह नजदीक आ गयी। उसने सुना—

पाटीर! तब पटीयान् कः परिपाटीम् इमाम् उरीकर्त्तुम?
यत् पिंषतामपि नृणाम्पिष्टो अपि तनोषि परिमलैं पुष्टिम्।

ऐ चन्दन! कौन तुम्हारी इस परम्परा को हृदयस्थ करने में समर्थ हो सकता है जो कि तुम स्वयं पिसकर भी पीसते हुए लोगों को अपनी सुगन्ध से परिपुष्ट करते हो!

और वह चन्दन की खुशबू के साथ इनकी कविता पर फिदा हो गयी। वह आसपास मड़राती और वे अपनी कविता रचते। 'भामिनी विलास' की कितनी कविताएँ उस पर ही बनती रही हैं।...वह कितनी खुशनसीब है!

शहंशाह शाहजहाँ ने पहली बार अपनी माँ से सलाह ली। उनकी हिन्दू माँ ने सोचा था। और फिर 'हाँ' कह दिया था। उसने भी अपनी हिन्दू माँ को अपने दिल की बात बता दी थी। उन्होंने भी पंडितराज से शादी के लिए इजाजत दे दी। लेकिन विरोध हो रहा था। सबके विरोधों के बाद भी वह पंडित जगन्नाथ की हो गयी। उन्होंने कहा था कि कविता कवि के पास आ गयी। वह मुस्करा उठी थी। उनके हृदय से लग गयी थी। मगर मुल्ला नाराज हो गये थे। पंडित समाज नाराज हो गया। उन्होंने चिन्ता नहीं की। वे कितने बड़े हैं!...अब क्या होगा? वह उनकी सेवा में जिन्दगी गुजार देगी।

'पंडितराज के शब्द सुनाई पड़े—सूर्यकन्या यमुना के तट के निवासी श्रीकृष्ण मेरे सन्ताप को दूर करें।'

लवंगी ने मुड़कर देखा। अपने कवि को हाथ जोड़े पाया। उसने भी हाथ जोड़ दिया। उसकी आँखें भर आयीं।...हिन्दुस्तान का इतना बड़ा शायर कितना दुःखी है! वह पास में आ गयी। उनके कन्धे पर हाथ रखकर बोल उठी—'आप इतने दुःखी क्यों हैं? मुझे भी दुःखी बना रहे हैं।'

'लवंगी! मेरे सभी मित्र-स्नेही चले गये। कैद हैं या कत्ल कर दिये गये। भवनाथ और अमीचन्द दोनों बादशाह के क्रोध के शिकार हैं। मैं घबरा उठता हूँ।'

'हम दोनों ने कोशिश की है कि मजहब के भेदभाव कम हों। जनून, जंग और ऐश में डूबे मुगल इस देश की विद्या और ज्ञान को समझें। ये तुर्क और मुगल इस

मिट्टी से जुड़ें।...इस बादशाह-ए-गाजी ने कोशिशों को नाकाम कर दिया है।...हम इन ग्रन्थों को बचावें। अमीचन्द और भवनाथ को सहारा दें।'

'तुम ठीक कह रही हो, लवंगी! परन्तु कैसे ? तलवार की नोंक से राज्य चल रहा है। मेरे हाथ में केवल कलम है।'

यह सुनकर लवंगी सहम गयी।...बादशाह-ए-गाजी का कठोर चेहरा झलक उठा। फिर वह तलवार में बदल गया।...तलवार की नोंक से खून टपकने लगा। उसने पंडितराज के ग्रन्थों को अपने आँचल में छिपाने की कोशिश की। आँखों में भय उभर आया था।

पंडितराज ने लवंगी को अपनी बाँहों में ले लिया। दोनों ने महसूस किया कि वे अब सुरक्षित हैं। पर इन ग्रन्थों को कैसे बचाया जाये? अमीचन्द और भवनाथ को कहाँ छिपाया जाये? कुछ क्षणों के बाद लवंगी ने कहा—'आप यहाँ से बहुत दूर चले जायें जहाँ बादशाह-ए-गाजी की पहुँच नहीं हो। तेग और नेजे का डर नहीं हो। ये ग्रन्थ बच सकें। इन दोनों बच्चों की रक्षा हो सके।'

'चल सकता हूँ। गोदावरी तट की ओर जा सकता हूँ। वहाँ बादशाह की पहुँच नहीं है। इन बच्चों को...इन ग्रन्थों को बचाना आवश्यक है।...पिछले पाँच-छ सौ वर्षों में हजारों ग्रन्थ नष्ट हो चुके हैं...नष्ट कर दिये गये हैं।...साहित्य का विनाश सबसे बड़ी हानि है, लवंगी।'

'ये किसान...जाट लोग मदद कर सकेंगे? तलवार उठाकर खड़े हो सकेंगे? ...गोदावरी का तट तो बहुत दूर है।'

'हाँ, लवंगी! ये जाट किसान बड़े जीवट के हैं। ये सहायता कर सकते हैं। चौधरी भगतराम ने वचन दिया है।'

'तब तो हम यहाँ ठहर सकते हैं।' लवंगी ने कहा।

उसकी घबराहट भी दूर हुई। दोनों ने मिलकर ग्रन्थों को सहेजना आरम्भ कर दिया।

22

प्रातःकाल चाँदनी चौक के पास वाले अपने चन्द्र भवन में सेठ देवीचन्द ने सिंहवाहिनी दुर्गा की पूजा आरम्भ की। पत्नी भी पास में बैठकर प्रार्थना करने लगी। पर आँखों से आँसू बह चले। शब्द थरथरा उठे।...अमीचन्द कहाँ भटक रहा होगा? उसके प्राण कैसे बचेंगे? हे दुर्गा माँ! बेटे की रक्षा करो। उसे क्षमा कर दो—*'या देवि सर्वभूतेषु क्षमारूपेण संस्थिता। नमस्तस्यै-नमस्तस्यै-नमस्तस्यै नमोनमः॥'*

दोनों की प्रार्थना पूरी हुई। सेठ देवीचन्द ने शंख बजाना शुरू कर दिया। शंख स्वर से लगा कि भीतर की विकलता दूर हो रही है। पर आँसू बहते रहे।

उसी समय खिड़की से हवा का झोंका आया। दीपक की लौ काँप उठी। और फिर घोड़ों की टापों से शंख स्वर दब गया। देवीचन्द का हृदय धड़क उठा।

बहादुर खाँ ने घुड़सवारों द्वारा चन्द्रभवन को घेर लिया। घोड़े हिनहिना रहे थे। घुड़सवार सिपाही डण्डे और भाले चमका रहे थे। अड़ोस-पड़ोस के लोगों ने झाँक कर देखा। डण्डे और भालों को देखकर वे दुबक गये। लेकिन सड़क पर भीड़ लगने लगी। कोई बोल रहा था—'सेठ देवीचन्द ने क्या अपराध किया है? इनका तो लालकिला में आना-जाना होता रहा है।'

दूसरे ने बताया—'अमीचन्द बाँसुरी बजाता रहा है। यह अपराध है।'

तीसरे ने कहा—'सूफी फकीर सरमद के साथ रहकर बाँसुरी बजाना बगावत है क्योंकि सूफी फकीर दाराशिकोह से जुड़े हुए थे।'

'पर सेठ देवीचन्द का क्या अपराध है?' चौथे ने पूछा।

'अपराध तो है। अमीचन्द सेठ जी का ही पुत्तर है। इन्होंने ही बाँसुरी खरीद कर दी होगी।' पाँचवें ने व्यंग्य किया।

'तब तो बादशाह-ए-गाजी का मतलब हुआ जुल्मोसितम! प्रजा को दबाकर रखना है।' पहले ने स्पष्ट किया।

घुड़सवारों ने भीड़ को भगाना चाहा। उसी समय सबने देखा कि बहादुर खाँ सेठ देवीचन्द और उनकी पत्नी को कैद करके लिए जा रहा है। चन्द्रभवन में ताला बन्द कर जब्ती का एलान भी कर रहा है।

सबकी बातचीत बन्द हो गयी। घुड़सवारों को देखकर सभी पीछे हटने लगे। पर आँखों में रोष उभरने लगा। अन्तर में पीड़ा जग गयी। वे कसमसा रहे थे। बहादुर खाँ घुड़सवारों के साथ लौटने लगा। भीड़ हट गयी। घोड़ों की टापों से गर्द उड़ी। सबकी पलकें बन्द होने लगीं। कानों में टापें गूँजने लगीं। कुछ देर तक उन्हें देखते रहे। फिर वे बादशाह की आलोचना करने लगे।

लालकिले के शाहीमहल के अपने कमरे में रोशनआरा बेगम चहलकदमी कर रही थी। खयालों और ख्वाबों का ताना-बाना बुन रही थी।...सेठ देवीचन्द ने जेवर की खरीद में हिस्सा नहीं दिया, अब उसे होशियारी का मजा मिल जायेगा। बागी का बाप इतनी जुर्रत करेगा! अब उसके जेवर-जवाहिरात अपने कब्जे में...जुलाहों को भी हुजूर में आना है। वें हुक्म-उदूली नहीं कर सकेंगे। विलियम की सलाह के मुताबिक कपड़े का कारखाना कायम करना है।...औरंगजेब की वापसी के पहले कारखाना शुरू हो जाये। मंजूरी तो मिल ही जायेगी। उदयपुरी बेगम को रश्क हो सकता है। लेकिन वह क्या कर लेगी! उसको पर नहीं फैलाने देना है।

बहादुर खाँ के आने की खबर मिली। वह खुश हो गयी। वह शाही महल के खिल्वतगाह में आयी। वजीर फाजिल खाँ के साथ बहादुर खाँ ने झुककर तीन बार सलाम किया और कार्रवाई की कामयाबी की जानकारी दी।

‘शाबास, बहादुर खाँ! बागी को कैदखाने में रखा जाये। जब्त जेवरात को वह खुद देखेगी कि इस काफिर के पास कितनी जायेदाद है!’ रोशनआरा ने हुक्म दे दिया।

‘अभी तो मकान पर ताला बन्द कर दिया गया है।’ बहादुर खाँ ने जवाब दिया।

‘मकान में ताला बन्द रहे, लेकिन जेबर-जवाहिरात को हुजूर में आना है—यह भूल गये!’

‘यह भी हो जाएगा, बेगम साहिबा!’

‘फाजिल खाँ! अमीचन्द कहाँ उड़ जायेगा ? उसे गिरफ्तार करने के लिए क्या हो रहा है? वह आजाद रहकर सूफी सरमद की मौत के किस्से गढ़कर सुनायेगा। बगावत की आग को भड़काने की कोशिश करेगा।’

‘उसे तो देहली में खोजा गया है। कहीं पता नहीं है। पंडत जगरनाथ भी अपने मकान में नहीं है।’ फाजिल खाँ ने बताया।

‘अब्बाहुजूर की वजह से पंडत ने एक मुस्लिम नाजनीन—एक मुगलानी को अपनी बीवी बना ली। अनहोनी हो गयी। अब वह गीदड़ भाग निकला! इन सबकी मुस्तैदी से खोज की जाये। यह मेरा हुक्म है।’

‘जो हुक्म!...जुलाहे आ गये हैं। अगर आप चाहें तो उनसे बातचीत कर लें। समझना तो जरूरी है।’

‘जरूर, मैं बातचीत करूँगी।’

पहरेदार से जुलाहों को बुलाया गया। वे चार थे। चारों आ गये। वे सलाम कर खड़े रहे। मगर उनके पैर काँप रहे थे। रोशनआरा ने एक बार उन पर नजर डाल कर रोब जमाया। जुलाहों की नजरें फर्श की ओर झुक गयीं।...सन्नाटा छा गया। रोशनआरा ने सन्नाटा को तोड़ते हुए कहा—‘सुना है कि हिन्दू बजाज बुनकरों को मुनासिब मजदूरी नहीं देते। वक्त पर नहीं देते। जब-तब गरीब जुलाहों की तकलीफ बढ़ जाती है।’

‘कभी-कभी तो तकलीफ हो जाती है, हुजूर! बाजार एक-सा नहीं रहता। बरसात में ये कपड़ा कम लेते हैं। उस वक्त भुगतान भी नहीं करते।’ एक जुलाहे ने बताया।

‘अगर बादशाह कारखाना खोल दें और बुनकर कारखाने में काम करें तो भुगतान में कोई दिक्कत नहीं होगी।’

‘बादशाह तिजारत करेंगे?’ दूसरे ने सवाल किया।

‘बादशाह पर तो पूरी सल्तनत की जिम्मेवारी है। वे हर काम कर सकते हैं। रिआया को हुक्म मानना है।’

‘बेगम साहिबा! हम तो अपने-अपने घर में करघा चलाते हैं। हम अपना काम करते हैं। हम सेठों की नौकरी तो नहीं करते।’ तीसरे ने अर्ज किया।

‘सही है। लेकिन काफ़िर सेठ ईमानदारी से मजदूरी नहीं देते हैं।...यहाँ मैं खुद देखभाल करूँगी। ईमानदारी से पूरी मजदूरी मिलेगी। समन्दर पार से आये फिरंगियों से तिजारत हँसी-खेल नहीं है। इसलिए सल्तनत को आगे बढ़ाना है।’

‘जी, यह तो ठीक है।’ चौथे ने मन्द स्वर में क़हा।

‘सुनो, कारखाने के लिए एक बड़े मकान का इन्तजाम हो जायेगा। बुनकरों को आना है।’

‘हमें एक बार गौर करने का मौका दिया जाये।’ पहले ने अर्ज किया।

‘हाँ, गौर कर लो।’

चारों ने बेबस निगाहों से देखते हुए सलाम किया। और वे रुख्सत हो गये।

रोशनआरा ने अमीचन्द को कैद करने के लिए ताकीद की। यह भी कह दिया कि अगर पंडत ने उसे छिपाया है तो उन्हें भी गिरफ्तार किया जाये।

हरम के अन्दर उदयपुरी कुछ सोचकर जया के पास आ गयी। जया खिड़की से यमुना तट की ओर देख रही थी। उसे ध्यान में आ गया कि इस बेगम का व्यवहार तो अच्छा हुआ था। उसने प्रणाम कर बैठने के लिए अनुरोध किया। उदयपुरी बैठ गयी। वह दो लम्हों तक देखती रही। एहसास किया कि राजकुमारी के चेहरे पर दर्द की लकीरें उभर आयी हैं। लेकिन उसने पूछा—‘राजकुमारी! दरिया देखना अच्छा लगता है न!’

‘बेगम साहिबा! यह महज दरिया नहीं है।...यह तो यमुना जी हैं। कृष्ण कन्हैया की यमुना जी...जहाँ उनकी वंशी गूँजती रही है।...उस दिन भी बाँसुरी गूँज रही थी। लगा था कि मेरी पीड़ा को स्वर दिया जा रहा है।’

‘सही कह रही हो। मैंने भी महसूस किया था। लेकिन इस दर्द को भूलना होगा। गम से समझौता करना होगा...शाही महल में।’

‘हम पहाड़ी देश के हैं। हम चट्टानों से जूझते हैं। ब्रह्मपुत्र की वेगवती धारा में तैर लेते हैं। पर इस पीड़ा को भूलना असम्भव है। इसीलिए शाही महल नहीं, यमुनातट अच्छा लग रहा है।’

‘इसी शाही महल में हिन्दू राजाओं की बेटियों का डोला आता रहा है। वे हालात से समझौता करती रही हैं।’

‘मुझसे नहीं हो सकेगा।...आप चाहें तो मुझ पर कृपा कर सकती हैं।’

‘मैं मजबूर हूँ, जया! मैंने खुद ग़म से समझौता कर लिया है।’

‘लेकिन इस बेटी को सहारा दे सकती हैं। नहीं तो विष दे सकती हैं।’

‘जहर !...नहीं...नहीं!!’

‘आप माँ बन रही हैं। किसी की बेटी के दुख को समझें।’

‘मैं गौर करूँगी। घबराना मत।’

‘आपसे आशा है।...विष नहीं तो अमृत...।’

उदयपुरी बेगम की आँखें भींग गयीं।

23

रोशनआरा बेगम के हुक्म से सेठ देवीचन्द के चन्द्रभवन का सामान और जेवर-जवाहिरात को जब्त करके गाड़ी पर रखा गया। सड़क की दूसरी तरफ भीड़ लग गयी। भीड़ के बोल में क्रोध प्रकट हो रहा था। कुर्क अमीन घबरा गया। उसने समझ लिया कि जब्त सामान को ले जाना खतरे से खाली नहीं है। लेकिन सिपाही तो हैं। सिपाही भीड़ को हटाने लगे। भीड़ हट जाती और फिर आ जाती। सिपाही कामयाब नहीं हो रहे थे। शाही चौक की ओर से और सिपाही चाहिए। कुर्क अमीन ने किसी तरह खबर भेज दी।

सेठ देवीचन्द की गिरफ्तारी और कुर्की-जब्ती की खबर फैलने से बाजार बन्द होने लगा। लोग सड़क पर खड़े हो गये। एक प्रकार से रास्ता बन्द हो गया। कुर्क अमीन की घबराहट बढ़ गयी।

लालकिला में रिआया के बगावती रुख और बदअमनी की खबर पहुँच गयी। सूबेदार दानिशमन्द खाँ मिर्जा राजा जयसिंह के साथ शाही महल के खिल्वतगाह में आ गया। वजीर फाजिल खाँ भी आया। रोशनआरा बेगम पर्दे में आ गयीं। वह गुस्से में बरस पड़ी–'रिआया को इतनी हिम्मत कैसे हो गयी? शाही हुक्म के खिलाफ बाजार बन्द करके रास्ता रोक लेना तो बगावत है। यह तो नाकाबिले बर्दाश्त है।'

राजा जयसिंह ने गम्भीर स्वर में कहा–'आपने इस मसले पर संजीदगी से गौर किया है?'...बादशाह की गैरमौजूदगी में सेठ को कैद करना मुनासिब नहीं हुआ। इससे प्रजा में असन्तोष फैलेगा। सिर्फ तलवार से प्रजा को जख्मी कर दबाया नहीं जा सकता। उसे इन्साफ भी चाहिए।'

'सेठ देवीचन्द का बेटा अमीचन्द सूफी फकीर का शागिर्द रहा है। सूफी फकीर दाराशिकोह का साथी रहा है। चुनांचे वह बागी है। सेठ ने एक बागी को छिपाया है। इसलिए बागी को सजा देना गैरमुनासिब नहीं है।' रोशनआरा ने जवाब दिया। 'देवीचन्द के घर की तलाशी ली जा सकती थी।...बादशाह के आने तक गिरफ्तारी और कुर्की-जब्ती का हुक्म रुक सकता था। हम जानबूझकर आग से क्यों खेलें?'

दानिशमन्द खाँ ने राय दी–'बेगम साहिबा! इस वक्त दारुल सल्तनत की हिफाजत की जिम्मेवारी बढ़ गयी है। मिर्जा राज की सलाह पर गौर किया जाये। ...बागी अमीचन्द को कैद करने की कोशिश हो, मगर सेठ देवीचन्द को नहीं...।'

'और तभी हम दिल्ली में अमनचैन कायम रख सकते हैं। बादशाह के आने तक सब्र कर सकते हैं।' राजा जयसिंह ने रोबीली आवाज में कहा।

रोशनआरा का चेहरा लाल हो गया।...हुक्म को वापस लेना तो तौहीनी है। ...क्या उसके खिलाफ साजिश है?...उसने फाजिल खाँ की ओर देखा।

फाजिल खाँ ने जुबान खोली—'राजा साहब! हुक्म को वापस लेना क्या मुनासिब होगा? हुकूमत कमजोर होगी।'

'वक्त नाजुक है। वजीर को होशियारी के काम लेना होगा। बादशाह को भी जवाब देना होगा। इसलिए कुर्की-जब्ती को रद्द किया जाये। देवीचन्द को रिहा किया जाये। अमीचन्द की खोज हो।' राजा जयसिंह ने अपना निर्णय दे दिया।

रोशनआरा ने वजीर और सूबेदार—दोनों की ओर देखा। दोनों ने सर हिलाकर आँखें नीचे कर लीं। रोशनआरा ने मजबूरी में हुक्म को वापस लेने का एलान किया। बैठक खत्म हुई। रोशनआरा बेगम हाथ मल रही थी।

सेठ देवीचन्द सपत्नीक रिहा हुए। शाही चौक और चाँदनी चौक पर खड़ी भीड़ ने उन्हें देखा। कुर्की भी रद्द हो गयी थी। प्रजा का असन्तोष शान्त हुआ। राजा जयसिंह दिखाई पड़ गये। राजा ने न्याय का आश्वासन दिया। दानिशमन्द खाँ ने महसूस किया कि बेमतलब की परेशानी दूर हो गयी।

उधर शाहीमहल में रोशनआरा बाँदियों पर अपना गुस्सा उतार रही थी। सब थर-थर काँपने लगीं। और वह राजकुमारी जया के पास पहुँच गयी। दरवाजे पर जोर से आवाज दी। दरवाजा खुला। वह तीखी जुबान में बोल उठी—'शाहजादी! ज्यादा रोज तक चोंचले नहीं चलेंगे। अपने को बादशाह-ए-गाजी के लिए तैयार कर लो।...बहुत-सी राजकुमारियों को देखा है। सब हरम में दाखिल हो गयी हैं।'

'बेगम! आपका राज्य है। हम तो विवश हैं।' इस बार जया ने विनम्रता से उत्तर दिया।

'बेबस को झुककर चलना पड़ता है। तुम्हें भी झुकना है। याद रखना, यह मुगल बादशाह का शाही महल है।'

'जी, हाँ!'

रोशनआरा का गुस्सा थोड़ा कम हुआ। वह मुस्करायी। उसके दिल को थोड़ी राहत मिल गयी थी।...उसने जया पर एक निगाह डाली। उसे सर से पैर तक देखा और वह उस कमरे से बाहर आ गयी। अपने कमरे में आकर बिस्तर पर लेट गयी। मखमली गद्दे पर बदन को आराम मिला। लेक़िन बन्द आँखों के सामने मिर्जा राजा का चेहरा झलक उठा।...उसका गुस्सा उभरने लगा। वह बुदबुदायी—मिर्जा राजा को अब्बा के वक्त से देख रही हूँ। मगरूर है। कभी इसने ढंग से बातचीत नहीं की। हमेशा दूर-दूर रहा। बेरुखी से जवाब देता रहा। उसे कुढ़न होती रही। मातहत का काफिर राजा नजदीक नहीं आ सका। दारा का साथ दिया। वह उसे झुका नहीं सकी।...आज वक्त बदल गया तो औरंगजेब के साथ आ गया। सल्तनत को इसकी जरूरत है। इसे सल्तनत की पनाह चाहिए। मगर आज इसने उसे नीचा दिखाने की कोशिश की है।...मिर्जा राज़ा को सबक सिखाना होगा। देहली से हटाना पड़ेगा।

अचानक शाहीमहल में कानाफूसी होने लगी। बाँदी से उसे भी जानकारी मिली। वह बाँदी की ओर देखती रह गयी। बाँदी सर झुकाकर पीछे हट गयी। फिर चली गयी।...बिरादर आलमगीर औरंगजेब बीमार हैं! लाहौर में पड़े हुए हैं!! नाउम्मीदी!!!...मुगल सल्तनत का क्या होगा? दारुल सल्तनत-देहली को सँभालना मुश्किल है। मिर्जा राजा की मदद की जरूरत पड़ेगी।...अगर वे बगावत कर दें तो...! यह खयाल कर रोशनआरा काँप उठी। लगा कि इस शाही महल में जलजला...। दीवाने खास की छत हिल रही है। तख्ते ताउस के पाये चरमरा रहे हैं। दीवाने आम में सभी गमगीन हैं।...कुछ दरबारी अन्दर ही अन्दर खुश हो रहे हैं।...'नहीं, ऐसा नहीं' वह चीख उठी। उसने पलँग को पकड़ लिया।

उदयपुरी बेगम अपने कमरे के दरीचे से जमुना की ओर देख रही थी।...यह महज दरिया नहीं है। इससे हिन्दुस्तान की तहजीब और तमछुन बनी है। हिमालय सिर्फ पहाड़ नहीं है। वह देवताओं और फकीरों की पाक बस्ती है। यह जमीन माँ है—मादरेवतन है। दरख्तों में भी देवता हैं।...ये हिन्दू सबके आगे सर झुकाते हैं। मजार के आगे भी झुकते हैं। मुस्लिम फकीर की भी इज्जत करते हैं। यही तो इनसानियत है। इस अहम बात को तुर्क ओ मुगल समझ नहीं सके हैं। तैमूर का खानदान तो शमशीर लिए बाहर से आया है। वह क्या अहसास करेगा! शाहजादा दारा—उसके खाविन्द ने अहसास किया था तो वे कत्ल कर दिये गये...ओह!

जया ने अहसास करा दिया है कि वह माँ बन रही है। इसलिए वह किसी की बेटी पर मेहरबानी करे।...जिसे न चाहा, उससे वह माँ बन रही है। मालिक का कैसा इन्साफ है!...इस कामयाब शहंशाह और उसके बीच शराब के जाम की दूरी रही है। बच्चा इस दूरी को खत्म कर देगा।...ओह!

बाँदी ने खबर की—'बादशाह लाहौर में बीमार हैं। हालत अच्छी नहीं है।'

उदयपुरी बेगम ने आँखें उठायीं। आँखें नम थीं। बाँदी ने समझा कि बादशाह की बीमारी की खबर सुनकर बेगम की आँखों में अश्क आ गये हैं।

उदयपुरी बाँदी को देखती रही। बाँदी लौट रही थी। वह उसके कदमों की आहट सुनती रही। ऐसा लगा कि खबर कानों में गूँज रही है।...फतहयाब दूर जा रहा है। वह खुदा से क्या अर्ज करे? बादशाह बच जाये या दूर चला जाये?...वह तो जोर जबर्दस्ती से हरम में शामिल कर दी गयी है। वह बेगम है। शाहीमहल में शानौशौकत की जिन्दगी...ऐशोआराम की जिन्दगी...वह क्या करे?

उसने जाम में शराब को ढाला। शराब को ढालने की आवाज अच्छी लगी। वह पीने लगी।...राजकुमारी जया को बचाना है। रात की स्याह चादर में छिप कर...।

वह जया के कमरे में आ गयी। उसने दरवाजे-खिड़कियों को बन्द कर दिया। जया को अचरज हुआ। बाँदी को बाहर जाने को कह दिया। उसने उदयपुरी बेगम

को आदर के साथ बैठाया। उसने कहा—'बेगम साहिबा! आज महल में सभी बेचैन हैं।...मैं भी बेचैन हूँ।'

'हाँ, राजकुमारी! सभी बेचैन हैं।'

'यदि प्रतिष्ठा के साथ जीना न हो तो प्रतिष्ठा के साथ मर जाना है।...आप मुझ पर कृपा करें। मुझे बेटी मान लें।' यह कहकर जया झुक आयी।

'मरना नहीं, जया! बाइज्जत जीना। तुम बच जाओ तो मैं समझूँगी कि मैं खुद ही बच गयी।...आज की रात...स्याह रात...बेचैन शाही महल...तुम्हें नयी जिन्दगी मिले।'

'आपने मेरी विनती मान ली। मैं आजीवन भूल नहीं सकूँगी।' जया ने हाथ जोड़ दिये।

'किले से भाग निकलने के लिए क्या चाहिए?'

'काले कपड़े, एक छुरा और आपका आशीष।'

'मैं खुदा से इबादत करूँगी कि तुम बाइज्जत बचकर सही ठौर-ठिकाना पा लो।'

'अब मैं अभागन नहीं हूँ।'

'हाँ, जया! मेरी दुआएँ तेरे साथ हैं।'

24

रोशनआरा ने खिल्वतगाह में वजीर फाजिल खाँ से जानकारी पा ली कि दारुल सल्तनत देहली में अमनचैन है। कहीं कोई गड़बड़ी नहीं है। राजा जयसिंह की वफादारी में शक की बात नहीं है। उनकी मदद से देहली की हिफाजत हो रही है। लेकिन रिआया में किस्म-किस्म की अफवाहें फैल रही हैं।

'अफवाहों पर काबू पाना होगा।...अफवाह फैलाना भी सियासत है। साजिश है।' रोशनआरा ने इशारा कर दिया।

'सियासी साजिश की बू तो नहीं मिली है। लेकिन पूरा खयाल रखना है।' फाजिल खाँ ने भरोसा दिलाया।

'जासूस अपनी हलचल बढ़ा दें। गश्ती सख्त रहे। सरदारों-मनसबदारों पर नजर रहे।'

'ऐसा ही होगा।'

'कपड़े का कारखाना तो शुरू हो गया है। मैं देखना चाहूँगी।'

'जरूर देखा जाये। बुनकरों की बुनाई देखें और उनकी पहली मजदूरी देकर उन्हें खुश कर दें।'

'तो चलने की तैयारी हो।'

कुछ ही देर के बाद रोशनआरा हथियारबन्द बाँदियों की हिफाजत में शाही चौक के पास के एक मकान में कपड़े का कारखाना देखने पहुँच गयी। करघों के चलने की आवाज आने लगी। रोशनआरा अन्दर ही अन्दर बहुत खुश हुई। उसके कदम मानो गुलकारी कर रहे थे। वह कारखाने के अन्दर दाखिल हुई। बुनकरों की नजर बेगम पर गयी। सभी उठकर खड़े हो गये। सबने झुककर सलामी दी।

रोशनआरा को लगा कि यह तो उसकी खास जायेदाद है। यह कारोबार उसका है। रेशमी और सूती कपड़ों का जखीरा...फिरंगी विलियम से खरीद-फरोख्त ...मुनाफा...काफिर बजाजों को एक झटका और हुकूमत पर दबदबा...। वह मुस्करा उठी। उसने बुनकरों को करघा चलाने को कहा। करघे चलने लगे! वह करघा चलाना देखने लगी। बुनाई पर आँखें टिक गयीं।...एक-एक धागा जुड़ रहा था। एक शक्ल ले रहा था।...उसके अन्दर खुशी का दरिया लहरा उठा।

रोशनआरा ने बुने रेशमी कपड़ों को देखा। उन्हें पसन्द किया। उसने बुनकरों को पहली मजदूरी देने की ख्वाहिश जाहिर की। बुनकर मजदूरी पाकर खुश हुए। उन्होंने दो लम्हों के बाद महसूस किया कि उन्हें मालिक के आगे हाथ पसारना पड़ा।...मालिक से मजदूरी को पाना होगा।...अब वे मजदूर हैं। अपने घर के करघे के मालिक नहीं हैं।...वे जब-तब सेठ से लड़ लेते थे। यहाँ तो बेगम साहिबा मालिक हैं। यहाँ कैसे लड़ा जायेगा? वे बेबस रहेंगे!

रोशनआरा को लगा कि वह कारखानेदार है। मालकिन हैं। ये उसके मजदूर हैं।

उसी वक्त फिरंगी सौदागर विलियम आ पहुँचा। रोशनआरा बेगम को सलाम कर मुस्कराता रहा।

रोशनआरा ने बताया—'कारखाना चल पड़ा है, विलियम! एक हफ्ते में कपड़ों का जखीरा दिखाई पड़ेगा। वह खरीद सकता है।'

'बेगम साहिबा! मैंने राइट सलाह दी है। मुझे इनाम मिलना चाहिए।...मुझे बाजार से थोड़ा सस्ता...।'

'पहली खरीद सस्ती दर पर हो सकती है।...मगर रोजगार घाटे का नहीं होता।'

'मैडम! हम सात समन्दर पार से रोजगार के लिए आये हैं। थोड़े फायदे के लिए शहंशाह की इजाजत से आये हैं।...आपकी मर्सी...मेहरबानी चाहिए।'

'मैं समझती हूँ।'

'बेगमसाहिबा! सुन रहा हूँ कि शहंशाह बीमार हैं। लाहौर में हैं। यहाँ रहते तो हम इलाज के लिए अच्छे डॉक्टर का इन्तजाम...।'

'जरूरत पड़ने पर मैं खबर कर दूँगी; विलियम!' यह कहकर रोशनआरा रुख्सत हो गयी।

लालकिला का दरवाजा खुला। वह तातारी बाँदियों के साथ अन्दर गयी। शाही महल पहुँची। वहाँ सभी सहमें-सहमे लगे। बाँदियाँ खौफ के मारे जर्द हो गयी थीं।...मालूम हो गया कि जया अपने कमरे से गायब है। उसे खोजा जा रहा है।

रोशनआरा चीख उठी—'लाल किले की चहारदिवारी से जया का गायब हो जाना मजाक नहीं है। यह मुगल सल्तनत को चुनौती है। यह साजिश है। काफिर शाहजादी भागकर कहाँ जायेगी? हिन्दुस्तान के किसी राजा को उसे छिपाने की हिम्मत नहीं हो सकती।'

उसने अहसास किया कि शाही हरम की शान को खरोंच लग गयी है। हरम की दीवारें उसे चिढ़ा रही हैं।...उदयपुरी बेगम कहाँ हैं? क्या वे भी...? वह कहाँ जायेगी! अब तो हामिला है।

वह उदयपुरी के दरवाजे पर पहुँच गयी। दस्तक दी। बाँदी ने दरवाजा खोला। रोशनआरा अन्दर गयी। उसने देखा कि उदयपुरी बिस्तर पर लेटी है। आह भर रही है। चेहरे पर तकलीफ की लकीरें हैं। पास में कटोरे में गरम पानी है।...रोशनआरा का दिल ठण्डा हुआ। वह बोल उठी—'उदयपुरी, कुछ तकलीफ है?'

'हाँ, रोशनआरा! आओ, बैठ जाओ।...क्या सुन रही हूँ?' उदयपुरी ने दबी जुबान से पूछा।

'काफिर शाहजादी भाग गयी है। यह साजिश, उदयपुरी!'

'बादशाह बीमार जो हैं। इसलिए साजिश तो हो सकती है।...सुना है कि शाहजादा मुअज्जम...ओह!'

'क्या कहना चाहती हो?...मुअज्जम क्या कर रहा है?'

'वह सरदारों से मिल रहा है। वह राजा जयसिंह से भी मिला है। ओह!' करवट लेकर उदयपुरी ने जवाब दिया।

'किसलिए...?'

'अगर बादशाह अच्छे नहीं हुए तो...तख्ते ताऊस के लिए...।' यह कहकर उदयपुरी ने अपना चेहरा छिपा लिया।

रोशनआरा की बोलती बन्द हो गयी। ऐसा लगा कि उसकी आँखें हैरत और डर से एक टक देख रही हैं।...वह सोचने लगी...लाल किला में साजिश शुरू है। उसे मालूम नहीं है। उसे तो हुकूमत को अपने कब्जे में रखना है।...वह उसके हाथ से फिसल रही है। वजीर ने अफवाहों की बात की, मगर खुलासा नहीं किया। अब उसे होशियार हो जाना है।

उसने एक नजर उदयपुरी पर डाली। अन्दर ही बुदबुदायी—अच्छा है कि यह इस हालत में है। अभी यह साजिश में शामिल नहीं हो सकती।

उसने मीठी जुबान में कहा—'आराम करो, उदयपुरी! फिक्र नहीं करना। बादशाह-ए-गाजी को कुछ नहीं होगा। अफवाहों को दफन हो जाना है। और वह

जया...उसे तो हथकड़ी में बँधकर हरम के दरवाजे पर आना है।'

उदयपुरी ने अपनी आँखों की जुबान से ताईद की।...रोशनआरा को जो शक हो रहा था, वह लगभग खत्म हो गया। लेकिन सियासी उथलपुथल पर गुफ्तगू नहीं करना चाहती थी। चुनांचे वह अपने कमरे में चली आयी। दरवाजे को बन्द किया। अपनी खास बाँदी को शाही हरम की हरकतों और गुफ्तगू पर नजर रखने के लिए ताकीद कर दी। इनाम देने का वादा किया। बाँदी ने हुक्म को अपने सर आँखों पर ले लिया।

रोशनआरा तन्हाई में गौर करने लगी—मुअज्जम अपना गुट तैयार कर रहा है। वह उसके दबदबे में नहीं रह सकेगा। शाहजादा मुहम्मद सुलतान बंगाल में है। बहुत दूर है। आलम और अकबर छोटे हैं। आलम औरंगजेब के साथ है।...अकबर के नाम पर दूसरा गुट बन सकता है। अकबर कब्जे में रह सकता है। मुगल हुकूमत उसके मुताबिक चल सकती है!...बस, यही तो तमन्ना रह गयी है। और क्या है उसकी जिन्दगी में!...कभी-कभी छिपकर ऐश...गुनाह है...गुनाह नहीं है।...मुगल शाहजादी की यही जिन्दगी है!...सरगोशियों के दरम्यान शबाब की प्यास को...!! जिन्दगी की हवस तड़पती रही और उम्र का कारवाँ गुजरता रहा।...वह अकबर के नाम पर गुट तैयार करेगी। मुगल सल्तनत की ताली उसकी उँगलियों में रहेगी।.अचानक उसे खयाल आया कि आगरा में अब्बाहुजूर भी जोर आजमाईश कर सकते हैं। मिर्जा राजा मदद कर सकते हैं।

यह सोचकर वह पसीने-पसीने हो गयी।

सूबेदार दानिशमन्द खाँ अपने दफ्तर में बेचैन था। उसे समझ में नहीं आ रहा था कि वह क्या करे! अफवाहें उड़-उड़ कर पास आ रही हैं।...राजा जसवन्त सिंह शाहजहाँ को मदद कर रहे हैं।...यहाँ मुअज्जम मिर्जा राजा से मिल रहा है। दरबारियों को मिला रहा है।...रोशनआरा बेगम भी चाल चलेगी।...इन साजिशों में ही दिलोदिमाग को मुब्तला रहना है।...सियासत मानो मुब्तला-ए-बला है।

दानिशमन्द खाँ कुर्सी से उठकर चक्कर काटने लगा। खुफियानवीसों को चुस्तचौकस रहना है। शाही महल पर नजर रखनी है।...दरवाजे पर दस्तक हुई। आने की इजाजत दी। जासूस दीख पड़ा। दानिशमन्द खाँ ने पहचाना।

जासूस बताने लगा—'बादशाह की बीमारी की खबर पाकर मुरादबख्श ने ग्वालियर के किले से भागने की कोशिश की। कत्ल हो गये।

दानिशमन्द ने सोचा—अगर बादशाह को खबर मिल जाये तो वे जल्द सेहतमन्द हो जायें।

जासूस ने दूसरी खबर दी—'सिपहसालार मीर जुमला आसाम की जंग में मात ...मौत हो गयी।...बंगाल में शाहजादा मुहम्मद सुलतान अकेले पड़ गये हैं।

दानिशमन्द खाँ ने आहिस्ते से कहा—'आसाम की शाहजादी ने भी यहाँ शाही

हरम को मात दे दी है।...जासूस! अभी तुम्हें देहली में ही रुकना है। बादशाह लाहौर में बीमार हैं। यहाँ अफवाहों और साजिशों का सिलसिला शुरू हो गया है। उन पर कड़ी नजर रखनी है। दारुल सल्तनत से नजदीक ही आगरा है।

जासूस ने सर हिला दिया।

दानिशमन्द खाँ आहिस्ता-आहिस्ता हिदायतें देने लगा।

25

रात का डरावना अँधेरा। आसमान में सिर्फ तारे टिमटिमा रहे थे। कहीं से बादल आ गये। तारे भी छिप गये। हरम सोया हुआ था। बाँदियाँ झपकी ले रही थीं। कुछ सो गयी थीं। किले की चहारदिवारी के पहरेदार जगे हुए थे। लेकिन वे भी बादशाह की बीमारी की खबर से थोड़ा लापरवाह हो गये थे। कुछ तो अफीम की पिनक में थे। कुछ चरस का दम लगा रहे थे। कुछ कन्धे पर भाले रख पहरा दे रहे थे।

उदयपुरी बेगम ने हरम के पिछवाड़े से जया को नीचे उतार दिया। काले कपड़े में जया अँधेरी रात में छुरा लिए रस्सी के जरिये नीचे ससर आयी। वह काली बन गयी थी। वह काली का नाम लेकर हथसार की तरफ उतर आयी। किले का पिछला दरवाजा फासले पर था। उधर से कोई चिन्ता नहीं थी। आज तो हथसार भी थोड़ा सूना था। आधे हाथी बादशाह के साथ लाहौर की ओर गये थे। शेष आराम कर रहे थे। महावत खर्राटा भर रहे थे। थोड़ी दूर पर जमुना बह रही थी। वह भी शान्त थी।

जया के पैर जमीन पर थे। उसने अँधेरे में इधर-उधर देखने की कोशिश की। उधर पहरेदार नहीं था। जया ने अपने काले कपड़ों को ठीक किया। चेहरे को भी गहरा साँवला बना लिया था। छुरे को हाथ में लेकर ऊपर उठाया। उसने उदयपुरी की हिदायतों को याद कर कदम बढ़ाये। वह पैरों को दाबकर चलने लगी। वह बायीं तरफ मुड़ गयी। एक बूढ़े महावत की नींद टूट गयी। उसने अधरखुली आँखों से काले कपड़े में एक काली औरत को देखा। हाथ में कटार लिए वह जा रही थी। बूढ़े महावत ने कुछ कहना चाहा। पर बोल नहीं सका। उसे याद आ गयी कि काली माता का रूप ऐसा ही होता है।...उसकी आँखें बन्द हो गयीं। दिल धड़कने लगा। पास में दो पहरेदार गाँजे का दम लगा रहे थे। वे न पैरों की आवाज सुन सके और न कुछ देख सके। जब तब वे दोनों ऊँची चहारदिवारी की ओर जरूर देख लेते थे।

जया ने सोचा—यहीं तो कहीं बाँसुरी बज रही थी। फिर नहीं बज सकी।

यमुना तट पर बाँसुरी बजाना मना है? क्या वह वन्दी बना लिया गया?...वह तो वन्दीगृह से निकल आयी है। उदयपुरी बेगम की मदद से मुक्त हो गयी है। अब उसे अपना मार्ग ढूँढ़ निकालना है। गोकुल-वृन्दावन की ओर चला जाना है। यह दिल्ली तो भयावनी है! यहाँ जासूसों और सिपाहियों से कैसे बच सकेगी? हाथ में छुरा है। मन में साहस है। वह मार्ग ढूँढ़ लेगी।

वह हथसार से आगे बढ़कर नदी तट पर आ गयी। तट के रास्ते पर चलने लगी। देखा कि सामने श्मशान है। चिता धधक रही है। लोग चिता को घेरकर खड़े हैं। उसने रास्ता बदल लिया। पैरों को दबाकर चलती रही। श्मशान की ओर से कुछ शब्द आये। 'सती की जय' के शब्द सुनाई पड़े। वह ठिठक गयी। उसने उधर देखा। हल्के अँधेरे में ऐसा लगा कि लोग चिता पर फूल...अक्षत...। जयकार कर रहे हैं।...वह सिहर उठी। सोचने लगी—क्या स्त्री प्रेम के आधिक्य से मृत पति के साथ जल रही है? या जलने के लिए विवश कर दी गयी है? या क्रूरकाल के भय से जल रही है?...ओह!...वह क्या कर सकती है? स्वयं का जीवन संकट में है। वह क्या कर सकेगी?...वह लपटों में घिर गयी होगी।

जया ने आँखें बन्द कर लीं।...स्त्री को कहीं शान्ति नहीं है। वह स्वयं अपने को बचाने के लिए भाग रही है। उसे भागते जाना है। पर कहाँ?...वह तट के ऊपर बस्ती की ओर आने लगी। वह उधर ही चलती गयी। पास में एक खानकाह थी। शाही चौक के नजूमी ने एक औरत को फकीर के पास भेजा था। वह फकीर से दुआ-ताबीज पाने के लिए आ गयी थी। साथ में एक पड़ोसन थी। वह जब-तब आती थी। वही उसे लेकर आयी थी। दोनों ने फकीर से आरजू-मिन्नत की। फकीर ने रुकने को कहा। आधीरात बीत चुकी थी। दोनों घबरा रही थीं। और लोग खानकाह से लौट गये थे। सिर्फ वे ही दोनों सर झुकाए बैठी थीं।

जया खानकाह की दीवार के पास आ गयी। उसने सोचा कि यहाँ थोड़ा विश्राम हो सकता है। पर प्रभात में खोज होने लगेगी। यहाँ रुकना ठीक नहीं होगा। शब्द सुनाई पड़े। रोशनदान से आवाज आ रही थी – फकीर फरिश्तासीरत होते हैं। इन्हें खुश करना खुदा को खुश करना है। ...इन्हें खुश कर ताबीज पा लो। फिर तो शौहर तेरी कदमबोसी करेगा। इनके पास जाओ। तुम खुद उनमें खो जाओगी। अपनी पड़ोसन से पूछ लो।

जया का हृदय धड़क उठा।...रात में फकीर के पास स्त्री...खुश करना है... ताबीज पा लेना है...ओफ!...वह कहाँ आ गयी है!! दिल्ली का यह समाज कितना घृणित है!!!...स्त्री का आखेट फकीर के द्वारा भी। वह नहीं बच सकेगी।

जया थरथराते पगों से आगे बढ़ी। आहट हुई। खानकाह के भीतर फकीर के चेलों के कान खड़े हुए। एक ने रोशनदान से अँधेरे में झाँका। काले कपड़े में कुछ

देखा। अँधेरे में स्याहपोश के हाथ में खंजर चमकते देखा। वह जिन्न के खयाल से खौफ खा गया। रोशनदान को बन्द कर अल्लाह का नाम लेने लगा।...वे दोनों औरतें अलग ही घबराने लगीं।

जया आगे बढ़ती गयी। कदमों की थरथराहट दूर हुई। वह एक क्षण के लिए रुकी। यमुना का तट दूर हो गया था। वह बस्ती में प्रवेश कर गयी थी। सामने एक बड़ा-सा मकान दिखाई पड़ा। खिड़की से हल्की-हल्की रोशनी आ रही थी। ...उसने सोचा। आगे बढ़ी। मकान के पास आ पहुँची। खिड़की खुली हुई थी। उसने उससे झाँकने की कोशिश की।...यह तो फिरंगियों की हवेली है। गोरे और लम्बे-तगड़े फिरंगी जहाँ-तहाँ लुढ़के हुए हैं। शराब के प्याले लुढ़के पड़े हैं। गोरी स्त्रियाँ भी मदिरा में बेसुध हैं। लगता है कि मदिरा-पान और नाच-गान के बाद होश खो बैठे हैं या सो गये हैं।...सात समन्दर पार से आये फिरंगी बंगाल से दिल्ली तक छा गये हैं। व्यापार के लिए फैल गये हैं।...कोई गोरा उठ रहा है, उस गोरी को अपनी ओर खींच रहा है।

जया ने झाँकना बन्द किया। उसकी आँखें बन्द हो गयीं। पसीने से नहा उठी। वह यमुना तट की ओर दौड़ पड़ी। ठोकर लगी। गिर पड़ी। फिर उठी। धीरे-धीरे जाने लगी। छुरे को सँभाल लिया। कुछ दूरी पर कोई खड़ा था। वह आहट सुनकर देखने लगा। उसने अँधेरे में अनुमान किया कि कोई काले कपड़े में कटार लिए इधर ही...। उसे एतबार नहीं हुआ। वह आँखें फाड़कर देखता रहा।...वह डरकर हट गया। जया तट की ओर बढ़ती गयी। ठोकर लगी। आह भी नहीं कर सकी। एक क्षण ठहर चलती गयी। यमुनातट आ गया। तट पर कोई दिखाई पड़ा। उसके पग रुक गये। सुनने लगी—कोई स्तुति कर रहा है। यमुना...विष्णु और कृष्ण की स्तुति कर रहा है।...इस पर विश्वास किया जाये?...कैसे विश्वास करे? ...वह किले से निकल आयी। किले के भीतर एक सम्बल मिला तो यमुनाजी के तट पर नहीं मिलेगा? अन्तरात्मा ने कहा—मिलेगा। जब मुगल शाही महल में कोई दयालु मिल गया तो माँ यमुना के तट पर क्यों नहीं? पर मांसभक्षी पशु अधिक हैं —इस राजधानी के जंगल में।...राजधानी में सभ्यता...मानवता स्त्री के लिए नहीं है। राजधानी आखेट में ही मग्न रहती है।

उसने दिल्ली के मार्ग में दो बार डोली से भागने के चेष्टा की थी। पर मुगलों की भयानक आँखों से भाग निकलना कठिन सिद्ध हुआ। किले से तो बच निकली है। पर किले से बाहर भयानक आँखें ही हैं।...एक फकीर को देख लिया। अब इस साधु को देखा जाये। नहीं तो यह छुरा...कटार हाथ में है। थोड़ा साहस चाहिए...आत्मविश्वास चाहिए।

जया साधु के पास जा पहुँची। थोड़ी दूरी पर खड़ी रही। साधु की स्तुति पूरी

हुई। उसकी आँखें खुलीं। उसने काले परिधान में एक स्त्री को देखा। हाथ में छुरा था। अद्भुत लगा। रात के तीसरे पहर में...सुनसान तट पर यह कहाँ से आ गयी?

सन्ध्या में उधो दास वैरागी मथुरा से दिल्ली आ गये थे। रात के तीसरे पहर में यमुनातट पर स्नान-पूजा कर रहे थे। उन्होंने पूछा—'आप कौन हैं? कहाँ से आयी हैं?'

'पहले आप अपना परिचय दें, साधु जी!' जया ने निकट आकर गम्भीर स्वर में पूछा।

'मैं उधो दास वैरागी हूँ। तीर्थों में घूमते हुए दिल्ली में आ गया हूँ। इस समय स्नान-पूजा के लिए यमुना के तट पर हूँ।...आप कौन हैं?'

'आप कहाँ ठहरे हैं, वैरागी जी! फिर किधर जाना है?'

'मैं युवराज रामसिंह के यहाँ ठहर गया हूँ। कुरुक्षेत्र की ओर जाऊँगा।'

'ये रामसिंह कौन हैं?'

'राजा जयसिंह के पुत्र हैं। साधुसन्तों का सम्मान करते हैं। सुशील हैं। इसीलिए वहाँ ठहर गया हूँ।'

'पर राजा तो मुगलों के सहायक हैं।'

'हाँ, यह तो है। कहीं-न-कहीं विवशता है। दुर्भाग्य है।...अब आप बतायें।'

'मैं काली की पुजारन हूँ। जगन्नाथपुरी से इधर आ गयी हूँ। मैं भी साधना के लिए यमुनातट पर आ रही थी, पर मार्ग में दो दुष्ट मिल गये। मुझे वन्दी बनाने की चेष्टा की। मैंने माँ काली का नाम लेकर इस छुरे को उठाय। दोनों भाग गये। पर मन में शान्ति नहीं है।'

'सत्य है, देवि! मेरा भी इधर आना व्यर्थ लग रहा है। पर दिल्ली को देखने-समझने की इच्छा हो गयी थी। पर यहाँ रुक नहीं सकूँगा।...आपने क्या सोचा है?'

'क्या आपके साथ चल सकती हूँ?...आप पर विश्वास कर ..?'

'अवश्य विश्वास करें। आप संकट में हैं। आपकी सहायता मेरा धर्म है।'

'क्या राजा जयसिंह के यहाँ जाना उचित होगा?'

'जी, हाँ! आप मुझ पर विश्वास करें। फिर आप तो काली की पुजारन हैं! आप अपने में शक्ति का अनुभव करें।'

उधो दास का यह कथन जया को अच्छा लगा। वह साथ जाने को तत्पर हुई। उधो दास ने यमुना जी को प्रणाम किया और उनके चरण चल पड़े। जया जय माँ काली का उच्चारण कर वैरागी जी के पीछे-पीछे चलने लगी। अभी अँधेरा ही था। पर उसे लगा कि प्रकाश का आभास मिल रहा है।

26

उधो दास के पैरों की खड़ाऊँ की खट्-खट् होने लगी। जया के पग रुकने लगे। उसी समय दूर से हाथियों की चिंघाड़ सुनाई पड़ी। वह चौंक उठी। उसका हृदय धड़कने लगा। वह इधर-उधर देखती धीरे-धीरे चलने लगी। उधो दास ने मुड़कर देखा और कहा—'पुजारन! रात बीत रही है। अब तेज चलो।'

'पर आपकी खड़ाऊँ की आवाज...।' जया ने काँपते स्वर में संकेत किया।

'कोई हानि नहीं है। लोग समझेंगे कि दो साधु स्नान-पूजा करके आ रहे हैं।'

'पर आहटों के कारण मुगल सैनिक...।'

'हम दोनों के पास त्रिशूल और कटार है। चिन्ता मत करें, देवि!'

जया का भय दूर हुआ। वह तेजी से चलने लगी। अँधेरा छँटने लगा। पंछी कलरव करने लगे। दूर से भी लाल किला का आकार झलकने लगा। जया का मन काँप उठा।...सोचा कि वह वैरागी के साथ राजा जयसिंह के भवन में...मिर्जा राजा मुगलों के सहायक...क्या वे मुगलों से रक्षा कर सकेंगे?...कहीं फिर लाल किला के अन्दर—नहीं-नहीं!

गश्त लगाते सिपाहियों की आहट मिली। वैरागी जी के चरण बढ़ रहे थे। जया के पैर रुकने लगे। सोचा कि काले कपड़ों में वह राजकुमारी नहीं दिखेगी। साधु के साथ साधु ही...। डरना नहीं...। उसके पग बढ़े। सिपाही निकट आ रहे थे। उसे लगा कि सिपाही उसके पास आ पहुँचे हैं। वे पूछताछ कर सकते हैं। वैरागी जी क्या कर सकेंगे।...वह इधर-उधर देखने लगी। एक गली दिखाई पड़ी। उधर ही मुड़ गयी। थोड़ा आगे बढ़ने पर एक सुन्दर मकान दिखाई पड़ा। वह दरवाजे के पास पहुँच गयी। दरवाजा बन्द था। बगल में खिड़की खुली-सी थी। उसने अधखुली खिड़की से झाँका।...कमरे में शमादान जल रहा था। तस्वीरें और फानूसों से कमरा सजा हुआ था। पलँग के पायताने घुँघरू खुले पड़े थे। पास में रखी चाँदी की चौकी पर इत्रदान और गुलाबपाश थे।...और जरीदार लहँगे में कोई सोयी थी।...बगल में कोई...मुगल सरदार लेटा हुआ था।...सरदार का दाहिना हाथ बढ़ा। 'जानेमन' कहकर उसने अनुरोध किया। वह 'दिलबर' कहकर बाँहों में आ गयी।

जया खिड़की से हट गयी। पसीना आ गया। वह घबरा गयी।...तो यह वारांगना-वेश्या का घर...साथ में वह मुगल सरदार। यदि उसने देख लिया होता तो...रोयें सिहर उठे। वह गली में आगे बढ़ती गयी। कटार को नीचे कर लिया। उजाला फैलने लगा था।...सामने एक घर का दरवाजा खुला। एक अधेड़ व्यक्ति 'राधाकृष्ण' का नाम लेकर द्वार से बाहर आ रहा था। जया भी साहस करके द्वार

के पास आ गयी। अधेड़ व्यक्ति घबरा गया। वह वजीर के दफ्तर का मीर मुंशी शामलाल था। उसे सबेरे उठने की आदत थी। वह भजन गाता हुआ पास-पड़ोस को जगा देता था। सबसे राम-सलाम करता था। किले की हलचलों पर गुपचुप बात करता हुआ दफ्तर जाने के लिए तैयार हो जाता था।

शामलाल बोल उठा—'आप कौन हैं?'

'मैं काली की पुजारन हूँ। जगन्नाथपुरी से आयी हूँ। यमुना जी में स्नान करने के लिए जा रही थी। सिपाहियों से डर लगा, इधर चली आयी।' जया ने अपना परिचय दिया।

'यहाँ नहीं डरें। मेरा सौभाग्य है कि कालीजी की पुजारन मेरे द्वार पर आ गयी हैं।...मेरे घर में स्त्रियाँ हैं। उनके पास जाइए।' शामलाल ने भीतर की ओर संकेत किया।

जया दरवाजे के भीतर झाँकने लगी। उसकी पत्नी और बेटियाँ परदे से देखने लगीं। काले कपड़ों में काली पुजारन को देखकर बेटियों को अचरज हुआ। मीरमुंशी शामलाल ने अपनी पत्नी से पुजारन को भीतर ले जाने के लिए कहा। उसकी पत्नी आयी। जया संकोच के साथ भीतर गयी। सबने आदर के साथ बैठाया। जया की घबराहट मिट गयी।

शामलाल अपने वक्त पर दफ्तर पहुँचा। लालकिले में ही दफ्तर था। आसाम की राजकुमारी के भाग जाने की खबर फैल गयी थी।...कुछ देर के बाद यह भी जानकारी मिली कि जमुना के किनारे रात के तीसरे पहर में काली माँ दिखाई पड़ी हैं। पर वे अँधेरे में गुम हो गयीं। उन्हें कोई देख नहीं सका। खौफनाक स्याह चेहरा...।

शामलाल का दिमाग दौड़ने लगा। आसाम की राजकुमारी का भागना...किले के पिछवाड़े काली माँ का डरावना रूप...वह काली माँ या काली की पुजारन उसके द्वार पर आ गयीं। घर में हैं।...वह काली की पुजारन है या आसाम की राजकुमारी ...? उधर लाहौर में बादशाह बीमार हैं। यह सब क्या है? कैसा यह कालचक्र! काली माँ या काली की पुजारन उसके घर में...!! या वह आसाम की शाहजादी है?

शामलाल बेचैन हो उठा। मुश्किल से शाम हुई। वह तेज कदमों से अपने घर पहुँचा। पुजारन दिखाई नहीं पड़ी। मालूम हुआ कि पूजा कर रही है। उसकी पत्नी पुजारन की बड़ाई करने लगी। वह घबरा रहा था। पुजारन दिखाई पड़ी। वह घबरा कर पानी पीने लगा। पुजारन प्रसाद देने आ गयी। वह पूछ बैठा—'आप जगन्नाथ पुरी से अकेली आ गयी थीं?'

'माँ साथ में थीं। हम दोनों तीर्थयात्रा कर रही हैं।'

'आपकी माँ कहाँ हैं?'

'उनका साथ छूट गया।'

'इसीलिए आप परेशान हैं। मैं उन्हें खोजने की कोशिश करूँगा। मैं किले में नौकरी करता हूँ। वजीर के दफ्तर में हूँ।'

'आप किला में नौकरी करते हैं?' जया के मुख पर घबराहट झलकने लगी।

शामलाल और उसकी पत्नी ने इस घबराहट का अनुमान कर लिया। दोनों पुजारन की ओर देखते रहे। वह प्रसाद देकर भीतर चली गयी। रात में शामलाल ने अपनी पत्नी से कहा—'पुजारन तो किला का नाम सुनकर घबरा गयी थी।'

'मुगल सिपाहियों और सरदारों से घबराना पड़ता है। औरतों को परदे में रहना पड़ता है।' पत्नी ने बताया।

'यह तो सच है।'

'परन्तु एक दूसरी बात भी हो सकती है।'

'वह क्या?'

'मीर मुंशी दूर तक सोच सकते हैं।'

'बात गहरी है। आसाम की राजकुमारी शाहीमहल से भाग निकली है। और यह साँवली पुजारन छिप रही है।'

'तो क्या यह राजकुमारी है?'

'हो भी सकती है!...मैं तो बेचैन हूँ।'

'तो क्या वजीर को खबर कर देंगे?...ऐसा नहीं करना।'

'मैं क्या करूँ? नौकरी बचाऊँ...पूरे परिवार की इज्जत बचाऊँ या इस पुजारन को?'

'इन्हें मथुरा भेजवा दो।'

'चारों तरफ खोज हो रही है। शक में तलाशी भी शुरू हो सकती है।'

'तो सेठ के मन्दिर में पहुँचा दो।'

'यह हो सकता है।'

शामलाल ने रात्रिनिवास की व्यवस्था के नाम पर पास के मन्दिर की चर्चा पुजारन से की। जया ने सोचा कि सेठ का मन्दिर भय से मुक्त होगा। यहाँ तो लाल किला का भय मौजूद है। मीर मुंशी अधिक भयभीत है। जया मीर मुंशी शामलाल के साथ सेठ के घर आ गयी। शामलाल ने बूढ़े सेठ को समझा दिया कि काली माँ की पुजारन जगन्नाथपुरी से आयी हैं। इन्हें मथुरा-वृन्दावन जाना है। इनके लिए मन्दिर में रहने की व्यवस्था ठीक रहेगी।...अकेली स्त्री हैं। माँ का साथ छूट गया है। मन्दिर ठीक रहेगा।

बूढ़ा सेठ शामलाल का अनुरोध मान गया। उसे उचित लगा कि पुजारन को मन्दिर में हीं रहना चाहिए। और घर से सटे मन्दिर में रहने का प्रबन्ध हो गया।

जया को अच्छा लगा। अब वह भय से मुक्त हो गयी। वह तो लाल किले के मीरमुंशी से डर गयी थी। भागने की बात फैल गयी होगी। मीरमुंशी पूछताछ कर

सकते थे। कर रहे थे।...उसके बाद क्या होता है? क्या वे बचा सकते थे? दरबार से जुड़ा हुआ हर व्यक्ति दास के समान हो जाता है। इन्होंने भच के कारण ही यहाँ पहुँचा दिया है।...अच्छा हुआ! बूढ़े सेठ को जानकारी नहीं होगी। वह पुजारन बनकर मन्दिर में रहेगी।

उसने देखा कि सेठ जी का नौजवान पुत्र घूर रहा है। जया को अच्छा नहीं लगा। वह तो पुजारन के रूप में पूजापाठ करके रहना चाह रही है। छिपकर निवास करना है। सबने आदर दिया। सेठ, सेठानी, पुजारी...सबने सम्मान दिया पर सेठ पुत्र बार-बार मन्दिर में आता रहा। प्रसाद पाने के बहाने बातचीत करने का प्रयास करता रहा। पर सब के समक्ष भद्र बन जाता।

जया क्षुब्ध हो गयी। पर वह क्या करे? अब कहाँ जायें? बैरागी जी का साथ नहीं छोड़ना चाहिए था।... पर वे भी मुगलों के मित्र राजा जय सिंह और युवराज रामसिंह के भवन में ले जाते। पता नहीं, उनका कैसा व्यवहार होता। ये भी अपने राज्य की रक्षा के लिए बादशाह के दरबारी बन गये हैं।...और वह अकेली तरुणी है। वह किस पर विश्वास करे?

वह रात में सो नहीं सकी। वह यही सब सोचती रह गयी। नींद नहीं आ सकी। पीछे की खिड़की से सेठ पुत्र की झलक दिखाई पड़ी। उसने छुरे को उठा लिया। क्रुद्ध आँखों से देखा। वह खिड़की के पास से हट गया।

अब वह क्या करे? वह यमुना जी के तट पर चली जाये? बैरागी जी को ढूँढ़ ले या यमुना की लहरों में समाधि ले ले? वह क्या करे? वह कैसे ब्रह्मपुत्र के तट पर पहुँच जाये? माँ की गोद में छिप जाये?

वह रात के तीसरे पहर में काले कपड़े पहनकर और छुरा लेकर नदी तट की ओर चल पड़ी। साहस को सँजो लिया। पुजारन के वेश में वह छिपती हुई बढ़ती गयी।...वह यमुना तट पर पहुँच गयी। वह तट पर बैठकर जप करने लगी। पर मन ब्रह्मपुत्र तट की ओर दौड़ रहा था।...पर कैसे? यहाँ तो जल-समाधि की स्थिति बन रही है।...लगा कि कोई आ रहा है। वह घबरायी। वह माँ काली का नाम रटने लगी।

उधोदास बैरागी का आगमन हो गया। वैरागी जी ने देखा। पहचाना। वे बोल उठे—'देवि! आप कहाँ भटक गयी थीं?'

'आप वैरागी जी! मैं मुगल सैनिक को देखकर घबरा गयी। एक गली में मुड़ गयी। पर संकट नहीं टला। भय से मुक्ति नहीं मिली।'

'अब क्या विचार है?'

'जल समाधि... ।'

'मुझ पर विश्वास नहीं है?'

'क्या कहूँ?'

'उधोदास वैरागी पर विश्वास करें।'

'विश्वास करना चाहती हूँ।'

'तो आप मेरे साथ चलें। स्नान-ध्यान बाद में होगा।'

जया बैरागी जी के साथ अँधेरे में चल पड़ी।

27

चौधरी रामसरन मथुरा से लौटना चाह रहा था। भगतराम ने पंडित जी से पूछ लेने की सलाह दी। दोनों पं. जगन्नाथ के पास आये। रामसरन ने अपनी इच्छा प्रकट की। पंडित जगन्नाथ ने कहा—'राम सरन! आपने हम सब पर बड़ी कृपा की। आप से अलग होने की इच्छा नहीं हो रही है। पर अपने गाँव लौटना चाहिए।'

'आप को छोड़कर जाने की इच्छा मुझे भी नहीं है, पंडित जी! पर मजबूरी है। बच्चा धरमदास खोज रहा होगा। उधर ही ध्यान चला जाता है।'

'यही स्नेह तो जीवनरस है। अवश्य जाओ। हो सके तो उधर के समाचार भेजने का यत्न करना।'

'जरूर करूँगा।...अब तो सूरज के उगते-डूबते चौकन्ना रहना पड़ता है। खेत-खलिहान, स्त्री-बच्चे और त्यौहार-मेला-ये सब कैसे निबह सकेंगे? चिन्ता बढ़ रही है।'

'चिन्ता तो अवश्य बढ़ रही है, रामशरण! अपने-अपने गाँव में एक साथ एक जुट रहना चाहिए—जात पाँत को भूलकर।'

'उधोदास बैरागी भी यही कह रहे थे।...गाँवों में एक साथ रहना तो होता है। हम किसान हैं तो कुछ कारीगर हैं, कोई व्यापारी है और कोई सैनिक है—जनम से हैं। एक भूमि पर नहीं मिल पाते।' भगतराम ने बताया।

'एक जमीन पर मिलना होगा, आज नहीं, तो कल।' पंडितराज ने दूर देखते हुए गम्भीर स्वर में कहा।

सबके शीश हिले। उसी समय पास के तिलपर गाँव से गोकुल आ पहुँचा। भगतराम का भांजा था। नौजवान गोकुल जब-तब मथुरा नगर में आता रहता था। मामा भगतराम से भेंट हो जाती थी। उसे देखकर भगतराम बहुत खुश हुआ। उसने पंडित जगन्नाथ से परिचय कराया। पंडित जी ने आशीष दी। गोकुल ने हाथ जोड़कर आशीष पा ली। और फिर अमीचन्द और भवनाथ को 'जय किशनजी की' कहकर अभिवादन किया।

कुछ क्षणों के बाद सबने चौधरी रामसरन को विदा करने के लिए नमस्कार किया। अमीचन्द, भवनाथ और गोकुल द्वार तक आये। अमीचन्द ने अनुरोध

किया—'दिल्ली के समाचार के लिए मन आकुल है, काका!...मेरे कारण पिताजी पर संकट आ गया होगा।'

'मैं जरूर कुशल समाचार भेजूँगा। घबराओ मत। भगवान किशन जी पर विश्वास रखो।'

'हाँ काका!'

'अब जाने दो। गोकुल के साथ दोनों नौजवान मथुरा-वृन्दावन के दर्शन कर लो।...गोकुल साहसी नौजवान है।' यह कहकर रामसरन ने मंगल कामना की। और फिर पैर बढ़ा दिये।

सभी रामसरन को जाते देखने लगे। अमीचन्द का मन रामसरन के साथ दिल्ली की ओर बढ़ रहा था। भवनाथ गोकुल की ओर देखकर मथुरा-वृन्दावन के साथ आगरा के आसपास दौड़ लगाने लगा। सोचता रहा—पहले मथुरा तब आगरा कि पहले आगरा तब मथुरा!

तीनों नौजवान घर के भीतर आये। पं. जगन्नाथ के साथ बैठे। गोकुल ने पूछा—'आप लोगों ने मथुरा जी की परिक्रमा कर ली?'

'अभी तो नहीं...!' पंडितराज ने मन्दस्वर में उत्तर दिया।

'तो मेरे साथ चलें।' गोकुल ने अनुरोध किया।

'चिन्ता के कारण मन तत्पर नहीं होता, गोकुल !'

'आप लोग गोकुल के साथ दर्शन कर आयें...कोई चिन्ता नहीं है।' भगतराम ने आग्रह किया।

'बादशाह औरंगजेब अप्रसन्न हैं। हमें दिल्ली को छोड़ना पड़ा है। कुछ दिन अज्ञातवास में रहना पड़ेगा—ऐसा लग रहा है।'

'मथुरा के लोग मुगल बादशाह या बादशाह के हाकिम से नहीं डरते। हमारा किशन हमारे साथ है। उसने तो इन्दर देवता को भी हरा दिया था।'

'यह तो ठीक है, गोकुल।'

'आप लोग मेरे साथ चलें।' गोकुल ने सोत्साह अनुरोध किया।

'हम यहाँ मथुरा जी के दर्शन कर रहे हैं। सूरदास के पद सुन रहे हैं। यमुना जी आँखों के सामने हैं, गोकुल!' पं. जगन्नाथ ने सामान्य स्वर में कहा।

'ये दो-चार घर और एक छोटा मन्दिर...जमुना जी के इस घाट के पास है। यही मथुरा नगरी नहीं है।...वैसे तो अपने ब्रज की परिकरमा चौरासी कोस के अन्दर की जाती है।...मेरे साथ कम से कम मथुरा नगरी के दर्शन कर लें। यहाँ कोई नहीं पूछेगा।' गोकुल ने साहस बढ़ाया।

'हाँ, पंडित जी! यहाँ श्री केशवदेव के मन्दिर के दरशन जरूर कर लें। श्री किशन जी की जन्मभूमि है।...इसे सिकन्दरशाह लोदी ने तोड़ दिया था। बाद में वीर सिंह बुन्देले ने अकबर बादशाह से अनुमति लेकर बनवाया है। आँखें जुड़ा

जायेंगी। मन रम जायेगा।' भगतराम ने बताया।

पंडितराज ने पत्नी लवंगी की ओर देखा। भवनाथ ने अमीचन्द को देखा। सभी की इच्छा जग गयी। सभी श्री केशव देव के दर्शन के लिए तैयार हो गये। ...पंडित राज सोचने लगे—हिन्दू माँ और मुस्लिम बाप का बेटा सिकन्दर शाह लोदी ने मजहबी उन्माद में मन्दिर को तोड़ दिया था! सन्त कबीर दास को भी कष्ट दिया था!!... ऐसा क्यों होता रहा है?

गोकुल के अनुरोध पर भगतराम भी चलने को मान गया। सभी केशव देव मन्दिर की ओर चल पड़े।...सभी मुख्य मार्ग पर आकर नगर को देखते हुए बढ़ चले। कुछ दूर पर एक किला दिखाई पड़ा। काफी ऊँचाई पर था। यमुना के तट पर पेड़ों के झुरमुट में अपना सर ऊँच किये खड़ा दीख पड़ा।...कंस का किला कहा जाता है। पता नहीं, कंस का किला है या उसी स्थान पर बने किसी अन्य राजा का? लोक विश्वास का कुछ आधार तो होना चाहिए।

सभी रुककर देखने लगे। परन्तु ऊपर जाने की इच्छा नहीं हुई। ऊपर तो शाही फौज की छावनी बन गयी है। पंडितराज ने सोचा...ऊँचे चढ़ने पर नीचे उतरना कठिन होता है। डर भी लगता है। अधिक ऊँचाई श्रेष्ठता की ग्रन्थि के साथ भय की ग्रन्थि भी उत्पन्न कर देती है।...वे तो नीचे उतर आये हैं। अब वे राजसभा... मुगल दरबार के पंडितराज नहीं हैं। अब प्रजा के साथ हैं। अब कोई कठिनाई नहीं है। पर नये बादशाह का भय तो है।... वैसे सरस्वती पुत्र को भयभीत नहीं होना चाहिए। पर वे भयभीत हैं! पलायन करना पड़ा है।

घोड़ों की टापें सुनाई पड़ीं। मन में भय जग गया। कहीं छिप जायें या आगे बढ़ा जाये? अमीचन्द की घबराहट बढ़ गयी। उसने अपनी बाँसुरी को छिपा लिया।...गोकुल के कदम बढ़ गये। सभी साथ-साथ चल पड़े। घोड़ों की टापें निकट आयीं। ये सभी तेजी से आगे बढ़ गये। घुड़सवार किले की ओर मुड़ गये।

गोकुल सबके साथ केशवदेव मन्दिर के पास पहुँच रहा था। मन्दिर का ऊँचा शिखर दिखाई पड़ा। सूर्य की किरणें प्रकाश के फूल बरसा रही थीं। सभी भय और चिन्ता से मुक्त हो गये। पण्डे तीर्थयात्रियों को मार्ग बता रहे थे। पूजा के लिए साथ चलने का अनुरोध कर रहे थे। भगतराम ने पूजा के लिए फूल खरीद लिया। सभी मन्दिर के द्वार पर आये। सबके शीश झुक गये। और फिर देखा कि मन्दिर ऊँचाई पर है।...कंस का कारागृह ही श्रीकृष्ण की जन्म भूमि है। उसी पर यह मन्दिर...इसका कभी विध्वंस हो जाता है...फिर निर्माण...ऐसा क्यो?...क्या काल ही यवन बन गया है? वह कालयवन नहीं है। ये तुर्क मुगल हैं।

सबने मन्दिर के भीतर प्रवेश किया। तीर्थयात्रियों की भीड़ दिखाई पड़ी। पूजा के समय जयघोष हो रहा था। कीर्तन का स्वर वाद्यसंगीत से गूँज रहा था।

पंडितराज कल्पना कर रहे थे—वसुदेव जी शिशु कृष्ण को लेकर यमुना जी को

पार कर रहे हैं—कंस के भय से! भय से पलायन!

भगतराम ने कल्पान की-किशन जी कालिया नाग को नाथकर नाच रहे हैं। बाँसुरी बजाकर सबको भय से मुक्त कर रहे हैं।

अमीचन्द तो कृष्ण की वंशी की स्वर लहरी को सुनने लगा। बेसुध होने लगा।

भवनाथ ने कल्पना की—श्रीकृष्ण राधा जी के साथ कदम्ब की छाँव में खड़े हैं।

गोकुल ने उद्‌भावना की कि किशन कन्हैया गोकुल में राक्षसों को मार रहे हैं।

सहसा अमीचन्द ने सुना कि कीर्त्तनकार सूर का पद गा रहे हैं। बाँसुरी बज रही है। पर बाँसुरी का स्वर मृदंग के साथ मिल नहीं रहा है।...वह कीर्त्तनकारों के पास आ गया! दो क्षण रुका। फिर इशारा कर दिया। सबने उससे बाँसुरी बजाने का आग्रह किया। वह अपने को रोक नहीं सका। अपनी बाँसुरी बजाने लगा। कीर्त्तनकार झूमने लगे। तीर्थयात्री भी आकृष्ट हुए। भगतराम और गोकुल दोनों ने मुड़कर देखा। वे गद्‌गद् हो उठे। पर पंडितराज और भवनाथ के कान खड़े हो गये।

अमीचन्द बाँसुरी में तन्मय हो रहा था। बन्द पलकों से कभी सरमद साहब की बेसुधी देख लेता था और कभी श्रीकृष्ण की मन्द-मन्द मुस्कान को।

पण्डा समुदाय पूजा कराना और दक्षिणा लेना भूल गया। मन्दिर का प्रधान पुजारी पूजा सामग्री और नैवेद्य को भूलकर बाँसुरी सुनने लगा। सबने अनुभव-सा किया कि श्रीकृष्ण की बाँसुरी ही बज रही है।

बाँसुरी का बजना बन्द हुआ। परन्तु अमीचन्द का ध्यान नहीं टूटा। भक्तों की भीड़ ने 'वंशी वाले की जय' का घोष किया। अमीचन्द की बेसुधी नहीं टूटी। दूसरी बार स्वर उठा—'वंशी वाले की जय'! तब अमीचन्द का ध्यान टूटा। पलकें खुलीं। भगतराम और गोकुल मुस्कराते दीख पड़े। पंडितराज जगन्नाथ के होठों पर मुस्कान आयी। पुजारी ने प्रतिमा पर चढ़ी माला अमीचन्द के गले में डाल दी। साथ ही दोने में प्रसाद दिया। हर्षित समुदाय का जयघोष मन्दिर शिखर तक जा पहुँचा।

भगतराम ने पंडित जगन्नाथ को प्रतिमा के पास सुनहले कठघरे की ओर संकेत कर बताया—'शाहजादा दारा शिकोह ने सोने के इस कठघरे को लगाया था।'

'मुझे ज्ञात है, भगतराम!...पर अब क्या होगा?...दारा शिकोह, मुल्ला शाह बदख्शी और सूफी फकीर सरमद सबको इस संसार से उठा दिया गया... क्योंकि ये सबको प्यार करते थे। भेदभाव नहीं करते थे। सर्वधर्मसमभाव के पुरस्कर्त्ता थे।'

'बादशाह औरंगजेब का ढंग भयावना है।'

'मुझे स्वयं अपने परिवार और अमीचन्द के जीवन के सम्बन्ध में शंका हो गयी है।...दिल्ली से भागना पड़ा है।'

'आप इतने बेचैन नहीं हों। हम लोग आपके साथ हैं।'

सभी मन्दिर से बाहर निकले। 'वंशीवाले की जय' की ध्वनि के बीच

अमीचन्द अपनी बाँसुरी लिए बाहर आया। पंडित जगन्नाथ के संकेत पर सभी लौट चले। भगतराम सोच रहा था कि मन्दिर का टूटना-बनना और गाँव का उजड़ना-बसना जमाने से चल रहा है। पाँच सौ वर्षों से चल रहा है। बाहर से आये हमलावरों से और क्या आशा की जा सकती है?

हाथ में बाँसुरी लिए और गले में माला पहने अमीचन्द मग्न हो रहा था।...कुछ क्षणों के बाद उसने पंडितराज की ओर देखा—वे चिन्तामग्न थे। भवनाथ उनके पीछे-पीछे चल रहा था।...वह मथुरा से आगरा की दूरी की कल्पना कर रहा था।

28

सन्ध्या में मथुरा नगर नौजवान वंशीवाले की चर्चा में मग्न हो रहा था। हर नुक्कड़ और चौराहे पर वंशीवाले की वंशी की स्वर माधुरी की बात हो रही थी। लगता था कि लोगों पर जादू हो गया है।

किले के पास के नुक्कड़ पर इकट्ठे लोगों में एक ने कहा कि उसकी बाँसुरी बजने लगी। और कीर्तनकार अपना कीर्तन भूल गये। दूसरे ने बताया कि मन्दिर की पूजा-आरती रुक गयी। पुजारी जी आँखे बन्द कर झूमने लगे थे। तीसरा बोल उठा कि बाहर से आये तीर्थयात्री वंशीवाले को घेरकर बैठ गये थे। उन्हें लग रहा था कि वे भगवान कृष्ण की बाँसुरी सुन रहे हैं। चौथे ने मन्त्रमुग्ध होकर एक रहस्य बताया कि वंशीवाला बाँसुरी बजा रहा था, अचानक उसके गले में भगवान के गले की माला आ गयी। और फिर सब लोग 'वंशीवाले की जय' बोलने लगे थे।

दूसरे दिन प्रातः विश्राम घाट पर स्नानार्थी बाँसुरी की ही चर्चा कर रहे थे। कुछ 'जमुना मैया की जय' बोलकर स्नान करने लगे। कुछ 'वंशी वाले की जय' गुनगुना कर स्नान कर रहे थे। कोई सूर्य को अर्घ्य दे रहा था, पर उसकी आँखों में बाँसुरी वाला झलक रहा था। कोई पूजा के समय मन्त्रपाठ कर रहा था, पर उसके कानों में अमीचन्द की बाँसुरी गूँज रही थी।

पंडित जगन्नाथ ने अमीचन्द और भवनाथ को वृन्दावन जाने की अनुमति दे दी, पर उनका मन द्वन्द्व में पड़ा था। एक ओर वे मन्दिर के दृश्य की याद कर प्रफुल्लित हो जाते थे तो दूसरी ओर वे शाही हुक्म का अनुमान कर काँप उठते थे। कभी वे मन्दिर की झाँकी में तन्मय हो जाते थे। कभी वे खिड़की से बाहर यमुना तट की ओर देखने लगते थे। कभी वे मन्दिर में शाहजादा दाराशिकोह द्वारा स्थापित सुनहले कठघरे को देख मुग्ध हो जाते थे। कभी वे मथुरा स्थित मुगल फौजदार के कठोर चेहरे की कल्पना कर आँखों को मूँद लेते थे।

भगत राम और गोकुल ने पंडित जी से वृन्दावन चलने के लिए अनुरोध किया। लवंगी की भी इच्छा थी। पर पंडित जगन्नाथ का मन तत्पर नहीं हो रहा था। उन्होंने भगतराम से क्षमा माँग ली। भगतराम मौन रह गया। वह उनके चेहरे को देखता रहा। फिर गोकुल की ओर देखने लगा।...कुछ देर बाद दोनों अमीचन्द और [illegible] के साथ वृन्दावन की ओर चल पड़े।

रास्ते में कुछ लोगों ने अमीचन्द को पहचान लिया। उसकी बाँसुरी को भी देख लिया। वे साथ हो गये। गोकुल ने समझ लिया। वह मुस्करा उठा। उसकी पदगति में प्रसन्नता व्यक्त होने लगी। अमीचन्द को भी अच्छा लगा। कभी वह अपनी बाँसुरी को देख लेता और कभी वह श्रीकृष्ण की बाँसुरी को कल्पना में देखने लगता...यमुना तट पर...कदम्ब की छाँव में...और कभी तमालकुंज में लगा कि वह सुध-बुध खो रहा है।

भवनाथ सोच रहा था कि अमीचन्द की बाँसुरी जादू डाल रही है। मथुरानगरी झूम रही है।...इस बाँसुरी ने सरमद ऐसे पीर औलिया को भी मुग्ध कर लिया था। पर बादशाह-ए-गाजी नाराज हो गये। वे तो सभी पर नाराज हैं।...यदि लाहौर में उलझ जाते तो कल्याण होता। पर वे तो उधर भी कठोर आदेश दे रहे होंगे। दिल्ली लौटने पर वे अमीचन्द को खोजेंगे। पिताजी की खोज होगी।... क्या होगा? क्या मथुरा से भी पलायन करना पड़ेगा? वह तो आगरा जायेगा। यदि वह बाँसुरी बजाना सीख लेता तो आगरा के किले के पास बाँसुरी बजाता और आलमआरा सुनकर विकल हो जाती। वह मिलने की कोशिश करती।

गोकुल ने कहा—'अमीचन्द! यह मथुरा है। किशन भगवान की जनम भूमि है। लोगों में कितना प्रेम है! कितना स्नेह है!! इस प्रेम को पाने के लिए यहीं रह जाओ, भाई!'

'हाँ, गोकुल! दिल्ली में तो सिर्फ सरदार और सामन्त हैं। शहंशाह और शहजादे हैं। रात-दिन राजनीति की शंतरज...।

'सेठ-साहूकार भी है, अमीचन्द!' भवनाथ बोल उठा।

संकेत समझकर सभी मुस्करा उठे।

'लेकिन मथुरा में किशन कन्हैया हैं। राधा जी हैं। जमना जी हैं। पास के वृन्दावन में तमालकुंज है। कदम्ब में झूला है। यहाँ से भाग नहीं सकोगे।' गोकुल ने मन्द मुस्कान के साथ बताया।

अमीचन्द सर हिलाकर मुस्करा उठा।...सोचा कि क्या कृष्ण जी का बाँसुरीस्वर सुनाई पड़ सकेगा?...पर दिल्ली तो बहुत दूर नहीं है, वहाँ बादशाह-ए-गाजी का कठोर स्वर...। लाल किला...शाही चौक, अपना घर...चन्द्रभवन...माँ-पिताजी... क्या उनकी स्थिति होगी?

जामा मस्जिद के पास सरमद साहब का मजार...मजार पर आँसुओं के फूल

...बाँसुरी का स्वर

गोकुल चेहरे के भाव को समझ रहा था। वह भी समझ गया। भगतराम ने अहसास किया। उसके अन्दर भी उस पीड़ा की लहर उठी।

मथुरा के फौजदार मुर्शिद कुली खाँ को खबर मिल गयी थी कि अमीचन्द को गिरफ्तार करना है।...सूफी फकीर सरमद का मुरीद बागी है। दाराशिकोह, सरमद और अमीचन्द की वजह से दीनोईमान वाले मोमीन कुफ्र की ओर झुक रहे थे।... वह पंडत जगरनाथ के साथ इधर आ सकता है। अन्दाज तो है। चुनांचे गफलत न हो।

उसके हुक्म से सिपाहियों की गश्ती सख्त होने लगी।

'वंशीवाले की जय' की आवाज फौजदार मुर्शिद कुली खाँ तक पहुँच गयी। वह सोचने लगा कि हिन्दू...काफिर तो गुस्ल और इबादत के वक्त 'वंशीवाले की जय' बोलते हैं। आज शहर में यह नारा क्यों गूँज रहा है?

उसे जानकारी मिल गयी कि कोई नौजवान बाँसुरीवाला आया है। उसी ने बुतखाना में बाँसुरी बजायी है। उसने जादू-सा कर दिया है। उसने तल्ख आवाज में कहा कि सारा जादू हवा हो जायेगा। ...उसे गिरफ्तार करना है। हुजूर रोशनआरा बेगम का हुक्म है।

सिपाही हुक्म को तामील करने के लिए दौड़ पड़े। घोड़ों की टापों से अनेक लोग घायल हो गये। हाहाकार फैल गया। घुड़सवार दौड़ते रहे। लेकिन अमीचन्द दिखाई नहीं पड़ा। जमनातट पर खोज होने लगी। मन्दिरों के पास सिपाही चक्कर काटने लगे।

पंडितराज जगन्नाथ ने खिड़की और दरवाजे को बन्द कर लिया। लवंगी घबरा गयी। वह हाय-हाय करने लगी। दोनों लड़के कहाँ हैं? दोनों को मेरे सामने लाइए। आपने क्यों भेज दिया? अब कौन बचायेगा?

वृन्दावन के मार्ग में भगतराम और गोकुल को इस हुक्म की जानकारी मिल गयी। थोड़ी देर के बाद घुड़सवार आते दिखाई पड़े। चारों तमाल के झुरमुट में छिप गये। घुड़सवार आगे बढ़ गये। गोकुल ने मामा भगतराम से राय कर रास्ता बदल लिया। वह अपने गाँव की ओर मुड़ गया। भवनाथ का हृदय धड़कने लगा। अमीचन्द ने मथुरा छोड़ देने का निश्चय कर लिया। गोकुल ने सोचा कि अपने गाँव के सारे नौजवान रक्षा में खड़े हो जायेंगे। अब अपने गाँव—तिलपट को गढ़ बना देना है। सभी नौजवानों के हाथों में भाले देकर खड़ा कर देना है।...पर कैसे? मुगल सल्तनत से टकराना खेल नहीं है। ...यह फौजदार तो तलवार से ही खूनी खेल खेलता है।

गोकुल सबके साथ अपने गाँव—तिलपट पहुँच गया। उसके साथी दो नये नौजवानों को देख पास आ गये। भगतराम भीतर से बैचेन था। उसे अपने घर और

पंडितराज की चिन्ता हो रही थी। गोकुल ने अपने साथियों से अपने नये साथियों की सारी स्थिति बता दी। दो क्षण रुककर उनसे मदद के लिए विनती की। कुछ ने हाथ उठा दिये। कुछ सोचने लगे कि मुर्शिद कुली खाँ का जुल्म बढ़ता जा रहा है। कहीं उसके सिपाही हरे भरे खेतों को रौंद देते हैं। कहीं उनकी गायों को मार कर खुराक बना लेते हैं। कभी घर की बेटी-पतोहू पर कुदृष्टि डालते हैं। दूर से आती डोली को गायब कर देते हैं। जब-तब बारातियों से मुठभेड़ हो जाती है। गाँवों में हाहाकार फैल जाता है। अब मुकाबला करना होगा।...लेकिन दिल्ली की फौज से कब तक मुकाबला हो सकेगा? गाँव के जाट किसान कैसे मुकाबला करें?...पर अमीचन्द की रक्षा होनी चाहिए। अमीचन्द ने कहा—'गोकुल भाई! इतना मत सोचो। मुझे यहाँ से निकल जाने दो।'

'कोई किशन भगवान की वंशी लेकर हमारे बीच आया है। वह हमारे रहते कैदखाने में कैसे जायेगा? हम सर झुकाकर जुल्म कब तक सहेंगे?' गोकुल ने उत्तर दिया।

परन्तु मुगल सल्तनत के विरुद्ध हम कैसे खड़े हो सकेंगे? ये हिन्दू राजे-महाराजे अपना सर झुका चुके हैं। ...और इस बादशाह-ए-गाजी की नीति दहशत फैलाकर निरंकुश शासन की है। इसलिए बचकर रहा जाये।' अमीचन्द ने गम्भीर स्वर में अनुरोध किया।

'ये राजे-महाराजे सर झुकाकर समझ रहे हैं कि वे अपने राज्य पर राज कर रहे हैं। पर कंस और रावण के समान जुल्मी राज के खिलाफ खड़ा होना ही हम सबकी आन और शान है। यह सच्ची मनुष्यता है।' गोकुल ने उत्तर दिया।

'गोकुल भाई! मेरे कारण गाँव क्यों अशान्त होगा? मैं दूर चला जाऊँगा।'

'यह फौजदार गाँव के किसानों को शान्त कहाँ रहने दे रहा है? हम कब तक हाथ बाँधकर कृपा की भीख माँगे? अभी सबको विश्राम करना है।' गोकुल ने अपना निश्चय बता दिया।

अपराह्न में मामा भगतराम भवनाथ को लेकर मथुरा के लिए चल पड़ा। वह गाँवों को पार करता हुआ मथुरा आ गया था। अपने घर पहुँच गया। द्वार पर शब्द हुआ। पंडितराज ने खिड़की को खोलकर देखा। लवंगी का हृदय धड़क उठा। द्वार खुल गया। दोनों घर के भीतर आये। भवनाथ ने माँ और पिताजी के चरण छूकर प्रणाम किया। पिता ने हृदय से लगा लिया। लवंगी की आँखे जुड़ा गयीं। पर अमीचन्द दिखाई नही पड़ा। लवंगी पूछ बैठी। भगतराम ने अमीचन्द की परेशानी और गोकुल के निश्चय के बारे में बता दिया।

पंडितराज ने कहा—'इससे क्या हो सकेगा? कहाँ मुगत सल्तनत का फौजदार और कहाँ गाँव के किसान!'

भगतराम ने जवाब दिया—'पंडित जी! अमीचन्द ने दिल्ली और मथुरा में वंशी

बजाकर अपराध किया है? बाँसुरी बजाना बगावत है? ...हम पराधीन हैं... यह सच है! पर कान्हा के सखा कब तक सहेंगे?'

'यह बहुत ऊँचा विचार है, भगतराम! मथुरा के जाट किसान ऐसा सोचने लगे हैं?'

'हाँ, मेरा भांजा गोकुल ऐसा सोचने लगा है।...उधो दास वैरागी जी इधर आये थे। वे भी कुछ ऐसा कह रहे थे।'

29

रात बीत रही थी। तीसरे पहर में प्रभाती का स्वर धीरे-धीरे आने लगा। पंडितराज जगन्नाथ की नींद टूट गयी। वे मथुरा से जाने के लिए तैयार होने लगे। उन्होंने भवनाथ को भी जगा दिया। लवंगी तो जग ही गयी थी।

भगतराम ने पंडितजी को रुक जाने के लिए अनुरोध किया।

'भगतराम! यहाँ संकट आ चुका है। यथासम्भव बचना है।'

'हम संकट नहीं आने देंगे। हम तैयार हैं।'

'आपकी शक्ति और श्रद्धा को जान गया हूँ, भगतराम! पर दिल्ली के सुल्तान से टकराना खेल नहीं हैं।'

'हम कब तक उनके आगे झुकते रहेंगे? कब तक हमारे खेत-खलिहान और घर-द्वार उजड़ते रहेंगे?'

'प्रश्न सही हैं। मैं ऐसा सोच नहीं सका था। मुझे बादशाह शाहजहाँ से सम्मान मिल गया था। मैं सरस्वती की साधना में लग गया, इसलिए मैंने इस प्रश्न पर ध्यान नहीं दिया। औरंगजेब के राज्य में यह प्रश्न उभर आया है।'

'मराठे किसान उठकर खड़े हो गये हैं। मुगल परेशान हैं!'

'ऐसा सुना है, भगतराम!'

'मथुरा के जाट किसान खड़े हो सकते हैं।'

'मेरी मंगलकामना है।'

'तो आप ठहर जायें।'

'इन ग्रन्थों की सुरक्षा के लिए काशी जाना आवश्यक हो गया है, भगतराम! मुझे जाने दें।'

'यदि ऐसी बात हैं तो आप जायें। मैं कुछ दूर तक आपके साथ चलूँगा। किसान के वेश में आप चलेंगे।'

'आपकी बात मान ली।'

थोड़ी देर में सभी तैयार हो गये। भगतराम के साथ सभी घर से निकले।

भगतराम की आँखें भींग गयीं।

पं जगन्नाथ ने धीरे से कहा—'अमीचन्द की रक्षा आवश्यक है। बाद में उसे काशी आ जाना है।'

भगतराम ने हाथ जोड़कर 'हाँ' कहा।

अँधेरा धीरे-धीरे पश्चिम की ओर जा रहा था। भगतराम सबको मथुरा नगर से बाहर ले आया। नगर चौकी पर जाँच हुई। भगतराम ने अपने सम्बन्धी के रूप में परिचय दिया। उनकी भैंसागाड़ी आगे बढ़ती गयी।

भगतराम ने हाथ जोड़कर मंगलकामना के साथ विदा किया। लवंगी सोच रही थी—मुगल सरदार की बेटी मुगलराज्य में मारी-मारी फिर रही है। चारों तरफ बादशाह का खौफ है। दहशत है। इसलिए कुछ लोग बगावत की भाषा बोलने लगे हैं। पंडितराज के साथ प्रेममय जीवन...कितना मधुर...कितना शान्त...ऐसा लगा कि इस जिन्दगी में सब पा लिया। मैं तो इनकी शायरी पर न्यौछावर हो गयी थी। ...कितनी कविताएँ उस पर बनी हैं! वह उनकी शायरी में अमर हो गयी है। अब यह खौफ क्यों? ...नहीं, डरना नहीं! लेकिन भवनाथ के लिए डर...अपने पंडितजी के लिए डर...बादशाह-ए-गाजी की मजहबी सियासत का जनून जाग गया है। मजहब का जनून और हुकूमत का नशा—दोनों मिलकर कहकहे लगा रहे हैं। इसलिए दहशत का दौर...भागना है। शाहजादा दारा शिकोह से जुड़े हर इनसान को छिपना है।

भवनाथ आगरा की कल्पना में डूबा है।...यमुना जी के किनारे दिल्ली...मथुरा ...आगरा...आगरा का किला।...किला में आलमआरा...ऊँची दीवार...बुर्ज ...लोहे का दरवाजा।...लम्बे रास्ते को पार कर आगरा पहुँचना है।...यमुना जी की यही लहर आगरा में भी ताजमहल के पिछवाड़े...पर वह तो किले में कैद है। दरीचे से आकाश झलक जाता होगा।...वह भी कभी-कभी झलकता होगा।...वह तो कल्पना में आलमआरा को ही देखता रहता है।

उसने धीरे से पूछा—'माँ! हम कहाँ जा रहे हैं?'

'जहाँ औरंगजेब की हुकूमत नहीं हो।' लवंगी ने जवाब दिया।

'शासन तो पूर्व में बिहार-बंगाल तक है।...पश्चिम में गुजरात तक है।'

'हम काशी से होकर दक्खिन की ओर चलेंगे।'

'रास्ते में आगरा से होते हुए...।'

'हाँ बेटे, हम आगरा से होकर काशी जायेंगे।'

यह सुनकर भवनाथ मन ही मन प्रसन्न हुआ। वह सड़क के पार पेड़ों के झुरमुट में विचरण करते मोरों को देखने लगा। पंडितराज भी मोरों को देख रहे थे। लवंगी ने भी उन मोरों को देखा। दो-तीन मोरों ने अपने पंख फैला दिये थे। पंख का सौन्दर्य सबको भा गया। पंडितराज गुनगुनाने लगे।...लवंगी ने महसूस किया

कि ये मोर तो हुकूमत की दहशत से दूर हैं। ये आजाद हैं। लेकिन ये पंछी आजाद कहाँ हैं? शिकारी इनका भी शिकार करते हैं। ये शाह-सरदार और राजा-सामन्त इन्हें हजम कर जाते हैं। ...पंखों की सुन्दरता और सुन्दरता की शायरी सब खत्म! ...आदमी कितना खौफनाक है! कितना खुदगर्ज़ है!!

पंडितराज सोच रहे थे- सौन्दर्य एक दिव्यकला है। इस पर न्यौछावर होना भी एक कला है।...इससे कला का पाठ सीखना...कला की रचना...जीवन को सुन्दर बनाना है। इस देश का साहित्य...संगीत...धर्म...सब इसी सौन्दर्य पर रचे गये हैं। सरस्वती के आसपास मयूर...संगीत का एक स्वर मयूर का...और श्रीकृष्ण के मुकुट में मोरपंख मानो शीश पर प्रकृति के सौन्दर्य को धारण करना...क्या यह सब नष्ट...नहीं...नष्ट नहीं होना है!

उधर तिलपट गाँव में गोकुल अपने साथियों के साथ बैठकर बातचीत कर रहा था। गाँव के बूढ़े कह चुके थे कि सल्तनत से टकराव नहीं करना चाहिए।... किसानों के हाथों में हल और कूदाल हैं; लाठी और भाले हैं। इनसे टकराव नहीं हो सकेगा। गोकुल ने कह दिया कि जुल्म सहना पाप है, जैसे जुल्म करना पाप है। बूढ़े चुप रह गये थे।

अमीचन्द सोच रहा था कि उसके कारण रक्त बहेगा-यह उचित नहीं है। वह यहाँ से दूर चला जायेगा।...बुन्देलखंड की पहाड़ियों की तरफ चल देगा। उधर कोई सन्त आ गये हैं। उनके साथ भटकता रहेगा। बाँसुरी बजायेगा। बाँसुरी बजाना नहीं छोड़ेगा। यदि छोड़ देगा तो सरमद साहब की रूह को शान्ति कैसे मिलेगी?...बाँसुरी का स्वर विद्रोह का स्वर तो नहीं है। कान्हा ने अपनी वंशी से सबको प्रेम का सन्देश दिया था।...उसने भी सूफी दरवेश मुहम्मद सईद सरमद का शिष्य बनकर उनके प्रेम के सन्देश को बाँसुरी से गुंजाया है। वह कान्हा की बाँसुरी को...सरमद साहब की बाँसुरी को छोड़ नहीं सकता। वह खुद इस सल्तनत से दूर चला जायेगा।

गोकुल ने दण्ड, शूल और खड्ग के साथ सभी साथियों को तैयार कर खड़ा कर दिया। रात आ गयी। गोकुल ने अमीचन्द को चिन्तालीन देखा। इसलिए उसने कहा—'अमीचन्द! इधर उधो दास वैरागी आये थे। वे बता रहे थे कि हमने राम और रहीम में फर्क नहीं माना। पर तुर्क-मुगलों ने फर्क माना। हमने साधु और फकीर में फर्क नहीं समझा। पर ये हम बुतपरस्तों से नफरत करते रहे। हमने इनके विध्वंस पर आह भरकर नये निर्माण की चिन्ता की। पर ये विध्वंस पर कहकहे लगाते रहे। ...इसलिए हम अपने देश में स्वाभिमान से जीने के लिए उठकर खड़े हों। सर नहीं झुके। पैर नहीं काँपे। हाथ नहीं बँधे।

अमीचन्द ने शीश हिलाया।

गोकुल को सन्तोष हुआ। उसने विश्राम के लिए अनुरोध किया। पर गाँव

जागता रहा। कुछ बूढ़े सोते रहे। अमीचन्द सो नहीं सका। वह रात के तीसरे पहर में शौच के लिए निकला। गोकुल ने एक किशोर को साथ कर दिया।

अमीचन्द लौटकर नहीं आया। कुछ देर के बाद वह किशोर आया। उसने बताया कि अमीचन्द किसी साधु से मिलने बुन्देलखंड की ओर चले गये हैं। यह सुनकर गोकुल उसे एक टक देखता रह गया।...बाँसुरीवाला किशन भगवान की जन्मभूमि में टिक नहीं सका! हम किसानों पर भरोसा नहीं कर सका!!...घोड़ों की टापें सुनाई पड़ने लगीं। सबके कान खड़े हो गये। गोकुल ने निश्चय कर लिया कि मुगलों को इशारे से ही कुछ बता दिया जाये। अभी टकराव नहीं हो। पर कुछ समझा दिया जाये।

मुगल सिपाही गाँव के द्वार पर आ गये। गोकुल भी पाँच साथियों के साथ आया। और वह बोल उठा—'खान! क्या परेशानी है?'

'हम देहली के बागी नौजवान अमीचन्द को गिरफ्तार करने आये हैं। उसे सुपुर्द कर दो।'

'इस दूर देहात में दिल्ली का अमीचन्द कैसे आ सकता है? क्यों आ जायेगा?'

'वह देवीचन्द जौहरी का बेटा है। हजरत सरमद का मुरीद है। वह छिपने के लिए इधर ही आया है।'

'हमें तो जौहरी से जेवर नहीं खरीदना है। वह इधर क्यों आयेगा? वह नगर में ही होगा।'

'हम गाँव की तलाशी लेंगे।'

'हमारे बादशाह को अपनी प्रजा पर विश्वास नहीं है?'

'मुगल हुक्मरान हैं। काफिर गुलाम हैं। एतबार कैसा...तेरा नाम क्या है?'

'मैं गोकुल हूँ। किसान हूँ। हम मेहनत से अन्न उपजाते हैं और मान से रहना चाहते हैं।'

'गाँव की तलाशी होगी, गोकुल!'

'जरूर तलाशी लें। लेकिन किसी स्त्री पर नजर नहीं डालना। कोई सामान बरबाद न हो। अन्न पैरों से कुचले नहीं जायें।'

'हमें हुक्म नहीं दो। रास्ता छोड़ो।'

गोकुल ने रास्ता दे दिया। मुगल सिपाही अपने सरदार के साथ गाँव के भीतर आ गये। वे हर घर की तलाशी लेने लगे। गोकुल भी पीछे-पीछे आ गया। मुगल सिपाहियों ने देखा कि हर किसान के घर के द्वार पर दण्डधारी नौजवान खड़े थे। गोकुल भी पाँच साथियों के साथ आ गया। इसलिए मुगल गड़बड़ नहीं कर सके। ...अमीचन्द नहीं मिला। वे परेशान हो गये। अन्दर शक बना रहा। पर अमीचन्द -बाँसुरीवाला नहीं मिला। गुस्से में सरदार बोल उठा—'गोकुल तुम्हें अमीचन्द के बारे में मालूम हैं। तुम छिपा रहे हो। तुम्हें कैदखाने जाना पड़ेगा।'

'हाँ मैंने मथुरा के केशवदेव मन्दिर में देखा है। उसकी वंशी की तान को सुना है। मैंने उसे बधाई दी है।... ऐसा लगा था कि कृष्ण कन्हैया की वंशी ही उसे मिल गयी है।...पर वह मेरे साथ गाँव में क्यों आयेगा? मैंने कहा भी था। वह शहरी गाँव में नहीं आ सका।'

'होशियार रहो, गोकुल! अब तुम फौजदार की नजरों में आ गये हो।'

'हम हल-कूदाल-डण्डा लिए सचेत हैं, खान!'

मुगल सिपाही लौट गये। घोड़ों की टापों से इलाका गूँज उठा। गाँव के बूढ़े भगवान का नाम ले रहे थे। नौजवान एक साथ खड़े होकर भाले चमका रहे थे। लग रहा था कि सूर्य की किरणें उन भालों की नोंक पर आ बैठी हैं। और नौजवान किशन कन्हैया का जयघोष कर रहे हैं।

30

उधो दास वैरागी त्रिशूल सम्भाले जया के साथ जा रहे थे। रात का तीसरा पहर बीत रहा था। मुगल सल्तनत की राजधानी सोयी हुई थी। एकाध लोग स्नान के लिए यमुनातट की ओर आने लगे। वे राधेश्याम -गौरीशंकर का जाप करते जा रहे थे। उनकी दृष्टि इन दोनों पर नहीं थी। ये दोनों त्रिशूल और कटार हाथों में उठाये—चुपचाप बढ़ रहे थे। एकाध की दृष्टि इन पर गयी तो उन्होंने साधु समझकर प्रणाम किया।

बैरागी जी सोच रहे थे कि इस पुजारन की रक्षा होनी चाहिए। वह दिल्ली में अकेली आ गयी। अकेली स्त्री की रक्षा कठिन है। सिपाही, सरदार, शोहदे और कुटनी औरतें—इन सबकी आँखें अकेली असुरक्षित स्त्री पर लगी रहती हैं। समूह में भी आना-जाना संकट से भरा रहता है। तभी तो स्त्रियाँ घरों में भी परदे के भीतर रहने लगी हैं। परदे पर परदे...घूँघट में भी मुख दिखाई नहीं पड़े। आना-जाना सशस्त्र पुरुषों की देखरेख में हो पाता है... किशोरी होते विवाह की चिन्ता होने लगती है...विधवाएँ सती होने के नाम पर जल जाती हैं।... कठोर प्रतिबन्ध में रहना है। तभी इनकी मान-मर्यादा बच सकेगी। और यह पुजारन मथुरा से भटकती हुई आ गयी है। भय के मारे प्राण सूख रहे हैं।

जया का दाहिना हाथ ऊपर था। हाथ में छुरा था। उसने उसे कटार मान लिया था। उसके चरण चल रहे थे। आँखें अन्धकार में देखने की कोशिश करती थीं। किसी की छाया दिखाई पड़ी। वह घबरा गई। किसी की आहट सुनाई पड़ी। धड़कन बढ़ गयी। अपने पर विश्वास नहीं रह जाता।...कभी खानकाह का दृश्य सामने आ जाता था। कभी फिरंगियों की हवेली का नजारा झलक उठता था।...

उसके रोयें सिहर उठे। त्रिशूल लिए उधो दास पर दृष्टि गयी। मन शान्त हुआ। विश्वास थम गया। ...अचानक वेश्या की खिड़की झलक उठी। उसने आँखें बन्द कर लीं। शरीर में सिहरन उभर आयी। लगाकि वह चीख उठेगी। आँखें खुलीं। वैरागी जी का त्रिशूल दीख गया। उसने अपने को सम्भाल तिया।

उधो दास ने मुड़कर देखा कि पुजारन पीछे-पीछे आ रही है। उन्होंने त्रिशूल को हिलाकर भरोसा दिलाया। जया ने छुरे को चमका दिया। उधो दास ने शीश हिला कर समर्थन किया। जया का विश्वास बढ़ गया। पर उसने अनुभव किया कि उसका दाहिना हाथ दुःखने लगा है। तब से दाहिना हाथ ऊपर उठा हुआ है। इसलिए उसने छुरे को बायें हाथ में ले लिया। दाहिना हाथ नीचे आ गया।

उधो दास वैरागी को रास्ते की जानकारी थी। वे रास्ता बदलकर आगे बढ़ रहे थे। बस्ती में प्रवेश कर चुके थे। दोनों ने देखा कि घरों के द्वार बन्द हैं। हल्का अन्धकार छाया हुआ है। कहीं-कहीं किसी-किसी खिड़की से सूरदास या मीराबाई के पद सुनाई पड़ जाते हैं। एक घर से तुलसीदास का पद भी सुनने में आ गया। उसी समय गश्त करते सिपाही आये। उन्हें त्रिशूल और कटार लिए साधु दिखाई पड़े। वे आगे बढ़ गया। जया के प्राण सूख रहे थे। पैर डगमगाने लगे। पर उधो दास को देखकर वह घबराहट पर विजय पा गयी।

उधो दास राजा जयसिंह के महल के द्वार पर आ गये। प्रहरी ने वैरागी जी को पहचाना। देखा कि एक और साधु है। भीतर जाने दिया। जया ने माँ कामख्या, माँ दुर्गा का नाम लिया। थकान भूल गयी। उसे स्मरण आ गया कि यह मुगलों के मित्र राजा का महल है।...विश्वास किया जाये? क्या आधार मिलेगा? क्या ये साहस कर सकेंगे?...उसके लिए क्यों करेंगे? ये तो अपनी रक्षा के लिए मुगल शहंशाह के साथ हैं! देश के वीरों की यह स्थिति है!!

उधो दास ने समझ लिया कि पुजारन के मन में द्वन्द्व उभर सकता है। द्वन्द्व स्वाभाविक है। पर विश्वास टूटे नहीं। विश्वास जगाना होगा!!...उन्होंने कुमार राम सिंह की बहू रानी को अपना सन्देश भेजा। बहू रानी जग गयी थी। वह सन्देश पाकर अवगुंठन में द्वार के पास आयी। देखा कि वैरागी जी के साथ और कोई है। इसलिए उन्होंने पूछा—'आप स्नान कर आ गये? साथ में कौन है?'

'नहीं, बहूरानी! मैंने कल एक पुजारन के बारे में बताय था, वह आज यमुना जी के तट पर मिल गयी।... ये जल-समाधि को तत्पर थी। पर मेरा अनुरोध मान गयी। विश्वास करके साथ में आ गयी है।'

'यह तो आपने अच्छा किया। पर ये कौन हैं? ये क्य चाहती हैं? हमें क्या करना है?' बहूरानी रमा कुँवर ने प्रश्न किया।

'बहुरानी! स्त्रियों का जीवन सुरक्षित नहीं रह गया है। यह पुजारन जगन्नाथपुरी की है। मथुरा से यहाँ आने का अकेली होकर भी साहस किया है। यहाँ मुगल

सिपाहियों ने पीछा किया है। कुटनियों ने देख लिया है। ये बचकर मेरे साथ आ गयी है।... आप इसकी रक्षा करें।'

'यह पुजारन है। दासियों के बीच तो नहीं रह सकती। पुजारन बनकर रह लेगी। में वचन देती हूँ।'

'हो सकता है किसी मुगल सरदार की नजर में आ गयी हो। वह खोज रहा होगा। इसलिए इसे छिपा रहना है। इसकी चर्चा न हो। फिर उचित समय पर मथुरा भेजने का प्रबन्ध ...।'

'यही ठीक रहेगा।...भयभीत होना, भटकना, जल-समाधि के लिए प्रयत्न—लक्षण वही हैं। पर मैंने वचन दे दिया है।'

'आप के बचन पर मेरा पूरा विश्वास है, बहूरानी।'

'एक कठिनाई तो है।...हम दिल्ली में हैं। मुगल बादशाह के साथ हैं। उनके जासूस चक्कर काटते रहते हैं। सन्देह होने पर हम पर दबाव...।'

'यह तो अवश्य है। पर यह प्रसंग ही गुप्त रहे। दासियों में भी चर्चा न हो। और इसकी रक्षा के लिए साहस किया जाये। यह पुण्य है।'

'मैंने साहस करके ही बचन दिया है, वैरागी जी।'

'सर्वोपरि कालदेवता है।'

'वैरागी जी!...हम समर्थ होकर भी असमर्थ हैं।'

'हाँ, बहूरानी! मैंने अनुभव किया है। सचमुच आप समर्थ होकर भी असमर्थ हैं। मेवाड़ असमर्थ होकर भी समर्थ हो जाता है।'

'अपनी-अपनी दृष्टि और अपनी-अपनी सीमा। जब-तब मन को कचोटता है।' बहूरानी रमा कुँवर ने ठण्डी साँस लेकर कहा।

उधो दास वैरागी ने इस मनःस्थिति की अनुभूति कर ली। वे दो क्षण रुके रहे। और तब उन्होंने पुजारन को बहूरानी रमा कुँवर के पास जाने को कहा।

जया का हृदय धड़क रहा था। वह शीश झुकाकर रमा कुँवर के पास गयी। ...उसने सोचा—क्या यही भाग्यचक्र या कालचक्र है? रमाकुँवर ने जया को देख कर सोचा कि पुजारन नवयुवती है। इस आयु में पुजारन बन गयी है! अद्भुत है!!...इधर अकेली कैसे आ गयी?...हाथ में कटार है। आँखों में तेज है।...कुलीन लग रही है।

बहूरानी ने जया का हाथ ले लिया। भीतर ले गयी। वैरागी की आँखों में सन्तोष का भाव झलक आया। उन्होंने विचार किया कि आज स्नान-ध्यान तो पुजारन की रक्षा में पूरा हो गया। यही तो पुण्यकार्य है।...पर यमुना मैया के पास चला जाये। यह तो आपद् धर्म है।...और वे यमुना तट की ओर चल पड़े।

बहूरानी रमा ने महल में स्थित मन्दिर की पूजा का काम पुजारन को सौंप दिया। जया ने मन्दिर को देखा। शिव-पार्वती की प्रतिमाओं को देखकर शीश झुका

लिया। ऐसा दिखाया कि वह सचमुच पुजारन है। उधर बहूरानी भी मन ही मन सन्तुष्ट हो गयी। अब वह अपने पति युवराज रामसिंह को जगाने शयनकक्ष में आ गयी।

रामसिंह की पलकें खुलीं। सामने द्वार पर रमा दिखाई पड़ी। मन्द मधुर स्वर में रामसिंह ने कहा—'इतनी दूर से नहीं जगाया जाता।'

'निकट आने पर तो नींद आ सकती है।'

'दोनों एक-दूसरे को जगा लेंगे।'

'हम दोनों जाग चुके है, युवराज!'

'मैं नही जगा हूँ, युवराज्ञी!'

'तो मैं शीतल जल की व्यवस्था करूँ।'

'नहीं देवि! केवल आप निकट आ जायें।'

मुस्कराती हुई रमा पास आ गयी। रामसिंह उठ बैठे। और रमा की कोमल हथेलियों को लेकर अपनी आँखों पर रख लिया। और उन्होंने कहा—'अब तो शीतल जल की आवश्यकता नहीं है!'

पर रमा कुँवर ने गम्भीर स्वर में कहा—'वैरागी जी के साथ जगन्नाथपुरी की एक पुजारन आ गयी है। उन्होंने मुगल सिपाही की बुरी नजर से बचाया है। मैंने पूजा-पाठ की व्यवस्था के लिए रख लिया।'

'क्या बात है, युवराज्ञी! पुजारिन की विशेष व्यवस्था हो रही है?' रामसिंह ने आँखें खोलकर पूछा।

'मुगलों के साथ रहने से जो दोष आ जायेंगे, उनका प्रायश्चित्त होता रहेगा।' रमा ने मन्द मुस्कान के साथ उत्तर दिया।

'समुचित है। पूजा-पाठ, व्रत, दान-दक्षिणा में अन्तःपुर को लगे रहना चाहिए। ...मैं तो आपकी दृष्टि में कभी गुणी हूँ और कभी दोषी।'

'आप तो मर्यादा पुरुष हैं। आप पुजारन की चर्चा नहीं करेंगे। मुगल खोज रहा होगा।...मैंने वैरागी जी को वचन दे दिया है। इसकी रक्षा का व्रत ले लिया है।'

'मैं भी वचन दे रहा हूँ, युवराज्ञी!'

'आप बहुत अच्छे हैं, युवराज!'

'वह तो मैं हूँ, रमारानी!...अब एक समाचार लाल किला का सुन लें।'

'सुनाइए!'

'असम की राजकन्या का डोला आया था। उधर बादशाह लाहौर गये, इधर वह राजकन्या शाहीमहल से पलायन कर गयी।...कुछ लोगों का कहना है कि रात के अँधेरे में काली जी दिखाई पड़ी थीं।'

'अबला की रक्षा सबल पुरुष करे या माँ काली या यमुना मैया!'

'बात तो सही है। पता नहीं, वह राजकन्या काली जी के साथ दिल्ली से दूर चली गयी या यमुना जी में लीन हो गयी।'

'अच्छा ही हुआ। आप चिन्ता नहीं करें।... मेरी पुजारन की भी चर्चा ने करें।

'आपकी आज्ञा का पालन होगा, कुँवरानी।...अब तो मुझे सूर्यदेव का दर्शन करायें।'

रमा ने मन्द मुस्कान के साथ गवाक्ष को खोला। दोनों ने साथ खड़े होकर सूर्य के दर्शन किये। दोनो के हाथ जुड़ गये थे।

स्नान के बाद रमा कुँवर मन्दिर में आयी। जया फूलों से माला बना रही थी। रमा ने पूछा—'तुम्हारा नाम क्या है?'

'श्यामा दासी।' जया ने विनम्र स्वर में बताया।

रमा सोचने लगी—असम की राजकन्या शाही महल से पलायन कर गयी है। काली जी ने रक्षा की है।...यह श्यामा दासी नदी तट पर मिली है। काली की पुजारन है। मुगल से बचने के लिए यह जल-समाधि ले रही थी। उधो दास वैरागी जी ने बचा लिया।...यदि यह बात फैल जाये तो मुगल जासूस मड़राने लगेंगे। चूड़ियाँ बेचने वाली भी जासूस रूप में आ सकती हैं।...यह बात नहीं फैले। संकट दूर रहे।...अकेली पुजारन...हर क्षण सावधान रहना पड़ेगा।...इसका आना गुप्त रहे। जगन्नाथ पुरी की नवयुवती पुजारन को छिपाकर रखना पड़ेगा। वचन है।

रमा कुँवर ने श्यामा दासी को देखा। वह माला गूँथकर नैवेद्य की व्यवस्था कर रही थी।...रमा ने समझा कि यह सचमुच पुजारन है।

31

उधो दास वैरागी रात के अन्तिम प्रहर में यमुना-स्नान के लिए जा रहे थे। दाहिने हाथ में कमण्डल था और बायें हाथ में जया की कटार छिपाये नदी के रास्ते पर बढ़ रहे थे। अँधेरे में यमुना के प्रवाह का मन्द स्वर सुनाई पड़ रहा था। कुछ दूरी पर शाही फीलखाना था। उधर नहीं जाना है। मना है। पर विश्राम करते हाथी स्याह पहाड़ी के समान झलक उठते थे। किले की ऊँची चहारदिवारी की छाया भी दिखाई पड़ जाती थी। अचानक हाथी की चिंघाड़ सुनाई पड़ी।

वैरागी जी चिहुँक उठे। उन्होंने एक क्षण ठिठककर उस ओर देखा। अन्धकार में आँखे खो-सी गयीं। फिर उनके पैर चलने लगे। नदी का तट आया। पंछी के स्वर गूँज गये। उन्होंने स्नान किया। तट पर ही ध्यानस्थ हुए।...श्यामा दासी झलक उठी। यमुना की लहरें झलकीं। लहरों पर पंछी...उनकी उड़ान...नील अनन्त

आकाश...अनन्त नीलिमा कभी विष्णु...कभी राम...कभी कृष्ण के रूप में वे मन्त्रजाप करने लगे।

पूर्व दिशा में लालिमा...नील गगन में...नीचे नीलवर्ण की लहरों में...वैरागी जी के हाथ जुड़ गये। स्तुति के बाद वे लौटने लगे। स्नानार्थी आ रहे थे। उन्होंने वैरागी जी को देखा। वे नमन करने लगे। वैरागी जी ने आशीष देते हुए कहा– 'आज तो एक विचित्र बात हुई। मन बड़ा चंचल रहा।'

एक ने पूछा–'क्या बात हुई?'

'काले कपड़े में एक स्त्री ने जल समाधि ले ली। मैं बचा नहीं सका।...केवल उसकी कटार मेरे हाथ लगी।' वैरागी जी ने गम्भीर स्वर में बताया।

'काली जी की पुजारन!' दूसरे ने जिज्ञासा की।

'काली की पुजारन ही होगी। पता नहीं, क्यों उसने जल में समाधि ले ली ?'

'हो सकता है कि किसी शोहदे ने पीछा किया हो। वह निराश हो गयी हो।' तीसरे ने अनुमान किया।

'बात तो फैल रही है काली माँ ही यमुना जी के तट पर घूम रही थी।' चौथे ने बताया।

'और उन्होंने असम की राजकुमारी को बचाया था।' पहले ने उत्कंठा के साथ कहा।

'यदि वह बच जाती तो उसका रहस्य प्रकट हो जाता, पर वह तो यमुना मैया की गोद में चली गयी।...पर कटार क्या बतावे!' उधो दास ने दुःखी स्वर में कहा। और वे आगे बढ़ गये।

बस्ती में प्रवेश के समय एक खुफियानवीस मिल गया। उसने पूछा–'साधु कौन डूब मरी है?'

'काले कपड़े में कोई नौजवान स्त्री थी! वह डूब रही थी। पहुँचने में थोड़ा विलम्ब हुआ। मैंने नदी में पैर रखा। पर वह लहरों में गुम हो गयी। बड़ा दुःख हुआ।' वैरागी जी ने शोक करते हुए बताया।

'आपने देख लिया था कि वह नौजवान औरत थी? खुफियानवीस ने पूछा।

'हाँ, हल्का अँधेरा था। पर मैंने देख लिया था। यह कटार किनारे पर पड़ी हुई थी।'

'अफसोस की बात है।'

'स्त्री का जीवन कैसा हो गया है!...वह घर में छिपी रहती है या डूब मरती है या जल जाती है या कोई उसे कोठे पर पहुँचाकर पैरों में घुंघरू बाँध देता है। ...यह तो पाप है!'

'बादशाह औरंगजेब इस गुनाह को रोकने की कोशिश कर रहे हैं। शराब को तो बन्द करा दिया।'

'थोड़ी कोशिश हो रही है। पर अमीर-उमरा और मनसबदार चाहेंगे, तब न ...।'

'आप सही फरमा रहे हैं।' यह कहकर खुफियानवीस ने दूसरी तरफ का रास्ता ले लिया।

उधो दास वैरागी अपने रास्ते पर बढ़ते गये। मीर मुंशी शाम लाल मिल गया। वह टहलने निकल आया था। उसने प्रणाम किया। उसे भी काले कपड़े पहनी नवयुवती की जल समाधि की सूचना मिल गयी।

शाम लाल मन में आश्वस्त होता, कुछ सोचता हुआ घर की ओर लौट आया।

वैरागी जी राजा जयसिंह के द्वार पर आ गये। प्रहरी ने द्वार खोला। अतिथि गृह के अपने कक्ष में आये। थोड़ा विश्राम कर पूजा पर बैठ गये। एक दासी प्रसाद की सामग्री रख गयी। उन्होंने पूजा समाप्त कर प्रसाद का एक भाग भीतर भेज दिया। स्वयं प्रसाद को ग्रहण करते हुए सोचने लगे—अब दिल्ली की सड़कों से होता हुआ यह जलसमाधि का प्रसंग समाचार बनकर लाल किला पहुँच जायेगा। एक हलचल होगी। श्यामा की खोज बन्द हो जायेगी।

पुजारन का संकट दूर होगा।

उन्होंने बहूरानी रमा कुँवर और श्यामा दासी से मिलने की सूचना अन्तःपुर में भेज दी। थोड़ी देर के बाद उन्हें अन्तःपुर के वाह्यकक्ष में आने की अनुमति मिली। परदे में दोनों आयीं।

वैरागी जी ने गम्भीर स्वर में बताया—'बहूरानी! आज मैंने यमुना जी में काली माँ की पुजारन को जल समाधि लेते देख लिया। मैं रक्षा नहीं कर सका। केवल उसकी कटार लेकर आ सका हूँ।'

'आप क्या कह रहे हैं?' रमा कुँवर ने पूछा।

'मैं सत्य कह रहा हूँ। आप पता लगा लें। सर्वत्र यही चर्चा है।...शाही जासूस समझते रहें।' उधो दास ने मन्द मुस्कान के साथ कुछ संकेत किया।

'तो यह बात है, वैरागी जी! आपने बुद्धिमत्ता का परिचय दिया है।...आपने नीति का मार्ग अपना लिया।' रमा कुँवर ने श्यामा की ओर देखकर कहा।

श्यामा (जया) गम्भीर थी। सहसा उसके होठों पर भी मन्द मुस्कान आयी।... और वह गम्भीर हो उठी।

'बहूरानी! नीति के बिना जासूसों की खोज और बादशाह के क्रोध पर रोक नहीं लग सकती थी।...पुनः आपसे निवेदन है।'

'बताएँ, वैरागी जी!'

'पुजारन का आगमन गुप्त रहे।...ये भय से मुक्त रहे।'

'गुप्त रहेगा। आप चिन्ता न करें।'

'अब इसके बाद मुरलीधर की कृपा! और आपकी करुणा!! मैं तो कुरुक्षेत्र की ओर निकल जाऊँगा। रमता जोगी और बहता पानी...निर्मल-निष्कलुष रहते हैं।'

'जी हाँ!'

'सूफी सन्त के दर्शन नहीं हो सके। वे दूर चले गये। पर वे अमर हैं।' वैरागी जी के स्वर में पीड़ा उभर आयी थी। वे बाहर के अतिथि गृह में चले आये।

बहूरानी रमा ने श्यामा से कहा—'पुजारन! मुगलों के साथ रहकर भी मैंने वचन दिया है। वचन का पालन करूँगी।'

'मुझे पूर्ण विश्वास है, बहूरानी जी!'

'अपना घर समझो, श्यामा जी!'

'जी...!'

रमा कुँवर ने श्यामा के माथे पर हाथ रख दिया। श्यामा रोमांचित हो गयी। वह दो क्षण तक रमा कुँवर की मन्द मुस्कान को देखती रही, और वह अपने कक्ष में चली आयी। शिव-पार्वती की मूर्तियों के समक्ष उसने शीश झुकाया। क्षणभर के बाद आँखों में आँसू आ गये। लगा कि वह आँसुओं का अर्घ्य प्रदान कर रही है।... उसे स्मरण हुआ कि माँ सती असम में कामख्या रूप में स्थित हैं। अपना प्रदेश...पर्वती श्रेणी...ब्रह्मपुत्र की बेगवती लहरें...वन क्षेत्र...स्वतन्त्र पेड़-पौधे -पशु-पंछी। ...अपना भवन...पिताजी...मातुश्री...मुगलों के संघर्ष...हार...उसका डोला...सुना है कि अन्ततः मीर जुमला मारा गया। पिताश्री जयध्वज अपराजित हैं।...परन्तु वह यहाँ पराजित की पुत्री के रूप में वन्दिनी बनी रही। पर वह भी अन्दर से पराजित नहीं हो सकी है। स्वयं हारकर उदयपुरी बेगम ने उसे सहायता की है। इसका अर्थ है कि वह भी पूर्णतः पराजित नहीं हो सकी है।...वह भटकती रही। भयानक प्रसंग आये। जल-समाधि की स्थिति आ गयी। वैरागी जी ने बचा लिया।...अब जल-समाधि की चर्चा फैल गयी। वह निश्चिन्त हो गयी।...मुगलों के मित्र के यहाँ निश्चिन्त रह सकेगी? बहूरानी ने वचन दिया है। परन्तु जया या काली की पुजारन नहीं रह गयी। वह तो जल में समा गयी। वह श्यामा है। बहूरानी रमा कुँवर के मन्दिर की पुजारन है।

वह अपने को छिपाकर जीवन बिता लेगी? तात्पर्य है कि भय से अपने को छिपा लेना है। अब वह स्वाभिमान से नहीं कह सकेगी कि राजा जयध्वज की पुत्री जया है। यदि मिर्जा राजा जयसिंह को जानकारी मिल जाये तो इस भवन में भूकम्प सम्भव है। बहूरानी के वचन के बाद भी राजा क्या निर्णय लेंगे?...उसका क्या होगा?...यह सोचकर उसके अन्तर में कम्पन हुआ। वह कम्पन पूरे शरीर में फैल गया। आँसू ढुलक पड़े।...दो क्षण के बाद उसकी आँखों ने देखा...शिव के हाथों में त्रिशूल...वैरागी जी के हाथों में त्रिशूल...ब्रह्मपुत्र का हहराता रूप...असम के वन क्षेत्र में विचरते गजराज...अपने भीतर साहस को सँजो लिया।

मन्द स्वर सुनाई पड़ने लगा। उधर ही उसका ध्यान गया। रमा कह रही थी—'वह असम की राजकुमारी...काली की पुजारन यमुना जी में डूब गयी। वैरागी जी ने देखा है।'

'वैरागी जी ने देखा है! पर यह कौन है?' रामसिंह ने पूछा।

'यह तो मेरे मन्दिर की पुजारन श्यामा है।'

'अन्तःपुर के मन्दिर में पुजारन मिल गयी—ठीक ही है।...अगर जासूसों को शक हो गया तो...।'

'हम दोनों इसकी रक्षा करेंगे। वचन दिया है।'

' पर सावधान रहना है।'

श्यामा का मन आश्वस्त हो गया।

32

शाम हो रही थी। पश्चिम का आसमान हल्के लाल रंग से रंग गया। मानो पश्चिम में केसर का रंग घुल गया हो। अब पीलापन आने लगा। पीलापन स्याह होने लगा। पंछी घोंसलों की ओर जाने लगे। बगुले कतार में उड़ रहे थे। दिल्ली के शाही चौक के आसपास ज्योतिषी और नजूमी अपनी दरियों को समेटने के लिए उठ खड़े हुए। लाल किला का एक मुलाजिम बादशाहत के बारे में पूछने लगा। शामलाल सुनने के लिए रुक गया।

एक नजूमी ने कहा—'बादशाह की हालत अच्छी नहीं है। बुजुर्ग शाहजहाँ को शिश कर सकते हैं।'

दूसरे नजूमी ने बताया—'अभी तो रोशनआरा आपा की हुकूमत है। वे चाहें तो रजिया सुल्तान के समान हुकूमत कर सकती हैं।'

एक ज्योतिषी आ टपका। उसे अपने गणित से भविष्यवाणी कर दी—'बादशाह औरंगजेब के बाद शाहजादा मुअज्जम की बारी है।...अभी औरंगजेब आलमगीर अच्छे हो जायेंगे।'

दो लम्हों तक सभी चुप रहे। सन्नाटा छा गया।

मुलाजिम बोल उठा—'क्या उसकी तरक्की हो सकती है?'

तीसरे नजूमी ने उसकी परेशानी और हथेली की लकीरों को समझने की कोशिश की। और फिर कहा—'तरक्की की लकीरें साफ हैं।'

मीर मुंशी शामलाल मुस्कराता हुआ अपने घर की ओर चला गया। मुलाजिम अपने घर जाता हुआ सोच रहा था— वह आज रात में तवायफ के कोठे पर जाकर जश्न मनायेगा। वहाँ कुछ दरबारियों से जान पहचान हो सकती है।

कुछ बड़े सरदारों की हवेलियों में तवायफें साजिन्दों के साथ आ गयीं। शीशे के फानूस से शमा की रोशनी फैलने लगी। फर्श पर फारस के खूबसूरत कालीन बिछे थे। चाँदी की छोटी नक्काशीदार चौकी पर इत्रदान और गुलाबपाश सजे हुए थे। घुँघरू की दिलकश आवाज खनकने लगी।

कुछ सरदार और हाकिम तवायफों के कोठे पर जा पहुँचे। शना-परवाना का गीत-संगीत शुरू हो गया। कभी ठुमरी और कभी गजल के बोल सबको मदहोश करने लगे। इस मदहोशी में चुपके से शराब की मस्ती भी शामिल हो गयी। शराबबन्दी को तवायफों ने अपने ऐशगाह में कैद कर लिया था। नाच-गान के दरम्यान रंगीं नजरें टकराने लगीं। ऐशपरस्त दीन-दुनिया को भूलने लगे। ऐसा लगा कि शहर देहली यानी दारुल सल्तनत के इस इलाके में रंगींतरन्नुम तवायफों के नगमों और घुँघरुओं की हस्ती है। सारा शहर बादशाह और बादशाहत को भूल चुका है। वह बेहोश-सा मदहोश है। इन सरदारों और हाकिमों के हाथों में छलकता जाम है। वे जाम में दिलरुवा के रंगींरूख की झाँकी ले रहे हैं।...फिर वे आहिस्ता-आहिस्ता गुफ्तगू कर लेते हैं कि किसे मदद की जाये—मुअज्जम को या बेगम रोशन आरा को।

लाल किला के अन्दर रोशनआरा और शाहजादा मुअज्जम—दोनों अपने-अपने गुट की ताकत का अन्दाज लगा रहे थे। अपने-अपने महल में जासूसी और सियासी शतरंज का खेल चल रहा था। दोनों का खौफ था कि कहीं बुजुर्ग शाहजहाँ आगरा से नहीं आ जायें। वे दोनों हर वक्त आगरा की खबर के लिए चौकन्ने रहते थे। दोनों के जासूस किले के अन्दर और बाहर चक्कर काट रहे थे। एक तनाव का माहौल बन रहा था।

उदयपुरी बेगम ने बच्चे को जन्म दिया था। बाँदियाँ उनकी खिदमत में थीं। ...अक्सर वह बच्चे को देखकर समझना चाहती है कि बच्चे का चेहरा शाहजादा दारा शिकोह—अपने शौहर से मिलता है या फतहयाब आलमगीर औरंगजेब से। वह आँख गड़ाकर देखकर बुदबुदाती है—आँखें तो दारा के समान हैं, लेकिन नाक और ठुड्डी औरंगजेब से मिलती है। ...उसने सोचना बन्द कर दिया। और वह आँखों को बन्द कर अपने जन्नतनशीन शौहर को देखने की कोशिश की। कब्र झलक जाती थी।

अचानक शहर में खबर फैल गयी थी कि बादशाह आ रहे हैं। कुछ लोगों ने समझा कि आगरा से शाहजहाँ तशरीफ ला रहे हैं। लेकिन जानकारी मिल गयी। कि डेढ़ माह के बाद बादशाह-ए-गाजी की शाही सवारी लाहौर से आ रही है। खबररसाँ ने रोशनआरा बेगम को खबर की। वह ताकती रह गयी। उसे यकीन नहीं हुआ। खबररसाँ ने सबूतों के साथ बयान किया। रोशनआरा होशियार हो गयी। उसने अपनी चाल को जल्द बदल डाला। वह बादशाह-ए-गाजी के इस्तकबाल में लग गयी। उसके इशारे पर मुलाजिम दौड़ने लगे।

शाहजादा मुअज्जम के दिल की धड़कनें बढ़ गयीं। सोचा था कि भाई सुल्तान मुहम्मद बंगाल में पड़ा है। छोटा आजम लाहौर गया हुआ है। अकबर के साथ फूफीजान हो गयी हैं। ...वह सरदारों और मिर्जा राजा जय सिंह की मदद से

तख्तनशीन हो सकता है। ...लेकिन अब्बाहुजूर लाहौर से लौटकर आ रहे हैं। ...उसके सामने औरंगजेब का रोबीला चेहरा झलक उठा। किले की चारों तरफ पत्थर की दीवारें और दरवाजे पर शमशीर लिए बादशाह-ए-गाजी। उसकी पलकें बंद हो गयीं। बह घबरा उठा।

बादशाह औरंगजेब बहादुर आलमगीर की सवारी शहर में दाखिल हो गयी। सेहतमन्द औरंगजेब अपने हाथी के सुनहले हौदे पर खुश नजर आ रहे थे। मशालों की रोशनी में सुनहला हौदा चमक रहा था। उनकी मुस्कान झलक रही थी। लेकिन अन्दर बैचेनी थी। उन्हें मालूम हो गया था कि बीमारी की वजह से सल्तनत में साजिश हो रही है। तख्ते ताऊस के लिए उछलकूद हो रही है। ...उन्होंने लाहौर में ही दरबार करके सबको बता दिया था कि वे जिन्दा हैं। हाथों में ताकत है। उनके रहते कोई कोशिश नहीं हो सकती है। पर देहली की साजिश खतरनाक हो सकती है। चुनांचे वे रुक नहीं सके। वे देहली की अफवाहों को बर्दाश्त नहीं कर सकते।

यह उनकी देहली है।...सुना है कि उनकी देहली घुँघरुओं की मदहोशी में है। साज और आवाज के मखमली तख्त पर तवायफें हुकूमत कर रही हैं। ...यह तो नाकाबिले बर्दाश्त है।

शाही सवारी की खबर फैलती गयी। ऐयाशी के जश्न बन्द होते गये। लगा की सारंगी-सितार के तार टूट गये। तबला फूट गये। घुँघरुओं की झंकार जमीन के नीचे दफन हो गयी। ...सरदार भागते चले आने लगे। बादशाह-ए-गाजी के रोबीले चेहरे के आगे सबके सर झुकने लगे। दाढ़ियाँ फर्श को छूने लगीं।

लाल किला का दरवाजा सामने आ गया। मशालों की रोशनी में इस्तकबाल की पूरी तैयारी दीख पड़ी। रोशनआरा आपा ने जोरदार इन्तजाम कर दिया था। मिर्जा राजा जयसिंह हाजिर थे। सूबेदार दानिशमन्द खाँ और वजीर फाजिल खाँ पूरी चुस्ती के साथ मौजूद थे।

औरंगजेब ने सबको देखा। गहरी नजर से समझने की कोशिश की। मुस्कराये। 'बादशाह-ए-गाजी जिन्दाबाद' के नारे जमीन से आसमान तक गूँजने लगे। बादशाह-ए-गाजी मशाल की रोशनी में देख रहे थे...क्या इन सरदारों और मनसबदारों की आँखों में साजिश की झलक है? क्या इनके चेहरों पर तवायफों के लबों के निशान हैं? क्या इनकी आँखों में ऐयाशी की रेशमी लकीरें हैं? क्या इनके चेहरे मुगलिया आन और शान का इजहार कर रहे हैं?...ये तो ऐयाश लग रहे हैं।

ये बेगैरत और बेपरवाह सरदार मुगल सल्तनत के पाये हैं। इन्हीं के भरोसे हिन्दोस्तान पर हुकूमत करनी है!! अन्दर और बाहर के दुश्मनों से मुकाबला इन्हीं के जरिये होगा!!!...मगर मुगलों ने इस मुल्क पर शान से हुकूमत की है—अपने वतन से आकर। साथ ही ऐयाशी भी की है।...लेकिन मैं सिर्फ शानदार हुकूमत का ख्वाब देख रहा हूँ। हिमाला से समन्दर तक मुगल सल्तनत का नाम तवारीख

में दर्ज कर देना चाहता हूँ। इसलिए मैं एक हाथ में दीनोईमान और दूसरे हाथ में शमशीर की ताकत लेकर हर दुश्मन को पस्त कर देना चाहता हूँ। काफिरों के मुल्क दारुल हर्ब को दारुल इस्लाम में बदल देना चाहता हूँ। चुनांचे इन मुगल सरदारों को सही राह पर लाना है। इन्हें दीनोईमान की राह पर चलना है।

शाही सवारी दरवारे आम के द्वार पर आकर रुकी। बेगमें जेबुन्निसा के साथ हरमसरा में चली गयीं। पीछे-पीछे बाँदियाँ गयीं। लेकिन बादशाह रुक गये। सरदारों पर उनकी निगाह गड़ गयी। सबकी नजरें झुक गयीं। बादशाह ने एलान किया—'सभी देख लें। मैं चुस्त-दुरुस्त हूँ। मैं शफाखाना से नहीं, लाहौर से आया हूँ। कामयाब होकर आया हूँ। कल सुबह हम दरबारे खास में इकट्ठा होंगे। हमारे सरदार पाक-साफ होकर आयें।'

किसी की नजर ऊपर उठ नहीं सकी। रोशनआरा का सर भी झुका रहा। दानिशमन्द खाँ और फाजिल खाँ सरदारों की ओर झाँक लेते थे। लेकिन बादशाह की ओर देखने की हिम्मत नहीं कर सके। सन्नाटा छाया रहा। अचानक हाथी चिंघाड़ कर उठे।

बादशाह ने कहा—'मुगल सरदार चिंघाड़ के साथ सोयें और जगें, घुँघरुओं की आवाज पर नहीं।...यह देहली मुगल बादशाहत का शहर है। दारुल सल्तनत है। तवायफों की गली नहीं है।'

बादशाह ने शाही हरम की ओर कदम बढ़ाये। सरदारों ने राहत की साँस ली। जान में जान आयी! सभी आहिस्ता-आहिस्ता अपनी-अपनी हवेलियाँ की ओर लौटने लगे।

औरंगजेब ने अन्दाज किया कि उदयपुरी बेगम दिखाई नहीं पड़ रही है। उन्होंने रोशनआरा से पूछताछ की। रोशनआरा ने माँ बनने की खुशखबरी सुनाई। औरंगजेब ने महसूस किया कि दाराशिकोह पर मुकम्मिल फतह हो गयी। वे मुस्करा उठे।

रोशन आरा ने बधाई दी।

औरंगजेब ने कहा—'बधाई में इतनी देर! महल रोशन भी नहीं है!!

'जब बादशाह इतनी दूर हों; बीमार हों तो हम बेफिक्र होकर जश्न कैसे मनायें? हम हर वक्त आपकी सेहत के लिए अल्लाह से दुआएँ माँग रहे थे।... उनकी मेहरबानी से आप लौट आये। अब आपके इशारे पर जश्न का दौर चल सकेगा।' रोशनआरा ने जवाब दिया।

'आसाम की शाहजादी से निकाह हो, फिर जश्न।'

'गफलत हो चुकी है। हम शर्मिन्दा हैं।'

'मतलब...?'

'वह शाही महल से भाग गयी है।'

'मुझे यकीन नहीं होता। एक नाचीज औरत लाल किला से निकल भागी है?'

'आप उदयपुरी से पूछताछ करे लें। वे ही उसे समझा रही थीं।'

'तो क्या उसने भगा दिया?'

'यह मैं कैसे कह सकती हूँ!'

'शाही हरम में साजिश चल रही है!'

'आप आराम करें। जासूस उसे खोज रहे हैं। वह भागकर कहाँ जायेगी? औरंगजेब ने रोशनआरा आपा की ओर देखा। थोड़ा भरोसा हुआ। लेकिन अन्दर गुस्सा उफन रहा था। वे उदयपुरी बेगम के महल की ओर मुड़ गये। बाँदी को आहट मिली। उसने दरवाजा को खोल दिया। सर झुकाकर पीछे हट गयी। बादशाह आ गये। उदयपुरी उठकर खड़ी हो गयी। उन्होंने बच्चे को देखा। अपनी झलक पायी। गले से मोतियों की माला उतारकर बच्चे को पहना दी। और कहा–'उदयपुरी बेगम! अब हम दोनों एक हैं। यह मेरी औलाद हम दोनों को एक कर दे।'

'जी हाँ!'

'मैनें फतह पा ली...और लाहौर और देहली–दोनों पर।'

उदयपुरी का सर झुक गया।

औरंगजेब ने उसे अपनी बाँहों में बाँध लिया।

उदयपुरी ने लोहे की जंजीर के कसाव का अहसास किया।

33

रात गहरा गयी। औरंगजेब अपने ख्वाबगाह में गाढ़ी नींद में सोये थे। कामयाबी, ज़फर और थकान की नींद थी। बहुत दिनों के बाद वे इत्मीनान से सो रहे थे। बेगम नवाबबाई कभी बाजू में सो जाती थी, कभी जाग जाती थी।

रात के आखिरी पहर में औरंगजेब ने एक ख्वाब देखा...आसाम के राजा की दुख्तर उन्हें चिढ़ाती हुई भाग रही है। वे पीछा कर रहे हैं। गुस्सा में आँखें दिखाते हैं। वह खंजर दिखा देती है। वे सिपाहियों को हुक्म देते हैं। और वह रात की स्याही में गुम हो जाती है।...वे हाथ मलते हुए लौट आते हैं। ...उन्हें लगा कि बेगमें और बाँदियाँ कनखियों से देख रही हैं।...उनकी पेशानी पर पसीना झलक उठा।

औरंगजेब की नींद टूट गयी। नवाब बाई घबरा गयी। वे उठकर बैठ गये। तसबीह को उँगलियों में ले लिया। दिल को सुकून मिला।...और फिर फरागत होकर नमाज अदा करने के लिए बैठ गये।...वे फिर बैचेन हो गये। काफिर शाहजादी के गुम होने का मंजर झलमलाने लगा। नवाब बाई के साथ औरंगाबादी

भी आ गयी। लेकिन वे रुक नहीं सके। वे उदयपुरी के पास पहुँच गये।

उदयपुरी सोच रही थी—उसे और उसके बच्चे को देखकर बोल उठे थे...दिल्ली पर भी फतह और लाहौर पर भी...मायने समझ में आ रहा है।...वह फतहयाब बादशाह-ए-गाजी के लिए जीत की सौगात है।...यह बच्चा फतह की निशानी है।...यही मेरी औकात है! मैं भाग नहीं सकी। मौत को अपना नहीं सकी। हर लम्हा मुझे मेरी औकात का अहसास करा रहा है।...यह कैसी मजबूरी है! ओह!! ...जया चली गयी। मैंने जाने दिया। सही किया। रोशनआरा चुगली करेगी।...उसे जवाब मिलेगा।

औरंगजेब ने दस्तक दी। वह चिहुँक उठी। दरवाजा खुला। वे भीतर आये। उसने दुपट्टे को सँभाला।...औरंगजेब सोच रहे थे...जैनाबादी को प्यार किया था। वह इस दुनिया को छोड़कर चली गयी।...बड़ी बेगम दिलरस बानू भी तख्त ताऊस को हासिल करने के पहले ही खुदा की प्यारी हो गयी। ...दारा शिकोह की बेगम पहलू में आ गयी है। लेकिन छिटक जाती है। क्या इसी ने उस दोशीजा को भगाया है? किस पर यकीन किया जाये? क्या मेरी जिन्दगी में किसी का प्यार नहीं मिल सकेगा? किसी की वफादारी नहीं...! पैरों के नीचे रेत ही रेत है। मगर हाथ में शमशीर है। आँखों में आग है। ...मंजिल कहाँ है? ...हिन्दोस्तान की बड़ी सल्तनत और सख्त हाथों की हुकूमत!

'शहंशाह खड़े क्यों हैं? आराम फरमायें!' उदयपुरी ने सर झुकाकर गुजारिश की।

'बेगम! मुगल बादशाह राजाओं से डोला लेते रहे हैं। मुगल तख्त और हरम के लिए शान की बात रही है। ...डोला तो आया; मगर डोला खाली है। वह कैसे भाग गयी?'

'मेरे सरताज! मैं तो इस हालत में पड़ी रही हूँ। सियासत में मेरी कोई दखल नहीं है। हुकूमत तो रोशनआरा बेगम के हुक्म से चल रही थी। ...उनसे पूछा जाये कि आपकी बीमारी की खबर फैलने पर वे किसे तख्त पर देखना चाह रही थी। मैं तो इस नन्ही जान को दामन में छिपाये रही हूँ। खुदा से इबादत करती रही हूँ।'

'मुझे मालूम हो गया है कि दिल्ली और आगरा—दोनों शहरों में साजिश चल रही थी। ...मेरा आना अब्बाहुजूर का आना समझा जा रहा था। लेकिन रोशनआरा आपा पर एतबार है।'

'आप अपनों पर एतबार करने लगे हैं! यह तो खुशी की बात है। मेरे शहंशाह आलमगीर! इस शाही महल में सख्त पहरे के बाद भी कोई-न-कोई आता रहा है।...इस हालत में अगर वह पहाड़-जंगल की बेटी इस चहारदिवारी को पार कर गयी तो कोई ताज्जुब की बात नहीं है।...मैंने उसे गम से समझौता करने के लिए समझाया था। मगर वह तोहफा नहीं बन सकी। मैं तो अपनी परेशानी में थी। मैं क्या कर सकती थी?...आप पूरी ताकत से खोज करायें। आपकी जीत का तोहफा

दारूल सल्तनत में कहाँ छिप सकता है? उस जंजीर में बँधकर आ जाना है।'

यह सुनकर औरंगजेब देखते रह गये। कुछ बोल नहीं सके। वे समझ गये कि शाही महल में शतरंज की चाल चली जा रही है। एक दूसरे पर चोट की जा रही है।...होशियार रहना है। लेकिन वह काफिर शाहजादी बेवकूफ बनाकर चली गयी! यह तो मुगल बादशाहत के चेहरे पर तमाचा...!!

औरंगजेब का चेहरा सुर्ख हो गया। वे कभी उदयपुरी बेगम को देखते...कभी बच्चे को...और कभी शाहीमहल के बाग को ...' बाग में एक बूढ़ा माली दिखाई पड़ा। वह एक हाथ में फूल की डाली और दूसरे में कैंची लिए हुए था। ...ऐसा लगा कि वह अब्बाजान का नुमाइन्दा हो और वह मुस्करा रहा है।

औरंगजेब ने अपनी निगाह हटा ली। दीवार पर हाथी की तस्वीर बनी हुई थी। उसी पर नजर गयी।...उसी वक्त पिछवाड़े से हाथियों की चिघाड़ सुनाई पड़ी।... क्या उनका हाथी आ रहा है?...औरंगजेब घबरा गये। वे उठकर खड़े हो गये। हाथ कमर पर चला गया।

उदयपुरी बोल उठी–'तो आपने मुझे बेवफा मान लिया?'

'मैं तुम पर यकीन करना चाहता हूँ। मगर सियासत में किसी पर एतबार नहीं... ।' यह कहकर वे बाहर चले आये।

खिल्वतगाह में वजीर फाजिल खाँ जासूसों के साथ शहंशाह का इन्तजार कर रहा था। शहंशाह आ गये। सबको घूर-घूरकर देखने लगे। फाजिल खाँ घबराया। उसका सर झुक गया। फिर वह सँभलकर बोला–'जहाँपनाह! देहली में बुजुर्ग शाहजहाँ के आने और तख्त पर कब्जा करने की अफवाह फैल रही थी। हुजूर रोशनआरा बेगम ने हालात को सँभालने की पूरी कोशिश की थी। मैं उनके हुक्म के मुताबिक दौड़धूप कर रहा था।...जासूसों से पूरी जानकारी ... ।'

'अफवाह के बाबत क्या कहना चाहते हो?' बादशाह ने एक जासूस की तरफ देखकर पूछा।

'बादशाह -ए-गाजी! अब्बाहुजूर और दाराशिकोह के आदमी आपकी लाइलाज बीमारी की अफवाहें फैला रहे थे।...बूढ़े बादशाह के आने की बात भी चल रही थी।...अमीचन्द भाग गया था। उसके वालिद पर सख्ती की गयी। चारों तरफ तलाश जारी है।' जासूस ने बताया।'

'और वह डोला कैसे उलट गया? शाही महल से वह शाहजादी कहाँ गुम हो गयी? तख्तेताऊस का रोब खत्म हो गया?' तल्ख आवाज में बादशाह ने पूछा।

सभी काँप उठे। सबके सर झुक गये। सन्नाटा-सा छा गया। फाजिल खाँ ने आहिस्ते से कहा–'खोज की जा रही है।...हम उसे पकड़कर लायेंगे।'

'उसे एक हफ्ते में हाजिर किया जाये। ...अमीचन्द को हर हालत में कैद करना है।...आगरा के बारे में गौर कर रहा हूँ।...दरबार की तैयारी हो गयी?'

'जी, हाँ!' बजीर ने बताया।

'हम वहीं मिलेंगे।' यह कहकर बादशाह उठ गये।

उनके दिमाग में चक्कर काट रहे थे—आगरा का किला...किले में अब्बाजान ...देहली पर उनकी नजर...और देहली में सरमद का शागिर्द अमीचन्द...काफिर शाहजादी का महल से निकल भागना और ये मुगल सल्तनत के सरदार रक्कासाओं के आगोश में ...इस तरह हुकूमत नहीं ...नहीं ...!

दरबार का वक्त हो गया। बादशाह ने अपने दिलोदिमाग से बैचेनी को दूर करने की कोशिश की। लेकिन बेचैनी दूर नहीं हो सकी।...दरबार में तो शानोशौकत और रोबोजलाल के साथ तख्त पर बैठना है। यह पुरअसर हो। सारी हलचलों पर काबू पा लेना है।

वे शाही लिबास में चोबदारों के साथ दरबार के लिए चल पड़े। दरबार में आवाज गूँज उठी—बाअदब बामुलाहिजा होशियार...बादशाह-ए-गाजी तशरीफ ला रहे हैं।

बादशाह दरबार में दाखिल हुए। सारा दरबार उठकर खड़ा था। सर झुके हुए थे। बादशाह तख्त पर बैठे। दरबारी भी बैठे। शेख निजाम और शेख इस्लाम ने कुरानशरीफ की आयत का पाठ कर दुआएँ दीं। बादशाह की निगाहें अपने सभी सरदारों और मनसबदारों के चेहरे को पढ़ रही थीं। उन्होंने महसूस किया कि अफवाहों का असर खत्म है। उनके तख्तोताज पर किसी को शक नहीं है। मिर्जा राजा के चेहरे पर दोस्ती और वफादारी का रंग है। लेकिन बूढ़े अब्बाजान के लिए कमजोरी हो सकती है। होशियार रहना है।

वजीर फाजिल खाँ ने खुशखबरी सुनाई—हमारे बादशाह-ए-गाजी सूबे लाहौर और काबुल पर अपनी कामयाबी का परचम फहराकर लौटे हैं। कश्मीर काबू में है। सुलेमान शिकोह गिरफ्त में आ गया। वह ग्वालियर के कैदखाने में भेज दिया गया। कहीं कोई बगावत की हरकत नहीं हैं। अल्लाह ताला की मेहरबानी है।

ग्वालियर के किले से भागते हुए मुरादबख्श अपनी सजा पा चुके हैं। आराकान की ओर भागे हुए शुजा ने भी कब्र में जगह पा ली। आज बादशाह-ए-गाजी फतहयाब होकर हमारे दरम्यान मौजूद हैं।

आसाम की लड़ाई में जीत के बाद भी सिपहसालार मीर जुमला साहब बरसात की बीमारी से बच नहीं सके। हम गमगीन हैं।'

'हमने उनकी बहादुरी के लिए खिताब दिया था। अब हम उनके फरजन्द को अच्छा-सा ओहदा बख्शेंगे।'

बादशाह ने एलान कर दिया।

राजा जयसिंह ने इस एलान की तारीफ की।

सारा दरबार 'जिन्दाबाद' से गूँज उठा।

इसी माहौल में बादशाह ने तीखी आवाज में कहा—'हिन्दुस्तान की सरजमीन पर तैमूर के बारिस ने घोड़े पर सवार होकर मौत से खिलवाड़ करते हुए अपना सब्ज परचम फहराया था। इस सल्तनत को खड़ा किया था। इसके लिए खून देना पड़ता है। खून दिया था। जाम और घुँघरू से सल्तनत खड़ी नहीं होती।...हम दारुल सल्तनत को तवायफों का शहर नहीं बनाना चाहते। तमाम तवायफों को शहर छोड़ना पड़ेगा। वे शादी कर लें या देहली को छोड़ जायें।...न शराब...न तवायफ...न ऐयाशी।

यह सुनकर दरबार में सन्नाटा छा गया। सब एक-दूसरे को देखने लगे। शेख इस्लाम ने इस एलान की ताईद की। शेख निजाम ने कहा—'बादशाह-ए-गाजी इन गुनाहों को मिटाकर दीन और सल्तनत दोनों को हिफाजत करेंगे।'

मिर्जा राजा जयसिंह ने भी समर्थन किया।

औरंगजेब दरबार को तीखी निगाह से देख रहे थे। सबके सर झुके हुए थे।

34

बादशाह औरंगजेब ने खिल्वत गाह में अपने जासूसों को बुलाया। एक को खत के साथ आगरा जाकर हकीम मुकर्रम खाँ से मिलने को कहा। दूसरे को हुक्म दिया कि आसाम की राजकुमारी और अमीचन्द को जल्द कैद करना है। दोनों एक साथ लापता हुए हैं। लाहौर जाते वक्त अमीचन्द ही बाँसुरी बजा रहा था। शायद वह इशारा कर रहा था।...दारा...मुल्ला शाह बदख्शी...सूफी सरमद...अमीचन्द—ये सभी बगावत की कड़ियाँ हैं।...अमीचन्द सूफी है। बाँसुरीवाला है, मगर वह काफिर भी है।...ये सभी बागी एक दूसरे से जुड़े हुए हैं।

जासूसों ने हुक्म को सरआँखों पर लिया। दो लम्हा रुककर देहली के जासूस ने सर नीचा कर बताया—'आसाम की शाहज़ादी जमुना में डूब गयी। सबूत मिले हैं।'

'किसने देखा है? क्या सबूत है?' बादशाह ने पूछा।

'एक हिन्दू फकीर ने देखा है। उसने बचाने की कोशिश की थी। उसके पास वही खंजर है जिसे लेकर वह भाग गयी थी।'

'वह फकीर कहाँ है? उसे बुलाया जाये।'

'जो हुक्म...।'

दूसरे जासूस ने बताया—'जहाँपनाह! जब आप लाहौर से चल चुके थे, तब हिन्दुओं के नानक पन्थ के सातवें गुरु हरिराय जी की मौत हो गयी। उन्होंने अपने बड़े बेटे रामराय के बदले छोटे हरे किशन राय गुरु को गद्दी पर बैठाने का इशारा कर दिया था। हरे किशन राय नाबालिग हैं।'

'अब ये काबू में आ जायेंगे। ये नानकपन्थी एक तरफ हिन्दू-मुस्लिम की मिल्लत की बात करते हैं; दूसरी तरफ ये इस्लाम को कबूल नहीं करते और मुगल बादशाह के सामने अकड़ते रहते हैं।'

'इनके बारे में क्या हुक्म...?'

'हम इस नाबालिग पीर से मिलना चाहेंगे। उन्हें देहली आने की इत्तिला दी जाये।'

'जो इरशाद ...!'

खिल्वतगाह से थोड़े फासले पर रोशनआरा खड़ी थी। वह खिल्वतगाह में नहीं आ सकी थी। दरवाजा बन्द था। इसलिए उसका दिल धड़क रहा था।...पता नहीं, क्या गुफ्तगू हो रही है? औरंगजेब ने शक तो नहीं किया है! फाजिल खाँ को समझा दिया था। दानिशमन्द खाँ गड़बड़ नहीं कर सकता। वह तो खुद शक के दायरे में रहा है।

औरंगजेब खिल्वतगाह से बाहर आये। आहट मिली। रोशनआरा होशियार हो गयी। औरंगजेब ने देखा और कहा—'आपा! आप पर एतबार रहा है।...यह सब क्या हो रहा था?...एक बेटा शुजा की बेटी से शादी करने के चक्कर में पड़ा हुआ था। उसे सबक सिखाना है।...यहाँ मुअज्जम और अकबर क्या कर रहे थे?

रोशनआरा का दिल धक्-धक् कर रहा था। उसे लगा कि उदयपुरी ने कान भर दिये हैं। उसने अपने को सँभालकर जवाब दिया—'आपकी बीमारी की वजह से ये घबरा गये थे। मैंने समझाया था।...सूबेदार दानिशमन्द खाँ, वजीर फाजिल खाँ और शहर कोतवाल बहादुर खाँ मुस्तैद थे। अफवाहों से ज्यादा परेशानी हो रही थी।'

'मैं एक-एक दुश्मन को कुचल दूँगा, आपा!...दारा का कुनबा खत्म हो रहा है। अपने बेटे को भी माफ नहीं कर सकता।'

'राजकुमारी जया का भाग जाना शर्मनाक हो गया।...शायद वह अमीचन्द के साथ... ।'

'इन शाहजादों पर निगाह रखो, आपा! अमीचन्द और जया को कैद करने के लिए हुक्म दे दिया है। लेकिन अभी खबर मिली है कि वह जमना में डूब मरी है। किसी फकीर ने देखा है।'

'हो सकता है कि इसमें भी साजिश हो।'

'यह सारी साजिश लाल किला से लेकर आगरा के किला तक फैली हुई है।...मैं समझ रहा हूँ।'

'एक बात कहूँ!'

'कहो, आपा!'

'जेबुन्निसा आपके साथ लाहौर गयी थी। आप तो बीमार थे। क्या वह भी

बीमार थी?'

'बीमार तो नहीं थी। मेरी तीमारदारी में लगी हुई थी।'

'उसके मासूम चेहरे पर उदासी छायी हुई है।'

'शायरी के सुरूर में होगी। कभी मुस्कराना, कभी उदास होना और कभी बुदबुदाना—शायर की खासियत है।'

'हो सकता है।'

'उससे मिलकर समझना, आपा! मैं भी समझूँगा।' यह कहकर औरंगजेब आगे बढ़ गये।

रोशनआरा ने सर हिलाया। वह अन्दर ही अन्दर खुश हुई कि वह शक की निगाह से नहीं देखी जा रही है।...अब तो कपड़े के कारखाने की मंजूरी मिल जायेगी। कारखाना तो चलेगा। विलियम ने खरीद की है। लेकिन यह फिरंगी सौदागर बनिये से ज्यादा चालाक है। अदब से मिलना...तहजीब के साथ गुफ्तगू और नये ढंग से तिजारत—गजब है! अपना फायदा तो है।

उदयपुरी के सवाल का जवाब देना है। जेबुन्निसा को भी समझना है।...एक शायरा की बेखुदी है या एक मुगल शाहजादी की बेचैनी...! उमड़ते शबाब की बेकरारी हो सकती है।

जेबुन्निसा अपने कमरे में थी। तोते का पिंजरा उसके सामने रखा हुआ था। बाँदी ने फूले हुए चने और अनार के दाने को ला दिया था। वह तोते को देने लगी। तोता चुगने लगा। बाँदी को इशारा मिला। वह दरवाजे को उढ़काकर चली गयी। जेबुन्निसा तोते से बातचीत करने लगी—सुना है कि हीरामन तोता बड़ा मशहूर था।...क्या तुम उसी खानदान के हो?...दाना चुगता हुआ तोता मानों सर हिला रहा था।...यह तो बताओ कि पिंजरे में रहना अच्छा लगता है या बाग में दरख्तों पर फुदकना या आसमान में उड़ान भरना! सुना है कि हीरामन जब तब आसमान में उड़ता था और फिर राजा रतनसेन के शाही बाग में पहुँच जाता था।...उसने ही परीजमाल पद्मिनी के हुस्न का बयान राजा के सामने किया था।...पैगाम दिया था। मैं क्या पैगाम दूँ? क्या मेरा पैगाम लेकर जा सकोगे?

ऐसा लगा कि तोता दाना चुगकर खुश हो गया। चुपचाप बैठकर शाहजादी जेबुन्निसा की बातें सुनने लगा।

जेबुन्निसा ने इधर-उधर देखा। खिड़कियों को बन्द कर दिया।...वह आहिस्ता-आहिस्ता बोलने लगी—मैं जमना से रावी किनारे चली गयी थी। अब्बाहुजूर के साथ गयी थी। घूमने की ख्वाहिश जो थी। उस्ताद सईद अशरफ साहब ने तालीम देते वक्त बताया था कि देस-परदेस की सैर से दुनिया-जहान की जानकारी मिलती है; तालिबेइल्म का तजरबा बढ़ता है।...लाहौर को देखकर दिल बाग-बाग हो गया।...अब्बाजान तो सियासत की गुत्थियों को सुलझा रहे थे। सुलेमान

शिकोह को कैद करके ग्वालियर भेज दिया। भाईजान गिड़गिड़ा रहे थे—अफीम पिला-पिलाकर मत मारो। एक बारगी कत्ल कर दो। आहिस्ता-आहिस्ता क्यों मारते हो?

अब्बाहुजूर मुस्करा रहे थे। उस मुस्कान में कितनी तल्खी थी! सियासत के इस बेरहम खेल को देखने की हिम्मत मुझे नहीं है।

अब्बाजान बीमार पड़ गये। मैं तीमारदारी में लग गयी। लाहौर के हाकिम हकीम को लेकर आये। मैं चिलमन की ओट में चली गयी। मैंने हाकिम को देखा। वे भी देखने की कोशिश कर रहे थे। वे शरमा गये थे। वह अदा मुझे भा गयी।

जेब ने देखा कि तोता पिंजरे में फुदक रहा है। वह उसे देखने लगी।...क्या इस परिन्दे के अन्दर खुशी का अहसास हो रहा है? वह दो लम्हों तक तोता को देखती रही। मुस्करा उठी। अचानक उसकी निगाह अधखुली खिड़की के पास फैली बेल पर गयी। बाग से तितली उड़कर उस बेल पर गयी। खिले हुए फूल पर मड़रा रही थी। तितली के परों की रंगीनी और कुदरत की फनकारी देखकर वह बेसुध होने लगी।

यह दुनिया इतनी खूबसूरत है! खुदा ने आदमी को इतनी नयामतें बख्शी हैं!! और आदमी ने ठुकराया है या तबाह किया है या छीनझपट की है।...मैंने नहीं ठुकराया है। मैं तबाह करने का खयाल भी नहीं कर सकती। दूसरों से छीन लेना तो गुनाह है। लेकिन सियासत में ये सब गुनाह में शुमार नहीं है। कभी-कभी मजहबी जनून की वजह से गुनाह भी सवाब मान लिया जाता है गलत है...मैं तो खुदा की बख्शीश मानकर बाग, तितली, परिन्दे, पहाड़, दरिया, आबशार-सबको प्यार करती हूँ। इन पर फिदा हो जाना चाहती हूँ।

...तितली जा चुकी थी। उसने अधखुली खिड़की को पूरा खोल दिया। तितली बाग की ओर जा रही थी। जहाँ हवा में झूमते हुए फूल ही फूल हैं।...फूल और तितली...फूल और भँवरा...।

जेबुन्निसा पलँग पर लेट गयी। बन्द पलकों में वह गुलशन...लाहौर का वह गुलशन झलक उठा। लाहौर के हाकिम अकिल खाँ साहब गुलशन की चहार दीवारी की मरम्मत का मुआयना कर रहे थे।...शायद बहाना था। मैं उड़ती हुई तितली को देख रही थी। मैं गुनगुना रही थी।

हर कदम पर इक नया मंजर है मेरे सामने।
कह नहीं सकती कहाँ लिए जाता है। दिल॥

वे इधर ही देख रहे थे। मैंने अन्दाज कर लिया था। जब मैंने उनकी ओर देखा, उनकी नजर झुक गयी।...वे रुक नहीं सके। मेरी आँखें उन्हें ढूँढ़ रही थीं। कान उनके अलफाज सुनना चाह रहे थे। लेकिन वे चले गये थे।...उनका वह

शरमाना दिल को गुदगुदा गया।...लगा कि वह खुद गजल बन गयी है।...वे पास आयें और इस गजल को तरन्नुम में सुना दें।...मैं भी एक गजल सुना दूँ और वे बेसुध हो जायें।

मैने महसूस किया कि उनकी खूबसूरत शख्सियत; चेहरे का नूर, निगाहों का भोलापन और नाजनीन-सी शर्मोहया...गजल के एक-एक शेर हैं।

अब उनकी याद में वक्त गुजरने लगा।...जब मैं अब्बाजान की खिदमत में पहुँच जाती तो उनका बीमार चेहरा भी रोब डालता रहता।...उनकी आँखों में कितना तेज है! कोई उन आँखों से अपनी आँखें नहीं मिला सकता।...मैं उनका इन्तजार करती। पता नहीं, दिल को क्या हो गया था! दरवाजे की ओर कान लगे रहते थे।

अब्बाजान की बीमारी बढ़ती गयी। सबकी बेचैनी बढ़ गयी। लाहौर में अफवाह फैलने लगी। मैं दिनरात अल्लाह से दुआएँ माँगने लगी। जब-तब नमाज के वक्त बन्द आँखों के सामने कोई शक्ल उभर आती। वह शक्ल उनकी होती। ऐसा क्यों?...वह खुद मुस्करा उठती। और नमाज के बाद मैं गुनगुनाने लगती—

झलक उनकी कहीं देखी थी दिल ने
उसी दिन से न जाने हो गया क्या!

35

जेबुन्निसा शाहीमहल के बाग में घूम रही थी। फौवारे के पास रुक गयी। पानी का फुहारा उठ रहा था और फिर चारों तरफ फैलता हुआ नीचे गिर रहा था। दिलकश नजारा था।...उसने ऊपर देखा। आसमान में कबूतर उड़ रहे थे। नीचे यह फुहारा ...फौवारा के चारों तरफ गुलाब के पौधे...इस मंजर की दीदार के लिए कहाँ कोई बेताब है! मदहोश होना तो दूर की बात है।...वह लाहौर के उस बाग में मदहोश हो गयी थी। वह मदहोशी बनी हुई है।...क्या यही जिन्दगी है?

वह फुहारे को देखने लगी। लगा कि फुहारे में एक चेहरा उभर रहा है। अकिल खाँ साहब...उसके महबूब का चेहरा है।...वह खुश होकर एक कदम आगे बढ़ी। गुलाब के काँटों ने रोका।...उसने देखा कि वह फौवारे के इस पार है और वे उस पार हैं।...फुहारों के चिलमन से उनकी मुस्कान दिखाई पड़ी। फिर वे शरमाने लगे।...वह तो मुस्कराती रही।

कबूतर नीचे उतर रहे थे। उनके डैनों की आवाज आने लगी।...वह मुस्कराता-शरमाता चेहरा गुम हो गया। उसे कबूतरों पर गुस्सा हुआ।...गुस्सा बेकार था। उसका दिल बुझ गया।...वह अपने कमरे में लौटने लगी। उसने देखा कि उसके अब्बाजान अपने महल की दूसरी मंजिल पर हैं। शायद उसे देख रहे हैं।

उनकी निगाहों में सियासत की परेशानी है या उसके लिए बेचैनी है? ये तो जज्बात की दुनिया से दूर हैं।

वह नजरें बचाकर अपने कमरे में आ गयी। जमना की ओर देखने लगी।... लाहौर का नजारा झलक उठा। वे उस रोज उसके कमरे के पास आ गये थे। फारसी की एक गजल गुनगुना रहे थे।...तो वे भी शायर हैं या शायरदिल हैं वह बाग-बाग हो गयी थी। अपने को खुशकिस्मत समझा। वह कमरे से निकलकर उन्हें ढूँढ़ने लगी। वे दीवाल की ओट में थे। आहट सुनकर वे इधर-उधर देखने लगे।...वे आहिस्ता-आहिस्ता पास आये।...दोनों एक-दूसरे को देखने लगे। सारी दुनिया उन चार आँखों में सिमट आयी थी।...उन आँखों के जरिये दिल कुछ कह रहा था। दोनों अहसास कर रहे थे। अहसास का वह लम्हा कितना कीमती था! कभी-कभी किसी की जिन्दगी में वैसा लमहा आता है। सारी जिन्दगी बदल जाती है। आफताब और महताब के रंग बदल जाते हैं। परिन्दों की उड़ान का एक मायने हो जाता है। फूल और भँवरा एक नज्म की शक्ल अख्तियार कर लेते हैं। दूसरे रोज वे बाग में गुलाबों के झुरमुट में छिपे हुए थे। उन्होंने नजदीक आकर कहा था—'अगर आप मुझे देखना चाहती हैं तो शायरी में देखें'—

पास रहता है, दूर रहता है। कोई दिल में जरूर रहता है।
जब से देखा है उनकी आँखों को। हल्का हल्का सरूर रहता है॥

और वह सुनती रही। लगा कि वे अलफाज उसके अन्दर गूँज रहे हैं मानो भँवर का गुनगुनाना हो।...दूसरी कोई आवाज नहीं...।

दो रोज के बाद फिर मुलाकात का मौका मिल गया। डरते-डरते पास आ रहे थे।...समझ में आ गया कि लाहौर का नौजवान हाकिम बादशाह-ए-गाजी से खौफ खा रहा है।...बादशाह-ए-गाजी—उसके अब्बाहुजूर खौफ़नाक हैं? प्यार-मुहब्बत नहीं दे सकते! सिर्फ दीनोईमान और सल्तनत की बात करते हैं। यही मजहबी सियासत है? क्या मजहब मुहब्बत करना नहीं सिखाता? इस्लाम तो प्यार और रहमत का पैगाम देता है।...सूफी सरमद साहब तो सबसे प्यार करना सिखाते रहे हैं।...वे मुस्लिम और हिन्दू में कोई फर्क नहीं मानते थे। वे तो अमीचन्द में खुदा का नूर देख लेते थे। उसकी बाँसुरी सुनकर वे बेखुदी की हालत में आ जाते थे। मगर इस बेसुधी का अंजाम अच्छा नहीं हुआ। ओह!

हुकूमत रिआया को कुचलने के लिए है या प्यार से...कायदे कानून से सँभालने के लिए है?...उन्होंने सुलेमान शिकोह को कैद करने के बाद कश्मीर के हिन्दुओं पर सख्ती करने का हुक्म दे दिया। अब कश्मीर की खूबसूरत वादी में दहशत का सैलाब उमड़ेगा? झील में शिकारा नहीं, बेगुनाहों का शिकार किया जायेगा? ओफ, यह तो जिन्दगी नहीं है! जिन्दगी महज खुदगर्जी है? क्या इनसान खूंखार होता है? आदमखोर...?

अब्बाजान की तबीयत थोड़ी सँभल गयी थी। वे अफवाहों को सुनकर गरज उठे थे। सबको ऐसे डाँटा कि सबकी बोलती बन्द हो गयी थी। अफवाहों के माहौल में वे देहली के लिए चल पड़े थे। वह अपने महबूब से मिलने के लिए तरस उठी—वह दूर-दूर रहे। चेहरे पर खौफ का असर था। अब्बाहुजूर से डाँट सुन चुके थे। वे अपनी महबूबा से मिलने की हिम्मत नहीं कर सके। लगा कि चमन खौफ की आग में झुलसने लगा था।...उसका दिल छोटा हो गया।

उसने सोचा था कि अब्बाहुजूर की खिदमत करके उन्हें खुश कर देगी। वे कुछ देना चाहेंगे। वह अपने महबूब को माँग लेगी। वे इनकार नहीं कर सकेंगे। लेकिन सियासत के सामने औलाद की ख्वाहिश की क्या हैसियत है? हुकूमत जज्बात से फासला रखती है। शायद हुकूमत हड्डियों और खून से बनी शाही सड़क है।...इश्कोमुहब्बत तो इस शाही सड़क से दूर हरी-भरी घास के बीच खिलती हुई गुल मेंहदी का नाजुक फूल है।...जब तब उस शाही सड़क से धूल उड़ती है। बदबूदार धूल फूल पर फैल जाती है। फूल मुरझाने लगता है।

दरवाजे पर दस्तक हुई। वह देख रही थी—सियासत की शाही सड़क से उठती हुई धूल क्यारी के फूल पर छा जाती है। भँवरा को भाग जाना पड़ता है। फिर खट्-खट्...। वह चौंक उठी। उसने दरवाजे को खोला। दरवाजे पर अब्बाजान थे। उसने झुककर सलाम किया।...औरंगजेब अपनी दुख्तर को देख-समझ रहे थे—चेहरे पर रंज है या खुशी! इसे तो खुश होना चाहिए कि उसके अब्बा बीमारी से लड़कर अफवाहों को कुचल रहे हैं। तख्ते ताऊस पर रोबोजलाल के साथ मौजूद हैं। सारे सरदारों के सर झुक रहे हैं। तवायफों को शहर से भागना पड़ रहा है। सारे शहर में हलचल है। किसी ऐयाश सरदार को चूँ करने की हिम्मत नहीं है।...ये सूफी भी इश्क हकीकी के नाम पर ऐश को बढ़ावा दे रहे हैं। इनकी मुलायमियत कमजोर बना रही है। इन्हें भी काबू में करना है।

'आप खड़े क्यों हैं? तशरीफ रखें, अब्बाहुजूर!' जेबुन्निसा ने इसरार किया।

'बेटी! दिन-रात पढ़ना और शायरी! कभी मेरा भी खयाल किया करो।'

'अब्बाहुजूर! लाहौर में आपकी खिदमत में ही थी। यहाँ भी आपके पास हूँ आप ही फासला रखते हैं।'

'इसीलिए तुम रंज हो! मैं तुझे मायूस नहीं देखना चाहता। कुछ कहो।'

'आप दीनदुनिया के सरताज हैं। बादशाह की दुख्तर को क्या कमी है?'

'तुम कुछ छिपा रही हो, बेटी! कुछ तो कहो। अपने अब्बा से खौफ नहीं करना।'

'आप तो जानते हैं—शायरी में खौफ और नफरत की जगह नहीं है। शायरी तो नाजुक खयालों, इनसानी जज्बात और शीरी जुबान से पैदा होती है।'

'हाँ, बेटी! सियासत और शायरी में बहुत ज्यादा फासला है।...लेकिन मैं वालिद भी हूँ। तू मेरी प्यारी दुख्तर हो।'

'जी...।'

'मैं तुझे मायूस देखना नहीं चाहता।'

जेबुन्निसा का सर झुका रहा। औरंगजेब आहिस्ता-आहिस्ता कमरे से बाहर आ गये। रोशनआरा मिल गयी। उसने कहा—'लगता है कि आप बेटी के पास से आ रहे हैं।'

'हाँ रोशनआरा! मिलकर आ रहा हूँ।...ये अदीब...ये शायर अजीब होते हैं। इनकी नजाकत और इनकी फनकारी समझ में नहीं आती।...बेटी की मायूसी को समझने की कोशिश कर रहा हूँ।'

'मैं भी कोशिश कर रही हूँ।...कभी दरिया और कभी बाग की तरफ देखते रहना...बुदबुदाना...कागज को स्याह करना...ये तो शायरा की हरकतें हैं।...कुछ और भी बात हो सकती है।'

'वह कौन-सी बात हो सकती है?'

'मैं कैसे बताऊँ? लाहौर तो आपके साथ गयी थी।'

'अब तो तुम्हारे नजदीक है।'

'नजदीक तो है। दिल के नजदीक पहुँचना है। आसान नहीं है।'

'मैं भी समझ सकता हूँ।'

'आप काफिर राजा की बेटी के लिए क्यों परेशान हैं?'

'काफिर शाहजादियों का डोला तो मुगल हरम की शान है। इसे देखकर मुगल शहंशाह का सर ऊँचा होता है।'

'यह तो है। मगर वह डोला किधर गुम हो गया—यह उदयपुरी बेगम से पूछ लेना है।'

'हाँ, पूछा है।...अब तो जासूस ही खोज सकते हैं।'

'याद रखें— लाल किले से होकर जमना के साहिल तक साजिश की लकीर है जो दिखाई नहीं पड़ रही है।'

'इस लकीर को खोज निकालना है, आपा!...मेरे हाथ लम्बे हैं और आँखें कमजोर नहीं हैं?'

'जरूर! दुश्मन को छोड़ना नहीं है।'

36

सन्ध्या में पंडितराज जगन्नाथ आगरा नगर में प्रवेश कर रहे थे। उनका दुःखी मन सोच रहा था—दाराशिकोह की पराजय के बाद शान्ति नहीं रही। प्रजा में विद्रोह

चेतना की भनक से उदारचेता दारा को दफना दिया गया। फिर मौला शाह और सूफी फकीर की आवाज को कुचल दिया गया। हम सबको भागना पड़ा। मथुरा में अमीचन्द को वन्दी बनाने के लिए आतंक घमक उठा। मथुरा से भी भागना पड़ा। गोकुल अमीचन्द को बचा नहीं सकेगा। अमीचन्द की बाँसुरी वृन्दावन में गूँज नहीं सकेगी।...इस बादशाह-ए-गाजी का शासन भयानक हो उठा है। सल्तनत की इच्छा और मजहबी उन्माद से बादशाह-ए-गाजी सबको कुचल देना चाहता है।... बादशाह शाहजहाँ ने अपने बड़े शाहजादे दारा शिकोह को ज्यादा तरजीह दी। इसे क्रोध आया। राजाओं ने विशाल हृदय सर्वधर्मसमभावी दारा को सहायता की। इसलिए यह हिन्दुओं से कुद्ध हुआ। अपने विरोधियों को विनष्ट करने के लिए इसने नंगी तलवार उठा ली है।

लवंगी रास्ते में ज्वरग्रस्त हो गयी। तप रही है। आगरा में थोड़ा विश्राम मिल सकेगा।...होठों में प्यास और आँखों में पति-पुत्र को निकट देखने की ललक लिए जी रही है। इसे जीना है। इसके बिना हम दोनों कैसे जी सकेंगे!...हे प्रभु! मेरी लवंगी को इतना कष्ट मत दो।...अब आगरा के लाल किला के ऊपरी शिखर पर फहराता हरा झण्डा दिखाई पड़ रहा है। इसी दुर्ग में बूढ़ा बादशाह वन्दी है। विधाता का कैसा विधान है! अपने बेटे द्वारा अपने किले में अपनी बेगम के मजार के आसपास वन्दी बनकर आहें भरना—कैसा भाग्य लेख है!!

इधर धर्मशाला में रहा जाये। किसी को मालूम न हो। लवंगी अच्छी हो जाये तो बूढ़े बादशाह से मिलने का प्रयत्न हो। फिर बहुत दूर चल दिया जाये। यहाँ रहना संकट को निमन्त्रण देना है।

वे एक धर्मशाला के पास आ गये। इसके आगे आगरा का बाजार फैला दिख रहा है। बाजार के बाद मैदान है। उसके आस-पास सरदारों की हवेलियाँ हैं। इनके पार लाल किला की चहारदिवारी है। और लाल किला के आगे यमुना का अपना बालुकामय क्षेत्र है। इसी यमुना तट पर मलिका मुमताज को सुपुर्द खाक कर दिया गया था।

पंडितराज धर्मशाला के द्वार पर आ गये। परन्तु उनका मन किले में कैद शाहजहाँ...आगे यमुना तट और ताजमहल के पास पहुँच रहा था।...धर्मशाला में स्थान मिल गया। भवनाथ ने एक कमरे में विछावन लगा दिया। पंडितराज ने लवंगी को लिटाकर पानी के लिए संकेत किया। भवनाथ ने पानी लाकर दिया। लवंगी पानी पीकर पति और पुत्र को देखने लगी। उसने मन्द स्वर में कहा—'आप एक बार बूढ़े बादशाह से मिलने की कोशिश करें। कैसी उनकी हालत है—देखना-समझना चाहिए! उन्होंने आपको आदर और मुझे प्यार दिया था।'

'मिलने के लिए आया हूँ लवंगी! अच्छी हो जाओ तो हम सभी मिलेंगे।' पंडितराज ने उत्तर दिया।

भवनाथ कमरे में सामान सहेज कर पुस्तकों को सँभालकर रखने लगा।

लवंगी ने अनुरोध-सा किया—'भवनाथ बैचेन रहा है। इसकी बेचैनी को आप समझते हैं!'

'समझता हूँ, लवंगी! कवि का हृदय अनुभव करने में धोखा नहीं खाता।... अनुभूति ही तो...।'

'तो आप एक बार उधर जायें।'

'हकीम मुकर्रम खाँ से मिलूँगा। पहले तुम बुखार से छुटकारा तो पा जाओ।'

'मैं बीमार क्यों पड़ गयी? मैंने आप दोनों को परेशान कर दिया।'

'यह अपने वश की बात नहीं है, लवंगी!...दिल्ली से मथुरा और मथुरा से आगरा भागते जाना...भय और थकान से पीड़ित होना – ज्वर को आ जाना था, आ गया। ठीक भी हो जायेगा।'

'आप पास में हैं, पंडितराज! पास में ही भवनाथ है। घबराऊँगी नहीं। मैं ठीक हो जाऊँगी।'

'हाँ, माँ! आप अच्छी हो जायें। स्वस्थ हो जायें। हम अपने बुजुर्ग बादशाह से मिलने चलेंगे।'

'आज हम सभी आराम कर लें। कल सुबह पता लगायें कि कैसे उनसे मुलाकात हो सकती है। इजाजत तो लेनी होगी।' लवंगी ने पंडितराज की ओर देख कर कहा।

'अच्छा, भई! आज विश्राम और कल हकीम मुकर्रम खाँ से मिलना है।' पण्डितराज ने पत्नी को आश्वासन दे दिया।

लवंगी के होठों पर मन्द मुस्कान आयी, पर मुस्कान खिल नहीं सकी। पं. जगन्नाथ को लगा कि चाँद को ग्रहण लग गया है। कमलिनी को पाला मार गया है।...वे दो क्षण तक देखते रह गये। मन में बुदबुदाये—'दैव का प्रहार इतना घातक!'

वे लवंगी के सर को सहलाने लगे। फिर मधु के साथ औषधि दी। लवंगी को लगा कि बुखार कम हो रहा है। उसी समय भवनाथ माँ के पैरों के पास आकर बैठ गया। पैर के तलवे को सहलाने लगा। लवंगी ने महसूस किया कि वह अच्छी हो रही है। शरीर में पीड़ा नहीं है। धीरे-धीरे उसे नींद आ गयी।

रात बीतने लगी। भवनाथ ने पलकें बन्द कर कल्पना की—किले के भीतर आलमआरा उदास है।...वह किले की दीवार के पास पहुँच गया। बाँसुरी बजाने लगा। आलमआरा की उदासी दूर हुई। वह पास आने लगी। पैरों की आहट और होठों की बाँसुरी ने एक संगीत की रचना की और तब उसे लगा कि वह आलमआरा के साथ और आलमआरा उसके साथ है—प्रणय संगीत की चाँदनी में।

भवनाथ को नींद आ गयी। सपना मँडराने लगा।...सपने में दोनों साथ-साथ

यमुनातट पर आ पहुँचे। ताजमहल को देखा। फिर जलधारा के पास आ गये। हंसाकार नौका आयी। दोनों उसमें सवार हुए।...ऊपर तारों से जगमग आकाश... नीचे साँवली लहरों पर तिरती नाव-जलतंरग का संगीत–दोनों तटों पर रजनीगन्धा, रातरानी और कमलिनी के खिले फूलों की मदमाती गन्ध। हंसाकार नौका बढ़ती जा रही है। बाँसुरी बज रही है। वह गुनगुना रही है।...अचानक नौका रुक गयी। सामने लालकिला का लौह द्वार दिखाई पड़ा। हाथियों की चिंघाड़ सुनाई पड़ी। बाँसुरी का बजना बन्द हो गया।...बादशाह-ए-गाजी की लाल आँखों को देखकर हंसाकार नौका झटके से मुड़ गयी। जलतंरग बन्द...फूल मुरझा गये। तारों की चमक फीकी पड़ गयी।...दूसरी तरफ आगरा का लाल किला...लौह द्वार पर धमकाते नुकीले भाले।

भवनाथ की नींद टूट गयी। उसने देखा कि वह धर्मशाला के कमरे में है।... माँ 'ओह' के साथ करवट बदल रही है।...पिताजी की पलकें खुल रही हैं। वह बोल उठा–'माँ! पीड़ा अधिक है?'

'बेटा! दर्द से कोई छुटकारा नहीं पाता। सुख पाया है–तुम दोनों के बीच में। अब दुःख को बर्दाश्त करना है। शायद यही जिन्दगी है। पंडितराज कहते रहे हैं–जीवन दिन और रात का चक्कर है।...पानी पिला दो।'

भवनाथ कटोरी में पानी देने लगा। पंडित जगन्नाथ ने पहले मुँह धुला दिया। फिर कटोरी को होठों से लगाकर पानी पिलाने लगे। लवंगी ने कहा–'आप किले की तरफ जायें। हकीम से मिलकर विनती करें।'

'अवश्य जाऊँगा।' पंडित जगन्नाथ ने आश्वासन दिया।

धर्मशाला के प्रांगण में प्रभात का उजाला आने लगा। पंछी चहकने लगे। पंडित जगन्नाथ प्रातः क्रिया से निवृत्त होने लगे। और फिर वे किले की ओर जाने के लिए तैयार हो गये। उन्होंने भवनाथ को औषधि के बारे में समझाकर लवंगी की ओर देखा। लवंगी खुश हो गयी। भवनाथ ने मन ही मन मंगलकामना की। वे धर्मशाला के बाहर आये। धूप फैल गयी थी। बाजार खुलने लगा। उन्होंने बाजार को पार किया। मुगल सरदारों की बस्ती में आ गये। और वे मैदान से होकर किले की ओर जाने लगे। किले की चहारदिवारी दिखाई पड़ी। वे आगे बढ़ते गये। दुर्ग के द्वार पर आ गये। दारोगा एतबार खाँ मौजूद था। पं. जगन्नाथ ने हकीम मुकर्रम खाँ से मिलने के लिए अनुरोध किया। एतबार खाँ ने पंडितराज को पहचान लिया। इसलिए उसने रुखाई के साथ कहा–'बात क्या है? मुझसे कह सकते हैं।'

'अपने गाँव की ओर लौट रहा हूँ। इसलिए एक बार अपने प्रिय हकीम मुकर्रम खाँ और अपने आश्रयदाता बुजुर्ग शाहज़हाँ से मिलना चाहता हूँ।'

'पंडत जी! बादशाह-ए-गाजी का हुक्म है कि किसी से मुलाकात नहीं करायी जा सकती।'

'एतबार खाँ! इस बूढ़े पंडित को बूढ़े शाहजहाँ से मिलने दो। बूढ़ों की मुलाकात में सियासत नहीं है। घर लौटते समय राम-सलाम करना चाहता हूँ।'

'शाहजहाँ और दाराशिकोह के दरबारियों को मैं सियासत से अलहदा नहीं मानता। बादशाह-ए-गाजी ऐसे लोगों को माफ नहीं करते। आप बच रहे हैं, यही गनीमत है।'

'एतबार खाँ! हकीम को बुला दो। और बुजुर्ग शाहजहाँ को खबर कर दो कि मैं अपने गाँव लौट रहा हूँ।...अपने आश्रयदाता से मिल लेना तो इनसानियत है।'

'सियासत किसी पर एतबार नहीं करती। आपके आगरे आने का मकसद सियासी खेल ही है।'

'मैं कैसे समझाऊँ?'

'आगरा से दूर जाकर...।'

आचार्य कवि जगन्नाथ की बोलती बन्द हो गयी। वे केवल देखते रहे। एतबार खाँ ने पहरेदार को हुक्म दिया कि पंडत को हटा दो, नहीं तो कैद कर लो।

पं. जगन्नाथ ने सोचा कि वन्दी बनकर उनके पास पहुँचा जा सकता है। पर लवंगी अस्वस्थ है। भवनाथ अकेला पड़ जायेगा।...वे मुड़ गये। एतबार खाँ मूँछें ऐंठता किले के अन्दर गया। उसने शाहजहाँ को पंडत जगन्नाथ के आने और लौट आने की बात कहकर उनकी तकलीफ बढ़ा दी। हकीम मुकर्रम खाँ पंडितराज से मिलने के लिए किले से बाहर आया। पर वे तो लौट गये थे। वह इधर-उधर देखता रह गया।

पंडितराज बहुत दुःखी होकर धर्मशाला जाने लगे। बाजार की ओर आ गये। घुड़सवार सिपाही किले की तरफ जाते दिखाई पड़े। घोड़ों की टापों से धूल उठी। चारों तरफ छा गयी। घुड़सवारों को देख दहशत फैल गयी। लोग इधर-उधर भागने लगे। कुछ तो कुचल गये। पं. जगन्नाथ को लगा कि कुछ भी दिखाई नहीं पड़ रहा है। वे सुन रहे हैं—एतबार खाँ की कड़क आवाज...फिर घोड़ों की टापें और कुछ सर्द आहें!

वे धर्मशाला के पास आ गये। अपने कमरे में आये। भवनाथ रास्ता देख रहा था। लवंगी छटपटा रही थी। बोल रही थी—'यहाँ भी सिपाही आ गये।...उन्हें कैद करने आ गये।...अब क्या होगा?'

लवंगी बेहोश हो गयी। पं. जगन्नाथ आ गये थे। उन्होंने उपचार आरम्भ किया।...कुछ देर के बाद देखा कि नाड़ी डूब रही है।...हकीम मुकर्रम खाँ को बुला लाता...पर ये घुड़सवार आ गये हैं।...भवनाथ को वैद्यजी के यहाँ से मकरध्वज लाने के लिए कहा। भवनाथ तुरन्त मकरध्वज लाने के लिए तैयार होने लगा।

लवंगी की बेहोशी टूटी। उसने पानी माँगा। उन्होंने पानी पिलाया। अधखुली

आँखों से देखती हुई लवंगी बोल उठी—'आप मेरे पास हैं! मेरी खुशकिस्मती!!... घोड़ों की टापों से डर गयी थी।...अब आप यहाँ से दूर चलें...बहुत दूर...।'

'हाँ, लवंगी!...हम बहुत दूर चलेंगे।'

लवंगी का सर लटक गया। भवनाथ चीख उठा। पं. जगन्नाथ की आँखों में आँसू आ गये। वे बुदबुदाने लगे—'बहुत दूर चली गयी! साथ चलना था!! अकेली चली गयी!!!'

और फिर रोते हुए भवनाथ को हृदय से लगा लिया।

ऐसा लगने लगा कि धर्मशाला घोड़ों की टापों के आतंक से घिर गयी है। आतंक में सिसकियाँ जमीन से आसमान तक फैल जाने के लिए बैचेन हैं।

उनके कमरे के द्वार पर कुछ लोग आ गये थे।

37

पास-पड़ोस के लोगों की मदद से अर्थी सजने लगी। अन्तिम संस्कार के लिए लवंगी की महायात्रा शुरू हुई। पाँच लोग साथ हो गये थे। पं. जगन्नाथ और भवनाथ ने अपने कन्धों पर अर्थी को सँभाला। दो लोग और आ गये थे। चार के कन्धों पर यह महायात्रा आगे बढ़ी।

पिता-पुत्र की आँखों मे आँसू बह रहे थे। पर मुँह से शब्द नहीं आ पा रहे थे। धर्मशाला से आगे बढ़ने पर कुछ लोग मृतक के बारे में पूछने लगे। साथ देने वाले बता रहे थे कि ये परदेशी हैं। पंडित हैं। घरवाली की मृत्यु धर्मशाला में हो गयी।...यह सुनकर सबने सहानुभूति प्रकट की। एक ने श्मशान घाट के सम्बन्ध में अपनी सलाह भी दे दी। दो-तीन लोग तो साथ हो गये।

बाजार से मुड़कर श्मशानघाट जाना था। किले के पास से नहीं जाना था। किले के सामने का घाट कभी सबके स्नान-ध्यान के लिए था। बाद में बादशाह अकबर के समय आमेर के राजा ने भवन बनवाया था। उस राजा के रनिवास की रानियों के लिए वह स्नानघाट सुरक्षित हो गया था। बादशाह शाहजहाँ ने उस भवन को प्राप्त कर सुन्दरतम ताजमहल में रूपान्तरित कर दिया।

पं. जगन्नाथ बुदबुदा रहे थे।...पलायन...आगरा का किला...घोड़ों की टापें... भय...ज्वर...मृत्यु! भय और आतंक के साथ रोग यमदूत के समान आ धमका। जीवन यात्रा महायात्रा में बदल गयी। पति-पुत्र को सम्बल देने वाली आज चार के कन्धों पर...ओह!

भवनाथ रो रहा था। उसका कन्धा दुखने लगा था। एक ने अपना कन्धा दे दिया। 'रामनाम सत्य है' की ध्वनि हृदय को छूकर आकाश में फैल रही थी। कुछ लोग दाह संस्कार पूरा कर लौट रहे थे। जीवन के भयानक सत्य की चर्चा हो रही थी।

पैर बालू में धँसने लगे। घाट निकट आता गया। यहाँ से ताजमहल दूर था। किला और ताजमहल–शाहों-शहंशाहों का संसार है। उस संसार में मौत का भी अपना गौरव होता है। उसकी अपनी शान होती है। प्रजा दूर से देखती है। प्रजा में मृत्यु साधारण ढंग से हो जाती है। कभी-कभी पशु-पछी-कीट-पतंग के समान भी अति साधारण रूप में मृत्यु आ जाती है। कितना अन्तर है।...कल घुड़सवार आये। लोग भाग खड़े हुए। कुछ कुचल गये। एक का देहान्त हो गया। क्या देह का महत्त्व नहीं है। महत्त्व है। देह और आत्मा–दोनों का महत्त्व है।...आज उस मृत देह को चार कन्धों पर जाना पड़ रहा है। आँखों से आँसू बह रहे हैं। घाट पर अन्तिम संस्कार होना है। देह का तो महत्त्व है।

पं. जगन्नाथ और भवनाथ का हृदय हाहाकार कर रहा था। साथ के लोगों ने उन्हें बैठा दिया। उन्होंने चिता सजायी। भामिनी विलास के कविवर ने मुखाग्नि दी। आग धधक उठी। पिता-पुत्र की पलकें बन्द हो गयीं। धधकती चिता में लवंगी का निष्प्राण शरीर जलने लगा। पास में यमुना का जल धीरे-धीरे बह रहा था। धुआँ आकाश में घुल रहा था। कविवर जगन्नाथ की अधखुली आँखों में जीवन के बीते क्षण धुँधले चित्र के रूप में मड़राने लगे।...अब स्मृतियाँ ही शेष...वे तो छोड़कर दूर चली गयीं।...क्यों चली गयीं?...क्यों?

स्नान और तिलांजलि के बाद सभी लौट चले। ऐसा लगा कि पंडितराज जीवनधन लुटाकर भग्नहृदय से लौट रहे हैं।...पिता-पुत्र दोनों कभी-कभी पीछे देख लेते थे। पीछे तो केवल बालू है...जल की धारा है और ऊपर काला-सा आकाश है। और कुछ नहीं...।

बस्ती और बाजार की ओर मुड़ने पर किले की ओर से कफन में लिपटी लाश को ताबूत में रखकर कन्धों पर उठाये लोग दिखाई पड़े। नजदीक आ गये। ये किले के लोग थे। वे कब्रिस्तान की ओर चले गये। बाजार के पास इकट्ठे लोग आपस में बातचीत कर रहे थे। पं. जगन्नाथ के पैर रुक गये। एक कह रहा था–'हकीम मुकर्रम खाँ ने अपनी कुरबानी दे दी।'

दूसरा बोलने लगा–'वह बादशाह कितना भयानक है! अपने सभी भाइयों को मार डाला। बूढ़े बाप को कैद करने के बाद भी इसे चैन नहीं है। इसने जहर देने के लिए इशारा कर दिया।'

तीसरे ने बताया–'हकीम मुकर्रम खाँ को बादशाह का खत मिला। वे रात भर बैचेन रहे। वह अपने बूढ़े बादशाह को जहर कैसे दे दें?...अगर वे जहर नहीं देते हैं तो उन्हें कुत्ते की मौत मिलेगी।'

चौथे ने हमदर्दी के साथ कहा–'हकीम साहब सच्चे इनसान थे। इनसानियत का खयाल करके ही उन्होंने जहर देना नहीं, जहर खाना पसन्द किया।'

'सचमुच फरिश्ता थे, हकीम साहब! इनाम-इकराम के बदले खुदकुशी-कुरबानी

को कबूल किया। लेकिन बुजुर्गवार का जहर देने का गुनाह नहीं किया।' पहले ने अपनी राय दी।

'हकीम साहब की कुरबानी बादशाह-ए-गाजी के रोबीले चेहरे पर तमाचा है।' दूसरे ने आवेश में कहा।

'तैमूर के खून से इनसानियत की उम्मीद ही बेकार है।' तीसरे ने अपना निर्णय दे दिया।

'अधिक मत बोलो। जासूस घूमते रहते हैं।' चौथे ने कहा।

सभी की आँखों में भय झलक उठा। सभी ने किले की ओर देखा, और वे धीरे-धीरे अपने-अपने घर की ओर चले गये।

पं. जगन्नाथ के रोयें-रोयें काँप उठे। हृदय हाहाकार कर उठा। उन्होंने अपने पुत्र भवनाथ की ओर देखा। उसकी पलकों और होठों पर भय का कम्पन था। साथ के लोग भी सहमे-सहमे थे। सबके पैर धीरे-धीरे चल रहे थे। सबने पिता-पुत्र को धर्मशाला में पहुँचा दिया। कुछ तो पंडितराज जगन्नाथ को कवि और आचार्य के रूप में पहचान गये थे। उन्होंने उन्हें आदर के साथ कहा कि वे यहाँ रह सकते हैं। कोई कठिनाई नहीं होगी। पं. जगन्नाथ ने सबके प्रति आभार प्रकट किया। सभी प्रणाम कर विदा हुए।

पं. जगन्नाथ और भवनाथ अपने कमरे में सर झुकाकर बैठे हुए थे। भवनाथ ने पिता को थोड़ा विश्राम के लिए अनुरोध किया। दोनों लेट गये। पंडितराज ने अनुभव किया—चारों ओर बादशाह-ए-गाजी का आतंक है। लोग भयभीत हैं।... यत्र-तत्र मृत्यु की गन्ध है। ...और लाल किले के आस-पास औरंगजेब का अट्टहास है।...दूसरी ओर दारा शिकोह, मुल्ला शाह बदख्शी, सूफी फकीर सरमद का रक्त है। कब्रें कफन में ढककर भी भयभीत हैं।...अब हकीम मुकर्रम साहब का बलिदान है। मनुष्यता का अवदान है।...किले के भीतर बूढ़े शाहजहाँ की क्या स्थिति होगी?...वे उन तक पहुँच नहीं सकेंगे। एतबार खाँ की निगाह में अपने प्रिय...बादशाह से मिलना भी सियासत है, साजिश है। इसलिए उन्हें भी वन्दी बनाने का आदेश हो चुका है। अब यहाँ ठहरना ठीक नहीं है। बादशाह की रक्तपिपासा बढ़ती जा रही है।

भवनाथ भीतर से विकल था। वह बन्द पलकों से देख रहा था।—चिता की लपटों में जलती हुई माँ...ऊपर उठती लपटों में माँ का जलता हुआ मुखड़ा... धीरे-धीरे केवल लपटें और फिर धुआँ...अन्त में मुट्ठी भर राख...किले के भीतर यह खबर पहुँच गयी है।...दुःखी बूढ़े शाहजहाँ...उनके पास जहाँआरा...और आलमआरा ...आलमआरा कभी अपने बाबा को देखती है और कभी पत्थर दीवार को...दीवार के ऊपर बने हुए मोखे को। उसकी माँ की मौत की खबर सुनकर उसकी आँखें भींग गयी हैं।...ऐसा लगा कि मोखे से उसकी भींगी पलकें दीख रही हैं।

किले के अन्दर शाहजहाँ पलँग पर लेटे हुए थे। पास में जहाँनारा बैठी हुई थी। उसकी आँखें नम हो गयी थीं।...आलमआरा आकर खड़ी हो गयी। शाहजहाँ लेटे-लेटे दर्द भरी आवाज में बोल उठे—'जहाँनारा! औरंगजेब का जुल्म अब सहा नहीं जाता।...पंडितराज मिलने आये। एतबार खाँ ने मिलने नहीं दिया। अगर वह मुझसे नहीं कहता तो इतनी तकलीफ नहीं होती। वह आकर कह गया कि उसने पंडत को लौटा दिया। मुलाकात में सियासी बातें हो सकती हैं। इसलिए उसने इस साजिश को नाकामयाब कर दिया।...मैं गुस्सा और लाचारी में सिर्फ देखता रह गया। मैं इसे सजा नहीं दे सकता। उसके लबों पर जहरीली मुस्कान आ गयी।...और अब हकीम मुकर्रम खाँ ने मेरे लिए कुर्बानी दे दी। मेरी जान बच गयी।...मैं क्यों बच गया।?'

'अब्बाहुजूर! आप इतने बेचैन रहेंगे तो आलमआरा का क्या होगा?...मान कर चलें कि खुदा को यही मंजूर था। खुदा की मर्जी समझकर सब भूल जायें।' जहाँनारा ने समझाने की कोशिश की।

'कैसे भूल जाऊँ, जहाँनारा! मेरा अजीज शायर लवंगी के साथ आया होगा। साथ में भवनाथ होगा। सबको एक नजर देख लेता। कितना सुकून मिलता! उन्हें इसने डाँटकर भगा दिया। और औरंगजेब ने हकीम को जहर देने का हुक्म दे दिया।...हिन्दू तो अपने मरे हुए बुजुर्गों को भी पानी देते हैं। मेरा बेटा मुझे जहर देने की साजिश करता है। हिन्दुओं के मुल्क में रहकर भी कुछ सीख नहीं सका। राम का किस्सा समझ नहीं सका। दारा ने सीखना समझना चाहा। सूफी फकीर ने चाहा। उसे भी विदा कर दिया।...इस कैदखाने में मेरे लिए जहर! या खुदा, यह कैसा इन्साफ है!! मेरे ही बेटे की कैसी फितरत है!!!'

'हकीम की कुर्बानी सबकी आँखें खोल देगी, अब्बाहुजूर! यह कुर्बानी औरंगजेब की सियासत की नाकामयाबी है।'

'अब मुझे जीने की ख्वाहिश नहीं रह गयी है, जहाँनारा...पानी पिला दो।'

आलमआरा ने सुराही से प्याले में पानी डालने की कोशिश की। सुराही का पानी खत्म था। वह बेचैन होकर बोल उठी—'बाबा पानी खत्म है।...मैं खबर करती हूँ।'

'देख लो, जहाँनारा! मुझे जहर मिल सकता है, पानी नहीं। कुछ ही फासले पर जमना बह रही है। मैं रेत पर प्यास से तड़प रहा हूँ।'

'तुम रुको, आलमआरा! मैं खबर करती हूँ।' यह कहकर जहाँनारा एतबार खाँ के नजदीक जाने लगी।

शाहजहाँ ने आलमआरा को गले से लगा लिया। वह सिसक उठी। बोलने लगी—'बाबा! आपको देखकर जी रही हूँ। आप छोड़कर चले जायेंगे तो मैं कहाँ जाऊँगी?...चाचा की कातिल नजर मुझ पर भी है।'

'तुम्हें तो जीना हैं। सल्तनत और सियासत से दूर रहकर नयी जिन्दगी जीना है।'

यह सुनकर आलमआरा ने दुपट्टे में अपना चेहरा छिपा लिया। छुपा हुआ चेहरा भवनाथ को देखने लगा।...उसे लगा कि किले की दीवार के पास भवनाथ के कदमों की आहट है।...आँखों में बैचेनी है।...आहट रुक गयी। आँखों में खौफ झलकने लगा।...एतबार खाँ ने डपटकर कैद करने का इशारा कर दिया है। दो सिपाही डण्डे लेकर दौड़ पड़े हैं।...उसने खुदा से खैर-दुआएँ माँगी।...वह बाल-बाल बच गया।

आलमआरा ने चेहरे पर दुपट्टे को हटा लिया। उसने मोखे की ओर देखना चाहा।...हवा का एक झोंका आया। उसके केशों से उलझ गया। उसे अच्छा लगा।

जहाँनारा लौटकर आ गयी। शाहजहाँ ने देखा। दोनों एक दूसरे को देखने लगे।

जहाँनारा ने आकर कहा—'एतबार खाँ ने पानी के इन्तजाम कर देने का एहसान किया है।...पानी आ रहा है।...एक और खबर है।'

'कैसी...?'

'लवंगी की मौत हो गयी।'

'लवंगी की मौत...! वह मेरे पास आयी। मिल नहीं सकी। मैं उसे दुआएँ नहीं दे सका। मेरे लिए मौत क्यों नहीं आती?'

'मौत आपके दुश्मन को आवे। मैं आपके लिए मौत से भी लड़ लूँगी।... औरंगजेब तो अपने तख्तोताज के लिए सबसे जंग छेड़ चुका है। अपने बड़े बेटे को भी कैद कर लिया है। उसे भी ग्वालियर भेज दिया है। क्योंकि वह शुजा की दुख्तर से शादी करने के लिए मिलना चाह रहा था।'

'यह गाजी मेरे खानदान को खत्म करके ही दम लेगा।...ओह!' जहाँनारा और आलमआरा सिसकने लगीं।

38

थका-माँदा अमीचन्द मथुरा से दूर निकल आया। उसने सोचा कि वह वेश बदल कर दिल्ली पहुँच जाये। एक बार पिताजी से मिलकर निर्णय कर ले कि उसे क्या करना है।...पिताजी प्रतीक्षा करते होंगे। माँ की आँखें द्वार पर लगी होंगी। सरमद साहब का मजार उसकी बाँसुरी के लिए बेकरार होगा। उसे जाना चाहिए।...और वह दिल्ली की ओर मुड़ गया। मुगल सिपाही दिखाई पड़ गये। उसे छिपना पड़ गया। उसे लगा कि मथुरा से दिल्ली तक पग-पग पर मुगल सिपाही तैनात हैं। उसकी खोज कर रहे हैं। हथकड़ी-बेड़ियों के साथ उसकी खोज कर रहे हैं। कैदखाने का दरवाजा खुल गया है। उसका क्या होगा?...सूफी सन्त के जीवन का

अन्त कर दिया गया।...वह उनका शिष्य रहा है। वे शाहजादा दारा के गुरु रहे हैं। और दारा शिकोह औरंगजेब के लिए भाई नहीं, दुश्मन मान लिए गये थे। उनके रहते औरंगजेब को तख्ते ताऊस नहीं मिल सकता था।...दारा हिन्दू-मुसलमानों में भेदभाव नहीं करना चाहते थे। वे हिन्दू दर्शन का अध्ययन कर रहे थे। उपनिषदों का अनुवाद करा रहे थे। सूफी सन्त सरमद भी सूफी पन्थ की इश्क हकीकी और इस देश की कृष्णभक्ति में फर्क नहीं मानते थे। दोनों को जोड़ रहे थे।...वह स्वयं अपनी बाँसुरी के संगीत द्वारा इश्क हकीकी और कृष्णभक्ति को मुखरित करता रहा है। परन्तु बादशाह-ए-गाजी इस साधना-समन्वय को कबूल नहीं कर सके। ये आरम्भ से इस साधना-संगम को मानने को तैयार नहीं हुए। अपने को ईमानदार मोमिन समझते रहे। दारा शिकोह को काफिर घोषित कर जंग में जीत गये। और फिर रक्त बहता रहा। क्या यह भी जेहाद है? यह तो बगावत को कुचलना है। ...उसे भागना है। उसे छिपना है।

स्मरण आया कि उस दिन रात में उसने बड़ा भयानक सपना देखा था।... मुगल सिपाही जंजीर झनझनाते हुए उसकी ओर बढ़ रहे थे। उनके पीछे आलमगीर औरंगजेब नंगी तलवार लिए खड़े थे।...उसने अपनी बाँसुरी होठों पर लगा ली थी। सरमद साहब की प्रिय धुन को बजाने की कोशिश की।...बादशाह-ए-गाजी की आँखों से आग बरसने लगी। पर वह बाँसुरी बजाता रहा। जंजीर की झनझनाहट और बाँसुरी की स्वरलहरी में होड़ होने लगी।...नींद टूट गयी। सपना गायब हो गया। पंछी के मधुर गीत सुनाई पड़ने लगे।

अमीचन्द ने दिल्ली जाने का विचार छोड़ दिया। अब वह नहीं जायेगा। वह जंजीरों में बँधकर कैदखाने में जीवन के दिन नहीं गिनेगा। वह बुन्देलखण्ड के पहाड़-जंगल की ओर चल पड़ा। बुन्देलखंड में मुगल शासन कमजोर है। उधर सन्त प्राणनाथ भ्रमण कर रहे हैं। उनके दर्शन हो सकते हैं। उस क्षेत्र में ठौर-ठिकाना मिल जाये तो उनकी साधना आगे बढ़ेगी। नहीं तो, मराठा प्रदेश की ओर चला जाये। शिवाजी स्वराज्य के लिए संघर्ष कर रहे हैं।...छोटे या बड़े युद्ध की स्थिति सर्वत्र है। कोई राज्य बढ़ाने के लिए लड़ रहा है। कोई अपना राज्य कायम करने के लिए रक्त बहा रहा है। कोई स्वराज्य के लिए शस्त्र उठा रहा है।

वह जंगल में प्रवेश कर रहा था। एक पोखर दिखाई पड़ा। पोखर के किनारे पूर्वाभिमुख छोटा-सा मन्दिर झलक उठा। वह मन्दिर की ओर आ गया। उसने देखा कि मन्दिर में बड़ा-सा ओसारा है। मन्दिर की तीनों ओर फूल और फल के वृक्ष दिखाई पड़े। इस जंगल में यह मन्दिर खड़ा है। पर कहीं कोई दृष्टि में नहीं आता। लगता है कि इधर से जाने वाले पथिक विश्राम कर लेते होंगे। जंगल में रहने वाले वनवासी आ जाते होंगे। पोखर में स्नान कर मन्दिर में फूल चढ़ाते होंगे।

वह मन्दिर के ओसारे में पहुँच गया। धूल-पत्तों को साफ कर बैठ गया। थोड़ी

देर विश्राम कर पोखरे में उसने हाथ-पैरों को धोया। फिर वह ओसारे में शीश के नीचे झोली रखकर लेट गया। बगल में बाँसुरी रख दी।...पलकें मुँद गयीं।...उसने यमुना तट पर बाँसुरी बजायी थी। उस समय लगा था कि वह नाद के साथ अनन्त की ओर बढ़ा जा रहा है।...उसने लाल किला के पिछवाड़े बाँसुरी बजायी थी। लाल किला बेचैन हो गया था। घोड़ों की टापें नादब्रह्म को कुचलने के लिए उतावली हो गयी थीं।...वह पंडितराज के साथ मथुरा चला आया। वंशीधर के सामने वंशी बज उठी। लोग अपने कन्हैया का वंशीवादन समझकर झूमने लगे। पर मथुरा का फौजदार वंशीवाले को कैद करने के लिए दौड़ पड़ा। गोकुल ने मुकाबला करने का निश्चय किया। परन्तु उसे उचित नहीं लगा कि उसके लिए रक्तपात हो। उसके लिए तिलपट गाँव जूझ मरे।

वह गोकुल को छोड़कर चला आया। पंडितराज दुःखी हो जायेंगे। गोकुल अप्रसन्न हो गया होगा वह साहसी है। सारा तिलपट मुगल शासन को कबूल करने को तैयार नहीं है। पर मुगल सल्तनत के सामने गोकुल और गोकुल के तिलपट गाँव की क्या शक्ति है।

पंजाब ने नानक पन्थी गुरु मुगलों के सामने झुक नहीं पाते। क्यों झुकेंगे? उन्होंने भक्ति के साथ शक्ति के महत्त्व को भी समझ लिया है।...उधर मेवाड़ में राज सिंह अकेले शीश ऊँचा कर खड़े हैं। मराठा शिवाजी ने स्वराज्य के लिए शंखनाद कर दिया है।

वह सूफी सन्त का शिष्य है। कृष्णभक्त भी है। वह बाँसुरी बजाता रहेगा। हिन्दू और मुसलमान–दोनों के हृदय को मिलाने की कोशिश करता रहेगा। परन्तु बाहरी देशों से आये मुट्ठी भर मुसलमान अपने को श्रेष्ठ मानते हैं। मुगल विदेशी हैं। शासक जाति के हैं। पर हिन्दी मुसलमान नगर-ग्राम में हिन्दुओं के साथ रहते हैं। इन दोनों में एकता का भाव आ सकता है। सन्त कबीरदास ने भी कोशिश की थी। उन्हें तो सफलता नहीं मिली। सुल्तान सिकन्दर ने कष्ट ही दिया था। पर साधना होती रही।

यह सोचकर वह उठ बैठा। उसने मन्दिर की ओर देखा। दृष्टि शिखर तक जा पहुँची। और ऊपर नीला आसमान झलक रहा था। पंछी उड़ान भर रहे थे। उसकी दृष्टि नीचे आयी। पोखर के शान्त जल में आकाश प्रतिबिम्बित हो रहा था।...उसने देखा कि पोखर के दूसरे छोर पर दो हिरण आ गये। नीचे उतर पानी पीने लगे। वह उन्हें देखने में खो गया। सहसा बाँसुरी होठों से जा लगी। वह वंशी बजाने लगा। हिरण पानी पीकर दो क्षण बाँसुरी वादन सुनकर कुलाँचे लगाते निकल गये। वह बाँसुरी बजाता रहा।

मन्दिर के पीछे पेड़ों के झुरमुट में पत्ते खड़क उठे। पैरों की आहट आने लगी।

पर अमीचन्द बाँसुरी बजाता रहा। उसका ध्यान नहीं टूटा। दो साधु जंगल की ओर से आ गये। दोनों मन्दिर के पास आये। थोड़ी दूर से बाँसुरी सुनते रहे। मग्न हो गये।

बाँसुरी का बजना बन्द हुआ। उसकी पलकें खुलीं। मन्द-मन्द मुस्काते दो साधु दिखाई पड़े। वे दोनों ओसारे में आ गये। अमीचन्द ने उन्हें नमन किया। उसे आशीष मिली।

एक ने पूछा—'बाँसुरी वाले! कहाँ से आ रहे हो?'

'जी, मैं मथुरा से आ रहा हूँ।' अमीचन्द ने जवाब दिया।

'बाँसुरीवाला बाँसुरीवाले के पास से आ रहा है—यह तो हर्ष का विषय है!' दूसरे साधु ने प्रसन्नता प्रकट की।

'तुम्हारा घर कहाँ है? इधर कैसे आ गये?' पहले ने पूछा।

अमीचन्द एक क्षण मौन रहा। परिचय देने से घबरा रहा था। अपनी बाँसुरी देखने लगा था।

'घबराओ मत! हम तो साधु हैं। हमसे अमंगल नहीं होगा। अपना परिचय दो।' दूसरे ने मधुर स्वर में आग्रह किया।

इस आग्रह पर अमीचन्द ने साहस किया। उसने मन्द स्वर में दिल्ली और मथुरा की अपनी कहानी सुना दी। और अन्त में कहा कि उसे भागकर आना पड़ा है। उसे बुन्देलखंड में सुरक्षित रहना है। सुना है कि इधर सन्त प्राणनाथ विचरण कर रहे हैं।

पहले साधु ने स्नेह से उसकी पीठ पर अपना हाथ रख दिया। होठों पर मन्द-मन्द मुस्कान छा गयी।

दूसरे साधु ने बताया—'युवक! तुम सन्त प्राणनाथ के सामने हो। मैं इनका शिष्य लालदास हूँ।'

अमीचन्द ने सन्त प्राणनाथ की ओर देखा। सन्त प्राणनाथ का मन्द मुस्कान के साथ शीश हिला। वह प्रसन्न हो उठा। उसने झुककर प्रणाम किया। उन्होंने हृदय से लगा लिया। और युवक का नाम पूछा।

'मेरा नाम अमीचन्द है। यह बाँसुरी मेरी संगिनी है। सूफी सन्त की वाणी को हृदय में सँजोकर आपकी शरण में हूँ।'

'अमीचन्द! सन्त सरमद का बलिदान हुआ है—यह ज्ञात है। उन्होंने सन्त कबीरदास के समान राम-रहीम और कृष्ण-करीम को एक माना है। उन्होंने केवल प्रेम का सन्देश दिया है जिसे औरंगजेब ने ठुकरा दिया है। इसीलिए तुम्हें भागना पड़ा है। यह भी ज्ञात है।'

'जी, हाँ!'

'मैं भी प्रयत्न कर रहा हूँ।...मेरे सद्गुरु श्री देवचन्द जी मुझे आदेश देकर कृष्णलीन हो गये। मैं उनके आदेश पर भागवत पुराण और कुरान शरीफ—दोनों का अध्ययन कर रहा हूँ।...दोनों का भाष्य लिखकर दोनों का सार रखना चाह रहा हूँ। औरंगजेब के सामने रखूँगा। जिससे वह कुछ समझ सकें।' सन्त प्राणनाथ ने स्पष्ट किया।

'अमीचन्द, तुम साथ रह सकते हो। सन्त सरमद के अधूरे कार्य को पूरा करने में सहयोग दे सकते हो।' लालदास ने कहा।

'मुझे वन्दी बनाने के लिए मुगल सिपाही दौड़ लगा रहे हैं और में भाग रहा हूँ।...अब आप जैसा आदेश दें।' अमीचन्द ने निवेदन किया।

'मुगल सिपाही दौड़ते रहेंगे। तुम तो मेरे साथ रहोगे। इस बुन्देलखण्ड में पकड़ लेना बहुत कठिन है।...भय नहीं, साहस चाहिए। जीवन और जीवनलक्ष्य के प्रति विश्वास चाहिए।' सन्त प्राणनाथ ने जीवन का रहस्य समझा दिया।

अमीचन्द ने अनुभव किया कि वह सन्त के साथ रहकर साहस और विश्वास को पा लेगा। सन्त सरमद के अधूरे कार्य को पूरा कर सकेगा। अब वह अकेला नहीं है। निराधार नहीं है। गोकुल ने भी आधार दिया था। उसे विश्वास नहीं हुआ था। मुगल फौज के सामने गोकुल कैसे टिकेगा?...पर ये तो साधु हैं। इनके साथ रहना है। अब भटकना नहीं है।

अपने हाथ जोड़कर सर झुकाया। सन्त प्राणनाथ ने पुनः हृदय से लगा लिया। उसी ओसारे में सभी बैठ गये। लालदास ने झोली से फल निकाला। मन्दिर के द्वार खोलकर अर्चना की। फल को अर्पित किया। और फिर सभी प्रसाद खाने लगे। अमीचन्द की थकान दूर हो गयी। भूख शान्त हुई। मन भी शान्त हुआ।

सन्त प्राणनाथ ने कहा—'अमीचन्द! श्री कृष्ण ही बुद्ध हैं, ईसा हैं और पैगम्बर मुहम्मद हैं। समय-सयम पर हर देश में किसी न किसी रूप में अवतरित होते हैं। मानव और मानव के मध्य अन्तर करना अनुचित है, पाप है। इस सत्य को सबके ग्रन्थों से निकालकर सामने रखना है। कठिन है। पर मानवमात्र के कल्याण के लिए यह करना है। मेरा संकल्प है।'

अमीचन्द ने हर्षित होकर कहा—'यह तो बहुत बड़ा काम है। सबके ग्रन्थो के आधार पर...सागर मन्थन से अमृत पा लेना आवश्यक है। इसी से कट्टरता, संकीर्णता और विद्वेष का अन्त हो सकता है। और तभी बाँसुरी बज सकेगी।'

लालदास ने बताया कि हम यहाँ से चलेंगे। शान्त एकान्त में अध्ययन-मनन हो...फिर सबके समक्ष सत्य का अमृत रखा जाये।

'जी हाँ।'

सन्त प्राणनाथ मुस्करा उठे।

39

तिलपट गाँव के बाहर देवीथान के पास गोकुल खड़ा था। वह मथुरा की दिशा में देख रहा था जिधर मुगल सिपाही लौट गये थे। कभी वह आगरा की दिशा में देख लेता था जिधर अमीचन्द के कदम बढ़ गये थे।...फिर वह वृन्दावन की ओर देखने लगा जिधर से वह चला आया था।...अपने साथियों की ओर दृष्टि डाली। वे लाठी और भाले लिए खड़े थे।

उसने सोचा—अमीचन्द को विश्वास नहीं हुआ। वह खून-खराबी की शंका से डर गया। भीतर से बाहर तक डरा हुआ है। वह उसे विश्वास तो दिला रहा था। ये सारे साथी लाठी-भाले के साथ मौजूद थे। पर मुगल बादशाह सबको डरा रहा है। वह समझता है कि डरी हुई प्रजा पर ही शासन हो सकता है। ऐसा नहीं होगा। डर को मिटाना है।

हर पूनम को पाँच-पाँच गाँव के नौजवान एकत्र हों। एक साथ खेलें। अस्त्र-शस्त्रों का अभ्यास करें। गीत गायें। किशन कन्हैया की जय के साथ एक भाव से प्रसाद ग्रहण करें। इससे सबमें साहस एवं शौर्य का संचार होगा। नया विश्वास जगेगा। एक शक्ति का सूरज उगेगा।

गोकुल मुस्करा उठा। अपने साथियों की ओर देखा। सभी मुस्कराये। उन्होंने समझा कि मुगल कुछ पाये बिना मुँह लटकाकर लौट गये। इसीलिए गोकुल खुश है।

गोकुल सबको साथ लेकर अपने घर आया। सबको ओसारे में बैठाया। सबने देखा कि दीवार के एक ताखे पर बाँसुरी वाले किशन की मूरत है। दूसरे ताखे पर चक्रधारी किशन विराजमान है। दो प्रकार की मूरतों को देख सभी आपस में बातचीत करने लगे। गोकुल तो घर के भीतर चला गया। दोना में राबड़ी लाकर उसने सबको देना आरम्भ किया। सभी चिन्ता और तनाव को भूलकर राबड़ी का स्वाद लेने लगे। गोकुल सबके साथ बैठ गया। गोरस के मधुर आस्वादन के साथ मन्द-मन्द मुस्कानों का आदान-प्रदान भी होने लगा।

अन्त में गोकुल ने गम्भीर स्वर में कहा—'हम आसपास के सभी नौजवानों को भाले-तलवार का अभ्यास करायेंगे। हर माह की पूर्णिमा की चाँदनी में इकट्ठे होकर अपनी कला दिखायेंगे। अब हल और लाठी से काम नहीं चलेगा। यदि हम अपने गाँवों में मान-मर्यादा के साथ जीना चाहते हैं तो!'

सबने एक स्वर में उत्तर दिया—'हम इस विचार को मानते हैं।'

'यह समय की माँग है कि किसान हल के साथ तलवार भी धारण करें। इस

बादशाह ने हमें कीड़ा-मकोड़ा समझ लिया है। अब हम बतायेंगे कि हम इस धरती के पुत्र हैं। और तुम हमलावर...।'

'हम मन-वचन-कर्म से अस्त्र-शस्त्र सीखकर बादशाह का भय मिटायेंगे। फौजदार के जुलुम को सहन नहीं करेंगे।'

'यही होना है। हमारा अभ्यास प्रातः-सायं आरम्भ होगा।'

सबने चाहा कि जयकार करें। गोकुल ने मना कर दिया। सभी की दृष्टि श्रीकृष्ण की दोनों मूर्तियों पर गयी।...बाँसुरी और चक्र...एक संगीत का आनन्द प्रदान करता है; दूसरा शक्ति का प्रतीक है। साहस और शक्ति के बाद ही आनन्द का क्षण आता है। किशन जी असुरों से जूझते थे। और फिर बाँसुरी बजाकर सबको झुमा देते थे।

सबको किशन जी की एक कथा याद आ गयी। एक विषैले नाग से...शायद किसी नागपूजक बलशाली असुर से गोकुल गाँव दुःखी था। किशन जी उस नाग से—बलशाली से डरे नहीं। उसे नाथ लिया। उसे पराजित कर दिया। गाँव को त्राण दिया। सबको अभय कर दिया और तब बाँसुरी बजायी थी।...वह कालियादह इसका प्रमाण है।

सबकी आँखें एक-दूसरे से मिलीं। मानो सबने कथा के रहस्य को समझ लिया है। सबको सच का भान हो गया।...निडर होकर मान-मर्यादा के साथ जीना...अत्याचार से जूझकर सर ऊँचा करके जीना...अपनी धरती, अपने पर्वत, अपनी नदियाँ, अपने पेड़-पौधे और पुरखों को ध्यान में रखकर जीना!

उसी समय मथुरा से चौधरी भगत राम का आना हुआ। गोकुल ने अपने मामाजी को प्रणाम किया। बैठने के लिए आसन दिया। सभी तो मामाजी को पहचानते थे। सबने आदर प्रणाम किया। चौधरी भगतराम ने कुछ क्षण विश्राम किया। गोकुल ने बताया—अमीचन्द बाँसुरी वाला तिलपट से चला गया। हमें बताया भी नहीं, पता नहीं कहाँ चला गया?'

'उधर पंडितराज भी परिवार के साथ आगरा की ओर चले गये। मैंने रोका था। पर वे रुक नहीं सके थे।' भगतराम ने कहा।

'फौजदार मुर्शिद कुली खाँ के सिपाहियों ने गाँव को घेर लिया था। उसने घर-घर की तलाशी ली थी। पर अमीचन्द तो रात के तीसरे पहर ही निकल गया था।...सिपाहियों को निराश होकर लौट जाना पड़ा।

'रास्ते में तो वे खेतों को रौंदकर लौटे हैं।'

'यह उनकी आदत है। वे समझते हैं कि डराने-धमकाने-कुचलने से प्रजा काबू में रहेगी। उनके अनुसार यही शासन है।...अब तो बताना पड़ेगा, मामा जी! कि खेतों से होकर कैसे चलना चाहिए!'

'शाहजादा दारा शिकोह का व्यवहार अच्छा था।...ये तो तलवार की भाषा

जानते हैं। लक्षण अच्छे नहीं हैं, गोकुल!'

'मामाजी! हम अपने गाँव में एक साथ थे। हम लाठी-भालों के साथ थे। वे चकरा गये थे।...हमने कह दिया था कि तलाशी ले लो, पर कुछ बरबाद न हो। बेटी-बहू की ओर नहीं देखना!'

'तब तो वे लाल-पीला हो गये होंगे।'

'वे मारपीट नहीं कर सके। कुछ बरबाद नहीं कर सके। पर वे गुर्रा रहे थे। धमका कर वे चले गये।'

'खेतों को रौंदते हुए चले गये। शहर में भी वे चीख रहे थे।' भगतराम ने बताया।

गोकुल ने महसूस किया कि मामाजी के भीतर असन्तोष जाग उठा है। तभी तो अमीचन्द की जानकारी के लिए आ गये हैं।...यह असन्तोष मान-मर्यादा की याद दिलायेगा। जुल्म से जूझने के लिए शक्ति देगा। कर्म करने की लिए कहेगा। यह असन्तोष सही है। उसने नौजवानों के लिए शस्त्रों के अभ्यास का निर्णय बता दिया।

चौधरी भगतराम अपने भांजे गोकुल को देखता रह गया।...दो क्षण के बाद कहा—'गोकुल! कठिन संकल्प कर लिया है।...मुगलों से टकराना खेल नहीं है। बहुत से क्षत्रिय राजे झुके हुए हैं। पर पंजाब में नगर-ग्राम के लोग शस्त्र-धारण करने लगे हैं। नानकपन्थी निर्गुणवादी गुरु अपने शिष्यों को शस्त्र धारण करने को कह रहे हैं। नारनौल में सतनामी पन्थ के गुरु भी शिष्यों को सबल बना रहे हैं। मराठा प्रदेश में सन्त रामदास ने शस्त्रों का अभ्यास बहुत पहले आरम्भ करा दिया था।

गोकुल ने मन्द मुस्कान के साथ सिर हिलाया। अपने साथियों की ओर देख कर बोल उठा—'तब तो हम सही काम करने जा रहे हैं। हमारा निर्णय ठीक है। हमारा सोचना गलत नहीं है।'

सबमें उत्साह जग गया। सबको लगा कि गोकुल का सोचना सही है। इसके प्यार भरे आदेश पर उठकर खड़ा होना चाहिए। अपनी धरती, अपनी गैया और अपनी मान-मर्यादा के लिए पूरे विश्वास के साथ साहस करना चाहिए।

गोकुल कह रहा था—'मामाजी! यह कठिन काम हो सकेगा न? तलवार उठाना तलवार की धार पर चलना है!'

'संकल्प और साहस से कोई भी बड़ा काम सहज हो जाता है, गोकुल! लेकिन एक कठिनाई है।' भगतराम ने जवाब दिया।

'कैसी कठिनाई है?'

'मराठे किसानों का इलाका पहाड़ों-जंगलों का है। वहाँ शस्त्रों का अभ्यास और तलवार उठाना—दोनों के लिए सुविधा है। पर यहाँ यह सुविधा नहीं है। छोटी

पहाड़ी है। वृन्दावन में वन तो है।'

'हम खड़े होंगे, मामाजी!'

'ठीक है! शहर-छावनी की जानकारी मुझे मिलती रहेगी। मैं तुझे देता रहूँगा। मुझे भी अपनी धरती, अपनी गैया, और अपनी मान-मर्यादा की लड़ाई में साथ देना है।' गम्भीर स्वर में भगतराम ने कहा।

गोकुल एक नये विश्वास से मुस्करा उठा।

उधर मथुरा के फौजदार मुर्शिद कुली खाँ के हुक्म से मथुरा-आगरा मार्ग पर मुगल सिपाहियों के खेमें लग गये। अमीचन्द की खोज-पकड़ के लिए आने-जाने वालों पर निगाह रखी जाने लगी। फौजदार चक्कर लगाता रहा। लेकिन अमीचन्द का सुराग नहीं मिल रहा था। मर्शिद कुली खाँ परेशान हो रहा था। एक हफ्ता गुजर रहा था। शाम उतर आयी थी। दूर से कुछ लोग लाठियों को कन्धे पर सँभाले एक पालकी के साथ आ रहे थे। फौजदार के इशारे पर मुगलों ने सबको घेर लिया। अमीचन्द की खोज होने लगी। अमीचन्द नहीं मिला। सबको मार-पीटकर भगा दिया। पालकी कब्जे में रख ली गयी।

पालकी में नवविवाहिता वधू थी। वह ससुराल जा रही थी। उसे एक खेमे में रखा गया। सिपाहियों का पहरा लग गया। बाहर मशालें जल गयीं। खेमे के अन्दर अन्धकार था। नववधू सोच रही थी—'अब कैसे सत बचे? वह भागकर कहाँ जाये? सबको मारपीटकर भगा दिया गया।...क्या वे आकर बचा सकेंगे? इन मुगल सिपाहियों से लड़ सकेंगे?...ये तो हँसी ठ्ठा कर रहे हैं। शायद अफीम पीने की तैयारी कर रहे हैं। वह भाग सकेगी।...साथ ही छुरी तो पालकी में रह गयी। ...वह कैसे बचे?

वह किशनमुरारी का नाम लेने लगी। आँखों से आँसू बह चले।...माँ-पिताजी की याद आयी।...पति की याद आयी। वह चीख उठी।

मुर्शिद कुली खाँ शमादान लेकर खेमे में आया। मोमबत्ती की रोशनी में नयी दुल्हन को देखना चाहा। उसने घूँघट में चेहरे को छिपा लिया था। वह अपने में सिमट गयी।

मुर्शिद कुली खाँ बोल उठा—'मैं मथुरा का फौजदार हूँ। सभी खौफ से भाग गये। अब तुझे महल में चलना है।'

कोई जवाब नहीं मिला।

'नाजनीन! कुछ बोलो...जुबान खोलो। चेहरे से नकाब हटाओ। तेरे सामने फौजदार मुर्शिद अली खाँ है।...अब तू मेरी दुल्हन है।'

कोई जवाब नहीं आया।

मुर्शिद कुली खाँ गरज उठा—'कौन मुगल फौज से टकराने आयेगा? कोई चेहरा दिखाई पड़ रहा है?...मैं हुस्न की इज्जत करता हूँ, हसीना!'

'मुझे सोचने का मौका दें, हुजूर! मोमबत्ती या मशाल यहाँ जलने दें।' नववधू ने उत्तर दिया।

'बहुत खूब! शहनाई बज उठी!! मशाल की रोशनी में जलवा दिखे—ठीक है।' यह कहकर उसने मशाल का इन्तजाम कर दिया। और सोचने के लिए थोड़ा वक्त दे दिया। वह खेमे से बाहर चला गया।

नवबधू ने मशाल को देखा। मशाल में अपने को देखा। फौजदार के शब्द गूँजने लगे। वह काँप उठी। उसने चारों तरफ दृष्टि डाली। मोटे कपड़े से बना खेमा था। नीचे दरी पर कालीन बिछा था। बाहर से फौजदार के कहकहे...उसके शब्द। वह काँप उठी। अपने पति का स्मरण किया।...माँ-पिता का स्मरण किया। और वह मशाल की लपट में जल उठी। खेमे में उसने चक्कर लगाया। खेमा जलने लगा। लपटें उठने लगीं।

मुर्शिद कुली खाँ आ गया। नववधू उसके पास आयी। फौजदार भी लपटों से घिर गया। वह चीखकर भागा। जलता हुआ खेमा उस पर गिर पड़ा। दोनों लपटों में जलने लगे। सिपाही दौड़कर आये। अपने फौजदार को बचाने के लिए मिट्टी डालने लगे।...उधर नववधू जलती रही। लपटों की गोद में प्रतिष्ठा पा गयी।

40

मोती मस्जिद से अजान सुनाई पड़ी। बादशाह-ए-गाजी ने सुबह की नमाज अदा की। और फिर दरीचे से पीछे देखा। ऐसा लगा कि फीलखाना के फील सूड़ उठा कर उन्हें सलामी दे रहे हैं।

बादशाह ने सोचा—आज हाथियों के खेल को देखना है। अगले हफ्ते घुड़दौड़ का जायेजा लेना है।...यह लाल किला और किले पर फहरता सब्ज परचम मुगल सल्तनत की बुलन्दी के निशान हैं।...हिन्द की सरजमीन और आसमान को हर लमहा यह अहसास हो रहा है।...शेरदिल और शेरजंग तैमूर के वारिसों ने अपनी तलवार से काफिरों के इस मुल्क को जीता है। और शान से इस पर हुकूमत की है।...यह हुकूमत चलती रहेगी, जब तक ऊपर आसमान में आफताब और महताब रोशन रहेंगे।

बादशाह-ए-गाजी का सर ऊँचा हुआ।...उन्हें लगा कि बुजुर्गवार बाबर ने राना साँगा को मात दे दी है। राना का जख्मी होकर मैदान छोड़ना पड़ा है।...बुजुर्ग अकबर ने बनिया बक्काल हेमू को कैद कर लिया है। लाशों के ढेर पर सब्जपरचम फहर उठा है। वही परचम फहर रहा है। फहरता रहेगा।

पंजाब के काफिरों के गुरु हरेकिशन राय आ गये हैं। उन्हें राम सिंह की देखरेख में रहना है। नाबालिग पीर पर दबाव डालना है जिससे वे मुगल तख्त के

वफादार बन जायें। देहली में रहें। अपने चेलों से फासला बन जाये। ये अलहदा हो जायें। फिर ये सरदर्द नहीं बन सकेंगे।

बादशाह-ए-गाजी ने अपनी दाढ़ी पर हाथ फेरा। फिर उनके कदम बढ़ गये। वे उदयपुरी बेगम के पास आ गये।... सूरज की रोशनी कमरे में आ रही थी। उदयपुरी अपने बच्चे के चेहरे को देख रही थी—चेहरे पर मासूमियत है या औरंगजेब की सियासी खुश्की! यह अपनी बदनसीब मम्मी को प्यार करेगा या जबर्दस्ती बने वालिद को!!...यह गोद में आ गया है। इसे प्यार देना है।...यह भी औरत की मजबूरी है।...अल्लाह ने औरत को इतना कमजोर और मजबूर क्यों बनाया? यह इन्साफ-पसन्द मालिक का इन्साफ तो नहीं है!

औरंगजेब ने दस्तक दी। उदयपुरी ने दरवाजा खोला। औरंगजेब ने कमरे में कदम रखा। किलकते बच्चे के पास आये।

'तो यह कामबख्श है, उदयपुरी!...हम दोनों के वस्ल की निशानी... ।' औरंगजेब ने कहा।

'यह बादशाह-ए-गाजी को पहचानने की कोशिश कर रहा है।' उदयपुरी ने जवाब दे दिया।

'मेरा फरजन्द मुझे पहचानने की कोशिश...क्या कह रही हो?'

'जी हाँ! बादशाह बेटे को प्यार करेंगे या इस पर हुकूमत—यह समझना चाह रहा है।'

'प्यार भी...हुकूमत भी।'

'औलाद को सिर्फ प्यार-मुहब्बत चाहिए, जहाँपनाह!'

'मैं बादशाह हूँ, उदयपुरी! लाल किला से लेकर बीजापुर तक हुकूमराँ की नजर रखनी है।'

'इसीलिए अपनी बेटी की शादी की फिक्र नहीं, मगर दूसरे की बेटी को हरम में दाखिल करने की बेताबी है!'

'यह क्या कह रही हो?'

जेबुन्निसा की शादी करें। और उस काफिर शाहजादी को भूल जायें। वह तो डूब मरी।...अपनी बेटी की शादी के लिए भी रोशनआरा के सलाह की जरूरत है?'

औरंगजेब यह सुनकर चुप हो गये। वे कामबख्श को देखते रहे। पर कानों में उदयपुरी के अलफाज गूँजते रहे।

उदयपुरी बेगम ने समझ लिया कि बात लग गयी है। बात लगनी चाहिए। चोट लगनी चाहिए। बादशाहत की ताकत लेकर जोरजबर्दस्ती करने आ जाते है। बदकिस्मत दारा शिकोह की बदनसीब बेगम जो है!! ये अपनी मुकम्मल कामयाबी का जायेका लेने आते हैं!!!...ऐशगाह में फतह का जश्न मनाते हैं। लेकिन ख्वाहिश यह है कि उदयपुरी वफादार बेगम बनकर रहे। उसे यह अहसास होता

रहता है। वह बेचैन हो जाती है। मजबूरी और बेचैनी की यह जिन्दगी है! जया इस मजबूरी और बेचैनी की जिन्दगी से छुटकारा पा गयी।...क्या वह सचमुच डूब मरी?...या खुदा!

बादशाह खिल्वतगाह में आ गये। सूबेदार दानिशमन्द खाँ, वजीर फाजिल खाँ, शेख निजाम, शेख इस्लाम और दक्कन–आगरा से आये जासूस मौजूद थे। सबने खड़े होकर कोर्निश की। बादशाह ने चाँदी की कुर्सी पर बैठकर सब पर नजर डाली। दो लम्हे तक सन्नाटा छा गया।...बादशाह की आवाज सुनाई पड़ी–'सूबेदार! तवायफों को शहर-निकाला हो गया?'

'हाँ, जहाँपनाह! कुछ ने शादी कर ली। ज्यादातर शहर छोड़कर चली गयीं। रिआया ने इस कार्रवाई को पसन्द किया है। थोड़े ऐयाश जरूर परेशान हैं।' दानिशमन्द खाँ ने बताया।

'और काफिर शाहजादी कहाँ डूब मरी? वह फकीर कहाँ है?'

'फकीर की तलाश हो रही है। शाही नजूमी ने कुछ बताया है।'

'मुझे सिर्फ अपने दिमाग और बाजुओं पर भरोसा है।'

'पूरी कोशिश हो रही है।' सर झुकाकर दानिशमन्द खाँ ने कहा।

बादशाह की आँखों में गुस्सा झलक उठा। वे बोल उठे–'तुम्हारी क्या खबर है, फाजिल खाँ?'

फाजिल खाँ उठकर खड़ा हुआ। लेकिन उसे लगा कि उसके पैर काँप रहे हैं। अन्दर से आवाज भी काँपती हुई आ रही है। उसने आहिस्ता-आहिस्ता कहना शुरू किया–'जहाँपनाह! दक्कन में शाइस्ता खाँ साहब शिवाजी की चालाकी से मात खा गये हैं। किलों को जीतकर वे शिवाजी के महल में आराम कर रहे थे। शिवाजी डर कर भाग गया था।...अचानक एक स्याह रात में एक बारात आयी। वह छिपकर आ गया। चूहे की मानिन्द महल में घुस आया। सभी सोये थे। उसने सोये हुओं पर हमला कर दिया। लगा कि चोर आ गये हैं। इसी हलचल में शाइस्ता खाँ साहब का फरजन्द मारा गया। वे भी जख्मी हैं। वे लौट रहे हैं।'

'वह पहाड़ी चूहा महल में कैसे दाखिल हो गया? पूना के राजमहल में? यह तो नामुमकिन-सा लगता है।'

'शिवाजी बारात सजाकर पूना शहर में चला आया था। सिपाही पहचान नहीं सके। इसलिए कैद नहीं हो सका। आधी रात को महल में सभी सो गये थे। वह महल के पिछवाड़े से घुस आया।'

'यह तो शेख चिल्ली का तमाशा हो गया। जासूसों ने और क्या बताया है?' बादशाह ने तल्ख आवाज में पूछा।

'बुन्देलखंड में चम्पतराय के बेटे छत्रसाल ने बिन्दबासनी देवी के मन्दर के लिए सरदार असलम खाँ से लड़ाई मोल ले ली। सरदार मन्दर के त्यौहार को रोकने

चले गये थे।...वे भी जख्मी हैं। और मथुरा के फौजदार मुर्शिद कुली खाँ आग में जल गये हैं। बचने की उम्मीद कम है।...आगरा में हकीम मुकर्रम खाँ जहर पीकर जहन्नुम चले गये।'

'तो आज नाकामयाबी की खबरें हैं।...मुर्शिद कुली खाँ कैसे जल गया?'

'एक काफिर दुल्हन ने फौजदार साहब को जला देने की कोशिश की है। वह खुद तो जलकर खाक में मिल गयी।'

'बस, बन्द करो।'

'एक अहम खबर है, शहंशाह!'

'क्या है?'

'पंडत जगरनाथ आगरा में चक्कर काटते दिखाई पड़े हैं। दरोगा एतबार खाँ ने किले के दरवाजे से डाँटकर भगा दिया है। लगता है कि कोई साजिश हो रही है।'

'वह मैं समझ रहा हूँ। पंडत पर कड़ी नजर रखनी होगी।' बादशाह ने होशियार किया।

वे अन्दर ही अन्दर बेचैन होने लगे।...शिवाजी ने पहले बीजापुर के अफजल खाँ को मारा। इस बार मुगल सल्तनत के बहादुर सिपहसालार शाइस्ता खाँ पर धोखे से हमला कर दिया।...ऐसी नाकामयाबी अभी तक नहीं हुई थी।...इस पहाड़ी चूहे की उछलकूद बढ़ गयी है। इसे काबू में करना होगा।...हकीम तो अजीब निकला। अपनी जिन्दगी से खुल गया। बात खेल गयी होगी। आगरा में बात फैल रही होगी। ओह...।

बाहशाह-ए-गाजी की बेचैनी बढ़ गयी। वे उठकर खड़े हो गये। इत्तिला मिली कि हाथियों की लड़ाई का इन्तजाम हो गया है। शहंशाह का इन्तजार हो रहा है। वजीर ने आगे बढ़कर चलने के लिए अर्ज किया। शेख इस्लाम और शेख मिजाम ने भी इसरार किया।...बाहशाह तैयार हो गये।

बादशाह के पहुँचते ही हाथियों की लड़ाई का एलान हुआ। नगाड़ा बजा। महावत हाथियों को लेकर आये। एक-दूसरे की ओर ललकारा। काले पहाड़ के समान दो हाथी नजदीक आ गये। महावतों ने अंकुशों से हाथियों के मस्तक पर कोंचा। दोनों चिंघाड़कर उठे। सूड़ों और पैरों से टकराने लगे।...बादशाह बुरी खबरों से बेखबर होने लगे। हाथियों की चिंघाड़ बढ़ती गयी।...बादशाह के चेहरे पर खुशी झलकने लगी।...उधर सूड़ों की चोट-चपेट चल रही थी। दाँत टकरा रहे थे।...एक हाथी कमजोर पड़ने लगा। दूसरा उस पर हावी हो रहा था। वह महावत के इशारे पर बढ़ रहा था।...अचानक बादशाह के खयाल में आ गया—शिवाजी शाइस्ता खाँ पर भारी पड़ गया। उन्हें जख्मी होकर लौटना पड़ रहा है।...कमजोर हाथी पीछे हट रहा था।

बादशाह उठकर खड़े हो गये। वह शाही महल में लौट आये। उन्होंने रोशनआरा आपा को बुलाया। रोशनआरा आ गयी । औरंगजेब ने कहा—'आपा! आज बुरी खबरों से परेशान हूँ।'

'हाथियों की लड़ाई देखकर आ रहे हैं। दिल बहल गया होगा।' रोशनआरा ने भरोसा दिलाया।

'फीलवान फील को अपने काबू में कर लेता है। मगर शाइस्ता खाँ शिवाजी को काबू में नहीं कर सके। उसने शिकस्त दे दी है। मामूजान जख्मी होकर लौट रहे हैं।'

'आप मुझ पर यकीन करते हैं?'

'सिर्फ आप पर एतबार करता हूँ।'

'तो आप मिर्जा राजा जयसिंह को शिवाजी को काबू में करने के लिए भेज दें। काँटे को काँटे से निकालना पड़ता है।'

'बिल्कुल ठीक!...मान गया, आपा।'

'आगरा में एतबार खाँ मुस्तैद है। वहाँ की फिक्र न करें।...एक और काम बच रहा है।'

'वह क्या ...?'

'आलमआरा का ठिकाना लगाना ...।'

'हाँ, दारा की दुख्तर को सही ठिकाना चाहिए।'

'आप चाहें तो उसकी शादी अपने बेटे से कर दें जिससे बगावत का कोई शक-सुबहा नहीं रह जाये।'

'मैं यही गौर कर रहा था। अकबर से कैसा रहेगा?'

'एकदम ठीक...।'

'तो वही हो। मैं पैगाम भेजता हूँ।'

41

सेठ देवीचन्द जौहरी अपने चन्द्रभवन के बाहरी कक्ष में पड़ोसियों के साथ बैठे थे। चेहरे पर चिन्ता और उदासी छायी हुई थी। शरीर भी दुबला लग रहा था। पड़ोसी बन्धु अमीचन्द को समाचार जानने के लिए आ गये थे। वे जब-तब ढाँढ़स देते रहते थे। आज अमीचन्द की खबर मिली थी। वे मिलने आ गये थे। साथ में लक्खी शाह भी उपस्थित थे, जो गल्ले के बड़े व्यापारी थे। किले में गल्ले की आपूर्ति का काम ही मुख्य था।

देवीचन्द ने मन्द स्वर में बताया—'अमीचन्द मथुरा से दूर चला गया है। वन्दी नहीं हो सका। पता नहीं, कहाँ भटक रहा होगा?'

एक पड़ोसी न ढाँढ़स दिया—'यदि बुन्देलखंड की तरफ चला गया है, तब तो संकट से मुक्त है। उधर खतरा कम है। अब चिन्ता न करें।'

'सूफी सन्त से मिलने-जुलने का यही सुफल है! बादशाह के डर से पहाड़ों-जंगलों में उसे छिपना पड़ेगा। शायद अब बेटे का मुँह देखना भाग्य में नहीं है।' आह भरते हुए सेठ देवीचन्द ने कहा।

दूसरे पड़ोसी ने समझाया—'समय बदलेगा, सेठ देवीचन्द! कालचक्र रुकता नहीं है। प्राण बचे हैं तो मिलना भी होगा।'

'मुझे भी पीड़ित किया जा रहा है। कभी भी मुगल कैदखाने का द्वार खुल सकता है।...बेटा बाँसुरी बजाता रहा है। मैं आभूषण की खरीद पर रिश्वत या नजराना नहीं दे सका। इसलिए मेरे परिवार को नष्ट हो जाना है।' देवीचन्द ने किंचित् आक्रोश के साथ कहा।

'एक बार मिर्जा राजा जयसिंह ने स्थिति को सँभाला था। पर वे हमेशा सहायता के लिए आगे नहीं बढ़ सकते।' तीसरे ने बताया।

'तब तो भगवान का ही आसरा है।' चौथे ने देवीचन्द की ओर देखकर कहा।

देवीचन्द ने स्थिति की विवशता का अनुभव किया। आँखों में विवशता झलक आयी। ऐसा लगा कि कक्ष में अँधेरा छाने लगा। दो क्षण तक सभी मौन रहे।

अचानक पहला पड़ोसी बोल उठा—'भगवान तो न्याय करने लगा है। सुना है कि शाइस्ता खाँ शिवाजी से घायल हो गया है। उसे पूना से भागना पड़ा है। इधर मथुरा में फौजदार मुर्शिद कुली खाँ ने एक नवविवाहिता वधू को रास्ते से उठा लेना चाहा।...वह आग में जल मरा है। कन्या अपनी प्रतिष्ठा बचाने के लिए जल गयी और उसे भी जला दिया।'

'यहाँ भी एक कन्या लाल किले की दीवार को पार कर जमना मैया की गोद में छिप गयी। बादशाह का हरम छाती पीट रहा है।' दूसरा भी बोल उठा।

'एक और खबर फैल रही है। सच ही होगी। औरंगजेब ने अपने बूढ़े बाप को विष से मार डालने की कोशिश की। पर हकीम मुकर्रम खाँ ने विष को स्वयं पीकर अपने बूढ़े बादशाह को बचा लिया। हकीम के बलिदान के कारण आगरा बादशाह-ए-गाजी को धिक्कार रहा है।' तीसरे ने बताया।

'यदि राजा जय सिंह अपनी सेना से इस बादशाह की सहायता नहीं करें और सेठ लक्खी शाह अन्न-पानी नहीं दें तो आलमगीर बादशाह को समझ में आ जाये।' चौथे ने कुछ कहने का साहस किया।

दो क्षण मौन रहकर लक्खी शाह ने मन्द स्वर में कहा—' मैं मिर्जा राजा के साथ बादशाह से मिलूँगा। इनके लिए अनुरोध करूँगा।...हम दोनों का दबाव पड़ेगा।'

सबने सेठ लक्खी शाह के सुझाव का समर्थन किया! देवीचन्द ने हाथ जोड़

कर कहा—'सेठ लक्खी शाह! आप एक बार प्रयत्न करें। मैं जीवनभर भूल नहीं सकूँगा।'

'आप विश्वास करें। मैं अवश्य ही प्रयत्न करूँगा।...कार्य तो कठिन है। पर विश्वास और साहस के साथ करना है।...मैं राजा साहब से मिलकर तय कर लूँगा। आप साथ चलें।' लक्खी शाह ने विश्वास दिला दिया।

सबने आग्रह किया कि दोनों को राजा जयसिंह से मिलना चाहिए। एक घड़ी के बाद लक्खी शाह सेठ देवीचन्द के साथ मिर्जा राजा के महल में आ गये। राजा को सूचना मिली। वे वाह्य कक्ष में आये। उन्होंने दोनों का स्वागत किया। उन्होंने पूछा—'अमीचन्द का क्या समाचार है?'

मिर्जा राजा साहब! अमीचन्द अकारण बादशाह के क्रोध का शिकार हो गया है। उसे घर छोड़कर छिपना पड़ रहा है।...वह मथुरा चला गया था। अब मथुरा से भी उसे भागना पड़ा है।...पता नहीं कहाँ है! सारा परिवार दुःख और शोक में...।' देवीचन्द ने दुःखदग्ध स्वर में निवेदन किया।

'सेठ जी! अमीचन्द सूफी फकीर का शिष्य रहा है। सूफी फकीर दारा शिकोह से जुड़े थे। यही अपराध है।...इसे भी बागी मान लिया गया है।'

'पर यह तो केवल सूफी साधना को अपना रहा था। बाँसुरी बजा रहा था। मुगल राज्य की राजनीति से कोई सम्बन्ध तो नहीं रहा है।'

'पर बादशाह औरंगजेब ने तो मान लिया।'

'राजा साहब! हम दोनों निरपराध अमीचन्द को क्षमा दिला सकते हैं। सेठ देवीचन्द पर भी मड़राते संकट को दूर कर सकते हैं।' लक्खी शाह ने विनम्र अनुरोध किया।

'हाँ, एक बार बादशाह से कहा जा सकता है।।...सेठ लक्खी शाह! आप तो अन्नदाता हैं। उनको विचार करना होगा।'

'और आप पर मुगल राज्य का भार है। बादशाह आपकी शक्ति को जानते हैं।

'मान लिया, सेठ! हम दोनों कहेंगे। दरबार के बाद बातचीत होगी। आपको आ जाना है।'

'मैं तैयार हूँ।'

'मैं आभारी रहूँगा, राजा साहब!' देवीचन्द ने हाथ जोड़कर कहा।

दोनों विदा हुए। राजा जय सिंह दरबारे खास में शामिल होने के लिए तैयार होने लगे।

लाल किले के अन्दर दरबारे खास में वजीर, सूबेदार, सरदार, मनसबदार और खिराजगुजर राजा आने लगे। अपने-अपने आसन पर बैठकर बादशाह का इन्तजार करने लगे। पूना से जख्मी शाइस्ता खाँ के लौटने की जानकारी हो गयी थी। आहिस्ता-आहिस्ता आपस में शिवाजी की छापामार लड़ाई के बारे में गुफ्तगू हो रही

थी। सभी उस पहाड़ी सरदार की हिम्मत पर अचरज कर रहे थे। कुछ गुस्सा में लाल-पीला हो रहे थे।

अचानक आवाज सुनाई पड़ी—बाअदब बामुलाहिजा होशियार...बादशाह-ए-गाजी दरबारे खास में तशरीफ ला रहे हैं।

यह सुनते ही सभी उठकर खड़े हो गये। बादशाह-ए-गाजी शेख निजाम और शेख इस्लाम के साथ खरामाँ-खरामाँ चले आ रहे थे। नौबतखाने से नौबत की आवाज गूँजती हुई फैल रही थी।

बादशाह तख्तनशीन हुए। शहनाई की धुन ने इस्तकबाल किया।...बादशाह के इशारे पर सभी अपने आसन पर बैठ गये। उनकी नजर दरबारियों के चेहरे को पढ़ने लगी। पूना की शिकस्त का क्या असर है? शाही रोब में कमी तो नहीं आ गयी है? पस्त-हिम्मती की हालत तो नहीं हैं।

वजीर फाजिल खाँ उठकर खड़ा हुआ। बादशाह के आगे उसका सर झुका। बादशाह से इजाजत पाकर उसने बयान शुरू किया—'दरबारे खास में कहना पड़ रहा है कि शाइस्ता खाँ साहब धोखे से जख्मी हो गये हैं। मुट्ठी भर मराठे रू-ब-रू लड़ना नहीं चाहते। वे लड़ नहीं पाते। धोखे की लड़ाई लड़ते हैं। हमें इसका जवाब देना है। मुगल सल्तनत से टकराना कबड्डी का खेल नहीं है।'

फाजिल खाँ बादशाह की ओर देखकर बैठ गया। बादशाह ने अहसास कर लिया कि सबके चेहरे पर गुस्सा है। इसलिए उन्होंने एलान किया—'शिवाजी को सबक सिखाने के लिए मैंने तय कर लिया है। मुगल सल्तनत बीजापुर की सल्तनत नहीं है।...मैं चाहता हूँ कि मिर्जाराजा जय सिंह दिलेर खाँ के साथ दक्कन जायें। शिवाजी को पस्त करके गिरफ्तार करें। मराठों को रास्ते पर लाना है। राजा साहब के लिए बायें हाथ का खेल है।'

राजा जय सिंह उठकर खड़े हुए। उन्होंने बताया—'गुरु हरे किशन राय जी आ गये हैं। वे बीमार हैं। उनकी देखभाल आवश्यक है। कुमार राम सिंह पर जिम्मेदारी है। मैं शिवाजी को समझौते के लिए बाध्य करूँगा।...उन्हें आदर के साथ दरबार में स्थान मिलना चाहिए।...उनकी मदद से बीजापुर और गोलकुण्डा पर विजय हो सकती है।'

'मिर्जा राजा! आपकी सलाह मुनासिब है। मैं मान रहा हूँ। आप शिवाजी से समझौता कर लें। दक्कन का रोड़ा तो दूर हो।'

'मैं सफल होकर लौटूँगा।'

'दक्कन जाते वक्त, आप छत्रसाल को समझा दें कि वह सल्तनत को चुनौती न दे।'

'जी हाँ।'

दानिशमन्द खाँ ने उठकर कहा—'मथुरा का फौजदार बुरी तरह जल गया है।

इसलिए दूसरा इन्तजाम जरूरी है। अब्दुल नबी खाँ के नाम पर गौर किया जा सकता है।'

वजीर ने इस नाम को पसन्द किया।

बादशाह ने गौर करते हुए नबी खाँ को उस ओहदे पर नामजद कर दिया और कहा कि वह सख्ती से मथुरा को सँभाले। देहली के पड़ोस में उथल-पुथल नहीं रहे।

उन्होंने दरबार के उठने का इशारा किया। सभी उठ खड़े हुए।

बादशाह खिल्वतगाह में आकर रुक गये। मिर्जा राजा जयसिंह साथ में थे। बादशाह ने फिर से मराठा सरदार को काबू में लाने को कहा। मिर्जा राजा ने पूरा भरोसा दिलाया। सेठ लक्खी शाह ने मुलाकात के लिए अर्जी भेज दी थी। बादशाह के इशारे पर बुलाया गया। मिर्जा राजा ने कहा—'हम दोनों की एक गुजारिश है—सेठ देवीचन्द जौहरी एक वफादार और इज्जतदार सर्राफ हैं। उनका बेटा सूफी है। बस इतना ही! उस पर शक नहीं हो। उसे माफ कर दिया जाये।' लक्खी शाह ने अर्ज किया—'जैसे मेरा आना-जाना किला में होता रहता है, उसी तरह सेठ देवीचन्द का। सियासत और बगावत से कोई सम्बन्ध नहीं है। पर पिता-पुत्र दोनों पर पहरा है। सूफी फकीर का चेला होना ही जुर्म मान लिया गया है।...उसे माफ कर दिया जाये।'

'सरमद का मुरीद होना जुर्म हो गया है क्योंकि सरमद बागी थे। उसने किले के पिछवाड़े बाँसुरी बजा करके मुझे तकलीफ पहुँचायी है। शाहजादी को भगाने में भी मदद की है।' बादशाह ने बताया।

'अगर उसने शाहजादी को भगाया है तो मुजरिम जरूर है। पर ऐसा तो नहीं है।...वह तो खौफ से भागकर छिपता रहा है।' राजा जयसिंह ने विनम्र स्वर में स्पष्ट किया।

'जहाँपनाह! वह सिर्फ सूफी है। और है बाँसुरी का शौकीन।...सेठ देवीचन्द को तो आप खुद जानते हैं। मैं इन दोनों की जमानत लेता हूँ।' लक्खीशाह ने आखिरी कोशिश की।

बादशाह दो लम्हों तक गौर करते रहे।...इस वक्त मराठा सरदार को काबू में लाना जरूरी है। देवीचन्द जौहरी से क्या परेशानी है! अमीचन्द तो खुद भाग चला है।...ये जमानतदार हैं ही।

यह सोचकर बादशाह ने कहा—'आप दोनों का कहना मान रहा हूँ। आप दोनों की जमानत पर सेठ देवीचन्द को माफी दे रहा हूँ। मगर अमीचन्द को तो आकर माफी माँगनी होगी।'

दोनों ने एक साथ कहा—'हम शुक्रगुजार हैं।'

बादशाह शाही महल में आ गये। रोशनआरा दिखाई पड़ी। वह बादशाह का इन्तजार कर रही थी। वह बोल उठी—'क्या तय किया?'

'मिर्जा राजा दिलेर खाँ के साथ जायेंगे।...इस सलाह को सबने पसन्द किया। ...तीर निशाने पर लगा है, आपा!' औरंगजेब ने मुस्कराते हुए जवाब दिया।

'मुबारकबाद कबूल करें।...अब मेरी एक गुजारिश है।'

'क्या है, आपा?'

'फिरंगी कपड़ों और मसालों का रोजगार कर रहे हैं।...मैंने कपड़े बुनने का कारखाना खोल दिया है। जुलाहे बुनाई करने लगे हैं। फिरंगी इसी कारखाने से कपड़ों की खरीद करेगा।...काफिर बनियों का रोजगार करेगा। इससे उनका हौसला कम होगा।...आपकी मंजूरी चाहिए।'

'मंजूर है। जरूरत पड़ेगी तो खिराज और चुंगी में भी कमीबेशी की जा सकती है।'

रोशनआरा बहुत खुश हुई। बादशाह मुस्करा उठे। और फिर वे आराम करने के लिए ख्वाबगाह में चले गये।...लेटते हुए खयाल आया कि जेबुन्निसा की शादी के बारे में आपा से सलाह मशविरा नहीं हो सकी।...उदयपुरी की सलाह ठीक है। आपा अड़चन पैदा कर सकती है।...अब तो सरदारों, अमीरों, शाहजादों की तस्वीरों को मँगाना चाहिए।...दुख्तर की पसन्द हो और निकाह के बाद उसे दुआएँ मिले। मगर मुगल शहंशाह की शान के मुताबिक हो।...उस साधु का पता नहीं चल रहा है जिसने आसाम की शहजादी को डूबते हुए देखा था।...क्या उसी ने छिपा दिया?...लाल किला से वह भाग निकली। यह तो मुगल हुकूमत की कमजोरी है!!...उसे खोज निकालना है।

42

जेबुन्निसा पिंजरे के परिन्दे अपने तोते को अमरूद के टुकड़े खिला रही थी। तोता अमरूद के टुकड़े पर चोंच मार रहा था। छोटे-छोटे टुकड़े निगलकर तृप्त हो रहा था।...यह देखकर जेबुन्निसा खुश थी।

उसने मीठी जुबान में कहा—'तुमने सुना है! मेरी शादी के लिए सरदारों की तस्वीरें मँगायी जा रही हैं। तुमको खबर रहनी चाहिए।'

ऐसा लगा कि तोता का खाना पूरा हो चुका। अब वह सन्तुष्ट होकर जेबुन्निसा की बातें सुन रहा है।

वह कह रही थी—'मुगल शाहजादी की शादी होने वाली है! तुम यकीन करते हो? फूफियों की शादी नहीं हो सकी।...मेरी हो जायेगी? अब्बाहुजूर इतने मेहरबान हो जायेंगे?'

मुगल शाहजादी की शादी में सियासत आ जाती है। चुनांचे शादी नहीं हो पाती। और तब गुपचुप इश्क...फिर इश्क का दफन होना...आहों के सहारे

जिन्दगी काटना...हवस और सियासत की हवस—यही तो रोशनआरा फूफी कर रही हैं।...बड़ी फूफी की भी थोड़ी बदनामी हुई थी।

जेबुन्निसा उठकर कमरे में चक्कर लगाने लगी। दरीचे से देखा—शाही हरम ...मुगल बादशाहों का हरम। फिर गौर करने लगी—जमाने से शाही हरम...बेगमों से भरापूरा...कहाँ...कहाँ से...कैसे-कैसे! दो-चार प्यार पा जाती हैं। मलिका की हैसियत हासिल कर लेती हैं। और तो अच्छे लिबास और जेवर के साथ खुश रहती हैं। ऐश के लिए तरसती रहती हैं।

हरम से बाहर शहर की गलियों में तवायफों का हुजूम...बुर्दाफरोशी...ओह! ...मर्दों ने इसी तहजीब पर फख्र किया है।

अब्बाहुजूर ने हरम में भीड़ नहीं बढ़ायी है।...तवायफों को हटाया है। मगर तुर्क-मुगल शाही हरम और ऐशगाह का असर पड़ा है। हिन्दू राजा भी अपने महल में रानियों की तादाद बढ़ा चुके हैं।...राजा की मौत होने पर इज्जत-आबरू खत्म न हो जाये इसलिए रानियों को आग में जल जाना पड़ता है।...यही औरत की जिन्दगी है।...आदमजाद होने के बाद भी वह सिर्फ ऐश की चीज है। उसे आदमजाद की हैसियत नहीं मिलती।...शायद हिन्दुओं की किताबों में इज्जत मिली हुई है। देवी मानते हैं। मगर आम जिन्दगी में...?

औरत को आदमी की हैसियत चाहिए। उसे इश्क का हक्‍ मिलना चाहिए। ...उसने लाहौर के शाही बाग में उन्हें देखा। दिल में जगह दे दी।...अब दोनों को इश्क का हक मिलना चाहिए।...शायद ही यह हक मिले।...वे लाहौर के हाकिम हैं, लेकिन बादशाह से खौफ खाते हैं। डरा हुआ...सहमा हुआ शख्स प्यार का इजहार नहीं कर सकता। कैसी मजबूरी है!

अपने तोते की ओर मुखातिब होकर कहा—‘हीरामन तोता ने पदमिनी को रतनसेन से मिला दिया था। शायद ऐसा ही मलिक मुहम्मद जायेसी ने लिखा है।...तुम भी कुछ करो।...रावी के किनारे जा सकते हो?’

फिर वह स्वयं बुदबुदाने लगी—इस दुनिया में प्यार की कसमें हैं। वादे हैं। नज्म और गजल में प्यार का इजहार होता है। इश्क की एक-एक अदा की तस्वीर उभर आती है। शायरी अपने पर झूम उठती है।...लेकिन जिन्दगी में...!

प्यार जीने की राह है। आबेहयात है। मगर जिन्दगी में इसे कद्र नहीं मिल पाता। सियासत तो समझ ही नहीं पाती क्योंकि उसकी नजर सिर्फ तख्तोताज पर रहती है।...अब्बाहुजूर तो संगदिल शहंशाह हैं।...क्या उन्होंने दुख्तर के दिल की हालत का अहसास कर लिया? वे तो सियासत...जंग और कहकहे में डूबे रहते हैं! और वह सियासत से बहुत दूर रहना चाहती है।...उसकी निगाह में—

हासिले-हुस्नो-इश्क बस इतना
आदमी आदमी को पहचाने।

जेबुन्निसा ने एक किताब उठा ली। उसने किताब को खोला। इबारत पर आँखें दौड़ने लगीं।...उसे खयाल आ गया कि आसाम के राजकुमारी का डोला आया था। वह हरम को पसन्द नहीं कर सकी। तख्तेताऊस के रोब में नहीं आ सकी। उसने मुगल हरम को कैदखाना मानकर बगावत कर दी।...शायद वह डूब मरी।

उदयपुरी अम्मी हरम में आ गयी। लेकिन अन्दर से खुश नहीं लगती, वे महसूस करती हैं कि वे जीत की सौगात हैं। सिर्फ ऐशोइशरत के लिए...। उनका दिल अन्दर ही अन्दर रोता रहता है। उन्होंने चाचा जान को प्यार किया था। आज ऐशगाह में कैद हैं।...टुकड़ों की जिन्दगी जी रही हैं। गोद में कामबख्श को पाकर जबर्दस्ती मुस्करा रही हैं। शायद वे कहती हैं–

ऐ गमे-जिन्दगी न हो नाराज।
मुझको आदत है मुस्कराने की॥

उसने किताब का पन्ना पलट दिया। इस बार आलमआरा दिखाई पड़ गयी। ...मजलूम बहन का मायूस चेहरा...नम आँखें...गरदन झुकी हुई...लगा कि वह कैदखाने में है।...वह तो आगरा में जहाँनारा फुआ के साथ है! वह बाबा की खिदमत कर रही है। बाबा से दुआएँ पा रही है। लेकिन वे तो खुद जिन्दगी का जहर पी रहे हैं।...जहाँनारा फुआ से सहारा पा गयी है।...उससे क्या हुआ! वह किला तो उसके लिए कैदखाने की मानिन्द है। इसलिए वह पत्थरों की दीवारों से टकराकर आहें भरती होगी।

उसने किताब को रख दिया। चारों तरफ देखकर वह बुदबुदायी–यहाँ भी पत्थर की दीवारें हैं।...बाहर जमना की मौज है। नजदीक तो फीलखाना है। जब तब ये हाथी चिंघाड़ कर बता देते हैं कि जमना की मौज में बहना नहीं है। हाथियों की चिंघाड़ के साथ सोना और जागना है।...ये हाथी सियासत और हुकूमत के रोब को जाहिर कर देते हैं या जंग की तैयारी की खबर कर देते हैं।

उसने दूसरी तरफ शाही बाग की ओर देखा। माली पौधों में पानी पटा रहा है।...यह नजारा बड़ा अच्छा लगा। वह बाग में जाने के लिए ललक उठी। वह अपने कमरे से निकली। तेज कदमों से बाग की ओर बढ़ी।

रोशनआरा ने जेबुन्निसा को देखा। उसने महसूस किया कि वह शादी के नाम से कोयल-सी चहकने लगी है। तितली के समान फुदकने लगी है।...खुशनसीब है! क्या इस शहजादी की शादी हो जायेगी? औरंगजेब के दिल में अपनी दुख्तर के लिए कुछ अहसास होने लगा है? उसके लिए किसी ने अहसास नहीं किया।...वह प्यार भी नहीं कर सकी। शादी भी नहीं हो सकी। इस शाही महल में दौलत और इशरत के साथ जीती रही। सियासत और हुकूमत से ताकत भी मिल गयी। लेकिन बदन ऐंठता रहा। ओह!

अब्बाजान हों या भाईजान–शाही हरम बेगमों से आबाद रहा, गुलजार रहा।

मुगल शहजादी छिपकर अपने महबूब से मिलती रही। बदनामी पर परदा पड़ता रहा। प्यार करके भी प्यार नहीं; शादी नहीं...सिर्फ पोशीदा तौर पर अँधेरे में ऐश ...! यह कोई जिन्दगी है!!

...उदयपुरी बेवा होकर भी बेवा नहीं रही। फिर से वही हरम...नया शौहर... लेकिन अन्दर से खुश नहीं लगती। उसमें बेचैनी कौंधती रहती है। नये शौहर से खुलकर हँस नहीं पाती।...उससे तो खार खाये रहती है। वह भी नहीं छोड़ती। ...हरम के अन्दर शतरंज की चाल चलती रहेगी। उसे आसमान में उड़ान नहीं भरने देगी। उसे जीत की सौगात के रूप में जीना है।...दारा की चहेती उसे नीचा नहीं दिखा सकती।

उसने देखा कि जेबुन्निसा माली के साथ-साथ पौधों में पानी पटा रही है। गुलों पर मड़राती रंग-बिरंग की तितलियों को देखने लगती है। माली आगे बढ़ रहा है। वह उसे भी रोक रही है। शायद उसे तितलियों के रंगरूप देखने के लिए कह रही है। माली रुक गया है।

जेबुन्निसा तितलियों को भगाने लगी।...ऐसा क्यों? शायद गिरगिट तितलियों की ओर बढ़ा होगा। उसने तितलियों को बचाने के लिए भगा दिया। वे उड़कर दूसरी तरफ चली गयीं। वह उन्हें देख रही है।...क्या यह भी जिन्दगी है?... नाजुकख्याली...नर्म जज्बाती लम्हे...फूल...तितलियाँ...शायरी और फिर बेखुदी!... सियासत...साजिश और शमशीर के दरम्यान जेबुन्निसा ऐसी जिन्दगी जी लेती है!! अजीब लड़की है!!!...औरंगजेब से बिल्कुल अलहदा...ऐसे कैसे हो गया? अल्लाहताला को समझना मुश्किल है।

वह सियासत की राह पर चल पड़ी है। चलती रहेगी। और इस हुकूमत में उसे अपना वजूद कायम रखना है। यह हाथ से नहीं निकल जाये। चुनांचे सोच-समझकर हर कदम बढ़ाना है। बादशाह-ए-गाजी कभी भी गुस्से में उबल सकते हैं। किसी पर एतबार नहीं करते। मगर रोशनआरा आपा पर एतबार करना है।...उसने शुरू से मदद की है। इस कामयाबी में उसका हिस्सा है।...उसी की सलाह पर मिर्जाराजा दक्कन जा रहे हैं। आलमआरा को अकबर से शादी कर इसी हरम में आना है।...उसने इस सियासत से ताकत हासिल कर ली है। फिरंगी से रोजगार करने पर यह ताकत और बढ़ेगी। मंजूरी मिल गयी। लेकिन खयाल रखना है कि काफिर बनिये इस कारखाने को नाकामयाब नहीं कर दें। तिजारत तो उन्हीं के हाथ में है। अजीब यह मुल्क है!

इत्तिला मिली कि विलियम मुलाकात करने आया है। वह सोचने लगी कि बात क्या है! वह आहिस्ता-आहिस्ता जाने लगी।...विलियम ने देखकर सलाम किया। रोशनआरा ने उसके चेहरे को समझने की कोशिश की। विलियम खड़ा रहा।

उसने पूछा—'कैसे आये, विलियम!'

'रोजगार के बारे मे कुछ अरज करना है।'

'क्या कोई परेशानी है?'

'जी नहीं!...बात है कि बाजार में कारखाने की वजह से हलचल है, वे रेट कम करना चाह रहे हैं। बुनकर को मदद भी।'

'तो क्या किया जाये?'

'आप भी वीभर...बुनकर को सहूलियत दें।'

'फिर तो मुनाफा में कमी हो जाएगी।'

'एक सजेशन...।'

'क्या है?'

'इस काफिर ट्रेडर पर टैक्स ज्यादा लगायें। इसके लिए बादशाह से सलाह करें।'

'कोशिश करूँगी।'

विलियम सलाम कर चला गया। रोशनआरा इस मसले पर गौर करने लगी।

उधर मिर्जा राजा जयसिंह गुरु हरेकिशनराय जी की आवभगत के लिए कुमार रामसिंह को समझाने लगे। उन्होंने बताया कि वैद्य जी आ रहे हैं। औषधि और पथ्य पर ध्यान देना होगा।

रामसिंह ने उत्तर दिया—'आप चिन्ता न करें। पर उनकी पीड़ा कम नहीं हो रही है। शीतला के प्रकोप की शंका है।'

दोनों गुरुजी के पास आये। दोनों बालगुरु को नमन कर देखते रहे। चेचक का रूप झलक उठा था।...उनकी पीड़ा को देखकर मिर्जा राजा रुक गये। बादशाह का दबाव पड़ रहा था कि वे जल्द रवाना हों। समझ में नहीं आ रहा था कि क्या करें?

दो दिन बीत गये। पीड़ा बढ़ती जा रही थी। दिल्ली और आसपास के शिष्य दर्शन के लिए आने लगे। तीसरे दिन प्रातःकाल गुरु हरे किशनराय जी ने राजा जयसिंह को बुलाया। अपने शिष्यों के मध्य मन्द स्वर में कहा—'वे श्रीहरि के पास जा रहे हैं।...चिन्ता नहीं! बाबा बकाला...गुरु गद्दी पर बैठेंगे।'

यह सुनकर सभी दुःखी हुए। शिष्य (सिक्ख) एकत्र थे।...उन्होंने गुरु नानक देव और राम के नाम लिए।...हाथ जोड़कर महाप्रयाण किया।

शिष्यों और श्रद्धालुओं की भीड़ के मध्य अन्त्येष्टि संस्कार हुआ।

राजा जयसिंह ने दिलेर खाँ के साथ दक्षिण के लिए प्रस्थान किया। औरंगजेब ने कामयाबी की दुआओं के साथ रुख्सत किया। फौज निशान फहराती और जिन्दाबाद के नारे लगाती बढ़ी जा रही थी।

बादशाह ने सोचा कि मराठा सरदार शेर बन रहा है। अब उसे पिंजरे में आ जाना है।...इधर पंजाब में नानकपन्थी हिन्दू बड़े तेजतर्रार बनने लगे हैं। अब ये भी काबू में आ जायेंगे। सबको सब्ज निशान के आगे सर झुकाना है।

43

जेबुन्निसा दरीचे से जमुना की ओर देख रही थी।...जमना का रंग साँवला...किशन जी साँवले और राधा गोरी...प्यार का एक पाक अफसाना...एक तमद्युन...अदब... शायरी—देहातों से शहरों तक गूँजते हुए गीत-तराने! हिन्दू ही नहीं, चन्द मुसलमान भी किशन जी की भक्ति...इश्क हकीकी में शामिल...इनमें रसखान का नाम मशहूर हो गया है।...सूफी फकीर सरमद ने तो इश्क हकीकी और किशन जी की भक्ति को एक साथ जोड़ दिया था।...अगर राम-रहीम और किशन-करीम की एका की बात होती है तो ठीक ही है। मगर अब्बाहुजूर की नजर में यह कुफ्र है ...हिन्दू रिआया और हिन्दू धरम को बराबरी का दर्जा देने पर इस्लामी हुकूमत को नुकसान होगा। बुजुर्ग अकबर को तो फायदा हुआ था।

हाथियों की चिंघाड़ सुनाई पड़ी। वह चौंक उठी।...मिर्जा राजा तो मराठों से जंग करने चले गये। उधर के जंगल-पहाड़ों में चिंघाड़ते रहना...जमना को परेशान करने की क्या जरूरत है? जमना की मौजें सिहर गयी होगीं। राधा-किशन की दास्तान सुनाना भूल गयी होंगी।...बादशाह और सिपहसालार चिंघाड़ सुनकर खुश होते हैं। मगर हरम की बेगमें, बेटियाँ और बाँदिया खौफ खा जाती हैं। गुलाम थर्रा जाते है।...आम आदमी तो डरकर भागते हैं। कुछ कुचल जाते हैं। कभी-कभी तो दुश्मनों को हाथियों के पैर तले कुचलवा दिया जाता है।...कितना दर्दनाक मंजर...ओह!

खौफ से न प्यार...न शायरी! वे लाहौर के हाकिम होकर भी डरे हुए हैं। अब्बा हुजूर ने उन्हें डराया नहीं है। लेकिन वे डरे हुए हैं।...वह नहीं डरेगी। वह तो खुशनसीब है। उसकी शादी के लिए शाहों-सरदारों की तस्वीरें मँगायी गयी हैं। उन तस्वीरों में उनकी तस्वीर भी जरूर होगी।...वैसे तो वे इस दिल में मौजूद हैं। आँखों की पुतलियों के तख्त पर रौनकअफरोज हैं।...वह तख्य्युल में उनका मासूम चेहरा देखती रहती है। वह चाहती है कि वे इस जमना के साहिल पर आ जायें। और वह पालकी पर नहीं, इन कदमों से हौले-हौले वहाँ पहुँच जाये।...ये हाथी चिंघाड़ कर परेशान नहीं करें। जमना की मौज में बाँसुरी सुनाई पड़े और वे दोनों उसमें खो जायें।...वह नज्म सुना दे और वे गजल...।

यह ख्वाब है! क्या ख्वाब हकीकत बन सकेगा? तखय्युल का रंग जिन्दगी का रंग बनेगा? रंगो-बू से जिन्दगी सुहानी हो सकती है! हसरत मुस्करा सकती है!!

हाथियों की चिंघाड़ किले की दीवार से टकरा गयी। वह सिहर उठी। उसने शाही महल की दूसरी तरफ देखा। दरीचे से किले के बुर्जों के पास मुगल सिपाही दिखाई पड़े। शमशीर और नेजे से लैस सिपाही चक्कर लगा रहे थे।...यह तो लाल

किला है। यह शाही महल है। सियासत, साजिश और ऐश की जगह है न! यहाँ उसका ख्वाब सच हो सकेगा? रोशनआरा फूफी का ख्वाब हकीकत नहीं बन सका।...अब वे सियासी खेल में मशगूल हैं। हुकूमत में हिस्सेदार हैं। अब्बाहुजूर उनकी बात काट नहीं सकते। लेकिन फूफी की जिन्दगी...रेत का सफर है। रेत में प्यासा हिरन भटकता रहता है। उसी हिरन की मानिन्द भटक रही हैं। नहीं, वे तो शानो-शौकत के साथ जी रही हैं। उसकी शायरी का मखौल करती रहती हैं। वे एक शायरा के दिल को नहीं समझ सकती हैं।...दोनों की जहनियत में कितना फर्क है!

जेबुन्निसा पलँग पर लेट गयी। पलकें बन्द कर बुदबुदाने लगी। कभी फारसी का शेर लबों पर आ जाता और कभी उर्दू का।...वह बोल उठीं—'जिन्दगी जमना की मौज और किशन की बाँसुरी है। राधा की मुहब्बत और बेखुदी है।...कश्मीर की वादी और लाहौर की शाम है।'

अचानक वह चुप हो गयी। कभी उदयपुरी अम्मी, कभी रोशनआरा फूफी... कभी आसाम की शाहजादी और कभी हरम की खिदमती बाँदी—उसके चेहरे बारी-बारी से झलक उठे।...किसकी जिन्दगी में अरमानों के फूल खिल सके हैं? उदयपुरी अम्मी ने मजबूरी से समझौता कर लिया। फूफी ने मजबूरी में सियासत का रास्ता अपना लिया। आसाम की शाहजादी ने एक तरह से खुदकुशी कर ली है।...बाँदियाँ ज़रखरीद गुलाम हैं। इनकी कोई जिन्दगी नहीं है। इन्हें खिदमत में मर-खप जाना है। हिन्दुओं ने भी अपने एक हिस्से को खिदमत के लिए कमीन बनाकर रखा है। ये जनम-जनम के खिदमतगार हैं। अजीब बात है!

अब उसकी बारी है। तकदीर उसे कौन-सा रास्ता दिखाती है—यह देखना है, समझना है। जीना है।...क्या वह तकदीर से लड़ सकेगी? वह लड़ना चाहेगी। तकदीर को तदबीर से बदलना चाहेगी।...शायर तो तकदीर से लड़ता ही है। तदबीर-ए-सल्तनत से भी लड़ लेता है।...शायरी अन्दर की आवाज जो है। वह बाहर के शोर से टकराती है। झुकती नहीं है। रस्मोरिवाज सर झुका देते हैं। जिन्दगी को नयी रोशनी मिलती है।

दरवाजे पर दस्तक हुई। उसने सुन ली। उधर ही देखती रही। फिर दस्तक हुई। उसने उठकर दरवाजा खोला। रोशनआरा फूफी दिखाई पड़ी। वह मुस्कराती हुई अन्दर आयी। पीछे-पीछे बाँदियाँ थीं। मखमल में लिपटी हुई तस्वीरें लेकर आयी थीं।...अब्बाहुजूर का मुस्कराता चेहरा दीख गया।...वे दूसरी तरफ चले गये।

जेबुन्निसा ने सर झुकाकर सलाम किया। रोशनआरा ने दुआएँ दीं। उसका दिल बाग-बाग हो गया। अब उसकी नजर मखमल में लिपटी तस्वीरों की ओर गयी। लेकिन कुछ बोल नहीं सकी।

रोशनआरा बोल उठी—'जेबुन्निसा! मुगल शाहजादी के लिए नायाब तोहफा लेकर आयी हूँ।'

ज़ेबु ने सर नीचा कर कहा—'फूफीजान! तशरीफ रखें। मेरी बन्दगी को कबूल करें।'

'कबूल है! आज एक शायरा के सामने सियासत की उलझनें नहीं, तख्य्युल की गुलकारी पेश है। इस शाहीमहल में शादी की शहनाई सुनाई पड़े—यही मेरी दुआ है।' यह कहकर रोशनआरा ने बाँदियों की ओर इशारा किया।

बाँदियाँ मखमली बेठन को खोलकर तस्वीरों को सामने रखा। शाहजादों और सरदारों की तस्वीरें आँखों के आगे मुस्कराने लगीं। जेबुन्निसा के दिल का धड़कना शुरू हुआ।...प्यारा मासूम चेहरा अब आया...अब आया। इसकी बेकरारी उभर उठी।...अभी तक रावी का साहिल नहीं...अधखिले गुलाब-सा चेहरा नहीं ...।

जेबुन्निसा ने एक बार रोशनआरा की ओर देखा। रोशनआरा के लबों पर मुस्कान थी।...उसने अपनी निगाहों को दरीचे की ओर कर लिया जिससे जमना का किनारा दिखाई पड़ जाये। वह रावी का साहिल बन जाये।

बाँदियाँ शाहजादी की बेरुखी को देख रुक गयी। रोशनआरा ने प्यार से टोका—'जेबुन्निसा! तस्वीरों पर नजर डालो। तुम तो शायरा हो। कोई-न-कोई तस्वीर दिल को कुछ कहेगी। लबों पर अलफाज आ जायेंगे। कोई नज्म सुनने को मिलेगी। जेबुन्निसा तस्वीरों को देखने लगी।

वह तस्वीर सामने आ गयी। मासूम चेहरा आँखों में समा गया। टकटकी लग गयी। बाँदी ने दूसरी तस्वीर सामने ला दी। उसकी टकटकी बिखर गयी। लेकिन वह बोल नहीं सकी। उसने फूफी की ओर देखा।

रोशनआरा ने कहा—'अब तुम्हें फैसला करना है।...फैसले का इन्तजार रहेगा। साथ ही एक नज्म भी ...।'

'आप शेरोशायरी पसन्द करती हैं?...मैं सुनाऊँगी। आप बैठें...।

'फैसले के बाद...अभी नहीं।' यह कहकर मुस्करा उठी और दरवाजे की ओर मुड़ गयी।

जेबुन्निसा उस मुस्कान का मतलब लगाने लगी।...क्या फूफी जान सचमुच खुश हैं? क्या ये सचमुच दुआएँ दे रही हैं।...इसमें कोई सियासत नहीं है?...उसके सगे भाई अकबर के लिए भी कोशिश कर रही हैं! आलमआरा से शादी के लिए सलाह दे चुकी हैं।...लेकिन आलमआरा...क्या वह मान जायेगी?

वह खुद शादी के बाद कहाँ ...? यहाँ तो नहीं रह सकेगी। जमना से दूर रावी के किनारे ...! उसने अकिल खाँ की तस्वीर को निकाला। हाथों में ले लिया। वह बुदबुदा उठी—अब बाहशाह से नहीं सहमना...खौफ नहीं खाना।...बारात लेकर आना। शहनाई की धुन और सबकी दुआएँ।

उसकी पलकें बन्द हो गयीं।

फीलखाने से हाथियों की चिंघाड़ आ गयी। उसकी पलकें खुल गयीं। उसने दरीचे के पल्लों को बन्द कर दिया। वह उस तस्वीर को देखती रही। और फिर उसके कदम दरवाजे की ओर बढ़े। वह उदयपुरी के पास आ गयी। उदयपुरी कामबख्श को सुला रही थी। उसने जेबुन्निसा को देखा। प्यार से बैठाया और कहा—'सुना है कि तस्वीरें आ गयी हैं।'

'हाँ, अम्मी!'

'तो मेरी बात मान लो। दिल से पूछकर चुनाव कर लो। मेरी ख्वाहिश है कि तुम्हारी शादी हो जाये।'

'फूफी बहुत खुश नजर आ रही है।'

'रोशनआरा को समझना मुश्किल काम है, बेटी!'

'इन्होंने भाई अकबर की शादी के लिए सलाह दे दी है। आलमआरा के पास पैगाम भी...।'

'यह तो सियासी खेल है। उस यतीम के साथ ज्यादती नहीं हो। लेकिन रोशनआरा बाज नहीं आयेगी।'

'यह तो आप सही कह रही हैं। मैं तो समझ रही थी कि मेरे भाई की शादी के लिए बेताब हैं।'

'तुम शायरा हो। आलमआरा के दिल की हालत का अहसास कर सकती हो।...उसके दिल में कोई है।'

'ऐसा है!'

'तुम अपनी पसन्दगी बता दो। मेरी ओर से पूरी कोशिश होगी।'

'आपको बताने ही आयी हूँ।'

'तो सिर्फ इशारा कर दो।'

'लाहौर के हाकिम...अकिल खाँ साहब...जिन्हें मैं पहले देख चुकी हूँ।'

'जब बादशाह लाहौर गये थे।'

'जी, हाँ!' यह कहकर जेबुन्निस ने सर झुका लिया।

44

सूरज की किरणें अँधेरे के अवरोध हटाकर यमुना की लहरों में जलकेलि के लिए आ गयीं। रात का सन्नाटा दूर हुआ। किरण-अप्सराओं की जलकेलि देखकर पंछी गुनगुनाने लगे थे। एक नाविक अपनी नैया खेता हुआ ताजमहल की ओर आ गया। उसे लगा कि किरणें ताज की मीनारों की सीढ़ियों से इतराती हुई नीचे उतरती हैं और वे फिर जलकेलि करने लगती हैं। इस दृश्य ने उसके हृदय को

गुदगुदा दिया। वह गीत गाने लगा। भाव था—'स्वागत है, किरण-अप्सरि! तुम रोज अपने आसमान-महल से ताजमहल की मीनारों पर उतरती हो। फिर जमुना में जलकेलि करने लगती हो! यहाँ कभी रानियाँ तुम्हारे साथ जलकेलि में शामिल होती थीं। सूर्य को अर्घ्य देती थीं। नावें उनके स्वागत में ठहर जाती थीं। अब तो किनारे पर मलिका मुमताज सोयी हैं। वे तुम्हारे साथ जलकेलि नहीं कर सकतीं। तुम उनके मजार पर फूल चढ़ा देना। हम नाविक गीत गाते रहेंगे। तेरा स्वागत करते रहेंगे।'

नाविक गीत गाता आगे बढ़ गया। मरहूम हकीम मुकर्रमखाँ का बेटा हकीम अनवर मजार पर फूल चढ़ाने आया था। उसने माँझी का गीत सुना। चन्द लमहों तक खड़ा रहा और फिर फूल चढ़ाया। वह जमुना की धारा के पास आ गया। नाव बढ़ती जा रही थी। गीत की आवाज धीमी पड़ रही थी। वह लौट चला। बाग से गुलाब का एक फूल ले लिया। किले की तरफ बढ़ गया।

आगरा का किला दिखाई पड़ रहा था। उसके कदम बढ़ रहे थे। कदमों में तेजी थी। किले का दरवाजा नजदीक आ रहा था। थोड़ी-सी थकान का अहसास हुआ। लेकिन वह थकान को भूलकर दरवाजे पर आ गया। उसने एतबार खाँ से बीमार बुजुर्ग शाहजहाँ से मिलने की इजाजत माँगी। एतबार खाँ ने नौजवान हकीम को पहचाना। उसने तलाशी का इशारा किया। तलाशी में गुलाब का एक फूल मिला। एतबार खाँ ने गुर्राकर देखा। अन्दर जाने की इजाजत दे दी। एक सिपाही के साथ भीतर जाने की इजाजत दी। वह एक सिपाही के साथ भीतर जाने लगा। गलियारा, आँगन, बरामदा और दरवाजों को पार कर पहुँच गया।

बुजुर्ग शाहजहाँ लेटे हुए थे। बाजू में जहाँनारा बैठी थी। कोने में आलमआरा खड़ी थी। नौजवान हकीम अनवर के आने की खबर मिली। जहाँनारा ने इजाजत दे दी। वह सर झुकाकर आया। आलमआरा दूसरे कमरे में चली गयी। अनवर ने सलाम किया और बाग के फूल को पास में रख दिया।

'क्या है?' शाहजहाँ ने पूछा।

'बाग का फूल है, हुजूर! सुबह-सुबह जमना किनारे ताजमहल तक चला गया। फूल चढ़ाकर बाग का एक फूल आपके लिए ...।'

'हकीम मुकर्रम तो रोज चला जाता था। एक फूल ले आता था। लगता था कि ताजमहल की खुशबू मेरे पास आ गयी । मैं दूर नहीं हूँ। सोच रहा था कि ताजमहल के बाग से फूल कौन लायेगा?'

'मैं ले आऊँगा। गफलत नहीं होगी।'

'आदमी से गफलत होती है, बेटे! तुम भी तो यतीम हो गये। हकीम मुझे जिलाकर खुद चले गये।'

'मैं उन्हीं की राह पर चलकर आया हूँ—आपकी खिदमत में।' अनवर ने कहा।

'अनवर! मेरा हकीम चला गया। पंडितराज की लवंगी चली गयी। आलमआरा को छीनने की साजिश हो रही है।...शायद इसीलिए मैं बेचैन हूँ। तबियत अच्छी नहीं लग रही है।'

'आप वक्त पर दवा लें। शाम को दूसरी दवा भेज दूँगा।'

'अब क्या दवा खायी जाये, अनवर! किसलिए खायी जाये? उसने सब ले लिया। मैंने सब दे दिया। अब एक जान बच रही है।'

'आप कम बोलें। अल्लाह का नाम लें। आराम करें।' जहाँनारा ने समझाया।

'बेटी! कबतक समझाती रहोगी? कब तक खिदमत करती रहोगी? मुझे छुट्टी दो।'

'आप अनवर से अपनी हालत बता दें। दवा खा लें।...छुट्टी किसे और क्यों?'

अनवर ने शाहजहाँ की कलाई हाथ में लेकर नब्ज को समझने की कोशिश की। आँखों को देखा। दवाइयों पर नजर डाली और फिर इजाजत ले ली।

जहाँनारा ने आलमआरा को बुलाया। वह सर नीचा किये आहिस्ता-आहिस्ता आ गयी। बगल में खड़ी हो गयी। जहाँनारा ने बैठाया। उसके मासूम चेहरे को देखती रही। आलमआरा की आँखें झुक गयीं। जहाँनारा ने संजीदगी के स्वर में कहा–

'आलमआरा! लाल किला से पैगाम आ चुका है। गनीमत है कि हुक्म नहीं आया है। तुम्हें संजीदगी से गौर करना है।'

'फूफीजान! बाबा बीमार हैं। मैं आपके साथ खिदमत में हूँ।' आलमआरा ने जवाब दिया।

'यह तो ठीक है। लेकिन तुम्हारी जिन्दगी का सवाल है।...तुम्हारी शादी हो।...तुम्हारी जिन्दगी में खुशहाली आ सके।'

'देहली के लाल किला में जिन्दगी खुशहाल नहीं हो सकेगी, फूफी।...आगरा के किला में आपके साथ रह सकूँ–इसी का खयाल कर रही हूँ।'

'जिन्दगी आहों का सफर नहीं है। और न यह रेत का सफर है।...मेरे साथ नहीं, आलमआरा।' जहाँनारा का दर्द उभर आया।

'औरंगजेब दारा की इस निशानी को खत्म कर देना चाहता है।...यह पैगाम नहीं, साजिश है।' शाहजहाँ ने काँपती आवाज में कहा।

'बाबा! अब्बाहुजूर दाराशिकोह की इस निशानी को खत्म नहीं किया जा सकता।...मुझे यह पैगाम कबूल नहीं है।' आलमआरा ने अपना फैसला सुना दिया।

जहाँनारा को यह फैसला अच्छा लगा। उसकी हिम्मत पर ताज्जुब भी हुआ। वह उसे देखती रह गयी।

'मैंने जवाहिरात के बदले में...आलमआरा को पाया है।...वह सब छीन लेगा?' यह बोलकर शाहजहाँ थरथरा उठे।...काँपने लगे।

जहाँनारा घबरा गयी। वह छाती सहलाने लगी। आलमआरा की आँखों में आँसू आ गये। थोड़ी देर में शाहजहाँ की तबियत सँभल गयी। उन्होंने आलमआरा की ओर देखा। आँखों में प्यार उमड़ रहा था। इशारा समझकर आलमआरा बाबा के पास झुक आयी। शाहजहाँ ने अपनी हथेलियों को उठाया। हथेलियों में आलमआरा का मुखड़ा आ गया। दो लमहों के बाद वे बोल उठे—'जहाँनारा! औरंगजेब की इस साजिश में रोशनआरा भी शामिल होगी—मुझे पूरा यकीन है।'

'ऐसा ही लगता है। वह दारा शिकोह से खार खाये रही है।...एक बार दारा ने डाँटा था, तब से वह शोख लड़की...।'

'उस पर मुझे अफसोस आता है।...वह किसी को चैन से नहीं रहने देगी।'

'उसकी बेचैनी को भी समझना चाहिए, अब्बाहुजूर!'

'उसकी बेचैनी...।' यह बोलकर शाहजहाँ चुप हो गये। फिर जहाँनारा को देखने लगे। जहाँनारा ने सर नीचा कर लिया।

आलमआरा आहिस्ता-आहिस्ता पास के कमरे में चली गयी। शाहजहाँ ने उसे जाते देखा। रोका नहीं। दो लमहों के बाद धीमी आवाज में बोलने लगे—'तुम ठीक कह रही हो।...मैंने तख्त को पाने के लिए अब्बाजान के खिलाफ बगावत की थी।...तख्त को पाकर सल्तनत के फैलाव के लिए जंग की है। अपने भाइयों को सख्त सजाएँ दी हैं। काफिर राजाओं को कुचला है।...हरम को बेगमों से भरा है। ऐश की है।...लेकिन अपनी बेटियों की शादी नहीं कर सका। मैं गुनहगार हूँ।... कहते हैं कि कयामत के बाद गुनाहों की सजा मिलती है। मैं तो इसी जिन्दगी में अपनी जईफी में सजा पा रहा हूँ।...जंग...तख्त...खजाना...ऐश...और अब यह सजा...लगता है कि दोजख की आग में जल रहा हूँ।'

'आप न बोलें। फिर हाँफने लगेंगे। मैं आपको तकलीफ देने के लिए नहीं हूँ।...मुझे माफ कर दें...मैं कुछ बोल गयी थी जो नहीं बोलना चाहिए।' जहाँनारा ने हाथ जोड़कर कहा।

दो लम्हा चुप रहकर शाहजहाँ फिर बोल उठे—'पंडितराज कहते रहे हैं कि आदमी की जिन्दगी आफताब की मानिन्द है। आना और जाना...दिन और रात-यही आफताब-सूरज की दास्तान है। यही कायदा है।...आदमी अपने अच्छे-बुरे कामों का फल कुछ इसी जिन्दगी में पा लेता है और कुछ दूसरे जनम में।' यह कहकर वे ऊपर देखने लगे। और उन्होंने आँखें बन्द कर लीं। ऐसा लगा कि वे अच्छे-बुरे कामों को याद कर रहे हों। उन पर गौर कर रहे हैं।...मुगल शाहजादियों की शादी न होने का सिलसिला शुरू हो गया। यह कैसी मजबूरी रही!

जहाँनारा की नजर पास के कमरे में गयी। परदे के पार आलमआरा दिख

गयी।...इसका क्या होगा? शादी के नाम पर देहली के लाल किले में बन्द हो जाये या आगरा के लाल किले में बन्द हो जाये। घुटती रहे।...शायद इसके दिल में भवनाथ ने जगह बना ली है। मगर दोनों के दरम्यान शहंशाह आलमगीर की सियासत है। न मुल्ला मानेंगे और न बरहमन। वाह रे इनका ईमान-धरम!... चुनांचे इनका मिलना नामुमकिन है।...उधर पैगाम को ठुकरा देने पर हुक्म आ सकता है।

शाहजहाँ खाँसने लगे थे। जहाँनारा उनकी ओर मुखातिब हो गयी। परदे के पार आलमआरा को लगा कि जहाँनारा फूफी उसकी ओर देख रही हैं। वह उनकी आँखों से आँखें नहीं मिला सकती।...आँखों में भवनाथ की झलक आ गयी।... वे तो पंडितराज के साथ चले गये होंगे। वे तो अपनी अम्मी की मौत से गमगीन होंगे।...उसने चाचाजान के पैगाम को ठुकरा दिया। वे गुस्सा में आ जायेंगे। रोशनआरा फूफी उसके खिलाफ कान भरेगी। बहन जेबुन्निसा कुछ नहीं कर सकेगी। उसे अच्छा लगा होगा कि उसके भाई की शादी होगी।...शाही हुक्म आ सकता है। उसे कैद करके देहली ले जायो जा सकता है। बाबा क्या कर सकेंगे? उन्होंने तो सब कुछ देकर बचाने की कोशिश की है।...चारों तरफ स्याह आसमान है। कहकहे लगाते बेरहम सरदार और वजीर हैं। हथियार बन्द सिपाहियों की धमक है।...और वह अकेली है। सिपाहियों के खंजर को सीने में छिपा लेगी। लेकिन साथ नहीं जा सकेगी।...इस खूंखार बादशाह की खूनी सियासत से बचना मुश्किल है।...वह भवनाथ का नाम नहीं लेगी। मगर छुपा नहीं रहेगा।...तब वह खुद मौत को गले लगायेगी, मगर वह उदयपुरी अम्मी और रोशनआरा फूफी नहीं बनेगी।...जो भी हो।

उसे लगा कि आसमान की स्याही बढ़ रही है। किला का यह महल सिपाहियों और जल्लादों से घिर गया है।...वे इधर ही आ रहे हैं।...उसने आँखों को बन्द कर लिया।

शाहजहाँ के खाँसने की आवाज आयी। उसे समझ में आ गया कि वह अपने बीमार बाबा के पास है।...वह उनके पास आ गयी। शाहजहाँ उसकी पीठ पर हाथ धरकर राहत पा गये। खाँसी कम हुई।

45

काशी में दशाश्वमेध घाट के पास के एक मन्दिर में पं. जगन्नाथ पुत्र भवनाथ के साथ ठहर गये थे। मन्दिर के पिछवाड़े एक कोठरी मिल गयी थी। दोनों सन्ध्या में आये थे। थके-माँदे गहरी नींद में सो गये।

रात का तीसरा पहर बीतने लगा। पं. जगन्नाथ की नींद टूट गयी। उन्होंने

बगल में सोये हुए भवनाथ को देखा। दीप जला दिया। दीपक के प्रकाश में अपने पुत्र को देखते रहे।...भवनाथ की माँ लवंगी की स्मृति जग गयी। दिल्ली से मथुरा और मथुरा से आगरा आगमन की याद आयी। लवंगी का रोग शय्या पर गिर जाना और आतंक की छाया में मृत्यु का दृश्य झलक उठा।...यमुना के तट पर चिता की लपटें दिखाई पड़ने लगीं।...उन्होंने आँखों को बन्द कर लिया। क्षण भर के बाद बुदबुदाये—'प्रिये! अपने उज्ज्वल लावण्य और अनुपम शील के साथ मुझे छोड़कर स्वर्ग कैसे चली गयी?'

उन्हें लगा कि लवंगी चिता की लपटों से होकर स्वर्ग चली जा रही है। उनके दोनों हाथ ऊपर उठ गये। जाने से रोक रहे हैं।...दीपक बुझने लगा। कोठरी में अन्धकार बढ़ने लगा। मुड़कर देखा। दीपक में तेल नहीं था। दीपक बुझ गया। ...लवंगी अनन्त आकाश में अन्तर्धान हो गयी थी।...उन्होंने अपने उठे हुए हाथों से अपने मुख को छिपा लिया। क्षण भर के बाद अनुभूति हुई कि लवंगी हृदय में विराजमान है।

वे मन्द स्वर में बोल उठे—'मुस्कान रूपी अमृत-प्रफुल्ल नयनकमलों से उसने मेरी निरन्तर पूजा की थी, वह प्रियतमा मेरे हृदय से नहीं हटती।'...'यमराज उसे मेरे हृदय से नहीं छीन सकता। यम से भी भयानक बादशाह-ए-गाजी हृदयस्थ गृहदेवी को मुझसे छीन नहीं सकता।...परन्तु वह मुझसे दूर चली गयी। बहुत दूर चली गयी। यह सत्य है। मैं धरती पर हूँ। वह आकाश में है।'...'उसने प्रियतम, स्वामी, चितचोर आदि सम्बोधनों द्वारा मुझे स्वर्ग पर चढ़ा दिया था। अब उसने स्वयं स्वर्ग पहुँचकर मुझे धरती की धूलि में फेंक दिया है।'...'यह मेरा दुर्भाग्य है! अब मैं किसके सामने रोऊँ कि मेरी प्रियतमा मुझे छोड़कर एक परपुरुष...परमपुरुष परमात्मा के साथ चली गयी।...शायद यही जीवन का सत्य है। इसे स्वीकार करना होगा।'

पं. जगन्नाथ ने हाथ जोड़कर प्रार्थना की। अन्धकार में शब्द घुलते रहे। सहसा भवनाथ ने करवट ली। माँ को पुकारा। पंडितराज की आँखें भींग गयीं।

मन्दिर से घंटा बजने की आवाज आने लगी। खिड़की से उजाला झलकने लगा। चाहा कि भवनाथ को जगाया जाये। परन्तु वे जगा नहीं सके। सोचा कि आगरा से काशी आना कष्टदायक रहा। अपनी पुस्तकों-पोथियों के साथ इतनी दूर आना पड़ा। शोक, आतंक और सुरक्षा की चिन्ताओं से घिरकर चलते जाना... भागते जाना वन में तप के समान लगा।

घंटा और शंख के नाद से भवनाथ की नींद टूट गयी। उसने पिताश्री को देखा। प्रणाम किया। पं. जगन्नाथ ने भरे हृदय से आशीष दी और दोनों नित्यकर्म के लिए उठ पड़े।

नित्य कर्मों से मुक्त होकर पिता-पुत्र मन्दिर में आये। पूजा समाप्त हो रही थी। आरती शुरू हो गयी थी। वे देव ज्योति की अर्चना कर दशाश्वमेध घाट की ओर आये। कार्तिक-स्नान की भीड़ दिखाई पड़ी। एक पंडा जी की छतरी के पास खड़े होकर गंगा के दर्शन करने लगे।

'हम यमुना तट से गंगातट पर आ गये। पिताश्री।' भवनाथ ने कहा,

'हाँ, भवनाथ! अब हम गोदावरी तट पर चल पड़ेंगे।' पं. जगन्नाथ ने उत्तर दिया।

'काशी तो पंडितों की नगरी है। आप यहाँ रह सकते हैं।...आप ने यमुना जी पर 'अमृतलहरी' लिखी है। गंगाजी पर भी कुछ लिखें।'

'हाँ, यह सम्भव है। पर दिल्ली-आगरा को भूलना कठिन है। तुम भी भूल नहीं पाते हो।...भूलना होगा, भवनाथ।'

'पिताश्री! दिल्ली और आगरा से सम्बन्ध छूट गया। पर बुजुर्ग शाहजहाँ आगरा में वन्दी हैं। वहीं...।'

'आगरा का किला, दिल्लीश्वर शाहजहाँ...आलमआरा—सबको भूलना होगा। सपना शून्य में घुल गया।'

'कोई-कोई सपना शून्य में विलीन नहीं होता, पिताश्री।'

'सत्य है, भवनाथ! पर स्थितियाँ प्रतिकूल हैं।'

'...हम भागते चलेंगे! ऐसा नहीं...!!'

'भवनाथ! मैंने कठोर मुगल बादशाह को कवियों-विद्वानों के लिए थोड़ा कोमल बना दिया था। राजा जय सिंह, जसवन्त सिंह, सूफी सन्त सरमद और मैंने बादशाह शाहजहाँ को सन्तुलित करने का प्रयत्न किया था। हिन्दुओं के प्रति व्यवहार सन्तोषजनक होने लगा था। लेकिन औरंगजेब बहादुर आलमगीर को सद्भाव के मार्ग पर लाना असम्भव है। यह कट्टर मजहबी बादशाह है। इसलिए बादशाह-ए-गाजी है।'

'जी, यह तो स्पष्ट है।'

सहसा पं. जगन्नाथ ने अनुभव किया कि थोड़ी दूर पर कथा-प्रवचन आरम्भ हो गया है। वे उधर ही मुड़ गये। भवनाथ भी साथ हो गया। पचासों लोग बैठे थे। व्यासपीठ पर आसीन कथावाचक रामकथा कह रहे थे। दोनों सबके पीछे बैठ गये।

बाल्मीकि और तुलसी के आधार पर रामकथा कही जा रही थी। कभी संस्कृत का श्लोक मधुर स्वर में गूँज उठता था। कभी मानस की चौपाई गेय रूप में मुखरित हो उठती थी। सीता स्वयंवर का प्रसंग चल रहा था। श्रोता मग्न थे।

पं. जगन्नाथ और भवनाथ—दोनों रम गये। भवनाथ ने सोचा कि संस्कृत के इतने बड़े आचार्य-पिताश्री सबसे पीछे बैठे हए है। यदि इनका परिचय हो जाये या

कोई पहचान जाये तो कितना आदर मिलेगा! पर यहाँ कौन परिचय करायेगा? रामायण कथा में परिचय किसलिए?

यही ठीक है।...कथावाचक बता रहे हैं— राम आसन से उठकर शिवधनुष के पास पहुँच रहे हैं। जानकी का हृदय उद्वेलित होने लगा। लक्ष्मण के नयनों में उल्लास झलकने लगा। सबमें औत्सुक्य उभरने लगा।

भवनाथ भी आगरा के किला के पास पहुँच गया। पर दुर्गद्वार पर सशस्त्र सिपाही की जलती हुई आँखों को देखकर उसे पीछे हट जाना पड़ा। वह दूर खड़ा रहा। वह आलमआरा से मिल नहीं सका।...क्या वह मिल नहीं सकेगा?...क्या वह असफल रहेगा?

कथावाचक समझा रहे थे—श्रीराम ने प्रथम दर्शन में जानकी को अपने हृदय में स्थान दे दिया था और जानकी ने श्रीराम को।...यह भाव निष्ठा में परिणत होने लगा। निष्ठा शक्ति बनने लगी। श्रीराम ने शिवधनुष को उठा लिया। सभी चकित हो गये। धनुष की प्रत्यंचा चढ़ाने में धनुष टूट गया।...जानकी जी वरमाला लिए आगे बढ़ीं। मंगलगीत गूँजने लगा।

भवनाथ सोचता रहा— आलमआरा पत्थर की दीवारों के भीतर बन्द है। वह दीवार को भेदकर नहीं जा सकता। वह आतंक की दीवार को मिटा नहीं सकता। ...पर भाव तो निष्ठा के रूप में आ गया है। निष्ठा शक्ति नहीं बन रही है।... वरमाला बहुत दूर है।

कथावार्ता के बाद आरती होने लगी। दीपज्योति देवज्योति बन गयी। वह ज्योति सबको मिले। आलोक सबको मिले। सभी उस ज्योति को धारण करें।... आरती की थाल आ रही थी।

पं. जगन्नाथ ने देखा कि श्रोताओं में सभी वर्ण के हिन्दू हैं। कुछ मुसलमान भी हैं। ये मुसलमान मुगल नहीं लगते। ये तो हिन्दी मुसलमान हैं। इस देश के हैं। इनके रंग, रूप और व्यवहार इन्हें मुगलों से अलग कर देते हैं।...ये रामकथा में रस पा रहे हैं। यह तो मानव के आदर्शों और संघर्षों की मार्मिक कथा है। राम इस देश के हैं। सबके बीच के हैं। सबके साथ हैं। इसलिए सबसे आदर पायेंगे ही।

आरती की थाल आ गयी। पं. जगन्नाथ और भवनाथ ने आरती की थाल से देवज्योति को धारण किया और फिर दोनों घाट की ओर मुड़ गये। पंडा की छतरी के पास आ गये। देखा कि घाट की सीढ़ियाँ स्नानार्थियों से भरी हुई थीं। वे गंगा की लहरों को देखने लगे। सूर्य की किरणों से रंगी हुई लहरें लाल कमल के समान दीख रही थीं। प्रार्थना के शब्द भ्रमरों के गुंजन बन गये थे। कवि जगन्नाथ का हृदय जग गया। वे बोल उठे—'हे गंगे! वसुधा के सौभाग्यरूप, शिव की महाविभूति, वेदों के सर्वस्व, देवताओं के पुण्य तथा अमृत के समान आपका जल हमारे अशुभ

का नाश करे।’

भवनाथ के हाथ ज़ड़ गये।

दोनों अपने निवास की ओर चल पड़े। पण्डों के शब्द सुनाई पड़े—‘ये कैसे हैं! दूर से हाथ जोड़ा और घर की राह ली!! न स्नान, न पूजा, न तिलक और न दक्षिणादान!!!

‘काशी में सब तरह के लोग आते हैं। सबसे दान-दक्षिणा की आशा नहीं करनी चाहिए।’ दूसरे पण्डे ने कहा।

‘ये कल फिर आयेंगे। स्नान करके चन्दन तिलक के लिए कह देना। फिर दक्षिणा भी मिल जायेगी।’ तीसरे ने समझाया।

जगन्नाथ भवनाथ के साथ अपने निवास पर आ गये। वहाँ देखा कि मन्दिर के आँगन में प्रवचन चल रहा है। बीस-पचीस लोग एकत्र हैं। दोनों को अच्छा लगा। वे उधर ही जाकर बैठ गये। प्रवचन समाप्त होने पर मन्दिर के पुजारी ने पं. जगन्नाथ से परिचय देने के लिए आग्रह किया। वर्ण-जाति के बारे में पूछना और बताना एक नियम-सा था। इसलिए उन्होंने अपना परिचय दिया। दिल्ली दरबार और विशिष्ट उपाधि के बारे में नहीं बताया। पर शिव सम्बन्धी स्वरचित एक छन्द सुना दिया। पुजारी सन्तुष्ट हुआ।

पं. जगन्नाथ की चर्चा शुरू हो गयी। भवनाथ ने सोचा कि इस चर्चा से पिताश्री काशी में रह सकेंगे। वह आगरा का समाचार पाता रहेगा।

दोनों ने देखा कि उस स्थान में पाठशाला आरम्भ हो गयी। छात्र आ गये। यह भी जानकारी मिली कि काशी में अनेक स्थानों पर विद्यालय चल रहे हैं। व्याकरण, साहित्य, दर्शन, ज्योतिष और आयुर्वेद की शिक्षा दी जा रही है। इन विद्यालयों में दूर-दूर से छात्र आये हैं। कुछ मुस्लिम छात्र भी पढ़ रहे हैं।...अच्छा लगा और आचार्य जी ने पाठशाला में उन्हें आमन्त्रित कर दिया। उन्होंने अलंकार पढ़ाने का प्रयत्न किया। सबने पसन्द किया। वे नियमित रूप से आचार्य बन गये। साथ में भवनाथ रहता। अलंकार को समझाते समय ‘चित्र मीमांसा’ नामक ग्रन्थ की जब-तब चर्चा हो जाती। इसके लेखक पं. अप्पय दीक्षित काशी में ही निवास करते हैं—यह सभी जानते थे।

पं. जगन्नाथ भवनाथ के साथ प्रातः उठते। गंगा जी की स्तुति में एक छन्द की रचना करते। गंगा तट पर पहुँचकर स्नान करते। स्वरचित छन्द से स्तुति करते। अब पंडा पहचान गया। वह उन्हें चन्दन-तिलक के लिए आकुल रहता। वे भी सहर्ष चन्दन-तिलक करके लौटते। पूजा एवं अल्पाहार के बाद पाठशाला में पहुँच जाते।

धीरे-धीरे कुछ छात्र तथा आचार्य सन्ध्यावार्ता में आते। चर्चा होने लगी।

46

काशी के पण्डित अप्पय दीक्षित को मालूम हो गया कि पं. जगन्नाथ काशी में आ गये हैं। एक पाठशाला में आचार्य बन गये हैं। काव्य रच रहे हैं। जब-तब पाठशाला में उनकी 'चित्र मीमांसा' की आलोचना भी कर देते हैं। इसलिए दीक्षित जी का रोष जाग गया। वे सोचने लगे कि भ्रष्ट तैलंग ब्राह्मण काशी में आ गया! इसने मेरी 'चित्र मीमांसा' का खंडन किया है!! उनकी विद्वत्ता पर सन्देह किया है? अपने को आचार्य मान बैठा है! मुगल बादशाह से 'पंडितराज' की उपाधि पाकर अहंकारी हो गया है। अब वह काशी में आ गया है। यहाँ इनका आचार्यत्व नहीं चल सकेगा। यहाँ पंडितराज की उपाधि का गर्व टिक नहीं सकेगा।...बहुत दिनों से पंडितराज की प्रतीक्षा हो रही थी। पंडितों की नगरी में पंडितों के समक्ष पांडित्य सिद्ध करना होगा।

उस दिन अप्पय दीक्षित ने ज्ञानवापी के पास की पाठशाला में पं. जगन्नाथ रचित 'रसगंगाधर' के खंडन का प्रयत्न किया। परन्तु उन्हें लगा कि 'रसगंगाधर' का खंडन जम नहीं रहा है। सहायक आचार्य अपने शीश अवश्य हिला रहे है।... खंडन तो करना है। पं. जगन्नाथ ने उनकी चित्रमीमांसा की आलोचना की है।... काशी में पंडितों के मध्य उनका मान-भंग करना है।

दूसरे दिन प्रातः अप्पय दीक्षित दशाश्वमेध घाट पर जा पहुँचे। पं. जगन्नाथ भवनाथ के साथ स्नान कर रहे थे। उनके आसपास गंगा की धारा में पूजा अर्पित फूल बह रहे थे मानो तैर रहे हों। पत्तों के दोनों में मिट्टी के नन्हे दीप जल रहे थे। घाट पर स्त्रियाँ दीप जलाकर पूजा कर रही थीं।...ऐसा लगा कि पं. जगन्नाथ के आसपास फूल खिल आये हैं। उनके सम्मान में दीप जल उठे हैं।...सहयोगी आचार्य ने पं. दीक्षित को संकेत में बता दिया कि फूलों के पास पं. जगन्नाथ स्नान कर रहे हैं। पं. दीक्षित उन्हें पहचानने लगे। कुछ देर के बाद जगन्नाथ स्नान कर सीढ़ियों से ऊपर आये। भवनाथ ने बदलने के लिए वस्त्र दिया। भवनाथ ने भी वस्त्र बदल लिया। दोनो के हाथ जुड़ गये। जगन्नाथ ने स्वरचित छन्द से गंगा की स्तुति की—

नृणामीक्षामात्रादपि परिहन्त्या भवमयं
शिवायास्ते मूर्तेः क इह महिमानं निगदतु।
-अमर्षम्लानायाः परममनुरोधं गिरिभुवो
विहाय श्रीकण्ठः शिरसि नियतं धारयति याम्॥

हे गंगे! आपकी कल्याणकारिणी मूर्त्ति की महिमा का वर्णन कौन कर सकता है! आपके दर्शन की इच्छा से ही मनुष्य भवबाधा से रहित हो जाते हैं। आक्रोश से

म्लानमुख पार्वती जी के अनुरोध को भी न मानकर शिवजी आपको शिर पर धारण किये हुए हैं।

पं. जगन्नाथ स्तुति को पूरा कर चन्दन-तिलक के लिए पण्डा के पास आ गये। भवनाथ की आँखें चन्दन-तिलक के लिए अनुरोध करने लगीं। पंडा तो प्रतीक्षा ही कर रहा था। पहले तो उसने नमस्कार किया और तब चन्दन-तिलक किया। पं. जगन्नाथ का भव्य ललाट दीप्त हो उठा। भवनाथ तिलकित हो गद्गद् हो उठा।

पं. अप्पय दीक्षित आ पहुँचे। वे बोल उठे—'पं. जगन्नाथ मिश्र! काशी में आपका स्वागत है। मैं अप्पय दीक्षित...अलंकार शास्त्री...चित्र मीमांसा का रचनाकार।'

पं. जगन्नाथ ने हाथ जोड़कर विनम्र स्वर में कहा—'अलंकार शास्त्री पं. अप्पय दीक्षित जी को मेरा प्रणाम है। मेरा अहोभाग्य है कि आपके दर्शन हो गये। ...मैं स्वयं आपके पास आने की इच्छा कर रहा था।'

'आप काशी में आ गये। पर आपने आगमन की सूचना नहीं दी।...आप छिप कर क्यों रहना चाहते हैं? काशी में अप्पय दीक्षित से छिपकर नहीं रह सकते।'

'मैं प्रतिदिन स्नान करने आता हूँ। रामकथा श्रवण कर पुण्यलाभ पा लेता हूँ।...पण्डित दीक्षित जी! मन की शान्ति के लिए माँ गंगा के तट पर आया हूँ। आपके दर्शन के बिना कैसे रह सकूँगा?...आपसे मिलना ही था।'

'मैं तो बहुत दिनों से आपकी प्रतीक्षा कर रहा था।...आप चाहें तो पूर्णिमा के अवसर पर विद्वत गोष्ठी हो जाये। 'रस गंगाधर' नामक आपकी रचना पर विचार विमर्श हो सकता है।'

'पं. दीक्षित जी! पत्नी का देहान्त हो चुका है। मन शोकाकुल है। मित्र शहंशाह वन्दी हैं। नये बादशाह ने प्रजा को भयभीत किया है। इसी मनःस्थिति में आया हूँ। अभी विद्वत गोष्ठी के लिए मन में उत्साह नहीं है।...मैं आपके पास स्वयं आऊँगा।'

'आप काशी की गोष्ठी से घबराते हैं? आप तो राजसभा से सम्मानित पंडित है। आप क्यों घबरा रहे हैं?'

'कदाचित् आप नहीं जानते कि हम कितने दुःखी हैं। विकल हैं!...दिल्ली-आगरा में कितना आतंक है!! शोक और आतंक से घबराकर इधर आया हूँ। माँ गंगा, भगवान विश्वनाथ और आप विद्वानों के दर्शन करके विकलता से मुक्त हो रहा हूँ।'

'तो आप प्रायश्चित्त करने आये हैं! पहले प्रायश्चित्त ही कर लें। शादी के बाद आप प्रायश्चित्त नहीं कर सके होंगे।'

'दीक्षित महाराज! आपका अतिथि सत्कार देखकर लगता है कि आप सचमुच

अलंकार शास्त्री हैं।' भवनाथ ने व्यंग्य कर दिया।

अप्पय दीक्षित एक क्षण तक भवनाथ को देखते रहे। फिर तीखे स्वर में कहा—'जगन्नाथ मिश्र! पुत्र को शिष्टाचार सिखाइए।' पं. जगन्नाथ ने हाथ जोड़ कर क्षमा माँग ली।

पंडा आश्चर्य से यह वार्ता सुन रहा था। कुछ लोग एकत्र हो गये थे। अप्पय दीक्षित ने रुकना उचित नहीं समझा। वे अपने सहायक आचार्य के साथ आगे बढ़ गये। लोग कभी पं. जगन्नाथ को देखते और कभी काशी के पंडित दीक्षित के बढ़ते पग को।...प्रश्न भी उभर रहा था—वे भाग क्यों गये?

भीड़ में खुफियानवीस आ गया था। उसने पं. जगन्नाथ का नाम सुना। उन्हें देखा। मुगल दरबार के पंडितराज को निकट से देख लिया।...पं. जगन्नाथ पुत्र भवनाथ के साथ रामायण-कथा में बैठ गये।...खुफियानवीस ने दूर से ही देख लिया कि कथा-वार्ता में बैठे लोगों में कुछ हिन्दी मुसलमान भी हैं। एक-दो पठान भी दिखाई पड़े। उसे ताज्जुब हुआ।...उसने सुना कि कथावाचक रहीम और रसखान की शेरोशायरी को पेश कर रहा है। मिसाल के रूप में रख रहा है। और वह कह रहा है कि ईश्वर एक है। वह निर्गुण और सगुण—दोनों है। वही राम है, वही शिव है और वही खुदा है। भाषा का अन्तर है। हम इस देश की भाषा में उस ईश्वर को राम, कृष्ण और शिव कहकर सम्बोधित करते हैं।

खुफियानवीस को यह उपदेश अजीब लगा। वह वहाँ से चल पड़ा।... दशाश्वमेध के आखिरी छोर पर नीम के पेड़ की छाया में कुछ लोग बैठे थे। कोई साधु उपदेश दे रहा था।...तो ये कबीरपन्थी हैं।...कबीरपन्थी साधु बता रहा था—राम और रहीम जुदा नहीं हैं। हिन्दू और मुसलमान एक ही खुदा के बन्दे हैं। ...राम का भगत और खुदा का बन्दा सिर्फ बुरे कर्मों से डरता है। महाठगिनी माया से दूर रहता है। अपने भीतर उस स्वामी...साहब का दर्शन करता है। राजाओं और बादशाहों से खौफ नहीं खाता। भगति आत्मा का प्यार है, भय नहीं है। भगत भय से परे हो जाता है।

यह सुनकर खुफियानवीस गुस्से में उबलने लगा। लेकिन वह कुछ बोल नहीं सका। वह चुपचाप आगे बढ़ गया। उसे लगा कि यह तो बादशाह-ए-गाजी की हुकूमत को चुनौती है। कुफ्र को बढ़ावा मिल रहा है। यह शहर तो पंडितों का शहर है। काफिरों का जियारतगाह है। दिन-रात चारों तरफ घण्टा और शंख की आवाज गूँजती रहती है।...पंडितराज जगन्नाथ का इधर आना मामूली बात नहीं है। बूढ़े बादशाह का अजीज रहा है। चुनांचे देहली से भागकर आया है। इस पर निगाह रखनी पड़ेगी।

ये पंडत आपस में बहस करते हैं। लोगों से दान-दच्छिना पाने की होड़ कर

लेते हैं। और सबको अपने से छोटा मानते हैं।...राजपूत राजा अपने-अपने इलाके में शेर बने रहते हैं। एक-दूसरे पर गुर्राते रहते हैं। मुगल तख़्तोताज के आगे सलामी दे रहे हैं। मुगलों ने इन्हें मनसबदार बना लिया है।...ये सेठ-साहूकार मुनाफा और सूद से मोटाते रहते हैं। आम लोग मेहनत करके दो शाम की रोटी के इन्तजाम में लगे रहते हैं।...इसीलिए तो मुगल काफिरों के मुल्क पर हुकूमत कर रहे हैं।...ऐसी शानदान हुकूमत और काबिलेतहसीन ऐश अपने मुल्क में नहीं हो सकती थी।

यह सोचता हुआ खुफियानवीस बनारस के हाकिम के पास जाने लगा।

पं. अप्पय दीक्षित अपने घर आ गये। पर पूजा-पाठ में मन नहीं लगा। अल्पाहार पर विद्यालय में आ गये। अलंकार पढ़ाना-समझाना आरम्भ किया। सबने अनुभव किया कि दीक्षित जी का चित्त स्थिर नहीं है।

इस तरह दिन बीत रहा था। एक दिन वे सन्ध्या में विश्वनाथ मन्दिर में पहुँच गये। गर्भगृह के पासवाले ओसारे में पंडितगण बैठे थे। पं. दीक्षित आकर बैठ गये। दो क्षण के बाद बोल उठे—'वह भ्रष्ट तैलंग ब्राह्मण जगन्नाथ मिश्र काशी में छिपकर रह रहा है। मैंने उसे विद्वत गोष्ठी के लिए आमन्त्रित किया। परन्तु उसने आमंत्रण को ठुकरा दिया।

दीक्षित जी के एक मित्र ने कहा—'दिल्ली में कोई पूछने वाला नहीं रह गया है। हमें तो पूछना चाहिए। दीक्षित जी ने आमन्त्रित कर उचित ही किया। पर वे क्यों घबरा रहे हैं?'

दूसरे ने प्रश्न किया—'क्या वे पंडितराज की उपाधि से अहंकारी हो गये हैं या यवनी युवती के संसर्ग से ग्लानि में जी रहे हैं?'

तीसरे ने कहा—'पं. जगन्नाथ भारत के प्रतिष्ठित आचार्य हैं। हम यह ध्यान में रखें। काशी की प्रतिष्ठा की बात है।'

'भ्रष्ट ब्राह्मण अभिमान दिखायेगा तो कैसे सह्य हो सकेगा? दरबारी पंडित भगवान विश्वनाथ की शरण में आने से घबरायेगा ही।' दीक्षित जी ने उत्तर दे दिया।

पंडितराज जगन्नाथ के शब्द सुनाई पड़े। दीक्षित घबरा गये। उन्होंने झाँक कर देखा कि पूजा कर रहे थे।...और अन्य उनकी अर्चना के शब्द सुनने लगे। बड़ी उत्कण्ठा से उन्हें देखने लगे और सुनने लगे।

पं. जगन्नाथ ने अर्चना पूरी की। गर्भगृह से बाहर आकर ओसारे में बैठे पंडितों को नमस्कार किया।...सभी स्तम्भित थे। पर सबके हाथ जुड़ गये। पर कोई बोल नहीं सका। वे लौट रहे थे। पीछे-पीछे भवनाथ जा रहा था।

अप्पय दीक्षित जी बोल उठे—'देखा! कितना अभिमानी है!! दूर से ही नमस्कार कर चला गया।'

47

रोशनआरा विलियम से मिलकर शाही हरम में लौट रही थी।...विलियम की सलाह है कि बनिया-बक्कालों पर दबाव रहना चाहिए नहीं तो ये शाही कारखाना चलने नहीं देंगे। उन्होंने फरोख्त-बेचने की दर में कमी कर दी है। बुनकरों को नकद भुगतान में देरी नहीं कर रहे हैं। बुनकर खुश हैं। वे बुनकरों को भी समझा रहे हैं कि बुनकर अपने घरों में पूरी आजादी से अपना काम करें। कारखाना से बँधकर गुलामी नहीं करें।

रोशनआरा सोचने लगी कि अगर काफिर बक्कालों ने बेचने की दर में कमी कर दी है तो उसे भी कम करना ही होगा। फिर तो मुनाफे में कमी आ जायेगी। बुनकर तो मजदूरी में कमी नहीं करेंगे।...उसने ज्यादा मुनाफा-फायदा के लिए कारखाना शुरू किया है। कम मुनाफे पर फिरंगियों के हाथ बेचना क्यों? फिरंगी तो ज्यादा मुनाफा उठायेंगे। सुना है कि उनके मुल्क में बड़े कारखाने खुल रहे हैं। वे तो वक्त पाकर छोटे कारखाने को दबा देंगे। जो भी हो, बनिया-बक्कालों पर दबाव डालना होगा।...खेती और तिजारत पर काफिर ही काबिज हैं। थोड़े दस्तकार जरूर मुसलमान बन गये हैं।...मुगल बादशाह के हाथों में सिर्फ तख्तेताऊस यानी हुकूमत, इन्साफ और फौज है।...हुकूमत के महकमों और दफ्तरों में ज्यादातर काफिर कायथ ही भरे-पड़े हैं।...फौज का एक हिस्सा राजाओं की राजपूती फौज ही है। तो भी ये वफादार हैं। बक्कालों की तिजारत की ताकत को तोड़ना है।

ऐसे तो चुंगी, मालगुजारी और महसूलों से मुगल सल्तनत को बेइन्तिहा आमदनी है। लड़ाइयों में जीत के बाद जेवरात, जवाहिरात और सोने के सिक्कों से खजाना भरता रहता है।...यह कारखाना तो अपने लिए है। अपनी ताकत के लिए है। अगर इस कारखाने से काफिर बक्कालों पर दबदबा कायम हो जाये तो बड़ी बात होगी।...औरंगजेब को यही समझाना है।

रोशनआरा जेबुन्निसा के पास आ पहुँची। दरवाजे पर आयी। जेबुन्निसा की आवाज सुनाई पड़ी—मैं जौके इश्क में खो रही हूँ। क्या आप भी इस गुलशन में आकर इश्क की बेताबी को महसूस कर रहे हैं?

मेरे महबूब! मैंने आपका नाम ले लिया है। आपके पास शादी का पैगाम जा रहा है।...क्या आप कबूल करेंगे?...यहाँ तशरीफ लायेंगे या मुझे रावी दरिया के साहिल पर भटकना होगा? अभी तो मैं मुन्तजिर हूँ आपके दीदार के लिए।...ख्वाहिश यह है कि रावी की मौजों पर जिन्दगी का हर लम्हा चाँद से गुफ्तगू करे और गुलों की महफिल में तबस्सुम की खुशबू की नज्म हो।

यह सुनकर रोशनआरा का दिल धड़क उठा। पहले तो उसे अच्छा लगा। फिर

अहसास हुआ कि उसे कहीं चोट-सी लगी है।...दो लम्हों के बाद उसे खयाल आया कि ये दोशीजा के ख्वाब हैं। शायरा के सपने हैं...अब वह अपने गुजरे लम्हों और ख्वाबों को क्यों याद करे? जमाना चला गया। शबाब उतार पर है। जेबु ने अपनी पसन्दगी किसे बता दी? पैगाम कैसे चला गया?

उसने दरवाजे पर दस्तक दी। जेबु ने दरवाजा खोला। रोशनआरा उसके चेहरे के रंग को देखती भीतर आयी। और पूछा—'जेबु! तुमने तस्वीरों में अपनी पसन्द की चुन ली?'

'जी...फूफीजान!'

'तुमने मुझे तो नहीं बताया!'

'उदयपुरी अम्मी पूछ बैठी। मैंने बता दिया। उन्होंने...।'

'उदयपुरी तुम्हारी शादी का पैगाम भेजकर सारा इन्तजाम कर लेगी?...अपना होश है। कामबख्श को लिए पड़ी रहती है।...बादशाह की शाहजादी के लिए वह क्यों फिक्र करेगी?'

'सब तो आपको ही करना है।...आपके इशारे पर ही सब हो सकता है।... उनके अपनापन का अहसास कर मुझसे रहा नहीं गया।'

'खैर, जो हुआ; जो हुआ!' मुझे भी वह तस्वीर दिखा दो। मैं भी जान लूँ!' जेब्रन्तिसाने सहम कर तस्वीर दिखा दी। और उसने सर को नीचा कर लिया।... रोशनआरा ने पहचाना। रावी के साहिल का मायने समझा। और फिर मुबारकवादी दी। लेकिन वह रुक नहीं सकी।...उसके कदमों की आवाज आती रही।...जेबु ने महसूस किया कि फूफी खुश नहीं हैं। कदमों की आवाज में नाराजगी है। पहले इनसे कहना था। इनसे अर्ज करना था। यह हुकूमत इनकी सलाह से चलती है। गलती हो गयी। गफलत हो गयी।...उसका दिल धड़कने लगा। वह बेचैन होकर चहलकदमी करने लगी।

रोशनआरा को देख बाँदियाँ रास्ता छोड़ रही थीं। एकाध पर डाँट पड़ रही थी। शाही बाग का फौवारा दिखाई पड़ा। उसे लगा कि वह उसे चिढ़ा रहा है। लेकिन उसने ऐसा देखा मानो वह अपने तीखे तेवर से डरा देगी।...वह खिल्वतगाह में पहुँची। वहाँ बादशाह मौजूद थे। खयालों में डूबे हुए थे। फाजिल खाँ और दानिशमन्द खाँ चुपचाप बैठे थे। दोनों ने उठकर कोर्निश की। रोशनआरा बादशाह के पास आकर खड़ी रही। फाजिल खाँ ने बैठने का इसरार किया। औरंगजेब ने आहिस्ता से कहा—'आपा! बैठ जाइए। आगरा से जवाब आया है।'

'क्या है? मैं भी सुन लूँ!' रोशनआरा ने बेरुखी से कहा।

'अब्बाहुजूर ने मेरे बेटे अकबर से आलमआरा की शादी को पसन्द नहीं किया है। आलमआरा ने इनकार कर दिया है।'

'उस नाचीज लड़की ने इतनी जुर्रत की है? उस बेशर्म ने जवाब दे दिया है?'

'हाँ, उसने जवाब दे दिया है।'

'आप उसे यहाँ आ जाने का हुक्म दे दें।'

'वह तो होगा। थोड़ा ठहरना चाहिए। वक्त हुक्म दे देगा।'

'आगरा का किला देहली से टकरा रहा है, बादशाह-ए-गाजी।'

'वे लोग कुछ भी नहीं कर सकते। रस्सी की ऐंठन भर है।'

'और अपनी दुख्तर की शादी कब कर रहे हैं? पैगाम जा चुका?'

'आपसे सलाह मशविरा के लिए हम रुके हुए हैं।'

'शायरा की पसन्दगी सर आँखों पर है।...आप पैगाम भेज दें।'

'आज ही भेज रहा हूँ।...आगरा को क्या लिखा जाये?' फाजिलखाँ ने पूछा।

'एक धमकी जरूरी है।'

'तो लिखा जाये कि मुगल खानदान की बेहतरी और आलमआरा की जिन्दगी की खुशहाली के लिए दोबारा गौर करना चाहिए।...इसके बाद धमकी दी जायेगी।' औरंगजेब ने रोशनआरा की ओर देखकर कहा।

'हाँ, यह ठीक रहेगा।' रोशनआरा ने जवाब दिया।

दानिशमन्द खाँ ने मौका पाकर बताया—'पंजाब में नानकपन्थी हिन्दुओं के आठवें गुरु हरकिशन जी की मौत के बाद बाबा बकाला यानी तेगबहादुर जी गुरुगद्दी पर बैठ चुके हैं।...वे देहली की ओर आ रहे हैं। इलाहाबाद से होते हुए पटना तक जाने वाले हैं। तीरथों में घूमते हुए अपने मुरीदों यानी सिक्खों से मिलने का इरादा है।...उन्हें देहली की सरहद पर रोका गया है।'

फाजिल खाँ बोल उठा—'पंजाब के नानकपन्थी हिन्दुओं के गुरु मुगल तख्त के सामने अकड़ते रहे हैं। इन्हें ठीक ही रोका गया है। इन्हें कैद कर लेना चाहिए।'

'पहले इन्हें समझने की कोशिश की जाये। इनकी मंशा क्या है? जानबूझकर साधु-फकीर को क्यों परेशान किया जाये? ये तो हिन्दू और मुसलमान को एक मानते हैं।' दानिशमन्द खाँ ने सलाह दी।

'यह भी सही है कि सिर्फ हिन्दू ही इन्हें अपना गुरु मानते हैं।...ओंकार अकाल पुरुख की भक्ती हिन्दुस्तान की चीज है। इसमें अरब की पाक जमीन की खुशबू नहीं है। ये हजरत मुहम्मद साहब को अपना पैगम्बर नहीं मानते। इनकी बानी पर कलामे पाक का कोई असर नहीं है।...ये मुगल तख्त की कद्र नहीं करते। चुनांचे होशियार रहना है।' फाजिलखाँ ने बताया।

'जरूर होशियार रहना है। एक बार समझने की कोशिश हो। अगर राम सिंह को उनके पास भेजा जाये तो कैसा रहेगा?' बादशाह औरंगजेब ने अपनी राय दी।

'भेज सकते हैं।...जासूस की निगाह जरूर रहे।' रोशनआरा ने अपनी सलाह दे दी।

बादशाह ने दानिशमन्द खाँ की ओर इशारा कर दिया। और फिर पूछा—'आज कोई और मसला है?'

दानिशमन्द खाँ ने वजीर की ओर देखा। दोनों ने कहना चाहा कि आज और कोई मसले पर गौर नहीं करना है।

रोशनआरा बोल उठी—'हाँ, एक है।'

'क्या है?' बादशाह ने पूछा।

'कपड़े का कारखाना चल रहा है। दस जुलाहे काम कर रहे हैं। शाही कारखाना है। मेरी देखरेख है।...फिरंगी खरीद रहा है। तिजारत पर शाही दबदबे से हिन्दू बजाज परेशान हैं। वे नहीं चाहते कि शाही कारखाना चले। उनकी साजिश है कि तिजारत पर उनका कब्जा रहे। इसलिए उनकी ताकत को तोड़ना होगा।'

'वजीर फाजिल खाँ! आपने क्या देखा-सुना है?' बादशाह ने सवाल किया।

'शहंशाह! हुजूर बेगम साहिबा ने सही बताया है। काफिर बजाजों में खलबली है। वे नहीं चाहते कि शाही कारखाना चले।' फाजिल खाँ ने बताया।

बादशाह ने सूबेदार की ओर देखा। इशारा समझकर दानिशमन्द खाँ कहने लगा—'वजीर साहब का कहना दुरूस्त है। सौदागर और बुनकर—दोनों का खयाल है कि हुकूमत रोजी-रोजगार में दखल नहीं दे। बुनकर चाहते है कि गरीब जुलाहों को हुकूमत से राहत मिले। सौदागरों पर दबाव रहे, लेकिन हुकूमत खुद तिजारत नहीं करे।'

'यह तो सचमुच अहम मसला है जिस पर संजीदगी से गौर करना चाहिए।' बादशाह ने जवाब दिया।

'शाही कारखाना चलना चाहिए। तिजारत पर काफिरों का दबदबा भी कम होना चाहिए।' रोशनआरा ने तीखी आवाज में कहा।

'शाही कारखाना जरूर चले। उनका दबदबा भी कम हो।...हमने सिर्फ राजाओं को काबू में किया है। बनिया-बक्कालों को भी काबू में लाना होगा। इसके लिए कोई तजवीज बताइए।' बादशाह ने कहा।

'अगर सौदागरों पर पाँच फीसदी चुंगी बढ़ा दी जाये तो ये काबू में रहेंगे। शाही कारखाने को बढ़ने का भी मौका मिलेगा।'—फाजिल खाँ ने अपनी राय दे दी।

सबने इस तजवीज को पसन्द किया।

बादशाह ने एलान किया—' हिन्दू सौदागरों पर पाँच फीसदी चुंगी बढ़ा दी जाये। इससे मुगल खजाने में इजाफा होगा। शाही कारखाने की तरक्की भी होगी।'

रोशनआरा बेगम को तसल्ली हो गयी।

48

श्यामा (जया) पूजा के लिए पूजाघर से लगी फुलवारी में आयी। प्रभात पवन के हल्के झोंके में पौधों की डालियाँ हिल रही थीं। फूल खिले हुए थे। कुछ खिल रहे थे। उसकी दृष्टि चारों ओर घूम आयी। उसे लगा कि वह फूलों के बीच खड़ी है। पास के फूल पर तितली मड़रा रही थी। वह देखने लगी। पौधे की डाली से उसका आँचल उलझ गया। वह सुलझाने लगी। दूसरे पौधे की डाली में खिले फूल के पास एक भ्रमर आ गया। उसका गुंजन सुनाई पड़ा। वह मुड़ गयी। उसने भ्रमर को देखा। उसे रोमांच हो आया। फिर उसकी दृष्टि तितली पर गयी। वह मुस्करा उठी।...उसने सोचा कि कुछ फूलों पर तितली आ जाती है। कुछ के पास भ्रमर आ जाता है। कुछ फूल देवता के हृदय पर सुशोभित होते हैं। कुछ रसिकों के गले में आ जाते हैं। वह तो पूजा के लिए फूल लेने आयी है।...वह फूल भ्रमर का है। वह तितली के लिए है। वह तो अभी कली है।...इधर के फूल देवता के लिए...वह उस ओर बढ़ गयी।

उसे लगा कि युवती एक फूल के समान कोमल और सुन्दर होती है। वह भ्रमर के लिए उत्फुल्ल होती है? भ्रमर तो एकनिष्ठ नहीं होता। गोपियों ने उपालम्भ दिया है।...उसके राजभवन में भी पुष्पवाटिका है। वह वहाँ खेलती रही है।...वह तो मानवी है। ऐसा नहीं सोचा था।...वह लालकिला के शाही बाग के पास पकड़कर पहुँचा दी गयी। उसने शाही बाग से शाही महल को देखा है।... पुरुष ने अपने को भ्रमर समझा है और युवती को फूल। पर उसने भ्रमर से अपने को बचाया है। यहाँ पर भ्रमर के त्रास से मुक्त है। विलासी और कठोर मुगल के भय से बहुत कुछ मुक्त हो चुकी है।...यदि वह अपने को फूल के समान समझेगी तो भ्रमर धमक सकता है। कोई भी मसल सकता है।...नहीं, वह स्वाभिमानिनी मानवी है। काली की पुजारन है। वह दुर्गा के समान है।...वह फूल तोड़ने लगी।

श्यामा (जया) फूल लेकर पूजा घर में आ गयी। उसने पूजा की सामग्री को एक थाल में सजायेा। बहूरानी रमाकुँवर नैवेद्य लेकर आ गयी। नैवेद्य थाल को रख कर बोल उठी—'आज वे बाहर जा रहे हैं। गुरु तेग बहादुर जी के पास जा रहे हैं। बादशाह ने उन्हें समझने-परखने के लिए भेजना चाहा है।...सन्तों को भी परेशानी है।

'कुँवरानी जी! सन्तों को कष्ट न हो। उनसे आशीष मिले, अभिशाप नहीं। आप पूजा करके मंगल पुष्प और प्रसाद प्रदान कर विदा करें।' श्यामा ने कहा।

'ठीक कह रही हो, श्यामा!...मेरा मन तो घबरा रहा है।'

'आत्मविश्वास से सब मंगलमय होगा।'

रमाकुँवर ने शीश हिलाया। दोनों ने एक साथ पूजा की। आरती होने लगी। राम सिंह द्वार पर आ गये। हाथ जोड़कर खड़े हो गये। पलकें बन्द हो गयीं।... आरती पूरी हुई। श्यामा ने आरती की थाल एक पुष्प के साथ आगे बढ़ा दी। रमाकुँवर ने मन्द मुस्कान के साथ आरती की थाल ले ली। राम सिंह ने आरती लेकर मंगल पुष्प को स्वीकार किया। श्यामा की ओर देखा। उसका शीश झुका हुआ था। हाथ में प्रसाद की थाली थी। उसने बहूरानी की ओर प्रसाद की थाली बढ़ा दी। बहूरानी ने प्रसाद दिया। राम सिंह प्रसाद लेकर पूजाघर के द्वार से मुड़ गये। साथ-साथ रमाकुँवर भी गयी।

श्यामा ने मन ही मन मंगलकामना की।

उधर रमाकुँवर रामसिंह से कह रही थी–'आप गुरु तेगबहादुर जी के पास जा रहे हैं। साधु-सन्त को कष्ट न हो। यह ध्यान रखें।'

'हाँ, रमा! मुझे ध्यान रहेगा।...मैं जानता हूँ कि साधु-सन्त राजाओं-बादशाहों के आदेश के अनुसार नहीं चलते। ये तो अपने आराध्य को सम्राटों का सम्राट मानते हैं। कबीरदास, सूरदास, तुलसीदास, गुरुनानक, मीराबाई–ये सभी शाहों के आज्ञाकारी नहीं हुए।...निस्सन्देह ये राजाओं के आदेशपालक नहीं हैं। ये परे हैं। पर प्रजा के साथ हैं।'

'तो उनसे आशीष मिले...अभिशाप नहीं।'

'पर एक समस्या है, रमा!'

'वह क्या है?'

'गुरु नानकदेव के निर्गुण पन्थ के गुरु बड़े तेजस्वी हैं। ये मुगल बादशाह का विरोध भी कर देते हैं।'

'आप थोड़ा सँभलकर चलें कि दोनों का निर्वाह हो।

'मुगल बादशाह से दोस्ती और अपनी स्वाधीनता–दोनों का निर्वाह जब-तब कठिन हो जाता है।'

'कठिन को सरल बनायें।'

'रमा! राजनीति फूलों की सेज नहीं है। पर देवता का फूल मेरे साथ है।... ध्यान रखूँगा।'

रमाकुँवर मुस्करा उठी। अपने प्रिय के कन्धे पर शीश रख दिया। रामसिंह पच्चीस सैनिकों की एक टुकड़ी के साथ चल पड़े। घोड़े पर सवार रामसिंह सोच रहे थे–देवता का फूल...मंगलकामना का फूल...श्यामा द्वारा...वह कौन है? पवित्र पुष्प के समान वह कौन है?...जगन्नाथपुरी की है या असम की? यदि बादशाह को मालूम हो जाये तो सौंप देना होगा या टकराना..। इस सम्भावना से रोयें खड़े हो गये। ...उधोदास ने अपना कर्त्तव्य पूरा कर लिया। दिल्ली से चले गये। उनकी खोज होती रही है। पकड़े जाने पर क्या होता?...इस पुजारन को कैसे

और कहाँ छिपाया जाता? शरणागत की रक्षा कठिनतम कर्त्तव्य है।

ऊपर से एक नयी समस्या आ गयी। आलम खाँ ने गुरु तेगबहादुर जी को रोक रखा है।...गुरुजी ने तो पंजाब में भक्ति और शक्ति का भाव जगा दिया है। ...गुरु नानक देव के शिष्य मुसलमान भी रहे हैं। अब तो सारे शिष्य हिन्दू ही हैं। इनका प्रभाव बढ़ रहा है। ये दिल्ली से होते पूर्व की ओर जायेंगे। बादशाह परेशान हैं।

अपराह्न में विश्राम के लिए रामसिंह रुक गये। गाँव से बाहर एक बाग में विश्राम करने लगे। ठण्डक बढ़ रही थी। सहसा उधो दास वैरागी आ पहुँचे। उन्हें देखकर रामसिंह ने सोचा कि ये अब कौन-सी समस्या उपस्थित करेंगे? एक का समाधान हुआ नहीं। वैरागी बोल उठे—'मुझे देखकर आश्चर्य हो रहा है न! मैं तो रमताराम हूँ। मालूम हुआ तो कुशल समाचार के लिए आ गया।

'आप को हरिद्वार जाना था?'

'गुरु तेगबहादुर जी से भेंट हो गयी थी।...जा रहा था। आपसे मिलने की इच्छा हो गयी। सब कुशल है न?'

'एक पर एक समस्या आ रही है, वैरागी जी! मन की शान्ति नष्ट हो रही है।'

'इसीलिए तो अनुरोध करने आ गया हूँ।...निर्गुण भक्ति पन्थ के नवें गुरु पंजाब के जनसमुदाय के आधार हैं। उधर के दबे-सहमे लोगों को नया विश्वास मिला है।'

'जी, यह तो सत्य है।'

'इनके प्रभाव से बादशाह परेशान हैं।...ये तो तीर्थयात्रा पर निकले हैं। अपने शिष्यों से मिलते जायेंगे। इन्हें रोका नहीं जाये। ये सबका मंगल चाहते हैं।'

'कठिन समस्या है।' चिन्तित स्वर में रामसिंह ने कहा।

'बुद्धि से समस्या का समाधान कर लें, युवराज! साहस करें।'

'पिताजी भी नहीं हैं। पर प्रयत्न करूँगा।'

'याद रहे कि मुगल राज्य मिर्जा राजा जयसिंह और राजा जसवन्त सिंह पर टिका है जैसे स्वर्गीय मान सिंह पर टिका रहा। यह सच्चाई है युवराज!...मुगल आक्रमणकारी जीत गये, पर राज्य तो कुछ राजाओं की सहायता से ही चल रहा है।...साधु-सन्तों का मार्ग अवरुद्ध न हो।' यह कहकर उधो दास वैरागी चल पड़े।

रामसिंह वैरागी जी को देखते रह गये। उनके पैरों के स्वर सुनते रहे। धीरे-धीरे स्वर दूर होता गया। राम सिंह सोचने को बाध्य हो गये।...गुरु नानक देव ने बाबर के आक्रमण की निन्दा की थी। हुमायूँ ने गुरु अंगद देव के साथ सद्व्यवहार नहीं किया। बादशाह अकबर का व्यवहार ठीक रहा। परन्तु जहाँगीर ने पाँचवें गुरु अर्जुनदेव को बागी हिन्दू फकीर घोषित कर कष्ट दिया था। छठे गुरु को भी

ग्वालियर के किले में बन्द कर दिया था। परन्तु दबाव में मुक्त करना पड़ा। शाहजहाँ ने भी छठे गुरु से लड़ाई मोल ले ली थी। बादशाह औरंगजेब ने सातवें गुरु को दाराशिकोह का मददगार मानकर बुलवाया था। उनके पुत्र रामराय आये थे। उन्होंने बादशाह को सन्तुष्ट करने की कोशिश की थी। आठवें गुरु पर भी दबाव डाला। पर वे चेचक से सत्यलोक सिधार गये।...गुरु तेगबहादुर जी नवें गुरु हैं। इनका प्रभाव बढ़ रहा है। इसीलिए बादशाह परेशान लग रहे हैं।

वैरागी जी बोल गये कि गुरु जी की मंगल कामना पा लें। इनका मार्ग रोका न जाये। रमा ने संकेत दिया है—इनसे आशीष प्राप्त करें, अभिशाप नहीं।...और श्यामा पुजारन ने मंगल पुष्प प्रदान किया है।...यह कैसा द्वन्द्व है!...कैसी विवशता है!!

घोड़े हिनहिना उठे। रामसिंह का ध्यान टूटा। उन्होंने देखा कि सैनिक टुकड़ी प्रतीक्षा कर रही है। वे चलने को तैयार हो गये। ...वे सबके साथ चल पड़े। उन्हें लग रहा था कि उनके आगे-आगे उधो दास चल रहे हैं। रास्ता दिखा रहे हैं। पीछे से बादशाह की चेतावनी आ रही है, दोनों के शब्द कानों के पास टकरा रहे हैं। घोड़ों की टापों की धमक इस टकराहट में मिल रही है।...वे क्या करें?

रामसिंह आ पहुँचे। फौजदार आलम खाँ रुहेला ने इस्तकबाल किया। उसने बताया कि सामने की धर्मशाला में गुरु तेगबहादुर को ठहराया गया है। उनके मुरीद साथ में हैं।...भजन-कीर्तन के साथ तलवार भी—यह गौर करने की बात है। ...यह फकीरी है या मीरी?

रामसिंह ने देखा कि धर्मशाला पर मुगल सिपाहियों का पहरा है। वे भीतर गये। गुरुजी की वाणी सुनाई पड़ी—

सभ सुखदाता रामु है। दूसर नाहिन कोए॥
कहु नानक सुनि रे मना। तिह सिमरत गति होए॥
सुखु दुखु जिह परसै। नहीं लोभ मोह अभिमानु॥
कहु नानक सुन रे मना। सो मूरति भगवान॥

रामसिंह सामने आ गये। तेजस्वी, गम्भीर और भक्ति प्रदीप्त व्यक्तित्व को देखकर उन्होंने हाथ जोड़ दिया। उनके शिष्यों के साथ ही बैठ गये।

कुछ क्षणों के बाद गुरुजी ने रामसिंह को पास बुलाया। वे पास आये। गुरुजी के संकेत पर सभी शिष्य हट गये। और तब उन्होंने पूछा—'कुमार रामसिंह! आप दिल्ली से आये हैं?'

'जी, हाँ! गुरु जी!!' रामसिंह ने उत्तर दिया।

'आपको बादशाह औरंगजेब ने भेजा है। आलम खाँ से बातचीत हो चुकी होगी।...आपने क्या सोचा है?...हमारा भगवद्भजन कैद खाने में चलेगा? तीर्थयात्रा को रोक देना है?'

'साधु-सन्त तो आदरणीय हैं। मैंने आठवें गुरुजी की देखभाल की थी।'

'क्या साधुसंगत और भजन-कीर्तन के लिए नहीं आये हैं? ...यह बादशाह-ए-गाजी साधु-सन्तों से परेशान क्यों हैं? हम तो परेशान नहीं हैं!'

'बादशाह अपनी बादशाहत के लिए परेशान रहते हैं। आपकों शस्त्रों के साथ देखकर फिक्रमन्द हैं।'

'बादशाह म्यान से शमशीर निकालकर धमकाते रहते हैं। हम तो अपने सिक्खों (शिष्यों) की रक्षा के लिए शस्त्रधारण के लिए मजबूर हो गये हैं। मुगलिया दहशत में अपनी रक्षा तो करनी है। हमने क्या बिगाड़ा है?'

'आप शायद मुगल तख्तोताज को कबूल नहीं करते।'

'राजकुमार! साधु-सन्त शाहों के शाह उस अकाल पुरुष के आगे सर झुकाते हैं। लोभ, मोह, अभिमान से मुक्त सन्त अपने राम का सुमिरन करेगा, तख्तोताज का जयकार नहीं करेगा।...मेरा देश है। मेरे जन हैं। मेरे तीरथ हैं। मेरे राम हैं। राम की सुमिरन पर रोक क्यों? अपने देश में घूमने पर रोक क्यों?...आप विचार करें।'

'बादशाह को शक हो गया है।'

'मेरी नजर में हिन्दू और मुसलमान बराबर हैं। राम और रहीम में कोई फर्क नहीं है। इसलिए मैं सबमें भगतिभाव जगा रहा हूँ। इनसान की खिदमत का विचार पैदा कर रहा हूँ।...यह सियासत नहीं है, रामसिंह!'

'आप सही कह रहे हैं। पर बादशाह-ए-गाजी की हुकूमत है।'

'वे हुकूमत करें। प्रजा का पालन करें। मैं तो नहीं रोक रहा हूँ। फिर मुझ पर रोक क्यों?'

'गुरुजी! आप तीर्थ पर जायें। पर ऐसा लगे कि आप सशस्त्र जनों के साथ बादशाह को चुनौती नहीं दे रहे हैं।...आपकी वाणी पश्चिम से पूर्व तक गूँजे।...मैं अपनी जिम्मेदारी पर इस रोक को हटाऊँगा, वचन देता हूँ। शान्ति पूर्वक जायें—यही निवेदन है।

'युवराज! आपका कल्याण हो।'

49

बादशाह औरंगजेब जुमा की नमाज अदा करने के लिए जामा मस्जिद जा रहे थे। लालकिला से लेकर जामा मस्जिद तक मुगल सिपाही फैले हुए थे। बादशाह सजेधजे हाथी पर सवार थे। सूबेदार दानिशमन्द खाँ और शहर कोतवाल बहादुर खाँ घोड़े पर थे। आगे-पीछे सिपाहियों की टुकड़ियाँ थीं।

बादशाह सोच रहे थे कि सौदागरों-बक्कालों पर पाँच फीसदी चुंगी बढ़ाना जरूरी है। शेख इस्लाम और शेख निजाम ने सही माना है। इससे काफिर रिआया पर दबाव बढ़ेगा। शाही कारखाने की तरक्की होगी। मुस्लिम सौदागर अपना रोजगार बढ़ा सकेंगे। फिरंगी शाही कारखाने से खरीद कर सकेंगे। तिजारत बढ़ती जायेगी।

बादशाह ने देखा कि आगे के चौराहे पर कुछ लोग खड़े हैं। सौदागर होंगे। वे कुछ कहना चाह रहे हैं। नजदीक आ रहे हैं। दूर से सलाम कर रहे हैं।...बहादुर खाँ के इशारे पर सिपाहियों का घेरा बढ़ता गया। सभी ठिठक कर खड़े हो गये। सिपाहियों का घेरा बढ़ता गया। वे लाचार हो गये।...बादशाह की सवारी आगे चल पड़ी। 'जिन्दाबाद' का नारा सुनाई नहीं पड़ा।

शाही सवारी जामा मस्जिद की ओर मुड़ी। मस्जिद की ऊँची मीनारें दिखाई पड़ने लगीं। इधर भी कुछ लोग फरियाद करने आ गये। दानिशमन्द खाँ ने इशारा किया कि फरियाद सुनी जाये। लेकिन बादशाह फरियाद सुनने को तैयार नहीं हुए। सभी हाथ जोड़े खड़े रह गये। वे 'जिन्दाबाद' का नारा नहीं लगा सके।

सवारी आगे बढ़ी। 'बादशाह-ए-गाजी जिन्दाबाद' सुनाई पड़ा। बादशाह मुस्कराये। उनका हौसला बढ़ा। नारे लगने लगे। सूफी सरमद का मजार दिखाई पड़ गया। उन्होंने देखा कि बहुत से लोग जिनमें मुसलमान और हिन्दू दोनों हैं, मजार के आगे झुक रहे हैं। अगरबत्तियाँ जल रही हैं। मजार फूलों से सजा है।...वे खीझ उठे। ...याद आ गयी कि अमीचन्द को आकर माफी माँगनी है। उसे सर झुकाना है।...उसकी बाँसुरी बादशाह के आगे बजेगी।

सामने शाही इमाम बादशाह-ए-गाजी के इस्तकबाल के लिए खड़ा था। बादशाह हाथी से नीचे उतरे। मस्जिद की सीढ़ियों पर आये। वुजू का इन्तजाम था। औरंगजेब ने कायदे से हाथ-पैर धोया। नमाज में शामिल हुए। बाद में इमाम से थोड़ी गुफ्तगू हुई। मुस्कराते हुए बाहर आये। मीनारों को देखा। ऊपर आसमान को देखते हुए हाथी पर सवार हुए।...बाहर फिर सूफी फकीर का मजार दिखाई पड़ गया। पेशानी पर लकीरें झलक उठीं। अचानक 'जिन्दाबाद' का नारा गूँज उठा। हाथी के गले का घंटा बजने लगा। पर उनकी आँखों में सरमद का मजार गड़ता रहा।

वे सोचने लगे—बात क्या है कि हिन्दुस्तान के हर सूबे में साधु-फकीर बगावत की बात करने लगे हैं। पंजाब में नानकपन्थी गुरु मुगल बादशाहत को कबूल करने को तैयार नहीं होते। सातवें गुरु दारा के तरफदार थे। आठवें गुरु की चेचक से मौत हो गयी। नवें गुरु नजदीक आ गये हैं। इन्हें काबू में करना जरूरी है। दोआब की ओर कोई उधोदास है। इलाहाबाद में मलूकदास हैं। फैजाबाद में भी उनका जमावड़ा है। वे रामजनम के पराने मन्दर को भूल नहीं पाते।...उधर

रामदास ने मराठों को उभार दिया है। तभी तो मराठा सरदार शिवाजी की हरकतें बढ़ गयी हैं।...मिर्जा राजा जयसिंह जरूर कामयाब होकर आयेंगे। शिवाजी को पकड़ में आ जाना है।...छत्रसाल तो अपने आप आकर झुकेगा।

उम्मीद है कि अल्लाह की मेहरबानी से सारे दुश्मन कदनबोसी करेंगे। लाल किले पर फहरता सब्ज परचम आसमान में बादलों से मुगल शान की बात करेगा।...शहनाई बजती रहेगी। नगाड़ों की आवाज से दुश्मन थर्रा उठेंगे। अपना सर छुपा लेंगे क्योंकि खल्क खुदा का है तो यह मुल्क मुगल बादशाह का है।...वे खुदा और रसूल के मुताबिक हुकूमत कर रहे हैं।...कौन टकरायेगा?...शुमाली हिन्दुस्तान में सिर्फ राज सिंह अकड़ रहा है। दक्कन में शिवाजी राजा बनकर अकड़ दिखाना चाह रहा है। यह नहीं हो सकेगा?

बादशाह औरंगजेब लाल किला में आ गये। दीवाने खास में वजीर और मनसबदार हाजिर थे। बादशाह दीवानेखास में दाखिल हुए। सभी बाअदब खड़े हो गये। राम सिंह भी आ गये थे।

बादशाह ने पूछा—'रामसिंह! क्या खबर लाये?'

'शहंशाह! पंजाब के निर्गुण पन्थ के सन्त गुरु तेगबहादुर जी तो भजन-कीर्तन में मग्न दिखाई पड़े। वे तीर्थयात्रा पर निकले हैं। वे मथुरा, प्रयाग, काशी, सासाराम, गया और पटना तक जायेंगे। साथ में उनका परिवार है। कुछ शिष्य हैं। ...वे सियासत की बात नहीं करते।...वे अपने चेलों के बीच केवल भक्ति और सेवा का उपदेश देते हैं।' रामसिंह ने विश्वास और साहस के साथ बताया।

'लेकिन हकीकत यह है कि पाँचवे गुरु अर्जुन देव, छठे गुरु हरगोविन्द राय और सातवें गुरु हरिराय अपने भजन-कीर्तन के साथ मुगल बादशाहत की मुखालिफत करते रहे हैं। मुल्क के बादशाह को तो कबूल करना होगा।'

'शहंशाह! मैंने बातचीत और व्यवहार से महसूस किया है कि वे अपने थोड़े से शिष्यों यानी सिक्खों के साथ महाबली मुगल बादशाह से टकराने नहीं आये हैं। ये खिलाफ में कुछ नहीं बोलते। ये अपने पन्थ के शिष्यों से मिलते-जुलते पूरब की ओर जायेंगे।...मैने अपनी जिम्मेदारी पर तीर्थ यात्रा पर शान्तिपूर्वक जाने की बात कर ली है। आप इत्मीनान रखें। मेरी जिम्मेदारी है।'

'यह जिम्मेदारी बहुत बड़ी है, राम सिंह! ये सीधेसादे नहीं हैं। आपने सोच-समझ लिया है न?'

'जी, हाँ! मै हमेशा नजर रखूँगा। यह मेरी जिम्मेदारी है।'

'तो ठीक है। राजकुमार रामसिंह की जिम्मेदारी पर गुरु तेगबहादुर को तीरथ पर जाने की इजाजत है।' औरंगजेब ने आधे मन से कह दिया।

शेख इस्लाम और शेख निजाम को यह फैसला मुनासिब नहीं लगा। वजीर फाजिल खाँ ने एक खत पेश किया। साथ ही इशारा किया कि बादशाह ख़ुद

पढ़कर फैसला दें।

बादशाह ने खत को पढ़ा– पंडित जगरनाथ बनारस पहुँच गये हैं। वहाँ के पंडित उनसे नाराज हैं। पण्डितराज अपनों के बीच ही खुश नहीं हैं।...बनारस में बहुत-से काफिरों के मदरसे चल रहे हैं। पं. जगरनाथ भी एक मदरसा में पढ़ा रहे हैं। इन मदरसों में मुस्लिम लड़के तालिबेइल्म तालीम पाने आते हैं। जैसे अरबी-फारसी के मदरसे में हिन्दू लड़के तालीम पा रहे हैं।...कथा पुरान की मजलिस में हिन्दी मुसलमान भी पहुँच जाते हैं। इन मदरसों और मजलिसों में कुफ्र की बुतपरस्ती की तालीम मिल रही है।...यह गैरमुनासिब है!

बादशाह की आँखें गड़ी रहीं।...उन्होंने वजीर की ओर देखा। फाजिल खाँ सर हिला रहा था। बादशाह ने खत को शेख इस्लाम की ओर बढ़ा दिया।

फाजिल खाँ ने बताया–'शाही महल का पैगाम लाहौर भेज दिया गया है। अगर हुक्म हो तो शादी की तैयारी शुरू की जाये। शाहजादी की शादी धूमधाम से होनी चाहिए।...एक तरह से यह पहली शाही शादी होगी।'

'वजीर! शाहजादी की शादी धूमधाम से हो या सादगी से–इस पर मुझे गौर करना है।...मैं बताऊँगा। पैगाम पाकर मेरी शाहजादी का नौशाह तो आ जाये! मैं एक बार देख तो लूँ!!'

'जो हुक्म!'

दीवाने खास की कार्रवाई पूरी हो गयी। बादशाह औरंगजेब तख्त से उठे। सभी खड़े हो गये।...बादशाह शेख इस्लाम और शेख निजाम के साथ चल पड़े। पीछे से फाजिल खाँ भी आ रहा था। शेख इस्लाम ने कहा–'जहाँपनाह! बनारस के मुत्तलिक फैसला हो जाना चाहिए। काफिरों के संस्कीरत मदरसों और मजलिसों में हिन्दी मुसलमानों का जाना गलत है। खतरनाक है। उन मदरसों में तालीम पाकर ये हिन्दी मुसलमान इस्लाम पर ईमान नहीं ला सकेंगे। वे फिर से राम-किशन और गंगा-जमुना की बात करने लगेंगे। वे फिर से हिन्दू फलसफा, पुनरजनम और करमफल पर विश्वास करने लगेंगे...यह तो गुनाह होगा।'

शेख निजाम बोल उठा–'बादशाह-ए-गाजी! इन संस्कीरत पाठशालाओं में पढ़कर ये अरब-ईरान के बदले फिर से हिन्दुस्तान की सर-जमीन, नदियों, पहाड़ों, दरख्तों और देवी-देवताओं की कद्र करने लगेंगे। यह मुगल सल्तनत कुफ्र को तरजीह देने के लिए नहीं है। हम इस्लाम के तबलीग को तरजीह देंगे।'

'आप दोनों के खयालात की ताईद करता हूँ। यह तो दारा शिकोह का रास्ता है। यह गलत है।' बादशाह ने कहा।

'शहंशाह का जैसा हुक्म हो।' फाजिल खाँ ने पूछा।

'संस्कीरत पाठशालाओं पर रोक लगे। पंडत जगरनाथ पर कड़ी नजर रहे।... इन पंडितों के मदरसों से हिन्दी मुसलमान अपने हिन्दू भाइयों की ओर झुक

जायेंगे। अपनी पुरानी बातों को याद करने लगेंगे। इससे मुगल सल्तनत कमजोर होगी।...मुगल सल्तनत के पाये सिर्फ किले और फौज नहीं हैं। मुस्लिम रिआया भी है। इनकी तादाद बढ़ती जाये, तभी सल्तनत की मजबूती हो सकेगी।... इसलिए इनके मदरसों को बन्द किया जाये।' बादशाह ने अपना फैसला दे दिया।

'हुजूर का इकबाल बुलन्द रहे।...मुगल सल्तनत सही तौर पर हुकूमते इलाहिया बने—यही खयाल रखना है।' शेख इस्लाम और शेख निजाम एक साथ बोल उठे।

बादशाह औरंगजेब मुस्करा उठे। उनके कदम बढ़ते रहे। वे शाही महल में आ गये।...फिर वे उदयपुरी बेगम के महल की ओर मुड़े।

दरवाजा खुला। उदयपुरी ने सलाम किया। कामबख्श खेल रहा था। महल उसने भी अब्बाहुजूर को सलाम किया। औरंगजेब ने उसके सर पर हाथ फेरकर दुआएँ दीं। यह खुश हो गया। बाँदी के साथ बाहर चला गया।

औरंगजेब ने कहा—'उदयपुरी! जेबुन्निसा का पैगाम लाहौर जा चुका है। रोशनआरा आपा खुश हैं। लेकिन वह चाहती थी कि पैगाम उनके जरिये मेरे पास आये। इसलिए थोड़ी नाखुश हैं।'

'उनका नाखुश होना मायने रखता है। अपनी दुख्तर के लिए आप कोशिश करें कि वे खुश हो जायें।'

'मैंने उन्हें खुश कर दिया है।...और मैंने तुम्हारी सलाह से आसाम की शाहजादी को भुला दिया है।'

'जब वह डूब मरी तो उसे भूल जाना ही बेहतर है।'

'लेकिन आलमआरा की बदतमीजी तकलीफदेह है। वह मुगल है। मुगल खानदान में शादी से इनकार क्यों?'

'मैं उसको क्या कह सकती हूँ?...वह तो आगरा में है। लेकिन जबर्दस्ती न हो। एक तरह से वह यतीम है।'

'एक नाचीज लड़की बादशाह को जवाब दे!! मेरे हुक्म को ठुकरा दे!! यह तो नाकाबिलेबर्दाश्त है।'

'एक यतीम लड़की पर इतना गुस्सा...!'

औरंगजेब लाजवाब हो गये।

50

गुरु तेगबहादुर जी ने दिल्ली में प्रवेश किया। सैकड़ों शिष्यों-सिक्खों के साथ राम सिंह और लक्खी शाह ने गुरुजी का स्वागत किया। दिल्ली का सूबेदार दानिशमन्द खाँ भी मौजूद था। गुरुजी ने सबको आशीष दी। साथ में आये शिष्य (सिक्ख) पीछे-पीछे थे। गाड़ी पर गुरुजी का परिवार था।...शाही जासूस नजर रख रहे थे।

लक्खी शाह ने हाथ जोड़कर दिल्ली में ठहरने का अनुरोध किया। गुरुजी ने मन्द स्वर में कहा—'दिल्ली से होकर मथुरा—श्री किशन जी की जन्मभूमि को जाना है, लक्खी शाह! पर आज आपके यहाँ ठहरूँगा।'

'मेरा सौभाग्य! आपके शिष्य अमृतवाणी सुनना चाहेंगे।'

'अपने शिष्यों से ही तो मिलना है। उनके साथ सबद कीर्तन होगा। पर इसके पहले रामसिंह के साथ उस भवन को देखना है जहाँ आठवें गुरुजी का देहान्त हुआ था।'

'अवश्य चलें।' राम सिंह ने अनुरोध किया।

अपने सिक्खों के साथ गुरु तेगबहादुर जी आगे बढ़े। परिवार विश्राम के लिए लक्खी शाह के घर पर चला गया। गुरु जी के चरण उस भवन के द्वार पर रुके जहाँ गुरु हरेकिशन राय को ठहराया गया था। गुरुजी भवन के अन्दर गये। साथ में रामसिंह और लक्खी शाह थे। कमरे में वही खाट रखी हुई थी जिस पर स्वर्गीय गुरुजी ने विश्राम किया था। गुरु तेगबहादुर ने अपना शीश झुकाया और वे ध्यान लगाकर बैठ गये। सबके हाथ जुड़े हुए थे।

कुछ देर के बाद ध्यान टूटा। गुरुजी ने सोचा कि बादशाह औरंगजेब का आतंक बढ़ता रहा है। यह गुरु नानकदेव के निर्गुण भक्ति पन्थ के गुरु को जवाबतलबी के लिए बुलाता है। भ्रमण-यात्रा पर रोक लगाने की कोशिश करता है।...गुरु हरिराय जी ने शाहजादा दाराशिकोह का समर्थन किया था क्योंकि दारा इस धरती, धरती के पुत्रों और इनके धर्म-दर्शन को समझने की कोशिश कर रहे थे। इस देश के दुर्भाग्य से वे युद्ध में हार गये।...इसने दारा और सूफी फकीर सरमद को जिन्दा नहीं रहने दिया। इसने दारा के साथ सूफी फकीर को भी दुश्मन मान लिया।...राम राय पर दबाव डाला। पर वे पहाड़ की तरफ चले गये। आठवें गुरु को बालक समझकर दिल्ली में बुलाया। उन पर दबाव डालने की कोशिश की। पर वे दबाव में नहीं आ सके। ...वे चेचक से गुरुधाम चले गये। उन्होंने मुझे स्मरण किया। अब मैं गुरु गद्दी पर हूँ। मुझ पर जोर जबर्दस्ती नहीं चल सकती। मैं केवल ओंकार अकाल पुरुष के आगे झुकता हूँ। अपनी धरती, अपने जन और ईशभक्ति को ही जानता हूँ और कुछ नहीं।

उन्होंने शीश झुकाकर प्रणाम किया। सबके शीश दिवंगत गुरु की स्मृति में झुक गये।...दानिशमन्द खाँ बाहर द्वार पर खड़ा था। जासूस चक्कर काट रहे थे।

अपराह्न में शिष्य यानी सिक्ख इकट्ठे हुए। अन्य लोग भी आ गये। गुरुजी के लिए आसन लगा हुआ था। अगरबत्ती जल रही थी। गुरु नानक देव जी के चित्र के समक्ष दीपक जलने लगा था।

गुरु तेगबहादुर जी का आगमन हुआ। सभी उठकर खड़े हो गये। ओंकार की ध्वनि गूँज उठी। गुरुजी ने आसन ग्रहण किया। उनके स्नेहमय संकेत पर सभी

बैठ गये। गुरुजी ने मधुर स्वर में प्रवचन आरम्भ किया—'मेरे सिक्खों! ओंकार अकाल पुरुष ने—हमारे राम ने यह संसार रचा है। हम सब उसकी सन्तान हैं। वही शाहों का शाह है। हम उसी का शासन मानते हैं। हम उसी को प्यार करते हैं। वह हमें प्यार करता है। इस मानुस जीवन में भक्ति, नामसुनिरन और समर्पण की ही जरूरत है। सद्गुरु याद दिलाते रहते हैं। इसलिए सद्गुरु के साथ ओंकार रूप अकाल पुरुष पर पूरा विश्वास चाहिए। उस परम पिता का हुक्म है कि निर्वैर रहो और निर्भीक रहो।...खौफ नहीं रहे। जात पाँत ने हमारे अन्दर भेदभाव पैदा कर दिया है। हरि की शरन में आया भगत जात पाँत से दूर रहता है। वह राम के नाते सबको अपना समझता है सबमें उसी की जोत के दरशन करता है। इसलिए जरूरी है कि हम संगत में एक साथ बैठें। एक साथ हरि का सुमिरन करें। एक साथ पंगत में बैठकर एक साथ भोजन करें।...मानुख की एक ही जाति मानकर सबसे प्यार और सबकी सेवा—यही धर्म है।

जिहि प्रानी हउमै तजी। करता राम पछान॥
कहु नानक बहु मुकति नर। एह मन साची मान॥

जिस प्राणी ने अहंकार छोड़ दिया है. और ओंकार अकाल पुरुष राम को जान लिया है; वह मुक्त हो गया है। मुक्त मन काम, क्रोध, लोभ, मद आदि से परे हो जाता है। वह अभय हो जाता है।...गुरु नानक देव ने यही कहा था। कबीरदास ने यही बताया था। नारनौल के सतनामी भी यही बता रहे हैं। सूफी फकीर सरमद ने ऐसा ही कहा था।

प्रवचन समाप्त हुआ। सबद कीर्त्तन शुरू हुआ।

उधर लाल किला के अपने दफ्तर में वजीर फाजिल खाँ परेशान था। मीर मुंशी शामलाल भी परेशान था। वह गुरु तेगबहादुर जी के दर्शन के लिए लालायित था। लेकिन वजीर जासूसों का इन्तजार कर रहा था।...एक जासूस आ गया। उसने बताया कि लक्खीशाह के घर में सबद कीर्तन चल रहा है और कोई खास बात नहीं है। मगर वे सबको बेखौफ होने की बात बोल रहे थे। शाहों के शाह निरगुन राम के आगे ही सर झुकाने की सीख दे रहे थे।

दूसरा जासूस आ गया। उसने बयान किया कि गुरु तेगबहादुर रात भर ठहरेंगे। सुबह मथुरा चले जायेंगे।...दीदार दरशन करने वालों की तादाद बढ़ रही है। सब इन्हें पीर मानते हैं।

शाही महल में औरंगजेब बेचैन नजर आ रहे थे।...गुरु तेगबहादुर पर दबाव नहीं डाला जा सका।...लेकिन दबाव है। रामसिंह के साथ दानिशमन्द खाँ और जासूस उन्हें घेरे हुए हैं। अगर शहंशाह के खिलाफ कुछ कहा गया तो कोई रहम नहीं...। दक्कन से खबर आयी है कि मिर्जा राज जयसिंह पहुँच गये हैं।...शिवाजी के खतरनाक बोल हैं कि मुगल गैरमुल्की हैं। तुर्को और मुगलों ने इस देश को

बरबाद किया है। रिआया को सताते रहे हैं। गरीब किसान तकलीफ में है। इसलिए मुगलों के जुल्म को खत्म करना है। इसके लिए स्वराज्य चाहिए। स्वराज्य के लिए हाथों में भाले और तलवार हों।

बगावत की यह आवाज मराठादेस से लेकर बुन्देलखंड तक पहुँच रही है।... इसे कुचल देना है।

यह पंजाबी पीर-गुरु बेखौफ हैं। इनके गुरुओं ने रिआया में हिन्दू और हिन्दी मुसलमानों में सिर्फ रब और राम पर ईमान लाने की बात की है। इन्होंने मुगल बादशाहत को कबूल नहीं किया है। मुगल तख्त का नजरअन्दाज करके ये अकड़ते हैं। इस चिनगारी को शोला नहीं बनने देना है।

रोशनआरा आयी। उसने कहना चाहा कि जेबुन्निसा का नौशाद अभी तक नहीं आ सका। जेबु गमगीन है। मगर वह औरंगजेब को परेशान देखकर चुप रह गयी। वह आहिस्ता-आहिस्ता लौटने लगी। अन्दर ही बुदबुदायी—लगता है कि इस शाहजादी की भी शादी नहीं हो सकेगी, जैसे उसकी नहीं हो सकी।...उसे भी उसी की राह पर आना पड़ेगा। औरंगजेब ने आहट सुन ली। देखा कि रोशनआरा लौट रही है। वे बोल उठे—'आपा! क्यों लौट रही हो?'

'बादशाह को इस हालत में परेशान नहीं करना चाहती।'

'गुरु तेगबहादुर की रात देहली में गुजरने वाली है। इसलिए बेचैन हूँ।'

'शाही जासूस तो तैनात हैं!'

'वजीर फाजिल खाँ ने सबको तैनात कर दिया है।'

'खयाल रहे कि गुरु तेगबहादुर की वजह से काफिर सौदागर पाँच फीसदी ज्यादा चुंगी के खिलाफ खड़े नहीं हो जायें।'

'हुक्म के खिलाफ खड़े होंगे तो हुकूमत अपनी ताकत से समझा देगी।'

'मैं यही कहने आयी थी।...एक और मसला है।'

'क्या है?'

'शाही पैगाम के बाद भी जेबुन्निसा का नौशाह अभी तक नहीं आया हैं। इन्तजार हो रहा है। वक्त गुजर रहा हैं।

'अभी वक्त है, आपा! वह मेरी हुक्मउदूली नहीं कर सकेगा।'

'शाही महल बड़ी बेसब्री से इन्तजार कर रहा है।'

'इन्तजार तो करना ही चाहिए।...आज तो मैं गुरु के रुख्सत होने का इन्तजार कर रहा हूँ।...एक-एक कदम का मायने समझने की कोशिश कर रहा हूँ। देहली के पड़ोस में हिन्दू पीर की ताकत और बगावत को बर्दाश्त नहीं कर सकूँगा।'

'मैं भी यही चाहती हूँ।' यह कहकर रोशनआरा जेबुन्निसा की हालते-इन्तिजार और अन्दरूनी बेचैनी पर गौर करने लगी।

51

कुहासा में किला, महल और मस्जिदों के बुर्ज, गुम्बद और मीनारें हल्के स्याह धब्बे के समान लग रही थीं। ऐसा लग रहा था कि सूर्य का रथ भी रुक गया है। यमुना की लहरों का कलरव गूँज नहीं पा रहा है। अजान की आवाज आ रही है। गरीबों की झोंपड़ियों के आगे अलाव जलने लगा। गुरु तेगबहादुर जी स्नान कर गुनगुनाने लगे–

जिह्वा गुन गोविन्द भजहु। करन सुनहु हरिनाम॥
कहु नानक सुन रे मना। परहि न जम के धाम॥

सारे शिष्य कुहासे को चीरते हुए आ गये। सैकड़ों की भीड़ हो गयी। राम सिंह, लक्खी शाह, देवीचन्द, रामसरन और दानिशमन्द खाँ ने उन्हें बिदाई दी। शामलाल भी आ गया था। अपने शिष्यों (सिक्खों) और परिवार के साथ गुरु तेगबहादुर मथुरा के लिए चल पड़े। चौधरी रामसरन अपने पुत्र धर्मदास के साथ गद्गद् था। उसे गुरुजी के साथ रहने का मौका मिल गया था। वह साथ-साथ जा रहा था। उसके धर्मदास को गुरुजी से आशीष मिल गयी थी। वह रास्ता बताने के लिए आगे-आगे चल रहा था।...सबने महसूस किया कि कुहासा रास्ता नहीं रोक सका था। सूर्य का रथ कुहासा के दलदल से निकलने का प्रयत्न कर रहा था। पूर्व का आकाश अरुणिम हो उठा।

सभी हाथ जोड़ कर बोल रहे थे–

राम नाम उर में गहौ, जाकै सम नहिं कोय,
जिह सिमरत संकट मिटै, दरस तुम्हारो होय।

जासूस लौट गये। वजीर फाजिल खाँ वजारत के दफ्तर में चक्कर काट रहा था। जासूसों ने खबर की–'हुजूर! गुरु तेगबहादुर के कदम मथुरा की ओर बढ़ गये। अब परेशान होने की जरूरत नहीं है।

'ऐसा लग रहा था कि दारुल-सल्तनत पर कोहरा छा गया है। इसी कोहरे में दुश्मन की चुनौती सुनाई पड़ने लगी है। इनके चेले तो हथियारबन्द रहते हैं।' फाजिल खाँ ने अपनी परेशानी जाहिर कर दी।

'मगर ये तो भजन-कीर्तन कर रहे थे और कुछ नहीं।'

'पंजाब के काफिरों को संगत और पंगत के जरिये एक साथ जोड़ दिया है। सबका हौसला बढ़ा दिया है।'

'हाँ, यह तो सच है।...जात-पाँत का फर्क कम होते ही काफिर एक जुट होने लगते हैं। इससे सल्तनत को खतरा हो सकता है।'

'बादशाह-ए-गाजी के खिलाफ कुछ बोल रहे थे?'

'ऐसा तो नहीं है। लेकिन सूफी फकीर सरमद का नाम ले रहे थे।'

'ऐसा है न?'

'जी, हाँ!'

फाजिल खाँ सोचने लगा। और फिर रिआया के दिलोदिमाग पर पड़े असर को समझने के लिए जासूसों को भेज दिया। वह खुद बादशाह के पास जाने के लिए उतावला हो उठा।

औरंगजेब नमाज अदा कर वजीर का इन्तजार कर रहे थे। फानिल खाँ आ पहुँचा। बादशाह ने पैनी नजर से वजीर के चेहरे को देखा। लगा कि वजीर के चेहरे पर थोड़ी परेशानी झलक रही है।

फाजिल खाँ बोल उठा–'जहाँपनाह! पंजाबी काफिरों के पीर अपने सिक्खों के साथ मथुरा की ओर जा चुके हैं। परेशानी की कोई बात नहीं है।'

'फकीरी शख्सियत का क्या असर है?'

'असर तो है। मगर ये सियासी गुफ्तगू नहीं कर सके हैं। लेकिन एक बात छोटी-सी है।'

'क्या है?'

'ये सूफी फकीर सरमद का नाम ले रहे थे और कह रहे थे कि रब और राम में–मुस्लिम और गैर मुस्लिम में कोई फर्क नहीं है। सभी एक ही खुदा के बन्दे हैं। फर्क मानना गैरमजहबी है।'

'वजीरे आजम! ये बातें बादशाह-ए-गाजी की हुकूमत के खिलाफ हैं।' शेख निजाम ने कहा।

'मुगल तख्तोताज और चाँद-सितारे से सजा सब्ज परचम कुफ्र को तरजीह देने के लिए नहीं हैं।' ये शेख इस्लाम के अलफाज थे।

'अपनी तकरीर...अपने उपदेश में और क्या बताया?' बादशाह ने पूछा?

'और कोई खास बात नहीं है मगर ये रिआया को बेखौफ बना रहे हैं।' फाजिल खाँ ने बताया।

'हम होशियार रहेंगे।...सियासी साजिश न हो। कुफ्र को तरजीह नहीं मिले–इस पर खयाल रखना है।'

'जी, हाँ!'

'शाहजादी के लिए पैगाम गया था। शाही महल में इन्तजार होता रहा है।'

'नौशा आ नहीं सका। बात क्या है–समझ में नहीं आ रहा है।'

'वह खुशनसीब है या बदनसीब–सचमुच समझ में नहीं आ रहा है। मैं तो एक बार गुफ्तगू करना चाह रहा था।' बादशाह ने कहा।

उधर जेबुन्निसा अपने कमरे में बुदबुदा रही थी–'मैं खुशनसीब हूँ या बदनसीब! दौलतमन्द हूँ या गरीब!!...ये अश्क आबेहयात की बूँदें हैं या जहर!!!...रावी का

किनारा...वह गुलशन और वह मासूम चेहरा...एक जोड़ी आँखों का भोलापन... छिप-छिपकर निहारने की शोखियाँ...और मेरी शायरी—ये ख्वाब के रंग हैं या गुलों की महफिल की यादगारी?...क्या यादगारी कैदखाने की जंजीर बन जायेगी? जंजीर झनझनायेगी...जख्म ताजे हो जायेंगे। दर्द बढ़ेगा; दर्द की जिन्दगी कैसी होती है? अहसास होने लगा है।...क्या यह बेवफाई है? कैसे बेवफा कहूँ? उन्हें बेवफा कहना गुनाह होगा। गुनहगार नहीं बनना है। प्यार की जिन्दगी में गुनाह का कोई वजूद नहीं है।...ऐसा तो नहीं है कि वे मुझे बेवफा समझ बैठे हों।...क्या बादशाह-ए-गाजी की दुख्तर वफा के लायक नहीं है? एतबार के लायक नहीं है? ...क्या मैं बेवफा हूँ? ख्वाब में भी नहीं। वे भी ऐसा नहीं समझेंगे। पूरी उम्मीद है कि वे बेवफा नहीं समझेंगे।...तो फिर वे क्यों नहीं आये? रोशनआरा फूफी की हरकत तो नहीं है? क्या ये मेरी शादी को बर्दाश्त करने को तैयार नहीं हैं? मगर ऐसा कुछ जाहिर नहीं हुआ है। ये चाहती रही हैं कि शादी हो। उनके जरिये पैगाम जाये। उदयपुरी अम्मी दखल नहीं दें।...महल की सियासत की नजर लग गयी?...क्या अब्बाहुजूर को पसन्द नहीं हैं? वे तो अपनी सियासत में मशगूल हैं। ...क्या मेरी जिन्दगी इस सियासत से जख्मी हो गयी? क्या वे बादशाह-ए-गाजी के खौफ से नहीं आये? जेबुन्निसा की पलकें बन्द हो गयीं। बन्द पलकों में अकिल खाँ का चेहरा झलक उठा।...वह देखती रही और फिर उन्हीं आँखों से आँसू बह उठे।

उदयपुरी बेगम आ गयी। उसने दस्तक दी। दरवाजा खुला। उदयपुरी ने जेबु की आँखों की सिसकन को महसूस किया। उसे अपने सीने से लगा लिया। आँसू बह चले।

उदयपुरी ने आहिस्ते से कहा—'जेबु! सब्र करो। ऊपर वाले पर भरोसा रखो। ...दिल की बस्ती आबाद होगी।'

'अब इस बस्ती में वीरानी ही वीरानी बरस रही है।...और सियासत की दहशत की बिजली...।'

'ऐसा न कहो!'

दोनों फिर एक-दूसरे से गले लग गयीं। जेबु ने महसूस किया कि कोई तो हमदर्द है।...रोशनआरा फूफी तो हँस रही होंगी। ताने मार रही होंगी। शाही महल की बाँदियाँ गुफ्तगू कर रही होंगी।...और वह सिसक उठी।

उदयपुरी बेगम ने प्यार से समझाया। पीठ पर थपकी देकर दर्द को सहलाया। दोनों पिंजरे की ओर देखने लगीं। पिंजरे का परिन्दा परेशान नजर आया। मानो वह अपनी जेबुन्निसा के दर्द का अहसास कर रहा था। लेकिन यह शाही महल... हरमसरा...यह किला...इसकी सियासत...उस दर्द को अहसास नहीं कर...।

रामसिंह गुरु तेगबहादुर को सादर विदा कर अपने भवन में लौट आये थे।

बहूरानी रमाकुँवर प्रतीक्षा कर रही थी। श्यामा पूजा की व्यवस्था में लगी हुई थी। पूजाघर के पास रामसिंह आ गये। रमाकुँवर ने पूछा—

'गुरु जी मथुरा की ओर प्रस्थान कर गये? कोई विघ्न-बाधा तो नहीं आयी?'

'नहीं, रमारानी! प्रतिष्ठा रह गयी। सब सकुशल-निर्विघ्न...।'

'बादशाह कठोर और निष्करुण है। उनके सलाहकार और भी उन्मादी और भयानक हैं। इसीलिए समस्या खड़ी हो जाती है।'

'जब-तब हम सन्तुलन ला देते हैं। पर कब तक...?'

'जब तक सम्भव हो।...यह तो बतायें कि गुरुजी ने प्रवचन में क्या कहा?'

'रमा! वे अपने प्रवचन और भजन से सबमें भक्ति भावना और आत्म विश्वास जगा देते हैं।'

'बादशाह पसन्द नहीं कर पाते।'

'यही विन्दु टकराव का है।'

'ये साधु-सन्त स्वाभिमानी तथा निर्भय तो होंगे ही! वे क्यों बादशाह से डरेंगे!!'

'बहूरानी जी! पूर्व में शंकर देव और चैतन्य प्रभु ने सबमें भक्ति भाव और नया विश्वास जगा दिया। युद्ध और विध्वंस के मध्य निष्ठा और विश्वास के साथ जीना बहुत बड़ी बात है।' श्यामा पूजाघर से बोल उठी।

यह सुनकर दोनों क्षणभर के लिए चकित रह गये। दूसरे क्षण दोनों ने श्यामा की ओर देखा। श्यामा की दृष्टि भी मुड़ी। हाथ में गूँथी हुई माला थी।...वह लजा गयी।

रामसिंह लज्जा से कान्तिमयी श्यामा को देखने लगा। रमाकुँवर ने अनुभव कर लिया। अतः उसने कहा—'पूजा का प्रसाद आ गया है?'

'जी आ गया है।' श्यामा ने मन्द स्वर में उत्तर दिया।'

रामसिंह ने भी ध्यान बँटाने के लिए बतलाया—'बहूरानी! सभी सन्तों ने भक्ति के लिए जात पाँत की उपेक्षा की है। परन्तु गुरु तेगबहादुर जी कबीरदास के समान जाति को ही अमान्य कर रहे हैं। सबको एक ही संगत और पंगत में बैठने का आवाहन कर रहे हैं।'

'पंडित-पुरोहित और क्षत्रिय राजा तो नहीं मानेंगे।'

'पर पंजाब के हिन्दू तो मानने लगे हैं।'

श्यामा की पूजा होने लगी। शंख बजने लगा।

52

गोकुल अपने साथियों के साथ मटर, सरसों और गेहूँ के खेतों से होता मथुरा की

ओर जा रहा था। उसका अपना खेत पास ही था। उसके पैर रुक गये। वह रुक कर देखने लगा। उसने अनुमान कर लिया कि सरसों कमजोर है। गेहूँ के पौधे भी कमजोर लग रहे हैं। उसकी दृष्टि चारों ओर दौड़ने लगी। मीठी धूप में खेतों की हरियाली अच्छी लगी। पर पौधे तो अच्छे नहीं हैं। पानी की कमी जो है। खेतों को पटाने के लिए पानी के लिए परेशानी हो रही है। बड़ी मुश्किल से थोड़ा पानी मिल सका है। जहाँ-तहाँ पटावन के लिए आपस में गर्मा-गर्मी हो जाती है। इधर कई दिनों से किसानों के आपसी झगड़े को निबटाने के लिए दौड़ना पड़ा है। ऐसा न हो कि अकाल पड़ जाये। आगरा से गुड़गाँव तक यही स्थिति है। पर अभी समय है। पानी बरस जाये तो गेहूँ हो जाये। भगवान बरसा दें या हुकूमत कुछ करे। पर ये मुगल हाकिम तो मालगुजारी वसूलने के लिए ही बेचैन हैं।...वहाँ दो-तीन पड़ोसी किसान आ गये।

एक ने कहा—'फसल की रंगत अच्छी नहीं है, भैया! होली कैसे कटेगी।' दूसरे ने बताया—'बादलों की घुड़दौड़ तो हो रही है। पर हम पानी के लिए ललक रहे हैं।'

तीसरा बोल उठा—'मालगुजारी देने के लिए मुहलत लेनी होगी।'

गोकुल ने जवाब दिया—'हम अभी मालगुजारी नहीं दे सकेंगे। समय तो चाहिए। उधर फौजदार नबी खाँ लाठी-भाले के अभ्यास से नाराज लग रहा है।'

'मुर्शिद कुली खाँ की मौत हो चुकी है। वैसे हमने बदला नहीं लिया। उधर नबी खाँ गुस्से में फरमान जारी करता रहता है।' पहले ने बताया।

'हम तो उपज होने पर ही मालगुजारी दे सकेंगे।' दूसरे ने कहा।

'मुर्शिद कुली खाँ ने पाप किया। पापी को दंड मिला। हमने नहीं मारा। पर ये हमें दबाना चाहते हैं।' तीसरे ने रोष में कहा।

'गाँव-गाँव में इकट्ठे होना और शस्त्रों का अभ्यास-नबीखाँ सहन नहीं कर पा रहा है। मालगुजारी की वसूली के बहाने हमें दबाना चाहता है। पर हम नहीं दबेंगे।' गोकुल ने अपना विचार रखा।

उसके पग आगे बढ़े। सभी साथ-साथ चलने लगे। कभी वे अपने खेतों के कमजोर पौधों को देखते और कभी वे आकाश की ओर देखने लगते।

...दूर से मथुरा का किला दिखाई पड़ा।...यह कंस का किला है या कुषान राजा का या चौहान राजा का...? लोग तो कंस का ही किला मानते हैं। जमुना जी के किनारे इतनी ऊँचाई पर...शहर की ओर ढलान देखने पर मुरेठा टेढ़ा हो जाये या गिरने लगे।

आज गुरु तेगबहादुर मथुरा आ रहे हैं। पूरब में पटना, तक जायेंगे।

...इतनी दूर की यात्रा साधु-सन्त ही कर पाते हैं। राजा और सैनिक भी दूर-दूर दौड़ते रहते हैं। कुछ बड़े व्यापारी भी व्यापार के लिए यात्रा करते हैं। किसान तीरथ के लिए निकल पड़ते हैं।...गुरुजी भी तीरथ के लिए चल पड़े हैं।

अपने सिक्खों से मिलते हुए आगे बढ़ते जायेंगे। उनके भजन-उपदेश सुनने को मिलेंगे। इतने निडर सन्त तो कम ही होते हैं।...अब्दुल नबी खाँ तंग कर सकता है।...नहीं कर सकेगा।

जमुना जी का घाट आ गया। नाव लगी थी। सबने नाव से पार किया। गोकुल सबके साथ अपने मामा चौधरी भगत राम के घर पहुँच गया। भगतराम घर का द्वार खोलकर बाहर आ रहा था। गोकुल ने प्रणाम किया। भगतराम ने आशीष देते हुए कहा-'समय पर आ गये, गोकुल गुरुजी आ गये हैं। हम लोग उनके दर्शन के लिए चलें।'

सभी के पग बढ़ गये। मुख्य सड़क पर आ गये। गुरु तेगबहादुर जी का दल श्री केशव देव के मन्दिर की ओर बढ़ता दिखाई पड़ा। उनके कदमों में तेजी आ गयी। वे किला के पास पहुँच गये। मुगल सिपाही घोड़ों पर सवार होकर अपनी छावनी की हिफाजत कर रहे थे। अपने हाथों में नेजा सँभाले सल्तनत की ताकत का इजहार कर रहे थे। गुरु तेगबहादुर अपनी मस्ती में आगे बढ़ रहे थे।

केशव देव के मन्दिर का शिखर दिखाई पड़ने लगा। लोग सड़क की दोनों तरफ हाथ जोड़कर खड़े थे। गुरुजी सबको आशीष दे रहे थे। मन्दिर के प्रांगण में शंखनाद शुरू हुआ। शंखध्वनि ने गुरुजी का स्वागत किया। मन्दिर के द्वार पर प्रधान पुजारी गुरु तेगबहादुर जी को भीतर ले गया। गुरुजी सोच रहे थे--'हम तो निर्गुणपन्थी हैं। निराकार गोविन्द को हम सर्वव्यापक मानते हैं। यहाँ वे मन्दिर में हैं। एक स्थान में सीमित गोपाल को हम नहीं मान सकते। पर हम मान भी लेते हैं।...यह मन्दिर एक बार टूट चुका है। फिर बना है। पुनः संकट आ सकता है। पर निराकार गोविन्द पर कौन हमला करेगा?...हम तो निराकार के साथ साकार का भी आदर करते हैं। हम खंडन कर किसी के हृदय पर चोट नहीं पहुँचाते। पर ये गैरमुल्की तुर्क-मुगल तो हथियारों से भी चोट पहुँचाते हैं। हमारे मन...शरीर और घर-द्वार—सब पर चोट करते हैं।

पुजारी ने बताया—'गुरुजी! यह सोने का कटघरा शाहजादा दाराशिकोह ने लगाया था। अपने बड़प्पन का परिचय दिया था। पर उनकी निर्मम हत्या कर दी गयी।'

'हाँ, युवराज दाराशिकोह भारत की धरती, भारतीय दर्शन और प्रजा से जुड़ रहे थे। अकबर बादशाह ने तो अपने साम्राज्य के लिए शेरशाह का रास्ता अपनाया था। परन्तु दाराशिकोह ने इनसानियत के लिए फारसी के साथ संस्कृत को पढ़ना शुरू किया। वेदान्त दर्शन के साथ सूफी दर्शन को एक साथ समझने का प्रयत्न किया। लेकिन इस बादशाह ने मजहबी सियासत को अपनाकर नयी इनसानियत की सम्भावना को खत्म कर दिया।'

'शायद ईश्वर की यही इछा है। हम विवश हैं।'

'हाँ, पुजारी जी। परन्तु किशन जी ने कैदखाने के कष्ट और जीवन के संघर्ष के बाद गीता के दर्शन को प्रदान किया था। उस गीता गायक को मेरा नमन है।' यह कहकर गुरु तेगबहादुर गुनगुना उठे--

गुन गोविंद गाइयो नहीं। जनमु अकारथ कीन।
कहु नानक हरि भजु मना। जिहि विधि जल कौ मीन।

वे मन्दिर से बाहर आये। साथ-साथ सभी शिष्य भी आये। भगत राम के साथ गोकुल भी था।

गुरुजी सोच रहे थे--घृणा या लोभ से क्रोध और क्रोध में आक्रमण फिर ध्वंस ...'यही पिछले छः-सात सौ वर्षों से चल रहा है। भगवान की इच्छा मानकर हम सह लेते हैं। हम भी तो वर्ण और जाति के नाम पर अपने ही लोगों को बाँट कर दूर कर देते हैं। कुछ को अछूत मानते हैं। ऐसा समाज नहीं चल सकता। बदलना पड़ेगा।

सिकन्दर लोदी तो हिन्दू माँ का बेटा था। उसने कैसी शिक्षा पायी? उसने इस मन्दिर को तोड़ दिया था। तोड़कर क्या पाया? लाखों लोगों के मन को तोड़ दिया और कुछ को खुश कर तख्त पा लिया। बाद में वीर सिंह बुन्देला ने इस मन्दिर को बनवाया। दाराशिकोह ने सोने का कठघरा लगाया। एक अच्छी बात हुई। पर बात बिगड़ रही है।

एक धर्मशाला में गुरुजी का विश्राम हुआ। गोकुल भगतराम के साथ आ गया। उसने निवेदन किया--'गुरुजी! हम किसान हैं। खेतों में पसीना बहाकर अन्न उपजाते हैं। भगवान किशन का सुमिरन कर जी लेते हैं। पर इस हुकूमत की दहशत हमारी जिन्दगी को दबोच रही है।'

'गोकुल! पसीने से अन्न उपजाना और श्री किशन जी का सुमिरन करके जीना सबके साथ जीना सच्ची जिन्दगी है। इसके लिए बलिदान भी दिया जा सकता है।'

'बादशाह औरंगजेब की हुकूमत सख्त हो रही है। जुल्म बढ़ रहा है। इस बरस गेहूँ कमजोर है। पानी नहीं बरस सका है। पर हाकिम मालगुजारी के लिए परेशान कर रहा है।'

'गोकुल! एक साथ बैठो। एक साथ सोचो। एक साथ फैसला करो। जुल्म से डरना पाप है। किशन जी की धरती में डर क्यों? किशन भगवान तो नहीं डरे थे। कंस से दो-दो हाथ कर लिया था।'

'जी हाँ। उधोदास वैरागी ने भी ऐसा ही कुछ कहा था।'

'यही सच है। यही सही रास्ता है, गोकुल!' यह कहकर गरुजी मस्कराने लगे।

गोकुल का आत्मविश्वास पुष्ट हो रहा था। उसके साथी सर हिला रहे थे।

गुरुजी ने फिर कहा—'बादशाह रिआया के लिए है। रिआया बादशाह के लिए नहीं है। शुरू में प्रजा ने राजा को बनाया था। नये युग में भी प्रजा राजा को बनायेगी।...जुल्म को नहीं सहना है।'

'जी हाँ!' गोकुल का हृदय दीप्त हो रहा था। उसके साथी अपने भीतर एक नयी शक्ति की अनुभूति कर रहे थे।

उसी समय दो लोग पीछे बैठ गये। गोकुल ने देखा। लगा कि एक चेहरा पहचाना-सा है।...वह मुस्कराया।...तो अमीचन्द ही है।...कहाँ से आ गया?

अमीचन्द गुरुजी के पास आया। उसने सन्त प्राणनाथ का सन्देश दिया—आप पश्चिम से पूर्व तक तीर्थयात्रा करते हुए भयभीत तथा दुःखी जनों को भक्ति और शक्ति की प्रेरणा दे रहे हैं। यही आवश्यक है। मेरा अभिनन्दन है।...मैं विन्ध्याचल क्षेत्र में भक्ति और एकता का सन्देश दे रहा हूँ। बिखरे-टूटे जन समुदाय को जोड़ रहा हूँ। मेरी कोशिश यह भी है कि हिन्दू-मुस्लिम का भेदभाव दूर हो। यदि यह बादशाह आतंक और अत्याचार के मार्ग पर ही चलेगा तो साधु-सन्त प्रतिरोध के लिए उठ खड़े होंगे। महाराष्ट्र में सन्त रामदास ने दबे कुचले जनों में स्वराज्य का भाव जगा दिया है।

मेरी मंगलकामना स्वीकार करें।

गुरु तेगबहादुर जी ने अमीचन्द की पीठ पर हाथ धरकर आशीष दी। सन्त प्राणनाथ के लिए सन्देश दिया—'मंगल कामना स्वीकार है। हम साधु-सन्तों ने जातियों में बँटे-बिखरे और मुगलों से कुचले जनजीवन में भक्ति और शक्ति के संचार को धर्म माना है। हम धर्म के पथ पर चल रहे हैं। इनसानियत का भाव जगा रहे हैं।'

'मेरी शुभकामना स्वीकार करें।'

अमीचन्द ने शीश झुकाकर इस सन्देश को ग्रहण किया। गुरुजी ने उसे बताया कि औरंगजेब ने सेठ देवीचन्द को माफी दे दी है। पर तुम्हें तो माफी माँगने के लिए दिल्ली जाना होगा। यह उनका आदेश है।

'नहीं, गुरुजी! मैं माफी क्यों माँगू? सन्त सरमद का मुरीद होना अपराध तो नहीं है!'

'बिल्कुल ठीक कह रहे हो।'

'मैं तो सन्त प्राणनाथ की सेवा में हूँ।...मुझे दिल्ली नहीं जाना है।'

'तुम्हारा मंगल हो, चन्द! याद रखना, साधु-सन्त और साधारण जन ही धर्म और अपनी धरती के लिए कुछ कर सकेंगे।'

अमीचन्द का हृदय उद्दीप्त हो रहा था। गोकुल सर हिला रहा था।

53

पं. जगन्नाथ ने गंगा में स्नान कर लिया। भवनाथ ने हाथों में फूल दे दिये। वे हथेलियों में फूल लेकर स्तुति करने लगे–

'समुत्पत्तिः पद्मारमणपदपद्मामलनखान्निवासः कन्दर्पप्रतिभट जटाजूट भवने।
अथायं व्यासङ्गो हतपतितनिस्तारणविधौ न कस्मादुत्कर्षस्तव जननि जागर्ति जगति॥'

हे माँ! आपकी समुत्पत्ति लक्ष्मीरमण विष्णु के चरणारविन्द के स्वच्छनख से हुई है। कामदेव के विरोधी भगवान शिव के जटाजूट रूपी भवन में आपका निवास है। आप पापियों का उद्धार करती हैं। इसीलिए इस संसार में आपका इतना उत्कर्ष है।

भवनाथ की हथेलियाँ भी जुड़ गयी थीं। वह बन्द आँखों से लहरों में मकरासीन गंगा की झलक पा रहा था। वह लहरों के साथ बढ़ता हुआ यमुना की लहरों में जा पहुँचा। माँ लवंगी को देखा। वह रोमांचित हो उठा। उसने शीश झुकाया। माँ की मूर्ति अन्तर्धान हो गयी। उसने लहरों के पार रेत को देखा। आगरा का किला झलकने लगा। आलमआरा का शबनमी चेहरा दिखाई पड़ा।

उसी समय कानों में सुनाई पड़ा–'ये ही पंडितराज जगन्नाथ हैं।' उसने आँखें खोल दीं। दक्षिण भारत से आये कुछ लोग घाट पर खड़े थे। पंडितराज की ओर उत्कंठा से देख रहे थे। उनकी पूजा पूरी हुई। उन्होंने देखा कि दक्षिण भारतीयों से घिरे हुए हैं। परिचय से पता चल गया कि वे लोग उनके गाँव के पास के ही थे। सभी पं. जगन्नाथ के साथ मन्दिर में आये। दक्षिण भारतीय अपने किशरों को व्याकरण और साहित्य को पढ़ाने में सहायता चाह रहे थे। उन्होंने मन्दिर की पाठशला में उनके चार बच्चों को प्रवेश दिला दिया। वे लोग प्रसन्न हो गये। अब वे तीर्थ में स्नान-पूजा सम्पन्न करने लगे।

अप्पय दीक्षित को पता चल गया कि दक्षिण भारत के छात्रों का प्रवेश जगन्नाथ की पाठशाला में हो गया। यदि वे नहीं रहते तो उनका प्रवेश उनके विद्यालय में न होता।...उनका रोष उभर आया।...उन्होंने दक्षिण भारतीयों में पं. जगन्नाथ के यवनी संसर्ग की घृणामूलक चर्चा कर दी।...वे लोग निर्णय नहीं कर सके कि क्या सत्य है और क्या असत्य।...क्या पंडितराज चरित्रहीन हैं? धर्मभ्रष्ट हैं? मुगल बादशाह की चाटुकारिता से पंडितराज की उपाधि पायी है?...ये तो विद्वान् हैं। आचार्य के रूप में सम्मानित हैं। कवि हैं। लगता है कि काशी के दीक्षित इनसे जलते हैं।

दूसरे दिन शाही हुक्म सुनाई पड़ा–'बादशाह-ए-गाजी का हुक्म है कि संस्कीरत के सारे विद्यालै बन्द कर दिये जायें। इस सल्तनत में संस्कीरत के मदरसों के जरिये कुफ्र का फैलाव हो रहा है। यह गुनाह है।'

सभी सुनते रह गये। कानों पर विश्वास नहीं हुआ। अप्पय दीक्षित का मुँह खुला रह गया। आँखें ताकती रह गयीं।...ऐसा लगा कि शाही हुक्म के शब्द पाठशाला की दीवार और छप्पर पर चोट कर रहे हैं। हर चोट से छप्पर के खपड़े चूर हो रहे हैं। दीवार का हर टुकड़ा खिसक रहा है।...वे चीख उठे—यह पंडितराज के काशी आगमन का फल है। यह दिल्ली से लड़कर आया। इसने यहाँ उजाड़ दिया। उसकी गठरी भरी हुई है। अपनी गठरी तो खाली है।...काशी के पंडितों का शत्रु किस मुहूर्त में आया...इस पतित से कैसे रक्षा हो?

उधर मन्दिर के द्वार पर जगन्नाथ ने भवनाथ की ओर देखा। भवनाथ कुछ बोल नहीं सका। आँखों में विवशता थी। पं. जगन्नाथ ने कहा—'भवनाथ! ये तुर्क और मुगल भी अजीब हैं। तुर्कों ने तक्षशिला से विक्रमशिला तक के सारे विदापीठों को ध्वस्त कर दिया। अकबर के समय कुछ पाठशालाएँ शुरू हुईं तो औरंगजेब बन्द कर रहा है। क्या कोई शासन अज्ञान को ही पसन्द करता है? प्रजा मूर्ख रहे और वह मूर्खों पर शासन करता रहे!'

'पिताजी! जब संस्कृत का साहित्य, दर्शन और विज्ञान कुफ्र के आधार हैं तो वे इस शिक्षा को क्यों सहन करेंगे?'

'इस देश के ज्ञान, विज्ञान और कला को कुचला नहीं जा सकता। हम अपने घरों में पढ़ायेंगे।'

'अब तो दक्षिण भारत में ही पाठशालाएँ चल सकेंगी, पिता जी। वैसे हम अपने घरों में पढ़ा सकेंगे।'

'हाँ, भवनाथ! हम कहीं भी रहकर पठन-पाठन कर लेंगे।'

'पर इस बादशाह-ए-गाजी को पढ़ाना-समझाना कठिन है।'

'पिता जी! वैसे तो पं. अप्पय दीक्षित को भी समझाना कठिन है।' भवनाथ के इस उत्तर का समर्थन पं. जगन्नाथ सिर हिलाकर करते रहे।

उधर अप्पय दीक्षित ज्ञानवाची के पास के विद्यालय में अपने सहयोगियों के साथ विचार-विमर्श कर रहे थे। सभी एकमत पर आ चुके थे कि भ्रष्ट तैलंग पण्डित जगन्नाथ को काशी से हटाना चाहिए तभी कल्याण हो सकेगा।

उसी समय पं. जगन्नाथ अपने दो सहयोगियों के साथ आ पहुँचे। सभी उन्हें आश्चर्य से देखने लगे। एक क्षण के लिए अप्पय दीक्षित हतप्रभ हो गये। पं. जगन्नाथ ने विनम्र स्वर में अनुरोध किया—'हम सबको मिलकर सोचना चाहिए कि शाही हुक्म से कैसे निबटा जाये। यह हुक्म इस देश के ज्ञान-विज्ञान को कुफ्र समझकर कुचलने की कोशिश है।'

अप्पय दीक्षित बोल उठे—'पंडितराज! आपकी कृपा से काशी पर वज्रपात हो चुका। अब तो दया करें।'

'दीक्षित जी! यह वज्रपात उत्तर भारत के सभी विद्यामन्दिरों पर हुआ है। काशी

केन्द्र है। हमने शाहजहाँ को संस्कृत भाषा एवं काव्य से प्रभावित किया था। मैंने तो शाहजादा दाराशिकोह को संस्कृत पढ़ायी थी। इसलिए तो सर्वधर्मसमभावी के रूप में वे सबसे प्यार पा रहे थे। पर ये तो...।'

'आप क्यों चिन्ता कर रहे हैं? आपको तो विन्ध्याचल पार कर गोदावरी तट पर चला जाना है। पंडितराज! हम बनारस के मुगल हाकिम को समझा लेंगे। आप चिन्ता न करें। आपके कारण अहित ही होगा।'

'पर मैं हित की बात कहने आया हूँ।...काशी विश्वनाथ के प्रांगण में विद्यालय आरम्भ हो।'

'हम विचार करके आपको सूचित कर देंगे।' अप्पय दीक्षित ने उत्तर दे दिया।

दुःखी मन से पं. जगन्नाथ लौट आये उन्हें अनुभूति हो गयी कि पं. अप्पय दीक्षित अपमानित कर रहे हैं। काशी से चले जाने का संकेत कर रहे हैं। अपने मन्दिर-विद्यालय की ओर देखकर लगा कि दक्षिण भारतीय बन्धु अपने बच्चों को ले जाने की बात कर रहे हैं।

उन्होंने पूछा—'आप इन छात्रों को ले जाना चाह रहे हैं। एक ने उत्तर दिया—'पाठशालाएँ तो बन्द हो जायेंगी तो अपने बच्चों को तो ले ही जाना है।...आपके सम्बन्ध में अनेक प्रवाद सुनाई पड़ रहे हैं।'

पं. जगन्नाथ ने अनुरोध किया—'आप विद्वेषी पंडित की बातों पर ध्यान न दें। शाही हुक्म से न घबराएँ। हम काशी की ज्ञानसाधना को खंडित नहीं होने देंगे।'

दूसरा बोल उठा—'अप्पय दीक्षित की बातों में कुछ तो है।...शाही हुक्म तो आप तोड़ नहीं सकते।'

तीसरे ने कहा—'पंडितराज! आप भ्रष्ट हैं। जातिच्युत भी होंगे। हमें लौटकर प्रायश्चित्त करना पड़ेगा।'

पं. जगन्नाथ को लगा कि कोई उनके मन-मस्तिष्क पर निर्मम प्रहार कर रहा है।...अप्पय दीक्षित के प्रहार से तो वे घायल हो चुके हैं। वे अपने कक्ष के भीतर चले गये।

भवनाथ बोल उठा—'अब कहाँ जाकर रहा जाये? यह कैसा समाज है? यह कैसा धर्म है? यह कैसी नैतिकता है?'

'भवनाथ शान्त हो। उद्विग्न न हो।'

'पुत्र पिता की थाती को लेकर जीवन में आगे बढ़ता है... इन व्यंग्यवाणों से केवल आप नहीं बिंध रहे हैं। मैं भी बिंध रहा हूँ...मुझे क्या कहा जायेगा? मुझे क्या समझा जायेगा? हम कहाँ छिपकर रहेंगे?

'ज्ञानपथ का पथिक सर्वथा आगे बढ़ता जाता है, भवनाथ! ज्ञानपथ को कौन रोक सकेगा?'

'उधर बादशाह-ए-गाजी की शमशीर है और इधर पवित्र ब्राह्मणों के व्यंग्यवाण हैं।...दो पाटों के बीच कुचल जायेंगे।'

'सुनहले सपनों की उम्र में हताश नहीं हो, पुत्र! आगे बढ़ने का अवसर दूँगा।'

'आप नहीं, आपका समाज निराश कर रहा है। व्यक्ति इस अहंकारी समाज से कैसे जूझ सकेगा?'

'व्यक्ति अपनी प्रतिभा से इसे अनुकूल बना लेगा।'

'व्यक्ति इतना बलवान नहीं है, पिताजी! शासन और समाज दोनों चोट कर रहे हैं।'

यह सुनकर पं. जगन्नाथ मौन रह गये। आँखें भूमि को देखती रहीं। भीतर की बेचैनी बढ़ती गयी। रात में नींद भी नहीं आ सकी।...तीसरे प्रहर में नींद आयी तो सपना मड़राने लगा।...यमदूत के समान कुछ भयानक जन उन पर प्रहार करने लगे। वे आहत हो गये। फिर दूसरा समूह आया। उसने मर्मस्थल पर चोट कर दी।...नींद टूट गयी। पास में भवनाथ को देखा, मन शान्त हुआ।

भवनाथ के साथ गंगातट पर पहुँच गये। स्नान करने लगे। पंडा के पास भवनाथ खड़ा रहा। पंडितराज स्नान कर ऊपर आये। वे स्तुति करने लगे—

अनाथः स्नेहार्द्रां विगलितगतिः पुण्यगतिदां,
पतन् विश्वोद्धर्त्रीं गतविगलितः सिद्धभिषजम्।
सुधासिन्धुं तृष्णाकुलितहृदयो मातरमयं शिशुः,
सम्प्राप्तस्त्वामहमिह विदध्याः समुचितम्॥

हे माँ! मैं अनाथ हूँ। आप स्नेहार्द्र हैं। मैं गतिहीन हूँ। आप सद्गति देनेवाली हैं। मैं पतित हूँ। आप उद्धारकारिणी हैं। मैं रोगपीड़ित हूँ। आप सिद्ध औषधि हैं। मैं प्यास से व्याकुल हूँ। आप अमृतसिन्धु हैं। इस दशा में मैं आपकी शरण में आया हूँ, आप जो उचित हो सो करें।

उसी क्षण अप्पय दीक्षित के चेले आकर व्यंग्य करने लगे। भवनाथ का क्रोध उभरने लगा। घाट के पार सड़क पर मुगल सिपाही दिखाई पड़े। भवनाथ का हृदय भय से भर गया। वह अपने पिताश्री को देखने लगा। क्रोध के स्थान पर भय जागा। उसने पिता की मनःस्थिति को समझने का प्रयत्न किया। पं. जगन्नाथ की गंगास्तुति पूरी हो चुकी थी। उनकी आँखें खुलीं। उन्होंने देखा कि कुछ लोगों में सहानुभूति है। कुछ में वितृष्णा है। भवनाथ बेचैन है। उन्होंने सबको नमस्कार किया। और वे अपने मन्दिर निवास की ओर लौटने लगे।

सड़क पर मुगल सिपाहियों को देख भवनाथ ने रास्ता बदल दिया। दोनों मन्दिर में आ गये। शंखध्वनि सुनाई पड़ी। पर उनका मन शान्त नहीं था। भवनाथ अपने पिताश्री की विकलता को समझने लगा। सहसा उन्होंने भवनाथ को हृदय से लगा लिया। दोनों की आँखें भींग गयीं।

सन्ध्या में पंडितराज दशाश्वमेध घाट पर आ गये। भवनाथ दो छात्रों को पढ़ा रहा था। पं. जगन्नाथ ने देखा कि घाट पर कथा पुराण की गोष्ठी बन्द है। सन्नाटा है। नीचे सीढ़ियाँ गंगा की लहरों के पास आने का आवाहन करती लगीं। वे सीढ़ियों से नीचे आये। व्यंग्य के शब्द सुनाई पड़े। दीक्षित जी के चेलों। की जहरीली मुस्कान दिखाई पड़ी। वे गंगा की लहरों की ओर देखने लगे। वे गुनगुनाने लगे—'हे माँ! चिरकाल से आप के मन में इच्छा रही है कि कोई महापापी मिले जिसके उद्धार करने में संसार को आश्चर्य हो। आज आपकी इच्छा को पूरा करने के लिए जगन्नाथ आपके पास आ गया है। आप उद्धार करें।'

वे अन्तिम सीढ़ी से गंगाजल को माथे पर लेकर लहरों में आ गये। पीछे से व्यंग्य वाण चलते रहे। गंगा में नाव दिखाई पड़ी। उसमें बनारस का मुगल हाकिम दिख गया। वे लहरों में बढ़ते गये। जल ग्रीवा तक आ गया। फिर शीश भी दिखाई नहीं पड़ा। जल में हलचल हुई और फिर सब शान्त...।

पंडितराज जगन्नाथ की जल समाधि का हल्ला हो गया।

54

भवनाथ अपने ही छात्रों को छुट्टी देकर मन्दिर के प्रांगण में खड़ा था। प्राचीर के पास फूल के पौधों को देख रहा था। सोचने लगा कि काशी में रुका जाये या बुन्देलखंड या मराठाखंड की ओर चल दिया जाये! वैसे इस मन्दिर में कोई कठिनाई नहीं है। दो छात्र पढ़ाने को मिल गये है।...परन्तु पं. अप्पय दीक्षित के व्यंग्य और षड्यन्त्र से बचाव कैसे हो? हुकूमत के गुस्से से रक्षा कैसे सम्भव है? ...भारत के इतने बड़े पण्डित को पण्डितों के नगर में इतना कष्ट!...पाठशाला बन्द हो गयी। दूर से आये छात्र मन मारकर लौट रहे हैं। यह शासन है या पागल पन? इस देश की भाषा, व्याकरण, साहित्य, दर्शन, गणित, पुराण आदि का पठन-पाठन अपने ही देश में नहीं होगा! अरे मुगलो! तुम तो अपने घोड़ों पर तलवार, भाले और उन्माद लादकर आये थे। क्या सिर्फ तलवार और मजहबी उन्माद से शासन करते रहोगे?...कब तक? पं. अप्पय दीक्षित और उनके चेले इतने बड़े आचार्यकवि पर व्यंग्यवाण बरसा रहे हैं। काशी से भगाने का षड्यन्त्र कर रहे हैं। यह विद्वेष का उन्माद क्यों?

ऐसा लगा कि बाहर से पैरों की धमक और कोलाहल भीतर...सुनाई पड़ा... पण्डितराज जगन्नाथ ने गंगा में जल-समाधि ले ली।...भवनाथ को लगा कि हृदय की धड़कन बन्द हो रही है। मन्दिर में सन्ध्या आरती आरम्भ हो गयी थी। लागों ने देखा कि भवनाथ की आँखों में प्रश्नचिह्न हैं।...आँखें डबडबा आयी हैं।...मन्दिर

में शंख बज रहा है। वह शंख स्वर नहीं सुन पा रहा है। घाट से आये लोग भवनाथ को देख रहे हैं। करुण आँखों से देख रहे हैं। कुछ की आँखे भींग गयीं। भवनाथ की आँखों से आँसू बह चले हैं।

सबने देखा कि भवनाथ दशाश्वमेध घाट की ओर जा रहा है। सभी पीछे-पीछे जाने लगे। घाट पर भीड़ लग गयी। भवनाथ आ पहुँचा।...वहाँ लोग शव के लिए डुबकी लगा रहे थे। जाल भी आ गया। जाल फेंका गया पर शव नहीं मिल सका। सबकी आँखों में करुणा की गंगा लहरा उठी। भवनाथ की आँखों में समन्दर लहराने लगा।...आँखों के गहराते समन्दर में पिता श्री की छवि को वह देखने लगा। सामने गंगा की लहरों में, दीपों के प्रकाश में पंडितराज के शीश की झलक मिली। बस, इससे अधिक नहीं।...भवनाथ आँखों को बन्द कर और हाथ जोड़कर बोल उठा—'पिता जी! मेरा नमन...काशी की गंगा को मेरा नमन और पंडित अप्पय दीक्षित के विद्वेष को भी नमन।'

भवनाथ सीढ़ी के नीचे उतरने लगा। लोगों ने रोक लिया। निषादों ने हाथ जोड़कर मना किया। वह सबसे घिर गया। सबने उसे मन्दिर की ओर चलने के लिए कहा। वह डगमगाते पैरों से मन्दिर के प्रांगण में पहुँचा। दीक्षित जी के चेले हट गये थे। अब वह सबकी करुणा पा रहा है। माँ चली गयीं। अब पिता जी भी चले गये।...कुछ लोगों की करुणा को पाकर जी सकेगा?...कुछ लोग लौट रहे हैं। ...वह अकेला रह जायेगा। अब तो गंगा की लहरें भी करुणा नहीं दिखा सकेंगी। ...वह अपने कक्ष में जाकर कम्बल पर लेट गया। अँधेरे में अपने को खो देने का प्रयास किया। छोटा पुजारी प्रसाद लेकर आया। दीपक जलाकर समझाने लगा। उसके आँसू बहते रहे। उसने प्रसाद लेने से अस्वीकार कर दिया। पुजारी ने महाभारत की एक कहानी सुनाई जिससे उसका विषाद कम हो। पर भवनाथ तो दीक्षित जी के चेलों के व्यंग्य सुन रहा था। उसे शाही हुक्म भी सुनाई पड़ने लगा। फिर गंगा की लहरों का घाट से टकराना सुनने लगा। पुजारी ने प्रसाद को पास में रखकर समझाया।

भवनाथ आँखें बन्द कर अनन्त आकाश...नीलाकाश को देखने लगा।...पिता श्री सातवें लोक में हैं। माँ भी हैं। पर वह तो इस भूलोक में अकेला रह गया। ...क्या यही अकेलापन सत्य है?...सबने मिलकर उसे अकेला छोड़ दिया।

प्रभात हुआ। भवनाथ ने अपनी गठरी कन्धे पर रखी। हाथ में एक झोली ले ली। उसने मन्दिर में प्रतिष्ठित शिव के सामने शीश झुकाया। फिर मन्दिर से बाहर निकल आया। एक-दो लोग सहानुभूति में पास आ गये। कुछ दूर रहे। वह सड़क पर आ गया। दक्षिण भारतीय दीख पड़े। पर उन्होंने उसे देखकर मुँह मोड़ लिया। उसका हृदय हाहाकार कर उठा।...उसी समय बन्द पाठशाला के कुछ छात्र आ गये। उन्होंने उसे घेर लिया।...एक ने कहा—'काशी छोड़कर नहीं जाना है।

यहीं रहना है।...वे नहीं जाने देंगे।'

'क्यों रोक रहे हो? यहाँ कैसे रह सकूँगा?' भवनाथ ने काँपते स्वर में पूछा।

'हमारे साथ रहना है। उसी मन्दिर में रहना है। हम आपसे पढ़ेंगे।' दूसरे ने अनुरोध किया।

'पंडितराज को जल-समाधि के लिए विवश कर दिया गया। अब मुझे पलायन के लिए विवश किया जायेगा।...और अभी तो मुझे भी अध्ययन करना है।' भवनाथ ने उत्तर दिया।

'अब आप यहाँ से कहाँ जायेंगे?...यहीं अध्ययन करें और हमें पढ़ायें।' तीसरा बोल उठा।

'लोगों की आँखों में व्यंग्य है या उदासीनता! कुछ की करुणा कुछ दिनों की है। इसलिए मुझे यहाँ से जाना होगा।'

'हम आप के साथ हैं।' चौथा कहने लगा।

'उस दिन कबीरपन्थी साधु गा रहा था—'हंसा अकेला जायेगा। अकेला आया है। अकेला जायेगा।'

'ऐसा नहीं...। आप अकेले नहीं हैं।' पहले ने आग्रह किया।

'देख लो, कितने लोग गंगातट की ओर जा रहे हैं! पंडितराज की जल समाधि की विकलता कहाँ है?'

'परन्तु पंडितराज अपने ग्रन्थों के कारण अमर हैं। उनके यश को कौन मिटायेगा?' दूसरे ने कहा।

'दीक्षित जी के चेले आ जायेंगे तो मुझे भी गंगा की गोद में ही शरण मिलेगी।...मुझे जाने दो। क्षमा कर दो।' भवनाथ ने हाथ जोड़ दिया।

छात्रों की आँखों में आँसू आ गये। वे कुछ बोल नहीं सके। उन्होंने एक-दूसरे की ओर देखा। सहसा दीक्षित जी के चेले दिखाई पड़ गये! छात्र भवनाथ को अपने घेरे में ले गये। फिर भवनाथ ने उन्हें स्नेह के साथ विदा कर अलग रास्ता पकड़ लिया। वे छात्र रोक नहीं सके। वे खड़े होकर देखते रहे। सिसकते रहे।

भवनाथ ने सोचा—वह कहाँ जा रहा है?...वह पिताश्री के गाँव जा सकता है। सुदूर दक्षिण गोदावरी के तट पर जा सकता है। पर वे लोग पहचानेंगे? अपना सकेंगे?वे तो मुँह मोड़ चुके हैं। उनकी आँखों में अपनापा नहीं, दूरी है। स्नेह नहीं, वितृष्णा है। पर जीने के लिए अपनापा चाहिए। कुछ अपने हों जो उसके आँसुओं को पोंछ सकें! घायल हृदय को सहला दें। उसे माँ के समान प्यार कर सके। पिता श्री के समान दुलार सके।...कोई नहीं है! वह अकेला है!!...हंसा अकेला...अनन्त आकाश...कहीं मानसरोवर है जहाँ हंसा पाथेय पा सके। खिलते कमल के पास ठहर सके।...पर वह मानसरोवर कहाँ है?...वह है! दूर आगरा में है!!...आलमआरा है!!!...पर वह तो कैद है। लोहे के द्वार पर भाले की नोंको के ताले जड़े हुए हैं।

...भीतर बूढ़े बादशाह खाट पर होंगे। वह आँसू पीकर अपने बाबा की सेवा कर रही होगी।...क्या वह सहारा दे सकेगी?...बेसहारा से सहारा की उम्मीद!...एक-दूसरे को सहारा...।

उसने देखा कि पेड़ की डाल पर मैना का जोड़ा है। वह रुककर देखता रहा। ...कुछ क्षणों बाद दोनों उड़ गये। एक साथ आकाश में उड़ान भरते रहे। उसे यह दृश्य भा गया। भीतर विश्वास जगा।...एक साथ उन्मुक्त पंछी के समान उड़ान ...और वह तेजी से चलने लगा।

एक वृद्ध दम्पती पर दृष्टि गयी। वे 'शिवगौरी'...'गौरीशंकर' नाम लेते काशी की ओर जा रहे थे। एक-दूसरे का सहारा बने हुए थे। कन्धे पर झोलियाँ...आँखों में स्नेह और पैरों में गति...मन्दगति। ...यह स्नेह अकेलापन नहीं रहने देता।... हंसा अकेला नहीं...पर हंसा अकेला है। वह आत्मा है। जीवन में किसी का साथ चाहिए।...कोई साथी हो। अकेला जी नहीं पाता।...इस धरती पर किसी के साथ जीना है।...सबके साथ जीना है।

मुगल सिपाही घोड़ों पर सरपट दौड़े आ रहे थे। उसका हृदय धड़क उठा। वह पेड़ों के पीछे छिप गया।...धूल उड़ रही थी। धूल के परदे को पार कर उनकी धमक सुनाई पड़ रही थी।...वे चले गये। वह पेड़ों के झुरमुट से बाहर आया। चारों तरफ देखा—किसान अपने खेतों में छिप गये थे। अब वे उठकर खड़े हो रहे थे। इतना आतंक।...ऐसी दहशत!!...तो मुगल हूकूमत का मतलब है—रिआया को दहशत में झुकाकर रखना।...शायद प्रत्येक शासन झुकाकर रखता है।...वह इसी दहशत के सैलाब की ओर बढ़ रहा है। हो सकता है कि तिनके का सहारा मिल जाये वह आशा में जी सकेगा। चल सकेगा।

इस प्रकार भवनाथ काशी से आगरा की ओर बढ़ता रहा। रास्ता कटता रहा। थका-माँदा आगरा पहुँच गया। सर पर केश बढ़ गये थे। बढ़ी हुई दाढ़ी ने उसे अजीब बना दिया। अब उसे कोई पहचान नहीं पा रहा था।...वह अपने को भवनाथ कहे या सदर आलम? वह निर्णय नहीं कर सका। पर उसके कदम बढ़ते जा रहे थे।

वह आगरा में आ गया। वह धर्मशाला दीख गयी। यहीं तो माँ की मृत्यु हो गयी थी। वह दो क्षण रुका रहा। उस धर्मशाला को देखता रहा।...उसने अनुमान किया कि कुछ लोग उसे आश्चर्य से देख रहे हैं। एक दो निकट आने लगे। कुछ लोग बातें कर रहे थे।...वह सुनने लगा बूढ़े बादशाह सख्त बीमार हैं। इस बार बचना मुश्किल है।...बेटा तो तख्ते ताऊस पर बैठकर सबकी सलामी ले रहा है। उसे अपने वालिद की क्या फिक्र है?...वह आखिरी वक्त भी नहीं आ सकेगा!... वह आ जाता । सर झुका देता। बूढ़े की रूह को शान्ति मिल जाती।

भवनाथ के कदमों में तेजी आ गयी। वह बाजार को पार कर किले के पास

पहुँचने के लिए बेताब हो उठा।...और वह किला के पास पहुँच गया। दरवाजे के पास भीड़ लगी हुई थी।

55

देवीचन्द जौहरी युवराज रामसिंह से मिलने आये थे। दोनों महल के बाह्यकक्ष में बातचीत कर रहे थे। देवीचन्द ने दुःखी स्वर में कहा–'युवराज! मुझे तो बादशाह की ओर से माफी मिल गयी। पर अमीचन्द को माफी नहीं मिल सकी।...उसे माफी माँगनी है। और वह विन्ध्याचल में भटक रहा है।'

'पिताश्री ने बादशाह से अनुरोध किया था।...वे लौटकर आयेंगे तो फिर एक बार वे बादशाह से कहेंगे।'

'परिवार चिन्ता में घुल रहा है। कहीं वह साधु न बन जाये।...वह डर से दिल्ली नहीं आ रहा है। आप कुछ कहें...।'

'मेरी सीमा है कि मैं बादशाह औरंगजेब से कुछ नहीं कह सकूँगा।'

'युवराज! व्यापार पर पाँच फीसदी चुंगी बढ़ा दी गयी जिससे शाही कारखाना, ईरानी सौदागर और फिरंगी को फायदा हो सके।...पर बादशाह हमारी कुछ सुनने को तैयार नहीं हैं।'

'पिताश्री की अनुपस्थिति में यह निर्णय हो गया है।...पर मैं लाचार हूँ, सेठजी!

'किस मुहूर्त में अमीचन्द फकीर सरमद का चेला बन गया! सारा परिवार आहों के साथ जी रहा है। सुना है कि गाँवों में वसूली में सख्ती होने लगी है। किसान परेशान हैं।'

'बादशाह-ए-गाजी को हिन्दुस्तान की हर दिशा में लड़ने के लिए फौज चाहिए। फौज के लिए धन चाहिए। शाहीमहल के लिए धन चाहिए। इसलिए अधिक चुंगी और अधिक मालगुजारी...। और हम बादशाह के अधीन हैं।'

'पर यह उचित तो नहीं है।'

'जहाँ फौज की ताकत से हुकूमत होगी, वहाँ प्रजा के सुख-दुख की चिन्ता क्यों? और हम पराधीन राजा कुछ कह नहीं सकेंगे।...आप धैर्य रखें। पिताश्री आयेंगे तो प्रयत्न होगा।'

सेठ देवीचन्द ने युवराज से विदाई ली।

रामसिंह ने अहसास किया कि सेठ चिन्ता में गल रहे हैं। और हम विवश हैं।...वैसे तो शाहजादी जेबुन्निसा का नौशा भी बादशाह के खौफ से नहीं आ सका। शाहजादी दुःखी है। बीमार पड़ गयी है। उधर बूढ़े बादशाह शाहजहाँ बहुत

बीमार हैं।...बादशाह-ए-गाजी इतने सख्त हैं।' यह सोचते हुए रामसिंह अन्तःपुर में आये। देखा कि रमाकुँवर श्यामा के साथ गपशप कर रही हैं। इसलिए बोल उठे—'क्या मैं आ सकता हूँ।'

श्यामा ने अपने मुख को आँचल से ढकने का प्रयत्न किया। रमाकुँवर ने उत्तर दिया-'अवश्य आ सकते हैं। परन्तु सेनानी या शाही सन्देशवाहक के रूप में नहीं आना है।'

'तो किस रूप में आऊँ?'

'युवराज और सद्‌गृहस्थ के रूप में।'

'शर्त मान्य है।'

'तो आ जाइए।' रमाकुँवर ने मधुर स्वर में कहा। साथ ही श्यामा को चले जाने का संकेत भी दे दिया।

श्यामा ने अवगुण्ठन से रामसिंह को देखा। वह कुँवरानी से संकेत पाकर जाने लगी।

रामसिंह के मन में श्यामा को रोकने की इच्छा हुई। पर रोकना सम्भव नहीं लगा।...मन सोचने लगा कि यह कहाँ की है? असम की या बंगाल की या उड़ीसा की?...मुगलों की नजर से बच गयी। अब तो उन्हें विश्वास हो गया है कि वह डूब गयी।...खोज बन्द है पर वैरागी जी की खोज हो रही है।...श्यामा कौन है?

'आइए! आसन ग्रहण करें!!...क्या सोच रहे हैं?' रमा ने पूछा।

'शाहजादी जेबुन्निसा बीमार है। लाहौर से उसका नौशा नहीं आ सका।...एक शायरा...एक दोशीजा...एक माशूका के दिल की हालत नहीं समझोगी, युवराज्ञी।'

'और आप समझ रहे हैं!...बयान करें।'

'मैं शाहजादी के दिल की हालत का बयान कैसे कर सकूँगा।'

'जैसे आप अपनी हालत का जब-तब...।'

'वह तो इसलिए कि राम और रमा में बहुत अन्तर नहीं है। रमा अनुभव करती है तो राम को अनुभूति होती है। और राम की अनुभूति रमा को...।'

'लगता है कि कवि बिहारी लाल से कुछ सीख लिया है।'

'बिहारी लाल तो पिताश्री के मित्र कवि रहे हैं।'

'कुछ तो प्रभाव पड़ा है।'

दोनों मुस्करा उठे।

श्यामा अपने कक्ष में जाकर बैठ गयी। अवगुंठन को मुखड़े से हटाया। उसे लगा कि युवराज सामने बैठे हैं। होठों पर मन्द मुस्कान है। पर रमाकुँवर का स्मरण आते उनकी मुस्कान लुप्त हो गयी।...उसने पलकें बन्द कर लीं। मन में विचार आया—वह क्या करे? क्या वह अपने को प्रकट कर दे? वे उसे अपनावें या असम भेज दें। क्या यह साहस है? मुगलों के मित्र से यह आशा की जा सकती हैं?...पर

उसे ऐसा नहीं सोचना चाहिए। अन्तर में उनके लिए कोमल भाव जगने लगा। ...यह कोमल भाव कुचल दिया जाये? जीवन में पहली बार कोमल भाव जगा है। इसे कुचला नहीं जाये। इस भावरूपी अमृत को विष नहीं समझा जाये। ...कहीं उन्होंने विष समझ लिया तो...वे नहीं समझेंगे। उनकी आँखों से भी भाव प्रकट हुआ है।...क्या वह नारी के यौवनदीप्त सौन्दर्य के प्रति आकर्षण मात्र है?

उसे कोमलभाव का अमृत चाहिए। अपने प्रियदर्शन का कोमलभाव चाहिए। और वे साहस के साथ श्यामा को नहीं, जया को अंगीकार कर सकें। क्या यह सम्भव है?...यह असम्भव लगता है। ...कहा जाता है कि नारी अपने पुरुष को पाकर सम्पूर्ण होती है। पुरुष अपनी नारी के साथ सम्पूर्णता को प्राप्त करता है। ...परन्तु ऐसा नहीं हो पाता। केवल नारी से सम्पूर्णता की माँग होती है। वह सब भूलकर समर्पित होती है।...तो वह भूल जाये कि वह जया है!

इन्होंने आश्रय दिया है। वह इन्हें कष्ट नहीं पहुँचायेगी। वे स्वयं कोमल भावना की अनुभूति करें। इस भाव को सम्मान दे सकें तो मंगल...मनुष्यता का मंगल।...पर यह दूर की यात्रा है। पग-पग पर अवरोध है।...सम्भवतः इसी स्थिति में भाग्यवाद आश्वासन देता है। ...क्या उसकी भावना और संयमपूर्ण आचरण का कोई महत्त्व है? देखना है।..उसकी पलकें ऊपर उठीं। वातायन के पास मालती लता हवा में हिल रही थी। फूलों के गुच्छे झूम रहे थे।

शाहीमहल के अन्दर अपने महल में जेबुन्निसा चाँदी के पलँग पर लेटी थी। चेहरा पीला पड़ गया था। आँखों में दर्द उभर रहा था। शरीर पर रेशमी चादर पड़ी हुई थी। बाँदियाँ खड़ी थीं। जेबु ने इशारे से पीने के लिए पानी माँगा। एक बाँदी सुराही से पानी ढालने लगी। ढरकन की आवाज कमरे में फैल गयी। कटोरी में पानी भर रहा था। पानी में केवड़ा की खुशबू थी। बाँदी कटोरी लेकर शाहजादी के पास आयी। जेबु ने कटोरी को हाथ में लिया। फिर वह बोल उठी—'चाँदी की कटोरी में खुशबू से महमह आब नहीं चाहिए। सादा पानी चाहिए जिससे प्यास मिट सके। मिट्टी की कटोरी में।

'आप यह क्या कह रहीं हैं? यह गुनाह न करायें।' बाँदी ने कहा।

'तब मत दो।... गुलशन...गुलों की हसीन अदाएँ...खुशबू...खुशबूदार जाम नहीं चाहिए।' यह कहकर जेबु ने करवट ले ली।

बाँदियाँ सहम गयीं। जेबुन्निसा ने सबको जाने के लिए इशारा कर दिया। उसकी पलकें बन्द रहीं। बाँदियाँ बारी-बारी से बाहर जाने लगीं। सबने कोशिश की कि पैरों की आवाज न हो।

तनहाई में जेबु के लबों पर अन्दर के अलफाज आहिस्ता-आहिस्ता आने लगे।...आहें शायरा के कलाम में तब्दील होने लगीं। आँसुओं की बूँदों के साथ होठ बोल उठे—यह जुल्मोजफा और यह सितम...मेरी वफा और उनकी बेवफाई। नहीं-नहीं वे बेवफा नहीं हैं।...खौफजदा हैं। तख्तेताऊस के खौफ से वे नहीं आ

सके। मगर इश्क में खौफ क्यों? मुहब्बत के महल में तो आशिके-जाबाज रहता है। उसने तो एक ऐसे आशिक पर जाँनिसार कर दिया जो जाबाज नहीं है।... उससे गलती हो गयी।...दिल ने तो बहादुरी की जाँच नहहीं की थी खौफजदा और बेखौफ की पहचान नहीं की थी। सिर्फ उनकी आँखों को देखा। चेहरे के भोलेपर को समझा। और उस गुलशन में गुलों की महफिल में तबस्सुम की नज्में दिल तक पहुँच गयीं। और वह इश्क की खुशबू के दरिया में गोते लगाने लगी।...अब वह गम के दरिया में गर्क हो रही है।

क्या वे इस गम का अहसास कर रहे होंगे? क्या उनकी आँखें रावी को पार कर जमुना किनारे पहुँच रही होंगी? आहों की सेज पर करवट बदल रहे होंगे?... वह तो शबे-फिराक में याद कर रही है, क्या वे भी...वह उस खौफजदा महबूब से क्या इकरार करे, क्या तकरार करे!...तकरार तो तख्ते ताऊस के संगदिल में जिसने उन्हें खौफ के कैदखाने में बन्द कर रखा है।

दरवाजे पर दस्तक हुई। उसने अनसुनी कर दी। तख्त के हुक्म को वह क्यों कबूल करे?...फिर दस्तक हुई।...उसे गुस्सा हुआ। बदन काँपने लगा।...फिर दस्तक...उसने गुस्से में दरवाजे को खोला। बाँदी ने झुककर कहा—'हकीम साहब तशरीफ ला रहे हैं। साथ में शागिर्द है। परदा होना है।'

'हकीम साहब! क्या मजाक है!!...हुक्म मानना होगा। परदा कर दो।'

परदे की एक तरफ जेबुन्निसा पलँग पर बैठ गयी। दूसरी तरफ कुर्सियाँ लग गयीं। हकीम साहब शागिर्द के साथ आ गये। दोनों ने शाहजादी को सलाम किया। शाहजादी ने बैठने के लिए इसरार किया। हकीम साहब ने आहिस्ते से कहा—'शाहजादी साहिबा। आपको क्या तकलीफ है? अपनी कलाई बढ़ायें। नब्ज देख लूँ।'

जेबु ने अनमने भाव से अपनी कलाई बढ़ा दी। हकीम ने नब्ज को समझने की कोशिश की । और फिर शागिर्द को समझने के लिए कहा। शागिर्द एक लमहे के लिए सहमा। फिर कलाई को अपने हाथ में ले लिया, वह सिहर उठा। जेबु ने शागिर्द की सिहरन का अहसास किया। उसने परदे से ही आँख गड़ाकर देखने की कोशिश की।

हकीम ने पूछा—'शागिर्द लाहौरी! शाहजादी को क्या तकलीफ है?'

शागिर्द ने कहा—'गमगीन हैं। चुनांचे कमजोर हो गयी है।'

हकीम ने बताया—'थोड़ा-सा बुखार भी है।'

जेबुन्निसा ने शागिर्द की आवाज को पहचाना। चेहरे के भीतर के चेहरे को पहचाना। ऐसा लगा कि गम के दरिया में खुशी का चश्मा फूट पड़ा है।...ये खौफ को कुचलकर आ गये हैं।...वह मुस्करा उठी।

हकीम ने शागिर्द लाहौरी की ओर देखा। शागिर्द शरमा रहा था। जेबु ने इस

शरमीले चेहरे को पहचाना। इसी पर तो वह फिदा हो गयी थी। हकीम ने थैले से दवाइयाँ दीं। जेबु ने बाखुशी कबूल किया। हकीम ने रुख्सत होने के लिए इजाजत माँगी। उसका चेहरा जर्द पड़ गया। वह इतनी जल्दी कैसे जाने देगी?... वह कभी हकीम को देखती और कभी उस शागिर्द को...फिर वह शरमा जाती।... हकीम ने कहा—'आप दवा खायें। कल हम फिर आयेंगे।'

वह सुन नहीं सकी। वह तो उन्हें देखती रही। शरमाती रही।

हकीम साहब ने इस हालत का अहसास किया। दो लमहों के बाद कहा—

'शाहजादी साहिबा। आप घबराएँ नहीं। हम आते रहेंगे, जब तक आप अच्छी नहीं हो पाती हैं।'

जेबुन्निसा ने सर हिलाया।

हकीम शागिर्द लाहौरी के साथ उठ खड़े हुए। जेबु ने रोकना चाहा। पर रोक नहीं सकी।...पैरों की आहट आ रही थी। वह सुन रही थी। वह बेखुदी में उन आहटों को सुनती रही। शागिर्द लाहौरी को देखती रही।

56

सन्ध्या आरती के बाद श्यामा ने बहूरानी रमाकुँवर को प्रसाद दिया। और उसकी आँखें रामसिंह को ढूँढ़ने लगीं। रमाकुँवर श्यामा के इस मनोभाव का अनुमान कर रही थी। उसके मन में कुढ़न पैदा हुई। मुख पर थोड़ी रुक्षता आ गयी। आधेमन से प्रसाद ग्रहण किया। वह बिना कुछ बोले अपने कक्ष में आ गयी। वह बुदबुदाने लगी—शरण में आयी यह स्त्री पुजारन है या और कुछ! अब यह राग-अनुराग का खेल शुरू कर रही है।...सौत बनेगी।...नहीं-नहीं!!...वे भी दृष्टि डालने लगे हैं। पुरुष की प्रकृति काले भौरे-सा। अभी सीमा में हैं। आगे क्या होगा? अभी से सँभलना होगा।...यदि इसे चले जाने के लिए कह दिया जाये तो उसे कहाँ शरण मिलेगी?...भटकती रहेगी। किसी पशुपुरुष की शिकार...मुगल माहिर शिकारी हैं। नहीं-नहीं, पुजारन शिकार नहीं बने! उसने शरण दी है।...पर वह अपना अधिकार माँगने लगेगी। भाग लेना चाहेगी। नहीं।...अब उससे प्रसाद नहीं चाहिए। पर यह पूजा का प्रसाद है।...इस प्रसाद में पूजा का भाव नहीं रहा। इसमें आकर्षण का भाव आ गया है। यह उन्हें नहीं... ।

रमाकुँवर ने प्रसाद की थाली को ढक लिया। चाहा कि किसी दासी के पास इसको भेज दिया जाये।...उसने एक को बुलाया । प्रसाद की थाली ले जाने के लिए कह दिया। दासी आश्चर्य से देखती रही। रमा ने आदेश दिया। दासी थाली उठाकर ले गयी।

उसने सोचा कि श्यामा को जानकारी मिल गयी होगी। उसकी दशा को निकट से देखा जाये। वह धीरे से अपने कक्ष से बाहर आयी। श्यामा के कक्ष के पास पहुँची। खिड़की खुली थी। पास में खड़ी हो गयी।

श्यामा अपने कक्ष में बैठी हुई थी। पलकें बन्द थीं। गुनगुना रही थी। फिर धीरे-धीरे कुछ कहने लगी—मैं राजकुमारी जया...लाल किले के वन्दी घर से बच कर आ गयी। वैरागी जी ने बचाया। यहाँ शरण मिली। पर इतना साहस नहीं कि अपना परिचय दे सकूँ। राजकुमार में इतना साहस नहीं है कि वे असम की राजकन्या को शरण दे सकें। इतना आतंक...इतना भय मुगलों के सामने झुककर जीना...यही जीवन है? काश, दाराशिकोह जीत जाते।...ये राजे उनकी हार पर इस बादशाह की अधीनता मान चुके हैं। पर उसके पिताश्री जंगल-पहाड़ में रह कर मुगलों से संघर्ष कर रहे है। हारकर हार नहीं सके हैं। मैं भी हारकर हार नहीं सकी हूँ। इनमें तेज है। शील है। लगता है कि मन में कोमल भाव जग गया है।...क्या वे स्वीकार करेंगे? बहूरानी तो सहन नहीं करेंगी।...क्या वह चली जाये? कहाँ जाये? हे कृष्ण, मार्ग दिखा दो।

आज बहूरानी के मुख पर कठोरता झलक रही है। उन्होंने मेरे भाव को समझ लिया है।...अब यह आश्रय भी छूट जायेगा?...वह विनती करेगी। वह अपने हृदय को कुचलने की चेष्टा करेगी।

श्यामा मौन हो गयी। पलकें खुल गयीं। सामने की भित्ति को देखने लगी। रमाकुँवर अपने कक्ष में आ गयी।...तो यह अहोम राजा की पुत्री है। सन्देह सही निकला। बादशाह के लिए लायी गयी।...वह इस भवन में है। यह तो रोमांचकारी प्रसंग है। बादशाह-ए-गाजी से टकराव...क्या होगा?...बादशाह से दोस्ती के कारण सुख-शान्ति से जीवन चल रहा है। नहीं, तो मेवाड़ के समान संघर्ष करना पड़ेगा।...यदि इसे जाने के लिए कह दिया जाये तो बात खुल जायेगी। बादशाह का गुस्सा उबल पड़ेगा।...यदि वह इस भवन में रहेगी तो दोनों की आँखें मिलती रहेंगी।...वैरागी जी इसे लाकर नागफाँस लगा गये।...अब वह क्या करे?

उसी समय रामसिंह का आगमन हुआ। द्वार के पास पैरों की आहट हुई। रमा पहचान गयी। उसने द्वार को खोला। दासी तो आ रही थी।...रमा के मुख पर रुक्षता थी। होठ बन्द थे।

रामसिंह ने मुस्कराते हुए कहा—'रमा! रमारमण का स्वागत इतना मौन मूकभाव से...!

'मौन भी मुखर होता है।'

'किस अपराध पर रोष मुखर हो रहा है?'

'वैरागी जी ने नागफाँस में बाँध दिया है। मुक्ति कैसे मिले?'

'वैरागी जी...नागफाँस...इससे मुक्ति...यह तो पहेली है। कुछ बताओगी।'

रमाकुँवर धीरे-धीरे बताने लगी—'श्यामा असम की राजकन्या है। यही नाग फाँस है। इसे जाने को कह दिया जाये तो बात खुल जायेगी, फिर बादशाह का गुस्सा उफनने लगेगा। फिर क्या होगा?'

यह सुनकर रामसिंह अचरज में पड़ गये। दो क्षण सोचकर कहा — 'क्या इसे असम की ओर भेज दिया जाये?'

'इस भवन से पालकी निकलेगी तो कुछ छिपा नहीं रहेगा।...यदि पुजारन के रूप में रहती है तो कब तक रहेगी?...नाग फाँस ही तो है!'

'वैरागी जी की खोज हो रही है।'

'कहीं वैरागी जी से ही बात सामने आ जाये तो...।'

'वे निर्भीक हैं। नहीं आने देंगे।'

'पर हम क्या करें?'

'यदि यह पुजारन के रूप में रहे तो समस्या विकराल नहीं हो सकेगी।'

'यह जीवनभर देवता की मूर्ति की पूजा करती रहेगी! मीराबाई है!!'

यह सुनकर रामसिंह उत्तर नहीं दे सके। रमाकुँवर भीतर ही भीतर कुढ़ती रही। उधर श्यामा पास आ गयी थी। दोनों की वार्ता सुन ली। वह लौट गयी। अपने बिछावन पर लेट गयी। दीपक को बुझा दिया।...अँधेरे में बुदबुदाती रही—वह पुजारन है।...पुजारन नहीं है। मीराबाई भी नहीं है।...पर वह क्या है?...उसे न अपना घर मिलेगा। और न अपना प्रिय पास आयेगा। वह अभागन जो है।...अब वह यहाँ नहीं रह सकेगी। पुजारने के रूप में मथुरा वृन्दावन चली जायेगी।...कोमल भाव...पूर्वराग को कुचल देना होगा। मुगल शासन भाग्य का निर्धारण कर रहा है। स्त्री अधिक विवश है। वह डोला में यहाँ भेज दी गयी थी। पता नहीं, कितनी भेज दी गयी होंगी। मुगल ऐशगाह में घुट-घुटकर जी रही होंगी।...वह मुँह अँधेरे मथुरा की ओर चल देगी।

यह सोचकर सोने लगी। पर आँखों में नींद नहीं आयी। करवट बदलती रही। नींद आयी तो सपना मड़राने लगा। सपने में...डोला...लाल किला में...खौफनाक चेहरे, दारा की बेगम की मदद से पलायन..रास्ते के भयानक दृश्य...वैरागी जी के साथ इस भवन में...पुजारन...कोमल भाव...कुँवरानी के क्रोध से कोमल भाव का सिसकना...बाहर आतंक...सपना विलीन हुआ।

रामसिंह का मन द्वन्द्व में पड़ा था। असम की राजकुमारी पुजारन के रूप में आ गयी। रमा ने आश्रय दिया। आज यह आश्रय छिन रहा है क्योंकि राजकन्या के मन में पूर्वराग जग गया है। वह निकट आना चाह रही है। संकोच है। शील का संयम है।...अपनाने में बुराई नहीं...पर शाही हुक्म का संकट...बादशाह-ए-गाजी का गुस्सा!...रमा कुँवर इसे स्वीकार करने को तैयार नहीं है। इस स्थिति में श्यामा ...जया क्या करे?...वह यहाँ से निकलती है तब संकट टूट पड़ेगा। यहाँ रहती है

तो रमा का रोष! ओह!!

रामसिंह को नींद आ गयी।

प्रातः श्यामा उठकर खड़ी हो गयी। पुजारन के वेश में एक गठरी सँभालकर रमाकुँवर के पास आ गयी। और उसने विनम्र स्वर में कहा—'कुँवरानी! आपने मुझे आश्रय दिया। मैं इस ऋण से मुक्त नहीं हो सकती। मेरा नमन स्वीकार करें।...मेरे कारण आपको कष्ट नहीं हो। इसलिए पुजारन मथुरा की ओर जा रही है।...श्रीकृष्ण सहायक हैं।'

रमा चकित भाव से देखने लगी। सहसा उसे विश्वास नहीं हुआ। अतः वह कुछ उत्तर नहीं दे सकी। वह देखती रही। पुजारन को देखती रही।...श्यामा पुजारन द्वार की ओर मुड़ गयी है। उसने रोकना चाहा, पर रोक नहीं सकी।

रामसिंह आ गये। वे पूछ बैठे—'क्या बात है?'

'श्यामा मथुरा जाना चाह रही है।'

'वह अकेली कैसे आयेगी?'

'तो मैं क्या करूँ?'

'रोक लो, रमा! शरण देकर शरण छीन लेना उचित नहीं है। बाहर मुगल सिपाही, जासूस और कुटनी औरतों का जाल है। वह अकेली युवती है।...रोक लो।'

'आप राजकुमार हैं। युवराज हैं। आप रोक लें।'

'ऐसा न कहो, रमा! उसे क्षमा कर दो।...हम सभी कहीं-न-कहीं विवश हैं।'

'हाँ, हम सभी विवश हैं।...स्त्री अधिक विवश है। आप पराधीन हैं। स्त्री अधिक पराधीन है क्योंकि पुरुष स्वामी है...शासक है। कठोर है।...बेचारी श्यामा बच नहीं सकती।...पर मैं क्या करूँ।'

'मैं क्षमा माँगता हूँ, रमा! उसे रोक लो। बात खुल जायेगी। बादशाह से माफी माँगनी पड़ेगी।...सारी प्रतिष्ठा मिट्टी में मिल जायेगी।'

'मैं समझ रही हूँ। इस नागफाँस से बचना कठिन है।...रुक जाओ, श्यामा! ...मैंने शरण दी है।' थरथराते स्वर में रमाकुँवर ने कहा।

श्याम के पग रुक गये। पर वह पीछे मुड़ नहीं सकी। कुछ निर्णय नहीं कर सकी। द्वन्द्व ठहराव है।

रमाकुँवर के शब्द सुनाई पड़े—'आ जाओ, श्यामा! भवन से बाहर नहीं जाना है। बाहर दोनों के लिए संकट है। घर के भीतर ही त्रास से त्राण है। तुम्हें शरण मिलेगी।'

श्यामा शीश झुकाकर पीछे मुड़ी। धीरे-धीरे लौटकर आने लगी। आँखों में आँसू आ गये थे। उसने पास में आकर कहा—'बहूरानी! मैं केवल श्यामा हूँ।...और कुछ नहीं। मैं अपने अस्तित्व को नकार रही हूँ।'

'मैं जान गयी हूँ, श्यामा! इसीलिए बाहर संकट है—हम दोनों के लिए। मैं विवश हूँ। तुम्हें यहीं रहना है।' भींगे स्वर में उत्तर दिया।

'हाँ, श्यामा! तुम्हारा जीवन श्यामा के रूप में ही सुरक्षित है।...पिछले जीवन को भूल जाना है।...हम दोनों की विवशता है।' रामसिंह ने आश्वासन दिया।

'श्यामा! तुम्हारा हृदय कुचल नहीं जाये। भाव अभाव नहीं बन जाये। मैं सोचने लगी हूँ। मेरी विवशता है।' रमा के स्वर में कम्पन था।

श्यामा ने हाथ जोड़कर शीश झुका दिया।

57

उस रात में जेबुन्निसा को गाढ़ी नींद आयी। दूसरे दिन सुबह की नमाज के बाद अब्बाहुजूर औरंगजेब ने आकर सेहत के बारे में पूछा। दुआएँ दीं। जेबुन्निसा सर हिलाती रही। मगर आँखें नहीं मिला सकी। औरंगजेब चले गये। और तब उसने सोचा कि एकाध रोज के बाद वह अपने नौशाह के बारे में बता देगी। अब्बाहुजूर मान जायेंगे।...फिर कोई खौफ नहीं...निकाह और तबस्सुम की वादी में प्यार का तराना और जिन्दगी के नगमें...सियासत से दूर शेरोशायरी की दुनिया में चहलकदमी...।

शहनाई की मीठी आवाज हवा में घुलने लगी। आज उसे वह आवाज अच्छी लगी। परिन्दों की चहचहाहट को सुनकर उसने दरीचे के बाहर देखा। पिंजरे में तोता भी बोल उठा। वह मुस्करा उठी। खुशबू में रची-बसी हवा का एक झोंका आया। जेबु ने गेसुओं को दाहिने हाथ की नाजुक उँगलियों से सँभाला। फिर बुदबुदा उठी—ये नर्म-नर्म हवा और परिन्दों के नगमे गुलशन से आयी तेरे खयाल की खुशबू!

बाँदियों ने देखा कि शाहजादी खुश हैं। हकीम साहब की दवा से इन्हें फायदा हुआ है। शाही महल में गुफ्तगू होने लगी। रोशनआरा को थोड़ा ताज्जुब हुआ। नौशाह नहीं आया। जुदाई की वजह से बीमार पड़ी। अचानक क्या हो गया? हकीम की दवाओं में जादू है।...यह सोचकर वह मिलने आ गयी। जेबु ने सोचा कि हकीम को अपने शागिर्द लाहौरी के साथ बार-बार आना है। रोज-रोज आना है। चुनांचे वह इतनी जल्दी सेहतमन्द नहीं हो जायेगी। रोशनआरा फूफी के रू-ब-रू तो मरीज ही बनी रहेगी।

रोशनआरा ने बीमार जेबुन्निसा को देखा। दवाओं को देखा। पूछने पर जेबु ने बताया—'दवा से रात में नींद आ गयी। मगर थोड़ा बुखार रहा।'

'थोड़ा वक्त लगेगा। सब्र रखो। पुरानी बातों को भूल जाओ।'

'जी, कोशिश कर रही हूँ। आपकी दुआएँ चाहिए।'

'मेरी दुआएँ हैं।...मुगल शाहजादी दुआओं पर जी लेती है।'

'आप दर्दमन्द हैं।'

'फिर आऊँगी।...शाही कारखाने पर नजर रखनी पड़ती है।' यह कहकर रोशनआरा चली गयी।

जेबु ने पिंजरे की ओर देखा। तोता चहकने लगा। वह फारसी की एक नज़्म को याद करने लगी। उसी वक्त उदयपुरी बेगम आ गयी। जेबु खुश हो गयी। उदयपुरी ने कहा—'आलमआरा और जेबु में मैं फर्क नहीं मानती। इसलिए अपने दुःख-दर्द को दिल खोलकर बता देना।'

'आपका भरोसा है।...मगर आलमआरा...इनसानियत की मूरत चचाजान की दुख़्तर बहुत दुःखी है।'

'हाँ, जेबु!...तुम्हारी हालत भी दर्द का एक नगमा है।...हमारे बादशाह दहशत के जरिये हुकूमत...।'

'यह हकीकत है, अम्मी!'

अचानक उसने चाहा कि शागिर्द लाहौरी के बारे में बता दे। मगर वह शरमा गयी।

उदयपुरी दुआएँ देकर चली गयी।

इस तरह वक्त गुजरता रहा। शाम आ गयी। हकीम अपने शागिर्द के साथ आ पहुँचे। ख्वाजासरा ने इजाजत दी। शागिर्द के रूप में अकिल खाँ परेशान...कहीं पहचान नहीं लिए जायें।...फिर वह सोचता कि शाहजादी सचमुच इश्क करती हैं। शादी का पैगाम सही था। बादशाह ने बातचीत के लिए बुलाया था। वह खौफ खा गया। इस खौफनाक बादशाह से गुफ्तगू की हिम्मत नहीं कर सका। वह नहीं आ सका। शायद इसी वजह से शाहजादी बीमार पड़ गयी।...वह खुद बेचैन था। खौफ और बेचैनी में वक्त भाग रहा था। वह हिम्मत करके आ गया। हकीम साहब ने बात मान ली। शाहजादी को देखने-समझने का मौका मिला...लेकिन वह बादशाह के रू-ब-रू नहीं हो सकेगा।

दरवाजा खुला। जेबुन्निसा का हृदय धड़क उठा। दोनों कमरे में दाखिल हुए। परदे के पार जेबु सर झुकाकर बैठी थी।

हकीम ने कुर्सी पर बैठकर पूछा 'शाहजादी! तबीयत कैसी है?'

'रात में नींद आ गयी थी।' जेबु ने सर झुकाकर ही जवाब दिया।

'तब तो हम दोनों आपसे शायरी सुनेंगे।'

'जी!' जेबु ने आँखें ऊपर उठायीं। शागिर्द लाहौरी की आँखों से मिलीं।

हकीम साहब थैले से दवा निकालने लगे।

'आप नब्ज तो देख लें। थोड़ा बुखार रहा है।'

हकीम के इशारे पर अकिल खाँ ने अपना हाथ बढ़ाया। उधर आहिस्ता

आहिस्ता हाथ बढ़ा। अकिल खाँ ने नर्म कलाई को अपने हाथ में ले लिया। जेबु नीची पलकों से देख रही थी। अकिल खाँ मदहोश हो रहा था।

हकीम साहब पिंजरे के तोते को देखने लगे। तोता बोलने लगा। जेबु ने धीरे से अपना हाथ खींच लिया। हकीम ने नब्ज देखकर बताया कि थोड़ा-सा बुखार है। एकाध रोज में ठीक हो जायेगा।

हकीम के इशारे पर अकिल खाँ ने दवा बढ़ायी। दोनों की आँखें फिर मिलीं। झीना परदा इस मिलन को रोक नहीं सका। जेबु ने दवा ले ली। पर उँगलियाँ पास-पास रहीं।

'आपका तोता तो बातचीत करके दिल बहला देता होगा!' शाही हकीम ने पूछा।

'जी हाँ!...यह तो मेरे हाथ से ही दाना चुगता है, नहीं तो रूठ जाता है। जेबु ने अपनी उँगलियों को खींचकर बताया।

'शाहजादी! जब इनसान इनसान से या परिन्दे से प्यार करता है तो ऐसा ही होता है। लगता है कि प्यार रूहानी जज्बा है।'

'मगर सियासत शमशीर की जुबान से डाँटकर डरा देती है।'

'तभी तो दहशत छा जाती है। प्यार को भी छिपना पड़ता है। सही है न!' हकीम ने अकिल खाँ की तरफ देखकर कहा।

'सही है। शाहजादी साहिबा को भी अहसास होगा।' शागिर्द लाहौरी ने जवाब दिया।

'अहसास होने से तकलीफ बढ़ जाती है।...लाचारी है। यह लाचारी कैसे खत्म हो?' जेबुन्निसा ने सवाल कर दिया।

'लाचारी खत्म होगी। अल्लाहताला पर भरोसा रखें।' हकीम ने समझाया।

'हकीम साहब! अल्लाहताला कब जालिम को मदद करते हैं और कब मजलूम को—यह समझ में नहीं आता।' अकिल खाँ ने भी सवाल खड़ा कर दिया।'

'हाँ, यह तो है। आदमी का दिमाग चकरा जाता है। चुनांचे वह वक्त का इन्तजार करता रहता है।' हकीम ने जवाब दिया और फिर चलने की इजाजत माँगी।

'आप जायेंगे?'

'हम कल आयेंगे। सब्र की जरूरत है। मर्ज गैरमामूली है।' यह कहकर हकीम ने शागिर्द लाहौरी को चलने का इशारा किया।

जेबुन्निसा देखती रही। आहटों को सुनती रही।

दरीचे से चाँद झाँकने लगा था। वह दरीचे के पास आकर चाँद को देखने लगी। उसे लगा कि चाँद चाँदनी के जरिये कोई पैगाम भेज रहा है।

प्यार की चाँदनी अँधेरे में डरकर दुबक नहीं जाती।...मगर उनके कदमों की आहट तो लाल किला की चहारदिवारी से टकराकर गुम हो जायेगी।...नहीं, वह

अन्दर गूँज रही है। उनका मासूम चेहरा आँखों के आगे झलक रहा है।...और चाँद कह रहा है कि तुम अपने प्यार की चाँदनी को फैल जाने दो।... कभी बादल रोक लेंगे, कभी अँधेरा रोक लेगा! मगर नाउम्मीद न होना। स्याह आसमान में दूज के चाँद का चौदहवीं के चाँद तक का सफर ही जिन्दगी की दास्तान है।...क्या उसकी जिन्दगी का सफर ऐसा ही अफसाना बन सकेगा? इस माहताब की मानिन्द प्यार की चाँदनी दहशत की स्याही पर छा सकेगी...हावी हो सकेगी?

एक बाँदी आ गयी। उसने बताया कि मिर्जा राजा जयसिंह के राजकुमार रामसिंह शादी कर रहे हैं। वह बहूरानी की सहेली है। बहूरानी ने इजाजत दे दी है। कल सुबह शाहजादा अकबर सौगात ले जायेंगे।

उधर आगरा से खबर आयी है कि अब्बाहुजूर...बूढ़े बादशाह सख्त बीमार हैं।

'कहीं शादी की नौबत और कहीं मातम—यही जिन्दगी है।...बाबा सख्त बीमार हैं। मगर लाल किला बेचैन नहीं है क्योंकि बाबा चाचा दारा शिकोह को मानते थे।'

बाँदी सर हिलाकर चुप रही।

'आदमी की कैसी कुदरत है कि वह अपनी शानो-शौकत के लिए मलबे पर महल तामीर करता है।...यही तो हुआ है।'

'शाहजादी साहिबा! बाँदी क्या कह सकती है?...बाँदी तो दबकर रहने वाली जमीन है या मलबा।'

'आम आदमी जमीन है तो बाँदी मलबा...कोई भी ताकत से काबिज हो जाता है।'

'यह आप कह रही हैं?'

'मैं मुगल शाहजादी हूँ तो क्या हकीकत का अहसास नहीं है? मेरे पास दिल नहीं है? जज्बात नहीं हैं?...दर्द नहीं है?'

'आप चुप हो जायें! आराम करें। आप बीमार हैं। आप तो हाँफने लगीं!' यह कहकर बाँदी ने बाहर जाने की इजाजत माँगी।

जेबुन्निसा ने उसे इजाजत दे दी। खुद पलँग पर लेट गयी।...बाबा सख्त बीमार हैं। बहन आलमआरा खिदमत कर रही होगी। यहाँ दहशत के साये में शागिर्द लाहौरी से मुलाकात! ओह!!

58

खिल्वतगाह में सूबेदार दानिशमन्द खाँ बादशाह की राह देख रहा था। वह जब-तब

दारा और औरंगजेब के फर्क पर गौर करने लगता था। पर चुप रहता था।...वजीर फाजिल खाँ एक जासूस के साथ मौजूद था। शेख इस्लाम और शेख निजाम भी आ गये। बादशाह रोशनआरा आपा के साथ आये। सबने कोर्निश की। बादशाह ने वजीर की ओर देखा। उसने खड़े होकर बताया—'जहाँपनाह! बनारस के मदरसे बन्द कर दिये गये। पंडत तो आपस में झगड़ भी रहे हैं। इसी वजह से जगरनाथ पंडत की मौत हो गयी। अब हिन्दी मुसलमान अपने गाँव-शहरों के काफिरों के नजदीक नहीं हो सकेंगे।'

'सारे संस्कीरत मदरसे बन्द हों।...दारा शिकोह के उस्ताद अपने आप दफा हो गये—अल्लाह की मेहरबानी है।' शेख इस्लाम ने कहा।

'इस्लाम कबूल करनेवाले काफिर हिन्द अपनी तहजीब छोड़ना नहीं चाहते। ये संस्कीरत मदरसों में जाने लगे थे। इससे तो ये हिन्दी मुसलमान हमसे ही दूर हो जायेंगे। चुनांचे पंडितों के मदरसों को बन्द हो ही जाना है।' शेख निजाम ने बताया।

'एलान हो गया है। आप लोग फिक्र न करें।' बादशाह-ए-गाजी ने जवाब दिया।

'ख़बर आयी है कि आगरा में अब्बाहुजूर सख्त बीमार हैं।' दानिशमन्द खाँ ने कहा।

'बादशाह-ए-गाजी! मराठों से जंग हो रही है। राजा जयसिंह फतह की ओर बढ़ रहे हैं।' फाजिल खाँ ने अपनी बात रख दी।

'दानिशमन्द खाँ! आगरा में खिदमत के लिए जहाँनारा आया है। आलम आरा भी है।...यहाँ भी जेबुन्निसा बीमार है। औरंगाबादी बेगम भी बीमार पड़ गयी है। इसलिए बादशाह को अभी देहली में ही रहना है।' रोशनआरा ने सलाह दे दी।

सभी बादशाह की ओर देखने लगे।

बादशाह औरंगजेब ने दो लमहों तक गौर किया। और कहा—'अभी मुझे देहली में ही रुकना है।...आगरा की खबर मिलती रहे। मराठों पर फतह बहुत जरूरी है।'

दानिशमन्द खाँ ने कुछ और कहना चाहा। लेकिन बादशाह ने रोक दिया। फाजिल खाँ ने दानिशमन्द खाँ की ओर हिकारत से देखा। वह चुप रह गया।

बादशाह उठ गये। बैठक खत्म हो गयी। सभी उठकर खड़े हो गये। बादशाह रोशनआरा आपा के साथ चले गये। दानिशमन्द खाँ अपने दफ्तर की ओर जाने लगा।...वह सोच रहा था कि ज्यादा दिनों तक सूबेदारी नहीं कर सकेगा। उसे दाराशिकोह का तरफदार या काफिरों का हमदर्द साबित कर कैदखाने में डाला जा सकता है।...जहाँ अपने जईफ वालिद के लिए कोई दर्द नहीं हो, वहाँ और क्या उम्मीद की जाये। इतना सख्त होना जरूरी है? क्या रिआया को तीन टुकड़ों में

बाँटकर हुकूमत होगी? मुगल सरदार औवल दर्जे के हैं। दोयम दर्जे के पठान और हिन्दी मुसलमान यानी नौमुस्लिम हैं। और तीसरे दर्जे के बेचारे हिन्दू हैं।...कुछ राजपूत राजे, कुछ कायस्थ मुलाजिम और कुछ साहूकार दोयम दर्जा हासिल कर लेते हैं।...फौज की ताकत से हुकूमत चल रही है। साथ में मजहबी जनून की ताकत भी शामिल है। शायद बादशाह-ए-गाजी की हुकूमत इसी तरह चलती रहती है।...वह तो हुकूमत का एक पुरजा है। उसे सर झुकाकर सूबेदारी करनी है।

दीवाने खास पर नजर पड़ी।...दीवाने आम के पाँये दिखाई पड़े। मुगल सरदारों के रोबीले चेहरे सामने आने लगे। ऊपर दीवारों पर बुर्ज...मुगलिया झण्डा ...उसका सब्ज रंग शान के साथ...। वह भी मुगल है। मगर वह कुछ सोचने-समझने के लिए बेचैन रहता है।...शाहजादा दारा और सूफी फकीर सरमद की याद आती रहती है। सहमकर रहना पड़ता है। दहशत का माहौल जो है। इसी माहौल में ये हिन्दू अपने देवता की पूजा कर लेते हैं। चींटी को शक्कर दे देते हैं। ईश्वर और अल्लाह को दो नहीं मानते। इनके आपस में ऊँच-नीच तो हैं। वे समझें!...इधर शेख-मुल्ला के इशारे पर चलने वाली जमात है, जो मजहब के जनून और हुकूमत के नशे में हिन्दुओं से नफरत करती है। चुनांचे हिन्दू भी मुसलमानों से नफरत करते हैं।...हुक्मरान रिआया से नफरत करे और रिआया हुक्मरान से...यह कितनी खौफनाक हालत है! 'नफरत और नफरत का टकराव हो रहा है। दहशत फैल रही है।

दानिशमन्द किले से बाहर आया। उसने घुड़सवारों की कतार को देखा। वह इस देहली का सूबेदार है। मगर वह लाचार है। वजीर फाजिल खाँ की नज़रों में चुभता रहता है। बूढ़े बादशाह और जन्नतनशीन दारा से नफरत करने वालों की हुकूमत जो है।...अब तो बूढ़े बादशाह के पैर भी कब्र में...। वह क्या करे?

सूरज पश्चिम की ओर ढलने लगा। शाही हकीम अपने शागिर्द लाहौरी के साथ आ पहुँचा। शाही हरम में जाने की इजाजत मिली। यह भी इत्तिला मिली कि औरंगाबादी बेगम को भी देखना है। हकीम ने सर हिलाकर कदम बढ़ाये। शागिर्द लाहौरी यानी अकिल खाँ कभी खुश हो जाता और कभी घबरा जाता। वह सहम-सहमकर कदम बढ़ाता। हकीम ने सोचा कि शाहजादी से इश्क और शाही महल से खौफ! इसे तो बेखौफ होना है। उसने समझाया है। पता नहीं, तकदीर में क्या है!

हकीम शागिर्द लाहौरी के साथ जेबुन्निसा के दरवाजे पर आ गया। दस्तक दी। शाहजादी इन्तजार कर रही थी। दरवाजा खुल गया। परदे के आरपार तीनों बैठ गये। हकीम ने नब्ज देखकर समझ लिया कि बुखार नहीं है। वह मुस्करा उठा।

'आप मुस्करा रहे हैं।' जेबु ने पूछा।

'बुखार भाग चुका है। आपकी सेहत ठीक हो रही है।'

'मैं शुक्रगुजार हूँ।'

'यह सब अल्लाह की मेहरबानी है; क्यों, शागिर्द लाहौरी!

'मैं तो आपका शार्गिद हूँ। मेरी निगाह में यह आपका करिश्मा है।' यह कह कर अकिल खाँ मुस्कराया।

शाही हकीम भी मुस्करा उठा। जेबुन्निसा की आँखों में लाहौरी की मुस्कान चमक उठी।

हकीम ने अकिल खाँ की ओर मुखातिब होकर कहा—'गम का दर्द हो या खुशी का, बेशकीमती है। इसे दिल में जगह दो। बेखौफ हो जाओ।'

'जी, हाँ! इसी अहसास की वजह से यह सफर इस हद तक पूरा हो गया।' अकिल खाँ ने जवाब दिया।

'यह सफर मंजिल तक पहुँचेगा। मेरी दुआएँ हैं।...तो मैं चलूँ।' हकीम ने शाहजादी से पूछा।

'न दवा दी और न कोई बात हुई और आप जाने को बेचैन हो गये!' जेबु ने सर झुकाकर शिकवा के लहजे में कहा।

'बेगम बीमार हैं। उन्हें देखने जाना है। दवा देने के लिए मेरा शागिर्द लाहौरी हाजिर है। ये तब तक यहीं रहेंगे। मैं बेगम को देखकर आ रहा हूँ।'

'जी, हाँ।'

'अब तो कोई शिकवा-शिकायत नहीं है!'

'जी, नहीं!' जेबु ने शर्म से लाल होकर कहा।

हकीम उस महल से बाहर आया। दरवाजे बन्द हुए। दरीचों के पल्ले भी बन्द हो गये।...अकिल खाँ निहारता रहा—जेबुन्निसा की ओर, कभी दरवाजे की ओर।...दो लमहों के बाद वह बोल उठा—'शाहजादी! मुझे माफ करें। मैं बादशाह के खौफ से नहीं आ सका था।'

'हाँ, मेरे अब्बाहुजूर से सभी खौफ खाते हैं। इसके लिए मैं माफी चाहती हूँ।

'हकीम साहब ने मदद की। इस तदबीर से आपके रू-ब-रू आना हो सका।'

'आपने मेरे लिए खतरा मोल ले लिया।...आपके दीदार से मेरी सेहत अच्छी हो गयी। मैं अब बीमार नहीं हूँ।...कितनी खुशकिस्मत हूँ!'

'आप तो सचमुच बीमार पड़ गयी थीं!'

'अब कहाँ बीमार हूँ! दर्दे दिल की दवा लेकर आप जो आ गये!!'

'अब हम क्या करें?...पैगाम...निकाह...।'

'आप आ गये। अब हमें कौन जुदा करेगा? मैं अब्बाहुजूर से अर्ज करूँगी।'

हकीम को अकेला देखकर रोशनआरा को शक हुआ। वह चुपके से जेबुन्निसा के दरवाजे के पास आ गयी। कमरे के अन्दर से मर्द की आवाज सुनाई पड़ी।

उसके होठों पर जहरीली मुस्कान दौड़ गयी।...तो वह शायरा आशना के साथ है। आशनाई के आगोश में गिरफ्त है!! कभी मेरी बदनामी की गयी थी।...आज बादशाह-ए-गाजी के शाही महल में गुनाह का गुल खिल रहा है।

रोशनआरा औरंगजेब के पास जा पहुँची। वे शाहजादे अकबर से रामसिंह की शादी के बारे मे बयान सुन रहे थे। उसी वक्त रोशनआरा ने कानों में कुछ बता दिया। औरंगजेब गुस्से में आ गये। श्मशान की रोशनी में गुस्सा भभकता दिखाई पड़ा। दोनों तेज कदमों से जेबुन्निसा के महल के अन्दर आ गये। कमरे के दरवाजे पर आये।

जेबुन्निसा शेर सुना रही थी—

जुदा हो मुझसे मेरा यार यह खुदा न करे,
खुदा किसी के तई दोस्त से जुदा ने करे।

और फिर उसने अकिल खाँ से कुछ सुनाने के लिए इसरार किया।

अकिल खाँ ने सुनाया—

खौफ की दीवार ने आहों को कैद किया।
आहों ने दीवार गिराकर ही दम लिया।

आहों ने दीवार को तोड़ दिया। जेबुन्निसा परदें को पार कर अपने महबूब के पास आ खड़ी हुई। हथेलियों मे हथेलियाँ आ गयीं। आँखों में उमंग का समन्दर लहराने लगा। लगा कि इस समन्दर में खौफ का पता नहीं।

रोशनआरा की तल्ख आवाज दस्तक के साथ गूँज उठी। अचानक वह समन्दर सूख गया। दिल धड़क उठे। दहशत का सैलाब गरदन तक आ पहुँचा। जेबुन्निसा पीछे हट गयी। अकिल खाँ घबराकर इधर-उधर देखने लगा। अब्बाहुजूर की कड़क आवाज सुनाई पड़ी। अकिल खाँ पसीने से नहा उठा। जेबु का दिमाग चकराने लगा। उसने पिछवाड़े छिप जाने के लिए कहा। थरथराते कदमों से अकिल खाँ पिछवाड़े छिप गया। ...और तब दरवाजा खुला।

औरंगजेब रोशन आरा के साथ अन्दर आ गये। चारों तरफ देखा। कहीं कोई नहीं था।

रोशनआरा पूछ बैठी—'वह कौन है जिसके साथ गुफ्तगू हो रही थी?'

'जी! हकीम साहब दवा देकर चले गये।'

'वह कहाँ है? कहाँ छिपा दिया? शायरा बनती है!'

'वह...!'

औरंगजेब ने पास के कमरों को देखा। फिर पीछे से दरवाजे को खोला। अँधेरे में कुछ हिलता नजर आया। वे चीख उठे—'कौन शैतान है?'

अकिल खाँ भाग चला। दीवारों पर चढ़कर भाग चला। सिपाही भी पीछा करने लगे।

औरंगजेब जेबुन्निसा पर गरजने लगे।

जेबुन्निसा ने हिम्मत करके कहा—'वे लाहौर के हाकिम...जिनकी तस्वीर को मैंने... ।'

औरंगजेब बोल उठे-'लाहौर का हाकिम यहाँ! उसने यहाँ छिपकर आने की जुर्रत की?'

'जी...अब्बाहुजूर! उन्हें माफ कर दें... आपके हुजूर में मेरी भी अर्जी है।'

औरंगजेब और रोशनआरा दोनों बोल उठे—'बेहया...!'

सिपाहियों को पीछा करते देख अकिल खाँ पगड़ी लटकाकर चहारदिवारी से नीचे उतरने लगा। घबराहट में गिर पड़ा। चीख उभर आयी। फिर हाथी की चिंघाड़ सुनाई पड़ी।

जेबुन्निसा सिसक उठी।

सिसकियों के घेरे में अपनी दुख़्तर को छोड़कर औरंगजेब बाहर चले आये। रोशनआरा को अपने गुजरे जमाने की याद आ गयी।

59

जेबुन्निसा अपने महल के कमरे में पीठ के बल लेटी हुई थी। बाल बिखरे हुए थे। उसने दरीचे से झाँका। उसे स्याह आसमान दिखाई पड़ा। स्याह सन्नाटे में एक चीख का अहसास कर वह चीख उठी। बाँदियाँ बेचैन हो गयीं। किसी को पास आने की हिम्मत नहीं हुई। दो-चार लमहे गुजर गये। एक ने पास आकर कुछ खाने के लिए अर्ज किया। जेबुन्निसा ने हथेलियों में चेहरा छिपाकर कहा—'अब जहर की क्या जरूरत है? जहर तो मिल चुका!'

'जहर नहीं, शाहजादी! थोड़ा-सा नाश्ता—जिन्दगी रोजा रखने से नहीं कटती।' बाँदी ने गुजारिश की।

'उन्हें मौत मिली। मुझे भी मौत चाहिए।'

'मौत की बात न करें। हम आपकी खिदमत के लिए... ।'

'मुझे इस तनहाई में सुकून पाने दो।'

बाँदियाँ उदास होकर चली गयीं।

जेबुनिन्सा ने दरीचे को बन्द कर दिया। आँखों से आँसू बह चले। पिंजरे में तोता चुप था। रह-रहकर बदन काँप उठता था। उसने अश्कों को रोकने की कोशिश की, पर वे आँखों में रुक नहीं सके। वे बहते रहे। सिसकन के साथ वह बुदबुदायी—

स्याह सन्नाटे में मायूस मुहब्बत की चीख।
अब खुद मैं बन गयी स्याह सन्नाटे की चीख॥

...यह चीख इस कमरे से उस चहारदिवारी तक...लाशों के ढेर में एक लाश और ...लाशों की बुलन्दी पर यह तख्ते ताऊस खूब फब रहा है!

उदयपुरी बेगम अहिस्ता-अहिस्ता आयी। आँखें नम थीं। जेबुन्निसा सिसकने लगी। उदयपुरी ने सीने से लगा लिया और कहा-'उस रोज तुम इशारा कर देती तो मैं रोशनआरा से समझ लेती।...मैं तेरे चचाजान के गुरु पंडित जगन्नाथ की मौत से गमगीन थी। अब तो गम ने चारों ओर से घेर लिया।'

'मैं शर्म से कुछ कह नहीं सकी। कहने को सोच लिया था।...उन दोनों से तो अर्ज किया था। मगर कोई सुनवाई नहीं हुई।'

'अकिल खाँ रू-ब-रू आ जाते। हिम्मत से कबूल करते।...गुनाह तो नहीं किया था।'

'वे तो पहले से खौफजदा थे। हिम्मत नहीं कर सके।'

'ओह! एक शायर और शायरा के ख्वाब खौफनाक शख्स के हमले से नेस्तनाबूद...सिर्फ मलबा बाकी...!'

'हाँ, अम्मी! मैं एक मलबा हूँ।...एक बेवा हूँ। उनके जख्म के खून से माँग भरकर उनकी जानिब जाना चाह रही हूँ।'

'ऐसा न कहो...हिन्दू औरत ऐसा सोचती है। ऐसा कर गुजरती है।'

'प्यार के रिश्ते में मुस्लिम और हिन्दू का फर्क क्यों?'

'ठीक कहती हो, जेबु।'

'अभी! अब अहसास के पैमाने में सिर्फ दर्द की लहरें हैं।...ये लहरें खून के सैलाब में खो जायें!'

'कभी-कभी दर्द का जहर पीकर बेहोशी की जिन्दगी को ढोना पड़ता है।'

'आप दर्द का जहर पी चुकी हैं।...मुझे भी पिला दिया गया।' यह कहकर जेबुन्निसा सिसकने लगी।

उदयपुरी ने गले से लगाकर सहलाया। उसी वक्त एक बाँदी ने खबर की कि रोशनआरा बेगम आ रही हैं।

जेबुन्निसा उदयपुरी के सीने में छिपी रही। सिसकती रही। रोशनआरा आ पहुँची। उसने उदयपुरी को देखा। सहम गयी। कुछ कहने की हिम्मत नहीं हुई। अजीब-सा सन्नाटा छा गया। किसी ने रोशनआरा की ओर नजर तक नहीं डाली। इसलिए वह तीखी आवाज में बोल उठी—'यहाँ क्या हो रहा है?...आगरा से अब्बाहुजूर की मौत की खबर आयी है।'

'या अल्लाह! देहली से आगरा...आगरा से बनारस तक मातम का माहौल!!' उदयपुरी बुदबुदा उठी।

'हमें आगरा चलना है। सबको चलना है।' रोशनआरा ने हुक्म-सा दिया।

'मुझे जेबुन्निसा को सँभालना है। यहाँ ही रहना है।' उदयपुरी ने जवाब दे दिया।

'हुकूमत और शाही हरम—दोनों के कायदे कानून हैं। चोंचलों से हुकूमत नहीं होती।'

'अभी तो चोंचलों से ही हुकूमत चल रही है।'

'बादशाह-ए-गाजी की हुकूमत के बारे में सोच समझकर जुबान खोलो।'

'कब्रगाह में जुबान जब-तब खुल जाती है, रोशनआरा।'

'इन्हें जाने के लिए कह दें, अम्मी! जख्म से खून रिसने लगता है।' जेबुन्निसा ने कहा।

'अब तो आप मेहरबानी करें।' उदयपुरी ने रोशन की तरफ देखकर कहा।

रोशनआरा गुस्से में काँप उठी। उसे लगा कि यह महल उसे चिढ़ा रहा है। उदयपुरी और जेबुन्निसा के अलफाज उसके बाल नोंच रहे हैं।...उसके हाथ में हुकूमत है और उसकी यह बेकद्री!

रोशनआरा कमरे से बाहर निकल गयी। दरवाजे को जोर से बन्द किया और खयालों में डूबगयी—आशनाई का पर्दाफाश...उस पर रोना बिसूरना। कहती है कि अकिल खाँ उसका नौशा था तो फिर वह पोशीदा तौर पर क्यों आया?...क्यों भाग खड़ा हुआ? बादशाह-ए-गाजी की शख्सियत पर एक दाग लगा गया।...ओह रोशनआरा! तुम्हारी तो शादी की बात भी नहीं हो सकी थी। वालिद ...शहंशाहे हिन्द ने अपनी दुख्तरों की शादी के सवाल पर गौर ही नहीं किया।...मुगल बादशाह की बेटी की शादी मातहत के सरदार से कैसे होगी?...दुख्तर शानोशौकत से रहें। और वे खुद ऐश में गर्क हो गये। वह अपने आशिकों से मिलती रही। दारा ने डाँटा। पर्दा भी पड़ता रहा। लालकिले के रोब ने सारे दागों को मिटा दिया।...वह होशियार होकर सियासत को शगल मान बैठी। ...औरंगजेब का साथ दिया। आज मुगल सियासत की ताली उसके हाथ में है। ...जेबुन्निसा महबूब के लिए रो रही है! बेवकूफ है!! शायरा जो है!!!

उदयपुरी बेगम रोती हुई जेबुन्निसा को चुप करा रही थी। लेकिन उसका रोना बन्द नहीं हो रहा था। उसे अपने वालिद की तीखी आवाज के साथ किसी की चीख सुनाई पड़ती। फिर हाथी की चिंघाड़ रूह कँपा देती। और उसके आँसू बह चलते। आँखें सुर्ख हो गयीं।...उदयपुरी उसके सर से पीठ तक सहला रही थी।

धीरे-धीरे उसका रोना रुका। सिसकना जारी रहा।

उदयपुरी ने बताया—'बेटी! क्या कहूँ।... तुम्हारे बड़े चाचा ने कहा था कि हिन्दुस्तान अरब की मानिन्द पाक-पवित्तर है। इस सर जमीन की हर चीज अनूठी है। कुदरत, धर्म, दर्शन, कला, सब में बुलन्दी है। इसे प्यार दो। इसकी कद्र करो और तब इन्हें अपनाओ। हिन्दू और मुसलमान—दोनों को एक नजर से देखो। मगर औरंगजेब बहादुर ने सब कुफ्र माना।...तुर्कों और मुगलों ने इस मुल्क को तबाह किया है।... हुकूमत और शानोशौकत के लिए तबाह किया है।...ऐसा नहीं होना चाहिए।'

'मैं भी तबाह हो चुकी हूँ।'...दहशत का सैलाब कितना खौफनाक है!'

'हाँ, दहशत का सैलाब...तुम ठीक कहती हो।' यह कहकर उदयपुरी ने पलकें बन्द कर लीं। कुछ यादें बन्द पलकों में झलक उठीं।...जंग में हार उनका कत्ल और उसे झपट लिया गया।...न मर सकी और न जी सकी। बेगम की जिन्दगी जरूर जी रही है। रोशनआरा से उलझती रहती है।...बादशाह ने अपनी बेटी की जिन्दगी को मलबा में तब्दील कर दिया। उधर आलमआरा पर भी नजर है।...यही बादशाह-ए-गाजी की बादशाहत है!

'अब एक ख्वाहिश है, अम्मी!...मगर जानती हूँ कि ख्वाहिश पूरी नहीं हो सकेगी।' कुछ लम्हों के बाद जेबुन्निसा ने कहा।

'क्या चाहती हो?'

'उनकी कब्र पर अश्कों के दो फूल चढ़ा दूँ...इन हथेलियों से धुँधुआँती अगरबत्ती जला दूँ...हो सके तो जिन्दगी की बाकी उम्र...।'

'उनकी कब्र...। वह भी हूकुमत के कायदे-कानून के तहत बनेगी। इन संगदिलों से ज्याद उम्मीद नहीं करो।'

'मगर मैं कैसे संगदिल...पत्थरदिल बन जाऊँ?'

'इनकी कोशिश तो रहेगी कि उस कब्र को कोई जान नहीं सके। कोई फातिहा पढ़ने के लिए पहुँच नहीं सके।...ये हुक्मरान हैं, इनसान नहीं।'

'अम्मी! क्या मेरे आँसुओं में कशिश नहीं है?'

'कशिश है, बेटी! लेकिन ये आँसुओं को ही कीमत देना नहीं चाहते।...घबराओ मत, हम उस कब्र को ढूँढ़ेगी।...फूल चढ़ेंगे।'

'क्या लाल किला इस ख्वाहिश को पूरा होने देगा? तख्ते ताऊस को गुस्सा नहीं आयेगा?...मैं नहीं डरती!'

'हम दोनों लालकिले के कायदे-कानून को तोड़कर उस कब्र को ढूँढ़ेगी।'

'अब खौफजदा नहीं होना है।'

'तुमने बहुत देर कर दी।'

जेबुन्निसा उदयपुरी के अलफाज पर गौर करने लगी। और फिर सिसक उठी। उदयपुरी का दिल भी रोने को हो आया।...कुछ लमहों के बाद उसने महसूस किया—शाही महल में बूढ़े बादशाह की मौत के बाद मातम का माहौल नहीं है।..औरंगजेब शाहजहाँ के खौफ से छुटकारा पा गये। ये क्यों मातम मनायेंगे?...मातम मनाने के लिए इस कमरे में जेबुन्निसा है...एक दोशीजा...एक ख्वाब...एक तख्य्युल...ओह!...मेरे सरताज...सबके दुलारे दारा चले गये।...मुल्ला शाह चले गये।...फकीर सरमद भी रुक नहीं सके।...बूढ़े बादशाह कैदखाने में जी नहीं सके।...और जेबु के शायरा दिल की भी हत्या हो गयी।...ओह।...यह लाल किला गवाह बनकर भी गवाही नहीं दे सकेगा।

60

शान के वक्त जामा मस्जिद के नजदीक सूफी सरमद के मजार के आसपास लोग खड़े थे। कोई फूलों से मजार को सजा रहा था। कोई मोमबत्ती जला रहा था। एक सूफी फकीर ने एकतारे पर गाना शुरू कर दिया। लोगों को अर्मीचन्द की याद आ गयी!...अचानक एकतारा का बजना बन्द हो गया। उसकी पलकें बन्द हो गयीं। होठ काँपने लगे।...और फिर उसने मरसिया गाना शुरू कर दिया।

मजार से थोड़ी दूर पर खड़े एक व्यक्ति ने धीरे से कहा—'लाल किला में न मरसिया; न स्यापा...बेचारे शाहजहाँ के लिए दर्द ही नहीं जगा।' दूसरा बोलने लगा—'जब बूढ़े बादशाह कैद कर लिए गये...शायद उन्हें जहर भी देने की कोशिश की गयी...तो फिर स्यापा क्यों?'

तीसरे ने पूछा—'शाहजहाँ तो काफिर नहीं थे। सिर्फ दारा शिकोह पंडितराज से उपनिषदों को पढ़कर काफिर हो गये थे।'

चौथे ने व्यंग्य किया—'तख्तोताज को हासिल करने के लिए सब जायेज है।' पाँचवाँ बोल उठा—'दिखावे के लिए स्यापा हो जाता!'

पहले ने हाथ उठाकर जवाब दिया—'बादशाह आलमगीर छल-फरेब नहीं करते।'

मुगल सिपाहियों को देखकर सभी विखर गये। मजार के पास एक तारा बज रहा था।

दूसरे दिन सुबह लाल किला में औरंगजेब मोती मस्जिद से नमाज अदा कर लौट रहे थे। उन्होंने शाही हरम, बाग और शाही हरम के पार दीवाने खास और दीवाने आम को देखा। ...फिर सोचने लगे—आगरा का लाल किला ज्यादा फासले पर रहा। अब्बाजान ने कितना ज्यादा फासला पैदा कर दिया था। ...आगरा खौफनाक बना रहा।...देहली तो दारा और सरमद के असर से छुटकारा पा रही है। वैसे अभी भी इन दोनों के तरफदार जहाँ-तहाँ हैं। इन तरफदारों में काफिरों की तादाद ज्यादा है। मगर ये हिम्मत नहीं कर सकते।...अब आगरा जाया जा सकता है।...बगावत की चिनगारी पर निगाह रखनी होगी।...जहाँनारा आपा कुछ नहीं कर सकेगी। ...मथुरा के गोकुल जाट में अभी इतनी ताकत नहीं है। उसे कुचल देना है, नहीं तो किसान बगावत के लिए पग्गड़ बाँधकर लाठियाँ उठा सकते हैं। नारनौल में सतनामी पन्थ के किसान और कारीगर मुगल तहसीलदार और पटवारी से झगड़ने लगे हैं। लेकिन ये कुछ नहीं कर सकेंगे।...पजाब में नानकपन्थी किसान, कारीगार और सौदागर ताकत बढ़ाने की हिम्मत कर रहे हैं। इन्हें छोड़ना नहीं है।...मराठे किसान काबू में आ रहे हैं।

अब आगरा जाना है। अब्बाजान की कब्र पर झुककर माफी माँग लेनी है।...माफी तो अल्लाह देंगे क्योंकि मैंने हुकूमते इलाहिया को सही ढंग से कायम कर दिया है। इसके लिए सख्त होना पड़ा। दारा ने तो दीन इस्लाम से दूर जाने की कोशिश की। वह इस सरजमीन और इसकी तहजीब से जुड़ने की बात करता रहा। मैंने इस कुफ्र को हटा दिया। मगर यह मुल्क अजीब है। जल्दी पस्त नहीं होता। इसलिए सख्त होना है। सख्त होने पर सरदार, अमीर, पठान, तुर्क—सभी काबू में रह सकेंगे। काफिरों को सर झुकाकर रहना है या इस्लाम को कबूल करना है। यह...गुलाब, शबाब और शराब के भरोसे नहीं, यह शमशीर और तसबीह की ताकत से हो सकता है। जेबुन्निसा का महल दिखाई पड़ा। वे ठिठक गये। लगा कि महल बेजार है।...जेबु अकिल खाँ से चुपचाप मिलती रही! अब गमगीन है!! ...बादशाह-ए-गाजी के चेहरे पर तमाचा तो लग गया।...शादी के पैगाम पर वह नहीं आ सका। शाही हकीम के साथ छिपकर आया।...उसने खौफ में जान दे दी। जेबु बेकसूर है या बेशर्म?...रोशनआरा की मानिन्द...? नहीं ...नहीं।

दिल में दर्द जगा। कदम बढ़े। मगर उन्हें लगा कि रोशनआरा मुस्करा रही है। सरदार और मनसबदार गुपचुप गुफ्तगू कर रहे हैं। सरगोशियाँ चल रही हैं। और जेबुन्निसा अश्कों के दरिया में डूब रही हैं। वे क्या करें? वे उसके पास नहीं जायेंगे। दिल को मजबूत करना होगा।...वह भी आगरा चलेगी। वह धीरे-धीरे सदमा भूल जायेगी। शायरी में कुछ इजहार करेगी। मगर वह रोशनआरा नहीं बनेगी।

औरंगजेब अपने महल में जा पहुँचे। सुबह का नाश्ता करके खिल्वतगाह में आ गये। रोशनआरा भी आयी। अन्य सभी हाजिर थे। बहादुर खाँ भी आ गया था। सभी बादशाह के चेहरे को समझने की कोशिश कर रहे थे। क्या मातम का साया मौजूद है? आँखों में दर्द है?

दानिशमन्द खाँ ने जुबान खोली—'शहंशाह! मातम का असर देहली में कम है। आगरा जाना अभी तक नहीं हुआ है।...स्यापा भी नहीं...। नुक्ताचीनी हो रही है।'

'और आप इस नुक्ताचीनी को रोक नहीं सकते!' रोशनआरा की तीखी आवाज गूँज उठी।

'हुजूर बेगम साहिबा! रिआया हिन्दू है। वे अपने राजा राम और राजा विकरमा जीत के किस्से कहते-सुनते रहते हैं। चुनांचे उनका खयाल है कि राजा को परजा की नुक्ताचीनी पर गौर करना चाहिए।...वालिद की मौत पर मरसिया और स्यापा क्यों नहीं—ऐसा पूछा जा रहा है? वे तो तेरह दिनों तक मातम मनाते हैं।' दानिशमन्द ने बताया।

'चंगेज और तैमूर के वारिस हिन्दुस्तान में हुकूमत करने आये हैं, काफिरों से

सियासत और फलसफा सीखने नहीं... ।...स्यापा का इन्तजाम हो जायेगा।' बादशाह ने जवाब दिया।

'जहाँपनाह! आगरा का माहौल ठण्डा हो रहा है। शुरू में बुजुर्ग बादशाह के लिए बड़ा जोश था। एतबार खाँ को छिपना पड़ा था। अब चलना चाहिए।' फाजिल खाँ ने अर्ज किया।

'जरूर चलना है। अब्बाजान के लिए मातम...और आगरा के किले में दरबार...।' बादशाह-ए-गाजी ने अपने दिल की बात कह दी।

शेख निजाम और शेख इस्लाम ने बादशाह के फैसले की तसदीक कर दी। बहादुर खाँ ने अपनी सलाह दी—'शहंशाह। देहली आगरा में कुछ सालों के लिए पहुँच जाये। मतलब यह कि दारुल सल्तनत आगरा में रहे जिससे आगरा पर आप हावी हो जायें।'

'मेरे जेहन में यही आ रहा था।' फाजिल खाँ ने कहा।

'बिल्कुल ठीक। आज स्यापा हो...फिर चलने की तैयारी। रामसिंह हैं या मथुरा की ओर चले गये?' बादशाह ने दानिशमन्द खाँ से पूछा।

'शादी के बाद पूजा पाठ के लिए मथुरा की ओर चले गये हैं।' दानिशमन्द खाँ ने बताया।

'हवेली में लड़की आ गयी और शादी हो गयी! अजीब लगता है।' रोशनआरा बोल उठी।

'शाहों और राजाओं को शादियाँ करने का हक है। ऐसी शादियाँ होती रहती हैं।' शेख निजाम ने कहा।

'मगर वह लड़की कौन है? कहाँ से आ गयी?' रोशनआरा ने सवाल किया।

'कोई भी हो। यह कोई अहम सवाल नहीं है। मुगल तख्त के दोस्त को इतनी आजादी है।' बादशाह औरंगजेब ने जवाब दिया।

यह जवाब पाकर रोशनआरा चुप हो गयी। कानों में शहनाई की आवाज आयी ऐसा महसूस किया। फिर चेहरे पर तनाव झलक उठा।

शेख इस्लाम ने इजाजत देकर कहा—'मथुरा में केशव देव के मन्दिर में दाराशिकोह ने सोने का कठघरा बनावा दिया था। कहा था कि बादशाह और रिआया में फासला नहीं रहे। हम एक-दूसरे की कद्र करें। किशन-करीम और राम-रहीम में कोई फर्क नहीं है। फर्क नहीं रहे।' शेख निजाम बोल उठा—'वह सुनहला कठघरा दाराशिकोह की याद दिलाता रहता है। जियारत करने वाले बुतपरस्त दाराशिकोह का नाम लेकर आते हैं।...यह तो बुतपरस्ती को इज्जत बख्शना है। दाराशिकोह का नाम रौशन होना है।'

दानिशमंद खाँ ने आहिस्ते से कहा—'जहाँपनाह! रामसिंह उधर ही गये हैं। रामसिंह मुगलतख्त के दोस्त हैं। उनके दिल को तकलीफ न पहुँचे—यह खयाल

रखना पड़ेगा।...गोकुल जाट को चिढ़ाने की क्या जरूरत है?'

'तो क्या मैं गोकुल जाट से खौफ खा जाऊँ? कबीर, नानक, दारा और सरमद के समान राम-रहीम और किशन-करीम का जाप करूँ?' औरंगजेब ने तीखी आवाज में सवाल कर दिया।

'आगरा को सँभालना पहला फर्ज है। मथुरा के मन्दिर के कठघरे से मुगल सल्तनत को क्या हर्ज हो रहा है?' दानिशमन्द खाँ के जवाब पर सभी लाजवाब हो गये।

इस जवाब से फाजिल खाँ कुढ़ गया। शेखनिजाम और शेख इस्लाम गुर्रा कर दानिशमन्द खाँ की ओर देखने लगे। बहादुर खाँ गुस्सा रहा था। रोशनआरा को लगा कि दानिशमन्द खाँ आज भी दाराशिकोह का ही आदमी है। उसने बादशाह-ए-गाजी की ओर देखा।

बादशाह ने दो लमहों तक सोचा और फिर स्यापा अैर मरसिया के इन्तजाम का हुक्म दे दिया।

दोपहर से लाल किला में मरसिया और शाही महल में स्यापा का माहौल बन गया।...साथ ही आगरा चलने की तैयारी होने लगी।

दिल्ली की प्रजा ने समझ लिया कि लाल किला को अपने बूढ़े बादशाह की मौत की याद आ गयी है।

61

दूसरे दिन सुबह बादशाह औरंगजेब आगरा जाने के लिए तैयार हो रहे थे। किले में मातमी संगीत शुरू हो गया था। हाथी और घोड़े शाही चौक के पास आ गये थे। घोड़ों से चालित गाड़ियाँ लाल किला के बड़े दरवाजे पर खड़ी हो गयी थीं। बादशाह की सवारी को देखने के लिए भीड़ इकट्ठी होने लगी। ज्योतिषी और नजूमी खड़े होकर नजारा देखने लगे। मातमी संगीत और हाथी-घोड़ों की चिंघाड़ और हिनहिनाना—मिलकर शाही मातम का माहौल पैदा कर रहे थे। लोग तो बादशाह की मातमी सूरत को देखने के लिए बेचैन थे।

शाही महल में रोशनआरा ने औरंगजेब को बताया कि जेबुन्निसा और उदयपुरी बेगम आगरा जाने को तैयार नहीं हैं।

'क्यों?' औरंगजेब ने पूछा।

'जेबुन्निसा अकिल खाँ के लिए बेज़ार है। रातदिन आँसू बहा रही है। और उदयपुरी उसे सँभालने के लिए रुकना चाहती है।...दोनों ने चलने से इनकार कर दिया है।'

'आपा! जेबुन्निसा को ऐसा नहीं समझता था। शायरी और मौसीकी ने उसे जज्बाती बना दिया। वह मुगल खानदान की शानोशौकत को भूल गयी। मुझे बेहद तकलीफ है।'

'इसने तो शाहीमहल पर दाग...। अश्कों से यह दाग नहीं घुलने का।... इसकी मातमी सूरत से परेशानी ही होगी। इन दोनों के जाने पर जहाँनारा आपा सियासी चाल चल सकती है।'

'इन दोनों को यहीं छोड़ दिया जाये?'

'यही मुनासिब होगा।'

रोशनआरा बेगमों के पास चली गयी। औरंगजेब ने गौर किया कि आपा ठीक कह रही है कि जहाँनारा आपा उदयपुरी, जेबु और आलमआरा के साथ मिलकर कोई चाल चल सकती है। इन्हें देहली में रहने दिया जाये, ...मगर जेबु का दिन-रात सिसकना तकलीफदेह है...यह एक गमजदा के दर्द का इजहार है या आशिकी की बेशर्मी या एक शायरा के जज्बाती लमहों का पागलपन?...यह गुपचुप क्यों मुलाकात करती रही? वह रू-ब-रू क्यों नहीं आया? अब इन बातों पर गौर करने का वक्त नहीं रहा। ...आगरा का सवाल ज्यादा अहम है।

औरंगजेब महल से निकल पड़े। रोशनआरा बेगमों के साथ आ गयी। तातारी बाँदियों की हिफाजत में ये हरम से बाहर आयीं। वजीर और सरदार बादशाह के साथ बड़े दरवाजे की ओर बढ़े। दरवाजे के बाहर हाथी चिंघाड़ रहे थे। घोड़े हिनहिना रहे थे। शाही चौक के आसपास खड़े लोगों ने महसूस किया कि सजे धजे हाथियों की चिंघाड़ से मातमी संगीत दब जाता है।

बादशाह औरंगजेब बेगमों, वजीरों और सरदारों के साथ फौज की बड़ी टुकड़ी लिए आगरा की राह पर चल पड़े। रिआया अपने बादशाह के मातमी रूप को देखने के लिए बेचैन हो उठी। वह उन्हें देखकर निर्णय नहीं कर सकी कि बादशाह मातम मनाने जा रहे हैं या आगरा पर कब्जा करने। लोग आँखों के इशारे से आपस में बात कर लेते थे। धीरे-धीरे बिखर रहे थे। बादशाह की शाही सवारी आगरा की ओर बढ़ी जा रही थी।

उधर मथुरा में राम सिंह रमाकुँवर और श्यामा के साथ केशवदेव के मन्दिर में सोने के कठघरे के पास खड़े थे। रमा और श्यामा शीश झुकाकर वन्दना करने लगीं। रामसिंह ने पलकें बन्द कर स्तुति आरम्भ की। सहसा कल्पना में कृष्ण लीला के दृश्य झलकने लगे—कारागृह में जन्म...गोकुल में पालन...ग्वालबाल के साथ गोचारण...कंस के चरों को समाप्त करना और अन्त में कंस का वध... कुरुक्षेत्र में...युद्धक्षेत्र में जीवनदर्शन...अद्भुत! आज मथुरा-आगरा-दिल्ली में बादशाह औरंगजेब हैं! क्या हैं? कृष्ण क्या हैं।

पलकें खुल गयीं। श्रीकृष्ण की मुस्कराती मूर्ति दिखाई पड़ी। मन देव-सौन्दर्य

में तन्मय हुआ। पुजारी ने प्रसाद दिया। उन्होंने झुककर प्रसाद ले लिया। रमा और श्यामा ने दान-दक्षिणा दी। आशीर्वाद को पाया। ढोलक और बाँसुरी पर सूरदास के पद का भक्तिपूर्ण गायन सुनाई पड़ने लगा।

राम सिंह कभी कृष्ण के मधुर रूप को देखते और कभी सुनहले कठघरे को। पुजारी ने धीरे से बताया कि दाराशिकोह ने इसे बनवाया था। यह उनके उदार हृदय का प्रमाण है।...वे चले गये। पर यह सबके समक्ष है।...रामसिंह देखते रह गये।...दाराशिकोह का चेहरा झलक उठा...कभी एक हिन्दुस्तानी युवराज के रूप मे...कभी युद्ध क्षेत्र में वीर के रूप में। पर बादशाह औरंगजेब का रोबोजलाल हावी हो गया।...मन विकल हुआ। उन्होंने सूर के सरस पद गायन में अपने को भुलाने की कोशिश की।

सभी मन्दिर से बाहर आये। मन्दिर का शिखर दिखाई पड़ा। उसी क्षण गोकुल आ गया। पास आया। उसने धीरे से कहा—'युवराज! मैं गोकुल हूँ एक जाट किसान।'

'गोकुल का नाम सुना है।' रामसिंह ने गम्भीर स्वर में कहा।

'बात क्या है कि पंडितराज को दिल्ली छोड़कर हटना पड़ा? सूफी अमीचन्द भागने को क्यों विवश हुआ?...हम किसानों पर सख्ती क्यों?'

'गोकुल! सवाल सही है। पर मुगल हुकूमत से टकराना अच्छा नहीं है। बादशाह बहुत कठोर है।'

'ये मुगल बादशाह राज करने के लिए सख्त बन जाते हैं और जीने के लिए ऐयाश...पर हम क्यों इन्हें जालिम और ऐयाश बनने दें?'

'तुम राजनीति की बात कर रहे हो, गोकुल! हम मुगलों के दोस्त रहे हैं। हमसे मत पूछो।...वैसे किसानों पर सख्ती नहीं होनी चाहिए।'

'अगर यह सख्ती जुल्म में बदल जाये तो आप सोचेंगे? मराठा शिवाजी स्वराज्य के लिए लड़ रहे हैं। छत्रसाल भी इसी राह पर जा रहे हैं। किशन जी का मथुरा भी कुछ सोचने लगा है।' गोकुल ने कहा।

'मैं पिताश्री के सामने विवश हूँ। दोस्ती को निबाहना है। वचन झूठा नहीं हो जाये।...यह भी तो धर्म है।'

'किशन जी कंस से डर नहीं गये थे।'

'थोड़ा सँभलकर, गोकुल! मुगल सल्तनत से टकराना खेल नहीं है।'

'हम खेलते-कूदते और हल चलाते समझने लगे हैं। आप भी समझें।' यह कहकर गोकुल चला गया।

रामसिंह गोकुल को देखते रह गये। फिर देखा मन्दिर का शिखर और गोकुल का शिखर-सा तना हुआ सर...उसके झूमते हुए साथी...ग्वाल बाल, कृष्ण कन्हैया के।

श्यामा बोल उठी—'गोकुल ठीक कह रहा है। इसकी भावना को समझें।'

रामसिंह कुछ बोल नहीं सके। वे श्यामा को देखने लगे।...सभी वृन्दावन जाने के लिए गाड़ियों पर सवार हुए। अश्वारोही सैनिक साथ-साथ थे। वे वनांचल को देखते हुए वृन्दावन पहुँचे।...तमालकुंज...करीलकुंज...कदम्बवृक्ष...औंर मन्दिरों में गूँजते भक्तिसंगीत को देख-सुनकर मन रमने लगा। श्यामा उस भक्तिसंगीत में तन्मय हो रही थी। रमाकुँवर श्यामा के उल्लास का अनुभव कर सोचने लगी—यह पुजारन है या राजकुमारी? राजकुमारी होकर भक्ति संगीत में इतनी लगन। और मुगल बादशाह के प्रति इतना रोष!...रोष तो स्वाभाविक है पर यह रोष अमंगलमय है।...सूरदास, नन्ददास और मीराबाई के संगीतमय पद मंगलमय हैं।

श्यामा ने स्नेहमय संकेत से गोकुल चलने का अनुरोध किया। रमा ने शीश हिलाकर स्वीकृति दी। रामसिंह ने मन्द मुस्कान के साथ तत्परता दिखाई। वे मथुरा की ओर आये।...मालूम हुआ कि शाहजहाँ की मौत हो गयी है। बादशाह मथुरा से होते हुए आगरा जा रहे हैं।...मथुरा के फौजदार अब्दुल नबी ख़ाँ ने रामसिंह को इत्तिला दी कि बादशाह याद कर रहे हैं। साथ में आगरा जाना है।

रामसिंह ने अपने भीतर एक द्वन्द्व का अनुभव किया—वे बादशाह के मित्र राजा हैं या करद राजा?...अभी परिवार को गोकुल की ओर जाना है। यहाँ आगरा चलने का आदेश मिल रहा है।...बादशाह से मिलना ही पड़ेगा।...वे बादशाह से मिलने चल पड़े। बादशाह इन्तजार कर रहे थे। वे देखते ही बोल उठे—'रामसिंह। मिर्जा राजा तो दक्कन में हैं। आपको आगरा चलना है।...अब्बाजान की मौत हो गयी है।' रामसिंह ने कहा—'शहंशाह! तीर्थ में पूजा को पूरा करना है। एकाध दिनों की बात है।'

'आगरा में दरबार होना है। आपका रहना जरूरी है।'

'आगरा में दरबार होना चाहिए। मैं दो दिनों के बाद आ जाऊँगा।'

यह जवाब सुनकर बादशाह के अन्दर गुस्सा जगने लगा। मगर मिर्जाराजा की फौजी मदद का अहसास कर चुप रहे। दो रोज के बाद ही आगरा आने को कह दिया।

रामसिंह का असन्तोष दूर हो गया। वे बादशाह से विदा होकर गोकुल की ओर बढ़ गये।

औरंगजेब ने मथुरा के किले से सारे शहर को देखा। जमना की लहरों का संगीत सुना। दूर से ही केशवदेव मन्दिर के शिखर को देख लिया।...चन्द लमहों के बाद उनकी आँखें तख़्युल के सहारे सोने के कठघरे तक पहुँच गयीं।...दाराशिकोह का लगाया हुआ कठघरा...बुतखाने में लगा हुआ कठघरा...जियारत करनेवाले कठघरे के पास सर झुकाते हैं। सबके सर दारा के कूटघरे पर झुकते हैं। ...दारा के सामने झुकना...उसे याद करना और फिर पूजा इबादत...इस हालत में सभी बादशाह-ए-गाजी को भूल जाते होंगे।

गोकुल जाट भी दारा के कठघरे को याद दिलाता होगा। यह तो बगावत है। हुकूमते इलाहिया के खिलाफ बगावत है।

बादशाह औरंगजेब ने रोशनआरा, फाजिल खाँ और अब्दुल नबी खाँ को रायमशविरा के लिए बुलाया। किले के ऊपरी कमरे में इकट्ठे हुए। रोशनआरा ने कहा—'यह तो ताज्जुब की बात है कि अभी तक दारा शिकोह का सुनहला कठघरा मौजूद है। बुतखाने में दारा की मौजूदगी...नहीं!'

'जहाँपनाह! यहाँ के किसान कब बाँसुरी पर झूमते हैं और कब लाठी भाँजते हैं—बताना मुश्किल है।...यह कठघरा उनके हौसले को बढ़ाता होगा।' अब्दुल नबी ने अपनी बात रखी।

'मथुरा में दाराशिकोह का कठघरा रिआया को अपनी ओर खींचता होगा। यह तो बगावत की जमीन है।' वजीर फाजिल खाँ ने होशियार किया।

'मैं कहीं भी दाराशिकोह की किसी निशानी को रहने नहीं दूँगा। इससे हिन्दू का सर ऊँचा होगा। हिन्दी मुसलमान उनके पास आ जायेंगे। मुगल बादशाह के लिए खतरे का सबब... नहीं रहने देना है। अब्दुल नबी खाँ को मेरा हुक्म है कि इस कठघरे को हटाकर शाही खजाने में जमा कर दे।...जो टकराने आयें, उन्हें कुचल दिया जाये।' बादशाह-ए-गाजी ने अपना फैसला सुना दिया।

अब्दुल नबी खाँ ने इस हुक्म को सर आँखों पर ले लिया।

62

भवनाथ शाहजहाँ की कब्र के पास पहुँच गया था। उसने देखा वह देखता रहा।...उसने उस दिन कोशिश की थी कि वह किले के भीतर जाकर मौत से जूझते बूढ़े बादशाह की अन्तिम झलक पा ले। पर वह जा नहीं सका था। उसे जाने नहीं दिया गया। उसकी दाढ़ी बढ़ गयी थी। पहले उसने पंडितराज के पुत्र के रूप में इजाजत चाही। बाद में वह नाम बदलकर गया। लेकिन उसे रोक दिया गया। सिर्फ मुगल सरदार ही भीतर जा रहे थे।... वह मुगल नहीं है। वह युवराज दाराशिकोह के गुरु पंडितराज जगन्नाथ का पुत्र है। आज वह एक साधारण इनसान है। वह कैसे जा सकता था!...वह किले के पास मड़राकर लौट गया था।

उसी धर्मशाला में रहने को जगह मिल गयी। परन्तु उसका मन किले के पास मड़रा रहा था। सारे शहर में बूढ़े बादशाह के लिए हमदर्दी उमड़ रही थी। जहाँ-तहाँ लोग बादशाह औरंगजेब की निन्दा कर रहे थे। उन्हें जालिम कह रहे थे। एकाध लोग तो धीरे-धीरे बोल रहे थे कि सभी मुगल कमोबेश एक ही तरह के हैं। सख्त हुकूमत, मजहबी जनून, जंग और ऐश इनकी खासियत हैं। पर बूढ़े शाहजहाँ ने

पंडितराज जगन्नाथ और बिहारी लाल ऐसे विद्वानों और कवियों को आदर दिया था। उदार दारा को आगे बढ़ाया था।

इस देश के लोग कितने भले हैं! जिसने थोड़ा-सा अच्छा व्यवहार किया, उसके ये प्रशंसक हो जायेंगे। गलती करके माफी माँगनेवालों को माफी दे देंगे।...ये लोग वर्ण और जाति की विषम व्यवस्था में बँधकर भी मानव धर्म को भूल नहीं पाते। दुःखी को करुणा प्रदान करते हैं। स्वयं ये अन्याय और अत्याचार को सहते रहते हैं। कभी-कभी प्रतिरोध कर पाते हैं। ये मिलकर प्रतिरोध भी नहीं कर पाते। मिलकर शत्रुओं से लड़ नहीं पाते। मिलना कैसे हो? ऊँच और नीच जातियों में मिलना कैसे हो? एक साथ प्रार्थना-पूजा भी नहीं कर पाते। सब अपनी-अपनी सीमा में बन्द हैं। सब एक-दूसरे से बड़े हैं। एक-दूसरे से छोटे हैं। आदमी ही सीढ़ियाँ हैं! विचित्र!!...पहले ये शाहजहाँ के युद्धों और विलासिता से परेशान थे। आज ये उनके लिए आसूँ बहा रहे हैं। यह तो मनुष्यता है।

बूढ़े वालिद की मौत के बाद भी औरंगजेब आलमगीर नहीं आये। औरंगजेब का अर्थ ही है—राजसिंहासन की शोभा। वे तो मानो तख्त के जलते हुए सूरज हैं...जो भी हों! सरदारों ने उनका इन्तजार किया। रिआया ने दिल्ली की राह देखी। पर उनकी सवारी नहीं आयी।...किले के अन्दर जहाँआरा आठ-आठ आँसू बहा रही थी। आलमआरा तो बेहोश हो गयी थी।...मुगल सरदारों ने एतबार खाँ की मदद से उन्हें खाक को सुपुर्द कर दिया।...नमाजे जनाजा में हजारों लोग शामिल थे। और जनाजा में लगभग आधा शहर सर झुकाकर चल रहा था। वह भी शामिल था। इस कब्रिस्तान में हजारों नम आँखों के सामने दफनाया गया। आगरा शहर बादशाह-ए-गाजी को भूल गया था। एतबार खाँ को लग रहा था कि वह बागियों के बीच खड़ा है।...दारा शिकोह के कत्ल होने पर दिल्ली में भी बगावत की चिनगारी छिटकने लगी थी।

वह बादशाह-ए-गाजी के डर से भागता रहा है। दिल्ली से मथुरा...मथुरा से आगरा और आगरा काशी तक भागता रहा है। वह दाराशिकोह का प्यारा जो रहा है।...इसी आगरा में माँ की मत्यु हो गयी। काशी के पंडितों ने पिता श्री को जल समाधि के लिए विवश कर दिया। एक ओर मुगल सिपाही पीछा कर रहे थे तो दूसरी ओर अप्पय दीक्षित के शिष्य अपमानित कर रहे थे। ओह! पंडितों के इसी व्यवहार से कुछ लोग धर्म बदलने को बाध्य होते हैं। ज्यादा तो तुर्कों-मुगलों के जुल्म से घबराकर नाम, रूप और रहन सहन बदलने को मजबूर होते हैं।

एक मुगल सिपाही ने उसे हट जाने के लिए कहा। वह उसकी ओर देखता रह गया। सिपाही ने गुर्राकर कहा—'जहाँनारा बेगम आ रही हैं। यहाँ से हट जाओ।'

उसने विनम्र स्वर में अनुरोध किया 'वह पंडितराज जगन्नाथ का पुत्र है। जहाँनारा बेगम जानती-पहचानती हैं।...उसे यहाँ रहने दे।'

सिपाही ने भवनाथ को देखा। पंडितराज को याद किया। उसे थोड़ा हटकर खड़ा रहने को कह दिया। भवनाथ को उचित लगा। वह थोड़ी दूर हटकर खड़ा हो गया। वह कब्रिस्तान के दरवाजे की ओर देखने लगा।...जहाँनारा बेगम के साथ आलम आरा आ सकती है।...उसे आना चाहिए। वह थोड़ी दूर से देख सकता है। ...वह पहचान सकती हैं...उसकी क्या हालत होगी? उसका हर सहारा छिन रहा है। अब वह बेसहारा हो गयी। जहाँनारा बेगम तो हैं। इनका सहारा तो रहेगा। ...क्या वह नजदीक जा सकेगा? क्या वे पहचान सकेंगी? क्या वे इस बेसहारे को सहारा दे सकेंगी?

भवनाथ ने देखा कि बाँदियों और सिपाहियों से सुरक्षित पालकियाँ आ रही हैं। पालकियाँ रुक गयीं। सिपाही दूर रह गये। एक पालकी से जहाँनारा बेगम बाहर आयीं। दूसरी पालकी से आलमआरा भी आ गयी। दोनों इधर ही आ रही हैं।...उसका हृदय धड़क उठा। दो-चार क्षण उस धड़कन को महसूस करता रहा। फिर वह दो-तीन कदम आगे बढ़ा। पर हथियारों से लैस बाँदियों को देखकर भवनाथ और आगे नहीं जा सका।

जहाँनारा और आलमआरा कब्र के पास रुक गयीं। दोनों झुकीं, बाँदियों ने फूलों की डलिया सामने रख दीं। दोनों ने फूल चढ़ाये। आँखों से दो चार बूँदें टपक पड़ीं।...दोनों इबादत करने लगीं।...भवनाथ भी कुछ दूरी पर बैठकर प्रार्थना करने लगा। बाँदियों ने उसे हटाना चाहा। आलमआरा ने मुड़कर देखा। भवनाथ का चेहरा दिखाई पड़ा।...उसकी पलकें झुक गयीं। सोचा कि बाबा का साया तो उठ गया। एक सहारा नजदीक आ गया है। वह सहारा नजदीक रहे। आँखों से दूर नहीं जाये।...ये भटककर नजदीक आ गये हैं। नजदीकी बनी रहे।

जहाँनारा की इबादत पूरी हुई। उसने चारों तरफ देखा—कब्रिस्तान का सन्नाटा। किले की कैद के बाद कब्रिस्तान का सन्नाटा। यहाँ रूहें चैन से आराम करती हैं। किले में कभी चैन नहीं रहा। बेचैन रूह को यहाँ कितना सुकून!...यहाँ जनून, हुकूमत का नशा, जंगे मैदान का खून और चीख नहीं...सिर्फ सन्नाटे का आलम है।...मगर बादशाह अपने वालिद की कब्र पर मिट्टी डालने नहीं आ सका। यह कैसी फितरत है! कैसी कुदरत है!!... तख्तोताज के लिए बेरहम होना मजहबी होना है? हिन्दुओं के साथ सख्त होना मजहबी होना है? उसे तो हिन्दुओं से बाप-दादों की कद्र करना—इज्जत करना सीख लेना है। वह इस मुल्क की तहजीब और तमद्दुन से कुछ सीखने की कोशिश करे। वह इस मुल्क से जन्नतनशीन वालिद के लिए मातम मनाना समझ ले।...मगर औरंगजेब बहादुर तो सोच रहे होंगे कि बूढ़े बाप से जान बची, लाखों पाये।

अचानक जहाँनारा ने देखा कि एक नौजवान हाथ जोड़कर बैठा है। कहाँ से आ गया? इसे यहाँ आने की इजाजत कैसे मिल गयी?...चेहरा तो पहचाना-सा लगता है। आलमआरा की नजर उधर ही है। पंडितराज का बेटा भवनाथ है! यह

इधर मरने के लिए आ गया!! भवनाथ ने दूर से ही प्रणाम किया और दो कदम बढ़कर कहा—'मैं भवनाथ हूँ।'

'पंडितराज कहाँ हैं?...तुम अकेले हो, भवनाथ?' जहाँनारा ने पूछा।

'वे तो काशी की गंगा में विलीन हो गये।'

'खुदा को प्यारे हो गये?'

'जी, हाँ फूफीजान!...एक ओर से मुगल सिपाही घेर रहे थे, दूसरी ओर से काशी के एक पंडित के चेले ताना मार रहे थे।...अब मैं अकेला और बेसहारा हूँ। इसलिए आगरा आ गया। बूढ़े बादशाह को देखना चाहा। पर किले के अन्दर किसी ने जाने नहीं दिया।...जनाजा में शामिल होना पड़ा।...और आज यहाँ...।' भवनाथ दर्द भरे स्वर में बयान कर दिया।

'अब हम दोनों ही बेसहारा हैं, भवनाथ!'

'मैं अहसास कर रहा हूँ, फूफीजान!'

'कैदखाने की जिन्दगी खत्म नहीं हुई, भवनाथ! सिर्फ अब्बाहुजूर कैदखाने से छुटकारा पा गये।'

'बादशाह को आना चाहिए।..लोग क्या-क्या बोल रहे हैं!'

'वह नहीं आये तो अच्छा हो। एतबार खाँ कैदखाने के इन्तजाम के लिए काफी है।...उसे रिमाया से क्या मतलब है? उसे सिर्फ शेख और शमशीर पर भरोसा है।'

'तो क्या आप कैद में हैं?'

'यह किला हमारे लिए कैदखाना है, भवनाथ! एक घड़ी के लिए यहाँ आने की इजातत मिली है।...आलमआरा के भाई ग्वालियर के किले में कैद होकर जिन्दगी के दिन गिन रहे हैं।' यह कहकर जहाँनारा ने पलकें बन्द कर लीं।' भवनाथ कभी जहाँनारा को देखता और कभी आलमआरा की नम आँखों को।... जहाँनारा की पलकें खुलीं।

भवनाथ ने कहा—'इस बेसहारा को सहारा कैसे मिले?' मैं कहाँ जाऊँ।'

'हम तो खुद बेसहारा हैं, भवनाथ!...तुम तो पंडितसमाज में जगह पा जाओगे। और हमें याद रखोगे।' जहाँनारा ने जवाब दिया।

'आप बेसहारा नहीं हैं। सारा आगरा आपका नाम ले रहा है।...मैं बेसहारा हूँ। जब पंडितसमाज ने पंडितराज को स्थान नहीं दिया तो मुझे कैसे मिलेगा? मैं तो माँ लवंगी की औलाद हूँ।'

'तो क्या तुम्हें बरहमन अपने साथ नहीं रख सकेंगे? तुम हिन्दू नहीं माने जाओगे? यह कैसी तकदीर है? तब तो तुम्हें सोचना है।...आगरा में रह जाओ, भवनाथ! जब तब मुलाकात हो जायेगी।'

'मैं भी कैद हो जाऊँ! आप दोनों के साथ रहने का मौका।'

'ऐसा नहीं करना। ये बड़े सख्त हैं। संगदिल हैं।' जहाँनारा ने समझाया।

आलमआरा बार-बार भवनाथ को देखती। उसके अलफाज पर गौर करती रही।

बाँदियों के इशारे पर दोनों पालकियों में बैठ गयीं। पालकियाँ उठीं। बाँदयों और सिपाहियों के पहरे में पालकियाँ आगे बढ़ गयीं।

भवनाथ देखता रहा। कुछ क्षणों के बाद वह कब्रिस्तान से निकला। उसने सोचा कि वह आलमआरा के नजदीक है। वह मिल सकेगा। एक दूसरे से सहारा मिल सकेगा।...पर यह जीवन किस राह से...? वह पंडित भवनाथ है? समाज कबूल करेगा? क्या वह माँ लवंगी की औलाद के रूप में माना जायेगा? वह क्या है?...यह प्रश्न कहाँ छिपा था? इसका उत्तर क्या होगा? कौन देगा?

63

भवनाथ ने उसी धर्मशाला में कुछ बच्चों को पढ़ाना आरम्भ कर दिया। जो शाम के अन्नजल के लिए कुछ करना आवश्यक रहा। लोग जान गये थे कि वह पंडितराज जगन्नाथ का पुत्र है। इसलिए उसे हाथ पसारने की जरूरत नहीं पड़ी।...उसे काशी की याद आ गयी। बादशाह ने काशी की पाठशालाओं को बन्द कर दिया था क्योंकि संस्कृत पढ़ने के लिए हिन्दी मुसलमान आने लगे थे।...इस देश के मुसलमान इस देश की भाषा, व्याकरण, साहित्य और दर्शन पढ़ेंगे तो हुकूमत को क्या नुक्सान हो जाता? हिन्दी मुसलमान तो हिन्दुस्तान के हैं। धर्मान्तरित हैं। ये अपनी धरती, अपनी भाषा और अपने भाइयों के निकट रहना चाहते हैं। पर पाठशाला-विद्यालय बन्द करने का मतलब है—हिन्दुओं और हिन्दी मुसलमानों को नजदीक नहीं आने देना, नहीं तो मुगल सल्तनत के पाये कमजोर हो जायेंगे। कितनी भयानक राजनीति है!

यह पाठशाला है। विद्यालय या विद्यापीठ नहीं है। इस पर आपत्ति तो नहीं होनी चाहिए। धर्मशाला वाले सावधान कर चुके हैं। ...क्या होगा? ...पिछवाड़े भक्त रविदास के अनुयायियों के घर हैं। उनके घरों से प्रातः-सायं भजन-कीर्तन सुनाई पड़ता है। मन प्रसन्न हो जाता है।...उनके बच्चे पढ़ने के लिए आये थे। दूसरे बच्चों ने पसन्द नहीं किया। पर यह तो ठीक नहीं है। इन्हें पढ़ने-शिक्षा का अवसर मिलना चाहिए।...उसने साहस किया है। उन्हें पाठशाला में आने दिया है। वे सबसे पीछे बैठते हैं। पढ़ रहे हैं। शिक्षा में भेदभाव नहीं हो। वह ब्राह्मण पुत्र है तो वह सर्वश्रेष्ठ है! वह शूद्र है तो वह हीन है!! यह कैसे? यह तो अधर्म दर्शन है!...साधुसन्त धर्म समझा रहे हैं। घूम-घूमकर समझा रहे हैं। निर्गुणपन्थी अधिक सक्रिय हैं। पर भेदभाव इतना गहरा है कि ऊँचे लोग समझने को तैयार नहीं हैं।

...एक ओर बादशाह की शमशीर का खौफ और दूसरी ओर शास्त्रीय व्यवस्था का खौफ...इस खौफ में जनसाधारण की स्थिति बुरी है।...दह भी तो इस खौफ से घिर गया है। एक ओर वह दारा शिकोह के गुरु का पुत्र है तो दूसरी ओर वह दोनों पक्षों से ब्राह्मण नहीं है। काशी में उँगली उठने लगी थी।...वह क्या है? उसकी पहचान पर भी संकट मड़राने लगा है।...ओह!

भवनाथ ने मन को सँभाला। आज की पढ़ाई पूरी की। सभी बच्चे उसे प्रणाम कर अपने-अपने घर लौटने लगे। वह भी पीछे-पीछे धर्मशाला से बाहर आया। मालूम हुआ कि बादशाह-ए-गाजी की शाही सवारी आ रही है। एक चौरास्ते पर कुछ लोग खड़े बातचीत करते दिखाई पड़े। भवनाथ उनके पास आ गया। एक अधेड़ व्यक्ति बोल रहा था! 'कैसा बेटा है? दफन के इतने दिनों के बाद याद आयी।' पास खड़े बूढ़े ने कहा—'लख़्ते जिगर शहंशाह हैं! शाही सवारी दौड़कर नहीं आती!!'

भवनाथ ने बताया-'बादशाह-ए-गाजी अपने बुजुर्ग वालिद से डरते रहे हैं। आगरा की प्रजा से घबराते रहे हैं। अब थोड़ी हिम्मत हो गयी है।'

'हम तो स्वागत नहीं करेंगे।' एक नौजवान बोल उठा।

'आगरा में शाही सवारी को किले में छिपना पड़ेगा।' दूसरा नौजवान कह उठा।

'मुनादी को सुन लो। समझ लो।' अधेड़ व्यक्ति ने समझाया।

आवाज सुनाई पड़ी—हर आम और खास को इत्तिला दी जाती है कि हिन्दुस्तान के शहंशाह अबुल मुजफ्फर मुहीउद्दीन मुहम्मद औरंगजेब बहादुर आलमगीर बादशाह-ए-गाजी आगरा में तशरीफ ला रहे हैं। अपने शहंशाह के इस्तकबाल के लिए किले के मैदान में हाजिर हों।

यह सुनकर सबके चेहरे पर तनाव झलकने लगा। स्वागत के लिए आदेश! मातम मनाने आ रहे हैं या स्वागत-सत्कार पाने? सबकी आँखों ने इस हुक्म को नहीं मानने के लिए तै कर लिया, सभी अपने-अपने घर लौटने लगे।

खुफियानवीस मुनादी के पीछे-पीछे आ रहा था। उसने हालात का अन्दाज कर लिया।...बुजुर्गवार की मौत की वजह से शहर गमगीन है। यह तो सही है। मगर बादशाह के लिए इनमें ऐसी बेरुखी...यह तो गलत है। यह तो बगावती जहनियत है।...शहंशाह के खौफ के एक इशारे पर सबको सर झुकाना पड़ेगा। दहशत के सैलाब में डूबना-उतराना पड़ेगा।

पश्चिम का आसमान पीला पड़ने लगा। पूर्व की ओर स्याही फैलने लगी। कौए काँव-काँव करते अपने घोंसलों की ओर जा रहे थे। एतबार खाँ ने मुगल सिपाहियों के साथ शहर का मुआयना कर रिआया को आगाह कर दिया।...उसे लगा कि रिआया खौफ में दौड़कर आ जायेगी।

बादशाह-ए-गाजी की शाही सवारी आगरा में दाखिल हुई। धूल से आकाश भर गया। दूकानें बन्द होने लगीं। लोग अपने-अपने घरों में बन्द होने लगे। कुछ लोग किले के मैदान में आ गये। कुछ इस्तकबाल के लिए आये और कुछ तमाशा देखने के लिए।

औरंगजेब बहादुर आलमगीर ने देखा कि मशाल की रोशनी में एतबार खाँ मुगल सिपाहियों के साथ इस्तकबाल के लिए मौजूद हैं। मुगल सरदार आन और शान के साथ उनके इस्तकबाल में सर झुकाये खड़े हैं। वफादार रिआया भी दिखाई पड़ रही है। लेकिन आगरा में सन्नाटा है। रिआया का हुजूम नहीं है। ऐसा क्यों?. ..शुरू में देहली दारा के लिए पागल हो रही थी।...आज आगरा में बुजुर्गवार के लिए दर्द है!...उस दर्द को भूलना पड़ेगा।

एतबार खाँ ने नारा लगाया—'बादशाह-ए-गाजी जिन्दाबाद!' और यह नारा सबकी आवाज में गूँज उठा। बादशाह के दिल को भरोसा मिल गया।

किले के अन्दर जहाँनारा आपा ने अपने छोटे भाई को माफ कर और अपने दर्द को दबाकर इस्तकबाल का इन्तजाम किया था। फर्श पर कालीन...दरीचों पर जड़ीदार मखमल के परदे।...ऊपर फानूसों में जलती हुई शमा और नजराने में अशर्फियाँ देखकर बादशाह औरंगजेब खुश हो गये। लम्हें भर के लिए उन्हें अपनी आँखों पर यकीन नहीं हुआ। वे जहाँनारा आपा को देखते रहे।...वे बोल उठे—'आपा! आपने मुझे माफ कर दिया है।...मैं खुशनसीब हूँ।'

'हाँ, भाई! पुरानी बातों को याद करने से क्या फायदा! दिल को कितना दुःखाऊँ!!' जहाँनारा ने धीमी आवाज में कहा।

'मैं इसी उम्मीद से आया था। अल्लाह की मेहरबानी हो गयी।...आपा! काफिरों के मुल्क में हुकूमते इलाहिया के लिए सब कुछ कर रहा हूँ। चुनांचे सख्त होना पड़ता है।' औरंगजेब ने समझाया।

'मगर अब्बाहुजूर को क्यों भूल गये?'

'उन्होंने मुझसे फासला रखा था। मेरी शमशीर की फतह को भी कबूल नहीं कर रहे थे।'

जहाँनारा चुप रह गयी।

औरंगजेब के पीछे खड़ी रोशनआरा सोचने लगी—जहाँनारा आपा ने यह सब क्यों किया है? जरूर सियासी चाल है। वह इस चाल को नाकामयाब कर देगी। ...ये मात खा चुकी हैं। अब एक नयी चाल चल रही हैं। औरंगजेब को अपने सियासी जाल में फाँसने की चाल है। उधर अब्बाजान से बहुत कुछ पा लिया। अब भाई पर जाल फेंक रही हैं—मेरे खिलाफ। मैं समझ रही हूँ।

जहाँनारा बोल उठी—'भाई! अब सियासत से फासला बना लिया है। अब्बाहुजूर की खिदमत में लगी रही। आगे सिर्फ इबादत में जिन्दगी गुजार देने की ख्वाहिश है।'

यह सुनकर औरंगजेब आपा को देखते रहे। उनके अलफाज पर गौर करते हुए उन्होंने रोशनआरा की ओर देखा। रोशनआरा भी कुछ बोल नहीं पा रही थी।...क्या सचमुच सिर्फ खिदमत और इबादत? सियासत नहीं? दोनों का टकराव नहीं होगा? क्या आपा ने अपनी मात को कबूल कर लिया है? या खिदमत और इबादत का लबादा ओढ़ लिया है?

औरंगजेब रोशनआरा के रुख को समझ नहीं सके। जहाँनारा की आवाज सुनाई पड़ी—'आप थक गये होंगे। आज आराम करें। कल सुबह अब्बाहुजूर की कब्र पर चलना चाहिए।'

'हाँ, आपा! कल सुबह माफी माँगने कब्र पर जाना है।' औरंगजेब ने संजीदा स्वर में जवाब दिया।

आलमआरा अपने कमरे में पड़ी हुई थी। उसने शमा को बुझा दिया। अँधेरे में दरीचे से अलफाज आ रहे थे।...चाहा कि रोशनी नहीं आये। रोशनी गुम हो गयी। चाहा कि आवाज नहीं आये। उसने दरीचे को बन्द कर दिया। मगर आवाज आती रही। वह बेचैन हो गयी। वह इस जालिम से दूर हो चुकी थी। वह नजदीक आ गया। अब क्या होगा?...फूफीजान ने सहारा दिया। वे ही इस जालिम का इस्तकबाल कर रही हैं। किले की सजावट हुई है। फानूसों में शमा मुस्करा रही है। ...क्या आगरा भी मुस्करा रहा होगा? यह बादशाह तो दहशत और खून को देख कर खुश होता है।...क्या उसे फिर से दहशत में जीना पड़ेगा या बहुत दूर चला जाना है? खुदा क्या चाहते हैं? अब्बाहुजूर की इनसानियत का यह अंजाम!...बड़ी फूफी बादशाह-ए-गाजी को माफ कर देंगी तो वह क्या करेगी? उसकी क्या हालत होगी?

आलमआरा बादशाह-ए-गाजी की कदमबोसी नहीं करेगी। वह इसके कुनबे को भी देखना पसन्द नहीं करेगी। इसके लिए जो भी हो।...आगरा का किला भी 'जिन्दाबाद' का नारा लगाने लगा है। अब उसे यहाँ पनाह नहीं मिलेगी।...भवनाथ कहाँ है?...इसी शहर में है। वह भी बेसहारा है। दो बेसहारे मिलकर एक दूसरे को सहारा देंगे।...अब वह शाहजादी नहीं है। वह भवनाथ के समान बेसहारा गरीब है। भवनाथ तो पहले भी पंडितराज का पुत्तर था, आज भी है। मगर गरीब है। वह उस गरीब के साथ ठोकरें खायेगी। किस्मत की यह इबारत कबूल है। तकदीर के इस बेरहम खेल में मुस्करायेगी। मगर बादशाह-ए-गाजी के शाही महल में नहीं जायेगी। वह जीत की सौगात नहीं बनेगी।...अकबर तो भाई है। बिरादर है, उससे निकाह की साजिश! यह कैसा रिवाज है!! इस मुल्क के लोग ऐसी शादी को गुनाह मानते हैं। खयाल भी नहीं कर सकेंगे।...अकबर या तो भाई है या दुश्मन का शाहजादा। किसी भी हालत में वह शाही जंजीर में नहीं बँधेगी।...वह दाराशिकोह की बेटी है उसका सर नहीं झुकेगा। वह इस कातिल को माफ नहीं करेगी।

64

औरंगजेब को नींद नहीं आ रही थी। किले के अन्दर महल की ईंट-ईंट में जन्नतनशीन वालिद शाहजहाँ का साया झलक उठता था। वे घबराकर करवट बदल लेते थे। बन्द आँखों में अब्बाजान का गमगीन चेहरा चमक उठता था।... बदन के रोयें खड़े हो जाते थे।...कलाम पाक को याद करते धीरे-धीरे नींद आ गयी। नींद में ख्वाब मड़राने लगे। ख्वाब में शाहजहाँ औरंगजेब पर बरस पड़े—'औरंगजेब! तुमने अपने जईफ वालिद को कैद करके खूब नाम कमाया। आज मातम मनाने आये हो!! तुम पर लानत है!!!'

'अब्बाहुजूर! आपने भी अपने वालिद के खिलाफ लड़ाइयाँ की हैं—इसी तख्त के लिए।' औरंगजेब ने जवाब दिया।

'औरंगजेब! तेरे हाथ भाइयों के खून से सने हैं। तूने पागल कुत्ते के समान भाइयों को काटा है। मजहबी बनते हो!'

'अब्बाहुजूर! आपने भी अपने बड़े भाई खुशरू को मारा था। शहरयार को अन्धा कर दिया था। भतीजे देवरबख्श को भी मार डालने का हुक्म दिया था।... याद करें।'

'मैंने अपने बेटों को खून के सैलाब में डूबते देखा है। तूने मुझे भी जहर देने की कोशिश की है। मेरी रूह बेचैन है।'

'आप खुदा की याद करें, जैसे मैं खुदा की याद करता रहता हूँ। ऐश में डूबा नहीं रहता।'

'बदतमीज! तू मुझे ऐयाश कह रहा है?'

'हुजूर! आपने जंग की है। जंग के बाद जेवरात और जवाहिरात की लूट...! औरतों से गुलजार हरम...!! आपकी इन्हीं कमजोरियों से काफिर राजा सर पर चढ़ गये थे।...मैंने तो रास्ता बदल दिया है।'

'जहाँनारा! इस बदगुमान और बदजुबान को मेरी आँखों के आगे से हटाओ। यह सर से पाँव तक जहरीला है।'

जहाँनारा ने औरंगजेब को डाँटा। और अब्बा के आराम करने के लिए इसरार किया।

ख्वाब का मंजर बदल गया। औरंगजेब ने देखा कि उदयपुरी बेगम जेबुन्निसा के आँसुओं को पोंछ रही है। कह रही है—'उन्होंने अपनी बेटी की जिन्दगी को तबाह कर दिया। यह ताजिन्दगी सिसकती रहेगी। और वे तख्ते-ताऊस पर मुस्कराते रहेंगे।'

जेबुन्निसा सिसकती रही। दूसरी तरफ आलमआरा रोती दिखाई पड़ी।...

औरंगजेब बुदबुदाये—आलमआरा को तो रोना नहीं है। इसकी तो शादी बेटे अकबर से होगी। अब यह बचकर कहाँ जायेगी? इसके भाई उधर ग्वालियर के किले में और यह आगरा के किले में...। अब बादशाह-ए-गाजी दुश्मनों से छुटकारा पा चुके हैं। सारा हिन्दुस्तान उनके कदमों में झुका हुआ है। वे सल्तनत के आलीशान महल में रौनकअफरोज हैं।

अजान की आवाज पर सुबह हुई। मातमी संगीत भी शुरू हो गया। कब्रिस्तान की ओर जाने की तैयारी होने लगी। थोड़ी देर में औरंगजेब मातमी लिबास में किले के दरवाजे पर आ गये। सबके चेहरे पर मातमी रंग था। रिआया ने दूर से ही यह सब देखा। एकबार खाँ ने सारा इन्तजाम कर लिया था। फौज की देखरेख में शाही सवारी जाने लगी।

औरंगजेब कब्रिस्तान के दरवाजे पर हाथी से उतरकर पैदल चलने लगे। पैदल ही कब्र तक पहुँचे। वे झुककर बैठ इबादत करने लगे। पहले फूल चढ़ाकर अगरबत्ती भी जला दी।...इबादत के बाद भी कुछ देर बैठे रहे...सोचा—क्या खाक में मिल जाना ही जिन्दगी है? क्या जिन्दगी की यही आखिरी मंजिल है? नहीं, जब तक जीना है, रोबोजलाल के साथ जीना है। आफताब के समान दहकते हुए जीना है। सिर्फ अल्लाहताला और रसूले इस्लाम के हुक्म को मानना है। उनके हुक्म से इस मुल्क पर हुकूमत करनी है।...इसके लिए अब्बाजान की दुआएँ भी...।

कब्रिस्तान के बाहर मैदान में घोड़े हिनहिना रहे थे। हाथी अपनी सूड़ से एक दूसरे को प्यार कर रहे थे। कोई-कोई चिंघाड़ कर उठता था। महावत हाथियों को काबू में रखने की कोशिश कर रहे थे। एक हाथी विगड़ गया। उसने सूँड़ उठाकर महावत को पकड़ने की कोशिश की। महावत तक उसकी सूँड़ नहीं पहुँच सकी। वह अपने भारी भरकम पैरों से इधर-उधर दौड़ने लगा। महावत अंकुश चला रहा था। लेकिन हाथी कब्जे में नहीं आ सका। महावत परेशान हो उठा। दूसरे महावत देख रहे थे। उस महावत की पकड़ ढीली होती गयी। उसने मदद के लिए पुकारा। दूसरे महावत आगे बढ़े। तब तक वह अपने हाथी की पीठ से नीचे आ गिरा। हाथी ने उस पर पैर रख दिया। एक चीख उठी। और फिर एक तोथड़ा दिखाई पड़ा।

औरंगजेब ने चीख सुनी। रोशनआरा बेगमों के साथ थी। सभी चीख सुनकर चिहुँक उठी थीं। मालूम हुआ कि एक हाथी पागल हो गया था। उसने अपने महावत को मार डाला है।

औरंगजेब ने बाहर आकर उस लोथड़े को देखा। वे गौर करने लगे—तख्तोताज यानी सल्तनत पागल हाथी की मानिन्द...अगर पकड़ ढीली हुई तो तख्त अपने पाये के नीचे कुचल डालेगा। तवारीख के पन्ने यही बताते हैं। पकड़ मजबूत होने पर ही तख्त के पाये हिल नहीं सकेंगे।...यह हिन्दुस्तान-हिन्दुओं-काफिरों का मुल्क पागल हाथी के समान है। किसी न किसी तरफ से बगावत की ललकार

आती रहती है। बगावत को सख्ती से दबाना पड़ता है।...नहीं तो, महावत की हालत हो सकती है।...खाक में मिल जाना...नहीं!...

उन्होंने देखा कि महावत की लाश उठ गयी है। खून से जमीन लथपथ है। वे दो लम्हों तक जमीन पर बहते खून को देखते रहे। रोशनआरा सोच रही थी–अगर उदयपुरी बेगम आ जाती तो जहाँनारा आपा की सियासी चाल शुरू हो जाती। अकेली हैं। कुछ नहीं कर सकेंगी। मगर किले के अन्दर शाही महल में इनका रहना मुनासिब नहीं है। चोट खाया साँप खौफनाक हो जाता है।

बादशाह की सवारी किले की ओर लौटने लगी। लोग अपने मकानों की खिड़कियों से देख लेते। शाही सवारी सामने आती तो खिड़कियाँ बन्द हो जातीं। रिआया का रुख अच्छा नहीं लग रहा था। मगर वे क्या करें।

इस शाही सवारी के साथ आगरा के जागीरदार और अमीर तो मौजूद हैं। वे सर झुकाकर वफादारी का इजहार कर रहे हैं। ...आम रिआया तो दबकर-सहम कर रहती है। शहंशाह के लिए खौफ तो जरूरी है। यही शाही सियासत है। दहशत जरूरी है; नहीं तो हुकूमत नहीं चल सकती।...ऐसा न हो कि अब्बाहुजूर के लिए सबके दिलों मे कद्र हो...दर्द हो, और बादशाह-ए-गाजी के लिए कद्र नहीं हो। खौफ नहीं हो।...यह उनके तईं बेरुखी है?...यह बेरुखी और बेकद्री ही है। इसमें खतरा है।...आगरा आने पर रिआया ने इस्तकबाल नहीं किया। जिन्दाबाद नहीं कहा। नफरत है? अब्बाहुजूर ने रिआया में उनके लिए नफरत पैदा कर दी है? दाराशिकोह के लिए दर्दमन्द हैं? दाराशिकोह के खयालात और नजरिया को लोग पसन्द करते रहे हैं?...ऐसा नहीं। सल्तनत के लिए खौफ और मुकम्मल वफादारी दोनों चाहिए। शाही सियासत की यही शर्त है। वे दारा के समान कुफ्र को बढ़ावा नहीं देंगे।

औरंगजेब ने रोशनआरा की ओर देखा। वह बगल के हाथी पर चाँदी के हौदे में बैठी हुई थी। वह जहाँनारा के बारे में सोच रही थी। उसने औरंगजेब को अपनी ओर देखते हुए पाया। उसने सर हिलाया। औरंगजेब समझ गये कि रोशनआरा भी रिआया की बेरुखी से परेशान है।...इस मसले पर संजीदगी से गौर करना है। रिआया के दिल में नफरत नहीं, दहशत हो। पकड़ सख्त हो; नहीं तो पागल हाथी बेकाबू हो जायेगा। महावत पैरों के नीचे आ जायेगा। हाथी की चिंघाड़ के साथ एक दर्द भरी चीख आसमान में गुम हो जायेगी।...उन्होंने महसूस किया कि उनका हाथी मस्ती से बढ़ा जा रहा है। गले का घंटा बज रहा है। आगे सब्ज परचम नंगी शमशीरों के साथ है। पीछे जागीरदार, अमीर और सरदार हैं।...और वह पागल हाथी काबू में है।...अब परेशानी नहीं...!

शाम को बादशाह ने वजीर फाजिल खाँ, शेख निजाम, शेख इस्लाम, रोशन आरा आपा और एतबार खाँ को बुलाया। सभी खिल्वतगाह में आये। उन्होंने

सबकी तरफ एक नजर डाली। और फिर कहा—'मुगल सल्तनत के बड़े शहर आगरा में हम आये हैं। यह तो एक तरह दारूल सल्तनत है। इस शहर में रिआया का रुख अच्छा नहीं लग रहा है।'

'रिआया हुजूर शाहजहाँ को भूल नहीं रही है।...कुछ तो दारा की याद करते रहते हैं। मगर बगावत की हालत नहीं है।' एतबार खाँ ने बताया।

'वह तो मालूम है, एतबार खाँ! मगर यह बेरुखी... ।'

'जहाँपनाह! सारे जागीरदार, मनसबदार और अमीर आपकी खिदमत में हाजिर थे।'

'उन्हें देखा है। आम रिआया की बेरुखी भी देख ली है।'

'शाही हुकूमत में रिआया रोबोजलाल और खौफ से झुककर शहंशाह की कदमबोसी करती है।'...फाजिल खाँ ने राय दी।

सबने सर हिलाये। चन्द लम्हों के बाद रोशनआरा बोल उठी—

'आगरा में बादशाह-ए-गाजी की ताजपोशी का जश्न मनाया जा सकता है।'

'देहली में दो बार हम यह जश्न मना चुके हैं।' औरंगजेब ने कहा।

'असल ताजपोशी तो अब्बाहुजूर के बाद ही मानी जायेगी। वह ताजपोशी तो जंग की जीत की खुशी में हुई थी। और फिर दारा शिकोह की मौत के बाद जश्न मनाया गया था।' फाजिल खाँ ने बताया।

शेख निजाम और शेख इस्लाम ने ताईद की।

रोशनआरा ने ताजपोशी की तैयारी के लिए इसरार कर दिया।...और फिर सोचा कि जहाँनारा अपनी आँखों से ताजपोशी को देखें। और अपनी हार को कबूल करें।

65

रामसिंह परिवार के साथ मथुरा से आगरा आ गये। किले से कुछ हटकर सरदारों और हाकिमों की हवेलियाँ थीं। एतबार खाँ ने रामसिंह के लिए एक हवेली में रहने का इन्तजाम किया। रामसिंह परिवार के साथ हवेली में आये। एतबार खाँ से मालूम हुआ कि बादशाह की ताजपोशी की तैयारी चल रही है। रामसिंह ने अपनी खुशी जाहिर की।

हवेली के अन्दर श्यामा रमाकुँवर से कह रही थी—'दीदी! मथुरा, वृन्दावन, गोकुल और वरसाना की यात्रा से मन प्रफुल्ल हो गया।'

'शरीर तो थक गया है, श्यामा!' रमा ने ऊँची साँस लेकर बताया।

'यात्रा में शरीर थकता है, पर श्री कृष्ण की जन्मभूमि, भव्यमन्दिर और भक्त कवियों के दर्शन से मन जो अघा गया।'

'तुम्हारे कारण मेरी भी तीर्थयात्रा हो गयी।...अब तो यहाँ राजनीतिक चालों और तिकड़मों को देखना-सुनना है।'

'दीदी! इस महल में क्यों? आमेर राज्य का भवन तो यहाँ रहा होगा।'

'हाँ, श्यामा! बादशाह अकबर के समय से सन्धि चल रही है। इसलिए आगरा के यमुनातट पर भवन रहा है। पर बादशाह शाहजहाँ ने अपने लिए इच्छा प्रकट की। भवन सौंप दिया गया। उसे नया रूप दे दिया गया। वह दमक रहा है।'

'इसीलिए इसमें ठहरना है।...नदी तट का आनन्द...प्रातः-सायं यमुना जी के दर्शन मानो साँवलिया के दर्शन ...अब नहीं।'

'मैं तो जहाँ रहूँगा, आप दोनों के दर्शन होते रहेंगे।' रामसिंह ने निकट आकर कहा।

'तो वृन्दावन विहारी जी आ गये! बाँसुरी बजाइए। बिन बाँसुरी के दर्शन अधूरे।'

'श्यामा! बिन बाँसुरी के आपके दर्शन नहीं...तब तो रमा सहायता करेंगी।'

'हम दोनों एक हैं। हममें भेद पैदा मत कीजिए। यहाँ राजनीति नहीं, गृह नीति चलेगी।' रमाकुँवर ने गम्भीर मुद्रा में उत्तर दिया।

'गृहनीति में केवल साम और दाम चल सकेंगे, यह मालूम है।' रामसिंह ने शान्तभाव से कहा।

'केवल बाँसुरी का स्नेह मधुर स्वर, कुमार!' श्यामा ने स्पष्ट किया।

'रमा! श्यामा बाँसुरी बजा रही है। आप वीणा बजाइए। मैं सूरदास या नन्ददास का पद गा दूँगा—जैसा अनुरोध होगा।'

तीनों एक हाथ मुस्करा उठे। भवन मधुमुस्कान से आलोकित हो उठा।

शाही महल के अपने कमरे में जहाँनारा आलमआरा के साथ बैठी थी। वह सोच रही थी—रोशनआरा के चेहरे पर कभी तनाव...कभी रोब...कभी गरूर...। वह अकड़कर चलती है। वह कामयाब जो हो गयी है।...पहले वह अब्बाहुजूर के साथ कैद थी। अब वह कैद नहीं है। मगर रोशनआरा की वजह से तिकड़म और तनाव का माहौल बन गया है। कैसे इबादत हो? आलमआरा की देखभाल कैसे हो?... उसे तो एक मकान और बाजू में एक मस्जिद की ख्वाहिश है।...वह पूछ बैठी—'आलमआरा! हम किले के अन्दर रहें या बाहर रहने का इन्तजाम करायें?'

'जालिम बादशाह की आँखों से बहुत दूर चलें। यहाँ मैं जी नहीं सकूँगी।'

'मैं खुद इस माहौल में नहीं रहना चाहती।'

'फूफीजान! ताजपोशी की नुमाईश में साँस घुट रही है...और यह शाही महल है। शाही महल में नहीं रहना है।'

'हाँ, आलम! मुझे भी शाही महल में नहीं रहना है। मैं खबर कर रही हूँ।' और फिर जहाँनारा ने वजीर के पास खबर कर दी।

वजीर फाजिल खाँ ने बादशाह के सामने इस मसले को पेश किया। बादशाह

ने रोशनआरा को बुलवाया। उसे बताया—'आपा! जहाँनारा आपा ने हमारी जीत कबूल कर ली है। उन्होंने पिछली बातों को भूल जाने का एलान कर दिया है। वे शाही महल में रह रही हैं। रह सकती हैं।...मगर वे रहना नहीं चाहतीं।'

'भाईजान! वे चारों तरफ से लाचार हैं। मजबूरी में हार कबूल कर रही हैं। ...उनका कैसा दबदबा था! याद है!!...उनकी नजरों में हम दोनों का क्या वजूद था? मगर आपसे घबराती थीं।...इन्हें शाही महल में रखना मुनासिब नहीं लगता।'

'ताजपोशी के जश्न को देख लें। उसके बाद अली मर्दान की हवेली में जायें।'

औरंगजेब बहादुर ने अपना फैसला दे दिया।

'बिल्कुल ठीक! वजीरे आजम की क्या राय है।' रोशन ने कहा।

'सही फैसला है। यही हो।' फाजिल खाँ ने फरमाया।

जहाँनारा आपा को इत्तिला कर दी गयी कि ताजपोशी के जश्न के बाद अली मर्दान की हवेली में जा सकती हैं।

यह सुनकर आलमआरा बोल उठी—'फूफी! आज क्यों नहीं?'

'अब तो रुकना पड़ेगा। जश्न को दिखाना है।...मैं साये के समान साथ रहूँगी। यकीन रखो, आलमआरा!'

'आगरा में कोई मददगार नहीं है। अगर उदयपुरी अम्मी और जेबुन्निसा बहन रहतीं तो थोड़ा भरोसा होता।'

'मगर दोनों को देखकर दिल का दर्द बढ़ जाता।... मगर यहाँ मददगार हैं।'

'कौन-कौन हैं?'

'रामसिंह और पंडितराज के पुत्र भवनाथ।' जहाँनारा ने धीरे से बताया।

'अभी भी आपको मिर्जाराजा जयसिंह और रामसिंह पर भरोसा है? अब वे बादशाह-ए-गाजी के मददगार हैं।'

'सिर्फ तुम्हें मदद मिल सकती है।'

'मुझे यकीन नहीं है।'

'दारा शिकोह के गुरु के पुत्तर पर तो यकीन करना होगा।'

'वह तो खुद बेसहारा और बेपनाह हैं!'

'मगर वह पास में है। पास में भटकता रहता है।'

यह सुनकर आलमआरा की नज़रें झुक गयीं।

आगरा शहर ने देखा कि किला और हवेलियों के साध सारे शहर को सजाने का हुक्म दे दिया गया है।...सारा शहर सजने लगा है। मुगल सरदारों के खौफ से सभी अपने-अपने मुहल्ले को सजा रहे हैं।

धर्मशाला में भवनाथ बेचैन था। वह किले के द्वार से लौट आया था। उसे इतना तो मालूम हो गया कि ताजपोशी के जश्न के बाद जहाँनारा फूफी अलीमर्दान की हवेली में चली जायेंगी। उसे थोड़ा सन्तोष हुआ।...पर भीतर द्वन्द्व भी जाग

गया—वह तो शाहजादा दारा के गुरु का पुत्र है। बादशाह को जानकारी है क्या होगा?...वैसे यहाँ के ब्राह्मण उस पर उँगली नहीं उठाते।...देखा जायेगा।...वह पाठशाला में बच्चों को पढ़ाने लगा।

शाही जुलूस किले के दरवाजे से आगे बढ़ रहा था। सबसे आगे मुगलिया निशान डंके की चोट पर फहरता हुआ आसमान की बुलन्दी तक पहुँच रहा था। सुनहले-रूपहले हौदों से सजे हाथी, अरबी और सिन्धी घोड़ों पर सवार हथियार बन्द सरदार और ऊँटों पर बन्दूकधारी सिपाही तोपखाने...ईरान, लाहौर और देहली के वाद्यवृन्द...और तब बादशाह-ए-गाजी की शाही सवारी...पीछे-पीछे जागीरदारों और हाथों में नेजे लिए सिपाहियों के दस्ते...।

ऐसा लग रहा था कि आगरा की सरजमीन पर सिर्फ मुगल फौज की धमक है। आसमान में फहरते सब्ज परचम हैं। सारा माहौल फौजी संगीत और 'जिन्दाबाद' के नारों से गूँज रहा है। परिन्दे दूर चले गये हैं। सूरज को अकेले ही इस शाही जुलूस का मौन गवाह बनना पड़ रहा है।

भवनाथ ने धर्मशाला की खिड़की से देखा कि लोग शाही जुलूस को देखने सड़क पर आ गये हैं। उन पर शाही जुलूस का रोब और चमक-दमक—दोनों का प्रभाव पड़ने लगा है। जहाँ-तहाँ बादशाह के स्वागत के लिए फूलों से सजे दरवाजे बने हुए हैं।...तो आगरा शहर बूढ़े बादशाह शाहजहाँ को भूलने लगा है! दाराशिकोह की नयी विचारधारा और उनकी कुरबानी को भूल रहा है।...शायद यही मानव स्वभाव है!...आलमआरा की क्या हालत होगी? अब वह कैद नहीं है। पर शाही खानदान से घिर गयी है।...क्या वह अपने पिताश्री को भूल जायेगी?...अपने भवनाथ को भूल जायेगी?

भवनाथ डंकों और नगाड़ों की तेज आवाज को सुनकर खिड़की के पास से हट गया। अपने कक्ष में जाकर सोचने लगा—इस शोर में किसी की आवाज खो रही है।... एक ओर दारा शिकोह का विचार—दोनों धर्मों का अध्ययन कर साथ चलने का विचार...इधर उनकी बेटी का स्नेह स्वर...क्या ये दोनों इस शोर और शमशीर के डर से खो जायेंगे?...क्या इस संसार में यही होता रहेगा?...कभी कोई तलवार के बल पर सरदार शहंशाह बन जाता है। कोई मजहबी कट्टरता को अपनी तलवार की धार बनाकर खूंखार शेर बन जाता है।...कोई अपने को श्रेष्ठ मानकर अन्य को हीन मानता है। ...इस स्थिति में भवनाथ भटकता रहेगा। मजबूर आलमआरा सिसकती रहेगी। युवराज दाराशिकोह का नाम लेना जुर्म माना जायेगा।...ओह!

शाहीजुलूस किले की तरफ लौट गया। किले के अन्दर दरबार में ताजपोशी के लिए सारे दरबारी इकट्ठे हो गये। सारा किला शहनाई, नफीरी और नौबत के संगीत से गूँजने लगा। दरबार लग गया। तख़्त पर बादशाह औरंगजेब बहादुर आलमगीर आ गये। सबने उठकर इस्तकबाल किया। शेख निजाम और शेख

इस्लाम ने कुरानशरीफ की आयतों का पाठ किया। और बादशाह के सर पर चमकता ताज रखा। सारा दरबार चकाचौंध में आ गया। शानोशौकत और रोबोजलाल के आगे सबकी वफादारी उमड़ने लगी। 'अबुल मुजफ्फर मुहीउद्दीन मुहम्मद औरंगजेब बहादुर...बादशाह-ए-गाजी जिन्दाबाद' के जोशीले नारे झाड़फानूसों को झंकृत करने लगे।

बादशाह ने मुगलिया शान की मुस्कान विखेरकर सरदारों, अमीरों और मातहत के राजाओं से नजराने को कबूल करना शुरू किया। और फिर बादशाह अपने सरदारों को खिलअत और सनद अता फरमाने लगे।...रामसिंह ने महसूस किया कि इस समय पिताश्री को यहाँ रहना चाहिए था। शाहजहाँ के वक्त उनका स्थान सबसे ऊँचा रहा है। आज भी वे शिवाजी पर विजय पाकर श्रेष्ठ वीर सिद्ध हो चुके। पर वे लौट नहीं सके हैं।

पर्दे में बैठी रोशनआरा बेगम ने चाहा कि जहाँनारा आपा बैठकर इस जश्न को देखें। वे थोड़ी देर के लिए पीछे बैठ गयी थीं। उन्होंने नजराना दे दिया है। बादशाह औरंगजेब ने बाखुशी कबूल कर लिया। उन्होंने औरंगजेब को खुश कर दिया है। मगर इनका दिल साफ नहीं है।...ये बादशाह का साथ नहीं देंगी।...अब इन्हें जल्द ही किले से बाहर भेज देना चाहिए। ये मुश्किलें पैदा कर सकती हैं। ...सुना है कि पंडितराज का फरजन्द भवनाथ इसी शहर में है। यहाँ पंडितराज के चेले की बेटी मौजूद है।...अब जल्दी ही अकबर से निकाह हो जाये तो इस खतरे से छुटकारा मिले। दाराशिकोह सिर्फ एक मुगलशाहजादे ही नहीं थे। वे कुफ्र के असर में चल रहे थे। इस्लामी हुकूमत पर कितना बड़ा खतरा था!

66

सुबह की नमाज के बाद औरंगजेब खिल्वतगाह में वजीर फाजिल खाँ के साथ आगरा की हालत पर बातचीत कर रहे थे। दोनों शेख मौजूद थे। एतबार खाँ को तरक्की मिल गयी थी। इसलिए वह भी हाजिर था। रोशनआरा बेगम भी आ गयी।...उसने आते ही कहा—'विलियम आपके हुजूर से कुछ अर्ज कर देहली लौटना चाहता है।'

सबने बादशाह की ओर देखा। बादशाह ने इजाजत दी। विलियम आया। तीन बार झुककर सलाम किया। और फिर अर्ज किया—'शहंशाह! आपकी मेहरबानी से ट्रेड-कारोबार ठीक चल रहा है। आपकी मेहरबानी बनी रहे—यही दरख्वास्त है।'

'हुकूमत के मुताबिक चलो। मेहरबानी बनी रहेगी।' बादशाह ने जवाब दिया।

'सुल्ताने हिन्द! कोई शिकायत का मौका नहीं दूँगा।...एक सजेशन-सलाह है।'

'क्या है?'

'मैंने फील किया है कि मुगल सरदारों की जुबान और इस मुल्क के मुसलमानों की जुबान में बहुत फर्क है। इसलिए दोनों में दूरी है।'

'तुम क्या कहना चाहते हो? मुगल हुक्मरान हैं और हिन्दी मुसलमान रिआया। दोनों मे फर्क तो रहेगा। वैसे मजहब से हम सब एक हैं।'

'शहंशाह! हिन्दी मुसलमान इस मुल्क की भाखा बोलते हैं। तुर्क और मुगल पर्शियन बोलते हैं। हिन्दू सौदागरों और सरदारों से बातचीत करने के लिए अरबी-फारसी से मिली-जुली देशी जुबान भी बोल लेते हैं।'

'यही सही तरीका है।'

'क्यों नहीं, अरबी-फारसी से मिली-जुली देशी जुबान को बढ़ावा मिले। इसे मुगल और हिन्दी मुसलमान दोनों अपना लें। इससे दोनों नजदीक आ जायेंगे। हममजहब हमजुबान हो जायेंगे।...नहीं तो, हिन्दी मुसलमान अपने गाँव-शहर के हिन्दू बिरादरों के ही नजदीक रहेंगे।'

यह सुनकर सभी भौंचक रह गये।

शेख निजाम तो बोल उठा—'शहंशाह! विलियम साहब दूरन्देशी की बात बोल रहे हैं। यह काबिले गौर है।'

'दरबार की जुबान फारसी को छोड़कर लश्कर की जुबान को तरजीह देना मुनासिब नहीं लगता।' बादशाह ने अपनी राय दी।

'जहाँपनाह! आम हिन्दी मुसलमान फारसी नहीं सीख सकता। लेकिन लश्कर की जुबान पर अरबी-फारसी रंग चढ़ाया जा सकता है।' शेख इस्लाम ने सलाह दी।

'फारसी से क्या मुकाबला...! अगर मौलवी और आलिम चाहें तो लश्कर की जुबान को फारसी के रंग में रँगे।' बादशाह ने जवाब दिया और फिर विलियम को जाने का इशारा कर दिया।

विलियम सलाम कर पीछे हटा जिससे बादशाह को पीठ दिखाई न पड़े। वह बहुत खुश था क्योंकि उसने पहले नजराना से खुश किया और फिर अपनी खास सलाह से।

बादशाह ने जश्ने ताजपोशी की कामयाबी पर सबको शाबाशी दी। सभी बहुत खुश नजर आ रहे थे। एतबार खाँ ने कहा—'आगरा की बेरुखी काफूर हो गयी। सभी के सर झुके हुए हैं। बुजुर्गवार का असर खत्म है। शाहजादा दारा का कोई नाम नहीं लेगा।'

वजीर फाजिल खाँ बोल उठा—'आगरा से देहली तक पूरी चौकसी रहेगी जिससे किसी को बादशाह के खिलाफ गुफ्तगू करने की भी हिम्मत न हो।

दाराशिकोह के असर से कुफ्र का कलमा सुनाई न पड़े। अब तो मराठा सरदार आपके हुजूम में आ रहा है। अब कौन बगावत करेगा!'

बादशाह के लबों पर मुस्कान झलक आयी।

रोशनआरा ने कहा—'जहाँनारा आपा को अलीमर्दान की हवेली में भेजने का इन्तजाम हो जाये। मगर आलमआरा को किला में ही रहने दिया जाये—निकाह के लिए।'

शेख निजाम ने तस्दीक की।

उसी वक्त खुफियानवीस ने खबर की कि ग्वालियर के किले में सुलेमान और सिपर शिकोह—दोनों की मौत हो गयी।

चन्द लम्हों के लिए सन्नाटा छा गया।

बादशाह की आवाज आयी—'यह खबर नहीं फैले। जहाँनारा और आलम आरा को भनक नहीं मिले। ...और अभी दोनों को हवेली में जाने दिया जाये।'

'आलमआरा हाथ से निकल सकती है। जोखिम न लें। ' रोशन ने होशियार किया।

'इसीलिए थोड़ा इन्तजार करना चाहता हूँ। मेरे हाथों से निकल जाना ख्वाब में भी नहीं हो सकता।'

'आलम आरा अन्दर से मजबूत है। वह झुकना नहीं चाहती।' हिन्दुस्तान पर हुकूमत करनेवाला एक लड़की से घबरा नहीं जाएगा। दारा का नामोनिशान मिट रहा है। अब क्या फिक्र।'

'जहाँपनाह! दारा के खयालात जहाँ-तहाँ गूँज रहे हैं-तुर्क—मुगल हिन्दुस्तान की भाखा, धरम ओर फलसफा से जुड़ने की कोशिश करें। रिआया को औलाद समझें।' शेख निजाम ने बतलाया।

'अब सिर्फ कलामेंपाक सुनाई पड़ेगा। फिक्र न करें।' बादशाह ने भरोसा दिया।

'वह तो यकीन है।...अब अपने बेटे मुहम्मद सुल्तान को माफ कर दें। ग्वालियर के कैदखाने से रिहा कर दें।' रोशनआरा ने गुजारिश की।

बादशाह ने सर हिला दिया। बैठक खत्म हुई।

शाम को बादशाह औरंगजेब ने अपने वजीरों के साथ किले के दरवाजे से जहाँनारा और आलमआरा को विदा किया। दोनों सिपाहियों की देखरेख में हवेली पहुँच गयीं। जहाँनारा खुश थी। आलमआरा को ताज्जुब हो रहा था।

उधर महरूम हकीम मुकर्रम खाँ के बेटे अनवर को दोनों भाइयों की मौत की खबर मिल गयी। उसकी आँखें टँगी रह गयीं।...अफीम पिलाकर मार डाला। अब इन शाहजादियों की भी खैरियत नहीं है। इन्हें होशियार कर देना चाहिए। लेकिन जान पर खतरा है। अब्बा जान दे चुके हैं; जान लेने के बदले। अब उस पर

एतबार नहीं होगा। वह क्या करे? एतबार खाँ ने धमकाया है। लेकिन वह चुपके से खबर कर देगा।

रामसिंह अपने महल में रमा से ताजपोशी का वर्णन कर रहे थे। खिड़की से देखा कि जहाँनारा और आलमआरा अली मर्दान की हवेली में जा रही हैं।...पिता श्री ने शाहजादा दारा शिकोह का साथ दिया था। उनकी हार हो गयी।...बूढ़े शाहजहाँ और भद्र दारा के साथ बेरहमी की गयी। अब इनका क्या होगा? वे इनके लिए क्या कर सकेंगे? इनसे आँखें चुरानी पड़ेंगी। ...श्याम पर भी किसी की नजर नहीं पड़े।

'क्या सोचने लगे?' रमा ने पूछा।

'जहाँनारा और आलमआरा दोनों की बदकिस्मती पर।'

'यही कालचक्र है। हम विवश हो जाते हैं।'

'हम स्वयं विवश हैं। ...मुगलतख्त से दोस्ती या अपनी पराधीनता ?'

'हाँ! हम इनसे मिल भी नहीं सकते; नहीं तो बादशाह को शक हो जायेगा।' रमा ने स्पष्ट किया।

'हमें तो श्यामा को भी सबकी आँखों से बचाना पड़ रहा है।'

'मैंने वचन दिया है।'

'जब तब आशंका हो जाती है।'

'आपने कृपाण को धारण कर सिन्दूर दिया है।'

'मुझे स्मरण है; रमा!'

श्यामा का पूजा-स्वर दोनों के अशान्त मन को शान्त करने का प्रयत्न करने लगा। दोनों पूजा घर में जा पहुँचे।

रात आ गयी। तीन रात चिरागाँ मनाने का हुक्म हो गया था। इस इलाके की इस हवेली में अन्धकार छाया हुआ था। शमा की रोशनी में जहाँनारा कुरान शरीफ का पाठ कर रही थी। आलमआरा दुपट्टा से सर छुपाये बैठकर सुन रही थी।...कुछ लम्हों के बाद सोचने लगी—अब्बाहुजूर तो कुरान शरीफ के साथ उपनिषद को भी पढ़ रहे थे। समझ रहे थे। शायद उन्होंने उपनिषदों का तरजुमा फारसी में किया था या कराया था! एक बड़ा काम कर रहे थे। इसीलिए इस दुनिया से हटा दिये गये। दोनों भाइयों को कैद में अफीम दे रहे हैं। मारने की कोशिश कर रहे हैं। और वह चूँकि लड़की है; चुनाँचे उसके जिस्म को नोच-नोचकर तबाह करने की तरकीब लायी जा रही है।...या अल्लाह रहम करें। वह शाहजादी नहीं एक गरीब मजलूम लड़की है।...क्या वह सिर्फ जिस्म है? वह इनसान नहीं है?...हिन्दू तो औरत को देवी मानते हैं।

अनवर तुर्की टोपी से सर छुपाये आ रहा था। हवेली के दरवाजे पर आया। रोशनआरा बेगम का नाम लेकर अन्दर पहुँच गया। परदे के पार से आलमआरा ने

पूछा—'क्या बात है?'

'शाहजादी! ग्वालियर से एक खबर आयी है, जिसे दबा दिया गया है।'

'कैसी खबर ?' आलमआरा का दिल धड़क उठा।

'दोनों भाइयों की मौत...।'

आलमआरा चीख उठी।

जहाँनारा आ गयी। उसने अनवर को पहचाना।

'मुझे आप न पहचाने। छिपकर आया हूँ। सुलेमान और सिपर की मौत की खबर है। ...आप लोग होशियार...।' यह कहकर अनवर चला गया। जहाँनारा अनवर के अलफाज को सुनती रही। लगा कि रोयें खड़े हो गये।...यह ताजपोशी के जश्न का तोहफा है!...लाशों पर तख्त...!!

67

भवनाथ ने देखा कि दरवाजे पर बाँदियों का पहरा है। वह ठिठक गया। वह हथियारबन्द बाँदियों से कुछ कहने का साहस नहीं कर सका। पर वह बेचैन था। ...हवेली अँधेरे में डूबी हुई है। वह हवेली से आगे बढ़ गया। आगे एक टीले पर पौधों का झुरमुट दिखाई पड़ा। वहीं रुक गया। वह कैसे उस हवेली में जाकर आलमआरा से मिल सके? जहाँनारा बेगम ने तो मिलने से रोका नहीं था। वह भीतर खबर भेज सकता है।...अगर मुगल सिपाही होंगे तो वह बच नहीं पायेगा। आलमआरा की परेशानी बढ़ सकती है। उस पर दबाव बढ़ जायेगा। ...एक बार जहाँनारा बेगम से मिलने की कोशिश होनी चाहिए। वे दुःखी हैं। मिलना चाहिए ही।...वह उधर बढ़ा। अहिस्ता-अहिस्ता दरवाजे पर आया। दरवाजा बन्द था। अँधेरा छाया हुआ था। बाँदियाँ इधर-उधर थीं।

भवनाथ हताश हो लौटने लगा। वह पुनः झुरमुट के पास चला गया। वहीं से दरवाजे की तरफ देखता रहा। समय बीत रहा था। अब यहाँ रुकना बेकार है। कल सुबह कोशिश करेगा।...अचानक उसे लगा कि दरवाजा खुला। कोई बाहर आया। कोई बाँदी है। वह इससे जरूर पूछेगा। वह झुरमुट से बाहर आया। वह धीरे से बोल उठा—'कौन है? बेगम साहिबा की बाँदी हो?'

'कौन? भवनाथ!...मुझे बचा लो!' आलमआरा बाँदी के वेश में थी। वह सिसकने लगी।

'आलम! इस अँधेरे में हवेली से बाहर...।'

'उस कातिल ने मेरे भाइयों को मार डाला। अब मुझ पर उसकी निगाह है।... इस शहर से दूर चलो। मुझ बचा लो।' आलमआरा ने सिसकते स्वर में

कहा। भवनाथ करुण आँखों से देखता रहा और फिर बोल उठा–'शाहजादी हैं। इस अँधेरी रात में पैदल कहाँ जा सकेंगी?'

'मैं शाहजादी नहीं, एक मजलूम लड़की हूँ। मुझे सहारा दो। दो बेसहारे मिल कर एक दूसरे को मदद कर सकते हैं।'

'मैं कैसे...कहाँ...?'

'साथ नहीं चलोगे तो मैं खुद अपनी राह बनाऊँगी।'

'मैं तैयार हूँ, आलम आरा।'

'भवनाथ! मेरे अब्बाहुजूर नये खयालों के साथ आगे बढ़ रहे थे। आपके पिता जी नये खयालों के साथ थे। हममें वे नये खयाल सुगबुगा रहे हैं। और बादशाह इन नये खयालों से नफरत करते हैं। हम दोनों को इस नफरत की आग से बचना है।'

भवनाथ ने अँधेरे में सर हिलाया। उसने अहसास किया कि आलमआरा हाँफ रही है। लेकिन वह अँधेरे में बेखौफ बढ़ती जा रही है।...वह कहाँ जा सकेगा? परन्तु उसे जाना है।...आगरा छोड़कर कहीं भी जाना है।...ऐसा लग रहा है कि अँधेरे के जुगनू राह दिखा रहे हैं। कभी लगता कि स्याह आसमान में नन्हे तारे राह को रौशन कर रहे हैं।

आलमआरा कभी सहारा पाने के लिए भवनाथ का हाथ थाम लेती। कभी उसके कन्धे का सहारा ले लेती। उसे लगता कि वह आहों को सँभालकर अनजान सफर पर निकल पड़ी है।...न रास्ता...न पड़ाव और न मंजिल की ज़ानकारी है। पर भवनाथ के साथ बढ़ते जाना है।...उसने पूछा–'भवनाथ! क्या सोच रहे हो?'

'अनजान सफर के दो राही दहशत के सैलाब से बच निकलने के लिए चल पड़े हैं।'

'अजीब बात है, भवनाथ! दहशत की वजह से हम दूर-दूर थे। और दहशत ने ही नजदीक ला दिया है।'

'आलम! औरंगजेब बहादुर इस देश को दहशत के सैलाब में डुबा नहीं सकते। दाराशिकोह के विचारों को मार नहीं सकते।...'

'भवनाथ! तुम्हारे साथ से हिम्मत बढ़ गयी है। हम सैलाब के बीच चट्टान तक पहुँचने की कोशिश करेंगे।'

'देखो, आलम! दूर रोशनी है। वहाँ हम...!'

'वह रोशनी पनाह देगी?'

'थोड़ा भरोसा अपने ऊपर और थोड़ा ऊपरवाले पर।'

'जैसे हम दोनों ने एक दूसरे को सहारा दिया है।'

अँधेरे में दोनों मुस्कराये लगा कि अँधेरे में सितारों की रोशनी कौंध गयी। आलम को ठोकर लगी। उसने आह को दबाने की कोशिश की। भवनाथ ने सहारा

दिया। दोनों साथ-साथ चलने लगे।

रोशनी नजदीक आ गयी। दोनों पहुँच गये। खूँटे में बँधी गाय-भैंसें आराम कर रही थीं। झोंपड़ी में कोई दीये की जोत में कबीर का पद गुनगुना रहा था। भवनाथ ने रात्रि विश्राम के लिए अनुरोध किया। वह अधेड़ किसान कुछ क्षण दोनों को देखता रहा। उसने नाम धाम पूछा। भवनाथ ने कुछ बताया। उसने विश्वास कर लिया। रात भर विश्राम की अनुमति मिल गयी। खाने को भी रुखा-सूखा मिल गया। दोनों ने झोंपड़ी में चैन की साँस ली।

सुबह के हल्के अँधेरे में भवनाथ आलमआरा के साथ चल पड़ा। पर दिन के प्रकाश में डर लगने लगा। खोज हो रही होगी। बादशाह का हुक्म हो गया होगा। सिपाही दौड़ रहे होंगे। छिप-छिपकर चलना होगा।

भवनाथ ने धीरे से कहा—'मैं रात में आलम बन गया था और आप नासिरा ...। क्या हम इस रूप में बच सकेंगे? बादशाह मान जायेंगे?'

'अपनी तहजीब, अपनी तवारीख और अपने पुरखों की विरासत से जुदा हो जाओगे? अपने देश में अजनबी बन जाओगे? यह तो मुनासिब नहीं है।'

'पिता जी को याद कर सोचने लगा हूँ। जाति-पाँति के लफड़े से बच जाऊँगा। पंडित समाज के व्यंग्य से घायल नहीं होना पड़ेगा। बादशाह-ए-गाजी के गुस्से से भी बच जाऊँगा। और आपके साथ हमेशा जिन्दगी के सफर पर बढ़ता जाऊँगा।'

'मैं तो सोच रही हूँ कि मेरा मजहब नहीं बदले; मगर मैं हिन्दुस्तान की मिट्टी-हवा-पानी...पेड़-पौधे और इसकी तहजीब-तमद्युन से जुड़ जाऊँ। अब्बा के ख्वाब को हकीकत में बदल दूँ।'

'और मैं...?'

'आप गुरुपुत्र भवनाथ हैं। यही आपकी पहचान है। मैंने इसी रूप में जाना है। चाहा है।'

'मगर यहाँ तो कोशिश है कि हिन्दी मुसलमानों को अरबोईरानी रंग में रँग दिया जाये। शक्ल-सूरत, पहनावा, तहजीब, जुबान और तीज त्योहार—सबको बदल दिया जाये। काफिरों को भी इसी राह पर लाया जाये।'

'यह बिल्कुल गलत है! आप मानते हैं?'

'गलत है!'

'तब आप भवनाथ से आलमखान क्यों बनना चाहते हैं?...अमीचन्द सूफी है। पर अमीचन्द है। पता नहीं कहाँ है?'

'भटक रहा होगा...जैसे हम...!'

एक झोंपड़ी दिखाई पड़ी। दोनों पास आये। झोंपड़ी में एक साधु ध्यान में थे। दोनों तुलसी के पौधे के पास बैठ गये।

साधु का ध्यान टूटा। मुख से 'श्री कृष्ण' का उच्चारण हुआ। भवनाथ ने हाथ जोड़ दिया। आलमआरा ने भी सर झुका दिया।

'मैं भव...सागर...।'

'घबराओ नहीं...। मैं उधवदास वैरागी हूँ। हरिद्वार से लौट रहा हूँ। विन्ध्याचल जा रहा हूँ।'

'मैं भवनाथ...।'

'पंडितराज जगन्नाथ के पुत्र हो न?'

'जी, हाँ।'

'आप...?'

'आलमआरा...!'

'पुण्यात्मा दाराशिकोह की पुत्री...। विश्राम करो। हम विन्ध्याचल चलेंगे। रक्षा होगी। संकट में साहस चाहिए।'

आगरा में जहाँनारा आलमआरा को नहीं पाकर बेचैन हो उठी। बाँदियों से चुप रहने को कहा। एक से बादशाह को खबर मिल गयी। वे गुस्से से चीख उठे... आलमआरा को कैद करके लाना है।

फाजिल खाँ ने घुड़सवारों को चारों तरफ भेजने का हुक्म दे दिया।

औरंगजेब उबलने लगे—'चिनगारी शोला बन रही है! नहीं...चिनगारी को बुझा देना है।'

'मुझे हुक्म हो तो पकड़कर लाऊँगा।' एतबार खाँ ने सर झुकाकर कहा,

'हुक्म है। मैं राह देखूँगा।' बादशाह ने कहा।

एतबार खाँ घोड़े की पीठ पर चल पड़ा। घोड़ों की टापों से आगरा काँप उठा। सारे शहर में बात फैल गयी। धर्मशाला में भवनाथ नहीं था। अफवाह फैलने लगी। लोग भयभीत हो गये। ऐसा लगा कि सारा शहर दहशत के सैलाब में डूब रहा है।

एतबार खाँ शहर से बाहर दौड़ पड़ा। कहीं कुछ पता नहीं चल रहा था। दूर-दूर तक उसकी नजरें खोज रही थीं। रास्ते के हर गाँव को घेरकर खोज होती रही। दहशत में गाँव त्राहि-त्राहि कर उठे।

एतबार खाँ उधवदास वैरागी की झोंपड़ी के पास पहुँच गया। वैरागी पास के झुरमुट से फूल इकट्ठे कर रहे थे। झोंपड़ी घिर गयी। उधवदास फूल की डलिया लेकर आये। उनसे पूछताछ हुई। वे कुछ नहीं बता सके। घोड़ों की टापों से तुलसी का पौधा कुचल गया। पास के गाँव के किसान आ गये। उन्होंने मुगल सिपाहियों को रोका। एतबार के इशारे पर सिपाही गाँव के जवानों पर टूट पड़े। पर उन्हें समझ में आ गया कि वे खेत की मूली नहीं हैं। वे तो लाठी और भाले से जूझ रहे हैं। सिपाहियों को घायल कर रहे हैं। वे घबरा रहे थे। सिपाहियों का एक झुण्ड और आ गया। संघर्ष सघन हो गया। गाँव के जवान घायल होकर गिर पड़े थे।

सिपाही झोंपड़ी के अन्दर घुस गये। भवनाथ और आलमआरा–दोनों पकड़ लिए गये। एतबार कहकहे लगाने लगा। तीनों को कैद करके वह आगरा लौट पड़ा।

बादशाह औरंगजेब राह देख रहे थे। घोड़ों की टापें नजदीक आ रही थीं। वे बेचैन थे। वे दारा...मुल्लाशाह...सूफी फकीर...पंडितराज...सुलेमान-सिपर...सबको याद कर रहे थे।...यह आखिरी बागी है। एतबार खाँ तीनों कैदियों के साथ आ गया। औरंगजेब मुस्कराये। और फिर कड़क कर हुक्म दिया–'तीनों को कैदखाने में डाल दो।'

वैरागी का शीश उठा हुआ था। भवनाथ के सर से खून बह रहा था। आलमआरा की आँखों में रोष था।

68

आगरा ने महसूस किया कि मुगल घुड़सवारों के घोड़ों की टापों से उठी धूल चारों तरफ छा गयी है। धूल ने वसन्त की बयार की लू-लपट में बदल दिया है। भवनाथ के सर से बहता खून चारों तरफ फैल रहा है। आलमआरा की सिसकी सुनाई पड़ रही है। लोग ताजपोशी के जश्न और चिरागों की रोशनी को भूलने लगे हैं।

भवनाथ के बाल शिष्य धर्मशाला में आ गये। वे अपने गुरुजी की कोठरी के पास इकट्ठे हुए। पर गुरुजी का पता नहीं था। बच्चों ने खिड़की से झाँका। एक खाट पर दरी बिछी हुई थी। एक तरफ कुछ पुस्तकें थीं। दूसरी तरफ एक लोटा लुढ़का हुआ था। ताखा में बुझा हुआ दीपक था। बाल शिष्य देखते रहे और फिर एक साथ खड़े होकर प्रार्थना करने लगे।

कुछ लोग पास में आ गये। उन्होंने भी कोठरी के भीतर झाँका और फिर भवनाथ के शिष्यों को देखा। एक ने कहा–'बच्चों! घर लौट जाओ। तुम्हारें गुरुजी पढ़ा नहीं सकेंगे।'

'वे क्यों नहीं पढ़ायेंगे?...वे कहीं गये हैं?' बच्चों ने एक साथ पूछा।

'उन्हें बादशाह ने कैद कर लिया है।'

'आप लोग हमारे गुरुजी को कैद से छुड़ा नहीं सकते?'

'बहुत मुश्किल है।...बादशाह खौफनाक है।' दूसरे ने बताया।

'बादशाह ऐसा क्यों है?'

'वे समझते है कि दमन से...भय से प्रजा दबी रहेगी। दबी हुई प्रजा पर शासन सहज होगा।'

'हम प्रजा हैं?'

'हाँ, बेटे! हम प्रजा हैं। निहत्थे हैं। बादशाह के पास बड़ी फ़ौज है।'

'फौज से बड़ी संख्या तो प्रजा की है।'

यह सुनकर सभी एक-दूसरे का मुँह देखने लगे। सभी सोचते रह गये कि बच्चों के इस प्रश्न का क्या उत्तर दिया जाये!

उसी समय सबने देखा कि मुगल सिपाही धर्मशाला को घेर चुके हैं। सभी भय से काँपने लगे। एतबार खाँ अन्दर आ गया। बच्चे एक साथ बोल उठे—'मेरे गुरुजी को कैद से रिहा करो।'

एतबार खाँ हँसने लगा। उसकी आँखों में हिकारत झलक रही थी।

बच्चों ने बार-बार 'कैद से रिहा करो' की आवाज लगायी। वह चिढ़ गया। उसने बच्चों को डाँटा। नेजे के ऊपर उठाकर घमकाया। बच्चे भाग चले।

उसने पीछे हटते अन्य लोगों से पूछा—'भवनाथ कहाँ रहता था?'

एक ने कोठरी की ओर इशारा कर दिया। और सभी भय से पीछे हटते रहे। उसने सबको कैद करने का हुक्म दे दिया। क्योंकि उसकी नजर में ये भवनाथ के मददगार थे। वे लोग गिड़गिड़ाने लगे। पर सभी कैद कर लिए गये।

एतबार खाँ कोठरी के अन्दर घुस आया। गन्दे जूतों से विस्तर को रौंद डाला। पुस्तकें बिखेर दीं। लोटे और दीये को पटक दिया।... वह कहकहे लगाता बाहर आया।

बाजार बन्द हो चुका था। सभी अपने घरों में छिप गये थे। आधी खुली खिड़कियों से कुछ लोग बाहर झाँक लेते थे। एतबार खाँ कैदियों के साथ लौट रहा था। उसने रास्ता बदल लिया।

पास के मुहल्ले में यह खबर पहुँच चुकी थी। कुछ लोग दरवाजों से बाहर आकर बातचीत करने लगे। एक ने कहा—'हमने खौफ से बादशाह का मजहब अपना लिया। लेकिन खौफ से छुटकारा नहीं है।'

दूसरे ने जवाब दिया—'अब हमें बेखौफ रहना है। बादशाह और मुल्लाशेख को सलाम करें और फिर सर ऊँचा करके रहे।'

तीसरा बोल उठा—'सर झुकाना और सर ऊँचा करना, कैसा बेतुकापन है।

चौथे ने बताया—'अब हम बादशाह के हममजहब हैं। नौमुस्लिम हैं। इन्हें सलाम करो और हिन्दुओं के सामने सर ऊँचा करो।'

'तो हम रिआया नहीं हैं? हम मुगल सरदार हैं?' पहले ने पूछा।

'हम बादशाह-ए-गाजी के हममजहब हैं। वे हम पर मेहरबान रहेंगे।' दूसरे ने समझाया।

'तो हम अपने पड़ोसियों की गिरफ्तारी को सही मान लें?' तीसरे ने सवाल कर दिया।

'सही तो मानना होगा। अब हमे बादशाह के हर काम को सही मानना

होगा।' चौथे ने ठण्डी आह भरकर कहा।

'लेकिन यह तो गलत है!' पहला बोल उठा।

एतबार खाँ नजदीक आ गया। घोड़ों की टापें थम गयीं। धूल उड़ी और आसमान में विलीन हो गयी। उसने चीखकर कहा—'देख लो, नौमुस्लिम बिरादर! ये बागी काफिर कैदखाने जा रहे हैं। बादशाह-ए-गाजी के खिलाफ कोई हरकत बर्दाश्त नहीं होगी।...सारा हिन्दुस्तान उनकी कदमबोसी के लिए झुक आया है।'

नौ मुस्लिमों ने सहमकर सर हिलाये।

'बोलो, बादशाह-ए-गाजी जिन्दाबाद।'

सभी 'जिन्दाबाद' बोल उठे।

'नौमुस्लिम बिरादर! दाराशिकोह अपनी काफिराना हरकतों से खाक में मिल गये। आखिरी निशानी कब्जे में आ चुकी। ...आप सब दीनोईमान वाले हैं।...दारा के खयालात पर गौर नहीं करना है। वह कुफ्र है। ...आप सब बादशाह-ए-गाजी की मेहरबानी से तरक्की करें। शान से रहें।' यह कहकर एतबार आगे बढ़ा।

सबने हथेलियों को जोड़कर प्रणाम करना चाहा। मगर सभी सँभल गये। सबने एक हथेली को आगे कर सर झुकाया एतबार खाँ मुस्कराने लगा, उसने ऐड़ लगायी। घोड़ा चल पड़ा। सिपाही आगे बढ़े। कैदियों के सर झुके हुए थे। सारा इलाका धूल से भर गया। ...आगे बाजार बन्द दिखाई पड़ा। व्यापारी आसपास बैठे हुए थे।...वे किले की ओर देखते तो लगता था कि दहशत का सैलाब उमड़ता आ रहा है।...जमुना जी दूर हैं। पर यह सैलाब बिल्कुल पास है दिल्ली से आगरा आ गया।

एक ने धीरे से कहा—'दारा शिकोह कब्रिस्तान में पहुँचा दिये गये क्योंकि वे हिन्दू और मुस्लिम में फर्क नहीं मानते थे। उनके बेटे अफीम पिलाकर खाक में दफन कर दिये गये क्योंकि उनसे विद्रोह का भय था। और उघोदास को कैद कर लिया गया क्योंकि उन्होंने दाराशिकोह की पुत्री और पंडितराज के पुत्र को शरण दे दी थी।'

'बादशाह दारा से भयभीत हैं। अतः प्रजा के लिए भयानक हैं!' दूसरे ने प्रश्न कर दिया।

'ये भयानक और धूर्त्त दोनों हैं। कितनी चतुराई से तख्त को पा लिया। पर प्रजा से डरते हैं। इसीलिए भयभीत करना और दमनचक्र...!' तीसरे ने उत्तर दिया।

'हम प्रजा हैं। पराधीन प्रजा हैं। तुलसीदास लिख गये हैं कि पराधीन को सपने में भी सुख नहीं मिलता।' चौथे ने आह भरकर बताया।

'देश में जहाँ-तहाँ पराधीनता की जंजीर को तोड़ने की कोशिश हो रही है।... पर वे कैसे सफल होंगे?' पाँचवें ने अपनी पीड़ा व्यक्त की।

'मिर्जाराजा ने शिवाजी को समझौता करने को विवश कर दिया है। शिवाजी को आगरा आना है।' पहले ने बताया।

'और हम शीश झुकाने को विवश हैं।' दूसरे ने क्षोभ से कहा।

मुगल सैनिक दिखाई पड़े। सभी छिपने लगे। मुगल सरदार की कड़क आवाज सुनाई पड़ी—'बाजार खुलेगा...बन्द नहीं रहेगा।'

घोड़े की टापों ने सबको घेर लिया। नेजें चमकने लगे। धीरे-धीरे बाजार खुलने लगा।

शाम में एक सूफी फकीर, एक कबीरपन्थी साधु और एक रामानन्दी वैरागी एक साथ बादशाह औरंगजेब से मिलने आ गये।

बादशाह शेख निजाम और शेख इस्लाम के साथ बैठे थे। फाजिल खाँ भी मौजूद था। एतबार ने सारा हाल बता दिया। सभी खुश थे। लेकिन बादशाह सोच रहे थे—गाँववालों ने लाठी उठा ली। उन्होंने मुगल सिपाहियों को रोका।...क्या मथुरा के गोकुल का असर यहाँ तक आ गया है?...ये फकीर किसलिए आ गये हैं?

फाजिलखाँ ने कहा—'जहाँपनाह! इन फकीरों से मिलने की जरूरत नहीं है। ये उधोदास की रिहाई के लिए आये हैं।'

शेख निजाम ने बताया—'सूफी सरमद का शागिर्द हो सकता है। तभी तो दो काफिरों के साथ आया है।'

'यह सरमद का ही असर है कि एक सूफी उधोदास की बाबत गुफ्तगू करने की हिम्मत कर के आ गया है।' शेख इस्लाम ने बताया।

'उधोदास और भवनाथ की बाबत कैसी बातचीत? मुझे किसी से बातचीत नहीं करनी हैं। किसी की सलाह की जरूरत नहीं है।' औरंगजेब ने अपनी राय रख दी।

'शायद यही उधोदास घूम-घूमकर बगावत की बात करता है। इसी ने आसाम की शाहजादी को जमुना में डूब जाने की बात की थी। इसे कैसे रिहा किया जायेगा?' शेख निजाम ने बादशाह औरंगजेब के गुस्से को उभार दिया।

बादशाह ने हुक्म दे दिया—'इन्हें आगरा शहर को छोड़ देना है। अगर ये हुक्म-उदूली करें तो कैद कर लिए जायें।'

सबने सर हिलाकर ताईद की।

तीनों साधु इस हुक्म को सुनकर चकित हो गये। वे क्षुब्ध हो उठे। उन्हें किले के द्वार से लौटना पड़ा। कुछ दूरी पर इनके चेले इकट्ठे थे। वे भी क्षुब्ध हुए। पर वे कुछ कर नहीं सके। मुगल सिपाहियों ने सबको आगरा छोड़ देने का हुक्म दे दिया। उनके भाले उनकी ओर मुड़कर चमक रहे थे।

तीनों साधु-फकीर आगरा छोड़कर जाने लगे। जहाँनारा को जानकारी मिली। वह आह भर रही थी। अँधेरा घिर आया था।

69

रोशनआरा कैदखाने में आयी। एक कमरें में उद्योदास दिखाई पड़े। वैरागी बाबा ने रोशनआरा को देखा। वे बोल उठे—'बेगम। सारे हिन्दुस्तान को कैदखाने में बन्द नहीं किया जा सकता।'

'उधोदास! दाराशिकोह और काफिरों की साजिश नाकामयाब हो गयी।... तुमने...मुगल शाहजादी को छिपाया था मगर छिपा नहीं सके।' रोशनआरा ने जवाब दिया।

'यह कामयाबी कुछ दिनों की है। हिमालय की ऊँचाई पर हावी होना बहुत कठिन है।'

वह सुनकर रोशनआरा झुँझला उठी। वह गुर्राकर आगे बढ़ गयी। भवनाथ का कमरा दिखाई पड़ा। वह कम्बल पर लेटा हुआ था। सर पर पट्टी बँधी हुई थी। वह पानी माँग रहा था।

रोशनआरा ने कहा—'पानी चाहिए या मुगल शाहजादी...?'

'बेगम! प्यास तो सबको लगती है। जिन्दगी की प्यास से सभी बेचैन रहते हैं। आप शायद बेचैन नहीं रही हैं?' भवनाथ ने उत्तर दे दिया।

'मेरे हाथ में हुकूमत है। हर प्यास बुझेगी। तुम तड़पोगे।'

'आलमआरा की तड़प को भी देख लें। तन्हाई में आप भी तड़प लें।'

'बदतमीज। जुबान बन्द करो।' यह कहकर रोशनआरा आलमआरा की कोठरी के सामने आ गयी। एकाध पल चुपचाप देखती रही और फिर मीठी जुबान में कहा—'आलमआरा! यह कैदखाना तेरे लिए नहीं है।'

'इसके बाद तो फाँसी का फन्दा बच रहा है, फूफी जान!' आलमआरा ने जवाब दे दिया।

'तेरे लिए शाही हरम का दरवाजा खुला हुआ है।'

'उस दरवाजे की चौखट पर अब्बाहुजूर और भाइयों का खून बह रहा है। और अन्दर झाड़फानूस के बदले उनके कटे हुए सर लटका दिये गये हैं।...वहाँ नहीं... ।'

'ऐसा मत कहो। तुम मुगल शाहजादी हो। शाहजादा अकबर के साथ शादी के जश्न का हुक्म दो।'

'तो आप मेरी मौत की नयी तरकीब निकाल चुकी हैं।'

'शादी मौत नहीं, जिन्दगी है।'

'अकबर भाई है या दुश्मन! भाई या दुश्मन के साथ शादी गैरमुनासिब है, गैरमुमकिन है।'

'तुम पर काफिरों का असर है, आलमआरा! यह गुनाह है।'

'रोशनआरा बेगम गुनाह और शवाब का फर्क नहीं समझा सकती।'

'जहाँनारा से समझ लो।' यह कहकर रोशनआरा आँखों से आग बरसाती हुई चली गयी।

उधर बहादुर खाँ मथुरा से आया था। उसने बादशाह से मुलाकात के लिए इत्तिला भेजवायी। उसे इजाजत मिली। बादशाह खिल्वतगाह में आये। बहादुर खाँ ने वजीर फाजिल खाँ के साथ खड़ा होकर कोर्निश की। बादशाह ने महसूस किया कि बहादुर खाँ खुश नजर आ रहा है।

उन्होंने भी मुस्कराकर सर हिलाया।

बहादुर खाँ ने बताया–'शहंशाह! मथुरा से सोने का कठघरा आ गया है। लेकिन इसे मन्दिर से हटाने और आगरा लाने में परेशानी हुई है।'

'क्या परेशानी हुई?'

'जाटों ने बुतखाने को घेर रखा था। सारे शहर में खलबली थी। बहुत मुश्किल हुई।'

'तो अब गोकुल को ठिकाने लगाना होगा।' बादशाह ने तीखी आवाज में कहा।

'शहंशाह! हम हर मोर्चे पर कामयाब हो रहे हैं।...गोकुल को कुचल दिया जायेगा।' वजीर ने हौसला अफजाई की।

उसी वक्त रोशनआरा आ गयी। वह बोल उठी–'अभी एक मोर्चे पर फतह बाकी है।'

'कौन-सा मोर्चा...?' बादशाह औरंगजेब ने पुछा।

'आलमआरा तख्तोताज के लिए चुनौती बन गयी है।'

'उस नाचीज के लिए इतनी परेशानी क्यों, आपा! सिर्फ निकाह की रस्म और शाहीमहल का ऐशगाह...नादान लड़की के लिए इतनी ही जरूरत है।'

'लेकिन वह तो अकबर को भाई या दुश्मन समझती है। कहती है कि भाई या दुश्मन के साथ निकाह गैरमुमकिन है।'

'हमारे शेख और मुल्ला मुमकिन बना देंगे।' औरंगजेब तल्ख हो उठे।

जहाँनारा उस हवेली के कमरे में खयालों में डूबी हुई थी।...यह क्या हो गया? सुलेमान और सिपर की मौत...आलमआरा का भागना और अब कैदखाने की जिन्दगी। ओफ!!...उसने तो औरंगजेब की मुखालिफत छोड़ दी है। अल्लाह ने इसे तख्त बख्श दिया है। यह हुकूमत करे। लेकिन उसे अमनचैन से रहने दे। ...लेकिन आलमआरा को कैदखाने में घुल-घुलकर मरने देगी? नादान बेटी ने हुक्म-उदूली की है। रोशनआरा नाराज होगी। लेकिन वह औरंगजेब से गुजारिश करेगी कि आलम को साथ रहने दिया जाये।...वह उसे भागने से रोक नहीं सकी थी। वह भी कूसूरवार है। मगर वह उसे अपने साथ रखने के लिए कोशिश करेगी।

उसने अपनी बाँदी के हाथ बादशाह के पास एक अर्जी भेज दी। वह अर्जी बादशाह के पास आ गयी। बादशाह ने अर्जी पढ़ी। फिर रोशन आरा के हाथ में दे दी। रोशन आरा ने भी अर्जी को पढ़ा। फिर बादशाह की ओर देखा। बादशाह की आँखों में सवाल था। रोशन ने कहा—'जहाँनारा उसकी हिफाजत नहीं कर सकी। अब उन्हें दूसरा मौका नहीं मिलेगा। औरंगजेब ने सर हिलाकर मान लिया। जहाँनारा को फैसला भेज दिया गया।

जहाँनारा ने महसूस किया कि अब आलमआरा की जान नहीं बच सकेगी। अब वह क्या करे? मिर्जाराजा जयसिंह नहीं हैं। रामसिंह हैं। शायद वे औरंगजेब को समझा सकें। मिर्जाराजा मुगल सल्तनत के एक मजबूत पाया हैं।...यह गौर करके जहाँनारा ने रामसिंह के पास एक खत भेज दिया।

रामसिंह रमाकुँवर के साथ बैठे थे। श्यामा प्रसाद देने आयी। युवराज पति को उदास देखा। रमा ने श्यामा को बैठा लिया। तीनों एक दूसरे को देखते और फिर नीचे देखने लग जाते थे। रमा ने सन्नाटे को तोड़ा—'उधोदास, भवनाथ और आलमआरा का वन्दी हो जाना बहुत बुरा हुआ।'

'उधोदास बड़े सेवाभावी वैरागी हैं। श्री कृष्ण का नाम लेते हैं और दुःखियों की सेवा करते हैं।' रामसिंह ने पीड़ा भरे स्वर में कहा।

'इसी उधोदास वैरागी ने मेरी रक्षा की थी और बाद में यमुना जी में डूब...। श्यामा ने मन्द स्वर में बताया।

'हम उधोदास के वचन पर श्यामा के लिए आग से खेल रहे थे।' रमा ने याद दिलायी।

'उन दिनों की याद करके रोयें काँप उठते हैं।' श्यामा के शब्दों में कम्पन था।

'हम आज भी आग से खेल रहे हैं। वैरागी बाबा पर जुल्म होगा। और तब पुरानी बात उठेगी।' रमा ने आतंकित होकर कहा।

'हाँ, रमा। श्यामा की बात उठ सकती है।' रामसिंह के स्वर में स्थिति की भयानकता का संकेत था।

'मेरा विश्वास है कि उधोदास मेरे बारे में कुछ नहीं कहेंगे। यदि कह भी दें तो हम मित्र हैं' पराजित राजा नहीं...।

श्यामा ने घबराहट पर विजय पा ली थी।

रमाकुँवर ने श्यामा की ओर देखा और फिर हृदय से लगा लिया। रामसिंह को श्यामा का तेजस्वी रूप अच्छा लगा। पर बादशाह से टकराव की कल्पना अच्छी नहीं लगी।...क्या किया जाये? पिताश्री भी नहीं हैं।'

रमा बोल रही थी—'श्यामा! तेरा जीवन हमारा जीवन है।'

यह सुनकर रामसिंह ने अपने अन्तर में साहस का अनुभव किया। दोनों को देखा। आँखों से आश्वासन दिया।...पर किन्तु...मुगल फौज और औरंगजेब का

कठोर रूप झलकने लगा।...वे कुछ सोचने लगे।

'आप क्या सोच रहे हैं?' रमा ने पूछा।

श्यामा का हृदय आशंकित हुआ। वह अपने पति को देखने लगी।

'यदि कुछ दिनों के लिए आप दोनों गणगौर पूजा के नाम पर आमेर चली जायें तो मैं यहाँ निपट लूँगा।'

'इस पर हम विचार करेंगी। आमेर जाना उचित भी रहेगा। श्यामा को विवाह के बाद जाना चाहिए। पर आपको अकेला छोड़ना भी उचित नहीं है।' रमा ने कहा।

श्यामा ने आँखों से समर्थन किया।

उसी समय जहाँनारा बेगम का खत मिला। रामसिंह ने खत को पढ़ा। रमा की जिज्ञासा पर खत पढ़कर सुना दिया। दो क्षण का मौन रहा। फिर श्यामा बोल उठी—'अब तो आप पूर्ण विश्वास के साथ कुछ कर सकते है। जहाँनारा बेगम की ओर से आप कुछ कह सकते हैं।'

'हाँ, जहाँनरा बेगम की ओर से केवल आलमआरा के लिए अनुरोध हो सकता है।...उधोदास के लिए कुछ कहना...!' रामसिंह ने कुछ सोचते हुए कहा।

'आमेर के शूर महाराजा द्वारा शिवाजी पर विजय पाने के बाद भी आमेर के राजकुमार की बात नहीं सुनी जायेगी?' रमा ने स्मरण दिलाया।

'हाँ, सुनी जा सकती है। मैं अनुरोध करूँगा।' रामसिंह ने उत्तर दिया।

रमा और श्यामा इस विश्वास की अनुभूति कर रही थीं।

70

बादशाह औरंगजेब सुबह की नमाज के बाद कुरानशरीफ का पाठ कर रहे थे। सूरज की रोशनी फैल रही थी। अगरबत्ती की खुशबू से कमरा भर गया था। और शाही महल का शोरगुल दूर-दूर था। बेगमें और बादियाँ कुछ फासले पर खड़ी होकर इन्तजार कर रही थीं। बादशाह के नाश्ते का वक्त हो गया है। दरवाजा खुला। बेगमें आ पहुँचीं। औरंगजेब ने अपनी मन्द मुस्कान से अपनी बेगमों का इस्तकबाल किया। बाँदियों ने नाश्ते का इन्तजाम किया। शहनाई का स्वर गूँजने लगा।

खिल्वतगाह में वजीर फाजिलखाँ के साथ काजी-उल-कुज्जात आ गये थे। मीरमुंशी शामलाल भी मौजूद था। बादशाह नाश्ते के बाद मामलों-मुकदमों के फैसले और इंसाफ के लिए आ पहुँचे। वे बड़े काजी यानी काजी-उल-कुज्जात की सलाह से इंसाफ करते रहे हैं।

मीरमुशी शामलान ने एक मामला सामने रखा। बादशाह शाहजहाँ के जमाने के एक मुगल सरदार की मौत हो गयी थी। वह बेऔलाद मरा था। कानून के मुताबिक उसकी जायेदाद पर सल्तनत का कब्जा होना था। इसलिए वजीर ने एक सरदार को सिपाहियों के साथ भेजा था। उसने आकर इत्तिला की थी कि सन्दूकों में सिर्फ ईंट-पत्थर मिले हैं। सन्दूक किले में आ गये हैं। जायेदाद पर कब्जा करने के लिए गया हुआ सरदार भी हाजिर था। उसने बताया कि उस सरदार की मौत के बाद ही सिपाहियों ने पहरा देना शुरू कर दिया था। देखरेख में ही मैयत निकली थी। कुछ सन्दूकों में कपड़े-लिबास थे। कुछ में बर्तन थे। बाकी में पत्थर के टुकड़े थे।

'यह धोखाधड़ी है।' बादशाह ने सख्त आवाज में कहा।

'जहाँपनाह! मुहल्ले के बाशिन्दे कह रहे थे कि सरदार ने सल्तनत के कानून से मखौल करने की बात जब-तब कही थी।'

'पहले इसकी जाँच होनी चाहिए। काजी ने सलाह दी।'

'जासूस इसकी जाँच करें।...इस सरदार की भी तलाशी होगी।' बादशाह ने काजी की राय से फैसला कर दिया।

सरदार को लगा कि वह फँस गया। वह आरजू-मिन्नत करने लगा। पर उस पर सख्त नजर रखने का हुक्म हो गया।

काजी-उल-कुज्जात रूख्सत हुए।

उसी वक्त युवराज रामसिंह आ पहुँचे। इजाजत मिली। वे खिल्वतगाह में आ गये। बादशह ने खुशी जाहिर करते हुए कहा—'रामसिंह मिर्जा राजा जयसिंह की बहादुरी से मराठा सरदार समझौता के लिए मजबूर हो गया है। अब आगरा पहुँचना चाहिए।'

'शहंशाह! खबर मिल गयी है। यह बहुत बड़ी कामयाबी है।' रामसिंह ने हर्ष प्रकट करते हुए कहा।

'यह कामयाबी मिर्जा राजा के खून और पसीने की देन है। हम बहुत खुश हैं।'

'इस समझौते के बाद शिवाजी बीजापुर और गोलकुण्डा को जीतने में मददगार साबित होंगे।'

'सही अन्दाज है, रामसिंह! शिवाजी से समझौता के बाद दक्कन का झमेला खत्म हो जायेगा।'

'जरूर खत्म होगा।'

'शिवाजी का इस्तकबाल आप को ही करना है। सिर्फ आप पर एतबार है।'

'यह मेरा सौभाग्य है, शहंशाह!'

''यह मुगल सल्तनत की खुशनसीबी है कि इतने बहादुर राजा मुगल बादशाह के दोस्त हैं।'

'एक गुजारिश है।'

'क्या है?'

'बेगम साहिबा जहाँनारा आपा ने आपसे गुजारिश की है। मैं भी उनके लिए विनती कर रहा हूँ।'

'क्या गुजारिश है?'

'तीनों कैदियों को माफ कर दें।...एक तो फकीर है, दूसरा पंडितराज का पुत्र है। और फिर एक मुगल शाहजादी है।...जहाँनारा बेगम की एक ही इच्छा है कि आलमआरा को अपने पास रखकर इबादत में जिन्दगी गुज़ार दें।'

'रामसिंह! आपको तो मालूम है कि आलमआरा उन्हीं के पास थी। मैंने कोई जोर जबर्दस्ती नहीं की थी। आलमआरा भाग खड़ी हुई। शाही मुगल खानदान की इज्जत का सवाल है। चुनांचे वह कैदखाने में है।...अगर वह माफी माँग ले तो ठीक है।'

'शायद उस साधु ने पनाह दी थी। यह तो इत्तफाक की बात है। रमताजोगी ने विश्राम के लिए शरण दे दी होगी।'

'मैंने साधु पर जुल्म नहीं किया है। गुरु तेगबहादुर तो आपकी देखरेख में थे। आपकी सलाह पर उन्हें आगे जाने दिया गया।...लेकिन यह तो उधोदास है। यह हुकूमत के खिलाफ कुछ बोलता रहता है—ऐसा सुनने में आया है।...पंडितराज के बेटे ने ही आलमआरा को भगाया था। यह तो सच है। इसलिए वह गुनहगार है।'

'आप आगरा की कामयाबी और ताजपोशी की खुशी में तीनों को माफी देने की मेहरबानी करें।' रामसिंह ने आग्रह किया।

'आपकी बात पर जरूर गौर करूँगा।...एक बार मैं खुद तीनों से मिलकर समझ लूँगा।'

'आपसे यही उम्मीद है।'

'आप शिवाजी के इस्तकबाल की तैयारी करें।'

'जी, हाँ!' यह कहकर रामसिंह सोचने लगे कि बादशाह जरूर गौर करेंगे। तीनों को रिहा कर देंगे।...पर ये सख्तमिजाज हैं।...क्या करेंगे? कौन बतायेगा!

फाजिलखाँ बारी-बारी से रामसिंह और बादशाह के चेहरे देख रहा था। उनकी गुफ्तगू को सुन रहा था...बादशाह को रिहा नहीं करना चाहिए। उधोदास फकीर तो है, पर गर्म मिजाज है।...आलमआरा को तो मुगल हरम में आना ही है।...भवनाथ गुनहगार है। पण्डितराज तो दाराशिकोह के उस्ताद ही थे। उन्हीं का लड़का यह है। इसने शाहजादी को भगाया है। उसे सजा मिलनी चाहिए। अगर वह इस्लाम कबूल करे तो रिहाई हो सकती है।

बादशाह खिल्वतगाह से उठे। रामसिंह विदा हुए और तब बादशाह औरंगेजेब ने फाजिल खाँ के साथ सिपाहियों की कवायद देखी। और फिर दोनों कैदखाने

पहुँचे। कैदखाने के दरोगा ने इस्तकबाल किया। दरोगा ने कैदखाने को दिखाया। बादशाह ने कुछ पुराने कैदियों को देखा...उधोदास का कमरा आ गया।

उद्योदास ने कहा—'बादशाह का स्वागत है।'

'उधोदास! रामसिंह आपकी रिहाई चाहते हैं। आपका क्या खयाल है?'

'साधुफकीरों को कैद में रखना अनुचित है।'

'अगर साधुकीर सल्तनत के खिलाफ कुछ करें तो...। आप पर कई इलजाम हैं।'

'बादशाह-ए-गाजी! आप विचार करें—श्रीकृष्ण का नाम लेना और दुखियों की सेवा अपराध है?'

'हमें शक है कि आपने एक शाहजादी के बारे में अफवाह फैलायी थी। उसे कहीं छिपा दिया था। और अब आपने मुगल शाहजादी को छिपाया था। यह जुर्म है।' बादशाह ने सख्त आवाज में कहा।

'मैंने काली की एक पुजारन को यमुना जी में डूबने से अवश्य ही बचाने की चेष्टा की थी। पर वह बच नहीं सकी थी। इसका मुझे खेद है।...दाराशिकोह की भूखी-प्यासी और थकीमाँदी कन्या को शरण दी थी। आप उससे पूछ सकते हैं।... यह अपराध नहीं है।'

'यह सफाई इंसाफ के वक्त काजी के सामने देंगे।'

'आप अभी तो इंसाफ करें। बीमार भवनाथ के लिए औषधि का प्रबन्ध हो। रोगी पर तो कृपा करें।'

यह सुनकर बादशाह वजीर के साथ आगे बढ़ गये। बाद के कमरे में भवनाथ बुखार में तपता दिखाई पड़ा।

भवनाथ ने आहटें सुनीं। दोनों को देखा। वह बोल उठा—

'बादशाह का स्वागत है इस द्वार पर।'

'और कुछ कहना है?' वजीर ने तल्ख आवाज में पूछा।

'अपने भाइयों की मौत से घबरायी आलमआरा को मदद करना अपराध हो गया? इस कैदखाने में बन्द करना इंसाफ हो गया?'

'अभी इंसाफ बाकी है, भवनाथ! तब तक के लिए दवा का इन्तजाम हो जायेगा।' औरगंजेब बादशाह ने दरोगा को दवा के लिए हक्म दे दिया।

आगे आलमआरा का अमरा था। वह उन्हें देख कर चीख उठी 'यह जुल्म कब तक? अल्लाह से खौफ करो, हुजूर चाचाजान!'

'आलमआरा! तुम मुगल शाहजादी हो। शर्मोहया भूलकर उस राह के भिखारी के साथ भटक रही हो। तुम्हारी जगह शाही महल है।'

'कैदखाना और शाही महल में क्या फर्क है?...जिसने मेरी मदद की है, उसका खयाल रखना मेरा फर्ज है। भवनाथ की जान नहीं लें।'

'उसके लिए दवा आ रही है। तुम जहाँनारा आपा के पास जाना चाहती हो या

उदयपुरी अम्मा के पास...?'

'अभी तो भवनाथ बीमार है। यहीं रहना है।

'जहाँनारा आपा आपके लिए बेचैन है।' फाजिल खाँ ने शीरीजुबान में बताया।

'हम दोनों पर आप रहम करें। उस फकीर न रात में पनाह दी थी। उन्हें भी भूल नहीं सकती।'

औरंगजेब और फाजिल खाँ आलमआरा के जवाब को सुनकर चिढ़कर हट गये। दोनों कैदखाने से बाहर आये।

औरंगजेब सोचने लगे कि तीनों का क्या किया जाये!...रामसिंह ने रिहाई के लिए अर्ज किया है। मगर इन तीनों को झुकना है, माफी माँगनी है।...अभी तो मराठा सरदार से निबटना है। वह काबू में आ गया है। इसे काबू में रखना है। यह मौका नहीं निकले और रामसिंह को अन्दाज भी नहीं मिले।...अपनी सियासत की राह पर कदम बढ़ाते जाना है।

71

रामसिंह ने देखा कि रमा और श्यामा दोनों पूजा में तल्लीन हैं। रमा शंख बजा रही है और श्यामा आरती कर रही है।...वे हाथ जोड़कर खड़े हो गये। श्यामा के स्वर में अपना स्वर मिलाकर आरती गीत गाने लगे। दोनों स्वर शंख ध्वनि के साथ प्रकोष्ठ से होते हुए वाटिका में फूल-फूल पर फैल गये। फूल भी झूम उठे।

आरती पूरी हुई। शंखध्वनि बन्द हो गयी। श्यामा आरती लिए रामसिंह के पास आ गयी। रमा तिलक-चन्दन करने के लिए आयी। रामसिंह ने आरती के आलोक में श्यामा को निहारा। आरती मानो देवता के तेज को ग्रहण किया। रमा ने चन्दन और रोली से तिलक किया। श्यामा ने गले में माला डाल दी।

रामसिंह बोल उठे—'देवियों! चन्दन-तिलक एवं माला के बाद कंठी और कमण्डल शेष रह गये।'

'श्रीमान्! चन्दन-तिलक इसलिए किया गया है जिससे आपको स्मरण रहे कि आपने किसी के शीश पर सिन्दूरतिलक किया है।' श्यामा ने उत्तर दिया।

'माला भी याद दिलाती रहेगी कि आपने किसी को माला पहनाकर अपनाया है।' रमाकुँवर ने मन्द मुस्कान के साथ कहा।

'मैंने समझा था कि आप दोनों इस गृहस्थ को संन्यासी बनाने का प्रयत्न कर रही हैं।' रामसिंह ने विनोद किया।

'हम संन्यासी को भी गृहस्थ बना देती हैं। बेघर का घर बसाना पुण्य है।' रमा

प्रसाद देती हुई बोल उठी।

'तो आप दोनों मुझे अपनी मुस्कानों के बन्धन में बाँधकर पुण्य कर रही हैं!'

'अब आपको शिवाजी की अगवानी करके पुण्य अर्जित करना है। वे स्वराज्य के लिए लड़ रहे हैं।' श्यामा ने संकेत दिया।

'मैं तो अगवानी के लिए जा ही रहा हूँ।...पर उधव दास वैरागी जी कैदखाने में हैं—यह एक चिन्ता है।' रामसिंह ने मन्द स्वर में कहा।

'यदि भाल पर तिलक है; गले में माला है और हाथ में तलवार...तो आप चिन्ता न करें।' रमाकुँवर ने भरोसा दिलाया।

रामसिंह का शीश हिला। वे प्रसाद ग्रहण कर महल के द्वार पर आये। उन्होंने देखा कि वजीर मीरमुंशी शामलाल के साथ मौजूद है। वजीर ने विदा किया। वे सेना की एक टुकड़ी के साथ शिवाजी की अगवानी के लिए चल पड़े। रास्ते में धूल से भरे आकाश में कभी उधव दास का मुख झलक उठता था...कभी भवनाथ का, कभी आलम आरा का। और शिवाजी की कल्पना करने लगे।

पहाड़ी क्षेत्र का मराठा वीर कैसा होगा? पिता श्री ने समझौता किया है।... इस मराठे वीर ने इतनी बड़ी सल्तनत को चुनौती दे दी है!...

शिवाजी आगरा की सीमा पर आ पहुँचे थे। साथ में नौ वर्षीय पुत्र शम्भा जी था। मराठे सैनिक थे। रामसिंह ने आगे बढ़कर अपना परिचय देते हुए अगवानी की।

शिवाजी ने मन्द मुस्कान के साथ स्वागत को स्वीकार किया।...रामसिंह शिवाजी को देख रहे थे...इस वीर ने शाइस्ता खाँ को पूना से भागने के लिए मजबूर कर दिया था। सर के ऊपर पर्वत शिखर के समान पगड़ी...आँखों में तेज ...होंठों पर मन्द मुस्कान...और नुकीली दाढ़ी...।

'आप राजा जयसिंह के पुत्र हैं!' शिवाजी बोल उठे मानो श्रावण के मेघ का स्वर गूँज उठा हो।

'जी, हाँ!'

'बादशाह औरंगजेब ने आपको भेजा है! कोई मुगल सरदार नहीं आया?...कोई बात नहीं! मैं स्वयं यमुना जी के तट पर आना चाह रहा था। मिर्जा राजा ने अवसर दे दिया।' शिवाजी ने विनम्र भाव से कहा।

'बादशाह औरंगजेब आपकी प्रतीक्षा करते रहे हैं।' रामसिंह ने बताया।

'मैं तो मिर्जा राजा जयसिंह के साथ आना चाह रहा था। पर वे युद्ध में व्यस्त हैं। मैं अकेला आ गया।...साथ में मुगल सेनानी तो हैं ही।'

'मैं सर्वदा आपके साथ हूँ।' रामसिंह बोल उठे।

'राजा साहब ने कहा था कि रामसिंह साथ रहेंगे। ...अब मैं अकेला नहीं हूँ। यह कहकर शिवाजी मुस्कराये।

रामसिंह ने अपने महल के पास ही शिवाजी को ठहराया। मीर मुंशी ने सारी व्यवस्था की।

नगर के चौराहे के पास गली में दूध-दही की दूकान में कुछ लोग बैठे थे। मिट्टी के सकोरे में दही का शीतल पेय पी रहे थे।...एक कहने लगा—'आज तो मैंने शिवाजी को देख लिया। देखता रह गया।'

'इस वीर ने मुगल बादशाह को परेशान कर रखा है। इसीलिए समझौता कर लिया।' दूसरे ने कहा।

तीसरे ने धीरे से बताया—'भई! इस बादशाह पर विश्वास नहीं है।'

पहले ने कहा—'उधवदास कैद हैं। भवनाथ गुरुजी बन्द हैं। दाराशिकोह की बेटी भी कैद में है।...इस पर विश्वास नहीं है।'

दूसरे का स्वर सुनाई पड़ा—'शिवाजी से चालबाजी नहीं चल सकेगी।'

तीसरा बोल उठा—'युवराज रामसिंह पर जिम्मेवारी है।'

पहला कहने लगा—'ऊपरवाले की जो इच्छा!'

सब एक साथ बोल उठे—'ठीक कह रहे हो। हम सबकी इच्छा का क्या मूल्य है?...जेठ का आकाश तप रहा है। धरती पर बादशाह का ताप है।...हम सभी झुलस रहे हैं।'

'लस्सी पीओ...किशन कन्हैया का नाम लो और जमुना जी में डुबकी लगाओ ...ताप छूमन्तर!' दूध-दही वाले ने अपनी बात रखी।

'पर धरती पर का शाही ताप दूर नहीं होगा, बन्धु!' तीसरे ने कहा!

'तो फिर गोकुल से मिलो या शिवाजी से।'

'इधर-उधर देखकर बोला करो, नहीं तो सर के साथ दही की मटकी भी उलट जायेगी।' दूसरे ने सावधान किया।

दूसरे दिन सड़क, चौराहा और गलियों की नुक्कड़ पर लोग खड़े हो गये थे। शिवाजी रामसिंह के साथ किला की ओर आ रहे थे। दरबारे खास में सम्मिलित होना था। जासूस चक्कर लगा रहे थे। मुगल सिपाही हर नुक्कड़ और चौराहे पर तैनात थे। आगरे का किला रोब डाल रहा था। नौबत खाने से नौबत का संगीत आ रहा था। किले से लेकर शिवाजी के निवास तक घुड़सवार सिपाही गश्त लगा रहे थे। वे जहाँ-तहाँ इकट्ठे लोगों को हटा देते थे। लोग फिर चले आते थे। वे उन्हें डाँट देते थे।

बादशाह का इशारा था कि आगरा शहर में रोबोजलाल का अहसास हो, किला, फौज और दरबारे खास का रोब ऐसा हो कि शिवाजी अपने को भूल जाये। मुगलिया आन ओ शान में झुक जाये।

रामसिंह समझ रहे थे कि बादशाह ने शिवाजी की अगवानी में ऐसा सब कुछ किया है। वे खुश थे।... शिवाजी हर गतिविधि को सूक्ष्मता से समझने का प्रयत्न

कर रहे थे। उन्हें अनुभूति हुई कि प्रजा की आँखों में स्नेह है। श्रद्धा-सा भाव झलक रहा है। पर मुगलों के चेहरों पर रोब है। बेरुखी है। शानोशौकत की अकड़ है।...थोड़ा सन्देह हुआ। साथ में रामसिंह को देखकर सन्देह दूर होने लगा।... दरबार में स्पष्ट हो जायेगा।...वे मुगल दरबार और औरंगजेब की शक्ति को समझने के लिए तो आ गये हैं। ...राजा जयसिंह की बात माननी पड़ी है। उन्होंने आश्वासन दिया है कि औरंगजेब मित्रवत् व्यवहार करेंगे।...जयसिंह का सैनिक दबाव तो था ही।

किला के दरवाजे पर एतबार खाँ ने 'खुश आमदीद' कहकर इस्तकबाल किया। सभी किले के अन्दर आये। शिवाजी स्वाभिमान और निर्भीकता के साथ किले को देखते हुए दरबार में जा पहुँचे।

सबकी नजर शिवाजी की ओर मुड़ गयी। औरंगजेब दो लम्हों के लिए ताकते रह गये।...यही मराठा सरदार है जिसने अफजल खाँ को मार डाला! शाइस्ता खाँ को मार भगाया!!...तनकर खड़ा है। मुगल शानोशौकत को देखकर घबराया नहीं है। ...इसका सर झुक नहीं रहा है।...इसे देखने के लिए रिआया बेचैन है!

शिवाजी ने पुत्र शम्भाजी द्वारा बादशाह के सामने तीस हजार रुपये नजराना के रूप में पेश किया।

औरंगजेब को अहसास हुआ कि वे शहंशाह-ए-हिन्द हैं। शिवाजी तो एक मराठा सरदार है। मगर इसकी पगड़ी ऊँची है। ...क्यों? ...उन्होंने वजीर को इशारा किया कि शिवाजी को पाँच हजारी मनसबदारों के साथ बैठा दिया जाये।

शिवाजी इस हुक्म की जानकारी पाते ही आग बबूला हो गये। वे दरबार में खड़े थे। खड़े ही रहे। ...और बोल उठे—'बादशाह औरंगजेब! मिर्जा राजा जयसिंह और दिलेर खाँ ने मुझसे समझौता किया है। समझौते के अनुसार मैं यहाँ आया हूँ। मैं मुगल दरबार का पाँच हजारी मनसबदार नहीं हूँ। यह मेरा अपमान है। समझौते का अपमान है।...यह अपमान मैं बर्दाश्त नहीं करूँगा।'

शिवाजी ने चारों ओर देखा। सारा दरबार चौंक गया था। सभी शिवाजी के बेखौफ चेहरे को देख रहे थे। जलती हुई आँखों को देख रहे थे। कटि में लटकी तलवार पर दृष्टि जा रही थी।...कभी उन्हें लगता कि शिवाजी बघनखा छिपाये उनकी ओर बढ़ रहे हैं।

औरंगजेब को समझ में नहीं आया कि क्या हो गया?...क्या कोई मुगल दरबार में आकर चुनौती दे सकता है? इतना बेखौफ है!...इसे मुगल सल्तनत की ताकत का अन्दाज नहीं है?

शिवाजी पुत्र शम्भाजी के साथ शाही हुक्म की परवाह किये बिना दरबार से निकल पड़े। कोई रोक नहीं सका। रामसिंह किंकर्त्तव्यविमूढ़ थे। वे कभी बादशाह को देखते और कभी शिवाजी को।

शिवाजी के पैरों की धमक सुनाई पड़ रही थी। उनकी पगड़ी की कलंगी चमक रही थी। बादशाह कुछ लम्हों तक कुछ कहना भूल गये।...शिवाजी किला से बाहर आ गये। घुड़सवार मुगल सिपाही सल्तनत की ताकत का इजहार कर रहे थे। पर शिवाजी अपने घोड़े पर सवार होकर चल पड़े। किले के पहरेदार कुछ समझ नहीं सके।...घोड़ों की टापों से किला का क्षेत्र गूँज उठा। टापों से धूल उड़ी और किले के ऊपर तक जा पहुँची। ऊपर फहरते सब्ज परचम पर छाने लगी।

72

शिवाजी अपने निवासस्थान पर आ गये। रामसिंह के सैनिक पहरे पर थे। सबको इतना शीघ्र लौटते देख वे कुछ समझ नहीं सके। परन्तु शिवाजी और उनके प्रमुख सहायक हीरोजी, रघुनाथ बल्लाल, त्र्यम्बक सोनदेव, बलिराम पुरोहित और जीवो जोशी के चेहरे को देखकर लगा कि सभी क्रोध में हैं। सभी आपस में बातचीत करने लगे।

शिवाजी अन्तः कक्ष में आ गये। सभी प्रमुख सहायक साथ में बैठ गये। कुछ क्षण तक सभी मौन रहे। सबकी दृष्टि शिवाजी के तमतमाये चेहरे पर थी। कुछ क्षणों के बाद शिवाजी बोल उठे—'समझौता करके भी कपट! आतंकित करने का प्रयास...!! अपने दरबार में नीचा दिखाने की कोशिश!!... ये राजा इस बादशाह पर कैसे विश्वास करते हैं? इसके सामने झुककर कैसे जी रहे हैं? अपनी प्रजा के सामने इनका अभिमान जग जाता है।...मिर्जा राजा जयसिंह कैसे मित्रता निबाहते हैं—आश्चर्य है!...मैंने पत्र लिखकर उनसे अनुरोध किया था कि आप मुझसे सन्धि करें; मुगलों की ओर से नहीं। हम दोनों मिलकर विदेशी मुगलों के आतंक से इस भूमि को मुक्त करें। आप भारत सम्राट बनें। मैं रक्त देने का तैयार हूँ। पर वे तो पीढ़ियों से मुगल तख्त के दोस्त रहे हैं। वे मुगलों के विरुद्ध इस भूमि के लिए रक्त नहीं दे सकते। दुर्भाग्य है भारतभूमि का!

'मैंने उन पर विश्वास किया। उनसे समझौता किया। उनके निर्देश पर मुगल दरबार में आया। मैं पाँच हजारी मनसबदार बनने आया? मैं यह पराधीनता स्वीकार नहीं करूँगा।'

शिवाजी मौन हो गये। ऐसा लग रहा था कि वे सहयाद्रि का दर्शन कर रहे हैं।...समर्थ स्वामी रामदास के शब्दों को सुन रहे हैं। माँ जीजा बाई के समक्ष स्वराज्य के लिए संकल्प कर रहे हैं।

बालक शम्भाजी के बोल फूट पड़े—'बापू! मुगल बादशाह हमें नीचा दिखाना चाह रहा था। आपने ठीक उत्तर दिया।'

रघुनाथ ने कहा—'शिवा! हमने मुगलों की शक्ति का अनुमान कर लिया। उन्होंने हमारे संकल्प को समझ लिया।'

हीरोजी बोल उठा—'सुबह-शाम सर झुकाने वाले आपको देखकर चकित थे। उन्हें मालूम हो गया कि इस भूमि पर सहयाद्रि शिखर भी विराजमान है। इसे कौन झुकायेगा?'

शिवाजी ने सबको शान्त रहने का संकेत दिया और वे गम्भोर चिन्ता में पड़ गये। अब क्या करना है?...क्या आगरा से बुन्देलखंड की ओर निकल जाना सम्भव है?...छत्रसाल को राजा जयसिंह ने साथ में ले लिया था।...मेरे साथ तो उनसे युद्ध ही होता रहा। समझौते के बाद भेंट हुई। छत्रसाल बुन्देलखण्ड की स्वाधीनता के लिए छटपटा रहें हैं। पर विद्वेषजर्जर अपने सम्बन्धी राजाओं और सामन्तों के कारण कुछ करने में असमर्थ हैं। उनके पास सैन्य शक्ति भी निर्बल है।...मैंने उन्हें स्वावलम्बन और स्वराज्य का मन्त्र दिया था। सहायता करने का आश्वासन दिया था। उनकी आँखें चमक उठी थीं। तरुण बुन्देला बुन्देलखण्ड लौट गया था। पर जयसिंह ने मुझे रोक लिया था।...मुझे उधर ही निकल जाना चाहिए था। यहाँ ठहरना व्यर्थ है। संकट को गले लगाना है।...यदि रामसिंह से भेंट हो जाती तो स्थिति समझ में आ जाती।

शिवाजी ने अपने सहायकों को आगरा से निकल चलने का संकेत दे दिया। सभी प्रसन्न हो गये।...यमुनातट से चम्बल की ओर और फिर नर्मदा से होते गोदावरी के तट पर...सहयाद्रि शिखर बुला रहे हैं।

कुछ ही देर के बाद वह महल मुगल सिपाहियों से घिर गया। शिवाजी समझ गये ।...अभी प्रतिरोध सम्भव नहीं है। रघुनाथ और हीरोजी को शान्त रहने का निर्देश दे दिया। और उन्होंने कहा—'अब बुद्धिबल से काम लेना है।...आगरा में ही औरंगजेब और शिवा के बुद्धिबल का टकराव हो गया। हम तत्पर रहें।'

सबके शीश समर्थन में हिल गये। और सभी पूरे विश्वास के साथ शिवाजी को देखने लगे। शिवाजी मुस्करा रहे थे। दो क्षण बाद वे महल के मुख्य द्वार की ओर देखने लगे।

वजीर फाजिल खाँ रामसिंह और एतबार खाँ के साथ आ गया। उसने आते ही कहा—'शिवाजी! बादशाह समझौते के मुताबिक बात करने को तैयार हैं।'

शिवाजी ने रामसिंह की ओर देखा। रामसिंह सर हिला रहे थे। इसलिए थोड़ा सन्तोष हुआ। वे बोल उठे—'मैं भी तैयार हूँ।'

'शहंशाहेहिन्द ने आपके लिए पिदई खाँ के महल में रहने का इन्तजाम किया है। वहीं चलना है।'

'ऐसा क्यों?' शिवाजी ने पूछा।

'वह आपके लायक है। उसकी देखरेख तो शहजादा रामसिंह ही करेंगे।' फाजिल खाँ ने समझाया।

शिवाजी ने अपने साथियों की ओर देखा। परन्तु उन्होंने स्वयं निर्णय ले

लिया। वे तैयार हो गये। अपने सहायकों और सैनिकों के साथ पिदई खाँ के महल में आ गये। सहायकों के मन में प्रश्न उमड़ रहा था। पर वे कुछ कह नहीं सके।

शिवाजी ने देखा कि महल अच्छा है। उससे बहुत अच्छा है। रामसिंह के सैनिकों का पहरा है। पर मुगल भी हैं।...मेरे पास तीन सौ मराठे सैनिक हैं। यहाँ तो मुगल सिपाहियों की संख्या बहुत अधिक लग रही है। हजार से ऊपर हैं। फौलाद खाँ सालार है।...क्या छल हुआ है? यह वन्दीगृह है? पर महल के भीतर तो राजपूत सैनिक ही हैं।

रामसिंह ने धीरे से कहा--'शिवाजी! आप चिन्ता नहीं करें। मैं साथ रहूँगा।'

'युवराज रामसिंह! बहुत कुछ समझ चुका हूँ। सावधान हो गया हूँ। यदि आप औरंगजेब की सियासत से सावधान रहेंगे तभी कल्याण है।' शिवाजी ने मन्द स्वर में बतलाया।

'प्रयत्न करूँगा। कहीं-न-कहीं विवशता है। पर आपका अहित नहीं होगा।'

'अपने अन्तर की विवशता से मुक्त होइए, युवराज! मुझे संकट में डाल दिया गया है। पर मैं विवश और परवश नहीं हूँ।'

'यह तो सच है।'

'यही सही रास्ता है, युवराज रामसिंह।'

'अच्छा, अब आप विश्राम करें। प्रतिदिन मिलना होगा।' यह कहकर रामसिंह महल से बाहर आये। फौलाद खाँ के इन्तजाम को देखा। थोड़ा असन्तोष हुआ। ...एक हजार मुगल सिपाही और पाँच सौ राजपूत सैनिक पहरा देंगे! इसका क्या अर्थ हुआ? शिवाजी की चुनौती का उत्तर है...क्या सचमुच यही वन्दीगृह बन गया है?'

रामसिंह अपने निवास पर आ गये। अपने बाह्य कक्ष में बैठकर चारों ओर देखने लगे।...तलवारों और भालों से सजी दीवारें...बीच-बीच में शिकार किये हुए सिंह और व्याघ्र के चर्म और मुखड़े।...पूर्वजों के चित्र...पर्वत शिखर, जलप्रपात, वनप्रान्तर, मरुभूमि और युद्ध के दृश्यों के अनेक चित्र...। स्वाभिमान जग जाता है।...पर आज दरबारे खास में शिवाजी का स्वाभिमान!..विवशता और परवशता से मुक्त एक अद्भुत वीर व्यक्तित्व...पर्वत शिखर के समान!! पिताश्री ने इन्हें विश्वास दिलाया था। उसी विश्वास पर ये मुगल दरबार में आये। नजराना दिया। पर बादशाह ने अच्छा व्यवहार नहीं किया।...सच है कि शिवाजी विधिवत छत्रधारी राजा नहीं बन सके हैं। पर ये पाँच हजारी मनसबदार से बहुत ऊँचे हैं। मराठों ने इन्हें छत्रपति मान लिया है। मुगल सल्तनत को चुनौती दे दी है। बादशाह सह नहीं सके। पहली बार एक स्वाभिमानी वीर ने मुगल दरबार की शानोशौकत के सामने ऐसा साहस प्रकट किया है। ये विद्रोह करके दरबार से निकल आये। सबके होश उड़ गये थे।...अब ये एक प्रकार से वन्दी हैं। शायद यही होना था।

मैं समझ नहीं सका।...अब क्या होगा? समझ में नहीं आता। सचमुच बादशाह की सियासत को समझना कठिन है।

श्यामा शीतल पेय लेकर आ गयी। रामसिंह ने देखा। पर कुछ बोल नहीं सके। कानों में शिवाजी के शब्द गूँज रहे थे।...दरबारे खास का दृश्य झलक उठता था।

आप बहुत उद्विग्न लग रहे हैं।...शीतल पेय लीजिए।' श्यामा ने अनुरोध किया।

'श्यामा! इस शीतलपेय से मन को शान्ति नहीं मिलेगी।'

'यह जानती हूँ। पर शान्तचित्त से सोचना-विचारना है।'

'पिताश्री नहीं हैं।...क्या सोचा जाये?...तीन पीढ़ियों की सन्धि और मित्रता से अपना राज्य बचा हुआ है। बस, यही सन्तोष है।'

'हमें बादशाह के निर्देश पर चलना पड़ता है। हमारी सहायता से ये तख्ते ताऊस पर बैठकर मुस्कराते हैं। हम उस मुस्कान को समझ नहीं पाते।'

'शायद तुम ठीक कह रही हो।'

'यह सच है कि आमेर राज्य बचा हुआ है। पर सम्पूर्ण भारत भूमि सुरक्षित है क्या? मैं सुरक्षित हूँ क्या? मेरे सम्बन्ध में आप स्पष्ट कह सकते हैं?'

'तुम क्या कह रही हो, श्यामा?'

'आप विचार करें। आप मुगल बादशाह के लिए रक्त दे सकते हैं। आप आमेर के लिए नहीं...! यह स्वाधीनता नहीं है।'

'पराधीन भी नहीं हूँ, श्यामा!'

'क्योंकि आप शक्तिशाली हैं।'

'तुम मुझे राजसिंह और शिवाजी के समान विद्रोह के पथ पर चलने का संकेत दे रही हो, श्यामा!'

'युवराज! आज नहीं तो कल सबको इस पथ पर आना होगा। अभी तो आप पर शिवाजी की रक्षा का भार है। आपके बादशाह की नीयत ठीक नहीं है। कृपया आप सावधान रहेंगे।'

'तुम अन्तःपुर में रहकर मुगल राजनीति को समझ रही हो!'

'दाराशिकोह, सूफी फकीर सरमद, अमीचन्द, भवनाथ—सबको तो देख चुके। आप भी समझने लगे हैं।'

'मैं क्या करूँ?'

'शिवाजी की रक्षा...।'

रामसिंह का मन शान्त हुआ। श्यामा ने शीतल पेय को उनके अधरों के निकट ला दिया। वे शीतलपेय पीने लगे। श्यामा मुस्कराने लगी। रामसिंह की आँखों में मुस्कान की छटा अंकित हो गयी।

आगरे के कैदखाने में उधवदास बेचैन थे। कैदखाने की दीवार के पास सिपाही गुफ्तगू कर रहे थे। जानकारी मिल गयी कि शिवाजी आगरा में आ गये हैं। दरबार में उन्हें अपमानित करने का प्रयत्न किया गया। वे शहंशाह को चुनौती देकर दरबार से निकल गये।...पर आगरा से निकल नहीं सकेंगे। वे भी बन्दी बना लिए जायेंगे...यदि वे मेरे समान वन्दी हो गये तो सहयाद्रि की चट्टानें बिलखेंगी। वनों के स्वाधीन पंछी कलरव भूल जायेंगे। गाँव-गाँव में भय प्रेत बनकर हू-हू करेगा।...उन्हें नहीं आना चाहिए था। बादशाह-ए-गजी पर विश्वास नहीं करना चाहिए था। परन्तु उन्होंने राजा जयसिंह पर विश्वास किया था। मिर्जा राजा ने यही काम अपने हाथ में ले लिया है कि स्वाभिमान से उठे शीश मुगल दरबार में झुक जायें! यह दुर्भाग्यपूर्ण है!!

बगल से भवनाथ की आह आयी।...भवनाथ तो स्वस्थ हो गया था। हकीम अनवर ने औषधि दी थी।...मालूम हुआ कि उसे फिर से ज्वर आ गया है। ज्वर में छटपटा रहा है।...आलमआरा के कुछ शब्द सुनाई पड़े। उसने हाथ जोड़कर विनती की है। हकीम अनवर को बुलाने का आश्वासन भी मिल गया है। थोड़ी देर में अनवर आयेगा।...आलमआरा से कहा गया है कि वह शाही महल में रोशनआरा फूफी के पास जाने को तैयार हो जाये। उसे मुक्त कर दिया जायेगा।...वह तैयार नहीं हो रही है। उस पर दबाव डाला जा रहा है।..दाराशिकोह की इस निशानी का क्या होगा? दारा शिकोह ने इस धरती और इसके साहित्य एवं दर्शन से जुड़ने की चेष्टा की थी। एक नया युग आ जाता। पर उस मानवीय चेतना को मिट्टी में मिला दिया गया। और अब आलमआरा आहें भर रही हैं।...यदि उस दिन थोड़ा समय मिल जाता तो वे तीनों बुन्देलखंड के वन प्रान्तर में पहुँच गये होते। पर दुर्भाग्य ने घेर लिया।

अब तो शिवाजी भी कैदखाने में होंगे। ऐसा नहीं होना चाहिए। पर हम विवश हैं।..रामसिंह को थोड़ा ध्यान देना चाहिए। वे कितना कर सकेंगे? बादशाह से बँधे हुए हैं। वे मुझे देखकर घबरा रहे होंगे। कहीं बात खुल नहीं जाये!...बात नहीं खुलेगी, रामसिंह! शरीर कट जायेगा, किन्तु वह रहस्य अन्तरमन में छिपा रहेगा।...न मुझसे घबरायें और न शिवाजी की रक्षा से। थोड़ा साहस चाहिए। श्यामा साहस जगा रही होगी।

हकीम अनवर आ गये। उन्होंने भवनाथ को देखा। दवा दी। आलमआरा ने धीरे से कुछ पूछा। हकीम ने ढाँढ़स दिया। लेकिन आलमआरा बेचैन रही। वह भवनाथ के लिए इबादत करने लगी।

शाही महल में औरंगजेब बेचैन थे।...लगभग डेढ़ सौ साल की मुगल हुकूमत में राना सांगा, शेरशाह, हेमू, राना प्रताप और रानी दुरगावती ने जंगे मैदान में मुगल शाहों को ललकारा था। शेरशाह को छोड़कर सबने मात खायी थी। आज शिवा ने दरबार में आकर ललकारा है। मैं तो चाह रहा था कि वह मुगल दरबार में अपने को नाचीज समझ ले। उसका हौसला टूट जाये। वह कदमबोसी के लिए तैयार हो जायेगा। लेकिन वह तो बहुत खतरनाक है।

कैद हो गया। अब कहाँ जायेगा? जयसिंह को दक्कन में फँसे रहना है। यहाँ इस खतरनाक मराठे सरदार को कुचल देना है जिससे यह फिर सर नहीं उठावे। यह हकीकत है कि काफिरों की लड़ाकू कौमें—राजपूत, जाट और मराठे आपस में मिल नहीं सकतीं।...इन्हें मिलने भी नहीं देना है। इनमें इत्तिहाद नहीं हो सके, तभी हमारी सियासत की कामयांबी है।...आम रिआया में शिवा के लिए हमदर्दी की जानकरी मिली है। इससे क्या होगा? आम रिआया में बगावत की हिम्मत नहीं हो सकती। शाही हुकूमत इन्हें कुचल देगी। बाकी नीचे की जातियाँ हुक़ूमत के खिलाफ कुछ नहीं कर सकतीं।

दरवाजे पर दस्तक हुई। वजीर फाजिल खाँ आ गया। उसने बताया कि कैदखाने में उधवदास बेचैन है। भवनाथ बुखार में छटपटा रहा है। आलमआरा शाही महल में आने को तैयार नहीं है।

'तो वह वहीं पड़ी रहेगी। क्या फिक्र करूँ!...शिवाजी का हाल बताओ।'

'वह भी बीमार पड़ गया है।'

'तो उसके पास शाही हकीम को भेज दो।'

'अनवर को...?'

'अनवर तो शाही हकीम नहीं है! उस पर एतबार नहीं है। शाही हकीम को ही भेजो।' यह कहकर बादशाह मुस्करा उठे।

फाजिल खाँ भी मुस्कराया और वह शाही हकीम को खबर करने चला गया। बादशाह सोचने लगे—शिवाजी के बाद गुरु तेगबहादुर ही बच जायेंगे। उधर से वापस आ जायें तो दबाव बढ़ा देना है। उधोदास तो काबू में आ ही चुका है। इन बागी फकीरों के बागी कदमों को बेड़ियों में जकड़ देना है।...मेवाड़ का राजसिंह आजाद है। शुरू से यह खानदान मुगलों को परेशान करता रहा है। अब इसे परेशान करना है। यह क्यों आजाद रहेगा?...हिन्दुस्तान में मुगलों की शानदार हुकूमत और आसमान की बुलन्दी तक फहरता सब्ज परचम—यही तो मेरा ख्वाब है। इस ख्वाब को हकीकत में बदलना है। अल्लाह मेहरबान हैं।

नवाब पिदई खाँ के महल में शिवाजी बिछावन पर लेटे हुए थे। उनके सभी सहायक परेशान दीख रहे थे। शम्भाजी पास में बैठकर अपने पिता श्री को देख रहे थे। दाहिनी ओर जीवो जोशी महामृत्युंजय का जाप आरम्भ कर चुके थे।

'रघुनाथ! शम्भाजी को सँभालो। मैं स्वस्थ हो जाऊँगा।'

शिवाजी ने धीमे स्वर में कहा।

'आप शत्रु के वन्दीगृह में अस्वस्थ हो गये, कैसा दुर्भाग्य है! माँ भवानी दया करें।' रघुनाथ ने हाथ जोड़कर कहा।

'दुर्भाग्य तो सारे देश का है, रधुनाथ!...काश राजपुत, जाट और मराठे मिल कर पूरे देश के लिए सोच पाते; कुछ कर पाते तो पराधीनता के आतंक से मुक्ति मिल जाती । पराजय की पीड़ा से छुटकारा मिल जाता।'

'कुछ राजा इस पराधीनता को पराधीनता नहीं मानते।...वे अपने-अपने छोटे राज्यों में राज्य कर रहे हैं और बादशाह के आगे शीश झुकाकर वार्षिक खिराज दे देते हैं। फिर अपनी प्रजा से वसूलकर मुगलिया शानोशौकत की नकल कर खुश रहते हैं।

'रघुनाथ! स्वामी रामदास ने एक बार कहा था कि विदेशी शासक शरीर, मन, बुद्धि और आत्मा—चारों पर शासन करना चाहते हैं। करते हैं। इससे मुक्ति शीघ्र नहीं मिल पाती।'

'उन्होंने सत्य ही कहा है।'

'इसी सत्य की अनुभूति कराने के लिए स्वामी रामदास, प्राणनाथ, गुरु तेगबहादुर और उधवदास भटक रहे हैं।'

'उधवदास तो वन्दी हो चुके हैं।'

'हाँ, रघुनाथ!..एक बार इस दीवार से पार हो जाता तो...।' यह कहकर शिवाजी चिन्तालीन हो गये।

उसी समय रामसिंह आ गये। रघुनाथ कोर्दे ने बैठाया। रामसिंह दो क्षण शिवाजी को देखते रहे।...श्यामा के शब्द कानों में गूँजने लगे।...वे बोल उठे—'मैंने शाही हकीम को बुलाया है। चिन्ता नहीं करें।'

'रामसिंह! यह शरीर सहयाद्रि क्षेत्र की पथरीली मिट्टी से बना है। गोदावरी के जल ने रचा है। श्वास-प्रश्वास के लिए कभी रामेश्वरम् की ओर से वायु आ जाती है। कभी जगन्नाथपुरी की ओर से, कभी द्वारिका की दिशा से और कभी बद्रीनाथ की ओर से। इसलिए किसी आयुर्वेदशास्त्री को बुलावें। मेरे परिवार में वैद्य की औषधि ही लग पाती है।'

'ऐसा ही होगा।'

'यदि आप वैद्य की व्यवस्था नहीं कर सकें तो मुझे आप माँ भवानी की कृपा पर छोड़ देंगे।'

'ऐसा न कहें। वैद्य जी आ जायेंगे।' रामसिंह ने विनम्र स्वर में कहा और वे चले गये।

दो घंटे के बाद रामसिंह वैद्य के साथ आये। वैद्य ने शिवाजी को देखा। उनके

कष्ट को समझा। कुछ संकेतों को भी समझा। औषधि दी। पूर्ण विश्राम का परामर्श दिया। पथ्य का भी निर्देश दे दिया।

शिवाजी ने वैद्य के शुल्क और औषधि के मूल्य देने के लिए रघुनाथ को कहा, रामसिंह ने मना कर दिया।

'राजकुमार! यहाँ तो आपका ही भरोसा है।'

'मैं आपकी सुरक्षा के लिए संकल्पित हूँ।'

'तो आप वैद्य जी के साथ आते रहें।'

'अवश्य ही!'

'एक मेरी इच्छा है।'

'बतायें।'

'मन्दिरों में स्वास्थ्य के लिए विशेष पूजा का प्रबन्ध हो सके तो मेरे मन को सन्तोष मिलेगा।..सभी यही चाहते हैं।'

'इसके लिए बादशाह से इजाजत लेनी होगी। हकीम के बदले वैद्य के लिए मैंने सूचना दे दी है।' रामसिंह के स्वर में विवशता प्रकट हो रही थी।

'इस विवशता का अनुभव करें, राजकुमार!'

'यह तो है!' रामसिंह ने आँखों को नीचे कर लिया।

74

बादशाह औरंगजेब शेख निजाम और शेख इस्लाम के साथ गुफ्तगू कर रहे थे। वजीर फाजिल खाँ आ गया। उसने बादशाह का इशारा पाकर बताया कि शाही हकीम की ओर से भवनाथ के लिए दवा भेजी गयी है। अनवर को कबूल करना पड़ा है। लेकिन शिवाजी ने शाही हकीम के इलाज को ठुकरा दिया है।

यह सुनकर बादशाह-ए-गाजी को गुस्सा आया। चेहरा तमतमा गया।..शाही हकीम को ठुकरा दिया!...दाँव खाली गया !!..आगरा में इतनी जुर्रत!!!

रामसिंह के आने की इत्तिला मिली। अन्दर आने की इजाजत हुई। रामसिंह खिल्वतगाह में आये। बादशाह ने शिवाजी की सेहत के बारे में पूछा। उन्होंने अपने गुस्से को सँभाल लिया था।

'वैद्य की दवा चल रही है।...कुछ आराम तो है।' रामसिंह ने जवाब दिया।

'शाही हकीम को ठुकरा दिया? ऐसा क्यों?'

'शिवाजी ने वैद्य के लिए ही अनुरोध किया। उनके कुल में वैद्य की ही दवा लगती है।...उन्होंने कभी हकीम से इलाज नहीं कराया है।'

'लेकिन मराठा सरदार की सेहत की जिम्मेवारी हमारी हुकूमत पर है। मुझे

खयाल रखना है।'

'जी, यह तो ठीक है। पर उनकी जिद है, शहंशाह!...वे तो चाहते हैं कि नगर के मन्दिरों में उनके लिए विशेष पूजा हो। उनकी ओर से प्रसाद भेजा जाये। फिर ब्राह्मणों और दीन-हीनों में प्रसाद का वितरण हो। उनकी मंगलकामना प्राप्त हो। मैं इसके लिए आप से इजाजत चाहता हूँ।' विनम्र स्वर में रामसिंह ने निवेदन किया।

औरंगजेब ने दोनों शेख की ओर देखा। उन्हें समझने की कोशिश की। फिर कुछ लम्हों तक गौर किया..शायद वह डर गया है। इसलिए पूजा-पाठ इसमें कुछ हर्ज तो नहीं है।...और फिर कहा—'शाही मेहमान की ख्वाहिश पूरी की जाये।'

रामसिंह प्रसन्न होकर बोल उठे—'शिवाजी की तो ख्वाहिश है कि उनके तीन सौ अंगरक्षक बादशाह से इजाजत लेकर लौट जायें। यहाँ जरूरत नहीं है।'

दो लम्हों तक बादशाह को इस बात पर एतबार नहीं हुआ। मगर एतबार करना पड़ा। वे कहने लगे—'अगर वे ऐसा चाहते हैं तो मराठा सिपाही लौट सकते हैं।...उनकी हिफाजत की जिम्मेवारी रामसिंह पर है। फिक्र की बात नहीं है।'

सभी खुश दिखाई पड़े। रामसिंह भी सहर्ष लौट आये।

औरंगजेब मुस्कराकर कह रहे थे—'शिकार अपने को शिकारी के हवाले कर रहा है।'

'हमने बाखुशी कबूल कर लिया है।' वजीर फाजिल खाँ ने जवाब दिया।

सभी हँस पड़े। औरंगजेब ने सोचा कि पिंजरे में बन्द शेर सर झुकाकर बैठ गया है।

एक हफ्ता गुजर गया। अचानक खबर फैल गयी कि बीमार भवनाथ की मौत हो गयी।...आलमआरा चीख रही है। हाहाकार कर रही है।...उद्योदास वैरागी ने कमरे के दरवाजे को धक्का देकर और बाहर निकलकर हंगामा मचा दिया है। वह इसे मुगल षड्यन्त्र कह रहा है।...वैरागी बाबा को बहुत मुश्किल से काबू में किया गया है। लेकिन आलमआरा की चीख-पुकार और आँसुओं को कोई रोक नहीं पा रहा है। उसका हाहाकार फैलता जा रहा है।

औरंगजेब ने अहसास किया कि आलमआरा की चीख-पुकार बढ़ती जा रही है। ...लोहे की जंजीर में उधोदास छटपटा रहा है।...और भवनाथ की लाश पर कफन की सफेदी सबके चेहरों पर छा गयी है। ...उसे तो खाक या आतिश के सुपुर्द..मगर आलमआरा की चीख-पुकार को कैसे बन्द किया जाये? यह एक नया मसला...आगरा में बागी खड़े न हो जायें। अब्बाजान और दारा के तरफदार हैं.. उधोदास को दूर हटाना है।

बादशाह ने एतबार खाँ को आलमआरा के पास जाने का हुक्म दे दिया और फजिल खाँ से उधोदास को आगरा से हटाने के लिए सलाह ली। एतबार खाँ

कैदखाने में आया। उसे लगा कि यह तो मुरदाघर है। कफन में लिपटा एक मुरदा ...और चारों ओर आलमआरा की चीख।...मुरदा और चीख...दहशत और दर्द के सैलाब में कैदखाना डूब गया है।...सभी कैदियों की आँखों मे अश्क...!

उसकी नजर उधोदास की ओर गयी। उधोदास की आँखों में आग की लपटें दिखाई पड़ीं। वह सहम गया। उसने नजरों को मोड़ा। वह आलमआरा की ओर देखने लगा।..दाराशिकोह की दुख्तर बाल बिखेरकर चीख रही है।..कैसे समझाये! ...उसके होंठ सिल गये। वह कुछ बोल नहीं सका। कुछ लम्हों के बाद मुरदा को जलाने के लिए बाहर भेजने का इशारा कर दिया।

भवनाथ की लाश चार के कन्धों पर चली। आलमआरा देख नहीं सकी। वह बेहोश हो गयी। उधोदास की जंजीर झनझना रही थी। एतबार खाँ घबरा गया।... कुछ देर के बाद आलमआरा को होश आया। उसकी आँखों से आँसू बह रहे थे।. .वह. उन आँखों से सिर्फ भवनाथ को...कफन में लिपटी लाश को देख रही थी।

एतबार खाँ ने धीरे से कहा–'आप शाही महल में चलें। कैदखाने से आप रिहा हो गयी हैं।'

'वह मरघट जायेगी।...वह आग देगी।...उसका कौन है? सिर्फ मैं हूँ।...मुझे जमना किनारे जाना है।' आलमआरा बोल उठी।...उसने दरवाजे को खोलने की कोशिश की।

एतबार खाँ चुप रह गया।...वह वहाँ से हट गया।

उसने उधोदास को देहली के कैदखाने में भेजने का इन्तजाम कर दिया।... और बादशाह को खबर दे दी।

औरंगजेब ने मजबूरी में जहाँनारा आपा को आलमआरा के पास जाने का इसरार किया। रोशनआरा ने पसन्द नहीं किया। लेकिन औरंगजेब ने अपनी मजबूरी बता दी। ...पहले मराठा सरदार को रास्ते पर लाना है।...आलमआरा को प्यार-पुचकार से सँभाल लेना है। नहीं तो, बगावत की चिनगारी सुलगने लगेगी।

रोशनआरा समझ रही थी कि यह उसकी सियासत की हार है। औरंगजेब सोच रहे थे कि उनकी सियासत को जीत हासिल करनी है।...जीत का परचम दिखाई पड़ने लगा है।

जहाँनारा बेगम कैदखाने में आयी। रोतीकलपती आलमआरा को अपने महल में ले जाने लगी। वह तो जमना किनारे जाने की जिद करने लगी। जहाँनारा ने सोचा कि कुछ लम्हों के लिए जाना चाहिए। उसने एतबार खाँ से इसरार किया। लेकिन उसने अपनी मजबूरी बता दी। किले के बाहर नहीं जाना है। ऐसा हुक्म नहीं है।

आलमआरा ने देखा कि जंजीरों में कैद उधोदास को कैदखाने से बाहर ले जायेा जा रहा है। उसने भी साथ जाने के लिए कहा। जहाँनारा आपा की आँखें

भींग गयीं।...उसे कैदखाने से बाहर जाना तो है। सिपाहियों के पहरे में उसे बाहर आना पड़ा। जहाँनारा ने अपने महल में चलने के लिए बार-बार कहा।

आसमान बादलों से भर गया था। सिपाहियों की देखरेख में पालकी चल पड़ी। बिजली चमकने लगी। आलमआरा को लगा कि चिता की आग धधक रही है। वह कहाँ जा रही है! वह चीख उठी।

जहाँनारा समझा रही थी। वह सिसक रही थी। वह बोल उठी—'उसे कातिल के हाथों मौत चाहिए, जिन्दगी नहीं।'

'मौत और जिन्दगी माँगने से नहीं मिलती। मैं तुझे जिन्दगी दूँगी।'

'यह जिन्दगी किसलिए? कभी खून का सैलाब और कभी दहशत का सैलाब देखने के लिए...?'

'खुदा की इबादत के लिए...।'

'फूफी। मुझे माफ कर दें।...खुदा पर भरोसा नहीं रह गया है।'

'ऐसा नहीं कहना बेटी।'

'मैंने कौन-सा गुनाह किया है?...भवनाथ ने कौन-सा पाप किया था?... अब्बाहुजूर ने कुरान शरीफ के साथ उपनिषद् को पढ़ा था। वह गुनाह था?'

जहाँनारा सिसकने लगी।

जमना किनारे चिता धधक रही थी।...देहली की राह से उधोदास के हाथों की जंजीर की झनक आ रही थी।...लगा कि शहर में दहशत का सैलाब उमड़ा आ रहा है।

75

रात के अँधेरे में शिवाजी बेचैन हो रहे थे। साथ में शम्भाजी थे। साथी पहरे पर थे। रामसिंह के सैनिक घूम-घूमकर पहरा दे रहे थे। अचानक एक-दो चेहरे बायीं तरफ के दरीचे से झाँकते दिखाई पड़े। शिवाजी के साथी सतर्क हो गये। वे नंगी तलवार लिए बढ़े। आहट हुई। झाँकते चेहरे गुम हो गये।

हीरोजी और रघुनाथ ने समझ लिया कि वन्दीगृह के भीतर कुछ चल रहा है। शाही हकीम की दवा ठुकरा दी गयी तो दूसरी दवा का इन्तजाम हो रहा है।...यह सन्देह है या सत्य! जो भी हो; सावधान रहना है।

रामसिंह ने देखा कि शिवाजी के तीन सौ रक्षक लौट गये। इसलिए मुगल सिपाही भी कम कर दिये गये हैं। दोनों सन्तुष्ट हैं। इसका क्या अर्थ है? बादशाह क्या चाहते हैं? शिवाजी क्या करना चाह रहे हैं...बादशाह ने तो मेरे अनुरोध को ठुकरा दिया। उधवदास को दिल्ली भेज दिया। वैरागी बाबा जंजीरों में वन्दी ही बने रह गये।...भवनाथ...पंडितराज के पुत्र की अकाल मृत्यु हो गयी।...आलमआरा की

आहों से आकाश भी दुःखी है। पर बादशाह खुश हैं।...शिवाजी का क्या होगा? ओह! राजनीति का कैसा विषचक्र है!

वैद्य जी प्रतिदिन आ रहे हैं। मैं भी प्रतिदिन आ रहा हूँ। औषधि चल रही है। मन्दिरों में विशेष पूजा के लिए मिठाइयों की टोकरियाँ जा रही हैं। फौलाद खाँ मुस्तैदी से टोकरियों की जाँच करता है। दाढ़ी में उसकी मुस्कान छिपती-छिपती प्रकट हो जाती है।

रात में कुछ चेहरे दिखाई पड़े थे। आहट पाकर वे गायब हो गये।...शिवाजी पर संकट मड़रा रहा है। उनकी देखरेख में संकट आयेगा? नहीं, ऐसा नहीं हो सकेगा।...श्यामा ठीक कह रही थी।...आलमआरा हाहाकार करती रहेगी। वे बन्द नहीं कर सकेंगे। वे उधोदास को मुक्त नहीं करा सकेंगे।...वे विवश हैं। वे पराधीन हैं!!...ओह!!

दूसरे दिन वे वैद्य जी के साथ शिवाजी के पास पहुँचे। शिवाजी प्रसन्न दिखाई पड़े। रामसिंह का मन सन्तुष्ट हुआ। शिवाजी बोल उठे—'मुझे अच्छा लग रहा है। अब शायद ज्वर नहीं है।'

'हाँ, अब आप ज्वरमुक्त हैं। पर थोड़ी दुर्बलता है।' वैद्य ने बताया।

'तो इस हर्ष में मन्दिरों से मिठाइयाँ जाती रहेंगी।...इस बार मुगल दरबार के वजीरों और सरदारों को मिठाइयों की टोकरियाँ भेजी जायें। शाहीमहल में भी भेज दी जायें।' शिवाजी ने मन्द मुस्कान के साथ अनुरोध किया।

'अवश्य जानी चाहिए।' वैद्य ने सहर्ष कहा

'जी, हाँ।' रामसिंह ने भी समर्थन किया। और वे शिवाजी की मुस्कान देखते रह गये।...संकटों के बीच यह मुस्कान...कैसा आत्मविश्वास...कितना साहस!

रामसिंह ने सोचा कि शिवाजी को सावधान कर दिया जाये।...पर इनके साथी प्रसन्न दीख रहे हैं। ऐसी निश्चिन्तता अद्भुत है।...आगर से पूना तक इनके लिए मंगलकामना हो रही है।...ये सचमुच अद्भुत हैं।...ज्वर से मुक्ति के बाद हर्ष तो आना ही चाहिए। यह आश्चर्यजनक तो नहीं है।

रामसिंह वैद्यजी के साथ बाहर आये। फौलाद खाँ ने पूछा—'क्या हालचाल है?'

'शिवाजी अच्छे हो गये हैं। थोड़ा कमजोर हैं। दवा और प्रार्थना दोनों ने प्रभाव डाला है। अब चिन्ता की बात नहीं है।' बैद्यजी ने गम्भीर स्वर में बता दिया।

रामसिंह ने शीश हिला दिया।

'यह तो खुशखबरी है। खुदा मेहरबान हैं।' फौलाद खाँ ने कहा।

'पर अभी कमजोर हैं। उनसे लोग बातचीत नहीं करें। दरवाजे पर शोरगुल नहीं हो।' वैद्यजी ने हिदायत दे दी।

'फौलाद खाँ। सेहतमन्द होने की खुशी में मन्दिरों के साथ बादशाह, वजीर और सरदार—सबके पास मिठाइयों की टोकरियाँ जायेंगी। आपको भी मिलेगी। मराठा सरदार की यह दिलीख्वाहिश है।' रामसिंह ने बताया

'सही काम सही वक्त पर हो रहा है। मैं मदद कर दूँगा। कोई परेशानी नहीं होगी।' फौलाद खाँ ने कहा।

'सिर्फ एक हफ्ते तक टोकरियाँ आयेंगी। उसके बाद बन्द...।'

'ठीक है।'

दूसरे दिन फौलाद खाँ ने देखा कि मिठाइयों से भरी टोकरियाँ दरवाज़े पर आ गयीं। उसके लिए भी एक टोकरी मिठाइयाँ हैं। वह बहुत खुश हुआ। उसने टोकरियों की जाँच की। टोकरियाँ यथास्थान पहुँच गयीं।

रोज टोकरियाँ आ जातीं। फौलाद खाँ जाँच कर लेता। कुछ जाँच करता और अब कुछ छोड़ देता। रामसिंह को सन्तोष हुआ। पर वे सावधान थे। उनके सैनिक सतर्क थे।...

छठे दिन फौलाद खाँ ने देखा कि रामसिंह गम्भीर हैं।...खबर मिली थी कि आलमआरा पुनः महल से निकल आयी थी। जमना तट की ओर जा रही थी। वह श्मशान घाट पहुँच गयी थी। उसने भवनाथ की रूह की शान्ति के लिए खुदा से इबादत की थी। जमना मैया से विनती की।...अपने अब्बाहुज़ूर दाराशिकोह की याद की।...और सिपाहियों ने उसे पकड़ लिया था। वह पुनः कैद कर ली गयी।

फौलाद खाँ ने कुछ पूछना चाहा। पर पूछ नहीं सका।...भीतर से टोकरियाँ आ गयीं। उसने टोकरियों की जाँच की। कुछ को छोड़ दिया।...रामसिंह गम्भीर बने रहे।

सातवें दिन सूरज उगा। आकाश स्वच्छ लगा। अचानक मेघ घिरने लगे।... आँधी भी आ गयी।...बदली बनी रही। शाम आ गयी। भीतर से टोकरियाँ कतार में आकर लग गयीं। फौलाद खाँ ने अपने पहरेदारों को जाँचने का हुक्म दे दिया। पहरेदारों ने कुछ को देखा। कुछ को छोड़ दिया।

फौलाद खाँ ने आसमान की ओर देखा। बादल गरज रहे थे। उसने टोकरियाँ बाहर ले जाने की इजाजत दे दी।

टोकरियाँ बाहर चली गयीं। सूरज छिप गया था। अन्धकार मे टोकरियाँ विलीन हो गयीं।

वर्षा के साथ रात बीतने लगी। सुबह हुई। फौलाद खाँ ने भीतर आकर देखा कि शिवाजी लेटे हुए हैं। जीवो जोशी पूजापाठ कर रहा है।

दिन बीतने लगा। फौलाद खाँ ने सोचा कि अब टोकरियों की जाँच का सरदर्द खत्म हुआ।...अब बादशाह को समझना है। उसने भीतर झाँका। शिवाजी

उसी तरह लेटे हुए हैं।...क्या बात है? इतना कमजोर हैं? समझना चाहिए।

फौलाद खाँ भीतर चला गया। उसने देखा कि बिस्तर पर शिवाजी नहीं, हीरो जी चेहरा ढककर सोया हुआ है।

फौलाद खाँ तड़प उठा। उसकी चीख से पिदई खाँ के महल की दीवारें काँप उठीं।

लगा कि आगरा का किला गुस्से में काँप रहा है।

आगरा की धरती...ऊपर का आकाश और यमुना की लहरों ने महसूस किया कि दहशत का सैलाब उतार पर है।

श्यामा अपने पूजागृह में मुक्तकंठ से भजन गा रही थी।

❖❖❖